平安扣

李焱 著

河北出版传媒集团
河北教育出版社

图书在版编目（CIP）数据

平安扣 / 李焱编. -- 石家庄：河北教育出版社,
2014.7
ISBN 978-7-5545-0218-1

Ⅰ. ①平… Ⅱ. ①李… Ⅲ. ①长篇小说－中国－当代
Ⅳ. ①I247.5

中国版本图书馆CIP数据核字(2014)第153753号

书　　名　**平安扣**
作　　者　李　焱
策　　划　杨　才
责任编辑　蒋海燕　霍雅楠
封面设计　牛亚勋
内文设计　郝　旭
出版发行　河北出版传媒集团公司
　　　　　河北教育出版社 http://www.hbep.com
　　　　　（石家庄市联盟路705号，050061）
印　　制　山东临沂新华物流集团有限责任公司
开　　本　787mm × 1092mm　1/16
印　　张　22.75
字　　数　300千字
版　　次　2014年8月第1版
印　　次　2014年8月第1次印刷
书　　号　ISBN 978-7-5545-0218-1
定　　价　38.00元

目录

平安扣也称怀古、罗汉眼。玉石制成，铜钱大小。中间有孔，外圆象征天地混沌，内圆表明心灵宁静。人们贴身佩戴，祈求祛邪免灾，保佑平安。

第一章

工人新村并不是一个村，也没有一个老村跟它对应或是被它取代。它是上世纪五十年代那会儿，政府为市民盖的一大片住宅区。从空中俯瞰，一排排房子好像切得整整齐齐的豆腐块，由市中心向西南铺开去，依次是一街、二街、三街……九街，直到消失在塌陷坑形成的水洼边缘。

房子结实、粗放，石头到顶，门窗油着一水儿绿漆。每家有个小院子，邻街墙上有的拉着铁丝网，有的栽着玻璃碴。其实这都多余，就算敞着门，也没听说谁家闹过贼。院门各式各样，好一些的松木做框，上下两块薄铁板纹丝合缝铆在一起，还刷上灰漆，让人一看，嗯，这家条件不柴。差一些的，弄些碎木板拼凑而成，唐城人叫排子门，搁不住孩子打架夜里报复时砸上一砖头。

胡同不宽，勉强能并排通过两辆汽车。不过工人新村没一家有车，除了厂子敲锣打鼓送高产喜报外，胡同里很少进过汽车。洒着些煤渣的黄泥地面，让居民出出进进踩得很瓷实。墙根屋角，一丛丛草茉莉热热闹闹地开着。黄的，紫的，白的，杂色的，给灰扑扑的胡同增添些斑斓。路过的女孩随手掐一朵，闻一闻，别在耳朵上。男孩搜集小手雷一样的种子，再从别处撅一根蓖麻杆儿，一头劈开，把小手雷搁里面，立在嘴边吹……谁家葡萄秧爬过院墙，柔软的藤蔓在风中摆动着。淘气的孩子掐下一截，搁嘴里，那一点点酸水也够吧嗒一阵子了。

饥荒虽已过去，吃饱肚子仍是唐城人头等大事。工人新村最有人气的地方是粮店。正对门的大木槽子，盛着大米、秫米、小米、棒子面。小槽子写着绿豆、黄豆、花生什么的，不过老是空着。旁边放着台秤，铲米铲面的高帮铁簸箕。靠墙立着几个油桶，油渍麻花的，插着带有刻度和油嘴儿的打油器。赶上庄稼收成不好，或是哪儿闹旱灾、发大水，居民就会蜂拥而至，预支下月粮食储备饥荒。遇上这情况，粮店只好连夜做手脚，垛起一人多高的米垛、面垛，中间却是空的——这叫打假垛。居民柜台外一看，粮食这不挺多嘛，加上手头没那么多现钱，也就夹着米面口袋一哄而散。

每条街还有家小商店，唐城人叫合作社。粮店亮堂干燥，合作社阴暗潮湿，空气中混杂着酱油、米醋、烂菜叶和肥皂味。一进门，迎面就能看到“发展经济，保障供给”的标语。话是这么说，供给的东西总是缺这短那。售货员没好性子，卖肉的也拉着脸，在磨刀棍上喀喀喀来回磨刀。这时候，大伙都得赔着小心，谁要是挑肥拣瘦，准会惹恼了他。把剁骨刀和磨刀棍闶阆案板上一扔，扬长而去，丢下分割好的白条猪，和一群面面相觑、不知所措的顾客。

粮店、合作社天擦黑就上了门板。这倒没啥，该做晚饭了，缺少啥东西邻里之间就解决了，要根葱，扤勺盐，倒点酱油，倒也其乐融融。城市周边都是菜农，并不缺应季蔬菜。春天羊角葱、菠菜和水萝卜；盛夏瓜菜上市，茄子、豆角、黄瓜、西红柿主打；秋天有萝卜、冬瓜、土豆、雪里蕻；冬天，大白菜一统江山。霜降后，合作社门前码成一人高的白菜长城，家家去买过冬菜。唐城人爱做西红柿酱，腌雪里蕻，积酸菜，尽管如此，每家还是储存了几百斤大白菜。没这当家菜，冬天就没着没落的。

这里的居民，从前是城市无产者，解放后是工人老大哥。爱憎分明，嫉恶如仇，有着革命的热情和激情，也最容易被鼓动，成为各类运动的核心和骨干。在大字报、大辩论、夺权和反夺权年代，居民分化成“矿派”和“工总”两大阵营。一拨儿头顶带灯的矿工帽，手握镐把儿；另一拨儿戴着藤制安全帽，四棱木棒当武器。他们当街多次开战，伤亡惨重，后来总算握手言和，达成停战协议。协议里有句话唐城人耳熟能详——“谁撕毁协议，谁就是蒋介石；谁挑起武斗，谁就是法西斯。”

几番折腾，大家身心交瘁，政治热情骤减。工人新村里，竟出现与那个火红年代不协调的景致：养金鱼，扎风筝，斗蛐蛐，抖嗡子，做红茶菌……居民像搞运动一样乐此不疲。

没了火药味、口号声，工人新村重现往日的平静。每天蒙蒙亮时辰，院门吱呀呀打开，家庭主妇打着哈欠出来倒尿盔。不久，上班钟点到了，胡同里喧闹起来。趁自行车的，一劲儿摁着铃铛，叮铃铃招惹来不少羡慕。八点过后，工人新村安静下来。横扫牛鬼蛇神的红卫兵，大都已轰到农村去插队。他们还在上小学的弟弟妹妹，也摘下红小兵标志，乖乖地坐回课堂。胡同里，母鸡带着鸡雏悠闲地觅食。几个小脚老太太，戴着红胳膊箍儿巡逻，遇上生疏面孔总要盘问一番。不是担心小偷，是怕阶级敌人搞破坏，虽然搞不清楚阶级敌人来工人新村破坏啥。

晌午孩子放学，短暂热闹了一会儿。骄阳晒化柏油路面时，可以看到当街树荫下停放着几辆拉煤的排子车。车把式光着黝黑的脊梁，奢侈地吃着肉包子。吃饱了，咕嘟嘟灌进去一行军壶凉白开，打了几个响嗝接着拉车。过午，连蝉都觉出了困乏，有气无力地叫两声便收了音。歇白班的小青年，退了休不睡午觉的老头，闹哄哄围在一起，啪啪地甩着扑克牌。孩子们悄悄爬上自家焦顶小平房，掴着印着飞机大炮的毛儿片。玩着玩着掐了起来，在屋顶咚咚咚地追逐打闹。下头传来母亲的斥骂："死花子玩意，大晌午也不安生，都给我滚下来！"孩子们吐吐舌头，背起各自书包，攀着靠房的洋槐出溜下来——上学时间到了。

下午，没人的胡同里更加安静。热风拂过，树木花草都睡着了。墙垛上，一只狸猫蜷缩着打盹，享受着午后的慵懒。偶尔有一个骑着绿车子送信的邮递员，打破这里的宁静——"54号，挂号信！"院门吱呀一响，一个男人睡眼惺忪地出来。下夜班的他显然没有睡足，打着哈欠接过信。邮递员叉腿支着车子，递过去圆珠笔让他签收。等到太阳偏西，工人新村才算迎来真正热闹时辰，下班的、放学的都回来了，街坊邻里们打着招呼，开门关门声此起彼伏。随后是呱嗒嗒一片拉风箱做饭声响，家家户户烟囱里冒出炊烟。谁家的电匣子里传出样板戏，与碗筷声，饭桌上关于时政的话题和种种小道消息一起，渲染出黄昏的氛围。一群麻雀落叶一般飘下来，散在屋脊上蹦蹦跳跳，叽叽喳喳喧闹着。不久便安静了，消失在层叠的红瓦间。老太太拐着小脚，把胡同里游荡的母鸡轰赶回家。喂完食，看它们进了窝，猫腰小心地插好鸡窝挡板，然后直起身子老眼昏花瞥一眼西边天空。

暮色降临了。

这就是20世纪70年代的唐城，居民生活和着城市的节拍，缓慢、刻板而又有规律。唐城出煤炭，出钢铁和水泥。分属不同厂矿的居民，就像机器上一个个咬合紧密，独立运转的零部件。他们的住房、收入、劳保、医疗，甚至子女就业，都和单位和这座城市息息相关。对于他们来说，工人新村是繁衍生息的地方，也是享受天伦之乐的地方。老一辈的，慢慢老去，相继入土；孩子们一茬茬长大，上学、下乡、上班，像种子一样播散出去，逢年过节又从四面八方聚拢回来。

胡同里的日子总是不紧不慢地流淌着……

王树生是工人新村长大的第一代人。下乡返城上了班，也到了搞对象岁数。他身坯和父亲一样高大，剑眉长眼，鼻梁笔挺。刘兰芝瞅着儿子，眉眼间都是笑，遇上街坊老姐妹，就让人家给儿子踅摸对象。可连着见了几个，树生都不满意，妈有些着急，问他挑肥拣瘦，到底想找个啥样的。儿子瓮声瓮气回答："起码看着顺眼，唠着投缘吧。介绍的这些个，老觉得生分，不知道说些啥。"

在终身大事上，他很有主见。

外屋床铺已容纳不下一米八的王树生，睡觉翻个身就吱嘎作响。这天他下班回来拆了床头木撑儿，又找来角铁，叮叮当当一通忙活，把床加长加固。干完活，把木撑儿扔到院门口劈柴垛上。拍打两下身上土，迈腿刚要进院，看到林智燕从胡同那头走来，他站下了。

两人打小一块长大。还在啃手指头年龄，大人们半开玩笑半认真地结了娃娃亲，燕儿一直管他妈叫婆婆。上初中，明白啥意思后，脸一红，改叫大妈了。他们这届毕业生正赶上"文革"，全部上山下乡。王树生还记得学校操场上那一幕：明晃晃太阳下，泡桐花浓烈的腥香熏得人头晕脑胀，大喇叭刚播完市革委会通知，几个女生就抹开了眼泪。作为班长，他带头表态："脚踏时代风云，跟党扎根农村……立志务农，奋战农村六十年！"但和燕儿那双如烟似梦的杏仁眼对视片刻后，却涌上一种与豪迈激情不相称的怅然和伤感。

回到家，爸叫他到跟前。王天喜卷着旱烟，教导儿子：“去乡下，要虚心接受贫下中农再教育。社员手上多少老茧，你手上也要有多少老茧；社员身上流多少汗，你身上也要流多少汗。哎，我的话你听见没有？”

树生走了神，他的心思全在燕儿身上。林叔林婶下放农村几年，她一个人拉扯着弟弟，多不容易。眼下，全家人刚团聚，她却要只身下乡。匆匆扒拉了两口饭，他出了家门。可在林家门口转悠半天，却没进去，他不知说些啥，怎么来安慰林智燕。后来在农村，叼着麦秆躺在打麦场上，望着蓝天白云，王树生常常会想林智燕此时在干啥。乡下农活重，她娇小的身子受得了吗？风吹日晒，脸不会变成乡下姑娘一样的“红二团”吧？

没想到，下乡几年的燕儿竟然没啥大变化。穿件剪裁合体的花褂子，扎着两根短辫，跟从前一样朴素单纯。“嘿，林智燕，你也返城了？”他主动打着招呼。想和从前一样叫她燕儿，可话一出口，还是客客气气叫出了大名。

“嗯，我才回来，在医院当护士。你呢？”

“钢厂炼钢，工人阶级！”王树生随手掠了一下头发，轻描淡写地回答。其实他很自得，他们这班男生里面，除个别的保送上了大学，返城的几个谁有这么好运气能进大厂子。

他们漫无边际聊着，说起班上的同学还有乡下的一些事。天渐渐黑了下来，两人站得很近，就算混合着淡淡酒精味，王树生还是能感受到林智燕身上散发的成熟女性气息。小时两人经常玩在一块，燕儿身上有股雪花膏味，打闹出汗后有股小马驹味，这他再熟悉不过了。现在这种陌生气息让他心醉神迷。春夜温馨而安静，植物在悄悄地抽芽长叶，王树生一下子心乱如麻。

几天后，搬运钢锭时王树生碰伤了脚。工友送他去厂医院，他逼人家骑车子驮他去市里医院找姐姐。王玉洁在普外门诊值班，检查了一下伤口，安慰弟弟说没伤着骨头，回去养两天就好了。树生说：“姐，还是住院吧，天气有些热了，我怕感染。”“哟，刚上班就想小病大养，你不是这种人啊！”王玉洁不解地看着弟弟。树生支支吾吾，脸涨得通红。姐突然明白怎么回事，一笑：“普外病房没床位，要不安排你临时去内科吧——林叔家燕儿在那儿当护士，也好照看着你。”

就算是住院，王树生也闲不住，踮着脚，一瘸一拐地帮着同屋病人打开水买饭。不过一到换药钟点，就乖乖躺回床上，耳朵捕捉着林智燕那轻盈的脚步声。她来了，一边和同屋病人说着话，一边麻利地给他消毒，换上敷料包扎好。每逢燕儿来换药，王树生都要摆弄黄铜内芯，翠绿色琴格，双排二十四孔的上海复音口琴，吹出一段段优美的旋律。这是他上初中那年买的，当时没少向林智燕炫耀。而后，这个小巧的便携乐器，陪着他一块下乡，又一块返城。当熟悉的旋律再次在病房响起时，足以在一个喜欢浪漫的姑娘内心产生涟漪……

两人关系刚有点眉目，从部队复员回来的林智诚就横挡竖拦的。在他眼里，王树生根本配不上姐姐。

几年前他入伍时，姐刚好回家探亲。带兵的是个三十好儿尚未娶妻的营级军官，一下子看上林智燕，拿出军人的率直猛追不舍，许诺婚后林智燕可以随军。全家人都替燕儿高兴，这下不用在乡下受罪了。可一个月后，当赤脚医生的林智燕，还是拒绝了这个追到乡下求婚激情如火的军官。

林智诚始终不明白姐为什么这样做。有福不享，你傻呀你？

童年，姐俩就像生活在蜜罐里。林智燕上小学五年级时，父母同时下放到农村，一夜间整个世界都变了。整天粘在一块的女生，像躲避瘟疫似的躲着她。没过多久，她班长的职务没了。班主任盯着她的丁字小红皮鞋看半天，说以后别穿皮鞋了，衣服也不要太扎眼。晚上，看弟弟睡着，林智燕把皮鞋小心地装进袋子，拿着小铲来到院子里。边挖坑，边自言自语："先委屈你了，等爸妈回来我再放你出来啊！"耳边响起呜呜的哭声，弟弟不知何时站在身后："姐我怕，我要爸妈！"林智燕伸出手，在他脸蛋上轻轻捏两下："别怕，有姐呢。"从那晚起，林智燕把自己被褥搬到父母房间，陪小诚睡到了大炕上。弟弟起夜还像父母在时，眼都不睁地喊我要尿尿。林智燕赶紧拉开灯，拿过尿盔，闭着眼睛递过去……那段日子，她又当爹又当妈，在好心的街坊，特别是王天喜一家帮助下，带大了弟弟。林兆瑞夫妇在湖北种了几年水稻，终于回到唐城。当看到儿子——一个健健康康、快快乐乐向他们奔跑过来的英俊少年时，简直不敢相信自己的眼睛。小诚个子蹿高了足有一头，而他们的燕儿，却像墙头的芦苇一样细弱。两口子搂着一双儿女哭了。

父母的大起大落，让林智诚过早体会到世态炎凉。在连评剧团都改唱样板戏的年代，他知道单凭当导演的父亲，在复员分配上已很难帮上自己，他一度把希望寄托在姐姐的婚姻上。这想法是不是太龌龊了？他为自己冒出的念头脸红，没人时抽了自己一个嘴巴。但又想，姐姐嫁个有权有势的，有个幸福家庭，不也是有个挺好的归宿嘛。这么一来，他又宽恕了自己。林智诚不止一次憧憬过未来姐夫的身份：军官，要么国家干部，顶不济找个大夫……却单单没料到，姐姐会看上一个工人，而且是再熟悉不过的王树生。小时，王树生是他信赖崇拜的兄长，一挨欺负就替他出头。而今，王树生的长项在他眼里不再是什么优点，身高马大，身体强壮，反倒让他联想到莽撞、野蛮。虽然会吹几下口琴，吼几嗓子“小小竹排江中游”，可这根本上不了台面，而且没一间属于自己的房子。这样的人能让姐姐幸福，能帮得了他这个小舅子吗？

工人新村的小马路上，林智诚拦住了刚下班的王树生：“如果你还当我是兄弟，趁早跟我姐一刀两断！”

王树生扶着车子，诧异地看着他。林智诚穿着摘掉红领章的两个兜绿军装，小白脸上透着恼怒。自己跟燕儿都没和家里说，小诚怎么看出他俩在搞对象？不过既然话已挑明，他也不再隐瞒：“小诚啊，这几年你在外头当兵，不了解情况。我和你姐早就互有好感，回城后才正式搞对象。你也不小了，我还打算给你介绍对象呢。”

在文工团，林智诚闻惯了化妆间甜丝丝的粉膏粉饼味，王树生身上扑过来的浓重汗味，让他很不习惯。他一拨拉脑袋：“我现在不打算搞对象，你也别往我这扯！”语气放缓和些，“你说你跟谁搞对象不好，干吗非纠缠我姐？”

“怎么是纠缠呢？”王树生把车梯子支上，想跟他好好说道说道，“小诚啊，这事你姐她也愿意，我们有感情基础……”

“她愿意，我不愿意。她一个人答应，不代表我们全家赞成。我话说到了，也不跟你啰嗦了，你俩好说好散，趁早拉倒！”

说完，林智诚气鼓鼓走了。

小马路两边长着粗大的杨树，丝丝缕缕的杨树吊子，不时从树梢往下掉着，空气中有股谷糠味道。在这阳光明媚的仲春天气里，王树生竟然打了个冷战。林智诚的话就像石头，句句砸得他心痛。

刘兰芝一手拎着一捆菠菜，一手攥着一把小葱，刚从合作社出来，跟林智诚走个对脸。晚上要烙春饼，她招呼小诚过来一块吃。大妈还和从前一样，把他当儿子看，林智诚气消了不少，像是无意间问起树生哥对象的事。“唉，连着介绍几个，他都不心甜。这不，我正为这事心窄犯愁呢。”刘兰芝把菠菜搁地上，叹了口气。看来大妈不知道王树生跟姐搞对象，林智诚灵机一动，忙出主意：“我小洁姐在医院，那么多年轻漂亮的护士，让她踅摸踅摸呀。大妈你没听说么，有剩男没剩女，这事可要抓紧啊！”

林智诚小算盘打得很精：如果有人给王树生介绍对象，他还有时间精力来纠缠姐姐吗？往家里走着，他还在为自己围魏救赵的计谋而自得。刘兰芝边走边思谋着小诚的话，打医院里给儿子找对象，她不是没想过。护士好哇，家里人有个头疼脑热的，打针吃药照顾着还方便。可护士都眉眼高，想嫁干部或是大夫啥的，一听说工人，有的连面都不肯见。小诚的话，倒触动了她一桩心事，想起跟儿子结娃娃亲的林智燕来。嘿，燕儿跟树生同岁，也在医院干护士，她跟树生打小一块玩，一块上学，没准俩人投缘呢。

林智诚很快发现自己的失算。这天，妈问他：“你王大妈上午过来坐了半天，想把树生介绍给你姐，你怎么看这事？”林智诚一听急了，连说不行，绝对不行，他俩根本不般配。听儿子这么一说，刘丽珠沉默不语，半晌才道：“说句封建的话，树生跟你姐也算是娃娃亲，我跟你王大妈那时候可真是想结这门亲的。树生人不错，可千遭好万遭好，毕竟他只是个工人。可这层意思又不能直说，这么多年，咱们两家比一家人都亲，你大妈对这事又很上心……”

林智诚问我爸啥态度。

“你爸，他一口一个树生人不错，等于默许了。”刘丽珠说，“等你姐晚上下班回来，我问问她的意见。新社会了，没有包办婚姻的，这事儿成不成取决于她。”

林智诚暗自叫苦。妈呀，你是不知道你闺女，一说起王树生来眼睛就放光。问她态度，她肯定没二话，毫不犹豫就点头。不行，解铃还得系铃人，必须在姐没表态之前，找王大妈谈谈。

下午居委会没啥事，刘兰芝打个卯回家，把生虫的大米倒在簸箕里，坐在葡萄架下专注地挑着里面的小肉虫子。看小诚上门，她忙搁下簸箕，手撑着腿要站起来。林智诚赶紧拦住，拉过来一条板凳坐到对面。刘兰芝手点着簸箕：“总舍不得吃这米，寻思留老闺女回来时蒸干饭。没成想，留来留去倒便宜了这些虫子——碗橱里有馒头，吃了自个去拿。”

林智诚心里一热，忙说大妈我不饿。以前他没少来这院里吃喝，刘兰芝觉得俩孩子可怜，家里一改善伙食，宁可自己少吃口也要留给他们姐弟。心里装着事，林智诚又不好直说，东一句西一句闲扯，问米都这样了还能吃吗。刘兰芝说：“这大米可金贵了，一点不能浪费。虫子挑出来照样吃，总比秫米咽着顺溜，吃得香不是？”

林智诚帮着捡米里虫子。在这凉爽的院子里，他爱听大妈唠嗑。上到国家大事，下到柴米油盐，她说啥都像是一个腔调，没有轻重缓急，好像什么大事在她这都不是很重要。可每句话都叫人听着那么熨帖，那么平实。

“有心事吧，说出来我听听。”刘兰芝放下簸箕，一脸慈祥看着小诚。在这平和的氛围里，林智诚本已忘掉来王家目的，听大妈这么一问，倒吓他一跳。他暗自给自己打气：得，为了姐姐一辈子幸福，你就当一回小人吧。使劲咽了口唾液，他说：“大妈，有个事我也是才知道，树生哥跟我姐搞对象呢……”

“好哇！”刘兰芝拍了一下大腿，冲林智诚道，“这孩子，也不跟爸妈通个气。上午我还跟你妈念诵这事呢，怕你姐看不上我家树生，没想到两人自己搞上了。好，忒好！”

“好是好，不过……”林智诚吞吞吐吐，“医院要保送我姐上大学，正这节骨眼上，她搞对象不大合适。”

“有啥不合适的？她上她的大学，抻几年再要孩子就是了，现在成家的工农兵学员又不是没有。”

林智诚像被烫了一样，啧嘴吸气：“可树生哥他炼钢，当炉前工。工作脏点累点没啥，万一出点事怎么办？”

“还能有啥事？”

葡萄叶子斑驳的影子里，林智诚眼神有些游移：“大妈，你没听明白我意思，我是说万一。守着上千度的炼钢炉，这万一要摊上点事儿，我姐怎么办？姐打小吃了不少苦，我们全家人都希望她幸福，过几天安生日子。我可不愿意她成天提心吊胆过日子……”

年轻人几句没轻没重的话，一下子点醒了刘兰芝，她眼圈开始泛红。林智诚害了怕，忙说：“我也是为他们好。大妈，你只当我瞎说，胡说八道，满嘴喷粪，树生哥不会有事的。”见大妈没理他，林智诚悄悄从板凳上抬起屁股，走之前又叮嘱一句：“千万别说我来过这儿！”

刘兰芝木然地点点头。

簸箕里的米撒了，盛虫子的缸子倒了，她呆愣愣坐着，老半天才挪脚进屋。儿子干炉前工是有危险，可在当时，能从农村返城已经念阿弥陀佛了，更何况这么快就到大厂子上了班。老头子跟她念叨：“比起街道大集体上班的返城知青，你就烧高香吧。危险，啥工作没危险？我当年下井挖煤，两块石头夹块肉，不比这危险？结果咋样，我不是照样没缺胳膊没短腿，精精神神的退休嘛。更何况这么大厂子，制度那么全，哪儿能说出事就出事呢。”

刘兰芝精神恍惚坐到炕上，心想我咋这么命苦。前半辈子为老头子揪心，他一下井她就去拜窑神。后来窑神庙砸了，她就在心里念佛。每回出家门，都像要跟他诀别一样，脸上笑着打点吃喝，心里却永远是惴惴不安。没想到，黄土埋半截，可要松口气了，现在又轮到儿子。儿子一上班，她就在心里安慰自己，有家传的平安扣保佑着，树生没事。可方才小诚一番话，却击碎了她的这份自信。

天黑了，在没有掌灯的屋子里，她思前想后。燕儿是百里挑一的好姑娘，难不成要她像自己一样，为丈夫担惊受怕一辈子？最后，刘兰芝认命了，她要劝说儿子，再怎么着也不能连累人家。她不知道小诚是代表他自己，还是代表父母意见，不过两家这么多年交情，不能因为儿女的事闹不愉快。吃罢晚饭，王天喜去胡同口路灯下打牌。刘兰芝让儿子叫来燕儿，当着两人的面，把自己想法一股脑倒了出来。

“大妈！”林智燕叫了一声大妈，眼里泛起泪花，“在咱们工人新村，你知道是谁晚上偷偷护送我们姐弟走黑胡同，是谁无冬历夏，风霜雨雪接送我俩一走就是三年吗？”

刘兰芝摇摇头。

“是你儿子树生！三年啊，在我爸妈下放去农村那段时间，他一直这么做，连你这当妈的都没有告诉。你说，这么心地善良的人，天底下我林智燕上哪儿去找？我也不怕大妈你笑话，我喜欢树生的善良，喜欢他的正直品质。既然跟他搞对象，我就接受他的一切，包括他的工种。大妈你说，他都不怕危险，我还怕啥？至于保送上大学，我想好了，不去了。上大学今年不去，以后还有机会，可树生只有一个，错过了就永远不会再有！”

林智燕一口气说完，脸上现出红晕。王树生瞅着她，眼睛发亮。刘兰芝一把拉过林智燕的手，连叫了几声好闺女：“别嗔怪大妈嘴碎，我也是有点犯难。以前介绍对象呀，他瞧不上人家，其实人家也挑他，嫌炼钢又脏又累又危险，谁不愿意嫁给干部啊。这话，我都没敢跟他学。燕儿啊，你看中树生，不嫌弃他，是他的造化和福分。今儿个大妈也跟你表个态，你来了就是我亲闺女，比疼那姐俩还疼你！”

两人很快进入谈婚论嫁阶段。王树生上班不够年限，厂子分房没他份，全家商议在院子里加盖间小平房。吃过晚饭，王玉洁把弟弟叫到当院，塞给他一沓钱：“姐姐情况你也知道，大刚他爸没了，我要周济婆婆公公，每月往老家寄钱，不是很宽裕，你盖房子我出二百。”

树生执意不要。

姐攥着他的手：“你是我亲弟弟吧？”

树生点点头。

“是就好，弟弟要结婚，当姐的出点力，帮弟弟盖房子是不是应该？”

他只好接过来：“姐，算我借你的，回头还你。”

黑暗里姐冲他笑笑，这一笑不知为什么让王树生有些心酸。

王天喜跑东跑西，托人弄脸，备齐了红砖、白灰、木料。王树生从厂锅炉房拉回几车焦子。刘兰芝招呼弟弟刘爱国过来着把手，隔壁住的、王天喜的徒弟大锁也来帮忙。大家挖掉葡萄秧，推倒院墙，刨开黄土，就这么开工了。林智诚复员分到了钢厂工会，这两天正闹情绪呢，林智燕看人手少叫他过去出把力，他一百个不情愿。直到父亲冲他瞪眼，才嘟嘟囔囔往外走。

早晨露水未干，阴凉尚存，几个年轻人打起夯来。刘爱国嗓子尖，能编词儿，他负责引夯喊号子——“高抬起呀。”他喊道。“来哟吼。”几个人合力喊着拉动绳子，石夯被高高抛起，“咕咚”砸到地上。

我们开始夯啊；来——哟。咕咚。

打夯夯得紧哪；来——哟。咕咚。

盖房全靠它呀；来——哟。咕咚。

夯夯往前走啊；来——哟。咕咚。

大家加把劲啊；来——哟。咕咚。

使劲要使齐呀；来——哟。咕咚。

用力夯到边啊；来——哟。咕咚。

干完吃包子啊；来——哟。咕咚。

包子没有褶啊；来——哟。咕咚。

原来全是肉啊；来——哟。咕咚。

一咬一口油啊；来——哟。咕咚。

……

号子声招惹来一街人过来瞧热闹，几个人喊得越发起劲。他们中，林智诚年纪最小，眉目英俊，让人想起《红色娘子军》中的洪常青。十年以后，胡子拉碴，摇着轮椅，在街头兜售盗版磁带的林智诚，早忘了地震前打夯这一幕。可王树生的外甥大刚，却清楚地记得，当年林智诚是多么潇洒，让胡同里上中学的女孩子看得眼睛发亮。

一天下来，林智诚手上磨出了血泡，回到家四仰八叉躺在床上喊着："妈呀，救救我吧，我要死啦。这个王树生，把人当牲口使唤，比周扒皮还周扒皮。不行，冲这个也不同意他当我姐夫！"

刘丽珠心疼地挑着血泡。林智燕脸上挂不住了，找到王树生一通数落。王树生道："怎么人家都能干活，就你弟弟是个宝儿，怕累着，真难为他这三年兵怎么当的！"

林智燕说："他是吹拉弹唱的文艺兵，又不是耍铁锹抡洋镐的基建工程兵。你怎么这么不开窍？我让小诚来帮忙，是想缓和一下你俩矛盾。你可倒好，真把他当小工使唤，他在我妈跟前能说你好吗？"

王树生忙赔笑："我明白了，不指派他干活就是了，把他当佛供着总成了吧，谁让他是我小舅子呢。"

"去，讨厌。"林智燕往他脸上吹了一口气，一甩辫子扭身走了。

打地基，抄平，砌墙，上檩。虽然房子间量小省掉了木梁，可上梁的仪式还要有，王天喜踩着梯子，把红绸拴在檩上，下面坠着几枚铜钱。王树生扶着梯子，觉出父亲腿在微微颤抖。

"爸不迷信，可啥事都要讨个吉利。我活大半辈子了，没啥奢望，就盼着你们小两口平安和顺。"

“爸，我知道。”树生声音有些暗哑。王天喜从梯子上下来，林智燕倒了一搪瓷缸茶水递过去。

刘爱国退后几步，端详着初具雏形的房子。他这个当舅的，只比树生大几岁，是个圆团脸的黑胖子，一笑露出两个虎牙。他在钢厂食堂干大厨，装了一肚子没用的学问。这会儿，他点评道：“咱这房子瞅着就结实，保管五十年不坏，一百年不倒。树生两口子在里头呢生儿子，儿子生孙子，孙子生搭拉孙，子子孙孙住下去……”

一旁王树生咧嘴乐了，林智燕红了脸。刘兰芝过来戳了弟弟脑门一指头：“成天花马掉嘴的，正经你也生个儿子，别让大伙跟着着急。”爱国道：“有啥法，我们那口子盐碱地，光打种就是不长庄稼。”几个人都乐了起来。刘兰芝瞪他一眼，把一副对联递给儿子和林智燕，说图个吉利你们自己贴吧。

对联是林兆瑞写的，上联是“忠厚一生嫌善少”，下联是“平安两字值钱多”。贴着红彤彤的对联，王树生憧憬着自己的新家。他没啥奢求，只盼望着劳累一天下班回来，和媳妇在房间里独享两人世界。再就是，以后有了孩子，最好是一儿一女，一家人没病没灾，和和美美……燕儿大概跟他想到一块去了，不然为啥脸上现出红晕来。下了梯子，看着对联，心有灵犀一般，两人的手自然而然牵到了一起。旁边的林智诚咳嗽一声，两人赶紧分开。小诚两手夸张地缠着绷带，一脸愠色。

男人们又开始忙活，刘兰芝拉林智燕到屋里坐。外头下来暑气了，屋里倒阴凉阴凉的，土炕占了一半地方。正对屋门墙上，贴着毛主席去安源的宣传画，旁边是王天喜爷俩先进生产者奖状。靠北墙一对旧柜子，摆着座钟、毛主席白瓷胸像、镶满大大小小黑白照片的两个镜框。最有意思的是王树生两岁时的照片，含着手指，露着小鸡鸡，天真无邪地直视着镜头。林智燕每次看了都想笑。屋里摆设，这么多年没大变化，而屋主人却在慢慢变老。也难怪，树生都已长大成人了嘛，林智燕想。

大妈拉她坐炕上。窗台上，一盆旱莲开得正旺，两盆倒挂金钟热热闹闹地缀满了紫红的铃铛。林智燕鼻子凑到橘红色旱莲花上：“大妈，有股特殊的药香呢。”刘兰芝脸上皱纹笑开了花：“嗯哪，我打小就喜欢，比荷花好。荷花也好看，就是离人远，跟人不亲。”

摸着蓝底白碎花的炕单，林智燕连夸好看。刘兰芝道：“是呢，这是树生当先进厂子奖的。你要是喜欢，我这就撤下来给你，今儿早上才铺上的。”林智燕说不用不用，家里有。心里想，多好的大妈啊，真是要月亮不给星星。

刘兰芝关上门，又踮脚向窗外张望下，从裤腰里摸出一个白棉线钱包，打里头掏出一个红布裹着的东西来：“燕儿啊，往后你就是老王家媳妇了，也没啥送你，这金溜子算是老王家聘礼。”

林智燕推让着。

“哎，这也是我跟你大爷一份心意。现在破四旧不兴戴这东西，你在家时偷着戴……”刘兰芝布满青筋的手，攥着林智燕腕子，“你指头细，以后缠上点红线线，就合适了，也不容易丢。”

林智燕点点头，乖乖地看大妈把那枚戒指戴到她左手无名指上。手指竖在面前，她眨着眼睛问大妈搭配吗。“搭配，我们老王家媳妇就是好看！”刘兰芝喜滋滋的，“你看你，这么瘦，瞅着就让人心疼。等过了门，我整天给你做好吃的，养得白白胖胖的。”

外面阵阵蝉声飘进来，刘兰芝拉着林智燕的手，唠着家常：“从前呐，只有老头子一人上班，家里负担重。树生他打小就懂事，灾荒年那会儿，把口粮留给姐姐妹妹，自个儿去野地挖菜，逮到蚂蚱、老扁啥的，点把火烧着吃。你看他，那会儿精瘦精瘦的，没饿死，身子骨反倒结实了……”

林智燕抿嘴乐了，想起小时候跟树生一块淘气的事来。饥荒年代，孩子们的生活并不乏味。

刘兰芝用红布包好戒指，搁进白棉线钱包，搁到林智燕手掌心：“我们眼瞅着往六十上奔的人了，再疼儿子，也不能总陪他，将来你要跟树生过一辈子。燕儿啊，过日子少不了磕磕绊绊的，树生他人又死倔，有个对不对的，看大妈份上，别跟他计较……”

想起从前婆婆跟前当媳妇的难处，拉扯大几个孩子的不容易，刘兰芝抹起泪来。林智燕忙说：“树生交给我，你就放心吧。我保证一辈子照顾好他，死也不放手！”

刘兰芝反倒逗乐了：“看丫头你说的，啥死呀活的，年轻轻的，好日子长着呢。”

新房子盖好后，林智燕一下夜班就往王家跑。三伏天里，看树生和木匠一块打家具。回到家，衣服上、裤子上蹭满锯末。刘丽珠拉闺女到院子里，一边拿笤帚疙瘩敲打着，一边数落着：“这么大丫头，还没过门，成天扎在对象家不嫌寒碜。”

“妈！”林智燕扭着身子。刘丽珠正色道：“我不反对你俩的事，可也没说过无条件支持。”

林智诚在屋里道：“我姐处处护着王树生，买冰块也是先给他后给我，对象当然比亲弟弟重要了。”

“没你事儿。”林智燕说。

刘丽珠又问“三十六条腿儿”备齐没有。这是当时全套结婚家具的统称，包括一张方桌，四把椅子，一个双人床，一个大衣柜，一张写字台和一个饭橱。林智燕喜滋滋地告诉妈：“不光‘三十六条腿’儿，还多了四条呢。树生下乡时学过木匠，他自己做了个沙发。还说你跟爸看着好的话，也给你们做一个。”

“嗯，这还不大离。”

林智诚趿拉着凉鞋出来：“妈，你不会让一个沙发就收买了吧？”

“去，你妈什么没见过，我是觉得姑爷不错，会来事儿。”又冲女儿道：“燕儿，你一个姑娘家，以后也学着矜持些，听见没有？”

“知道了。”林智燕拖着长声答应。

结婚，林智燕没啥物质要求，她只让树生打一个书架，好把喜欢的书一股脑搬过来。她越是通情达理，王树生越觉得不能委屈她，他要让心爱的人体体面面地嫁过来。家具打好后，他托人找票，费尽周折买齐了“三转一响”——手表、自行车、缝纫机和收音机，都是响当当的上海名牌。

林智燕有点积蓄，爸又添了些钱，她给树生买了块全钢手表。林智诚知道后，急赤白脸数落姐姐没出息。

内科病房是从前的老建筑，楼前长着几株高大的垂柳，柳条拖到了地上。黄昏时树影浓重，十几只蝉“四儿——，四儿——”拖着长声叫着，如同宏大的管弦乐队。王树生拎着圆饭盒走上青石台阶，丁媛隔着窗玻璃看到他，忙招呼林智燕：“姐，你对象又送饭来啦。”

丁媛是个活泼开朗的姑娘，跟林智燕一块上夜班。她抢先打开饭盒，看到白米饭和西红柿炒鸡蛋，叫了一声："哟，真给我姐增加营养啊！""快成话痨了，给，先把你嘴堵上。"林智燕夹了块鸡蛋塞到她嘴里。丁媛喊着好吃，林智燕又喂了她一口。王树生拉过来一把椅子，让她坐下一块吃，丁媛摆摆手："得了，不跟你们起腻了，姐你慢慢吃，我去病房转转。"

她轻盈地出去，随手带上了护休室的门。

王树生有些口渴，要去喝水，林智燕一把拉住他："给你晾着白开水呢。咱们以后立下规矩，再不许对着水龙头喝水，更不能脑袋扎家水缸里喝。还有，你那吃东西不洗手的毛病也要改改。"

王树生一一答应，不错眼珠地看着她。林智燕吃着饭，一抬脸："你傻看着我干吗？"

"喜欢看你吃饭样子，一声不响，总那么秀气。不像我们一家人，吃饭跟猪拱槽子似的，吧唧得山响。"

林智燕一笑："从小，妈就教育我们姐弟：食不言，寝不语；吃饭嘴巴不要发出声响；胳膊肘部不能搭在桌子上；筷子不要横竖交叉摆放……小诚当了几年兵，好习惯全丢了。"

林智燕一提起弟弟，树生忙问小诚现在对我啥态度。

"还那样，动不动说点风凉话。他心里疙瘩没解开，一时接受不了咱们搞对象这个事实。"

"那我一定要想办法帮他解开疙瘩，总不成让小舅子恨姐夫一辈子。"

"哼，这么着急想当姐夫啊？"

"当然。"

"说话不脸红。"林智燕吃完站起来。王树生要去刷饭盒，林智燕说："还是我去吧，不然媛媛又该笑话我了。当初你住院追我时，她没少敲打我。这丫头，整个一人精！"

王树生突然冒出个想法，和林智燕对视了一下，两人想到了一起：媛媛和小诚年岁相当，郎才女貌，他俩肯定合适。林智燕说："说办就办，我和媛媛说，明天下夜班咱们一起去南大洼玩。"

两人商量妥当，王树生刚要走，林智燕忽然说："树生，我想早点嫁给你！"血一下子涌上头，王树生心脏一阵狂跳，好容易才平缓下来："燕儿，我何尝不着急呢，我也想早点结婚，快点把你娶进家门。"

“亲我一下。”林智燕闭上眼睛。王树生嘴唇轻触在她额头。林智燕的声音像从很远地方飘来：“不管我弟说什么做什么，你千万别计较。”

王树生、林智诚一前一后来到时，林智燕和丁媛已等在医院门口。两人戴着大草帽，像下乡女知青，丁媛拎着一网兜吃的东西。顺着林荫大道往南，骑了十几分钟车子，穿过收割后的玉米地，前面出现一片波光粼粼的水面。七十多年前，清政府在这里开矿挖煤。后来煤掏空了，地面下塌，矿水上浸，这里就成了天然湖泊。

他们坐在水边一棵老槐树下。王树生吹了一段口琴，林智诚即兴跳了一段新疆舞，踢得草叶纷飞。林智燕和丁媛看着哥俩一个赛一个地闹腾，拍着巴掌加油。天气渐渐热起来，丁媛从网兜里掏出洗好的黄瓜、西红柿。王树生伸手要接，林智燕瞪他一眼：“去，洗完手再吃。”不远处有眼机井，水哗哗哗地流着。王树生朝那走去，丁媛说我也去，高高兴兴地追着他去了。

天上云团缓慢移动着，周围景物时暗时明。望着水天一色的湖面，林智燕扑哧一声笑了，扭头问弟弟，还记不记得你一顿吃过四张葱花饼的事。小诚怎么能忘记呢？那次他去乡下看姐姐，老乡知道林大夫当兵的弟弟来了，送来自家舍不得吃的白面。姐拉着风箱，给他烙了好几块葱香四溢、外焦里嫩的葱花饼。他狼吞虎咽地吃着，姐借口胃疼只喝了几口粥……那一晚，月光如水，姐俩坐在土炕上一直唠到深夜。

真奇怪，那个时候姐俩无话不说，现在天天见面，却像隔了一层。林智诚随手揪了根蛐蛐草，搁嘴里嚼着：“姐，我承认我有些自私，怕失去你，可你要找个好对象，我也打心里替你高兴。问题是现在不是那回事，你跟王树生有共同语言吗？”

岸边丛生的灌木上，黄色的蚂螂来回飞着，翅膀在阳光下一闪一闪的。林智燕问弟弟：“你怎么知道我们没共同语言？树生他确实不懂诗，不懂文学，可他懂我，知道我的愿望和所思所想。我说的话他不腻味，能够耐心专注地去听；我有时小小的发疯举动，他能理解，不会像别人一样说我有病。也许这就是所谓的知音吧。”

这话让林智诚觉得太玄妙了，他摇摇头，说不明白。林智燕说：“慢慢你会明白的，也会发现树生身上其实优点很多。他善良、真诚、坦率，敢爱敢恨，还是那个你小时候信赖依恋的兄长。”

九月蒸腾的云团裹着水汽，一会儿下起雨来。雨线细密，水面满是涟漪和溅起的小水泡。几个人凑在老槐树下躲雨，林智诚一点一点往外拱着王树生。眼看半拉身子让雨水淋湿了，王树生佯装没感觉。雨刚小一点，林智燕一拉丁媛的手，跑到了雨中，撒欢似的叫着喊着——她们看到了天空的彩虹！

太阳很快出来了，粗糙的树干湿漉漉的。林智诚挑衅地望着王树生：“你不是挺能吗，敢不敢跟我比爬树？”

不等王树生回答，他手脚并用，蹭蹭蹭爬了上去。王树生也不示弱，搂着树干，一下一下往上攀。刚爬到半腰，林智诚一脚蹬在他肩膀上，险些把他踹下树去。好容易坐到树杈上喘口气，迎面又挨了林智诚一拳，王树生半拉脸登时麻木了。

“刚才一脚是对你夺走我姐的报复，这一拳是警告你，以后敢对我姐不好，我跟你玩命！”林智诚压低声音道。

树枝扑簌簌抖动，摇落下水珠和落叶。林智燕问，你俩猴子似的在上面干吗呢？王树生说没事，忙出溜到地面。看到他鼻子流了血，林智燕心疼地问怎么搞的，王树生说树枝碰了一下。丁媛麻利地把一块纱布卷成条，塞在他鼻孔里。林智诚这时也下了树，林智燕使劲瞪了他一眼。

林智燕要弟弟陪会儿丁媛，拉着王树生沿着芦苇间一条黑泥小路走下去。她问小诚为什么打你？

王树生道：“没有哇，不是跟你说了嘛，是树枝碰的。”

林智燕突然迸出眼泪来：“你受委屈为什么不说？他这么横，你还护着他，你傻呀你！”

王树生忙给她擦泪：“你不是说过，小诚说什么做什么都别计较嘛。得了，他又没真动手，这两下对我来说跟挠痒痒似的，不算什么，只要小诚不再记恨我。”他不愿再纠缠这事，转移了话题：“对了，我妹来信了。这丫头，以前信上总是写扎根农村战天斗地的事，这回却好像有啥心事，说了不少大队里的人和事，吞吞吐吐，云山雾绕的，不知啥意思。”

“该不会搞对象了吧？”凭女人的直觉和细腻，林智燕一下子猜到这上头。王树生摇摇头，小环跟小诚一般大，野小子似的，她懂啥叫搞对象。

林智燕想起弟弟，朝老槐树方向望了一眼：“不知道媛媛跟小诚合适不合适，我反正挺喜欢她的，我妈也觉得人不错。”

西北风吹走了明朗的秋日，唐城进入阴霾笼罩的漫长冬季。星期天下午天气不好，林智诚没出门，守着电匣子，心烦意乱来回扭着指针。一会儿是“临行喝妈一碗酒”，一会儿是“飞兵奇袭沙家浜”，一会儿是“洒热血，求解放，生命不息斗志旺”，一会儿是“大吊车，真厉害，成吨的钢铁，它轻轻地一抓就起来。”

正皱着眉头看剧本的林兆瑞，抬脸冲儿子道：“嗨，听过八百遍了，总不过这几出戏。关了吧，耳根清净。”他新排的戏因为没有突出阶级斗争，上头没通过。林智诚知道爸心情不好，乖乖地关了电匣子，劝道：“爸，你这是何苦呢，像王大爷一样提前办退休，养养花，钓钓鱼多好。”

“你爸我离不开舞台。这么多年了，舞台就是我的生命，离开一天就没着没落的。在农村种水稻那会儿，我就想，要是让我回团里，能听到锣鼓点响，不要说当导演，就是跑龙套、打杂儿我都干。”

“你一辈子就是劳累命。”

“这才充实，都像你少爷一样吊儿郎当，那国家不完了？”

林智诚嘟囔道：“我这不是烦嘛。”

“我知道你为啥烦，你一直为你姐跟树生的事耿耿于怀。树生肚子是没多少墨水，干的也是粗活、累活，甚至还有几分危险，可他待人真诚，不势利眼。这么多年风风雨雨过来，你爸我深有体会，看人最重要的是人品，为人善良正直比啥都重要。这样的人才可以信赖，可以托付终身，你姐没看走眼。”

林兆瑞摘掉花镜，搁在剧本上：“小诚啊，别看爸总数落你，我这是爱之越深，责之越切。你不想想，当初你要是吹拉弹唱没两下子，就是爸再求人，再给你使劲，你能当兵走人吗？现在也一样，你以为厂工会谁都能去，职工文体谁都能搞？不是那么回事，人家看你是块料才要你的。小诚，去不成市里文艺团体，咱在工厂也一样发挥作用，我相信那句话，是金子搁在哪儿都发光……”

爷儿俩正说着，亲家王天喜捎话来，叫过去商量一下喜宴办桌的事，林兆瑞招呼儿子一同去听听。刘丽珠患感冒出不了门，她囔囔着鼻子道：“帮我看看那头儿准备得怎么样了。缺啥短啥，需要咱们搭把手的，帮帮亲家。”

王树生的新房里生着炉子，有种生铁混合着煤烟的味道。刘兰芝盘腿坐床上，正给小两口絮着被褥，王天喜和刘爱国抽烟等着老林。一见爷俩进屋，王天喜连忙拎起茶壶来倒水。林兆瑞环顾左右，问怎么没见老闺女。王天喜气鼓鼓回答："这丫头，焉主意贼大。他哥办喜事，写信叫她回来，到现在连个影儿都没见。"林兆瑞说："也不能怪小环，山里交通不方便，寄封信都得一礼拜。"

"嗐，人家早把大名改了。"刘兰芝接茬道，"王卫东，听听这名字！这孩子，改名你不征求爸妈意见，改了也就罢了，可下乡这么大事也不吱一声，自己偷走户口本就去报名了。上山下乡，你当是去玩啊……"

她眼窝有些潮，撩起衣襟擦起来。

王天喜哼了一声："脚上的泡自己走的。再说，下去锻炼锻炼也没亏吃，又不光你闺女一个下乡，树生、燕儿谁没下过乡？"

爱国拉了一下刘兰芝胳膊："姐，你就别心窄了。我听说返城政策有松动了，到年头可以回来，弄好了还能保送上大学呢。等小环回来，让她姐在医院里介绍个大夫，等两年抱个大外孙，姐你就请好吧。"

"敢情。"刘兰芝笑得泪花闪闪。

这时院门一响，树生接林智燕下班回来。刘爱国忙说："别老念叨你宝贝闺女了，今天咱们主题是如何把你儿子喜宴办四置了。毛主席教导我们说，不打无准备之仗。我盘算好几天了，既要移风易俗，又要喜庆热闹，方方面面答对满意。趁着树生他俩都在，咱们再把办桌细节敲定一下。"

喜宴安排在腊月十六。尽管头一次当大操儿张罗这事，爱国却相当在行，他拿过来宾名单，眼睛一瞭就瞧出了问题："这恐怕不行，街坊这些人又有'矿派'，又有'工总'，过去结了疙瘩，现在弄一桌吃饭，喝高了别再来次武斗。"

王天喜大手一挥："都过去的事了。放心，甭管他'矿派'还是'工总'，来我这喝喜酒，就得给我面子，谁也不敢奓翅。"

林兆瑞点点头，相信亲家有这个能力。他和天喜，不光是儿女亲家，还是街坊和评剧票友。天喜是下窑的老板子，外表糙拉，可人实诚，重义气，在矿上威望很高。当初，要是没天喜在革委会照应着，他早让团里那帮造反派整死了。就算不死，这把骨头恐怕也扔在湖北稻田里了。林兆瑞端起杯子，又喝了一口水。天喜知道他的嗜好，没给他沏茶，开水里加了一勺糖。好甜，林兆瑞想，真是甜到了心底。

老林是带着夫人的一双眼来的。一进屋，就看到一台崭新的蜜蜂牌缝纫机，静静地卧在外屋地上。一块绣着几朵红牡丹的白布罩着缝纫机头，就像蒙着盖头等待出阁的娇羞新娘。不用问，他就知道这绣工出自燕儿。里屋，家具满满当当，写字台上摆着崭新的红灯牌收音机，铭牌上红艳艳的灯笼透着喜气。此时，林兆瑞坐在姑爷打的沙发上，用夫人的眼光再次环顾一遍新房，心想，就是丽珠她亲自来，恐怕也只有满意两个字。

林智燕拉弟弟到外屋，悄悄道："还跟树生置气呢？人家可不跟你一般见识，你那么待他，他不记恨不说，还一个劲催我给你介绍对象呢。哎，你看媛媛人怎么样？"

"姐，我不想搞对象。"

"别要小孩子脾气了，你也老大不小了，妈还急着抱孙子呢。你说吧，你要是有意思我好跟人家说。"

林智诚道："媛媛要人有人，要个儿有个儿，条件不错。可我不知为啥，就是不来电。直觉告诉我，她也未必愿意，我看她喜欢王树生那路人。"

"瞎说。"

"真的，你弟我眼睛多毒啊，再怎么说也是从文工团里出来的，姑娘们想什么我一眼能瞧出来。"

这时王树生出来，问又编排我什么呢。林智燕说："我弟夸你手巧，把家弄得像那么回事。"

树生冲林智诚笑笑，林智诚咧咧嘴。

冬天天黑得早，刘兰芝张罗着做晚饭，爱国叫住她："姐先别忙活，我为外甥结婚特地写了首诗，我给大家念念。"

王天喜一劈手："打住，这儿谈正事呢，你又弄你的破诗。我说，你一个厨子要啥笔杆子整什么诗，写诗能写出大米白面红烧肘子？能养活老婆孩子过日子？"

爱国不爱听了："哎，你还是别说这个，要笔杆子就是有用。你先进生产者发言稿谁帮你写的？地球转一天你转一天半，这词儿谁整出来的？我这是没大领导赏识，要不进市革委会写作班子绰绰有余。"

林兆瑞笑眯眯地看着他俩掐。王树生说："舅，没人时单独给我俩念吧，正好燕儿她也喜欢诗，你们切磋一下。"

爱国一听脸上乐开了花，给外甥一个拥抱大礼，"真是知兄者莫若弟也。"林兆瑞提醒辈分论错了。刘兰芝说："他俩呀，一向这么没大没小。起小我妈就把爱国搁我这儿，跟树生一个被窝睡，一个槽子里抢食，在外头哥哥舅舅胡叫一气。"

王天喜让老伴烫壶酒，他今天要跟亲家和爱国痛痛快快地喝两盅。"树生，你也喝点儿。"他对儿子说。王树生答应着，灯影里悄悄攥住林智燕的手。林智燕往外抽，抽不动，用拇指指甲轻轻剋了他一下。

座钟打过八下后，林家父子和爱国回家了。大闺女玉洁在医院值班，刘兰芝安顿外孙跟自己睡。她从外屋拿进来一个搪瓷盆，倒扣在地上，又把一只空酒瓶立在上面。孩子爬起来撒尿，睡眼惺忪地问姥姥在干啥。

"地震喽好往外跑。"刘兰芝说。这一年的腊月，地震传言困扰着唐城人，过年的喜庆里有一种隐忧。王天喜天天听电匣子，知道的事比老伴多，听了这话便数叨她几句："老娘们就是头发长见识短，别看嚷嚷得凶，都是瞎造谣。再者说，真要地震，你瓶子倒喽再往外跑，早晚八春了。"孩子还要问，王天喜说："早点睡吧，明天还要上学。"听院子里有脚步声，王天喜冲窗户外头道："树生，黑灯瞎火的，把燕儿送回家。"

"知道啦。"黑暗中，王树生答应着。

西北风刮走了城市上空的雾霾。风停歇了，满天星星闪闪烁烁，什么地方响着零星的鞭炮声。林智燕深吸了一口气，夜色真美呀，她说着把胳膊伸进树生的臂弯，两人挽在了一起。

两家距离不远，前后排住着，他们却走了三个来回，坚持要把对方送回家。最后，还是王树生拦着林智燕："照这么送下去，咱们明天早上也进不了家。这样吧，数一二三，你进院子，我掉头，咱们谁也不许再回头。"

林智燕开门进家，王树生转身。听到林家的关门声，他又停下脚步，直到林智燕的小屋里亮起灯光，他才回家。

腊月里的一个星期天早上，林智诚从噩梦中惊醒，出了一身冷汗。他梦见电闪雷鸣中，他家房子坍塌了，林智燕埋在瓦砾中。他一个人在瓢泼大雨中找寻着姐姐。姐，这个平时他叫得那么亲切自然的词儿，在梦里，他却喊不出来——像哑了一样，光张嘴发不出声。他觉得姐姐要永远离开他了！

有人在啪啪啪拍打着门玻璃，是母亲。刘丽珠进来，唰地一下拉开窗帘："都几点了还不起来？赶紧腾地方，你姐要在屋里打扮一下。"

林智诚这才醒悟，今天是腊月十六，姐出嫁的日子。夜里落了一层雪，明晃晃的阳光中，他跟着妈来到院子里，边敲打着脑袋，努力摆脱梦魇的阴影。丁媛来帮林智燕梳洗打扮，瞧出点问题来："你弟怎么了，今天是你大喜日子，他该高兴才是。""他就这么格色，甭管他。"林智燕说。

丁媛帮她拆开短辫子，麻利地用剪子修剪着，再用圆把塑料梳子一下一下给她梳着头。林智燕想起弟弟的话，从镜子里看着丁媛："媛媛，问你点事，你觉得你姐夫他人怎么样？"

"好呀，从你俩搞对象起，我就觉得很般配。有时我就想，我将来找对象就找他这样的，又重感情，又体贴人，手又巧。我才看不上医院那些自命不凡的大夫呢。"

"死丫头，没脸。"林智燕伸手拧她一下，丁媛笑着躲闪着，脸有些泛红。媛媛十岁上就没了妈，这么多年和父亲相依为命，欣赏成熟稳重的男人，也就不奇怪了。林智燕心想，小诚看人还挺准的，看来自己和树生是乱点鸳鸯了。

两人叽叽喳喳，说说笑笑，半个多钟头过去了。刘丽珠看时间不早了，进屋提醒女儿该装包了。唐城老例儿，闺女出嫁，娘家要把陪送的嫁妆，用红平纹布包成一个个包袱，而且一定要双数。几个人一起把林智燕的衣服、书籍，和用钩针勾的沙发巾、座钟罩装进包。到这时候，林智诚不得不接受事实：这个他叫了二十多年，疼爱他的姐姐，已经心有所属，真的要出嫁了！

"王树生，你敢对我姐不好试试！"他在心里默念着，狠狠地往包里塞着东西。

刘丽珠把儿子和丁媛支出去，让他们在外头看接亲的什么时候来，她要叮嘱闺女儿句话。林智诚出屋，说去看看那头儿准备的怎么样了，便径直走了。丁媛站在院子里，透过贴着红喜字的门玻璃，看到母亲攥着女儿的手在说着什么。林智燕有些不好意思，脸上透着红晕。触景伤情，丁媛想到，将来自己出嫁时既不会有母亲给自己装包，也不会有这样的千叮咛万嘱咐……

想着想着，眼睛有些模糊，她把视线移向灰色的天空。一群鸽子正扇面一样飞过，留下了嗡嗡的鸽哨声。

王树生一大早就起来，踩着斑驳的积雪挑满一缸水，又把院子打扫得干干净净。天逐渐亮起来，朝阳把院子里头天搭起的帆布喜棚染上一抹绯红。砖头垒起的灶台旁，厨子们用漏勺捞出煮得半熟的大米，放到笼屉中准备蒸爬豆米饭。桌案上，摆放着半成品的米粉肉、四喜丸子、炸好的带鱼、切好的肉片……

王玉洁正往新房玻璃上贴着大红喜字。树生进屋，招呼姐帮他做一下发型。王玉洁挤出发蜡，蘸在梳子上，把他硬硬的头发梳成了时兴的偏分。看着镜子里的树生，她边夸着精神，边感慨道："你姐夫啊，当初也是这么一表人才，要不我怎么会看上家在农村的他，非招个倒插门女婿……"弟弟的大喜日子，让王玉洁想起曾经拥有的幸福生活。"许多东西，只有失去了才觉出珍贵。你姐夫活着时候，我为一点鸡毛蒜皮的事没少跟他叽歪。现在想想，真是太傻了。树生啊，一定要珍惜现在，跟燕儿好好过日子啊！"

王树生嗯了一声，用手压着额头一缕翘起的头发。

胡同里热闹起来，赴宴席的客人踩着积雪陆续上门，王天喜和老伴笑容满面地迎候在门口。为树生办婚事，家里拉了饥荒，可王天喜高兴，他愿意看到儿子体面风光地把媳妇迎娶进家。人活脸，树活皮，他在矿上大小也是个人物，儿子婚事如果悄没声儿草草办了，自己老脸往哪儿搁？领导、工友、徒弟们不干，亲家那头也交代不过去。人家把那么好的闺女给了你儿子，你好意思连办桌都节省吗？

儿子大喜日子，刘兰芝一宿没睡好觉。这会儿，她兴奋中带出点焦急来，不住地问爱国几点了，手搭凉棚往胡同口张望，边埋怨着老闺女这时辰了还不露面。直到斜背着绿军挎，五眼棉鞋上沾满泥水的卫东站在面前，她才如释重负，催闺女赶紧去换衣服接新嫂子。卫东没想到自己担当这么一个重要角色，忙说："妈，还是让我姐去吧。我天没亮就上了车，没来得及扎古，再说家里也没合适衣服。"刘兰芝瞪她一眼："这怎么成，接亲要全可人，你姐不中，你快点拾掇拾掇！"

王树生一身新衣服，挓挲着两只手，在屋里坐也不是站也不是。刘兰芝领闺女进来，冲他道："扎古好没有，扎古好了去院里等着，让你妹妹捯饬一下。"

说着，她把窗帘拉上了。

卫东一件件试着衣服，粗大的短辫，壮实的身板，在母亲眼前晃来晃去，让刘兰芝觉得有些生疏。在老闺女面前，当妈的总有些气短，觉得孩子在乡下遭罪，自己帮不上忙，亏欠她很多。王卫东没带走的几件衣服，都压在柜子底下，皱皱巴巴的，又瘦又小，最后总算翻出一件红毛衣穿在身上。刘兰芝帮她摩挲时，静电噼啪作响。

"你哥也结婚了，你爸跟我只有你一桩心事了。还是抓紧回来吧，城里再怎么不济，也比乡下遭罪强。"

"妈，我的事不用你们管，我自有主意。"

"你有啥主意，馊主意。打小你就任性，自作主张下乡我们没说啥，现在要再不管你，就在农村耽误了。"刘兰芝突然齁喽齁喽咳嗽起来，因为喘气不均，脸憋得通红。卫东忙轻轻捶打着后背，让妈把痰吐出来。刘兰芝说："我不碍事，你别让我着急，别惹我生气就中。"

来时王卫东装了一肚子话，看这情形，她决定暂时先不跟妈说了。她把外套穿上，辫子甩到脑后："行啦，走吧。"

林智诚进门时，刘爱国正跟卫东交代接亲礼仪。林智诚主动请缨，说自己在部队干过炊事班，要上灶帮厨。爱国上下打量他一眼："你呀，再帮厨也是油梭子泛白——短炼（练）！老实告诉你，红案白案你都上不了。漫说你，就是我这正宗厨子，今天也得让位。我看哪，正经你赶紧给我回家，等着跟新亲一块过来，不能乱了规矩。"又转身叮嘱树生别忘记带四色礼，改口叫爸妈时，一定要声音洪亮。

林智诚讨个没趣，并没生气，和卫东打了个招呼，悄悄耳语说过会儿有事找你。刘爱国叮嘱了一圈，问傻站在一边的林智诚怎么还不走。还是刘兰芝替小诚解了围："既然来了，就别走了，一块儿跟树生接你姐去，人多喜兴。"

九点半，王树生的迎亲队伍来到林家门前。他一身新姑爷打扮，藏青华达呢中山装，黑色一脚蹬猪皮鞋，手里拎着白酒、糕点、挂面、猪肉四色礼，有些拘束地站着，接受着街坊们热情的目光和小声议论。林兆瑞、刘丽珠早早迎候在门口，面对岳父岳母，王树生深深鞠了一个躬——爸！又鞠了一个躬——妈！林兆瑞夫妻响亮地答应着，接过姑爷的四色礼。

林家正屋圆桌上摆着几个瓷盘，里面搁着点心、糖块、花生、瓜子。这叫摆果茶，男方客人照例要尝一尝。两家人嘘寒问暖，刘丽珠有几年没见王卫东了，拉着她手问这问那。王树生被大家簇拥着，直奔新娘闺房。看到给大家开门的衣着鲜亮的丁媛，树生同组的青工石柱抢步上前："嫂子，我跟我哥接你来啦，快走吧！"

丁媛弄个大红脸。

王树生推他一下："你小子不长眼，管谁都叫嫂子，看清楚了再叫。"小石才明白自己搞错了，忙不迭道歉。乍一看到坐在小床上的新娘子，王树生真有一种惊艳感觉。燕儿显然经过精心打扮，大红上衣，挺括的灰色混纺华达呢裤子，棕红色猪皮鞋。原来的辫子剪了，乌黑的头发梳成发脚略带弯曲的柯湘头，面带娇羞地看着进屋的一群人。

"嫂子真俊！"石柱发出一句感叹。

那边，刘丽珠把姑爷带来的猪肉搁在菜板上，拿刀剔着骨头。肉还要让姑爷带回，这叫离亲骨肉。她手抖得厉害，眼窝湿湿的。林兆瑞让她控制一下情绪，刘丽珠用手背拭了一把泪："道理我都明白，可还是忍不住，出嫁的闺女就是离娘的肉啊！"

外面冷，王树生给林智燕披上毛呢大衣。眼看就要离开生活了二十几年的家，林智燕百感交集。她读过不少外国爱情小说，这些父亲偷偷保留下来，躲过屡次抄家的"黄书"，给孤独的、喜欢浪漫的林智燕洞开了一个新世界，也陪伴她度过了乡下几年寂寞时光。但这些爱情小说都不涉及婚姻，书里出嫁的描写几乎没有。林智燕不能想象人家女儿是如何走出娘家大门的，反正她此时无比依恋这个家、这座小院，就算是即将到来的新生活，也不能抵消此时的感伤。潜意识里，她甚至有些埋怨树生，为啥这么心急火燎地把她接走。也只有在此时，她才发现父亲鬓角滋生出了白发，而母亲曾让女儿始终引以为骄傲的美丽脸颊上，竟早早长出两块老年斑……

当着姑爷和众人的面，林兆瑞压抑着感情叮嘱了女儿几句。刘丽珠一句话没说完就哽咽了，母女紧紧拥抱在了一起。丁媛泪水模糊了双眼，怕别人发现自己的失态，她借口迷眼揉了两下眼睛。

胡同里鞭炮炸响起来，王树生和新娘出现在自家门口。王天喜老两口笑得合不拢嘴，刘爱国引导着一对新人走进新房。婚礼很简单，新郎新娘单位领导说了些勉励的话，该新娘父亲讲话了。林兆瑞看着女儿、女婿：“我没啥要说的，就叮嘱你们三句话：一要孝顺父母，打小拉扯大你们不容易；二要夫妻恩爱，家庭是事业基石，基础打不牢说什么都白搭；三要堂堂正正做人，宁可不说话，也不要说瞎话。”小两口连连点头，交流了一下激动的目光。王天喜的徒弟大锁，冲师傅一挑大拇指：“你亲家这话有水平，要不怎么人家能当导演。”

人群中，王玉洁眼圈有些红。她想起自己和大刚他爸结婚那阵，正赶上“破四旧”，连个简单的仪式都没办，当语文老师的他，骑辆破车子把她接进家门。有回她抱怨嫁得委屈，丈夫歉疚地跟她说：“对不住你，以后有条件了，一定补办个像样的婚礼。”搂着儿子，她眼泪啪嗒啪嗒滴落下来。大刚踮起脚来给妈擦泪，问她为啥哭，王玉洁忙捂住儿子嘴，小声道：“别瞎说，妈这是高兴。”

轮到王天喜讲话，他嘎嘣其脆：“今儿个是我儿大喜日子，大家都来捧场，感谢！”他抱拳拱拱手，“我呢，也没啥好说的，意思都在酒里头。粗茶淡饭，大伙儿吃好喝好，喝好吃好！”这话说到人们心坎上了。大冷天赶过来，贺喜是一方面，更主要的是能吃上顿像样的饭菜，喝上几口小酒。对于长期秫米干饭、玉米面粥，缺少油腥的人们来说，这样开荤的机会并不多。大家一阵掌声。

新郎新娘三鞠躬后，在爱国撺掇下，王树生掏出口琴，吹了一段《打靶归来》，林智燕朗诵了一首毛主席《沁园春·雪》。大家一阵叫好声。刘爱国想让小诚唱首革命歌曲，烘托一下气氛，可找半天没见人影——林智诚根本没进新房。他只好宣布：婚礼结束，喜宴开始！

王家摆不开桌，有几桌摆到了东西邻居家，主席摆在王天喜屋里。给单位领导敬完酒后，王树生给丈人倒酒，林兆瑞心疼姑爷，叮嘱他悠着点喝。刘爱国说：“你甭拦着，今儿个树生就是出溜到桌子底下去也得喝，谁让他娶媳妇呢。”他又凑近老林，悄悄耳语：“老哥放心，别的桌我给他倒白开水。”

林智燕给王天喜斟满酒，举起酒盅：“爸，你和我妈为树生没少操心，为我俩的事没少费力。结婚后他就交给我了，你二老放心，我会好好关心照顾他……”一桌人频频点头：这闺女就是懂礼数，体贴周到。

小两口去别的桌敬酒了。王天喜一高兴，又喝了两盅，夹了一块上着糖色的方块肉，吧嗒着嘴：“咱一个从前下井，有今儿没明儿的窑花子，现在不光退休有劳保，不再为全家吃喝心窄犯愁，还给儿子盖房办喜事娶上了媳妇，高兴啊！等过个一年半载抱上大孙子，下乡的老疙瘩再返城，我可以说是死而无憾喽！”

爱国忙拦住话头：“姐夫你喝高了。傍年备节的，又是你儿子大喜日子，快别说这丧气话。来来来，都满上！”

王树生、林智燕敬完几桌酒，又回到主席。刘爱国安排厨子吃饭，自己掌勺炒了道拿手菜端上来，说别光吃肉，都尝尝我这焦熘饹馇。林兆瑞尝了一口，连连称赞：“爱国呀，抻两年我家小诚结婚办桌请你。就你这手艺，到大饭店掌灶都绰绰有余。”听了这话，爱国沾沾自喜：“我是空有一身文武艺，无处施展白抓瞎啊。实话告诉你老哥，我可不是只会做大锅菜的厨子，我对新诗很有研究……”他看了一眼王天喜：“放心姐夫，今天咱们只谈菜肴不谈诗歌。你们信不信，光大饹馇我就能做出几十道菜，还能讲出不少典故来。哎，大伙也伸筷子呀，撂凉了不好吃。”

大家尝尝，果然酸甜酥脆，香而不腻。林兆瑞问爱国，既然饹馇这么受欢迎，为啥今天不多露两手。刘爱国摇着头：“不行不行，你问问大家赴酒席最想吃啥，是肉！谁有肉还吃饹馇？”

“这么说，你的饹馇永无出头之日啦？”王天喜笑问小舅子。爱国一拨浪脑袋：“那也不一定，多少年后兴许饹馇比肉还金贵呢。到时候，我给大伙儿做一桌饹馇宴。哎，别光说饹馇了，今天这么喜庆，我提议新郎新娘喝个交杯酒吧。”

这倒很新奇，大家都说好。爱国提前教过两人动作要领，王树生、林智燕站起身，举着酒盅的胳膊伸向对方，勾在一起。王树生的心怦然而动，林智燕的眼睛里闪着激动的泪光……

林智诚喝了两盅酒便悄然离席。屋檐滴答着融化的雪水，喜棚里灶火将熄。卫东站在院门口，正对着积雪斑驳、落满鞭炮红纸屑的地面愣神。看见他，问啥事。林智诚道：“没事，想跟你待会儿，说说话。”

虽然只比林智诚大几个月，王卫东却比他成熟很多。此刻，她黝黑的脸上有些愠怒：“小资产阶级情调！有话直说，有屁快放，没有的话我可进屋了？”

还是那个得理不饶人的红卫兵，风风火火的假小子。林智诚想着，不怒反笑，瞅着腰身更加粗壮，衣服显得有些紧巴的王卫东，问有对象了吗。卫东一愣：“你问这干啥？”

“你知道现在什么个形势，人家下乡的都想法运动着返城呢。返城总得有理由吧，结婚、顶工、病退、商调，条条金光大道。结婚是最好的捷径，你现在要是城里有个对象，就可以名正言顺提要求回来。”

“找我就为这点事儿？”王卫东有点警觉地盯着林智诚，“你，该不是要我和你搞对象吧？实话告诉你，我有对象了。”

“真的呀？你就是没对象，我也高攀不上。不过呢，你这么一说，我倒挺好奇的，什么样的优秀青年，能打动王卫东的芳心？”

“他是我下乡那个大队的，兽医。”王卫东有些羞涩。林智诚扑哧乐了，她生起气来：“严肃点，人家跟你说正经事呢。”

林智诚收起笑，摆出一副思考模样：“如果跟我说，是想征求一下我的意见，那么我告诉你，你搞这个对象绝对是个错误，而且你家没一个人会支持你。”

“你怎么净说丧气话？我第一个告诉你，是因为咱们好赖也是从小到大的朋友，让你帮我拿拿主意。”

“不好办哪！”林智诚摇着头，蹲在地上，捡根木棍在雪地上画着。“唉，咱们真是同病相怜啊，你有爱不敢跟家里说，我失去爱无处表白。”

“你对象吹啦？”

“我哪来的对象，我是失去了姐姐的爱，是你的好哥哥把我姐抢走了！”

“要不怎么我批评你，你思想就是不健康。什么叫把你姐抢走了，搞对象结婚，合理合法。”

“再合法也要顾及别人感受吧，反正我觉得我姐嫁给你哥很委屈。”

“你怎么能这么说，我哥他哪点儿不好？”

“好，就是配不上我姐！”

两人你一句我一句戗戗起来。这时，王树生从院子里出来，瞄到他影子，林智诚急忙站起来走了。王卫东招呼："哥，正好我想和你说点儿事。"

"有啥事儿不能进屋说，非在外头。你看你穿得这么单薄，你嫂子给你打了件毛衣还差个袖子，抓紧点春节前你就能穿上。"

卫东心里一热，鼓足了勇气："哥，我搞对象了。"

"什么？"王树生吓了一大跳。陆续散席的客人正从兄妹身边走过，王卫东连忙说："哥，你别这么大声好不好，连姐我都没告诉。"

她简单地说了一下和柱子的交往，王树生皱起眉头："不是哥给你泼冷水，这事恐怕不行。听哥一句话，长痛不如短痛，趁你们相处时间不长，还是一刀两断好。"

王卫东连连摇头说不可能。王树生诧异地看着她，怕刺激妹妹，努力寻找着委婉的表述方式，问关系发展到啥程度了。卫东脸一下子红到脖子根："哥你想哪儿去了，我跟柱子真的没什么。"

王树生不好再问下去，就说："就算我支持你也没用，关键是咱爸妈那里，用什么方式让他们接受这个农村姑爷。"

"你就不能帮着说服爸妈？"

看着皮肤粗糙，耳垂儿生出冻疮的妹妹，王树生心生怜爱。"那我试试吧。"他说。

晚上，把闹洞房的一帮工友打发走，王树生来到父亲屋里。王天喜心情很好，正饶有兴趣地问着女儿农村的事。卫东冲哥使个眼色，意思让他起头说。正给母亲捶着腿的王玉洁，纳闷地看着他俩挤眉弄眼。王树生突然想，其实姐姐担当这个角色更合适。他轻咳一声道："爸，妈，小环有点事想跟你们商量一下，不管同不同意，你和我妈都别着急。"

王天喜用炉钩子捅了两下火，抬脸看着儿子："你咋变得这么肉肉咕咕的，有啥话直说，要么让小环自个说。"他转向闺女，"我们老疙瘩一向风风火火，办事嘎嘣其脆。你说吧，你的事我跟你妈还有啥不同意的？"

"爸，妈，本来这事不该瞒着家里。是这样，我在农村处了个对象，本来想一块来参加哥的婚礼，他怕你们不同意没敢来。"

王天喜呵呵一笑："不就是一块下乡的知青嘛，你要看着好，我们有啥不同意的。"

王树生迟疑了一下："小环这对象不是一块下乡知青。他家就在村里，是个返乡知青。"

"这么说是农业户？"王天喜盯着女儿。卫东承受不了父亲目光，低下头嗯一声。王天喜态度很明确："不行，我不同意！"他把炉钩子扔到地上。刘兰芝也帮腔道："唉，找啥样儿的不好，非找一个农业户。"

王卫东脸憋得通红："农业户怎么啦，你们吃的饭、穿的衣、喝的酒，哪样离得开农业户？"

王天喜大手一挥："别跟你爸讲大道理，大道理你爸比你明白。反正从我这儿就通不过，你趁早跟他拉倒！"

"就不！"

王玉洁忙拉妹妹，要她冷静一下慢慢说。卫东满脸是泪，冲姐道："你看他们让我冷静吗？听我慢慢说吗？平时总教导我向贫下中农学习，闹半天一个比一个虚伪，都是假的，假的！"

"姑奶奶，你小点声。"刘兰芝说着闺女，又转脸嗔怪王天喜，"老头子，你这臭脾气点火就着，你也是让小环把话说完啊。"

"反正我跟你们说了，同意也好，不同意也好，我就跟柱子好。"卫东声音更大了。

"你敢！"王天喜凑近一步，"我宁可打折你的腿，在城里养活着你，也不让你在农村丢人现眼。"

"就敢，回去我俩就拉证！"卫东嚷起来。王树生看情况不好，连拉带拽把妹妹架出去。

王天喜一屁股坐在凳子上，捶胸顿足，声泪俱下："我怎么养活出这么个败家闺女。在城里今天斗这个，明天斗那个，让人背后戳脊梁骨还不够，还去农村闹得鸡犬不宁，伤风败俗！"王玉洁倒了一杯水递过来，劝爸消消气，王天喜一胡噜，杯子哐啷一声掉到地上，摔个粉碎："你们合着伙气我不是？"又冲窗外嚷道："你走，有能耐一辈子别踏进这个家门，我活着一天就不认你这个闺女！"

外头的王卫东毫不示弱，一边在哥哥胳膊里挣扎，一边还击父亲："我就是死在山沟里也不回来！"

林智燕被这阵势吓着了，呆站在院子里不敢言语。看树生把王卫东架出来，忙上前把小姑拉走，领到自己家。刚过门的女儿突然回娘家，这是很不吉利的事，林兆瑞夫妻惴惴不安地从屋里迎出来。林智燕小声说："没事儿，小环没地方睡，今晚让她在我屋里将就一宿。"

进屋，她倒水拧了条热毛巾递给卫东擦脸。卫东擦着擦着，突然用毛巾捂着脸呜呜地哭了起来。"柱子说我白耽误工夫，我还不信。我寻思爸妈平常对乡下人那么好，老家来亲戚啥都舍得送，为啥到我这儿就换副面孔，搞个农村对象他们就叽叽歪歪。我真不懂他们啥是真，啥是假！"

林智燕慢声细语地劝着："你岁数小，没成家许多事情考虑不周到。爸妈反对不单单因为你搞个农村对象，他们怕你误在农村出不来了，是为你好。你想没想过，在农村生活一辈子意味着什么？"

"不就是比城里苦点累点嘛。我又不是没下过乡，没干过农活，这点苦这点累我都受得了。"

林智燕摇摇头："不光是这些，你想过孩子问题吗？结婚有了孩子，你就忍心让他一落生就在山沟里？城里再怎么说，各方面条件也比乡下好。咱们自己可以受委屈，不能委屈了孩子呀！"

"大不了不要孩子。"

林智燕扑哧笑了："快别说气话了。好了，忙一天了你也挺累的，早点休息，明天我让我爸出面做做工作。"

看王卫东慢慢平静下来，林智燕给她铺好被，带上门悄悄出来。树生刚好出门接她，两人进了院子。瞧见公公屋里已经熄了灯，她冲那边努努嘴。王树生轻声道："爸吃了药睡着了，他血压高，经不起折腾。"

林智燕说："在感情上，小环跟你一样执拗。她这脾气硬戗着不行，等明天情绪稳定了，你和姐两头说合一下，我把我爸也搬来做工作。快过年了，一家人别为这个闹不愉快。"

王树生点头称是。

屋里乱糟糟的，水泥地上印着杂沓的泥鞋印，一地瓜子皮和糖纸。看着整洁的新房弄成这个样子，小两口对视一下，苦笑着摇了摇头。王树生感慨："打死我也不再结婚了。"林智燕抿嘴一笑："那可没准儿，万一我有个三长两短，你可以再找一个。"

"胡说八道。"王树生说。他突然想起什么，转身打开五斗橱，从紧里头摸出个黄缎子荷包，小心翼翼地拉开六角型堆成的封口，神秘地对媳妇说：“来，看看我家的宝贝。”

里面是一枚形似铜钱的翡翠。外形是圆的，中间的孔也是圆的，孔上穿着红丝线编织的吊绳，年代久远吊绳已变成暗红色。王树生小心翼翼举在眼前：“这叫平安扣。当年，我奶请大师开了光，给了我爸，它呵护了我爸半辈子。我上班那天，我爸又传给了我……”

新婚之夜，王树生靠着被垛，搂着臂弯里的妻子讲起平安扣的来历。

日本投降那年，王天喜迫于生计去煤矿下井。他母亲用五斗米从玉器店换来这枚平安扣，揣在怀里，拐着小脚，爬上高高的北山，迈过三十九道门槛，从早上一直等到了黄昏，才让净觉大师开了光。

王树生清楚地记得，父亲跟他说起这些时，眼里泛起了泪花。从小接受无神论教育的他，忍不住问爸，你真信这个？

“信！”王天喜肯定地回答，“什么东西都是这样，信则灵。咱隔壁大锁咋样，刚下井就赶上塌板，要不是我这当师傅的有经验，他小命早就扔井下了。有这个平安扣保佑着，你爸我下井这么多年，不要说伤筋动骨，就连肉皮都很少擦伤过。你说神不神？爸知道炉前工在钢厂最危险，所以呢，把这个平安扣给你。来，树生，你今儿个第一天上班，我给你戴上。”

王树生俯下身子，把脑袋伸过去。颤巍巍，王天喜把红丝线吊绳套在儿子脖子上。三十几年前，健壮的他也是这样，站在梳着纂儿穿着对襟布衫的母亲眼前，乖乖地低下头像个孩子，任由母亲给他戴上这个平安扣。王天喜说：“你奶奶告诉我，大师说心诚则灵，你只要给儿子戴过一回，它自然就灵光了。你奶奶亲自给我戴过一次，下半辈子窑我都没啥事。今儿个我给你戴上，盼着它给你带来好运，一辈子平安顺利！”

一晃一年多过去了。眼下，当着新婚妻子的面，王树生又一次摆弄着这个宝贝，讲起它的故事。林智燕好奇地抚摸着，平安扣温润细腻，笼罩着一层神秘。王树生说：“从今天起，这个平安扣也是你的了。燕儿，你戴上试试。”

林智燕笑笑，没有戴。

王树生以为媳妇怕凉，便用手焐着平安扣，说好玉是温暖的，越戴越暖和。林智燕笑笑，还是没戴。王树生误会了，不好意思地挠着头：“唉，爸的一点儿心意，老辈人都迷信，图个吉利，你也没必要当真。”

林智燕摇摇头，认真地说：“有些事情你就得相信。树生，我不戴，是因为这玉是专属你的，这可是爸妈对你的一片爱啊！”

她亲了一下平安扣，小心地给树生戴上，然后双手合十，闭上眼睛，嘴里念念有词：“保佑我的爱人平平安安，幸福一生！”王树生被燕儿这个举动逗乐了，一下子把她拥在怀里，顺手拉灭了电灯。

砖红色的城市夜空，一轮皎洁的圆月正升起来。

第二章

和那个年代知识分子家庭孩子一样，林智燕打小就品尝了世态炎凉，可生活磨难去除不掉她骨子里的浪漫情调。她喜欢逛公园，轧马路，爱在雨中散步，时常吟诵一些唐诗宋词。这在当时，就是小资产阶级思想，难免有人背后嚼舌头。可王树生不管那套，这才是独一无二的林智燕，他的被文学作品熏染的，有些超凡脱俗的燕儿！

婚后，王树生在狭小的院子里种花种草，还为媳妇用铁管焊了一个秋千架。这样，歇班的林智燕，可以荡着秋千，嗅着各色花儿的清香，看她喜欢的小说，吟她喜欢的诗词，直到暮色降临。

在王天喜老两口看来，儿媳妇可真有点格色。可林智燕手脚勤快，知书达理，对谁说话都没个大声，实在又挑不出啥毛病。不理解归不理解，老两口只是私下里嘀咕两句，脸上没表露出来。让王树生感到压力的，倒是媳妇的洁癖和伴着洁癖的执拗，不洗手不许吃饭，不洗脚不能上床。王树生抽烟是下乡时学的，小知青没钱买烟卷，连向日葵干叶子都卷了抽。婚前下班进家，他先喷云吐雾抽上根烟舒坦会儿再吃饭。现在，媳妇历数抽烟诸多害处，要他戒烟。上来烟瘾，他只好蹲到院子花丛里偷着抽上两口。刘兰芝瞧见，心疼儿子唠叨了两句，树生忙把烟掐灭站了起来，说燕儿她也是为我好，怕我肺抽坏了。“你爸抽了半辈子烟，也没见肺有啥毛病。”刘兰芝掸着儿子肩头蹭的花粉，“不过呢，燕儿这么说，估摸着也有道理。你真能戒了，还省钱呢。”

赶上歇大班，王树生就过林家这头来。他眼里有活儿，手上闲不住，把个小院拾掇得干干净净，生机勃勃。喜得林兆瑞合不拢嘴，逢人便说：“都说一个姑爷半个儿，我这姑爷，顶两个儿子！”

林智诚听见，撇撇嘴。王树生来家干活，他乐得轻闲，可有这么个勤快姑爷一比较，当儿子就免不了要听父亲唠叨。“小诚啊，你可要向你姐夫学习……”有事没事，爸就把这句挂嘴边，林智诚烦了：“有本事，他在咱家扛一辈子长工！”他寻思，王树生顶多三分钟热度，在老丈人丈母娘跟前献浅儿罢了。没想到，王树生一干就是几个月。嘿，真是把我家当你自己家了。

天气渐渐热起来，林兆瑞下乡演出，一走两星期。回家后，刘丽珠把家里肉票全找出来，买来三两肉，做了半锅猪肉大葱馅馄饨。林兆瑞盛了一搪瓷盆，给亲家端过去尝尝鲜。正巧女儿女婿下班，林兆瑞招呼他俩来家吃——“树生啊，吃完饭跟我杀几盘象棋。你爸不中，臭棋篓子不说，还爱悔棋。”

林家小院一进门就看到两盆大夹竹桃，叶片似柳，红花灼灼。鱼缸里，双尾金鱼在水草中悠闲游动。院子掸了些水，凉爽而安谧。吃罢饭，爷俩就摆上棋盘厮杀起来。刘丽珠收拾着碗筷，念叨着儿子这么晚了怎么还不回来。林兆瑞眼睛没离棋盘，说又不是小孩子丢不了他。刘丽珠说：“现在不少返城知青没工作，在社会上闲逛，我是担心小诚跟他们学坏了。”

林智燕看天黑下来，说：“爸，你们该把战场搬屋去了。树生，你去外头看看小诚回来没有。”

王树生走出昏暗的胡同，来到小马路上，影影绰绰看见灯影里几个人在撕捋着。他疾走几步，被眼前景象惊呆了：一个姑娘惊慌失措站在一边，林智诚和两个人扭打在一起，被其中一个用刀子刺中大腿。就在小诚倒下的瞬间，王树生大吼一声，纵身上前，一拳把拿刀的那个打个趔趄。他虎目圆睁，像一堵墙挡在了林智诚前面。

“别管闲事，不然扎你个透心凉！”那小子挥着刀子，哑着嗓子虚张声势地喊叫着。王树生认出他来，大臭儿——上学时比自己小一班，因课上经常放屁而得名。这小子初中没毕业就因偷东西进了局子。王树生步步逼近，大臭儿慢慢后退，握刀的手颤抖着。他的同伙儿干叫嚷不敢上前。

面对带血的刀锋，王树生并不惧怕。下乡时他跟一个沧州木匠学过拳脚，对付这俩小子绰绰有余，只是不放心身后的林智诚。他用眼睛余光一扫，小诚倒在那姑娘怀里，灯光下鲜血染红了裤子。王树生心急似火，不知道小诚能不能挺住，他想擒贼先擒王，先解决大臭儿再说。大臭儿被他逼到墙根，无路可退，骂了一句挥刀刺过来。王树生一闪，一记扁踹，大臭儿像笨重的口袋一样咕咚倒地。他那同伙儿一看遇上个练家子，再加上王树生一副拼命架势，吓得拽起大臭儿撒腿就跑。王树生没有追赶，伏下身抱住林智诚，焦急地叫着小诚，小诚，你醒醒！

林智诚微闭着眼睛，脸痛苦地扭曲着。

王树生三两下脱下衬衣，刺啦一声撕开，扎住林智诚受伤的大腿止血。然后一猫腰，背起来小跑着直奔医院。趴在姐夫背上，林智诚仿佛又回到童年。那次发烧，姐姐背他去医院，也是在这样一个春夏之交的夜晚。不同的是，姐夫咚咚的心跳声沉稳有力，隔着背肌传递过来，让他觉得很安全，很踏实。他真切感受到一种手足般的爱，无力地叫了声姐夫。

“别说话。”王树生说，“再坚持一会儿，马上到医院了。”

“我不会死吧？”腿上的剧痛，让林智诚突然想到一个平时从没有想过的问题。小跑着跟在一边的姑娘，一下子哭出声来：“不会的，不会的！”王树生喘吁吁道：“别胡思乱想了，咱们都要好好活着。”

王玉洁正在外科值急诊班，看到弟弟满头汗、一身血冲进来，吓了一大跳。随即，林智诚被推进手术室。

瘫坐在手术室外的长椅上，王树生这才有时间了解事情经过。原来姑娘叫冯红，是京剧团演员，在样板戏《红灯记》里演李铁梅。演出散场晚了，一个人回家路上遇上两个流氓纠缠，是路过的林智诚救了她。王树生点点头，没想到小诚这么有血性，还挺仗义的。

半小时后，王玉洁从手术室出来，说小诚伤口已经缝合，没什么大碍。“林叔他们还不知道，我下班回去告诉一声，晚上你在这儿陪着吧。我刚才打电话报了案，回头派出所过来了解情况。”王玉洁说。

林智诚苏醒过来，被屋顶的日光灯晃得又闭上眼睛。过了一会儿，他睁开眼正遇上王树生关切的目光，他微弱地叫了声姐夫。王树生凑近他：“手术很成功，养些日子就好了。还有，小冯一直陪在你身边。”

站在面前的是个腰身匀称的姑娘，穿件漂亮的印花的确良上衣，一根油光水滑的大辫拖到腰际，一双顾盼多情的大眼睛，盈盈地泛着泪光。林智诚突然心跳加快，苍白的脸上现出红晕。冯红说：“你还很虚弱，别多说话。麻药劲儿刚过，脑袋也别动，不然会头疼的。”

这时外面一阵喧闹，家里人听到信儿都来了。刘丽珠一下子扑到床前，眼泪汪汪的：“你这孩子，怎么净惹事儿，让妈操心！”王树生连忙替小舅子辩解。冯红道：“叔叔、阿姨，他是为救我受伤的，你们要责怪，就责怪我吧！”

说着，眼泪掉了下来。林智诚皱着眉头叫了声妈。刘丽珠听出儿子的嗔怪，忙攥住冯红的手：“好闺女，阿姨不会埋怨你的，只要你没事儿，我家小诚受点伤也值得。”冯红越发嘤嘤地哭出声来。林兆瑞也说：“是小诚愿意这么做的，见义勇为是好事，这怎么能责怪你呢。往后，姑娘家千万别一个人走夜路，晚了让家人接一下。”

林智燕查看着弟弟伤情。林智诚忍着疼痛，悄悄耳语：“姐，我姐夫真够意思！”又小声嘀咕句，“我以前不该那么对他。”看弟弟这么可爱的表白，林智燕道：“行啦，有话留着跟你姐夫说吧。你们俩呀，行事做派，倒像一个模子里刻出的亲哥俩。”

她直起身，关切地看着丈夫，让他穿上从家里带来的衬衫。这时管床大夫进来，小声提醒病人需要休息。王树生让燕儿陪爸妈回家，又劝小冯也回去休息：“你衣服上有血，回去换换洗洗。放心，这儿有我照看呢。”

林智诚住院这段时间，冯红天天来看他。偶尔有演出来得稍晚点，林智诚就有些魂不守舍。潜意识里，他希望身体慢点康复，和小冯在一起的时间长一些。林智诚住院第三天，冯红母亲拎着一网兜水果罐头、麦乳精来看他，临走非搁下二十块钱不可。老太太客客气气，说话滴水不漏，让林智诚觉出感激之外的客套。这娘俩，可一点不像，他喜欢小冯的爽直。

两周后，林智诚拆了线出院。他前脚到家，冯红后脚就上门来看他。林兆瑞很赏识这个小同行，得知她进剧团刚两年就挑大梁，连说不简单：“毛主席说，年轻人就像早晨八九点钟的太阳，希望寄托在你们身上——这话太对了！”

他又问起当年一块学戏的老李，冯红说他当上革委会副主任了。林兆瑞哦了一声：“都成主任啦？他脸上有麻子演不了戏，学的打鼓，那会儿我们见面常开玩笑，说老李做报告——群众观点，老李敲门——坑人到家，老李跳伞——天花乱坠……”

冯红不再拘谨，咯咯地笑起来，是孩子那种娇嗔可爱的笑。刘丽珠问小冯觉得他家小诚怎么样。冯红脸一红，低头说挺好的，心眼好，人又热情。林兆瑞道：“小诚这孩子，人品没得挑，就是打小他妈惯着他，拧脾气……”

刘丽珠忙剥了一粒糖递给冯红，又悄悄瞪了丈夫一眼。林兆瑞一笑，转移了话题：“小冯啊，我也挺喜欢《红灯记》的。说起来，还跟这出戏有点渊源呢。你知道吗，《红灯记》最早是天津联合评剧团排演的《三代英雄》，我们还专门去观摩过。后来改编成京剧样板戏，一下子镇了……”

冯红忽闪着大眼睛专注地听着，这让林兆瑞有如遇到知音，禁不住说了几句掏心窝的话：“评剧、京剧本来是姊妹艺术，可以说各有千秋。唉，现在破四旧破的，全国学样板戏，连我们评剧团都改唱京剧了。”

“林叔，没准以后还会改过来的。还是评剧在咱唐城有观众，有戏缘，我爸妈就喜欢评戏。”

“但愿如此吧。”听冯红这么说，林兆瑞心里有些畅快，像在团里指点年轻人排戏一样说下去：“小冯啊，平心而论，《红灯记》改编得很成功，不愧是样板戏！像李铁梅唱段《都有一颗红亮的心》，《做人要做这样的人》，《打不尽豺狼决不下战场》，可以说家喻户晓，谁都能唱两句。这对你一个专业演员，就提出了更高要求，既要演出一个天真活泼的小姑娘形象，又要塑造一个坚强的革命继承人形象……”

看他扯开话匣子，一旁的刘丽珠轻咳了两声，林兆瑞这才拍拍脑门：“你看我，光顾跟你谈戏了。小诚在西屋呢，他回来一直念叨着你——你快过去吧！”

看冯红出门，刘丽珠小声埋怨丈夫：“人家小冯头一回来家串门，该让俩年轻人多待会儿，你老跟着瞎掺和啥。”林兆瑞呵呵笑道：“遇上个圈里的，就搂不住话匣子了——这孩子，唱戏是棵好苗子。”

“你就知道唱戏，不关心你儿子终身大事。我看小冯跟咱儿子挺投缘，俩人有那么点意思。”

“随缘吧，就算你儿子有意，成不成还在人家，在小冯父母态度。总不成你儿子救了人家，就要人家嫁给他吧。”

林智诚躺在床上，微闭着眼睛。本来听到冯红进门，他兴奋地对着镜子胡撸一把头发，兴冲冲地就往外跑。但一转念，又回到床上，他想再次享受一下小冯关切的眼神，听听小冯动听的声音。冯红进屋带来一股脂粉香味，这味道不同于姐搽的雪花膏清香，是他在文工团熟悉的、充溢于舞台化妆间的香味，浓烈而刺激。林智诚汗毛孔有些发堵，心跳加快。

“你身体怎么样了？”冯红问。林智诚忙坐起来，没事了，就是养病待得身体有些发糠。冯红建议他出去走走，活动活动。林智诚晃晃脑袋，说一个人闲逛没意思。“晚上我陪你。”冯红说，眼神里有个小人儿，让林智诚有些发毛。他避开她的目光：“求之不得！”

院子里一地明晃晃的阳光，屋里光线很好。林智诚穿着背心短裤，小腿上有些稀疏的汗毛。“我看看你的伤。”冯红说着，撩开林智诚的短裤。林智诚有些不好意思，往下抻了一下：“都好了，别看了。”

“不，我就要看！”冯红很固执，纤纤手指在他大腿硬硬的疤痕上抚摸着，像是抚摸着林智诚一颗躁动的心。“都是为了我……”冯红的大眼里噙满泪水，很快溢了出来，顺着脸颊淌下去。

林智诚忙拉她坐下，笨手笨脚给她擦泪。冯红十多岁就住进戏校，男生女生在戏里经常扮演夫妻什么的，比同龄人要早熟。她掏出手绢擦擦脸上的泪：“小诚，这次我来你家，是想告诉你一句话……”她声音低下去：“我喜欢你！”

突然而至的幸福，几乎把林智诚击垮，一瞬间竟然有种虚脱的感觉。他原想托姐姐中间做媒，没想到小冯这样直截了当。他手足无措，紧张中一把抓住了她的手。冯红说：“喜欢就是喜欢，我不会拐弯抹角。小诚，看着我的眼睛回答我，你喜欢我吗？”

冯红的大眼睛逼得林智诚无法躲闪。这太直白了，火辣辣的让他无法承受。像是第一次站到舞台上，林智诚脸涨得通红，嘴唇哆嗦了半天，才嗫嚅出两个字：“喜……欢！”

晚上冯红在林家吃的饭，零沥粥，鸡蛋炒咸菜，林兆瑞特地烙了几块糖饼。饭桌上，刘丽珠才知道冯红父亲是军分区首长，母亲从部队医院转业在家，两个哥哥都当兵。她心里打个沉：高攀了。林兆瑞没想到这层，问小冯："家里没有艺术行当的，怎么想起来让你学戏？"

"我学习成绩不算好，妈说与其上完中学下乡，不如上戏校学几年，还能留在城里。其实我也喜欢唱戏。"

"瞧瞧人家父母，早把孩子前程盘算好了。"刘丽珠佩服之余，有些怜爱地看着眼前这姑娘，"学戏很苦，我家燕儿小时候想学，让我拦下了。"

"也没啥，就是个习惯。"冯红说，"我们那会儿，每天天不亮就起床练功，压腿、下腰、劈叉。吃了早饭，学唱腔，吊嗓子。头回耗腿，同学们泪珠子吧嗒吧嗒掉到地板上，疼得都哭了。我绷着，硬是一滴泪都没掉。我妈说我从小就拧，认准一条道跑下去，不撞南墙不回头。"

刘丽珠冲儿子道："你听听，人家小冯多能吃苦，不下这狠功夫，人家能演李铁梅？"林智诚光顾闷头吃饭了，这会儿冲冯红挤挤眼睛。林兆瑞轻咳一声："小冯啊，你们俩能认识，也算是一种缘分，你们交往呢，我们完全支持。小诚不比你，你事业有成，他刚参加工作，以后你要多帮助他，督促他进步。"

"爸，你说哪儿去了。"林智诚脸上有些磨不开。冯红大大方方道："林叔林婶，你们放心，我会和小诚一块进步的。"

吃完饭，两人一块出去。刘丽珠送到院门口，回屋冲着丈夫笑了。在她眼里，儿子的婚事十拿九稳。"你儿子呀，这点随你，喜欢漂亮姑娘。"她说。

"呵呵，我是那种人吗。"林兆瑞爽朗地笑了起来，"不过在小冯身上，我倒真看到了你年轻时美丽的倩影。"

"你还记得？"

"当然。"

刘丽珠的爷爷辈是从广东过来的商人，专为在唐城开煤矿的英国人供货。她打小受的是英式教育，在天津上的大学。刚解放那会儿，她喜欢到小剧场看评剧现代戏，一下子就被饰演小生的林兆瑞所吸引，宁可跟父亲闹掰，也要嫁给林兆瑞。饭桌上，林兆瑞常以她为例教育一对儿女："生活嘛，没有过不去的火焰山。你看你妈，从前是娇小姐，当姑娘时什么都得佣人伺候着，现在不也洗衣做饭操持家务样样都中嘛。”

刘丽珠没吱声，当时想起一句话：嫁鸡随鸡，嫁狗随狗。这么多年，她既品尝了爱情的甜蜜，也体会到生活的艰辛，因此在儿女终身大事上，她想得比较多。这会儿，听老林说起过去，她叹了口气：“啥苦咱们都吃了，但愿儿女们不会再有这么多磨难！”

国槐长出一蓬蓬米粒一样的黄花时，林智燕怀孕了。回娘家，她把好消息告诉了妈。刘丽珠喜滋滋地擀面条、卧鸡蛋，问她树生知不知道。林智燕说：“我不想现在就告诉他。平时树生老说我身子骨弱，家里啥活计都不让我伸手，要知道我怀孕，还不把我供起来。我是那么娇贵的人吗？”刘丽珠道：“不说就不说，抻些日子给树生个惊喜也好。你上班别累着，家里能吃点吃点，等反应大了，吃什么都没胃口，什么都吃不进去了。”

娘俩正唠着，林兆瑞回家。刘丽珠悄悄跟他说，你要当姥爷了。林兆瑞一愣，没回过味来。刘丽珠又说了句，燕儿有了身孕，你要当姥爷了！林兆瑞连连说好事啊。刘丽珠想闺女生下小孩儿她帮着带，便劝说丈夫提前办退休。林兆瑞摇摇头，上回排的戏还没上演呢，投入那么多心血，就跟自己孩子一样，怎么着他也要等个结果，看上一眼再退。刘丽珠没有再坚持：“你呀，就是这个命。成也舞台，败也舞台，一生的荣耀和倒霉，都跟你的戏有关。”

林兆瑞点头称是，夫人真是太了解他了。

这天中午，林兆瑞正跟几个演员说戏，革委会主任来找他。东拉西扯了几句后，主任从兜里掏出一张叠得整整齐齐的报纸，搁到桌子上，一脸严肃：“咱们唐城出了个知青典型。省里交给任务，要咱们根据这个原型创作一出样板戏，争取在全国一炮打响。团里这点老人扒拉来扒拉去，就你挑头合适。上次那出戏先搁搁，这回可是上头交下来的政治任务。你抓紧看看她的事迹，准备准备带人下乡去体验生活。老林啊，人不可能倒一辈子霉，这对你来说是个翻身的机会。”

主任走后，林兆瑞打开报纸，是省委机关报，头条位置有张大照片。这不是亲家的老闺女小环吗？圆脸，短辫，怀里抱着一捆麦子，正咧开嘴冲他笑着。再一看黑体大字标题：《扎根山乡的“铁姑娘”——王卫东》，林兆瑞哈哈笑了：“这闺女，行啊！”

再往下看，手有点颤抖。报纸上写道：知青的好榜样王卫东，在为生产队铡草时，被一起干活的社员误伤，铡掉了右手小指头。她强忍着剧痛，到卫生院简单包扎后，第二天依然跟社员们一起下地干活。铁姑娘的事迹，像长了翅膀传遍整个山村，飞进每个社员的心田。在她的影响下，广大知青和贫下中农发挥出冲天干劲，今年小麦亩产达到六百多斤……五六千字的大通讯，别的内容林兆瑞记不清了，只知道小环受了伤。密密麻麻的铅字在他眼前渐渐模糊，小环血肉模糊的手指愈加清晰……

他攥着报纸忐忑不安地回了家。

刘丽珠戴上花镜一看报纸，眼泪唰地一下流出来：“这孩子怎么这命苦，下乡遭罪不说，还残疾了，亲家母知道不定怎么挂念呢。”

林兆瑞道：“先别跟他们说。小环现在到县里当知青办副主任了，上级要我们以她为原型排一出反映知青上山下乡的新戏。我这么寻思，小环没在家过年就呕着气走了，跟家里的关系有点僵。我呢，马上去趟县里，先摸摸情况，顺便做做她的工作。亲家那头还在置气不能说这事，我悄悄跟亲家母打个招呼，看她有啥东西捎没有。另外呢，以亲家的名义给小环买点吃的。”

刘丽珠道：“对头，家和万事兴。小环这丫头敢想敢干，我看好她，日后还会有大出息。”

受过高等教育、讲究礼数的刘丽珠，不知为啥偏偏喜欢外人眼里疯疯癫癫的王卫东，还一度把她看作未来的儿媳妇。端详着报纸上的照片，她突然问丈夫：“哎你说，要是小环跟咱们小诚会是怎么样？”林兆瑞说：“别乱点鸳鸯了，他俩不般配，我看小冯更适合你儿子。”

说起儿子的婚事，两口子又有些烦心。冯红父母虽没明确表示反对这门婚事，但对头次上门的林智诚却不冷不热，两个哥哥也带搭不理的。他们希望冯红找个部队大院出来的，门当户对的干部子弟。

风从南面大山中吹过来，夹带着苦艾的味道。县知青办门窗敞着，风吹得窗帘扑嗒嗒作响。

卫东倒茶时，林兆瑞注意到她右手小指戴了个胶布套，他一阵心疼。看林叔盯着自己的手，卫东举起来笑笑：“受了点轻伤，现在没事了，跟正常人一样。”等林兆瑞说明来意，她又笑了：“我还能成为你戏里的主角儿啊？起小在你眼皮底下长大，林叔你还不知道我这点儿出息。”

林兆瑞说：“领导说不光要排一出新戏，还让挖掘一下思想深度，要跟你们上山下乡，接受贫下中农再教育，跟阶段斗争联系起来。”

这话启发了王卫东，她坐下滔滔不绝地说起来，林兆瑞在本子上记着。聊了有一个多钟头，看时机差不多了，他插上钢笔帽：“林叔这次来呢，还有一件要紧的事。年前你跟你爸闹别扭的事，我也听树生说了。你在农村搞对象，怎么个情况我不太清楚，我想知道你是怎么想的，看有没有法子解开跟家里的疙瘩。”

王卫东把屋门关上，坐在林兆瑞对面：“林叔，说实话我也很矛盾。我没想到会闹到这一步。我和柱子关系既没法往深里发展，又没有退路，不可能一刀两断——我到底该怎么办？”

面对林兆瑞慈父一般的目光，卫东把压抑了很久的心里话全掏了出来。

柱子大名张存柱，是村里唯一念过高中的人。知青来村里后，他隔三岔五来知青点串门。刚进村的王卫东，通过他了解阶级斗争新动向，把唯一一个富农分子揪出来批斗。又破四旧扒了山下一个明代宦官的坟墓，打烂石人石马，挑着骨骸和腐烂的衣冠游街示众。不过那会儿，她和柱子还只是战友，并不比组里的男知青亲近多少。

王卫东赏识柱子，是从演出救场开始的。那年早春修农田水利，公社让知青们排段样板戏慰问社员，领导点名演《沙家浜》第五场“坚持”——“现在社员有些懒散，泡病号，磨洋工，开小差，演样板戏就是要鼓舞一下士气，要坚持到底！”

这出戏剧情是这样的：抗日战争时期，以郭建光为首的十八名新四军伤病员隐蔽在芦苇荡。面对日寇扫荡，郭建光劝说大家不要焦躁，坚守待命。随后风雨骤起，在战士小虎一句“大风雨来了”之后，是郭建光和战士们“要学那泰山顶上一青松”的著名唱段。慷慨激昂，热情高涨，很有感染力，这也是领导看重这段戏的原因。

王卫东导演、剧务一肩挑。柱子常过来瞧他们排戏，偶尔插几句嘴，说说自己的意见。王卫东说：“一边眯着去，这没你的事儿。”换成别人，柱子早急了，王卫东数落他，他只是一笑。扮演小虎、只有一句台词的知青小刘，有些过意不去，想把自己的角色给他。王卫东恼了：“他又不是知青，不行！”

那晚月光如水，河堤上一面面红旗猎猎有声。河岸临时垒起的土台子上，挂着好几盏明晃晃的马灯。舞台背景糊着几大张宣传纸，上面画着芦苇、乌云，蛮像那么回事。几个知青躲在后面操弄着京胡、二胡、大锣、铙、钹等——这都是他们从城里跑东跑西借来的。前奏响起，身着灰色新四军服的郭建光和战士们一亮相，就博得全场叫好。

当郭建光唱到“毛主席党中央指引方向，鼓舞着我们奋战在水乡”时，工地宣传员突然站起来喊口号：“立下愚公移山志！”下面社员也一块喊。又喊：“敢叫日月换新天！”社员也跟着喊。这么一通喊，虽然打乱了演出节奏，但也烘托出现场气氛，让守在台口的王卫东心潮澎湃。

其实这出戏剧情唱段大家都熟，但现场看真人表演感觉就是不一样，社员们眼睛瞪得圆圆的。这时，郭建光又一次纵身跃上土台：“同志们！这芦苇荡就是前方，就是战场，我们要等候上级的命令，坚持到胜利！”几个知青应道：“对，我们要等待命令，不怕困难，坚持到胜利。”

正当乐器模仿风雨骤起时，小刘却不见了踪影，王卫东急得直跳脚。一个社员跑来告诉她小刘拉稀了。正节骨眼上，这不是掉链子嘛！卫东没工夫骂娘，急中生智，她硬把这个社员推上台：“你替他上，喊一句‘大风雨来了’就行。”面对台下黑压压的观众，社员嘴唇哆嗦着，嘎巴了几下嘴，最后总算喊了出来。可一紧张忘了台词，一句“西边上来天道来”从他嘴里喊了出来。

这是地道的山里话，遇上雷雨天也都这样表述，但搁在此情此景，却显得那么滑稽和不伦不类。观众笑得前仰后合。王卫东觉得天塌了一样，一个来月时间，多少辛苦努力一下子化为乌有。她一阵眩晕，手扶住了旁边树干。正这时，柱子不知打哪儿冒出来，跳到台上喊：“大家静一静啊，方才是故意制造个戏剧效果，让大伙儿放松放松。大伙儿说怎么样？”

台下齐声说：“好！”

王卫东一下子迸出了眼泪。柱子在台上接着说：“下面，我给大家念一首我写的《忆秦娥》，一来鼓舞一下士气，二来呢，等知青接下来的精彩演出——‘东风寒，轮飞人笑斗志坚。斗志坚，滦河战士奔赴前线。旭日东升红旗艳，战鼓催我飞向前，飞向前，壮志男儿，安排河山！’”

这段小插曲过去后，演出继续进行。模拟的暴风雨中，众知青和郭建光边舞边唱。最后，马灯骤然亮起，知青们巍然屹立，构成一组与暴风雨顽强搏斗的英雄群像。台下一片叫好声，王卫东看到公社主任兴奋地拍着巴掌，高兴地和县领导说着什么。她长出了一口气，这才发现衣服都让汗给湿透了。她在人群中寻觅着张存柱，正好柱子也在看她。四目相对，他冲她调皮地挤挤眼，她不好意思地把目光移开了……

知青们慢慢融入村里生活，每天下地和乡亲们一样挣着工分，一晃过了半年多。秋天给山岭点缀上了斑斓色彩，能隐约看到长城在群山中绵延。山脚下，一片片高粱摇曳着丰满的穗头。这里大秋作物只有高粱，为保证通风，要擗去一些叶子。夕阳下山，收工哨子吹响，男男女女钻出了高粱地，说笑着捆扎起堆在地上的高粱叶。这东西要扛回去喂牲口。生产队长清点人数，听说王卫东脚扎伤了没出来，便招呼张存柱去看看。大伙儿起哄，队长道："笑啥笑，柱子给牲口看病是把好手，给人瞧病也不含糊。"

王卫东头发蓬乱，抱着膝盖坐在地上。柱子看她身边高粱叶子上有些血迹，便焦急地搬她的脚，要看看伤得重不重。王卫东也不吱声。脚是完好的，又看腿，看胳膊，都没受伤。面对卫东羞红发窘的面孔，他忽然明白了怎么回事，脸一下子红了。高粱穗在头顶摇曳，柱子脱下红色跨栏背心，三两下撕成一条一条的布："给，用这个先垫上吧。"他搁下一堆红布条，拨开高粱秆走出去几米远，说了句："我等你啊！"

王卫东怦然心动。

从此以后，这个人渐渐占据了她的心房。在以后漫长的农村岁月里，每次来例假她都会想起这个人，这句话。王卫东，这个来自城里的姑娘，开始像农村女孩一样用布做月经带，到后来她到县里当上干部，柱子特意给她买来卫生纸时，她已经很不习惯了……这广阔天地里孕育的感情，生活在城里的人们能理解吗？

面对林兆瑞关切的目光，王卫东说："全家人数落我，说我傻，让人家糊弄了。是，我不该跟我爸顶嘴，不该过年一声招呼不打就走。可谁又理解我呢？本以为我哥跟我齐心，站在我这边，可没想到他前些日子来，背着我去找柱子，让他跟我一刀两断，别影响我返城。我知道哥是为我好，可他就不想想，真要和柱子吹了，柱子伤心我更痛苦。比起我的手来，我心里的伤痛更厉害！”

等她平静下来，林兆瑞才说：“这样吧，我回去做你爸他们工作。你这头呢，也别冲动做出傻事来。至于将来，我相信车到山前必有路，会有一个妥善的解决办法的。”

“林叔，你要是我爸多好！”

卫东眼神里流露出的孤单无助，让林兆瑞想起自己的女儿：“小环啊，天下父亲都是爱自己儿女的，只是表达方式不同罢了。行了，心情好点，啥时候让我见见柱子，我相信你看中的人一定错不了。”

一听这话，卫东露出了笑容：“那我打电话叫柱子过来，他真是个不错的人。我受伤后，大家都说我勇敢、坚强。其实，要是没有柱子背后安慰我，关心我，没有柱子那句‘漫说你少个小手指，就是少个胳膊少条腿我也要你’，我早就崩溃了。”

林兆瑞此时真切地理解了小环，这个他眼里曾经的孩子，已经长大成人。他把草纸包裹得四四方方的核桃酥拿出来。听说是父亲捎来的，卫东脸上现出一抹惊喜：“真的，我爸还认我这个闺女？”

“瞧你说的，孩子都是父母身上的肉，哪儿能说不认就不认了呢，你爸那是一句气话。”

卫东如释重负：“其实，我爸真的挺好的，这些年他也不容易。他血压高，我不该气着他。林叔，你盯着点，别让他老喝酒，只有你的话他才听。还有，我嫂子寄来的毛衣和钱都收到了，你替我谢谢她。”

林兆瑞回到唐城，先去找亲家，一五一十讲了小环的事，但隐瞒了断指这个细节。听说老闺女成了典型，当了领导，再看看她捎来的栗蘑、山野菜等土特产，王天喜后悔地直拍后脑勺：“唉，我这狗脾气，点火就着，小环她受了不少委屈！”

送走老林，王天喜叫住往外跑的外孙子：“姥爷眼神不好，你帮我写封信，叫你老姨抽空回家一趟，我想她了。”他卷着旱烟，仰靠在躺椅上，吩咐大刚道：“我念你写。小环……啧，不行，你别写啊。换个开头：卫东……别扭。让姥爷想个有水平的开头。嗯，这个不错，吾儿小环……”大刚问啥是“吾”，王天喜说“吾”就是我的意思。外孙道：“那应该是吾女小环。”王天喜说：“都差不多，接着往下……”

林智燕来这屋取东西时，正听见爷俩讨论信的写法，她抿嘴笑了。回屋想了想，她也写了封信，替树生表达歉意。两封信装进同一个信封，寄了出去。

白天落了几滴雨，黄昏仍旧乌涂着，闷热难耐。国槐树冠周围，聚集着不少蚊虫、蚂螂。燕子穿梭往来，掠过地面飞着，让人觉得分外压抑。

王树生骑车回家，刚进胡同就瞧见街坊毕成穿着大裤衩，腋下夹着一卷凉席，站在自家小平房顶愣神。老毕是陶瓷厂美术师，画得一手好丹青，王树生新房里就挂着他为小两口画的《春柳新燕图》。王树生搂住闸，长腿支着车子，叫了一声毕师傅，问他在房顶干啥。老毕支支吾吾，说上来凉快凉快。

毕成脸有些发烫，像被人看穿了心事，直到王树生进了家门还没缓过劲来。他是个胆小怕事的男人，见人腼腆得很。白天在厂里上厕所，正遇上革委会主任，见领导总不能不说话吧，于是硬着头皮没话找话："王主任，今天天气不大好。"主任心不在焉地点头："嗯，是不大好。"说完又找补了一句："有些人想改变都改变不了。"主任的本意是想说，天气的好坏不以人的意志为转移，显示一下自己有水平，学过辩证法。可大老粗没文化，表述出来就词不达意甚至南辕北辙了。毕成让频繁的运动整怕了，一听这话顿时有种被判死刑的感觉，冷汗顺着脊梁骨直淌。

主任没发现他的异常，痛快淋漓地撒完尿，临了抖落两下那个物件，问他在厂里画几年画儿了。毕成心惊肉跳地回答说十年，画得最多的是伟大领袖毛主席。

"我怎么听说，你最拿手的是画仕女呀？"主任系着腰带的手停下，盯着他突然发问。听了这话，毕成吓得都结巴了："谁，谁，谁说的？造谣，中伤！"

主任大笑起来，点着他："看你这熊样儿。给你个任务，四天内创作出一套古代四大美女系列茶具来，外贸要用。"

这年头画这类东西就是搞四旧，破坏"文化大革命"，毕成摸不准主任是真要他画，还是故意在整他。平心而论，画了这么多年伟大领袖，他恐怕也画不好仕女了。下班时，主任从他窗前经过，特意敲打下玻璃，伸出四个指头："毕成，这是政治任务，要是不想下放到车间，你就认真完成！"

此时，毕成在屋顶站着，凝望着天边变幻着颜色的晚霞。一会儿是主任的脸，一会儿是伟大领袖，一会儿是貂蝉，一会儿是西施……媳妇连叫他三遍，他都没挪窝。乡下娘们不懂他的心思和苦恼，就知道伺候两个大胖儿子，平时两人连话都很少说。“甭管我，今晚我一个人在上头睡，清静会儿。”毕成说。

王树生搬车子进了院子，口渴得厉害。瞅媳妇没在家，他双手扒着水缸沿，咕咚咚喝了个痛快。关上屋门，凉水冲洗一下身子，换件干净汗衫，才出来吃饭。压的粗面饸饹，豆角打卤，刘兰芝给儿子盛了一大碗，又递给他一头剥好的大蒜：“我们先吃了，你爸你姐带大刚看戏去了，燕儿捎话来说晚上学习，不用等她。”

就着大蒜，树生吃了一大海碗饸饹。第二碗刚吃一半，突然肚子咕噜噜一阵难受，搁下饭碗就往外蹿。妈忙问他干啥去，“我去趟茅房！”话音未落，王树生人已经到了胡同。

身子骨一直很棒，王树生没把肚子疼当回事。可好汉搁不住三泡稀，上吐下泻，去了四趟厕所后，他终于顶不住了，整个人都有点虚脱。座钟响过七下后，他躺床上裹着被单，哆哆嗦嗦发起烧来。迷迷糊糊中，看见媳妇下班回家，径直翻箱倒柜地找衣服。树生埋怨她为啥不理自己，林智燕哀怨地看了他一眼：“我要走了，你自己照顾好自己……”王树生大惊，梦醒了，出了一身冷汗。

林智燕下白班又赶上科里开会学习，到家天已擦黑。婆婆正在院子黑灯影儿里扎筷子驱邪，吓了她一跳。看到一下子憔悴许多的树生，林智燕差点哭出声：“不能再扛着了，咱们这就去住院！”

树生挣扎着要起来骑车子，林智燕摁住他：“都啥时候了，还逞能。你等着，我去找车。”一会儿，她不知从什么地方拉来辆排子车，上面铺好薄被，和婆婆一道把树生搀扶出来，让他坐好，小心地围上被单。刘兰芝一着急，又齁巴喘起来，手不住地抖着。林智燕安慰她：“妈你放心，医院有我呢，晚上我在那儿陪着树生。”

林智燕摸了一下爱人脑门，有些烫手。她连忙返回屋里，出来时拿着老王家的宝贝：“树生，把这个平安扣戴上吧。我这几天眼皮老跳，你可不能出啥事啊！”

“不就是拉几泡稀嘛，看把你吓的，好像我得了啥大病。你还当护士呢，比谁都迷信。”

“戴上吧，让净觉大师保佑你，咱们全家人保佑你。”妈在一边也劝，王树生只好戴上平安扣。怕别人看到，他系上了汗衫领口的扣子。

排子车出了胡同。滚滚热浪仍在街头肆虐，昏黄路灯下，仨一群俩一伙的人们啪啪地甩着扑克。林智燕吃力地拉着车子，王树生裹着被单，昏昏沉沉。排子车拐进市医院大门时，一阵阴冷的夜风从天而降。院门口那棵大杨树不知什么时候枯萎了，风一吹干叶子刷啦啦飘落下来。此时，昏睡的王树生没有发觉，林智燕激灵灵打个冷战，脸色都变了。

丁媛正在病房里值班，她帮忙把王树生搀扶下来，安排好床位，找大夫看过后，扎上点滴。林智燕到护休室搬椅子，要夜里留下来陪床，见媛媛迟迟疑疑站在面前，像有话说。林智燕问有事吗，丁媛不好意思地编着辫子：“麻醉科李大夫介绍个对象，非要今晚上见个面，你看这么晚了……”

一听这话，林智燕笑着推她一把：“好事呀，傻丫头快去，这有我呢。”丁媛说声谢谢，换好了衣服，临走又对林智燕说：“姐，我爸拿来几个桃子，新摘的，你尝尝，很甜的。”

林智燕换上白大褂来到病房：“媛媛有事儿，我跟她换了个班，正好留下来陪你。”她说着坐在树生床边，轻轻抚摸着他手背隆起的血管，好减轻输液刺激。旁边床有个大爷也在输液，瞧着这恩爱的小两口，便对王树生说：“小伙子，你有福气，找了这么个好媳妇。少年夫妻老来伴，没病没灾的不显，到了我们这岁数，就知道这个伴儿有多重要了。”

王树生这时有了些精神，笑着点点头。林智燕脸一红：“大爷瞧您说的。”

林智燕和对班的护士查完房，发了蚊香，又把走廊的门打里面锁好，已经夜里十点多了。她问肚子还疼吗，树生张开胳膊伸个了懒腰，好多了，明天上班不成问题。旁边大爷响亮地打着呼噜，陪床的大妈也歪在躺椅上睡着了，林智燕突然说：“要不，输完液你回家吧？”

“你这是咋了？专为陪我换个班，这么晚了又赶我走。”王树生纳闷地看着妻子。

“也不知道为啥，今晚上我老是心神不宁，预感要发生什么大事。”

“又来了，又来了，学医的还这么迷信。什么蝎虎病人没见过，你对象拉泡稀就把你吓成这样。我不走，就算真有什么大事发生，我也要在你身边陪着你！”

话是这么说，媳妇这番话却让王树生依稀想起在家迷迷糊糊做的那个梦，难免惴惴不安起来。

林智燕坐下，小声交谈着，又让丈夫看左手无名指上的戒指：“妈给我后，一直没敢戴。今天科里小姐妹想看看金溜子啥样，偷偷戴来忘了摘。”

“你指头修长，戴这个很合适。”树生说，“我妈还是偏心眼，惦着儿媳妇，就没说过给我姐我妹。”

午夜时分，王树生迷迷糊糊睡着了。后来他醒过一回，看到妻子趴在床角睡着了。窗子被蓝色闪电映照着，却听不到雷声。这么闷热，也该下场透雨了，他想着欠起身轰赶着林智燕脸旁的蚊子。没敢打，怕惊醒睡得正香的妻子。

刚刚躺下，他就被剧烈的颠簸惊起。大地在弹跳，然后是左右摇摆，管灯凌空飞舞，楼房发出吓人的嘎吱嘎吱声。王树生心一下子抽紧，极度恐惧中想喊起林智燕。这时欻地一下，整个屋子全黑了。像有一百座炼钢转炉轰隆隆地发出巨响，之后耳朵突然有一种失聪的感觉。

他知道，楼塌了！

黎明的微弱光亮中，牛毛细雨夹杂着腾起的黄尘从天而降。林兆瑞半跪在倒塌的房子前，拼命地搬着石头。小诚在下面呻吟着：“爸，你别管我，先去救小冯。”

林兆瑞嚷道：“房子都趴架了，这会儿去，连她家在哪儿都找不到，还是你先出来再说！”

刘丽珠就躺在身边，盖着一条被单，扒出来已经咽气了。此时，林兆瑞心里只有受伤的儿子，发疯地搬石头、扒焦子，指甲剥落了，双手血肉模糊。他不停地跟小诚说着话，担心儿子昏过去再也醒不过来。

天色渐亮，脱险的人们都在与死神抢夺着时间，拼命地刨挖着埋在瓦砾中的亲人。林智诚一会儿清醒，一会儿昏迷，林兆瑞不知道儿子伤在哪里，焦急万分。这时，身后响起踩瓦的酥响，刘爱国喘吁吁跑来，二话不说帮着搬起石头。

林兆瑞问他家情况，爱国说："我家没事。就是这边，我姐夫没了，小洁为保护大刚，石头砸中后脑勺，当时就咽气了。树生昨晚闹肚子，燕儿送他去住院，不知道怎么个情况。"

林兆瑞叹了口气，女儿医院的楼房要是塌了的话，人很难活着出来。两人在石头瓦砾中不停地挖着，很快小诚多半个身子露了过来。他右小腿被墙垛压着，显然已经断了，只连着些皮肉。这是炉渣灰粘接的几块大石头，又重又结实，两人实在没有力气搬开。人要出来，只有舍弃断腿一个法子，爱国跟林兆瑞商量。林兆瑞连连摇着脑袋："不成，孩子不能没腿啊！"

"老哥，你是要腿还是要儿子？没腿，他还是个活生生的人；要是人没了，就一切都完了！"

林兆瑞眼里蓄了泪，迟迟下不了决心。这事搁哪个父亲头上，都难以决断，刘爱国想，要恨就让小诚恨我吧。刚才在姐家扒人时，他看到院子里树生那套木工家什还在，于是跑回去把斧子拿来，让林兆瑞摁住小诚上身，他眼睛一闭下了家伙。林智诚惨叫一声，一口咬住了刘爱国的胳膊。

刘爱国带着两个半圆形渗着血的牙印，撕了手边一件衣服，迅速把林智诚膝盖处伤口扎好。他当过基干民兵，这套战地急救的活儿还会。两人一道把昏迷的林智诚抬到门板上，又找来一辆排子车。"我送小诚去飞机场，命大赶上有飞机，他就有救。你去医院，看看树生跟燕儿他们有没有事。"刘爱国说。

雨水混合着泥浆从天而降，湿冷污浊，打得人身心冰凉。林兆瑞先看了一眼刘兰芝，安慰了几句，便往医院方向跑去。凭着树木标记，他找到像小山一样堆成废墟的内科病房。阴云低垂，眼前水泥横梁、预制板横七竖八，裸露的钢筋、折断的窗棂子上滴答着雨水。面对倒塌的楼房，想到女儿、女婿凶多吉少，林兆瑞喊到声音嘶哑，才洒泪而去。

地震的"震"字上面是"雨"，也是邪门儿，地震之后真就下起了雨。过了晌午，雨越下越大，活下来的人们浑身精湿，流进嘴里的雨水格外苦涩。刘兰芝站在树下紧搂着外孙不松手，看到林兆瑞只身回来，明白了怎么回事，叫了一声亲家便嚎啕起来。林兆瑞知道，这时候说什么安慰话都多余，索性让她痛快地哭一场。

胡同里活下来的人凑到一起，都还没从大地震的惊恐中缓过神来。这时，毕成失魂落魄地过来，带着哭腔喊了声老林：“全没了！”说完，泪水混合着雨水一块淌下。毕成夜里睡在屋顶没事，双胞胎儿子和媳妇都砸死了。自打扒出一家三口后，这是他说的第一句话。林兆瑞拍拍他肩膀，硬把他拉到树底下躲雨。

刘爱国回来了，幸亏赶得及时，总算把小诚送上了飞机。他脸上一道道的，不知道是泥垢还是伤痕，眼睛里却闪着一丝光亮。林兆瑞轻轻松了一口气。爱国问林兆瑞下一步怎么办。林兆瑞清点一下人数，有二十多人，老人孩子居多。他问爱国还有力气吗，爱国说还行，能撑一会儿。林兆瑞说：“大家都光着身子，在雨里浇着可不行。你带两个人去我们剧团，找小平房倒数第二个屋子。屋子倒了也没事，门口有个老槐树。你去扒，里面全是戏服。”

刘爱国领令而去，回来时穿着一身灰色八路军服装。他有些胖，肚子撑开了两个扣子没系，显得很滑稽。后面两个小伙子，抱着各色戏服。一个穿着黑色伪军服，一个穿着土黄色日本鬼子服装，屁股旁边还斜背着个道具王八盒子枪。街坊们看到，忍不住咧嘴乐了，悲苦脸上总算有点笑模样。

胡同里十来户人家，家家都有伤亡。原来的家庭解体了，共同的境遇让他们聚拢到一起，像一个大家庭。这些人中，属林兆瑞见过世面，他成了大家的主心骨。把男女老少叫到一块，林兆瑞说：“甭顾忌那么多了，都挑件衣服穿上，亲人没了，我们还要想法活下去。大家不要乱跑，照看着伤员孩子，小青年跟我找东西搭窝棚，总在雨中浇着不是事儿……”

在粗大的杨树下，他们用竹竿和塑料布搭起大窝棚。砖头垫起木板，架起一个大通铺。人们暂时有个遮风挡雨地方，受伤的人躺下，呻吟声也小了。孩子这阵儿饿得有些受不了，缠磨着大人，哭着闹着要吃的。算起来，从早上到现在，已经两顿饭没吃了。刘兰芝忽然想起树生房里还有一小袋大米。林兆瑞说我去取，刘兰芝叮嘱道：“亲家，注意点，现在大伙儿都指望着你，可不能有啥闪失啊！”

看见女儿女婿屋子，林兆瑞百感交集。这间房子只在屋角裂了两道缝，居然没倒，在这么大的地震中，真算得上是个奇迹。倘若俩孩子在家，一定不会有事，可现在……林兆瑞不敢再想，冲进屋里找到那袋大米。余震频繁，片刻都不该在屋里停留，可他拿起米，还是环顾一下屋子。除了震落后摔碎在地上的玻璃器皿、茶杯外，屋里没什么变化，好像主人刚刚出门，一会儿就会回来似的。在墙上，林兆瑞看到毕成送给小两口的国画：疏疏几枝垂柳，随风飘摇；一对黄嘴儿的燕子，一前一后穿梭在柳叶间，轻灵妩媚，顾盼流连。他脑海里浮现出女儿跟他说起这幅画时的兴奋表情："毕叔说了，燕子是老百姓眼里的吉祥鸟，忠实感情，呵护家庭。我名字里又有个'燕'字。他画这画儿，祝我们比翼齐飞，白头偕老呢。"泪水模糊了林兆瑞的眼睛。他上前摘下画，小心翼翼地卷好，一咬牙跑出了屋子。

林兆瑞找来几块砖，搭个简易灶台。小腿不知什么时候刮出道大口子，肉往外翻着，丝毫没觉出疼痛。大锁媳妇把家里钢种锅扒出来，给大家熬粥。下午两点来钟，人们才吃上震后第一顿饭。大刚精瘦的腕子上，戴着王玉洁的手表——这是爱国扒出他妈遗体时发现的唯一贵重家当，和几个半大孩子，狼吞虎咽地吃着大米粥。小小年纪，劫后余生，他还没有体会到孤儿两字的含义。大锁媳妇慈爱地瞅着他们，叮嘱慢慢吃，别呛着。丈夫大锁砸死了，一儿一女闷死在废墟里，她这会儿却平静得让人难以置信。

雨停歇了，阴云低垂好像触手可及，烟似地追赶着向西南移动。肚子里有了食，人们求生的欲望又占据了上风。小马路上，乱哄哄的灾民一拨拨经过，嚷嚷着水库就要溃坝，整个唐城要被淹了。林兆瑞跟大家商量：老人和孩子先走，想法搭上车，能走多远走多远。青壮年留下埋人，不能让亲人暴尸街头。

刘兰芝搂着大刚，眼里蓄着泪："亲家，老头子和大刚他妈就托付给你了，坟上做个记号，回头我们再来看他们。"

小马路旁，杨树槐树下，挖出一个又一个长坑。新翻出的黄土带着泥腥，铲断的树根露着白茬。大锁媳妇用搪瓷缸子端过来一点水，她宁可自己渴着，也要给两个孩子洗干净脸上路。她轻轻地叨咕着："孩子，你们跟爸先走，随后妈追你们去！"

王天喜的遗容很安详，额头上的致命伤口已结成血痂。几个人抬着他，似乎比平时重了很多。林兆瑞念叨着："老哥，咱们说好了一块走，没成想你还是先行一步。早走，晚走，早晚得走，你放心，我照顾好老嫂子和家人，咱们九泉下相见！"

刘爱国在一旁叫了声姐夫："没想到你酒桌上话应验了，当时我就觉得不吉利。下了半辈子窑，没砸死在井下，却砸死在自家炕头。啥话不说了，这是命啊！”

唐城变成个巨大的坟场。马路边，公园里，学校操场上，只要有空地就有坟包，在城市的地下，遇难者暂时有了一处栖身之地。而活着的人们，还在茫然恓惶中。

逃难的人们大多没有挤上车，刘兰芝带着小外孙又折回来。像是在恫吓活下来的人们，黄昏时分，又来了一次强烈余震。大地伴随着隆隆地声颠簸起来，窝棚里人一片惊呼，下意识纷纷往外跑。此时，林兆瑞正站在小马路旁，剧烈摇晃中，他忙搂住一棵杨树才没有跌倒。

林兆瑞清楚地看到，坚如磐石的大地，竟如波浪般剧烈地起伏。树木、电杆、废墟，地面上的一切，如同波涛中的漂浮物一样，摇晃、摆动，让人胆战心惊，魂飞魄散。他学戏正值20世纪50年代，受的唯物论教育。和同时代人一样，满怀激情地投身大跃进、大炼钢铁，到农村搞社教、修梯田水库、改造盐碱地，带着人定胜天的豪迈，去征服改造大自然。但在此时，面对大自然的强大威力，他真切地感到了人的渺小和脆弱……

“天灾人祸，为什么要这样反复折磨我们？”地震平息后，林兆瑞对着阴云密布的天空发问。

天黑时雨越发大了，雷声隆隆，雨点急促地敲打着窝棚顶，空气中充满泥土和青草的味道。这一宿，对所有唐城人来说都是不眠之夜，想念亲人的痛苦，浑身伤痛的折磨，疯狂肆虐的蚊子，还有让人无法忍受的与外界音讯隔绝，不知道天亮后等待他们的将会是什么。像是自言自语，又像是安慰大家，林兆瑞突然冒出一句：“毛主席不会忘记咱们的！”

就像黑暗中一缕火苗，这句话给人们带来了希望。

老林和工人新村居民当时并不知道，这场大地震罹难人数达二十四万之巨。他们同样不知道，此时，数十万救援大军正马不停蹄从陆路和空中，从不同方向朝着这座城市汇集……

尽管有杨树浓荫蔽日，正午过后的窝棚里，还是闷热难耐。毕成盘腿坐在通铺上，一遍遍叨咕着唐城流行过的一些词汇，越捉摸越像是谶语。他跟老林、爱国念叨起来：“你们听听，‘镇（震）了’，‘平了’，‘超平了’，这不都应验了？还有‘的确凉’，可不是嘛，人一死，就的确凉喽！”

说着说着，又嗷嗷哭起来。

毕成有些神经了，谁都能看得出来。大地震摧毁了多少个家庭，就给多少人造成心理伤害，这个时候，任何安慰的话都没有用。林兆瑞没理睬毕成，招呼爱国走出窝棚，眼下要操心的事实在太多了。

经历大地震后的生离死别，人们身心交瘁，在午后的酷暑和浓烈的尸臭中，昏昏沉沉，似睡非睡。这时，一个小伙子噔噔噔跑来，惊慌地冲林兆瑞喊道：“大锁媳妇上吊了！”

虽然一天时间目睹了太多的死亡，这消息还是让人震惊。林兆瑞和刘爱国跑过去，大家把大锁媳妇从歪脖柳树上放下来。爱国要送医疗队，林兆瑞摇摇头：“晚了，人已经断气了。”大锁媳妇显然去意已决，才选择这样一个大家疲劳之极无人留意的午后自尽。她眼睛半睁着，似乎有着无穷无尽对老天爷的埋怨与愤怒。林兆瑞把她眼皮合上：“死有时是一种解脱，这个时候，死比活着更容易——咱们都好好活着吧。”

“妈的，我就不相信唐城人这么倒霉！”刘爱国恶狠狠道。

白花花的日头烘烤着大地，蒸腾出潮气和腐臭。大地震后的第三天，整个城市死一样寂静，偶尔有直升机螺旋桨声音从空中传来。趁姥姥没注意，大刚一个人溜出来，跑到废墟上。石头瓦砾间的泥土里，滋生出尖细的麦芽。一个玩具娃娃被雨水淋湿，发辫散乱，裙子上长出了霉斑。夜里睡觉时，孩子清晰地听到几声猫叫。这会儿，他踩着石块和碎玻璃，大声叫着咪咪、咪咪，四处寻找。

终于听到几声羸弱的回应，原来不知谁家的小猫卡在石头缝隙间。他用力掀着石头，手背被碎玻璃划破，也不知道疼。小猫急急地钻出来，喑哑地叫着，来回地蹭他。大刚蹲下来搂着它哭了。小猫的孤独无助，让孩子联想到自己，头一回意识到妈妈真的没了，父母把他一个人孤零零抛在这个世界上……

哭够了，抹一把小花脸，大刚抱着小猫回到住的窝棚，端出粥来喂它。小猫饿急了，喉咙里咕噜咕噜地响着，小舌头飞快地舔舐着。刘兰芝看到和孩子一样羸弱的小猫，叹口气：“可怜见的，看看都饿啥样了——也是个没爸没妈的小家伙！”

震后雨水多，才几天光景，窝棚外面就长出没膝的青草。大刚去给小猫揪嫩草，惊讶地看到几匹健壮的枣红马，正打着响鼻啃食着青草。毛色油亮的大牲口，离孩子这样近，好像一伸手就能抓住缰绳。可大刚不敢，他钻回窝棚告诉刘爱国。

这些无主的大牲口随处溜达着。爱国揪了一把青草，往跟前凑，想乘机抓住一匹，杀了给大家改善伙食。刘兰芝瞧见，忙叫住弟弟："饶了它们吧，好歹这也是条命啊。这么大地震，能活下来不容易！"

爱国只好走开，去忙自己的事。这时，一阵拖拉机声突突突由远及近，几匹马警觉地抬起头竖起耳朵。刘兰芝扭过脸去，车子停在近前，一个白净面孔的小伙子低头熄火。她惊讶地看到，自己的老闺女正从车上蹦了下来。

王卫东叫了一声妈，一头扑在她怀里。

"你爸没了，你姐没了，还有你哥、你嫂子……都没了，这可咋好哇！"刘兰芝搂着闺女嚎啕大哭起来。卫东也嘤嘤地哭着，好容易娘俩才慢慢平静下来。卫东擦一把哭得红肿的眼睛，叫过来那个男青年：

"妈，这是我对象。柱子，叫妈！"

在大地震骤停的瞬间，人会有一种可怕的失重感觉。无依无靠，仿佛身子和灵魂都在宇宙中游荡。此时，王树生就有这种感觉，好像是在梦中，好像是在梦游。

黑暗里，林智燕的呼喊让他猝然清醒：

"树生，你还在吗？"

"在。"

他碰到的四周都冰凉、生硬和尖利。

"我受伤了，身上有个东西压着，我不能动弹。"林智燕说。

"你坚持住，我过去救你！"

黑暗里，有人在喊救命。王树生四处摸着，摸到衣服、头发，是同病房的大爷大妈。两张床挤在一起，他们没有任何反应。四周压着塌落下来的东西，好像只能从床头木撑中间钻出去。他用力掰断了一根木撑，脑袋还是被卡住了。求生的本能使他瞬间爆发出巨大力量，咔吧一声又掰断了一根。终于从床前头蹭出来，又一点一点地把身子从床上移到地上。王树生什么也看不到，只听见媳妇关切地在问："你怎么样了，有没有受伤？"

"我没事，你在哪儿，我过去救你。"

顺着林智燕声音，王树生在黑暗中爬行，不时扒开遇到的东西。一根水泥梁横在前面，王树生有些绝望："燕儿，我过不去了！"

"别喊了，保存体力。"

黑暗中，两人的手穿过水泥梁空隙攥到了一起。地震，唐城人担忧很久，又常常宽慰自己不会发生的大地震，终于降临。他们不知道外面什么情况，亲人是死是活，只清楚一点：自己被埋在倒塌的楼房里。树生安慰媳妇别怕，林智燕说："有你在一起我就不怕，和你在一起，我就有安全感——树生，陪我说说话吧。"

在砖石松动下落的可怕声音中，在周围微弱的呻吟声里，两个生死未卜的年轻人，回忆起阳光明媚的春天。"树生，你还记得咱们一起看丁香吗？"林智燕问。

王树生怎么会不记得，两人搞对象后相约去公园看丁香。那一大片紫丁香，花朵纤小而密集，一丛丛，一束束，层层叠叠，香气沁人心脾。林智燕摘了一束丁香插在鬓角，树生凑近了贪婪地闻着，趁机亲了一下她的脸。怕人看到，林智燕躲闪着，用手撑住他的下巴："我考考你，你看见紫丁香联想到什么？"

"想起你。"当时他嬉皮笑脸地回答。

"没正形儿，严肃回答我问题。"

看她很认真，王树生摆出一副思索的样子："嗯，看到紫丁香，我联想到美丽，纯洁，还有……嗯，干净。"

说着掏出口琴，林智燕摁住他的手："别吹口琴了，现在什么声音都不要有，咱们安安静静地坐会儿。哎，我背首诗你要不要听？"

树生点点头。

"这首诗是戴望舒写的，他是三十年代的著名诗人。"林智燕清清嗓子，朗诵起那首著名的《雨巷》："我希望逢着/一个丁香一样地/结着愁怨的姑娘。她是有/丁香一样的颜色，丁香一样的芬芳，丁香一样的忧愁……"

黑暗里，两人一起回忆着这一切，苦涩中带着甜蜜。林智燕问他："你说咱们能活着出去吗？"

“能，一定能，不光要完好无损地出去，还要一起去看丁香。”

“树生，每次看到紫丁香，我都有一种要哭的感觉，也不知道为什么。它让我想到时间在悄然流逝，青春的脚步匆匆而去……你答应我，出去后明年一定陪我再看一回丁香。”

王树生嗯了一声，虽然知道活着出去的希望微乎其微。在地震废墟里，在经过片刻失聪后，他耳边似乎又响起那首诗。“燕儿，想知道我当时听诗的感受吗？”他问。

林智燕嗯了一声。

“我第一次听到这样的诗，感觉很美，很奇特。只听到你背过一次，可这辈子，我都会记住那个雨巷，雨巷中的丁香，丁香一样的姑娘……”

黑暗里，林智燕轻轻笑了：“树生，我知道你悟性很高，你不当诗人去炼钢有些屈才。”

在那个暮春的公园，盛开的丁香花周围，蜜蜂扇动着翅膀，嗡嗡嘤嘤地飞着。刚刚试声的细蝉，吱吱叫着，声音似有若无。阳光从枝叶缝隙间射下来，不时有一两朵丁香花落下来，落在两人的头上、身上和地上。春阳温暖，花雨软香，林智燕依偎着他，目光迷离，喃喃自语：“就算现在死了，在自己所爱的人身边，我也知足……”

王树生猛地打个冷战，头脑一下子清醒了，意识到两人是在倒塌的黑暗的楼房里。林智燕忽然口渴得厉害，树生想起床下有暖水瓶，还有丁媛留下的几个桃子，说你等着，我去给你拿水。

他整个身子伏在地上，原路爬回去，摸到倒在地下完好无损的暖瓶。他把铝盖拿下来，倒了一盖水，重新爬回来：“燕儿，我看不见你，你拿个石头，敲敲地面，我好给你水。”顺着敲击地面的声音，树生摸过去，再次触到媳妇的指尖。林智燕刚咽下去一口水，就呛出来，她是护士，一下子明白了自己伤势的严重。用手一摸，身边湿漉漉的。黑暗里看不到血，但她知道自己不能动弹的下半身让血水浸泡着。“树生，我伤得不轻，别管我了，你能出去就出去吧。”她说。

黑暗中，偶尔还有一两声呻吟。王树生想，燕儿身上有伤，周围还有人没死，自己先出去喊人来要紧。他让燕儿歇息一下，自己不停地朝着门口方向扒着。扒一块砖码上一块，使周围空间尽可能大些，也提防水泥预制板再砸下来。正这时，他又听见林智燕叫他过去，她有话要说。

“树生，有件事我不该瞒着你，咱们有孩子了。真的，我做梦都梦见你趴在我肚子上听宝宝心音，我想再等些日子告诉你，给你一个惊喜。可是，真是对不起，我恐怕要带着孩子走了……”

她的声音微弱发颤，树生这才意识到媳妇的伤势有多重：“燕儿，你不会有事的！你千万别想那么多，咱们一块出去，把孩子生下来，一块养大。我们还要养一群孩子，女孩像你，男孩像我……”

林智燕预感到生命正在慢慢逝去，她径自说着，她有很多话要说——“树生，我这辈子没跟别人说过我心里的秘密。不知道从什么时候开始，我特别怕父母、怕弟弟走了，怕他们走我前头。小时候，爸爸犯错误挨批，晚上我猫在被窝不敢睡，盯着灯下写检查的爸爸，恐怕他没人时寻短见。后来爸妈去湖北农场，我天天盼着报平安的来信。又怕来信带来坏消息，怕那边湖深水多，怕他们失足落水，再也回不来了。小诚也是，在部队时候，我一天到晚胡思乱想，这孩子愣头愣脑的，拉练时别让汽车轧着，演习时别让手榴弹炸伤。他有回写信，跟我说南方发大水。我天天睡不着觉，担心他让大水冲跑了……再后来是你，每回你上班我都揪着心，生怕炼钢时有个闪失。一听见医院救护车响，一看到送来钢厂烧伤病人，我就心跳。搞对象和刚结婚那会儿，我要你天天下班来接我，科里人都笑我娇气。其实，我是想早点看到你，好放心……”

王树生的心猛地一阵抽搐。他没有想到，燕儿娇小的身体里竟然承载着这么大的重负。林智燕说：“我很软弱，我怕亲人没了，是害怕一个人承受这份痛苦，总想让自己走在亲人前面。树生，我是多么自私啊！”

“快别这么说，燕儿，你是天底下最无私最好的人！”

黑暗中，林智燕要他伸过手去。树生的手指触到她冰凉的手指，还有一个硬硬的物件：“树生，我恐怕跟你出不去了，这是妈给我的金溜子，你拿着，要是遇上好女人再找一个。你幸福了，我在那边也会欣慰的……”

“不！”王树生没有接：“你不会有事的，不会的！”

“树生，你一定要活着出去，替我照顾我爸妈，我弟弟小诚。你答应我，无论怎样，你一定要像亲弟弟一样疼他！”

“燕儿，燕儿，你不能走！”王树生喊着，想抱住她，让爱人枕着他粗壮的胳膊，静静躺在他怀里，不再疼痛，不再害怕。可林智燕的声音越来越弱，最后没声了。就在王树生绝望地像疯子一样喊叫时，他清楚地感觉到林智燕手指在他掌心点了三下。

我爱你！林智燕是在用手指告诉他。这是两人搞对象时，聪明的林智燕发明的独特示爱方式。燕儿还活着！树生激动地回应了四下：我也爱你！可林智燕没有再回应。她在生命最后一刻，向心爱的男人表达了自己的不舍与爱恋。

王树生不愿意相信这一切，他还不知道死亡的滋味。他一遍遍喊着妻子的名字，泣不成声："你坚持住，我马上出去喊人来救你！"

林智燕没有一丝声息。

他胡噜一把脸上的泪水，摸到一根三角铁，攥着当工具，不停地往外挖着。一定要早些出去，他坚信燕儿还有救。又饥又渴时，王树生就摸回去吃桃子、喝水。几个桃子吃进去了，水也喝光，他终于扒到了楼道里，但前面塌下来的水泥预制板挡住了他的求生路。

三角铁咣咣地在上面砸了几下，王树生颓然地丢下工具，嗷嗷地哭了起来。求生不得，那么死就离燕儿和未出世的孩子近点吧，他要在旁边厮守着娘俩。他重又摸回到水泥横梁旁，头枕着碎砖躺下。有水珠滴落到脸上，他不知道外面在下雨，没有动，闭着眼等待着死神的召唤。

不知过了多久，外面隐隐约约地传来隆隆的汽车声，车辆碾压砖头的声音。有一阵子，还听到路过汽车的喇叭里，播着抗震救灾指挥部通告："保持镇静，提高警惕……夺取抗震救灾斗争全面胜利……"

这让王树生清醒过来：不行，不能等死，我要死这里，燕儿托付的事谁来承担，还有爸妈他们不知道怎么样了。想到这些，他坚定了活下去的念头，同时觉出了饥饿难耐。摸回到床头，王树生撕开枕头，他知道荞麦皮中混合着谷糠，虽然难以下咽，但毕竟可以充饥。吃了些谷糠，有点力气后，他四外摸索着，看有没有其他生路。黑暗中，手中的三角铁碰到了金属药柜，哐当响了一下。王树生惊喜万分，口渴难耐的他咬开输液瓶铝盖，一瓶一瓶地尝。麻嘴的、苦的都扔了，终于尝到有甜味的——一定是葡萄糖。这回他学聪明了，自己不知要在这里待多少天，不能一下子都喝掉。他喝了一小口，盖上瓶塞，拿枕头放在它上面，怕砸碎了。然后继续扒，累了就找个风大的地方待下来。他心里明白，哪里风大，说明哪里离外头近，最有希望获救。

黑暗里，王树生没有时间概念，也不知过了多少天。一天，正当他迷迷糊糊，似睡非睡时，突然一下子被惊醒。他掉过身子，脸贴近缝隙，热风吹进来，他闻到一阵阵甜丝丝的尸臭，清晰地听到头顶有人踩着瓦砾的声音。

王树生想喊救命，可这字眼让他联想到胆小鬼和逃兵，怎么也不好意思喊出口。犹豫半天，总算开了口："救命！"没有反应，他又微弱地喊了一声。最后，冲着缝隙，他使出浑身力气高喊："救命啊！"可身子实在太虚弱了，声音其实并不大。这时，他想起在嘈杂的车间里，在炼钢炉前，大家有事只是喊一声哎，就使劲喊道："哎！"

上面突然安静了，也传来了一声"哎！"——是丁媛！

这些天，丁媛是在自责中度过的。自己没上夜班，躲过了一劫，而姐姐林智燕和王树生却埋在废墟里。她家的房子也倒了，丁媛被街坊们扒出来时，父亲已经断气了。后来，她在废墟中只找到两样东西：父亲收藏的一箱驴皮影人；一串被鲜血浸泡成锈色的钥匙，父亲挂在腰上的，家里和科室的钥匙。

在街坊们帮助下，丁媛埋葬了父亲，就跑回医院。她放心不下林智燕和王树生，每天都在废墟上寻找、呼喊，终于如愿以偿，听到地下传出王树生的呼救声。

"姐夫你放心，我马上去找解放军来救你，你先上安全的地方躲起来。"丁媛带着哭腔大声说。

八月骄阳似火，知了起劲地叫着，全然不解人世间的灾难。闻讯赶来的战士们轮番上阵，铁锹声、铁镐声、钢钎声响成一片。慢慢地，他们在废墟上挖出一个大坑，再向下斜开出一条几米长的沟。丁媛刚跳下去就被拉上来，战士们担心她的安全。他们一边和王树生喊话，一边小心翼翼地挖，生怕不小心碰下东西砸到里面的人。铁锹木把太长，战士们干脆锯掉半截，蹲着往下掏。最后，他们索性丢掉工具，用手扒起来。周围散落着不少破碎的输液瓶和玻璃器皿，手划破了，脚扎伤了，他们全然不顾，只想着快点把人救出。

两个钟头后，水泥横梁露出半米宽的缝隙，王树生伸出一只胳膊。一位军医把一瓶糖盐水递进去让他喝。缝隙越来越大，几名战士合力把王树生拽了出来，放在担架上。丁媛哇的一声扑上去哭了。医生迅速蒙上王树生双眼，全身缠着绷带，怕因激动血液流动过快血管破裂。

这是什么？医生看到王树生脖子上的平安扣，要摘下来。丁媛忙拦着，说这是他的护身符，还是戴着吧。中年军医奇怪地看了一眼面前这个眼泡红肿的俊秀姑娘，一定在纳闷年纪轻轻的，怎么会这么迷信。丁媛也不理会，她听林智燕说起过这神奇的东西。说也奇怪，多年后丁媛几乎忘记了王树生获救这一幕，但却清楚记得他脖子上的平安扣。透过平安扣，她仿佛看到了林智燕瞩望她的目光。

戴着平安扣，王树生跟死神打了个照面，八天八夜后重返人间。闻讯而至的摄影记者，端着摇把上弦的照相机咔嚓咔嚓拍着。流着泪的丁媛与躺在担架上昏迷过去的王树生一起，被定格在地震后的第九天。

第三章

王卫东蜷缩在拖拉机挎斗里，身体颠簸摇晃着。明明天气很热，她却感到一阵阵发冷。过了青石崖天已擦黑，张存柱心急火燎，突突突地开着拖拉机，不时回头招呼一两声卫东，怕她睡着吹出病来。没回县城，拖拉机径直开进了自家院子，他把身子滚烫的王卫东抱进屋。爹举着煤油灯迎出来，看了这架势吓一跳。柱子没空儿解释，拎着马灯跑出去请来赤脚医生，服侍卫东吃了药打了退烧针，才一屁股坐在炕沿上。

这个二十出头的农村青年，一时还适应不了生活的突变。他憧憬过无数次，代表着繁华与富足的城市，一瞬间变成充满血腥的瓦砾场，到处是比乡下看瓜人住处还要简陋的窝棚。面对着凄惶无助的准岳母，架着哭得身子瘫软的王卫东，他忍不住潸然泪下。从唐城回家的路上，他思绪很乱，怎么也理不出个头绪。但有一点他很清楚，自己和王卫东搞对象已没有任何阻力了，横亘在两人之间城乡差别的鸿沟，也被突发而至的灾难填平了。在煤油灯忽明忽暗的灯影里干坐着，看着脑门上沁出汗珠昏睡着的卫东，张存柱心乱如麻，真不知道是该感谢还是该诅咒这场大地震。

王卫东来这个小山村插队已经五年了。她在这帮知青里年龄最小，也最有激情和活力，一进村张存柱就喜欢上她。他像只求偶的雄孔雀，抖动着尾屏，把美丽的一面展示给卫东。可王卫东当时脑子里只有“接受贫下中农再教育”、“千万不要忘记阶级斗争”这些东西，根本没拿正眼瞭他。真正拉近两人关系的，是那次演出救场和后来的高粱地救急。

柱子给生产队牲口瞧病，顺便子承父业，揽些劁猪、杀猪活计。两人有那么一点意思后，每回杀完猪，他都要端着一盆白肉炖粉条来知青点和大家会餐。男女知青们嗷嗷叫着，像过年般快乐。卫东瞅着他，眼睛里闪着光，有时还会喝上两口劣质高粱酒。

他肩上常挎着一个油腻腻的帆布包，里头是劁猪工具：两把小刀，一个像杨树叶，一个像柳树叶——尾部还有个小钩；还有一枚三棱缝针。卫东摆弄着刀片，想看看他怎么劁猪。柱子一皱眉，这有啥好看的，他更愿意给王卫东诵读他新写的诗歌。

“人家就是要看嘛！”卫东跟他撒着娇。

正好这天生产队要劁猪，王卫东听到信，兴冲冲地赶过去。乡亲们揣着袖子，四圈围着瞧热闹。张存柱早已手脚麻利地摁倒了牙猪。他提脚踩头，小刀一抹，快如闪电，一对血淋淋睾丸便在手里了。三两下缝上了刀口，一抬头瞅见卫东，顽皮地挤咕一下眼睛。王卫东臊得低下了头。劁完的猪有些打蔫，卧倒在圈里。柱子边收拾着工具，边吩咐饲养员把它轰起来遛遛，盯着吃食喝水。他拎起工具挤出人群，男孩子们你推我我推你地跟他闹，张存柱恫吓道：“再挤，把你一块劁了。”孩子们起着哄，喊叫着“把你劁了”“把你劁了”一窝蜂跑开。王卫东心怦怦跳着，掌心有汗，有些紧张，又有些莫名的兴奋。

柱子喜欢练毛笔字，有天在旧报纸上随手抄了一副写劁猪匠的对联：“双手劈开生死路，一刀斩断是非根。”卫东瞧见，便问他是非根是啥东西，他支支吾吾，半天解释不清楚。卫东一撇嘴，瞧你这肉咕劲儿。柱子一急，也就豁出去了：“是非根就是……就是，鸡巴。”

王卫东脸腾地红了。

他们这茬学生没上过生理卫生课，张存柱的性启蒙是通过配猪悟出来的。他爹有个绰号，叫“三千六百句”，是个爱看《说唐》，说话好拽文的农村手艺匠。得知儿子跟王卫东搞对象，要春节一块去城里拜见她父母，他蘸着吐沫卷着旱烟，当头泼了一瓢冷水：“古人云：知己知彼，百战不殆。现如今，你连她爸妈啥态度都不知道，贸然上门，不妥不妥。咱们还是瞎子拿蝈蝈——听听再说吧。”结果，王卫东单枪匹马地跟父亲干了一架，没在家过节就赌气回来了。她手受伤后，柱子背着她跑五里地送到公社卫生院，又上山找来草药，脸、胳膊被葛藤、树叶割出一道道伤痕。不知是报恩冲动，还是跟父亲赌气，王卫东以身相许，稀里糊涂跟柱子发生了关系，及至疼痛时方才猝然清醒。望着知青点被柴草熏黑的屋顶，卫东泪水盈眶：

“柱子，你以后要做了对不起我的事，我杀了你！”

张存柱扑通一声跪下，举手发起了毒誓：“卫东，我要对你不好，我要是日后变心，天打五雷轰！”他的誓言是真诚的，可不知怎么，耳边却响起他爹的话：“她是城里丫头，你要不生米煮成熟饭，早晚还得跑了。”

王卫东只在柱子家养了一天，病没好就迷迷瞪瞪回到县上。刚进革委会大院，门卫递给她一封信。一看信封，卫东脑袋嗡地一下子炸开。父亲和嫂子地震前写的信，在路上耽搁好些天，现在才到她手里。进了自己的办公屋，她嘭地一声关上房门，可随后，整个县革委会大院，都能听到王卫东狼嚎一样的恸哭……

她情绪一落千丈，两个月后，打定主意要回城。革委会主任顾彬，是刚“解放”的老干部，对卫东很器重，把她叫到办公室：

“卫东啊，你执意要走，我们也没办法。本来呢，县上把你树为典型，是当作革委会班子成员培养的。可地震你家遭了难，要回去的心情我们也理解。这样吧，正好唐城抗震救灾任务艰巨，组织上要从地区抽调一批同志充实到指挥部，你年轻能干，家又在唐城，就让你去吧。”

卫东道谢，心情复杂地往外走。在门口，又被顾主任叫住：“坚强些，干革命工作要经得住各种打击。”

她这才发现，顾主任眼角挂着泪。他儿子在唐城上大学，现在活不见人死不见尸，没一点音讯。卫东想安慰老人几句，嘴唇动了动却没有出声。顾彬低下头，摆摆手：“去吧，先把家里安顿好。”

王卫东没让柱子送，一个人坐上了回唐城的长途车。一座座山头在窗外旋转，熟悉的梯田、果园一一向后掠过。下乡五年经历，也像放电影一样一幕幕再现。王卫东下乡时，初中还没毕业，稚嫩的肩膀扛过了所有知青都要过的三关：生活关、劳动关、社会关。她跟男劳力一样摽着劲儿干，各种农活拿得起放得下。后来，知青点的人越来越少，在结婚、顶工、参军、病退、商调，形形色色的返城大潮中，她岿然不动，觉得自己一定会像邢燕子一样，扎根农村一辈子。可万没想到，一场大地震让她当了逃兵……

王卫东晕车了。

进市区后，车速一下子慢起来。砖石瓦砾把破损的道路挤得很窄，各种车辆拥堵在一起，喇叭声刺耳。空中传来马达声，王卫东抬头看去，一架土黄色的双翼飞机缓缓飞来，机翼下拖曳着六股白色的烟雾。不远处传来高音喇叭的声音，提醒居民飞机洒药时，把食物收好盖好。司机让把车窗关上，车里的汽油味突然浓起来，恶心感觉又涌上来。

下车时已临近晌午。王卫东茫然地看着眼前乱七八糟的窝棚和简易房，心情简直糟透了。下乡时无牵无挂的小姑娘，现在已经成了人家的准媳妇；走时热热闹闹的一家人，现在要面对老的老、小的小、死的死；走时壮怀激烈，豪情满怀，现在灰溜溜，手上又带着残疾，一个人悄然回来。突然之间，王卫东觉得自己很失败。

当年的铁姑娘，第一次感到了自己的软弱、可怜、孤独、无助。

王树生被救出后，经过简易急救，便送到了百里外的部队医院。突然获救，让他绷紧的神经一下子松弛下来，人也陷入半昏迷状态。他经常喊叫着燕儿、燕儿，有时还猛地坐起来，让护士又担心又难过。慢慢地，神志逐渐清醒，模糊记起解放军、丁媛、地震、林智燕……哦，燕儿，那个在他怀里温暖娇小的身躯，再也不能重回他的怀抱了。他的眼角溢出了泪水。

胸前的那枚平安扣，咯得他心痛。如果燕儿戴着，没准会逃过这一劫，这个念头一直在折磨着王树生。他把平安扣摘下来，管护士要块纱布包好。他惦记着爸妈和姐他们，惦记着岳父母一家子，刚能下地行走，就执意要回家。部队只好派辆车，由医生陪同他回去。

车子离唐城越近，王树生心里越难受。火辣辣的太阳高悬在头顶。废墟上，沾血的被褥、床单，朽烂的家具，砸坏了的锅碗瓢盆和砖石瓦块混在一起，淋过雨又经高温的烘烤，散发出浓重的霉烂、血腥和土腥的混合气味。戴着口罩、背着喷雾器的防疫人员，出没在断壁残垣中，喷洒着消毒药物。第一次看到阳光下这个城市丑陋的细节，王树生痛苦地闭上眼睛。医生担心地问你没事吧，他摇了摇头。

这些天，刘兰芝天天站在窝棚门口，眯着老花的眼睛，朝当街方向张望。虽然丁媛早早跑来告诉了树生获救的消息，可她也不知道树生被送到了哪里治疗。见不到活生生的儿子，就算太阳再毒，她也不肯进窝棚。也许失望次数太多了，直到儿子晃晃悠悠的大个子出现在面前嗡声嗡气叫妈时，她还在揉着眼睛，一个劲儿问是不是在做梦。

“妈，不是在做梦，我是树生，是你的儿子树生！”王树生摇着妈的胳膊。刘兰芝搂着他，拍打着儿子的宽肩阔背，大哭起来。街坊们都从窝棚里钻出来，围着树生问这问那，为他大难不死啧啧称奇。

看到头发斑白的林兆瑞，王树生歉疚地叫了一声爸，就哽咽了。林兆瑞流着泪，攥着姑爷的手，连说：“活着就好，活着就好……”

转眼到了秋天，要为过冬提早做准备了。王树生从街道领来油毡，在废墟里撅着屁股捡了半天，挑出些整齐的石头砖块。又招呼爱国和几个工友，平整出一块地方，架好四柱木架，砌起齐窗台高的砖石，支撑好苇笆，内外抹泥，盖起前高后低“一坡水”的简易房。他家两间，岳父家两间，两家比邻而居，也好有个照应。

“老天爷把你留下来，不是你命大，有造化，是要你好好照顾你的亲人。”无数遍的，王树生在心里提醒着自己。

安顿好家里的事，王树生便一头扎到厂里，和大家一道修复震毁的泵站，清除炉内铸块，为恢复生产忙活着。看他没白天没黑价连轴转，人都累得脱了形，主任心疼，硬逼他回家休息。王树生倒在床上，一睡就是一天一宿。刘兰芝不敢叫醒儿子，把饭做好搁桌上，用细纹筛子扣上挡苍蝇，悄悄带上门出去。

卫东进家时，先听到哥沉稳有力的鼾声。王树生睡觉轻，听到动静一骨碌爬起来。哥！卫东一愣，猛地捣了他一下，鼻涕一把泪一把地哭起来。这里面既有兄妹相见的喜悦，也有失去嫂子的伤悲。王卫东看过报纸，上面讲述了王树生获救经过，却只字未提林智燕。她知道嫂子凶多吉少。

兄妹乍一见面，亲热里竟有几分生疏。王树生胡子拉碴，眼球网着血丝，由于瘦削，脸上棱角更加鲜明了。卫东还背着那个旧军挎，蒙着一层尘土的头发，居然有了几根白发。她才二十出头啊，王树生鼻子有些发酸。

太阳落下去了，家家户户点燃拌着药物的草堆熏杀蚊虫，升腾起的六六六粉烟雾和炊烟混在一起。简易房还没通电，王树生拉妹妹坐到门口石头上。卫东告诉哥自己调回城了，明天到救灾指挥部报到。树生说：“回来就好，你不知道这些日子妈念叨你多少回了。妈让地震震怕了，总担心你一个人在外头，有个三长两短的，这下一家人总算团聚了！”

卫东想起点事来，问哥，爸是不是真的原谅我了？王树生知道妹妹的心结，告诉她：“那天你一走爸就后悔了。你也知道爸不是那种势利眼的人，他反对你，是怕你在农村受罪，我们也一样。后来听林叔一说，大家都想通了，爸不是还给你写过信吗？”

“从小我就让咱爸不省心。本想大了，能分担点家里事情，可没想到又让他操心。看到他和嫂子的信，当时我抽自己嘴巴的心都有，我怎么那么浑啊！”卫东懊悔地捶着脑袋。树生忙安慰妹妹：“听小舅说，爸走得很安详，他没啥牵挂的。你是咱们王家最有出息的人，没给爸妈丢脸。”

暮色中，蝙蝠无声地上下翻飞着，掠过他们的头顶消失在树木间。天色全黑下来，星星点点的几处灯火，越发衬托出秋夜的静谧和深沉。“哥，我也想住在家，照顾一下咱妈，为家里多出些力。可指挥部任务很重，恐怕不能常回家了。家这头，你还得多费心照顾。”卫东说。

“这你放心，我和妈也没指望你能帮这个家啥忙。尽管忙你的，工作上不出纰漏，我们比啥都高兴。”

哥是个有千斤担子不挑九百九的人，有这样的兄长做后盾，自己没理由不搞好工作。卫东这么想着，又小心翼翼地问起嫂子的后事，王树生湿了眼睛：

“前些天他们通知我，清理医院废墟时扒出来几个人。我过去一看，里面有你嫂子。可能废墟里隔绝空气，还和活着的时候一样……”王树生有些哽咽，“我把她送回老家安葬了。爸、姐都是林叔帮着埋的。后来怕有瘟疫，又让民兵扒出来和几百上千人一块埋了，连个标记都没留下。和他们相比，你嫂子能有一个这样的归宿，也算是幸运了。我没啥奢望，以后我没了，能和你嫂子一起做个伴，也就知足了！”

家里没有倒塌的小平房，在夜色中黑魆魆地立着。从卫东的角度，正好能看见全貌。她心里不由得一阵感慨：难道真的是命吗，要是地震那晚嫂子不去医院陪哥哥，肯定不会死。比亲姐还亲的嫂子，这阵儿一定会坐在面前，关心地拉着她的手问这问那；没准还会拿着扇子，给她轰赶着蚊虫。卫东叫了一声哥，随即抽泣起来：

“我想嫂子了！”

王卫东在家只住了一宿，天一亮就去了指挥部。王树生在厂里忙着，一歇下来，鬼使神差老往传达室跑，看有没有小诚报平安的来信。门卫陈奎是王树生的师傅，树生一进厂，他就看出这是块可锻造的好钢，后来离开车间时，他推荐树生当了炉长。这阵儿，看徒弟翻看着来信一脸失望，便递过来一根烟：“树生，想开点吧，是福不是祸，是祸躲不过……”

他把后面的话咽了回去。

树生把烟放鼻子底下闻闻，没有抽。这时，电话铃骤然响起，吓了两人一跳。这是个黑胶木的拨盘电话，听筒磨得乌黑发光，拨盘上粘着写着数字的橡皮膏。陈师傅不紧不慢地抄起话筒，问找谁。突然，他现出少有的激动，把听筒塞给树生，找你的！

王树生手在颤抖，耳边响起燕儿娇嗔的声音。两人搞对象时，他有时用厂子电话跟上夜班的她亲热地说上几句，甚至通过电话线“亲”过林智燕。陈师傅一捅他，王树生这才如梦方醒，喂了一声。电话那头没有回音，沙沙电流声中，传来话务员不甚清晰的呼叫声：“太原，太原，请讲，请讲……”经过一番努力，终于听到了对方的声音——“姐夫！”

王树生身子一颤，真真切切，是小诚的声音。他的眼泪唰地流下来，半天说不出话来。这个长途，是林智诚苦苦等待了两个半小时才打通的，他撕心裂肺地叫了一声：“姐夫，是我，小诚！”

王树生第一次流泪流得这么心痛：“小诚，你在哪儿？你怎么样？”隔着上千里距离，林智诚颤抖的声音清晰传来：“我很好，我在太原……”话没说完，电话就掉线了。

“小诚，小诚！”王树生对着听筒拼命地喊着，回答他的，是嘟嘟嘟的忙音。他遗憾地搁下听筒，脸色由白一点一点地变红。陈师傅骂了句街：“长途就这么操蛋，越着急越掉链子。不过……”他安慰徒弟道，“有信，人就有希望，不中你去看看他。”

王树生道声谢，一头冲出传达室。

评剧团的临时板房旁边，有片密不透风的槐树林。林兆瑞正指导着十几个演员，在这里赶排抗震救灾的新戏。林子里蚊子很多，大家没少挨咬。林兆瑞刚坐下来歇会儿，手不住地挠着腿上蚊子叮咬的疙瘩，王树生气喘吁吁地跑来。

“爸，小诚有消息了！”他大口大口地喘着气。林兆瑞眉毛跳动两下，眼里闪着泪光，一把抓住姑爷：“他怎么样？”

对于林兆瑞来说，这是盼星星盼月亮才等来的好消息。这些日子，听说送出去的地震伤员陆续回来，他一有空就去火车站接儿子。刘兰芝搁下居委会一摊子事，陪他一趟一趟接小诚。在出站口，他们等了一拨又一拨，每次都是满怀希望去，可每次又是带着失望归。

“小诚说在太原养伤，一切都好，让家里放心。”王树生把接电话经过说了一遍。林兆瑞并不满足，一个劲儿追问：“他伤好了没有？能不能走道？什么时候回来？都没有说嘛，这个小诚，能让家里放心吗？”

王树生忙说：“爸，你放心，我这就跟厂子请个假，去趟太原。”

“也好，要不是马上就要演出了，我跟你一块去。树生，不管小诚伤病多重，残疾多厉害，一定要把他活着带回来！”

王树生问起冯红的情况，他知道小诚一定会问这些。林兆瑞叹了口气：“小冯父亲没了，她也受了伤。见小诚后你撒个谎，说她没事让他放心。唉，俩孩子怎么都这么命苦啊！”

转了大半个太原，王树生总算找到接收地震伤员的医院。刚进病房，就跟林智诚走个对脸。他不敢相信自己的眼睛，小诚，当年那么精神的小伙子，现在架起了双拐。更让人揪心的是，右腿悬空，膝盖处裤管打了个结。泪花开始在眼眶里转，王树生叫了声小诚，上前一把搂住小舅子。林智诚身子晃了晃，稳稳站住，声音颤抖地叫了声：“姐夫！”

他没想到，姐夫会这么快赶过来。像受委屈的孩子见到亲人，忍了半天，泪水还是流淌了下来。王树生扶他坐在长椅上，心疼地上上下下端详着，问起他身体状况。林智诚逐渐平静下来：“没事了，做过几次手术，总算保住了另半截腿。大夫说，以后安上假肢，我有希望甩掉双拐呢。这不，我天天锻炼下肢。你看，腿肚子跟铁疙瘩一样硬。”

他抓着姐夫的手，让他摸摸另一条腿。这回，轮到王树生控制不住落了泪。林智诚又问起姐姐来，王树生嘴唇哆嗦了几下，低下了头。林智诚早有预感，看姐夫这样子，没有再问下去。

直到此时，林智诚对自己正常行走的前景还是乐观的。每天早晨，他都坚持架着楞，围着医院院墙走上十多圈。王树生陪着他走，听他说着医院里的趣事。但很快，医生传递过来的信息，彻底击碎了他的幻想：现有假肢技术，还达不到行动自如的程度。换句话说，他这辈子恐怕很难离开木楞了。

晚上，林智诚架着双楞，来到医院简易篮球场，转了一圈又一圈。金属篮球架近在咫尺，地上就有绳子，寻死轻而易举。不过让他纠结的，是这样做的后果。姐姐已经没了，姐夫千辛万苦大老远找来，父亲在眼巴巴地等他回去，自己这么做，对他们是不是太残忍了？还有小冯，他一直惦记、念念不忘的小冯，自己真这么不声不响去了，她该有多伤心。在病房没见到小诚，王树生急惶惶找遍了整个医院，最后在篮球架下看到一个黑魆魆的人影，忙跑过来一把抱住。

趴在姐夫的肩膀上，林智诚无助地哭泣起来……

两天后，林智诚架着双楞，和王树生走出唐城火车站。前后左右，是三三两两摇着轮椅，架着双拐的地震伤员。一同来到车站广场上伤残人接待站时，一种悲怆突然涌上林智诚心头：现在的他，再也不是那个英俊潇洒，能歌善舞的林智诚了！

看见小诚回来，刘兰芝又大泪小泪地哭了一通。泪还没擦干，她就忙不迭地告诉小诚，小冯这些日子老来打听他的消息。“别告诉她我回来了。”林智诚说。刘兰芝眨巴着眼睛，没弄明白咋回事。这时，刘爱国过来打招呼，眼神躲躲闪闪的，笑得有些不自然。林智诚看出他的心思，亲热地给了他一下：“我这条命是你捡回来的，感激还来不及呢，少半条腿算啥，照样能跑能跳。”为打消爱国的顾虑，林智诚把木楞丢开，要表演金鸡独立给他看。刘爱国忙扶住他，忍不住一阵心酸。

残疾后的林智诚，显然不适合留在工会搞文体了，厂子照顾他，安排到食堂管兑换饭票。爱国现在是食堂主任，刘兰芝叫过来弟弟叮嘱半天。当着林智诚面，爱国拍着胸脯：“小诚你放心，有我罩着呢，谁也不敢欺负你。”林智诚笑笑，他不担心这个，他的心思全在冯红身上。

回来后，林智诚最想见的是小冯，最怕见的也是小冯，一直找借口回避着。冯红找上门来，他就躲到大妈这边。冯红追了过来，林智诚把院门从里面顶上，冲刘兰芝做手势，意思是让她撒个谎，告诉冯红他不在。刘兰芝急得直转磨儿："有啥话还是说开了好，躲了初一，躲不过十五，总得有个解决的法子呀！"

外面，冯红在喊："小诚，我知道你在这儿，你开门，我有话说！"

林智诚不言不语。

冯红不走，好半天，刘兰芝让小诚开了道门缝，她出来见冯红。小冯比地震前瘦了很多，额头上有条显眼的伤疤。刘兰芝和上次见她一样，一阵难受，心脏像有什么东西揉搓一样。她扶住了门框，招呼小诚开门。里头沉默了片刻，门开了，林智诚一脸苦涩："小冯，我都这样了，你饶了我吧！求你了！"

冯红扑在林智诚怀里，嘤嘤地哭了起来，泪水弄湿了他的衬衣。林智诚想和从前一样替她擦泪，可手举起来，又放下了。他把双枴往后移了一步，挺直了身子："小冯，你听我说……""不听不听不听！"冯红嚷了起来。刘兰芝心里酸酸的，悄悄走开了。后来她常跟林兆瑞念叨："俩孩子忒好，老天爷不公啊，哪怕把我这条腿拿走呢。"

在太原的最后一天，林智诚思前想后打定了主意。现在总算见到了冯红，他心事已了，晚上就着煤油灯写了封信，第二天托上学的大刚给冯红捎了过去。在信中，他说了自己的顾虑和苦衷，希望小冯找一个肢体健全的，能给她带来幸福的对象。没想到，中午冯红就找上门来，一见面委屈地哭了起来："我妈，我哥嫂，他们说什么我可以不理，他们反对我可以不在乎，因为有你和我在一起，我什么也不怕，什么都可以不要。没想到你这么想，跟他们说一样的话。小诚，我心都掏这儿了，你还有什么顾虑！呜呜……"

晌午很安静，简易房周围又无遮无拦，一点点声音都会传得很远。林智诚忙把她拉进屋，语无伦次地解释着："我是怕耽误你。以前就觉得配不上你，现在我残疾了，咱俩差距更大了。你妈，你哥嫂反对也有道理，谁不愿自己闺女，自己妹妹嫁个好人，幸福一辈子。小冯，你看我这个样子，能挣口饭吃，自己养活自己就算不错了，不会有啥大出息了。你和我不一样，有远大前途……”

冯红摇头说什么前途不前途，我现在心里只有你。她发狠道：“如果非要残疾人才能平等，我宁愿也失去一条腿跟你做伴儿！”林智诚吓了一跳，说千万别胡说八道。冯红一下子扑在他肩头，狠狠地咬了他一口：“林智诚，要怎么你才能相信我！”

两人面对面站着，冯红脸庞因激动而涨得通红。肩头的疼痛刺激着林智诚，他的内心，涌动起一股从没有过的冲动。他撇下双枴，一下子搂住冯红，没头没脑地亲着。在阴凉的简易房里，在硬硬的木板床上，冯红把自己的第一次给了林智诚，她要用行动证明自己对他的感情。

这以后，每逢林兆瑞不在家的时候，冯红都要偷偷过来，和林智诚睡在一起。她和母亲、哥哥闹僵后，一赌气搬着铺盖住到了剧团，晚上回不回去，家里也没人知道。年轻人未婚同居，不说大逆不道，起码也是让人背后戳脊梁骨的事情。风言风语传到林兆瑞耳朵里，他羞愧地抱着头蹲到了地上。

“小冯不嫌弃我家小诚，我们感激还来不及呢，可这没拿结婚证就睡一块儿，算怎么一回事啊。人家母亲要是找我来论理，老嫂子，你说我这老脸往哪儿搁？”他跟刘兰芝倾吐着苦恼，不住地唉声叹气。

老嫂子是从王天喜那儿论的，实际上刘兰芝比他还小三岁。地震后，林兆瑞有事没事爱找亲家母唠唠嗑。看着她盘腿坐在床上，不紧不慢地絮着被褥，林兆瑞觉得心里踏实。在刘兰芝眼里，没有什么过不去的火焰山，无论遇上多么大的麻烦和困境，她轻轻一句“该着”，都会一下子解开他的心结，不再去钻死牛角。

这光景，听着亲家诉苦，刘兰芝没有言语。林兆瑞说完了，她拿起水瓢，浇着窗台上的旱莲：“亲家，你也不用烦心。兵来将挡，水来土掩，真要是小冯她妈找上门来，我来跟她说。女人跟女人之间，有啥话好说，有啥疙瘩好解开。”

在一片横七竖八的简易房中，王家地震前盖的红砖小平房突兀地站着，显得非常扎眼。这么结实的房子，却没能庇护到他的妻子，每次看到它，王树生都觉得非常难受。从外地回来后，他把生锈的锁头换了。虽然家什早就搬出来，屋里空空如也，但在他心目中，这仍是他的家，承载着他短暂而甜蜜的记忆。

立冬这天，王树生买来一车大白菜。晾晒过后，搁到阴凉通风的房子里，小平房现在成了两家的储藏间。林兆瑞从剧团回来，帮姑爷一块干活，树生往屋里搬着，他把白菜一棵一棵码放好。爷俩默契地干着活，都不说话。有时树生拿眼偷偷瞟一眼岳父，林兆瑞也刚好看他，两人目光碰一块赶紧都避开。其实，两人都有一肚子被泪水浸泡许久的话，可就是无法言表。在家人、朋友面前，在街坊、同事面前，他们是顶天立地的男子汉，都很坚强。可彼此心里都明白，如果敲掉这层硬壳，他们的内心比谁都要脆弱。

王树生把最后几棵菜抱进来搁地上，林兆瑞递给他一根烟："歇会儿。现在两家就你一个能人，可别累出个好歹来。"树生坐在门槛上，划着火柴给丈人点着烟，又把自己的烟点着："爸，我不累。我答应过燕儿，一定照顾好你和小诚，有我一口吃的，就不会少了你们的。"

林兆瑞背过脸去，悄悄抹了一把泪。他心里有事，坐在一把破凳子上，东扯西扯几句才慢慢入了正题："树生啊，有件事我憋了好久，一直想跟你念叨念叨。我知道你心里有燕儿，可日子还是要过下去，你还年轻，应该再成个家。这些日子，我托团里同事帮你物色呢，京剧团唱青衣的王彩凤比你小两岁，是个孤儿，我觉得跟你挺合适的。"

王树生猛吸了两口烟，呛得直咳嗽。本来他在林智燕督促下，差不多戒了烟，可现在却烟瘾极大。咳嗽一阵后，他才说："爸，谢谢你了，我现在不想考虑这些。"

第一场雪无声无息落下。雪不小，简易房压油毡的砖头像顶了个白帽子。王家的烟囱堵了，一生火就倒烟，呛得刘兰芝连咳嗽带喘。王树生招呼外甥帮把手，把烟囱拆下来。孩子嫌脏、冻手，不愿干这活，当舅舅的耐心哄着他："烟囱堵了，屋子就不暖和，赶上倒烟咱们都得挨呛。你想想看，家里就仨人，姥姥身体这样，咱们不干谁干？"

王树生解着捆烟囱的铁丝，大刚嘟嘟囔囔地过来，要把烟囱从炉子上拔起。王树生忙说我来吧，你力气不够。孩子偏要逞能，抱住烟囱一使劲，噗的一声，烟囱是拔起来了，不过里面的黑灰也漏出来，飞飞扬扬的，落的哪儿都是。大刚变成小花脸，他赌气扔掉烟囱，用手胡乱抹着。

当舅的扑哧乐了，说别逞强，干活要会用巧劲。两人把烟囱抬到外面，门前一地积雪，冷飕飕的。王树生非到胡同口小马路上打烟囱，大刚不高兴了，走没几步，把自己那头烟囱扔在地上，踢了一脚：“这破东西！”

王树生顺手给了外甥一下，大刚呜呜哭着跑去向姥姥告状。刘兰芝赶出来，用指头戳着蹲在地上的儿子脑门：“没爸没妈的孩子，再有错，兴我打，不兴你动他一手指头！”树生用小木棍儿敲打着烟囱，听凭母亲数落着。刘兰芝说：“孩子可怜见的，那会儿他妈单位要送育红院，我舍不得，你也说孩子跟这儿亲，去了不适应，这才留了下来。你要是嫌弃，我们娘俩一块走！”

“妈，你说哪儿去了？”王树生把烟灰清干净，辩解道：“今天他一点不占理。平时不刷牙洗脸，换下来的臭袜子、脏鞋垫随处扔，也就罢了，可干点活就耍气算怎么回事。你看这烟囱他摔的，回头怎么往一块插？漫说我这个当舅的，就是他妈在，也不会这么惯着他。”

刘兰芝眼圈泛红：“有你姐在，我会这么操心？还有老头子，一声不吭撇下我走了……”树生看妈搂不住，没准一着急又要喘上来，忙在身上擦一把脏手，赔着小心搀她回屋。回来后，面对扔在雪地上的烟囱，他顿生挫败感。

大刚没少让他这个当舅的操心。虽说地震过去小半年了，晚上睡觉孩子还要枕头底下藏把菜刀。地震时大刚埋在瓦砾里，身上裹着蚊帐一动不能动，准备工具也算是逃生策略。王树生哭笑不得，天天夜里都要掀起他枕头，把菜刀拿走。大刚怕黑夜，怕打雷下雨，怕狗叫，每当这些被他看作地震前兆的现象出现时，孩子就大睁着眼睛，整宿都在惊悸中度过。累了一天，王树生瞌睡得很，头一沾枕头就睡着。从前林智燕喜欢偎着他睡，听着她细微而均匀的呼吸声，王树生酣然入梦。现在外甥跟他一床，夜里像受惊的小兽一般骚动不安，让他不胜烦恼。光这些倒还好办，最让王树生发愁的是孩子教育问题。娘亲舅大，姐跟姐夫没了，他这个舅舅就要负起家长的责任，督促孩子养成好习惯。为这，舅和外甥之间摩擦不断，而每次都因姥姥介入，宣告舅舅一方失败。

这会儿，妈是哄高兴了，又给了外孙两毛钱买糖块，可王树生一肚子闷气无处发泄。安好烟囱后，他拎起两个水桶直奔胡同口水泵。自家水缸盛满了，又给林家拎，慢慢地气也就消了。他发现，这倒是个舒缓情绪的好办法。这之后，每逢有心事或心情不快时，王树生总要去拎水。

入冬后，刘兰芝哮喘的老毛病更厉害了。丁媛听到信，找了药送来，在门口正遇上王树生拎着满满的两桶水回家。水桶是地震那会儿盛压缩饼干的铁桶，扁方形，墨绿色。他把水哗的一声倒进水缸，招呼丁媛进屋暖和暖和。搬进简易房后，丁媛还是第一次上门，她好奇地打量着王树生的住室。不多的几件家具都是地震没砸坏的，当年结婚的东西。写字台上，摆着手工上色的王树生林智燕的结婚照。被子叠得整整齐齐。靠大床是洒满阳光的窗台，两个白瓷盘，里面用细篾儿穿起一圈圈白蒜瓣，汪着水，新长出的蒜苗绿生生的。屋子干净、温暖，丁媛很想在这屋多待一会儿。

一只花狸猫过来，在她裤脚蹭来蹭去。丁媛蹲下抚摸着小猫，猫咪眯起眼睛，弓着背，喉咙里发出惬意的呼噜声。刘兰芝看见客人上门，忙不迭地指挥儿子炒花生，让丁媛尝尝鲜。丁媛把祛痰、平喘、止咳药搁柜子上，一样样告诉大妈服用方法。刘兰芝看着丁媛，又想起树生媳妇："从前哪，燕儿也是这样，我一不舒服，她不是找药就是打针。我有点病啊，她比自个有病还上心。"

"我燕儿姐是个好人。"

"这年头，好人不长寿。树生媳妇，百里挑一的好人，可一眨眼工夫没了……唉，老天爷不长眼，把好人都收走了，把我这样的废物留下来。"刘兰芝由儿媳妇想到老伴和大闺女，不由得眼泪汪汪的，喘得更厉害了。丁媛忙倒了温开水，服侍她吃下药。刘兰芝说："闺女，你也没啥亲人了，这儿就是你的家。不怕你笑话，大妈见到你呀，比见到我家老闺女都亲。你呢，以后常来玩，别单单为我送药才肯来。到家赶上啥吃啥，千万别见外。"

"大妈，我会常来看你的。"

王树生把炒好的花生端进来，接茬道："好哇，顺便辅导一下大刚功课。这孩子贪玩，眼瞅着就上初中了，学习成绩越发滑坡了。你看现在形势，还是文化人吃香——媛媛，这事儿就拜托你了。"

刘兰芝嗔怪儿子："你倒真会安排活计，这事儿该你这个舅舅干，人家媛媛哪儿有那么多工夫。"丁媛道："没关系的，我教他，耽误不了多长时间。"

从这以后，只要是歇班，丁媛都要过来，问候一下大妈病情，然后带大刚到里屋，单独给他辅导功课。有回她给大刚讲着题，发现孩子分了神，不错眼珠地盯着她。她轻拍了一下他脑门，大刚这才醒过神来："丁阿姨，你要是我舅妈多好！"

丁媛红了脸："小孩子家，别胡说。"

孩子喜欢闻丁媛身上淡淡的酒精味，这种特殊的医院味，让他有一种安全感。这种味道，他妈身上有，从前的舅妈身上也有。地震前，大刚爱和林智燕挤坐在秋千架上，舅妈看小说，他看小人书。现在和丁媛在一起，让他重温到过去的甜蜜，他愿意把学校和班里的事，把他心里的小秘密一股脑儿地说出来，与丁阿姨一块分享。也奇怪，就连最头疼的算术题，有丁媛陪着他一块算，大刚也觉得轻松愉快。孩子常编一些鬼故事讲给她听，看着丁媛故作惊恐的表情，十分自得。他和丁媛玩游戏，常常故意输，好让她捏着拇指和中指轻轻弹一下脑壳。丁媛纤细的指头在他头皮上轻轻划过，在他是一种莫大的享受。有时下午上学借口迟到，非要丁媛骑车送他去学校，看着男孩子们羡慕的表情，他很得意。

孩子这点小把戏，丁媛很快觉察出来，她纳闷大刚的早熟。王树生有些上火："这么下去非学坏不可，我管管他。"

丁媛拦住："你当舅的，有点耐心嘛。一个没娘的孩子，更需要爱，咱们要多理解他。"

在简易房的庇护下，唐城人百感交集地迎来震后的第一个春节。小年这天，丁媛陪着刘兰芝买回年货。看着摊了一桌子的花生、瓜子、糖块，刘兰芝又想起老头子、大闺女，脸皱缩到了一块。看到放学进家的大刚，丁媛忙冲他使了一个眼色，孩子心领神会，挑了一块橘子瓣软糖，剥开糖纸，塞到了姥姥嘴里。刘兰芝皱纹稍稍舒展，含着糖笑道："嗯，总算得我大外孙子的济了！"

大年三十，丁媛换了个班早早过来了。第一次在别人家过年，她给两家人——王家和林家老小都准备了礼物。王树生上班出汗多，袄领爱脏，她用白色棉线钩了不少假领，放到一个口罩改成的小包里，打算悄悄送给他。大妈那里，她送一条厚实的围巾。这是表彰她抗震救灾发的奖品，一直舍不得戴，正好给天冷爱犯哮喘的大妈。送给王卫东的，是她一针一针织的毛坎肩。丁媛帮林智燕起过针，知道卫东的身量尺寸。她托人从北京给大刚买来五本小人书，给林智诚捎来个厚实的棉手套。她敬重林兆瑞，知道他喜欢家乡艺术，便把从废墟中扒出来的，父亲收藏的一箱驴皮影人搬了来。刘兰芝看她像变戏法般一样一样往外拿东西，嗔怪道："你这孩子，以后可不兴拿东西，乱花钱了。这儿就是你的家，听见没？"

她心疼地拉着丁媛的手，攥了又攥。

王树生跟往常一样上班，晚上才回来，一进门就看见温馨的一幕：妈和媛媛坐在小板凳上，妈娴熟地捏着饺子，媛媛笨拙地擀着饺子皮，头发披散到光洁的脑门上，鼻子上还沾了点富强粉。王树生心里有什么东西一动，一种温柔的感觉扩散开来。他洗手要过来帮忙。丁媛挥着擀面杖，指挥道："你快去把丸子、排叉炸了——大刚馋得念叨过好几回了。"

王树生乖乖照办。

刘兰芝让外孙请隔壁爷俩来吃饺子，结果只来了小诚一个人。大刚拉着他到里屋，逼着他念小人书。王卫东裹着一身寒气回家，看到丁媛先是愣了一下，随即两人笑闹着搂在一起。王树生把萝卜馅丸子捞出来沥着油，对妹妹说："咱妈的哮喘病，多亏人家媛媛照料，还有大刚的学习。媛媛可是咱家一大功臣啊。"

"是吗？"妹妹意味深长地看了哥一眼，高兴地试穿着丁媛织的毛坎肩。刘兰芝把包好的饺子码到盖帘上，叫着闺女："别臭美了，快把媛媛替下来，孩子打后儿晌来，又服侍我吃药，又拾掇屋子，一会儿都没消停。"

卫东答应一声，拿过丁媛手里的擀面棍。过去，王天喜信奉"好吃不过饺子，舒服不过倒着"，即便日子再紧巴，家里有点标准粉也要包一回饺子，儿女们很小就会擀饺子皮、捏饺子。看着饺子皮从卫东手底下变戏法般飞出来，丁媛啧啧称奇。卫东悄悄耳语："想吃饺子吗？想吃就嫁到我们家，月月吃饺子。"

丁媛绯红了脸，打了她一下。王树生知道准是妹妹在挤兑人家，瞪她一眼："你这丫头，打小啥事都掐尖。媛媛比你小，以后多让着点她。"

卫东一吐舌头，敢情我哥现在就胳膊肘往外拐。妈接过话茬："啥外呀内的，往后，这儿就是媛媛家，你们哥俩都比她大，谁也不准欺负她。"

看着锅里水开了，王树生端起盖帘要去煮饺子，被妈拦住："大过年的，煮破了饺子皮不吉利。我煮，你把腊八蒜倒出来。"

这时，从隔壁飘过来《二泉映月》如泣如诉的旋律，王树生攥着盛腊八蒜的罐头瓶的手有点发抖。刘兰芝也听到二胡声中的悲凉，叫儿子端过去一盘饺子，一盘炸丸子，叮嘱着："陪你丈人说说话，劝他吃点饭，你的话他肯听。"

端着两个盘子，王树生用胳膊肘顶开院门，门吱呀一声，静寂的夜里显得格外响。屋门虚掩着，岳父正闭着眼睛拉着二胡，左手指起落按弦，右手运弓，大开大合，仿佛要把心中的悲痛全部抖出来。王树生犹豫了一下，轻轻叫了声爸……

热气腾腾的饺子，焦黄的排叉、丸子，绿生生的腊八蒜，粉红的糖醋萝卜丝，都摆上桌子。小猫欢实地喵喵叫着，尾巴竖起摇着，不停围着桌子转，跃跃欲试要跳上去。屋里有些窄，大家都谦让着，谁也不肯落座，刘兰芝拿着笊篱道："都是一家人，谁坐不是坐，你们先吃，我还得煮饺子呢。媛媛，尝尝大妈家饺子香不香。"

树生给小诚和自己倒满酒，两人举起酒盅，碰都没碰一下就干了。不知是酒辣，还是触动心事，两人都眼泪汪汪的。大刚也不管别人，只顾自己吃着，不光自个吃的肚子溜圆，还趁大家没注意，把两个饺子偷偷塞到桌子底下，喂他的小猫。后来，干脆站起身，筷子伸到林智诚面前盘子里，汤汤水水地夹着糖醋萝卜丝。林智诚把盘子端到他跟前，一眨眼工夫，大刚就把大人的下酒菜一扫而光，还端起盘子，把酸甜的汁儿喝干净。王树生一皱眉，看了一眼丁媛，丁媛正嘴角含笑看着孩子，王树生无奈地摇摇头。

半个小时的年夜饭，很快结束了。寒风吹着窗子上的透明塑料布，噗噗作响。电压不足，灯泡钨丝清晰可见。王树生注视着随时都有可能熄灭的电灯，想起去年的大年夜，他和燕儿在外面疯跑了半宿，还放了两挂机器鞭。想起这些，他神情黯然。饭菜撤下去后，摆上了花生、瓜子、糖块，可谁都没心思再吃。卫东躲在床的一角，抚摸着那根发痒的断指，默不作声，她在想农村过节的柱子。大刚困劲上来了，却打着哈欠不肯去睡，缠着林智诚给他讲小人书。林智诚应付着孩子，在心里盘算着过年该不该去冯红家看看，虽然明知道会碰钉子。

丁媛帮大妈洗完碗筷，思谋着怎样才能打破屋里沉闷，给大家过年提提神。她看到还没有来得及送给林兆瑞的礼物，心里一动，忙招呼大刚把影人搬出来：“来，咱们表演一出‘孙悟空三打白骨精’！”

她的提议立刻得到响应，刘兰芝起身：“我给你们找块影布。”

王树生说：“我演沙和尚。”

林智诚捋了一下头发：“我这么帅，当然是唐僧啦。”

大刚手搭凉棚，挤眉弄眼：“那我演孙猴子，我小姨演猪八戒。”

王卫东不干：“我有那么丑八怪吗？不行，我不演！”

丁媛说：“那我演白骨精吧。”

大刚拍着手：“好啊，好啊，姥姥你演啥？”

刘兰芝想想：“那我就演妖精妈。”

卫东大笑：“妈，你跟媛媛可真像母女，我演白龙马吧。”

刘兰芝把丁媛拉到跟前，悄悄耳语，丁媛频频点头，捂嘴笑着。“你们自己找影人，我到隔壁去一下。”她说。

饰演猪八戒，兼专业导演，这两项光荣任务落到林兆瑞身上了。当媛媛像女儿一样搀着林兆瑞进门时，王树生和林智诚都有点意外。这倔老头，两人做半天工作，就是搬不动他，死活不肯来这头过节，怎么媛媛一请就来了？林智诚冲丁媛挑起了大拇指。林兆瑞抬眼看到刘兰芝，会心一笑，朗声道：“行，我就当回猪八戒！”

浓重的夜色覆盖着工人新村。黑魆魆的连片简易房中，只有王家还有灯光和笑声。震后第一个大年夜，这样轻松的过节氛围，恐怕在整个唐城也不多见，丁媛为自己的创意而高兴。她开心地操纵着箭杆，舞动着白骨精。站在旁边的王树生，偷眼看过她几次。因为分神，他把沙和尚耍得趺趺撞撞，惹来大伙儿的哄笑。为了给孩子们助兴，林兆瑞还破例掐嗓儿唱了一段皮影戏《五峰会》。

丁媛笑得开心，真诚，没有丝毫的做作和勉强。为了让大家轻松一下，暂时忘记失去亲人的苦痛，她想方设法地营造出过年的喜庆氛围。一时间，王树生觉得媛媛很伟大，很了不起，而一旦发现自己的注意力和心思都搁在她身上后，他又在内心谴责自己，这样做是对林智燕的背叛。

震后一年多的时间里，丁媛成为两个家庭中的一员。两家人对媛媛的热情，甚至连冯红都滋生出小小的醋意。林智诚看了出来：“你瞧你，又小心眼了不是。媛媛也是我们家庭的一员，我看她早晚会嫁给我姐夫。”

“她还没对象吗？”

“没有，倒是有人死乞白赖地追她，媛媛一点不心甜。”

麻醉科李大夫介绍的那个小伙子，丁媛只见了一次面。王树生组里的青工石柱，地震后也托炉长做过媒，可丁媛嫌小石戴眼镜，也不喜欢他的张扬。其实，这些都是托词，她早已心有所属。当王树生从废墟中救出，抬上卡车那一刻，她不管不顾地喊道：“姐夫，我等你，你要活着回来！”她相信，他听到了。她坚信，他一定会活着回来。也就是从那一刻起，王树生占据了姑娘的心。

那阵儿，救治伤员任务很重，可白天再累，晚上丁媛也睡不踏实。闭上眼，时而是父亲的影子，时而是林智燕的笑容。迷迷糊糊中，王树生向她走来。“姐夫，都是我不好，要不是因为我换班，燕儿姐不会死的。”她哭着趴在他的肩头。王树生安慰她：“这都是命，哪儿能怪你呢。”她看他衣领特别脏，就说姐夫，我给你洗洗衣服吧。王树生说不用。她说：“你的衣领脏了，要燕儿姐在，是不会让你这么邋遢的。”说着，她帮他脱衣服。王树生躲闪着连说不用，她就是不肯放手。王树生说，要不你给我钩个假领吧。她高兴地说：“好啊，我多给你钩几个啊，留你换着使。”

丁媛于是去拿钩针，却怎么翻也找不着，她急得跳起来，这才发现是个梦。一切都像是真的，她不愿相信这只是个梦。她知道，王树生现在一定在某个地方治疗，他肯定会坚强地活下去。王树生炼钢出汗多，衣领容易脏，这梦提醒了她，她开始给树生钩起衣服领子来。这种假领，两边各有一个暗扣，扣在衣服领子上，脏了只换洗假领就行……

媛媛对王树生的情愫，小诚早看出来了，他很愿意促成这件事。媛媛过来给他的残肢换药，他没话找话：“我姐夫经常夸你，人聪明，又能干……你一天没来，我姐夫就念叨，要骑车去接你呢。”丁媛面色绯红，捶打着他：“死小诚，再胡说八道我不来了。”

“你不来，让我姐夫吹吹打打，雇八抬大轿去接你！”

玩笑归玩笑，林智诚知道丁媛心里有个结，如果不求得姐姐的理解，她是不会挑明的。清明一块回老家给林智燕上坟时，他在心里默念道：“姐，姐夫承受的压力太大了。你没看到他，这阵子老多了，才比我大几岁，却像三十好儿的人。他该有人疼，有人关心他，照顾他。媛媛跟他的事儿，我相信你会赞成的。你希望姐夫幸福，你会同意的。”

这是一片长满碗口粗毛白杨的林子，高大的树梢已长出毛茸茸的新叶。树上有个喜鹊窝，两只喜鹊在枝头嬉戏，上下翻飞，又一前一后，嘎嘎叫着飞走了。丁媛也跟来了，站在林智诚旁边，把一束野花放在坟头，在心里与林智燕交流着：“姐，在我心中，你早就是我的亲姐姐……你放心，我会照顾好小诚和林叔的，会照顾好大妈和大刚的。如果姐夫能接受我，我也想替你照顾他一辈子！”

王树生铲起黄土，一锹锹覆盖到坟头上，又把周边的枯草拔掉，然后把苹果、点心等供品摆到坟前。林智诚和丁媛站到十多米外，好让他和林智燕说说话。王树生抚摸着冰凉的石碑，喃喃自语：“燕儿，早就该来看你。可你知道，山里不通车，来一趟不容易。我想告诉你的是，家里一切都好。爸身体还行，他心脏不好，我督促着他少喝酒。小诚腿残疾了，不过有我照料着你放心，厂里给他重新分配了工作。小冯宁可跟家里掰了，也不嫌弃他，虽然两人有时闹点小别扭，可他们是真心相爱的。妈咳嗽喘的老毛病也轻了很多，多亏媛媛经常过来照料……”

他看了一眼站在不远处的丁媛，继续说着：“燕儿，有件事我想跟你念叨念叨。媛媛是个好姑娘，心地善良，这些日子家里许多事，多亏她跑前跑后。妈很喜欢她，有意把她留在咱家。可我一直把她当妹妹看，在我心中，只有你一个人，谁也不能取代你的位置。燕儿，我怕真的有一天我要面对这些，我又不愿伤她的心，我到底该怎么办……”

刘兰芝和大多数经历过大地震的唐城人一样，没啥忌讳。亲人没了，日子还是要过，她早把丁媛看成了儿媳妇。这天，她把儿子一件旧毛衣拆了，和丁媛绕着毛线，忍不住把憋了好久的话一股脑倒出来：

“闺女，我家树生也老大不小了。地震那会儿吧，他心里一直搁着燕儿，没有再找媳妇。可总这么抻下去不叫事，我也想早点抱上大孙子，百年后也给他爸有个交代。闺女，大妈是实在人，不会拐弯抹角，我知道你心里有树生，树生也喜欢你，今儿个呢我想听个准话，你愿不愿跟他搞对象？愿意呢你就点个头，不愿意就摇摇头。你照顾大妈这么长时间，比亲闺女都亲，不愿意大妈都不会怪你，千万别勉强啊！”

没想到大妈这么直截了当，丁媛一下子弄个大红脸。她低着头，手里的线团越缠越乱，最后搁在了手边，点了点头。刘兰芝心花怒放，扔下毛线拐子，一把攥着媛媛的手：

“好闺女，大妈就知道你会同意的，大妈没看错人。树生心眼好，我这个当妈的最清楚，嫁给他你不会受委屈。树生呢，能娶你这么个贤惠媳妇，真不知是哪辈子修来的福分，我先替他谢谢你了！”

晚上王树生回家，见妈笑成一朵花，麻利地做着饭，嘴里还哼着评戏“花为媒”。这可是少有的事啊，他纳闷地看着妈。等儿子吃完饭，刘兰芝把外孙轰去里屋写作业，才非常郑重地把白天的事学说了一遍。

王树生皱起眉头：“妈，你这不瞎起哄嘛。媛媛是谁？是燕儿的同事，我从心里把她当妹妹看，人家进这个家门也是想做好事帮帮咱们。你这么愣头巴脑撺掇介绍对象，你让我怎么做人？同意不同意的，你让人家面子往哪儿搁？”

儿子急赤白脸这么一埋怨，刘兰芝有些惶惑：“咋，当妈的豁出老脸去，为儿子张罗对象，我还做错了不成？”

“总之是欠妥。我自己的事心里有数，你着啥急呀。这么大事你该先跟我说一声，也没问我同意不同意。”

“树生呀，不是妈说你，自个儿斤几两，心里该有个数，人家媛媛又不是非你不可。咱结过婚的人，兴人家挑咱们，断没咱们挑人家的理。”刘兰芝懒得跟儿子说了，赌气道：“以后你的事我不管了，愿意打一辈子光棍儿你是活该！”

见妈真生了气，王树生忙赔笑脸，说我同意还不行嘛。刘兰芝这才高兴起来：“媛媛多好的孩子啊，你还挑人家，哼！”

王树生心乱如麻，他何尝不被年轻、漂亮、开朗的丁媛所吸引呢。他是过来人，能接收到爱的信息，媛媛一个眼神，一个微笑，他都能洞悉其中的含义。丁媛上门，他就感到莫名的快乐，能暂时忘记生活的沉重。有时丁媛有事没来，他就有一种失落感，无缘无故冲母亲或者外甥嚷几句。可他又清楚地明白，自己与丁媛永远是两条平行线，不可能交叉重合。因此，他压抑着自己的感情，并且自认为做得滴水不漏，可没想到妈先摊了牌，让他尴尬不已。

这之后，王树生想跟丁媛解释几句，可她总是把话岔开，好像根本没有过这回事。王树生安慰自己，也许媛媛是让妈放宽心，才答应这一切的，是自己想太多了。

他的忽冷忽热，若即若离，在丁媛看来很正常。她相信，如果相处的时间再长一些，王树生会逐渐接受她的。但随后发生的一件事，却让她没时间再等了。

十月下旬，广播里传出恢复高考的消息。不用单位保送，凭真本事就能上大学，这让不少年轻人跃跃欲试。丁媛一字不落地听完新闻，眼里噙满泪水。父亲在世时，对她干护理一直心存遗憾，希望女承父业拿起手术刀。而当时改变命运的，只有进大学深造再改行一条路，现在这条路向她展开了。面对父亲遗像，她暗下决心："爸，女儿一定会实现你的愿望的！"

从报名到考试仅一个月时间。和众多考生一样，丁媛没有考试大纲，没有复习资料，不知道如何备考，每天也只有下班后才能有点时间复习功课。刘兰芝出主意，让儿子去跟小诚做伴，大刚跟自己睡，腾出屋子来让媛媛准备高考。"你宿舍环境忒吵，大妈这儿清静些，好温习功课。"她对丁媛说。

王树生跑遍大半个唐城，跟老同学借来一大摞书，里面既有"文革"前的老课本，也有《机电数学》、《工农兵文化课本》。丁媛扑哧一声笑了。看着满头是汗、气喘吁吁的王树生，她突然扑到他怀里。谢谢你！媛媛抬起头来，光洁的额头就在眼前，王树生冲动地亲了一下，但随即为自己的举动羞愧不已，几乎小跑着逃离了现场。

丁媛静静地站在那里，摸着发烫的脸，心里涌动着幸福。

天气最冷的十二月，丁媛和全国五百多万考生一道走进了考场。唐城考场设在一中简易教室里，王树生用自行车驮着丁媛，送她到考场门口。丁媛脚冻麻了，下车时一打晃，王树生忙扶住她。他看出媛媛有点紧张，便握了一下她的手："没问题，我相信你的实力。"这话给丁媛很大信心，她一甩辫子走了进去。

高考期间，刘兰芝给丁媛做油梭子葱花饼、鸡蛋炒咸菜。大刚十分眼馋："姥，啥时我参加高考，也要天天吃油梭子葱花饼。"刘兰芝说："中，好好学习吧，考好了姥姥就给你做。"

丁媛回来，有些懊恼作文没写好。王树生问她题目，她说："一省一个试卷，咱们省是《我将怎样度过今后不平凡的二十三年》，这也太难了，我根本没想过这些。”王树生帮她分析着：“这是个政治性很强的标题。无非是到本世纪末实现四个现代化，年轻人如何为实现四化做贡献之类。你不关心政治，当然不知道怎么写。”她似乎有些明白。过了一会儿，突然问：“哎，咱不说作文，说点实在的。如果老天爷真留给我二十几年时间，你说我该怎么度过才有意义？”

“别胡说八道，过二十几年你还不到五十岁，离死还远着呢。真要回答这个问题，也应该我先回答，我比你大嘛。”王树生岔开话题。经历过大地震，目睹了太多的生离死别，他不愿讨论这些不吉利话题。

但他没想到，上天留给丁媛的时间，真的只有二十几年，丁媛没有写好的作文标题，竟然成了谶语。

这年春节，两家人是在忐忑不安的等待中度过的。丁媛参加了体检，又经过烦琐的政审，终于在春节后拿到了大学的录取通知书。刘兰芝乐得合不拢嘴，逢人就说，我们老王家又出一个大学生。街坊们不解，她解释道：“媛媛是树生对象，她考上大学，可不就是小洁之外，老王家又出个大学生嘛。”

不过，她还是悄悄催儿子：“你跟媛媛的事，抓紧定下来。按说媛媛不该是个女陈世美，不会有出息就甩了你，可妈总有些不放心，还是早点拿结婚证稳妥。”

对于丁媛来说，走之前，她同样需要吃一颗定心丸，跟王树生确定关系。“闺女，你放心，树生找你这么好的对象求之不得，他百分百愿意！”刘兰芝替儿子打着包票。

多少年后，王树生参加丁媛葬礼时还清楚地记得，那天他一开门，穿件碎花棉袄的丁媛出现在面前的情形。她围着当时很少见的白色丝巾，额头光洁，眼睛发亮，嘴唇红润，辫子盘在脑后。裹在阳光里的丁媛，丰满，成熟，有种令人惊讶的美丽，让王树生几乎不敢正视。自从上次亲了媛媛后，他一直责骂着自己，总想找机会跟她道歉。但看到媛媛瞅他那温柔的眼神，他知道说啥都没用。面对丁媛，他拒绝的勇气在一点点消失。

丁媛一拽他的衣领：“领子又快打铁了，也不知道换换，我给你钩的假领呢？”王树生心里一颤，媛媛亲昵中带着几分命令口吻，俨然是这个家庭的主人。他脸发烫，支吾说太忙，没来得及换。他搬凳子让丁媛坐下，说有话要说。丁媛乖乖坐那儿，睫毛低垂，胸口一起一伏的。

王树生不敢看她，吭吭哧哧："媛媛，我知道你对我好。你对我，对我们这个家庭的付出，我王树生就是下辈子做牛做马也报答不了！"

丁媛摇摇头，她想听的不是这些客套表白。她等了很久，就为了这一时刻，听王树生亲口说出让她耳热脸红的话来。可他随后的话，却让她呆住了。"可我结过婚，岁数又比你大好几岁，咱俩搞对象，对你很不公平。你马上就要上大学了，出来是大夫，可我只是一个工人，配不上你。媛媛，希望你能理解我，咱们永远做好朋友，好兄妹……"

"别说了……"丁媛好久才无力地说了句。王树生屋里糊满报纸的墙壁，大大小小的铅字在她眼里逐渐变得模糊。

王树生一脸歉疚，恨不得抽自己嘴巴："我不是人，我对不住你。媛媛，你打我骂我都行，你别不说话呀……我不敢祈求你原谅我，我连我自己都不能原谅自己……"

丁媛摇摇头，把腕子的银镯子褪下来，双眸噙满泪花："这是大妈让我保存的镯子，你替我转交给大妈吧。谢谢大妈这么多天把我当……当闺女一样，谢谢你们对我的关心、照顾！"

王树生没接。丁媛把镯子搁到桌子上，半天才苦笑了一下："我预感到会有今天，可我总是抱着一点希望，我……我……"泪水顺着面颊无声地流淌，她说不下去了，捂着脸站起来。

刘兰芝为两个年轻人腾出屋子，拉着外孙到隔壁亲家那里等好消息。林兆瑞和林智诚都上班了，屋里只有他们一老一小。大刚坐不住，悄悄跑过去探听消息，一会儿回来说："姥，我丁阿姨今天特别漂亮。"

"傻孩子，所有女人今天都漂亮，更不要说你媛媛阿姨本来就是个美人胚子。"

大刚又跑出去，一会儿跑回来报告："姥，我丁阿姨哭了！"刘兰芝心说不好，忙拽着外孙赶过来。门开了，丁媛一个人出来，脸上带着泪痕冲他们笑笑。刘兰芝要留媛媛吃饭，丁媛说不用了，突然哭着跑了。

屋里，树生坐凳子上狠命地抽着烟。刘兰芝上前把烟拿下，扔地上踩灭，问儿子咋回事。母亲的追问让王树生有些烦，他一摆手："以后你们别掺和这事儿了好不好！”刘兰芝和外孙面面相觑，不明白到底发生了什么事情。

第二天，林智诚架着双拐去医院找丁媛，试图为姐夫挽回这一切。震前的小楼现在变成了连片的木板房，只有那几株大柳树还在，光溜溜的柳条在寒风中摆动。在挂有内科病房牌子的简易房里，丁媛把他让到护休室，嗔怪道：“你看你，有什么事叫我过去，你大老远来，伤口又该磨烂了。”

林智诚开口直奔主题：“是不是我姐夫欺负你了？”丁媛摇摇头，一声不吭，泪水在眼眶里打着转。

“你放心，我会让他回心转意的。我只想听听你的意见，你要是原谅他，愿意跟他交往，你吭一声，其他的事我来办！”

看着大冬天赶过来腿脚不便的小诚，丁媛的泪水终于夺眶而出。林智诚想劝她，还没开口自己也掉了泪，他联想起自己与冯红没有结果不知何去何从的爱情。

半天，丁媛抬起泪眼：“小诚，谢谢你。这事就画个句号吧，再下去，对谁都痛苦。”

林智诚憋着一肚子火，径直走进王家，一见姐夫二话不说，轮起木拐打了过去。王树生一躲，肩膀重重地挨了一下，疼得他迸出了泪：“你有病吧，小诚。没招你惹你，干吗打我？”

林智诚用拐指着他：“你才有病，你是真正的神经病，精神病！最初，我觉得我姐瞎了眼，会看上你，没想到现在还有比我姐更傻的人。人家媛媛对你那么好，那么痴情，你却欺骗人家感情，说拒绝就拒绝，冷酷无情。王树生，你是天下头一号的大混蛋！”

王树生低头不语，半天才说：“我知道我做的不对，可别人不理解，小诚你应该理解我的苦衷。”

“我不理解，就是不理解！往后你也甭来我家，你跟我家没任何关系，咱俩谁也不认识谁！”林智诚咚咚咚架着拐走了，留给姐夫一个愤懑的背影。

王卫东毕竟当领导的，有自己解决问题的方式。她找到丁媛，两人谈了一个多钟头。思前想后，她终于理解了哥哥，当着两家人的面，卫东说出自己的看法：

“这事我哥处理得也对，长痛不如短痛。现在媛媛考上医学院，她要到外地上四年大学，有我哥在唐城抻着，只会影响她学业。另外，大学生活丰富多彩，优秀男同志有的是，谁知道这四年会不会有啥变化？真要是中间出点变故，两个人都痛苦。就算她一心一意想着我哥，可人家毕业以后是大夫，我哥只是个工人，现在不讲究破除资产阶级特权了，可干部工人还是差距挺大的。所以说，现在掰了未尝不是件好事……”

到这份上，林兆瑞、刘兰芝也只能嘬牙花子了。林智诚眼睛看着屋顶，一声不吭，心里嘀嘀咕咕：那你跟柱子之间差距就不大了？谁劝跟谁急，又算怎么一回事？只有王树生带着几分佩服瞅着她，心想当干部就是锻炼人啊。他感激妹妹的理解。

早春二月，丁媛背着简单的行李，揣着林兆瑞送给她的派克钢笔，踏上去上海的火车，成为恢复高考后的第一批大学生。春天开学，这在后来上大学的小青年眼里简直无法理解，可当时许多事情就是这么不可思议。丁媛执意不让大家送。站在唐城火车站的天桥上，她回头看了一眼这个百废待兴的城市。这里曾经有过她的家庭，她的青春，她的初恋，而今一切都将远去……她擦了把眼泪，随着人流走向月台。

丁媛走后，两家人的情绪都有些低落。大刚拿起作业本就长吁短叹，摔摔打打；刘兰芝懒得侍弄花草，旱莲圆叶都卷黄边了；林智诚回家倒头便睡，对冯红也带搭不理；林兆瑞整天操弄着二胡，拉着悲悲切切的曲子；王树生知道理亏，也不辩解，没完没了、机械人似地拎水。

王卫东一回家就发现了问题：这个家，太需要一个女人来打理了！

第四章

刘兰芝坐在马扎上，两腿间搁一个大铁盆，手沾着肥皂水吃力地揉搓着衣服。尽管儿子一再叮嘱，犯病时要静养，可她服下汤药，喘气均匀些还是手脚不闲着。树生一个大老爷们，又要忙班上，又要照顾两家老小，她这个当妈的但凡有点精神，也要替儿子分担一些活计。

院门一响，进来一个戴着蓝套袖的年轻女人，朝屋里问是王卫东家不。刘兰芝抬起头，眯着有些老花的眼，答应了一声。“大妈，我是跟卫东一块下乡的杨丽华，你不记得我了？”来人站在面前问。刘兰芝不好意思笑了下：“老了，不记事不记人喽，你快坐。”

下乡第三个年头上，杨丽华办了返城手续。这在知青点引起不小的动静，一块来的姐妹心里都酸溜溜的。她走那天，大家都找借口躲开了，王卫东帮她捆扎上行李，送她上了长途汽车。杨丽华到自来水厂当了会计，后来成家有了一个女儿。

听说卫东也回了城，杨丽华来看看当年的小姐妹。她和刘兰芝一问一答地唠着嗑。大妈手指关节粗大变形，一看就有类风湿。这病忌讳沾凉水，杨丽华不容分说搀扶大妈起来，拿过搓板麻利地洗起来。刘兰芝呆呆地看了一会儿，才回过神来：“小环这丫头忙着呢，成天不着家，不见齐今儿个能回来。要不，过会儿他哥下班，让他去单位叫她一下？”

杨丽华用沾满肥皂沫的手，撩一下披垂的发帘：“不用，我洗完这些衣服，她不回来我就走，以后有的是时间呢。”

言谈间，刘兰芝问起家里情况，得知小杨没了丈夫，顿生同病相怜之情：“地震忒坑人。我家老头子，还有我儿媳妇、大闺女，都砸死了。夫妻夫妻，没有了另一半，这日子不好过呀！”

两人眼窝都潮潮的。

刘兰芝唠叨起家长里短，杨丽华嘴上应着，手里也不闲着。大盆衣服洗完了，她问大妈还有啥要洗的。刘兰芝摇摇头，摁着她手：“闺女，歇会儿，来家里就是客人，咋能让你受累呢。”

“我不累。”杨丽华说着，端盆去外头水泵把衣服投干净，回来晾晒到院子铁丝上。冬天的太阳照着不大的院子，她抖落着衣服，两手冻得像胡萝卜，嘴里哈出一缕缕白气。刘兰芝站屋门口喜眉笑眼看着，悄悄把小杨跟儿子身边的几个女人对比了一番。燕儿她看着长大，有点小个性，可比亲闺女还亲。媛媛乖巧嘴甜，会来事儿，简直就是她贴心的小棉袄。眼前这个，长相一般，可热心肠，人又麻利，过日子准是把好手。树生身边不就缺这样一个女人帮衬吗？

这么想过之后，刘兰芝就上了心，跟林兆瑞磨叨起这事。既是对亲家的信赖，也是想趟趟底，听听树生岳父啥态度。林兆瑞朗声道：

“老嫂子，你不用担心我想法，这是好事，你不张罗我还张罗呢。树生这些年，家里外头两头忙活，就是铁打的人也熬不住。我早就盼着他成个家，有个知冷知热的媳妇照顾着。你想啊，咱们再活，顶多活二三十年，他们还年轻，时间长，应该有自己的生活。老嫂子，你就放心，只要树生满意，你看着顺眼，我百分百赞成。树生有个媳妇，我也添个闺女。”

一听这话，刘兰芝满心欢喜，闺女回家时跟她一念叨，王卫东大包大揽说这事交给她办。刘兰芝半信半疑：“你能办好？你自个儿的事还抓瞎呢。真格的，你要真跟柱子结婚，将来两地分居可咋好？”

“妈，我自有主意，你不用跟着瞎操心了。当务之急，还是先解决我哥的事。”王卫东回答。

起个大早，王树生去郊区串村子，用棒子面换了一点白面。回来时，见大刚提溜着裤子，在茅房外头急得直打转。小诚腿有毛病解手不方便，王树生特地在院门口垒了个简易茅房。看这架势，就知道一定是小诚在里面。他叫外甥多走几步去胡同口公厕，便拎着面口袋进了屋。

该给妈熬药了。他找出砂锅，搁进去沙参、麦冬、佛手、陈皮等物，放到炉火上熬起来。偏方是林兆瑞淘换来的，治疗哮喘很管用。不一会儿，砂锅咕嘟咕嘟冒出沫子，屋里弥漫开中药汤苦涩的味道。

王卫东进来，看见他说正好，哥我找你有点事。王树生还没答音，外头传来大刚的叫喊。他让妹妹看着砂锅，拿起塑料尿盔出来："喊啥喊，就在这儿解。"他冲着茅房轻轻叫小诚，里面没有回应。又叫了一声，林智诚有气无力地应了一声。

林智诚满头大汗，一张痛苦而扭曲的脸。坐在姐夫给他打制的木头坐便椅上，半个多钟头过去，还是解不下来大便。王树生二话没说，从墙洞里揪出来点草纸，猫腰给小诚抠大便。

"好了，你再使使劲，我在外头等你。"王树生出去了，林智诚眼泪咽到了喉咙，又不争气地从鼻子和眼里钻出来。这个他曾经的姐夫，没有一点血缘关系的人，已不止一次为他做这些事情了。腿脚不便，运动很少，加上怕解手麻烦，不爱喝水，他经常便秘。自己偷着用开塞露，用多了又拉稀。王树生从医生那儿打听来最直接管用的法子，用手抠出硬屎球。这招儿他屡试不爽。

大便很快解下来了。王树生洗把手回来让小舅子拿起双拐，不容分说背他起来。林智诚乖乖地趴在他肩头，小声说了句："姐夫，你有白头发了！"

王树生呵呵一笑："小三十的人了，还能没白头发。对了，问过你几次你也不说，从食堂到洗衣房还适应吗？"

"姐夫，你还是成个家吧。"小诚没正面回答他，忽然冒出一句话。王树生听了一怔，没有说话。

"你还是成个家吧。"这话，岳父也说过。可从林智诚嘴里说出来，却有着别样的分量。王树生知道小诚有多倔，也知道小舅子气量并不大。当初，丁媛出现在他身边时，小诚不仅没一点忌恨，反而真诚地接纳了她，把她视为姐夫理想的对象，努力促成这件事。现在，小诚趴在他肩上，又说出这样暖心窝子的话，无疑是发自肺腑的，是心越来越靠近他的体现。

回到屋里，王树生把汤药倒在碗里，心里翻江倒海。除了林智燕和丁媛，他好像从没有遇见过让自己心动的女人。昨天成为依稀的回忆，现在感情、女人，是他不敢碰触的雷区。但是不敢碰触并不等于不想，只是他眼下忙于生计，没有时间、精力和心情去规划一份新感情，考虑接受一个什么样的女人。而且，再成个家，能替代林智燕的人还会有吗？小诚啊小诚，你提醒我这些干吗呀？

卫东叫了一声哥，他这才回过神来，把汤药给妈端过去。妹妹也跟过来，王树生问她有啥事。卫东说明妈的意思，拿出一张二寸黑白照片指点着给哥看："这是丽华姐，有一年她回城，我还让她给家捎过东西呢，你记得不？"

背衬着灰蒙蒙的大山，三个女知青并排站着，都穿着臃肿的黑棉袄。照片上人头很小，脸模模糊糊的。对杨丽华王树生没啥印象，介绍对象这事，他不好把妹妹撅回去，就说你看着办吧。卫东一拨拉他："什么叫我看着办？你表个态，见还是不见，回头我好跟丽华姐说呀。"妈也在旁边帮腔："我见了，小杨人忒好，有眼里件儿，进家就帮着洗衣服，恐怕我手着凉。"

看妈和妹妹都这么上心，王树生只好说那就见见吧。

王卫东登门提亲，杨丽华有些不知所措。地震摧毁了她的世界，父母、弟弟和丈夫都没了。空荡荡的简易房，缺胳膊少腿的几件家具，像是总在提醒着她生活的残缺。可再走一家，带着孩子，她又有诸多顾虑。听卫东说明来意，杨丽华半晌没言语。

卫东干脆把话挑明："姐，有啥磨不开的，都是经历地震劫难的人，互相搭把手，不光给孩子一个完整的家，到老有个照应，也是个伴儿不是？"

杨丽华对高大朴实的王树生有些好感，也知道这家人都很实在。她想想，为了孩子，走这条道也中，便点点头："卫东，我听你的。"

相处了一个月，王树生和杨丽华就结了婚。

杨丽华从家带来一对箱子，箱托在地震中砸坏了，她和以前自己过日子一样，找来砖头垫上。王树生把砖头扔到门外，拍拍手上的土，对一脸诧异的杨丽华道："这是咱们俩的家了，不能再凑合了！"他用下班时间，打好一对箱托。看着箱子安稳地搁在上面，杨丽华从后面抱着他，眼泪吧嗒吧嗒滴落在树生背上。

平静下来后，杨丽华拉他坐下："树生，咱们以后是一家人了，有些事我想跟你商量一下，不知道你同不同意。"

王树生当然同意，虽然不知道丽华要说啥。杨丽华道："一是呢，咱们夫妻间要坦诚相见，有一说一，不能有事掖着藏着；二呢，咱俩都有工资，以后开支钱放一块，谁花谁拿，花钱要记账，写明白去向；第三件事，我婆婆年轻守寡，拉扯大儿子很不容易。虽然有退休金，可从前我们每月都给她十块钱，我想咱们结婚后继续给。咱妈这边也一样，你看中吗？"

到底是当会计的，啥事都想得这么周到，王树生只有点头的份："中，逢年过节礼拜天的，咱们带孩子一块去看老人家，别让她感觉孤单。"

他又说："我加上一条：咱们一块照顾我岳父和小诚。老人身体不好，小诚你也看到了，腿有残疾，地震后一直是我照顾着他们。"

"那是自然。"杨丽华说，"你是姑爷，我以后就是闺女了，咱们一块照顾好他们。"

地震后结合的夫妻，拉了个结婚证就住到一起，所有程序都免了。新婚之夜，杨丽华哄睡了女儿，然后脱了外套躺在孩子旁边，拉灭了电灯。黑暗里，她说："树生，你理解我，一时有些适应不了，今晚……"

王树生道："我也一样，忙了一天，有些累，睡吧。"

新婚之夜，中间隔着孩子，两人睁着眼睛想着心事。远处，传来铲车的轰鸣声和汽车的喇叭声，建筑工人正在连夜清运着地震废墟，规划好的新城即将开始重建。

第二天一大早，王树生醒来，看见杨丽华正在旁边搭着小床。他睡眼惺忪问媳妇在干什么，杨丽华说："今天起，让她在这儿睡，总不能老在咱们中间当第三者呀。"

王树生笑了。

姐夫这么快结婚，有些出乎林智诚意料。之前，王树生倒是征求过他意见，他没反对。杨丽华人不错，可与他心目中的替补"姐姐"相比，还是有差距的。林智诚跟小冯说起这事，多少带点遗憾。他找出张红纸来，把刚从银行取出的钱包好，准备给姐夫送过去。冯红对着小镜子修着眉："你这点家底全取出来，以后不过了？"林智诚抖落着一沓钱："钱算什么，没有姐夫，就没有我，这份感情是多少钱都买不回来的。”冯红冲自己挎包努努嘴：“我这月刚开支，一块拿过去吧。”

三百块不是个小数目，杨丽华执意不收。林智诚急了，冲王树生扬扬手里红包，姐夫，你接着！王树生只好先收下。林智诚走后，杨丽华左思右想觉得不合适，跟树生商量：“小诚又要治病，又要攒钱娶媳妇，花钱用项多着呢，咱们不能要他的钱。”

“你不知道他个性，送回去就是打他脸了。我想好了，咱们先替他存上，以后凑个整儿，给他结婚用。”

婚后的日子平淡如水，却也舒心快乐。王树生下班到家，媳妇已准备好饭菜，他吃现成的。闲下来，他爱抱着闺女四处转转，婷婷已经两岁了，可他还是舍不得撒手。成排的石头房不复存在，工人新村简易房稀疏错落，中间点缀着野花野草，倒颇有几分乡村景致，成了爷俩的快乐天堂。

春天来了，向阳地方长出蕨类植物，随后是苦荬菜，蒲公英，黄花灼灼。到了夏天，是一丛丛疯长的草茉莉，粉的，白的，黄的，紫的。密匝匝的蛐蛐草，伏地的蒺藜狗子，半人高的灰灰菜。燕子穿梭觅食，成群的蚂螂来回飞着……王树生想着小时的歌谣：“蚂螂蚂螂过河来，知了知了摔锣来……”边哼着，边摇着女儿。婷婷在怀里睡着了，长睫毛覆盖着眼睑，小小的鼻翼轻轻吸动。他心里涌动着一股温情。

街坊们遇见，这个夸孩子乖，那个夸孩子俊，王树生带着一脸骄傲抱婷婷回家。妈正等在门口，她悄声问儿子：“你们结婚也小半年了，去医院检查没有，丽华有喜了吗？”

王树生脸一红：“妈，现在大刚和婷婷都在身边，都小，成天就累你一个人。我和丽华商量好了，先不要孩子，等他俩大些再说。”

“别介，趁我还能走动，还能带孩子，还是要个吧。我累点没啥，没有亲孙子才叫难受。婷婷是很乖，可是个女孩，又是丽华带过来的——妈多想看到你有个亲骨肉啊。”

这时婷婷醒了，树生亲了一下她的小脸蛋：“这就是亲骨肉，婷婷，叫奶奶。”孩子叫着奶奶，张着小手让她抱，刘兰芝抱了过去。王树生说我去看看小诚，转身走了。

这孩子，刘兰芝唠叨着，抱婷婷进了院子。屋里，儿媳妇正踩动踏板，缝纫机哒哒哒响着，轧着女儿的小衣服。刘兰芝站一旁想起件事，迟疑了一下才问：“丽华，你看树生对婷婷咋样？”

杨丽华歇下，过来抱过女儿：“没挑，孩子吃喝穿戴比我想得都周到，他一下班不管多累，都要抱抱孩子。”

刘兰芝坐在床边：“你看是这样，你和树生虽说是后结合的，可我知道你俩感情很好。树生把婷婷当亲闺女，我也把她看成亲孙女。可千好万好，孩子这个姓氏是个问题，你看是不是该想想法子？”

既然开始新的生活，杨丽华何尝没想过要给女儿改姓。可婆婆每次见到婷婷都眼泪汪汪的，想起地震没了的大儿子。她怕提这事刺激婆婆。刘兰芝拍了一下大腿：“丽华呀，不是妈心狠自私，这道疤再疼早晚也得揭。你想想，孩子一天天大了，以后要是问起她为啥不姓王而姓苏，咱们咋回答，咋跟孩子解释啊？”

几天后杨丽华去看婆婆，吞吞吐吐说出这层意思，丁庠玉脸登时撂下来：“孩子她爸没了，你还年轻，要再走一家，我不说啥。婚姻上，你有你的自由。可孩子这个姓氏，就是对她亲爸的纪念，要改我坚决不同意。我问你，现在婷婷连姓氏都要改了，还是不是我老苏家孩子？”

树生知道后，安慰媳妇：“姓氏不就是一个符号嘛，孩子跟我亲就行，姓王不姓王又有啥关系。以后不许提这事了，有时间多带孩子过去，陪老太太开开心，解解闷。我妈的话，你就这耳朵进那耳朵出，别搁心上。她要是再坚持，我去做工作。”

到了周末，两口子抱着孩子去看望丁庠玉。老太太自然没有好脸色，可面对孩子一口一个奶奶地叫，最终忍不住放下架子，一把搂着孩子掉了泪：“我的大孙女，谁也夺不走你！”

王树生和杨丽华对视一下，都说爱是自私排他的，这话真不假。

一个月后的一天，王树生拿着托人从北京捎来的点心去看丁庠玉。老太太又念叨起大孙女怎么没来，王树生说婷婷有些感冒。丁庠玉忙问吃没吃药，打没打针，边找衣服要去看看。王树生拦着她说没事，又拿出女儿在照相馆新照的相片。丁庠玉一看，连说孩子瘦了，王树生道：“妈，你再仔细看看，婷婷比上回来胖了呢。”

“孩子又不在我身边，我咋知道是胖了还是瘦了？”丁庠玉说着，找出花镜来捏着照片细细端详。

“我们寻思你老身体不好，怕孩子在身边累着，先让我妈带着孩子。你要喜欢，不嫌磨人，一个月搁你这几天如何？”

老太太笑了起来，敢情！沉了沉，她说：“要真是这么着，婷婷的姓你们爱改就改吧，我是怕孩子越走越远。”

这样，苏婷就改名为王婷。

孩子一天比一天地长大，到上幼儿园年龄了，刘兰芝还搂在怀里不撒手。这天王树生回家，看见婷婷手上有两道伤痕，忙问怎么回事。原来孩子跟猫戏耍，被挠了一爪子。王树生一皱眉：“这东西不能在家养了，今儿挠人，明儿咬人怎么办，听说还能传染狂犬病呢。”

杨丽华嘘了一声，指指正在姥姥屋嘴对嘴喂猫的外甥。王树生明白她的意思，不言语了。

大刚跟猫简直是形影不离，连睡觉都搂着。王树生没结婚那阵跟外甥一床，有时夜里一翻身，毛绒绒、肉呼呼的，吓一跳。这倒罢了，可小猫每到发情期，就乱挠乱咬，嗷嗷叫得瘆人，还四处疯跑，连带着娃娃跟着到处找猫，喘着粗气看了让人心疼。有回，孩子把猫装书包带到了学校，弄得王树生一块挨老师数落，批评他这个当舅的管教不严。因为养猫，他没少跟外甥置气，可妈却有一套说辞为外孙子辩解：“这猫哇，跟别的动物可是不一样。老辈子人说，它一落生，就能在人间找到一个仆人，没准咱家大刚就是这个猫的仆人呢。”

现在望着女儿小手上的抓痕，王树生终于下决心处理掉这只猫。趁外甥上学，他找个纸箱子把猫装了进去。怕闷死，又在箱子上挖了几个洞，然后抱起出了家门。一路上，他跟在纸箱里抓挠的猫咪说着话：“咪咪，在这家你也有些日子了，我跟你也不是没有感情……”

这倒是心里话。他想到天天下班进家，小猫在他裤腿上蹭着，摇着尾巴喵喵叫着撒娇的场景；想起小猫钻在自己怀里，摸两下喉咙里便呼噜呼噜发出声响的惬意样子；想着母亲盘腿坐在床上絮着被褥，小猫仰躺在一边，露着白肚皮，蜷着四爪晒太阳的可爱表情，王树生有点留恋。可是一想到女儿白嫩小手上两道血渍，脚步又走得飞快。在胡同口，他把纸箱打开，搁在草丛中转身就走。

“好在是夏天，到处有吃食儿，不会饿死你的。”他像是对猫说，又像是在安慰自己。

大刚放学，没见到咪咪慌了神，一个劲儿埋怨姥姥。刘兰芝可怜巴巴，把过失都揽到自己头上：“都怪我，忘关门了。后晌还叫着，咋一转眼就没了？”大刚气哼哼的：“整天在家，一个大活人看不住一只猫！”王树生拿出舅舅的威严，喝道：“你再喊，是一只猫重要，还是姥姥身体重要？成天就知道招猫斗狗，不好好学习，老师找我还没跟你算账呢。”

大刚掼下书包，冲舅舅嚷起来：“你甭转移话题，没准是你讨厌咪咪给扔了，哼！”

杨丽华赶紧过来打和，说你舅怎么会那么狠心。婷婷看看这个，看看那个，撇撇嘴哭了。王树生急了，一把抱过王婷，把女儿的手伸给大刚：“你平时一口一个妹妹、一个婷婷的叫，心疼得不得了。你看看，你那只猫办的好事！”说完，他气急败坏坐下，冲外甥道：“是我把猫扔了，人总比一只动物重要！”

一家人面面相觑，大刚扭头跑出了家门。

天黑了，大刚还没回家。王树生后悔自己的冲动，骑车子围着工人新村找了两圈，又到火车站、汽车站，还是没找到外甥。刘兰芝哭得眼泡红肿，一见儿子只身而归，泪又下来了：“大刚真有个三长两短，咋跟你地下的姐姐、姐夫交代……”

“妈，我肠子都悔青了，你就别说了！”

怕婆婆急出个好歹来，杨丽华一直守在旁边。她不敢插言，毕竟这事因自己女儿引起。后半夜了，爱国、卫东、小诚陆续回来，都没见大刚影子。刘兰芝往外轰赶着他们：“都去，再找找！丽华，你也去找，别守着我，我死不了。外孙没了，我也不活了！”

大家都出去了。看女儿睡得很香甜，杨丽华把枕头挡在床边，以防孩子滚下来，找件衣服穿上，打着手电出门找大刚。走没多远，借着朦胧的天光，看着一个衣衫褴褛的壮汉背着个孩子迎面走来。

杨丽华不认识毕成，但她缝过外甥的衣裤，认识孩子的装束。她忙上前，果然是大刚。孩子跑出家门，没处可去，就近爬上一棵大树。盘坐在树杈上，听着大人们焦急地呼喊他的名字，有种报复的快意。慢慢地困劲儿上来了，就倚着树杈睡着了。天快亮时，他被冻醒，肚子饿得咕咕叫。从树上下来，眼前一黑，歪倒在地上，被在外头游荡了一宿的毕成发现背回来。

杨丽华连哄带劝，大刚总算答应回家，从毕成背上出溜下来。“中啦。”毕成如释重负，揉着肩膀：“这孩子死沉死沉的，幸亏玉皇大帝帮着背了一路。你是大刚舅妈，就是树生媳妇喽，你不是死了吗，啥时又活过来啦？”

毕成一只脚趿拉着鞋子，一只脚光着。杨丽华看出他精神不太正常，不过人家把外甥找回来，她心存感激，真心实意地说：“你也没吃饭吧，一块儿到家里吃点东西？”

毕成也不客气，拉起大刚就走，杨丽华小跑着才能撵上。看到外孙毫发无损回来，刘兰芝鼻涕一把泪一把搂在一块。王树生把找回的小猫抱给外甥看，大刚饭也不顾吃了，抱着小猫亲了又亲。毕成狼吞虎咽地吃着，唔鲁唔鲁说：“猫是老虎的老师，回头让它教你上树，你就不会掉下来了。”

天亮了，正在团里排戏的林兆瑞赶回来，看孩子平安无事，才放了心。见到林兆瑞，毕成哆嗦一下，眼睛放出异样的光，叫了声老林就嗷嗷哭起来。林兆瑞一阵难受，他知道毕成又想起了过去，想起震后毒辣辣的太阳，血腥和尸臭。那场灾难对这位老街坊打击实在太大了，失去亲人的折磨，使原本就脆弱的毕成彻底垮了。

陶瓷厂恢复生产后，叫毕成去上班，头一天就发现他精神不太正常。他拔掉狼毫笔上的毛，用笔杆沾颜料在瓷器上涂抹。涂满一个杯子，叭，摔地上一个。又涂一个杯子，叭，又摔一个。主任过来喝住他，毕成头也不抬：“好了，四大美人画好了，拿去烧吧！”

厂里正跟医院联系要把毕成送过去，老毕却偷偷跑出来，在外面流浪了好几天。林兆瑞和刘兰芝商量：“老嫂子，天气一天比一天凉了，毕成这样子要是没人管，没准有一天会冻死街头。要不这样，让他先住在我那儿，回头我跟厂里联系，送他去治病。你平日给他做口饭吃。”

刘兰芝想了想，树生一家三口挤一屋子，自己跟大刚住一块，实在没地方再收留一个人，就说：“中，都是老街坊了，远亲还不如近邻呢。看看他被褥衣服的，缺啥短啥，我们来做。”

饭后，杨丽华烧了壶开水给毕成洗脸，王树生找出工具给他理发刮胡子。毕成看着镜子里的自己，愣愣地问：“这么精神的小伙儿是谁，工人新村没见过呀？”杨丽华开心地笑了。一旁的大刚，突然觉得舅妈比以前好看了许多。

杨丽华承担起所有的家务，包括林家和毕成的浆洗缝纫。当会计的她精打细算安排伙食，照顾到每个人的口味。两家人都觉得自从杨丽华进门，家里一切都有了条理。

中秋节这天，王树生厂子分梨。他洗净削皮，切了一半给媳妇：“你尝尝，京白梨挺水灵，挺甜的。”杨丽华没接。王树生不解，说这梨润燥、化痰，大家都吃了，连毕叔都吃了一个呢。

“树生，你知道吗，分梨的寓意就是分离。以前跟婷婷爸就曾分过梨吃，当时我还不以为然。现在我信了——我可不要跟你分梨（离）了！”杨丽华一脸认真地说。

阳光从屋顶排风扇口射进来，几束光柱中，飞舞着细微的尘埃。三台大洗衣机轰轰作响，淹没了一切声音，机器戛然而止时，又死一般寂静。可没过几分钟，就被妇女们说笑声打破，十来个已婚妇女就像一池塘蛤蟆一样聒噪。每到这时候，林智诚就会烦躁不安，恨不得捂上耳朵逃得远远的。可他必须装出若无其事，脸上不能带出一点厌烦神态。这是他残疾后的第二份工作，他不想再失去了。

地震后，厂里照顾安排他到食堂负责兑换饭票。后来因为跟厂长外甥、棒材车间的二顺打架，这份清闲差事弄丢了。林智诚十分留恋那段自由时光。那时，他一周只上两个全天，一间小屋子给他提供了一处宁静的港湾。他很少与工友们交流，就连一个食堂的刘爱国话也不多。隔着小窗口，在钱和饭票的交换中，他想跟熟悉的人说句话就说句。不想说时，顶多在递上饭票时说上一个字：给。对这个少言寡语的年轻人，厂里有着各种猜测和议论。认识的人都说：他变了，不再是地震前的那个有说有笑、多才多艺的工会干部了。

洗衣工们大多是随丈夫进城，震后又沾光上了班的农村妇女，眼界不比一个村子或一个洗衣房更大。林智诚的到来让她们非常稀罕，好奇的目光从四面八方投过来。最后她们一致认为：这一条半的残腿，跟那张英俊的面孔，实在太不般配了。她们惋惜地咂着嘴。后来，不知从哪打听到小林还没对象，大家一下子来了精神头。组长李姐像是无意的随口问："小林，你那个……还能起来吧？"

林智诚一时没明白啥意思，女人们嘻嘻笑起来。都是从农村出来的已婚妇女，平时说话还带"把儿"呢，更何况当着一个残疾人——严格说来，白净面孔的林智诚在她们眼里，根本不算真正爷们儿。

有人起哄："组长，别这么直接好嘛，人家还是童男子呢。"李姐满不在乎，又往他裆里一指："小林，你那个东西没有残疾吧？"

林智诚臊红了脸，急得直摇头。

李姐干脆得很："好，腿脚有毛病不算毛病，只要不像瘫子一样，那个没问题就成。小林你放心，大姐们帮你找个女人。"

这下，班组里的女人有了事干，这个介绍腿脚有毛病的姑娘，那个介绍刚刚丧偶的小媳妇。李姐呢，重点介绍自己侄女李英，高中毕业，虽在街道瓶盖厂上班，属于大集体，可是个健全人，洗涮做饭能照顾你。林智诚的自尊每天都处于崩溃边缘，回来说起这些，冯红听了哧哧笑，后来一见他就拿这个打趣："今天又介绍个什么样的？"

碍于大家的好心和热心，林智诚忍了。他耳边老响着刘爱国的叮嘱："你要忍口气，低低头，服个软，不会到这份上。二顺那个混球，仰仗他舅撑腰在厂子里平趟，你跟他争兢能有你的香应？要不是你姐夫出面，求人弄脸的，你不要说去洗衣房，恐怕连饭碗都砸了，厂子非开除你不可。小诚啊，要学会适应环境！"

林智诚知道，组里的女人们只是俗气，没有坏心眼。他要在这里待下去，就要学会和她们打交道，适应她们语言和思维方式。可在介绍对象这事上，他还是找出种种理由拒绝，哪怕是应付或搪塞，他都做不到。他觉得，如果自己跟别的女人见面，是对冯红的背叛。

李姐不高兴了："小林，我侄女对你挺上心，老追着我问啥时见面。不管你心甜不心甜，见一面总不算过分要求吧？"

话赶到这儿，林智诚只好实话实说，承认自己有对象了。李姐不信，非让他拿出证据。冯红觉得好玩，给了林智诚一张舞台照。

礼拜五下午，洗衣机刚刚停歇下来，大家放下手中活计喘口气当儿，林智诚拿出照片给大家看。李姐先嚷了起来："哟，小林，你这不是拿大姐们开涮嘛。这是你对象？我还没老到眼花，认识这是李铁梅！”

“这就是我对象！从前在京剧团演李铁梅，只是地震后不怎么上台了。”

组里人都围拢过来，传看着照片，将信将疑。李姐看着他：“小林，你艳福不浅啊，搞个这么漂亮的对象，怪不得对我侄女连掸都不掸一下。”林智诚傻呵呵地笑着。李姐突然有些不高兴，轰赶着大家：“都围在这儿干啥，干活去，干活去！”

一会儿，林智诚有了尿意。腿残疾后，方便变成了最不方便的事情。而在洗衣房，更是让他犯怵，组里就他一个男的，就一个有门没插销的破厕所。妇女们方便时不关门，已经形成习惯，他一来大家都别扭。他在厕所附近踅摸一阵，咳嗽两声，判断没人，才架楞上了台阶，战战兢兢，背顶着门，提着裤子，不时还要提防着走来走去的脚步声。

尿憋好久了，他刚痛快淋漓撒出来，就听见李姐声音从外面清晰地传进来：“看小林人不错，好心把我侄女介绍给他，谁想热脸贴在冷屁股上，原来人家早有对象了。”一个女人劝道：“组长，你也别生气，谁知道真的假的。就算真有这回事，用不了多长时间也会蹬了他。这么俊，又是唱戏的，咋会看上一个瘸子？到那时，小林还不上赶着求你？”李姐哼了一声：“但愿吧。”

林智诚手一哆嗦，尿都淋到了裤腿上。

他阴沉着脸，叠着刚刚烘干的工作服。震后好长一段时间，他的世界是灰色的，多亏有姐夫的照顾，有冯红的不弃不离，让他觉出世间还有真情在。可他毕竟残疾了，对爱情没了从前的自信。他正胡思乱想，李姐凑过来跟他一块叠着衣服：

“小林呐，不是姐挑唆你跟对象关系，说句不好听的话，搞文艺的靠不住。当初你姐夫在部队当排长时，迷上文工团一个女兵，还闹着跟我吹呢。结果咋样？人家说蹬了就蹬了他，看上了一个营长。这种人啊，说好听的叫爱攀高枝，说不好听的叫水性杨花，谈谈朋友处处对象玩玩中，要结婚正经过日子还得咱们这样的人。我侄女的事，你搁心上再想想，也不要你一时半会儿拿主意。”

这一天林智诚的心情真是糟透了。下班赶到公交车站，汽车刚刚发动，他紧赶慢赶，喊了好几声，车子才慢吞吞停下。到站下车，他架拐走得很慢，平时十多分钟的路走了足有半个小时。这时，听到后面一串车铃声。一回头，见冯红轻盈地从一男的车后座上蹦下来，朝对方摆摆手，一扭屁股走过来。他停下等着她，努力压着火。冯红低头走路，嘴角漾着一丝笑，一抬头看着满脸怒气的林智诚，吓了一跳。林智诚道："哟，坐上二等了，成天有人接送，难怪这么眉飞色舞。"

冯红打了他一下："什么呀，团里小张下班遇上了，顺道捎一截。看你这针鼻儿大心眼！"

"看他娘们唧唧的我就长气，谁知道他窝藏什么狼子野心。"

看见小诚眼里嫉妒的火苗，冯红又气又乐："看你，好像面对不共戴天阶级敌人。手里要有刀，还不杀了人家呀？"

"那没准！"林智诚咬着后槽牙，恶狠狠地说。

"好了，好了，以后我自己骑车还不行？"冯红看这么说下去又要掐起来，便做出一副和解的姿态，手伸过来："来，看你怪累的，我搀着你走。"

王卫东把柱子弄进了城，安排到城建技校搞行政，后来又先斩后奏，没跟家里打声招呼就拉了结婚证。林智诚知道后连连摇头：卫东这步棋，走得臭，终身大事咋能这么草率任性？

不过，这也让他联想到自己：跟小冯搞这么长时间对象了，是不是也该有个结果了？

冯红晚上要过来，林智诚跟李姐请假早走会儿，路上买了些花生瓜子回家。王家院子门口，杨丽华正在贴春联。一看清秀的赵体，林智诚就知道春联是爸写的。杨丽华看到他，忙招呼过年带小冯一块来家吃饺子。林智诚笑道："好哇，小冯馋了好久了，我姐夫和馅儿的饺子，就是比别处香。"

杨丽华又问起毕成近况。林智诚告诉她毕成住院后病好了不少，脑子也清醒了。两人正聊着，什么地方喇叭里传来一阵歌声："幸福的花儿心中开放，爱情的歌儿随风飘荡，我们的心儿飞向远方，憧憬那美好的革命理想……"这是电影《甜蜜的事业》的主题歌。正拿出另一副春联，往背面抹浆糊的杨丽华，停顿了一下。他们这茬人，只知道处朋友、搞对象，在她心目中，爱情这个词和夫妻间的私密举动一样，总有些羞于见人。像是自言自语，她说："现在真是的，什么歌都敢唱。""改革开放了嘛。"林智诚附和道。

这歌甜脆、悦耳，倒不难听，冯红没事儿就哼哼，歌词他都快倒背如流了。

正说着，大刚拉着婷婷，穿着簇新的衣服跑出院子。杨丽华叮嘱他们离放二踢脚的远点。大刚说舅妈你放心，我们上林姥爷家看电视。两人看到林智诚，一个叫舅舅，一个叫叔叔。林智诚领他俩进了院子。

林兆瑞买了台十二英寸的黑白电视，这在整个工人新村是头一份。他在家时，每天都招惹来一大帮人。他好热闹，看着一屋子的老人孩子，总是乐呵呵的，有时还要奉送茶水、瓜子。当爹的是高兴了，儿子却气哼哼的：小院失去了往日宁静，连小冯都不好意思晚上来了。为这儿，林智诚唠叨了好几回。

这时辰爸还没回来，看来又要在团里熬夜了。林智诚想着，把电视给孩子打开，拿了花生瓜子让他们吃，转身架枴进了自己屋子。真累呀，他长出口气，把身子放倒在床上。望着糊满报纸的顶棚，他想起请假时李姐那眼神，提醒他的话。这帮老娘们，头发长见识短，总认为他和冯红不大可能，会上当受骗。看来只有拉了结婚证，她们才肯相信。可结婚那么容易吗，之前他不是没念叨过，冯红一听就摇头，一百个不情愿，说时机不成熟，家里也不会同意。看他一脸沮丧，冯红便偎过来，话里透着温存："结婚就是个形式，咱俩感情好，不需要什么来证明。人家身子都给了你，还有啥不放心的？"

话是这么说，林智诚还是心事重重。人啊，越是珍惜的，越怕会失去，随着时间推移，林智诚对这份情感变得不那么自信了。"不行，今天一定要跟她好好谈谈。"他打定主意。

天渐渐黑下来，林智诚坐起来拉开灯，目光停留在冯红的棕色牛皮旅行箱上。单身宿舍年前打扫卫生，小冯把东西临时搬到他这里。鬼使神差，林智诚拽过箱子，双手摁下两边弹簧扣子，咔吧一声打开锁。里面除了日常换洗的衣服，还有一条叠得整整齐齐的绛红色喇叭裤。他愣了一下。

"还真臭美呀！"冯红进门时，林智诚把喇叭裤扔到她面前，脸上像挂了一层霜。

冯红爱美，身材又好，赶时髦买了条喇叭裤，可又不敢当他面穿。见林智诚发现这个秘密，她脸有些红："人家喜欢就买了嘛，又没说一定要穿出去。"

"喜欢？你出去看看，穿喇叭裤的，戴蛤蟆镜的，都是些啥人，流里流气，不三不四！"

“谁说的？团里就有不少人穿，就是好看，显身材。”

胃里有些酸水往上泛，林智诚强咽了下去。地震前那个春夏之交的夜晚，不光在身体上，也在他心理上留下一道疤痕。要不是那晚冯红穿件颜色鲜亮，衬托出婀娜身材的印花的确良上衣，又怎么会招惹来两个小流氓，惹出那么大麻烦。现在，他能想象出，这条喇叭裤穿在冯红身上啥样子。紧裹着屁股，紧包着大腿，喇叭状裤腿飘飘摆摆，一走一阵风，肯定又会勾来男人贪婪的目光。

“跟谁显身材呢？显身材给谁看呢？不要跟我说跟人家飞眼，是显你眼睛大，打情骂俏，显你有表演天赋。”他阴阳怪气道。

冯红脸色由红转白，不定又有什么风言风语传到林智诚耳朵里：“别人这么糟践我还不够，你也这么说！”

“怕人说，别做那事儿啊。你以为箱子有锁，我就不知道你臭美买条裤子。你以为剧团离我远，那点儿糟事烂事瞒得过我？”林智诚使劲抖落着裤子，抬高声调。

冯红火往上撞。从前，她在家里是个任性的丫头，就连父亲——全家人在他面前大气都不敢出的老军人，她也敢顶撞。只有她说别人，何曾被别人这样奚落过。她喜欢林智诚，才和他睡在一块。既是给他吃个定心丸，证明对他的感情，也是跟家人赌气，越是反对的她偏要去做。可这么做，她内心深处还是有着一层隐忧的，怕林智诚因此瞧不起她，说她轻薄；怕林智诚听风是雨，瞎琢磨。现在，林智诚一怒之下说的这番话，戳中她的肺管，冯红再也忍不住了：“林智诚，你太过分了！你不尊重人，把裤子给我！”

“拿去，拿去吧！”林智诚歇斯底里，拿起剪子来刺刺啦啦地豁着裤腿。冯红过来就抢，争夺之间，划伤了手指。

“林智诚，你别后悔！”冯红捂着伤口，哭着跑了出去，险些撞在闻声出来的两个孩子身上。

简易房只有一层隔音很差的苇笆墙，两人的争吵，那边坐床上正在给婷婷做单衣的刘兰芝听得一清二楚。她想过来解劝，又感觉好像自己听年轻人的墙根，不太合适。不管吧，自己当长辈的，遇上这事撒手合眼不对劲儿。一着急，脚刚一沾地就软瘫在地上。她忙喊儿媳，杨丽华进屋吓了一跳，边搀起她边要送医院。

“我不碍事，”刘兰芝大口大口地喘着，“你找人去把小诚爸从剧团喊回来，我有话说！”

林兆瑞风风火火地赶回来。看到刘兰芝坐在床上，丽华正给她捶着腿，这才松了口气。坐在凳子上，他用毛巾擦着汗：“老嫂子，这么急火火叫我，还以为你出了什么大事。”

“亲家，这不是大事是啥？”刘兰芝把事情经过说了一遍，“这可是咱家小诚一辈子的大事，可不能不当回事！”

一个“咱家小诚”，让林兆瑞听得心里暖融融的。他说：“你放心，我这就去找小诚算账去。”

刘兰芝忙拉住他：“你看你，跟我家老头子一样，暴脾气。这事儿啊，一个巴掌拍不响，也别太责怪小诚，先喝口热乎水，暖和暖和。”

林兆瑞喝了两口水，放下杯子：“唉，老嫂子，你是不知道，自打地震后，我就没冲小诚瞪过眼，发过脾气。他也老大不小了，经历了那么多事情，有些话呢不用我说，他该知道。”

这爷俩，地震后关系融洽了许多，刘兰芝都看在眼里。不过，该提醒的她还是要提醒：“亲家，俩孩子总这么下去不是事儿，夜长梦多。你看，他们搞对象时间也不短了，不行就抓点紧，给俩孩子办了喜事吧。”

“我看没那么简单。这样吧，还是让他们都冷静冷静，好好反省一下再说。咱们呢，还是管好自己吧。你腿脚没事吧？”

刘兰芝摇摇头，心里还是放心不下两个年轻人。

林兆瑞又安慰了刘兰芝几句，才回到自家院里。每晚这钟点，电视台都会播放动画片《铁臂阿童木》。电视对孩子的吸引力比新衣服、压岁钱更大，大刚和婷婷聚精会神看着。林智诚歪在椅子上，眼睛盯着屏幕。这小子，闹得鸡飞狗跳墙，他倒跟没事人一样。林兆瑞心里想。

儿子和小冯之间的隔膜，林兆瑞不是没有察觉到，之所以不像刘兰芝那样和稀泥，急着给他们完婚，是有他自己的想法。小诚自打从太原回来，开始还好些，后来却常常无端地发脾气，跟谁都没个好脸色。林兆瑞担心就算结婚，两人关系也不会像从前那么融洽了。

几天后，他跟儿子正儿八经地谈了一次话：

“小诚，你也该正视现实了。像你这样的残疾人，唐城有很多，你到截瘫疗养院去看看，比你重的截瘫伤员是怎么生活的？他们从前身份各种各样，有工人，有干部，还有女兵，可现在只有一个身份：截瘫伤员。可他们自暴自弃了吗？没有！一边治疗，一边与命运抗争，有的写作，有的打球，有的唱歌。生活要继续，你要学会面对，不能整天怨天尤人。”

林智诚低着头，没吭声。“我说的话你倒是听见没有？”林兆瑞抬高声音。儿子这才嗯了一声。林兆瑞接着说：

“生活确实对你很不公正，你委屈、愤懑，爸都能理解。可我们不能因为自己生活不顺利，让别人，让关心你、爱你的人，陪你一同难过、受罪，那样就太自私了，对别人也太残忍了……”

在跟儿子讲这番道理时，林兆瑞凭着一个导演敏锐的观察，已经觉察出小冯的激情在一点点消退。曾经热恋的对象，现在变得面目全非，这对于一个好强的姑娘来说，无疑是最失望和难以忍受的。他猜想，冯红之所以继续维持着两人关系，只是出于一个姑娘的面子和自尊。作为长辈，林兆瑞既不愿意两人现在就分道扬镳，给儿子伤口上撒盐，也不希望看到结婚后脾气秉性不和两人闹离婚的残酷结局。

这些，他不能跟刘兰芝说。自己一个人承受就够了，不能让老嫂子也背负这样的心理负担。

可刘兰芝放心不下，小诚就跟自己亲儿子一样，她不能看他媳妇跑了。第二天她一到居委会就给闺女打电话，让她去看看小冯。王卫东正忙着，电话里嗯啊地敷衍着，刘兰芝冲听筒嚷：“死丫头，你敢情结婚了，就不管别人。再不去，小诚就要打光棍了！”

王卫东只好把手边事搁下。在京剧团堆满道具的后台，她找到了冯红。听完卫东替小诚道歉的话，冯红摸着裹着绷带的手指，轻描淡写道：“他没错处，他做的都对，是我自找的。”

王卫东打了她一下：“咱俩谁跟谁？我知道你一肚子委屈，憋着多难受，说出来就好了。”

望着舞台上折跟斗打把式的演员，冯红眼神迷茫而空洞：“说什么，说他昨天把我新买的喇叭裤豁了？说他半年前把我最喜欢的尼龙袜剪了？”

王卫东恨恨地一跺脚：“他怎么这么小肚鸡肠，还算男人吗？回头我教训教训他，好歹我也是他姐。”

“算了，反正我俩也这样了，老说这个有什么意思？”

王卫东想缓和一下气氛，便把话题岔开：“嘿，我听说你不想在剧团干了，正活动着想去局里。你知道吗，机关和剧团不一样。在剧团靠能耐吃饭，你有本事就挑大梁，可机关讲究论资排辈，加上人闲嘴杂，不少人没缝下蛆，爱嚼舌根子。你这么爱说爱笑，到机关可要收敛些。这方面，我吃过不少亏。”

冯红感激地看着卫东，点了点头。她不想提林智诚，可不跟卫东说她又实在没有可以倾吐的对象：“你不知道，以前跟他在一起，非常开心，什么话都说。现在不知为什么，我俩一说话就戗，为一点小事儿就抬杠拌嘴。卫东，你说这么下去，什么时候是个头儿？”

这话让王卫东产生共鸣：“其实呢，家家有本难念的经，我跟柱子也经常磕磕绊绊的……”她忽然停住，没有往下说。后台没暖气，两人丝丝地吸着气，来回跺着脚。沉默了一会儿，冯红忽然问卫东，这两年我变化是不是很大？王卫东摇摇头。不过，冯红确实比以前憔悴了很多，眼角甚至有两道细细鱼尾纹。冯红说：“我以前外向开朗，有什么说什么，从来不会藏着掖着，更不会看别人眼色。可跟小诚这段时间，我发现自己变了，现在说话做事，总是小心翼翼的，掂量着他会不会反对。你不知道他有多敏感！”

“我了解小诚，那是因为他怕失去你。”

冯红撸起袖子，露出青紫伤痕让卫东看：“我知道他很爱我，知道爱是自私的。可再怎么着，你不能无理取闹……卫东，有些事、有些话我不愿跟人说，你们眼里我们情投意合，可我心里的苦又有谁知道啊！”

“这就是他不对了，这么耍浑，回头我骂他，让我哥好好收拾他。冯红，看小诚本质不坏份儿上，原谅他，他是让病磨的，才脾气这么乍古。”

冯红苦笑一下：“我原谅过他多少回了？个把月，他就折腾一回，事后痛哭流涕，赔礼道歉，恨不得扇自己嘴巴。可过些日子，又重蹈覆辙。卫东，我现在很累，我是发贱、自找的，为什么非跟他腻在一块，家里、外头受夹板气？有时我想，究竟他身上有什么地方吸引我，那个英俊、豪爽、阳光的林智诚，到底哪儿去了？”

这个问题，让冯红迷茫，王卫东也回答不出来。她只知道，人是会变的，不光林智诚，也包括她的张存柱。

王卫东不敢把真实情况告诉妈，回来敷衍说小冯答应跟小诚继续处。她把自己的担心跟哥念叨：“小诚跟冯红两个扭枪别棒的，从前是离开一会儿就想，现在是碰到一块儿就掐。老这么闹下去，我真担心有一天会生分了。”

王树生知道这些事自己不能左右，他也不愿面对这个事实，像是回答妹妹，又像是安慰自己：“不会吧，小诚脾气是有些操蛋，可不至于为这两人真掰了吧？”

事实上，林智诚和冯红关系已到了崩溃的边缘。对于这份感情，两人的担心和不安与日俱增。到这时候，林智诚不敢再奢望结婚，而冯红压根就不想这么匆匆把自己嫁出去。她这个年龄，在舞台上蹦跶不了几天了。她要趁年轻，找份安稳的工作，最好是坐办公室。从戏校到剧团，女人的本能让她知道自己的资本是什么，也模糊地知道女人结婚和不结婚不一样。不结婚，你是花丛中的骨朵，一笑一颦都有人欣赏，遇上为难着窄的事，撒个娇就能迎刃而解。而结了婚，就意味着你专属于一个男人了，要顾虑自己的言谈举止，顾虑自己的形象。因此，在自己将来没有着落之前，她断断不肯背负上婚姻的包袱。

春节过后，两人终于分手了。

车间里，热浪夹杂着粉尘扑面而来。今天要炼城市建设急需的三号钢，厂里的头头脑脑都惊动了。王树生在的炼钢小组开完了班前会，披挂整齐，一脸严肃。

整天和一千多度的钢水打交道，稍不留神，就会和死神撞个对脸。地震那会儿，钢水包坠落，在场工人连尸首都没找到，浇铸在钢渣中了。现在，老工人还拿这事敲打上班嘻嘻哈哈，拿安全不当回事的小青工们。新生产线竣工时，厂长领着炉长们摸黑放了几挂鞭炮，专门摆上猪头祭祀，祈求生产平安顺利。现代化企业和封建迷信搞到一块，让王树生有点啼笑皆非。

人群中站着陈师傅，王树生的前任炉长。长时间钢水灼照，他伤了眼睛，见光落泪。这会儿，他戴着大墨镜，可树生仍能感觉到师傅镜片后面期待的目光。厂长讲了讲炼三号钢的意义，王树生交代完注意事项，看着小兄弟们：“陈师傅离开车间了，还记挂着这事，大过年的都没休息。有这么好的师傅，我们没理由不交上一份满意答卷。现在，全厂工人看着我们，唐城人看着我们，大家有没有信心啃下这块硬骨头？”

“有！”

“好，各就各位！”

炼钢炉前噪音很大，面对面说话都很难听清。但对这些整天在炉前鏖战的工人们来说，早已达成默契，一个动作，一个眼神，就能通晓其中含义。王树生环视着工友，心中涌动着一股热流。他是他们中的老大，技术上的大拿，可他比谁都清楚，炼钢这活计协作性很强，没有这些患难与共的好兄弟，没有他们帮衬，自己啥也不是。只有和他们在一起，他才像踩着坚实的大地，才对这份工作充满自信，才有使不完的力气。

点火开炉，调试设备，装铁用料……王树生眯着眼睛，透过蓝镜，紧盯着炉口火焰。节骨眼上，钢水的温度高了低了都不行，要始终控制在一千六百度左右。多年炉前的摸爬滚打，他已练就一双火眼金睛，目测温度误差不超过五度，这是真正的硬功夫。

很快到了出钢的时刻，天车吊着钢水包，轰隆隆地开来。摇炉工强子把炉子轻轻前摇，一助手石柱打开炉膛，长勺伸进翻腾的钢水中取样。缭绕的青烟簇拥着白亮亮的钢水，王树生专注地观察着，不敢有丝毫懈怠。在自动化炼钢尚未普及的年代，一炉钢的成与败，完全决定于他这个炉长的准确判断。高温灼烤着他的脸，汗水刚刚渗出，就呲的一声蒸发了。

是时候了，他挥挥手。炉长这个潇洒的指挥动作，工友们再熟悉不过了，在他们眼中，此时的王树生不亚于指挥千军万马的将军。出钢口轰的一声打开，白热的钢水倾泻而出……

成功了！大家欢呼着围拢了上来。王树生擦着汗，还没来得回应人们的祝贺，就被陈师傅当胸给了一拳：“我就说嘛，你小子到啥时候都是好样儿的！”

这时候，王树生觉得，炉前工是天底下最爷们儿的工作！

报喜的汽车开出了厂门，咚咚锵锵的锣鼓声朝工人新村的方向而去。王树生站在车间外目送着，他知道，妈此刻一定站在家门口，笑迎着由远而近的车辆。儿子为她争气，让她再次体验了劳模家属的荣耀和骄傲。

人们渐渐散去，王树生揉着红肿酸涩的眼睛刚要去洗澡，听到有人叫他姐夫。原来是小冯，身上捂得严严实实，戴着白口罩。厂区烟尘弥漫，空气刺鼻干辣，王树生招呼她进屋里暖和暖和，有话慢慢说。冯红没动，摘下了口罩，鼻头红红的，两眼红肿，声音却很平静："我跟小诚掰了！"

王树生心里咯噔一下子。冷风吹过来，夹杂着沙粒和铁屑，他整个人像被冻僵，连话都说不出来。

冯红把一个信封交给他："谢谢你跟姐，以后小诚你们就多费心了，这一百元钱给他将来……"冯红声音突然有些哽咽，她戴上口罩，一扭身跑了。

王树生愣了好半天，才想起去洗衣房找林智诚。李姐正没好气，见他鼻子不是鼻子，脸不是脸的："小林怎么搞的，一天没来上班，连个假也不请，真是没王法了！"

王树生心说不好，撒腿就往存车棚跑。半道遇上刘爱国，他一把拉上他，两人急忙忙蹬着车子回家，却看到林家紧锁的大门。小诚会去哪里呢？王树生和刘爱国面面相觑。南大洼！王树生突然想起一个地方。

一望无际的冰面，亮银一样，四周是枯黄的芦苇。这时节连鸟雀都鲜见，只有寒风在肆虐着。林智诚站在震前和王树生一块攀爬的那棵老槐树下。老树根须裸露，已经倾斜，他腋下架着拐，把绳头系在了树杈上。此时，他万念俱灭。身体的残疾改变了他的生命轨迹，他不是没有预想过生活的艰难，可是却没料到这样的结局。冯红走了，这个给了他美好的初恋，给了他一切的姑娘走了。是自己的疑神疑鬼，无端责骂逼走了她，是他自己亲手埋葬了这段感情。

抬头望去，头顶是铅灰色的低垂的阴云，枯树枝在寒风中摇摆着。就在这棵树上，他曾经和王树生比赛攀爬。绿叶婆娑中，他有预谋地对未来的姐夫动了粗，打的王树生鼻子流了血。当时怎么也不会想到，这个自己一度抱有成见，竭力阻挠姐姐嫁给他的男人，在姐姐死后，竟成为自己生命中的守护神。

"姐夫，爸，王大妈，卫东，对不起了，我走了！"他嘴里念叨着，脑袋伸向他亲手打好的绳子套。可就在这时，双拐因为失去支撑，滑了出去，他摔倒在地。

当王树生和刘爱国拨开芦苇赶到时，林智诚正坐在冻土坷垃上，望着树杈上绳子运气。绳子套在空中荡来荡去，像是在嘲笑他的不中用。妈的，连死都不顺当，林智诚叨咕着，他大老远来这里，就是想找个没人地方死得痛快些。他抓过木拐，扶着树干重新站立起来。王树生看到这一幕，腿一软跌倒在地。刘爱国抢先一步，当胸给林智诚一拳："你小子咋干这傻事啊！"

林智诚一晃悠，爱国就势抱住了他。林智诚挣脱着：“放开我！地震你救我干啥，与其让我少条腿活在世上受罪，还不如当初留个全尸，让我痛痛快快去死！”

“你死吧！”刘爱国松开林智诚，摘下绳子套砸到他脸上，“给，死还不容易。早知今日，当初就不该费心巴力救你！”

王树生站起来，看着两人气喘吁吁地对峙着，一阵心酸。他转身离开，一会儿抱来一捆柴草，划根火柴点着。“过来，烤烤火！”他语气平和地冲着林智诚说，然后把棉帽子摘下来，搁地上，示意他坐上面。

林智诚只好坐下。王树生手拢着火苗，一脸严肃：“小诚啊，我给你说说我对死亡的认识吧。舅说的没错，死还不容易，你看看周围，那些震亡的人，差不多都埋在了这一片，你能看得出来一点痕迹吗？他们当初可都是活生生的人啊，有咱们的亲人、朋友、街坊、工友，可地球一哆嗦，鲜活的生命转瞬间说没就没了！”

林智诚看着他，一语不发。

“我还要告诉你。”王树生咽了口唾沫，喉咙里的响声特别大，“在地震废墟里，在几乎绝望中，我为什么选择活下来。没有水，没有光，没一点生气，简直就是人间地狱。在地狱边缘，死亡最容易接近，只要我稍一放弃，我就轻轻松松陪你姐姐走了。可我为什么放弃快乐的死，追求痛苦的生？为什么要忍受着感情熬煎，忍受着孤独折磨，要吃牲口都不肯吃的东西活下来？两个字——责任！我要完成你姐姐托付的事情。小诚，既然我们来到这个世界，既然天灾没有毁灭我们的肉体，那我们就要让自己的灵魂强大起来。我们要活着，承担起自己的那份责任，往小里说是对亲人、家庭负责，往大里说是对社会、对国家负责！”

“是啊，只有经历过生离死别，才会觉出生命的宝贵。”刘爱国还是第一次听王树生说起这段不堪回首的往事，他唏嘘感叹着。

火苗的热量从手掌传递开来，林智诚周身逐渐暖和起来。他撑着双枴站起：“你们放心好了，我要是再干傻事，我他妈不是人！”

王树生也起来，拍拍他肩膀：“哎，这才是个男子汉，才是我认识的小诚！”

林智诚和往常一样去上班，刘爱国却添了心病。作为食堂主任，在小诚调走这件事上，他没帮上啥忙，总觉得有些歉疚。现在，小诚对象黄了，又寻死觅活的，自己作为长辈有义务给他找个女人。林智诚心灰意懒，不再对爱情抱希望，也就由着爱国去操持。刘爱国碰着熟人就打听，有未婚女青年没有。终于他遇到洗衣房的李姐，她还在为侄女的事烦心。得知刘爱国是小林老舅，李姐笑了，一拍巴掌：这下双保险了！于是，林智诚和李英搞起了对象。

李英比林智诚小一岁，眼睛鼓鼓着，个头不高，粗腿壮腰，走路挟风带响，说话像打机关枪。头回见面，就直愣愣地问林智诚攒了多少钱。林智诚一愣，可还是如实告诉了她。李英又提出个要求：结婚后，她管钱。林智诚这时已经认命，什么条件都答应她。

两人搞了几个月对象，开始筹备结婚。这时，社会上开始流行"四转一响"，一响是黑白电视，四转就是比从前三转：手表、自行车、缝纫机多了个电风扇。李英说她夏天怕热，没电风扇不行。王树生看小诚为难，说他想想办法。他四处托人，总算赶在天热前，把一台钻石牌电风扇搬回家。拆开纸箱，插上电源，大刚正好放学回来，他凑过来，眯着眼享受着阵阵凉风，大发感慨："这真是一物降一物啊。冯姨那么好，我小诚舅处处给人家气受。现在这李英，哪点跟得上冯姨，小诚舅却把她当宝，低眉顺眼，我瞅着就窝囊。"

王树生呵斥外甥："胡说，小毛孩子懂什么！"

刘兰芝忍不住附和："我大外孙说的在理。矬老婆高声，这李英一看就不是个善茬儿，现在不立点牙咒，降服住她，小诚早晚妻管严。"

"妈，小诚搞这个对象容易吗，咱们都多担待点，少说几句吧。"王树生说。

李英不管简易房搁下搁不下，坚持全套家具一件不能少。林智诚回家说起这些，愁得直嘬牙花子。爱国不解："现在姑娘都咋啦，个个狮子大开口，从前三十六条腿儿，现在五十四条腿儿，根本不为婆家着想。嘿，今天我在报上看到幅漫画，画着一条蜈蚣向一位姑娘求婚，说嫁给我吧，我腿儿多！"

大家都笑起来，林智诚咧咧嘴，他笑不出来。李英要求是过分些，可谁让自己少条腿呢，如果家具腿再凑不齐，李英绝无通融余地。

王树生看出他的苦恼，忙打圆场："人家要家具，也是为了正经过日子。没关系，我和木匠一块打，两人干活总比一个人快。"

他重拾木匠手艺，像当初自己筹备结婚一样，下班就和木匠一起打家具。王树生耳朵上夹根木工铅笔，在充斥着油漆、胶水味道的屋子，又锯又刨又凿，忙得不可开交。天傍黑木匠走后，林智诚招呼姐夫歇会儿，给他点着烟："姐夫，你猜我今儿在街上遇到谁了——丁媛！"

王树生拿烟的手一抖："她……还好吗？"

"她毕业到妇幼医院了，现在是大夫。她跟我问起你，看来她还很关心你。"

"你怎么说？"

"我说你挺好的，全家人都想她。她比从前瘦了，要不，你有时间去看看她？"

"不啦。"王树生吐出一大口烟，看着渐渐消散的烟雾，"过去的，就让它过去吧。哎，别跟丽华说这些。这是我唯一瞒着她的事，也不知为啥，觉得她不知道更好。有些东西呀，你越解释越复杂。"

林智诚本打算"七一"结婚，可喜日子一天天近了，李英却因他没买电视机生气，好几天不照面。刘爱国心里有些打鼓，催小诚问个准话："这喜日子要是定下来，就得操持摆桌了。你倒是问问你对象，'七一'行不行，别到时候变卦白忙活了。"

林智诚找到永红瓶盖厂，拿出费劲巴力找来的华侨票让李英看，赔着小心："你看，票儿都有了，只是现在电视机紧俏，哪儿都没货。要不，家里那台电视先将就着看，咱们结婚后再买？"

李英瞪大肉泡眼："不行，我就要新的，我妈说了，没新电视不结婚。还有，我妈说一个黄花大闺女，嫁给一残废，才给二百块钱彩礼，忒瞧不起人。我妈说，没五百块钱，这婚不能结！"

"到底是你妈嫁人，还是你嫁人？爱结不结，不结拉倒！"林智诚终于按捺不住，说罢也不理睬她，掉头就走。

"嘿，我还没耍呢，你倒先耍上了，跟谁叽歪呢？"李英也恼了，冲他背影嚷，"好你个林智诚，你走，有种你别来找我！"

这话，林智诚听得一清二楚。在跟李英交往中，他真没种，一直装孙子。他知道自己嚷不过她，动手也不一定是对手。两人走在街上，总是李英在前面吆喝开路。遇上小麻烦，她一拍胸脯：有我呢，没人敢欺负你。林智诚觉得很好笑，又有些感激。李英直，李英愣，李英爱钱，李英小心眼，可她像杨丽华一样，古道热肠，甚至有几分侠义。林智诚说不上喜欢她，但也不至于讨厌，起码与她交往他不觉得累。有这么一个对象，自己耳朵边也少了唠叨，周围人也少替他操点心。他的忍让并非窝囊或者不自信，而是多一事不如少一事，不愿为鸡毛蒜皮的事闹得不愉快。至于这门婚事，他一点不担心会黄了。自己除了腿有毛病，哪点儿不比李英优秀？跟她结婚，真不知是自己高攀还是低就。

直到这时候，他的自信还是满满的，他决意不道歉，等李英来找他。可林智诚百密一疏，单单忘记了刘爱国提醒他一句话："你心眼别太实诚了。两个人搞对象，付出越少的一方，越有主动权。"

最终，李英还是跟他吹了。

两家人都为林智诚担心。可几天下来，林智诚居然平静得很，该吃吃，该喝喝。倒是林兆瑞，出出进进看着满屋子新家具觉得不得劲。李姐知道事情真相后，很为林智诚打抱不平："你说，都快结婚了，李英说黄了就黄了，她这不坑人嘛！我狠狠骂了她一顿。小林，你也别记恨她，她家条件不好，没见过啥世面，眼皮子浅。哼，没有鸡蛋还做不成槽子糕了，你放心，姐再给你介绍个更好的。"

林智诚笑笑，一摆手说不用了。

这桩婚事了结后，他有一种如释重负之感，只是觉得有些对不住大家，特别是姐夫为他白忙活半天。像往常一样，大伙下班后，他负责锁门，最后一个离开洗衣房，这样就可以轻轻松松地上厕所。他架着双拐上了台阶，一手拉开裤子拉链。也许憋得实在难受了，门刚开一条尿线就直射出去。可就在这时，他听到一声尖叫，看到一张女人惊恐的脸！

退出来时，他裤子已经湿透。

第二天，他没有去上班。王树生不明原委，苦口婆心劝说半天，林智诚末了还是一句话：我不去。他蒙着头躺床上，浑身发烧一样滚烫。这跟人难以启齿，让他非常难堪的一幕，连同在洗衣房这段屈辱的时光，永远留在他的记忆深处。

王树生没法说服小诚上班，又不能老这么泡病假在家待着，他找爱国拿主意。刘爱国挠挠头皮："不中就办病退吧，就是开钱少了，不知道小诚愿不愿意。”

其实这正是林智诚本意。对象告吹，林智诚貌似平静，内心却翻江倒海。他知道，李英最终离他而去，表面是斗气，深层原因还是他没钱。在家这一礼拜时间，他翻看着爸拿回来的一摞摞报纸。江浙摆地摊的小老板，穿梭京广间的倒爷，这批领风气之先，备受当时人白眼的弄潮儿，却让他怦然心动，唤醒了他血液里流淌着的冒险基因。七十多年前，正是这种基因，促使他的外曾祖父背井离乡，只身从岭南来到华洋杂居的唐城，跟英国人打交道贩起洋货，逐渐置办起家业。

不能再这么窝窝囊囊活下去了，他打定主意不再上班。虽然没有明确的挣钱目标，但林智诚却不乏勇气和想象力。这时候，是任何人都无法改变他的主意的，哪怕是自己亲爹。全家人商议了一晚上，只好做出让步。王树生去厂长那里，说了一车好话，又给劳资科长送去两瓶汾酒，才在这年秋天给他办了病退手续。

林智诚特意在一家小饭馆请王树生喝酒。饭馆也是个体的，老板和服务员殷勤地招呼着客人。虽然只有几个家常炒菜，吃饭的人却总是满满的。王树生双肘拄着桌子，关切地注视着林智诚：“你不要为今后生活发愁。我弄好了这回能评上六级工，一月挣七八十呢，加上丽华的工资，咱们家不愁吃喝。”

“姐夫，我不想在家养大爷，我想自己找点事干，自个找食儿吃。”

“着啥急，还是歇些日子再说。还有，你走长路架枴太累，我跟丽华商量好了，给你定了个手摇轮椅，过些日子就到了。”

林智诚不会跟姐夫客套，感激之情眼神里全带出来了。他举起杯子来敬王树生，一声脆响，两人碰杯。

一杯白酒下肚，林智诚觉得体内热浪翻滚。他脸涨得通红，叫了声姐夫：“现在不是从前了，国家允许干个体。干啥都能挣钱，都能活着，我就不信非上班一条道憋死。你瞧着，我林智诚不混出个人模狗样来，有如这双筷子！”

咔吧一声，他把手里的一双木筷子撅断。

第五章

“听说没，李英跟小诚吹了！”张存柱人还在院子，话先进了屋。他光着膀子，攥着汗衫，脸喝得红扑扑的。

王卫东正跟着半导体念英语，没接话音，只皱着眉头冲他比划一下，意思让他小声点。柱子喷着酒气，一屁股坐在媳妇旁边，问听没听见他的话。卫东对这门亲事本不看好，觉得李英配不上小诚，不过她也看不惯丈夫的幸灾乐祸。她把半导体拿开，推他起来：“有空儿关心关心你自己好不好？成天三饱一倒，除了大吃大喝，你还干啥？”

“咋？大吃大喝也是革命工作。这帮东北建筑队，贼能喝，要没我在酒桌上顶着，我们城建技校脸丢大了！”

当街传来刘兰芳播讲的评书《岳飞传》，黄昏的热空气里，充斥着城市的喧嚣。卫东起身关上了窗子。简易房左邻右舍都是同事，柱子说话粗声大气的，让人家听见两口子成天拌嘴叫什么事。

丈夫搓着身上的汗泥，充血的眼睛瞅着她。王卫东不愿跟他理论，往外一指：“小厨房烧着热水，你也累一天了，去洗个澡吧。”柱子没动，打了个饱嗝，红头涨脸地抻着她胳膊：“哎媳妇，我有个问题老整不明白，你说这小诚一条腿，趴不好趴，卧不得卧，他跟女人咋睡觉？”

“无聊！”

“这咋是无聊呢，我知道他跟冯红搞对象那会儿就睡一块了。我不是爱琢磨事儿，啥都想整明白嘛，更何况我还搞过医。”

“你只配给牲口瞧病。”

见媳妇不愿聊这话题，柱子自己也觉得没意思，讪讪地出去洗澡了。卫东再没心情念英语了，她关了半导体，看着凌乱的屋子发起呆来。

结婚这几年，柱子明显胖了。记忆里那个勤奋好学的青年，被眼前这个喝酒应酬，无聊又无趣的男人取代。当初，她怎么就那么草率提出跟他结婚呢？

自打王卫东回城，爹妈的唠叨让柱子耳朵都快起茧子了。起初，他信心满满，卫东是啥人他又不是不知道，况且他们又有了那事，等于上了双保险。可他架不住爹妈的警告，哥嫂的撺掇。谁家的知青媳妇回城就提出离婚，连孩子都不要啦；谁谁返城后，甩不掉农村对象，最后拿刀把她杀啦……这类东西灌了一耳朵之后，他再也坐不住了，不是骑车到县上给卫东打电话寄信，就是突然袭击，开着拖拉机来城里找她。王卫东很忙，有时没空儿理他，他就坐在屋里等。赶上组织学习，或是召集下面人来办公室开会，卫东使眼色示意他回避，他却装作看不见，埋头看着报纸。

王卫东没辙，只好想法把他户口弄进了城。爸不在了，王树生就是家长，他找妹妹商量啥时候办婚事。王卫东一摆手：“哥，你不知道我们指挥部有多忙。现在国家都开始搞四化了，咱们唐城还在清运废墟、重建城市，比其他城市不知慢了多少拍，我恨不得一天当两天用，真没时间考虑个人的事。”

在妹妹面前，王树生觉得自己觉悟很低，光想着自家一亩三分地的事。“那……”他迟疑了一下，“反正是你自个儿的事，你掂量着办吧，家里这头没二话，全力配合。”

“以后再说吧。”王卫东一句话就把哥哥打发了。

王树生不知道妹妹的难处。和在广阔天地抛洒汗水和激情一样，王卫东现在把所有的精力和时间都投入到了城市恢复建设中。在农村，她和知青们夜以继日，修小水库、垒梯田、研制神奇农药，土法上马搞小水泥。现在，她要面对的问题，远比战天斗地改变农村落后面貌棘手。市区遍布简易房，几十万灾民生活在里面，要盖楼，要建设，哪儿有地方？市里设想是：在郊区先建造第一批住宅，把部分灾民迁住进去，然后清墟，腾出场地进行施工。这样，一步步搬迁倒面，扩展到整个城市。唐城震后重建的第一站，选择在城乡结合部的晒甲坨。这里地广人稀，远离断裂带，村里房子几乎没倒。王卫东的任务，是动员村民搬迁到临时搭建的板房中，腾出地方来盖楼，最后再跟灾民一道乔迁新居。

没想到，村民谁也不愿意搬，派去的工作组被轰了出来。

对于晒甲坨，王卫东并不陌生，她姥姥家就在那里，小时候她还跟舅舅去过。她召集手下一块分析怎么办，大家都摇头叹气。一旁翻看报纸的柱子插了嘴："这还不好办，派一个排基干民兵过去，不搬立马逮起来，看谁敢奓翅？"

"去去去，别添乱！"王卫东突然生起气来，把张存柱轰出了屋，关上了门。看着主任铁青的脸，大家都不敢作声。最后，王卫东决定自己跑一趟，去做村支书张万田工作。

初冬的原野阴冷暗黄，王卫东穿着军大衣坐公交车到了终点站，搭上一辆去晒甲坨的拉煤马车。赶车的小伙子浓眉大眼，脸被煤烟染得黑黑的，一笑露出一口白牙。从他嘴里王卫东知道，这村子很有些年头，据说当年薛仁贵征东，还在这儿晒过铠甲呢。"听口音大姐不是我们村人，上哪家串亲戚？"小伙子不仅热情还特别爱说。卫东正好想了解下情况，便岔开话头，问起村里情况来。

原来这个百十来户的小村，因为邻近城市，日子过得不错。可就是有一样——缺煤。不要说村办企业，现在就连村民烧火炕取暖的煤都紧张。小伙子告诉她，打入冬村里小学就没煤烧，丫头小子没有一个不得冻疮的。

车旁，走过一个又一个穿着臃肿，头发蓬乱，背着柳条大筐，扛着木把子的妇女。她们一天不出去拾柴火，家里就会一天没有烟火。王卫东环视着空荡荡的田野，想到了她插队的山村。那里冬天山上有取之不尽的木柴，村民从不会为燃料发愁，而这个离盛产煤炭的城市最近的村庄，竟然连取暖都成问题。

张万田从村办陶瓷厂回来，刚一进家就看到坐在炕上跟他妈唠嗑的王卫东。王卫东赶忙起身，老太太一把拉住她，招呼儿子给领导烧水去。老张没动，一屁股坐在炕沿上。这个满脸风霜的庄稼汉，两手揣在棉袄袖子里，直撅撅地说：“我就知道你们会来找我，党纪国法我都懂，咋处理我我都认。”

话里话外充满了火药味，老太太赶紧替儿子打圆场：“王领导，别跟万田一般见识，他不会说话。”

屋里像菜窖一样，潮乎乎的冷气贴地而来。王卫东看着堆放在屋子一角，用棉被盖着防冻的白菜，再看看围着棉被的老太太，说了句这屋里好冷啊。张万田哼了一声：“我还以为当官的不知人间冷暖。”

老太太呵斥道：“你咋越来越不会说人话咧，人家一个女同志大老远的奔你来了，你就不兴说点在情在理的话？”

听妈这么一说，又见王卫东没有反驳，老张长叹一口气。紧接着，他直筒子倒豆子：

“我们村地震没死人，为啥？就因为这房子结实。我不能把老少爷们往火坑里送，去住楼房。再说啦，我们祖祖辈辈住平房，院子有猪圈，房顶晒粮食，多方便。乡亲里道左邻右舍的，有啥事隔墙喊一声，也互相有个照应。住楼房行吗？还有哇，现在村办企业刚有起色，要不是这些日子没煤闹的，现在陶瓷厂正是红火时候。大家种菜收入也不少。要是把工厂、菜地都平了腾出地方盖楼，大伙儿财路断了，就算变成市民户又有啥用？搬迁这事就算我点头，乡亲们也不会答应。”

说完了，他噌地下炕：“我已经写好辞职报告了，你去告我状也好，把我绑去也好，我们就是不搬！”

“哎哟，你个混球！闺女，不，王领导，你千万别跟他一般见识。能上城里户口，又吃商品粮，我孙子们都愿意搬，就是上点岁数的人想不开。万田啊，你个当支书的，不说说大伙，还跟着瞎闹腾！”

老太太越说越气，摸身边的拐棍去打儿子。这时，王卫东才发现原来她已双目失明。老张挨了一拐棍，叫了声妈。老太太说：“王领导，别跟他一般见识。我儿子人挺好，就是死倔，他这个干部当的，遭罪！”

老太太擦眼抹泪，张万田劝慰着妈，边招呼厢房里的媳妇赶紧烧大灶做饭。趁他们不注意，王卫东把二十元钱塞到了老太太的狗皮褥子底下。

大晌午的，村里看不到人影，也没啥炊烟。王卫东饥肠辘辘走在干硬泛白的土路上，脸上冒出些虚汗。刚到村口，忽听到身后有人喊她。老张一路小跑着追了上来，从怀里拿出一个手巾包裹：“你还没有吃饭，家里没啥好东西，刚炉的白薯，趁热路上吃吧。”

王卫东吃着发烫的白薯，心里一阵子热。进市区天已擦黑，一路上她思前想后，决定直接去市领导家汇报她看到的一切，说说她对搬迁倒面的想法……

一周过去了，没有一个干部来晒甲坨，搬迁的事好像也没有了下文，躁动的村子又恢复了往日的平静。可张万田却坐立不安，这个叫王卫东的女干部让他搞不懂。听他劈头盖脸的数落和满腹牢骚，听他毫无通融余地的狠话，最后几乎是被赶出了村子，可她竟然偷偷给他瞎眼妈搁下二十块钱。他不知道接下来会发生什么，但有一点他很清楚：自己的政治生命和整个村子的命运，就攥在这个女人手里，因为她代表着政府。

这天早上，村里突然一阵骚动，很快有人报告张万田：“大事不好，村头暴土狼烟的，许是政府来人了！”张万田来到村头。果然，土路上停着好几辆汽车，蹚起的黄尘还没有散去。

王卫东从第一辆车上跳下来，招呼道老张，我们给乡亲们送煤来了。张万田一愣，看看后面隆隆而至的车辆，果然苫布下盖着的都是块煤。他咧嘴乐了，忙吩咐跟来的村会计，赶紧用大喇叭广播一下，政府给咱们送煤来了，大伙儿再不会挨冻啦！王卫东望着不知从哪儿冒出来的欢呼雀跃的村民，拉老张到一边，小声道：“咱们村有九十八户人家对吧，这里有一百多吨煤，你负责分吧。”

张万田跟着卫东进了城，要见见领导，代表全村人表示一下感谢。王卫东看晌午了，拉他先到家吃口热乎饭。刘兰芝一听老家来人了，忙着炒鸡蛋，让外孙去打酒。跟万田论起辈分来，他们还是远房表姐弟呢。刘兰芝非塞给他三十块钱，给孩子们买吃的，又吩咐儿媳找找大刚、婷婷穿过的旧衣服，给老家孩子们拿着。

见过领导，王卫东拉着老张登上市中心的凤凰山。昔日葱郁的公园如今萧条冷落，动物死的死，伤的伤，跑的跑，只剩下破败的笼舍和断垣残壁。天空飘洒起细小的雪霰，打在枯叶上沙沙作响，两人到了山顶，头发上都结了一层冰霜。张万田地震前带孩子来这里游玩过。那是五月，绽放的山桃花给整个山头披上红霞。山下车水马龙的街道，掩映在绿树红花之间。而今，这幅风景画不在了，映入眼帘的是一眼望不到边的低矮简易房。

“张叔你看，就是这些简易房，冬天漏风夏天漏雨。这些小房子里住的人家，家家不是伤就是亡的。唐城人苦哇，地震过去这么些年，还挤在这样的破房子里。不瞒你说，我每次来这儿，心里都堵得慌，觉得自己工作没有做好……”

王卫东停顿了一下：“不过张叔你放心，再急，我们也不会逼你们搬迁。我已经跟市里说了，一切等来年开春再说。”

张万田皱紧满是风霜的脸，他被这灰乎乎、密匝匝的简易房震慑住了，而王卫东的每句话都深深地打动了他。

三天后，老张拿来了九十八户村民按了手印同意搬迁的保证书。不过他提出了两个要求：一是楼房要保证质量，不能一晃悠又塌了；二是村里青壮劳力，市里要给安排工作。王卫东一一答应下来。

腊月里，王卫东又去过一次晒甲坨。在她提议下，施工队驻扎在村外，在周边集群备料，等开春村民搬迁后再进场施工。回来的路上，王卫东心情不错，好像看到高楼林立的新城市就在眼前。汽车停在指挥部楼前，王卫东下车，一抬眼看见张存柱站在台阶上咧嘴冲她笑。她的心情一下子黯淡下来。

这个柱子呀，真是让她头疼。他进城后没工作，天天来家里蹭饭。这倒没啥，不就添双筷子嘛。可他好大喜功，啥事都想插一杠子表现表现。前些天正赶上咪咪闹春，他便自作主张，买来药械，给猫做了去势手术。等全家人发现，已经晚了。刘兰芝道：“又不是谯猪、骟牲口，这是小猫，你真下得去了手！”大刚搂着病恹恹的猫，心疼得直掉泪。他刚学的司马迁《报任安书》，明白这手术怎么回事。他恨透了这个叫柱子的男人，跑去向老姨告状。王卫东火上大了：“柱子啊柱子，你这不是吃饱撑的，没事闲的。不行，老这么闲逛不叫事，必须给你找个事干！”

可城里待业青年那么多，不少知青回来工作都没着落，让柱子上班谈何容易？王卫东犹豫半天，只好去敲顾书记的门。老领导从县上调过来，担任市委副书记兼建设总指挥。听卫东说完，看着她黝黑憔悴的脸，顾彬鼻子一酸：“卫东啊，别人不知道，我心里明镜似的。你为这个城市，为安置这些灾民付出了多少。别说是你爱人，就是一般亲戚，我也会管！”

张存柱被安排到学校搞行政，卫东这些天净忙晒甲坨的事，还没来得及跟他说。眼下，看他脸上堆满笑迎上来，她没搭理他径直上了楼。进屋，王卫东说：“过会儿跟我去办点事，办完你就回家。”张存柱一愣：“又咋啦？嫌我，讨厌我，要撵我走？”王卫东气乐了：“你想哪儿去了，小心眼！一会儿我们一块去拉结婚证，让你回去是告诉爸妈好消息，也不要你家彩礼，不要大操大办，你人过来就行。还有，你工作已经安排好了，回来就去城建技校报到。”

双喜临门，张存柱大喜过望。他也有好消息要告诉卫东，当铁道兵的舅舅随部队集体转业，全家定居在北京，舅舅前两天还来信问过他的婚事呢。“婚事简办可以，但结婚后一定要去看看舅舅。”他提出个小要求，王卫东答应了他。

柱子哼着小曲坐上回家的汽车，王卫东却看着结婚证掉了几滴泪。结婚这么大的事就这样匆匆决定，她真有些不敢想以后的生活会怎么过。不过，这段时间她也体会到一个女人的难处。有个男人也就有了个家，有个家就摆脱了很多烦恼。她不用再被人关心、议论，也省去了亲友们的操心和唠叨。

她去菜市场转了一圈，回来一手拎着一只白条鸡，一手拎个网兜，里面是白菜、葱头和一条肋板肉。刘兰芝看到很少回家的老闺女喜不自禁，嗔怪她瞎花钱。王卫东说快过年了，叫林叔、小诚还有舅他们过来团聚团聚。大刚乐颠颠地跑去通知。刘兰芝想搭把手，王卫东不让：“妈，你去听评书吧，我和嫂子一块做饭。”

不到十二点，姑嫂俩就弄出一桌丰盛的午饭。刘爱国两口子和林兆瑞爷俩脚前脚后到了。爱国背着手围圆桌转了一圈，吸溜着鼻子，称赞色香味俱佳。又夹了一个鸡翅膀，夸有股农村纯正味道。他媳妇大芬儿也夸卫东这几年没白下乡，啥饭都会做了。咪咪大概也感觉出来过节气氛，在厨房里赖着不走，这儿嗅嗅，那儿嗅嗅。大刚把它抱起来，拿了一片肉，一半喂了猫，一半自己嚼巴嚼巴咽了。

林智诚觉出卫东有些反常，挨她坐下后，小声问你没事吧。王卫东摇摇头。又问柱子怎么没来，卫东没回答他。一会儿，王树生打篮球回来，大家围坐到桌旁。刘兰芝看着两大家子高高兴兴，破例端起酒杯：“来，我跟大伙喝一口，祝大的小的老的少的，都平平安安、顺顺溜溜的。”

王卫东自己倒酒，站起来要敬大家。刘爱国拽她坐下："我先说两句。外甥女，不是我说你，你就知道工作了，家的事儿你可没操一点心。要敬酒，得先敬你妈——我的劳苦功高的大姐一杯。"

"妈……"王卫东刚想说什么，又被爱国打断："不过，话又说回来了，我外甥女也不容易。在唐城扫听扫听，一提王卫东，谁不挑大拇指：好人，好干部！"

刘兰芝放下杯子拉着女儿的手，抹了一把眼泪。爱国晃晃悠悠站起来："来吧，大家敬她们娘俩吧。祝我姐身体健康，冬天不再咳嗽喘；也祝小环当更大的官，更好地为人民服务。"

眼泪在王卫东眼眶里打圈，她咬牙挺回去了。一口酒下肚，她鼓起勇气："有件事我想跟大家说一下，我和柱子结婚了。"

一语即出，满座鸦雀无声。外面响着噼噼啪啪的鞭炮声，不知道谁家在办喜事。刘兰芝心里刀剜一样难受，抓住了旁边儿媳的手。王树生满脸惊讶，难怪爸说全家蔫主意最大的就是小环呢，结婚这么大事，事先她连放个口风都没有，害得他白操了半天心。林智诚干吧嗒嘴不知说啥好。他柱子啥人？一个油嘴滑舌、满嘴跑火车的小白脸而已，卫东竟然跟他结婚了！

"好！"林兆瑞最先打破沉默，"好啊，小环总算成家了。家庭是事业的基石，小环事业有起色了，家庭也要跟上去，这是好事！"

也许是酒辣，刘爱国眼里闪烁着泪花。娘亲舅大，哪有一声不吭就把外甥女嫁出去的道理。借着酒劲，他吵吵着："不行，我找姓张的算账去。小环这么优秀的人，委屈下嫁给你，不说吹吹打打迎娶进门，风风光光操办个婚礼，怎么也得正式拜见一下娘家人吧。我还要问问柱子他爹他妈，孩子不懂事，怎么当父母的也这么二百五？"

王卫东忙解释："是我自己要这么做的，柱子爸妈不知道。他不在，就是回家专门送信去了。"

刘兰芝示意爱国坐下，扭头看着老闺女："小环啊，妈没有埋怨你的意思，搞这么长时间对象了，也该结婚了。只是，今个儿这事太突然，妈没一点准备，我和你嫂子给你做的被褥还没做完呢。"

不消说，这顿饭大家吃得五味杂陈。几天后，王树生蹬着三轮，和杨丽华一道把婆媳俩做好的被褥送过去。路上结着薄冰，来来往往都是拎着年货的人们。王卫东住在指挥部盖的简易房里，听到车铃声她迎出来，跟嫂子亲热地搂在一块。杨丽华道：“妈说了，当初你哥结婚有多少条被褥，你也要有多少条。这不，我们娘俩赶了几宿，总算做好了。你看，一共是四铺四盖，棉花可都是暄腾的好棉花。”

“嫂子，你真好！”

“我好啥，是妈和你哥好。”杨丽华往下抱着被褥，“我时间比你宽裕点，往后家里有啥活计招呼我，要是怀孕的话，可不能再像从前那么拼命干了。”

王卫东不好意思麻烦嫂子，也不想这么早要孩子。杨丽华说：“那咋行，你不比我跟你哥，有累赘，暂时不要孩子也是没办法。再说，柱子同意吗？你公公婆婆同意吗？”

“不管同意不同意，都得这么做。柱子刚上班，他要抓紧奔个文凭，不然在学校站不住脚。我比他还着急，现在干部讲知识化，像我这样的下乡知青，抓紧充电紧赶慢撵还跟不上呢，哪儿还有时间带孩子啊。”

屋子里，张存柱坐电镀椅上，跷着二郎腿，正悠然地嗑着瓜子听评书。王卫东抱着被子进来，踩他一脚小声说：“你看你没眼道色的，哥嫂送被褥来也不打声招呼，帮着往里搬搬，你八辈子没嗑过瓜子呀？”柱子这才一笑，把一枚瓜子仁扔到空中，伸嘴接着，吧唧着嘴起身。

新房只有几件简单的家具，一个铁书架上面放着《城市建设》《英语900句》等书。外屋桌子没收拾，早饭用过的脏碗脏筷子泡在搪瓷盆里。杨丽华倒点碱面，顺手刷起碗来。王卫东脸上有些挂不住，忙说嫂子我来，杨丽华说：“你歇着吧，整天班上那么忙，哪儿有功夫干家务。”

王树生皱着眉头四处看看，把柱子叫到院子里：“以前在我们家，你是客人，做饭做菜从没使唤过你。现在你是我妹夫，是有家、有媳妇的人了，再和以前一样当甩手掌柜可不中。男人刷刷碗、扫扫地，不砢碜。”

张存柱白面皮上腾起一些红晕，挠着后脑勺：“哥，你放心，往后家里活我全包了。”

“别光耍嘴皮子，要是往后还跟现在一个样，吊儿郎当，家里弄得跟猪窝似的，我可饶不了你！”

自打柱子上门，刘兰芝心里就一团乱麻。她一肚子话，只是当闺女的面没好意思说出来。现在，她时不时地跟儿媳念叨几句："丽华呀，你说小环这对象咋样？我一瞅着他眼珠子叽里咕噜乱转，就心发忙，恐怕小环吃亏。"

"妈，人家现在都结婚了，说这些还有啥用。再说了，你闺女现在是领导，啥人没见过，啥场合没经历过，还降服不了一个柱子？"

杨丽华宽慰着婆婆，其实，她也有些替小姑担心。这个张存柱，别看表面很谦恭，但绝对不是个善茬。卫东也不是省油的灯，不是没有主见，靠丈夫工资养活的家庭妇女。他俩过日子，针尖对麦芒，早晚有一天会掐起来。

张存柱洗完澡，从厨房撅根炊帚苗子，剔着牙进屋。看卫东关了半导体，他一把抢过来，忙着换台。他爱听评书《岳飞传》，要把喝酒耽误的"枪挑小梁王"一段补上。

卫东上前，啪的一声关上半导体："你看看现在，图书馆和夜校都挤满了人，大家都如饥似渴地学习。你可倒好，一回家就盯着听评书，这能当饭吃？我跟你说，坐办公室不是长久之计，文凭到手也不能算到头，趁着在学校这么好环境，你干吗不学门本事？"

"能写材料就是本事。"柱子梗梗着脖子，跟媳妇抬杠，"我问你，全市建设口谁笔头有我硬？这年头，会干的不如会管的，我就适合坐办公室，管人！"

愿意管人就管吧，王卫东心想着，自顾自地躺到床上。丈夫虽然对技术不感兴趣，不过写材料、管人还是有点能力的。到学校几年，就当上办公室主任，听说还有希望提拔副校长。人各有志，柱子个性又强，她不想为这些事置气，便不再吭声。酒后话多，张存柱已调动好肌肉、唾液，准备好好跟媳妇理论一番。现在看她没有应战的意思，自己也觉得没意思，扔掉炊帚苗子，地上转悠了几圈，闷声上床。

"哎，跟你商量点事。"卫东没有看他，像是在跟房顶说话，"晒甲坨那边第一批楼房盖好了，可大家嫌远，又怕地震，都不愿意去住。我管搬迁，想带个头搬进去。"

"谁叫你当领导呢，是该带头。"张存柱说，"这事呢我这么看，人的命，天注定，该死住简易房照样死。搬吧，我不反对。"

没想到丈夫这么通情达理，王卫东转过脸来，跟他商量打算选六层。柱子咂了一下嘴：“你脑袋让驴踢了，大顶层，冬天冷夏天热，图希啥？咱第一个搬家，那么多好楼层、好间量，不打着把式随便挑？”

“这才是替群众着想呢。柱子，顶层再差劲，也比现在住的简易房条件好吧，你刚才不也说领导该带个头嘛。”

张存柱连连摇着脑袋，这样做太吃亏了。盘算半天，他才试探着说：“要不这样吧，咱们先搬进去做个样子，等有人搬了，我们再调换套好点的。”

“不行，那不是欺骗群众吗，我王卫东不做阳奉阴违的事。你呀，别光知道扒拉自个小算盘，也该设身处地替别人想想。”

一只蚊子从耳边飞过，张存柱欠起身追打着。啪的一声，他洋洋得意地招呼卫东看他手上的血。王卫东连看都没看，她在生柱子的气：搬迁进展缓慢，自己急得嘴上都长泡了，他却像没事人一样。

返城后，王卫东瘦了很多，肩胛骨都从内衣撑出来。望着媳妇凹凸有致的侧影，张存柱突然来了兴致，扳着她肩膀：“中，听媳妇的，你说住几层就住几层。”

卫东一抬肘，别搭理我，语气却缓和多了。张存柱嬉皮笑脸：“不搭理你搭理谁，你不是我媳妇嘛。你知道你累，我也不轻松呀，天天喝不情愿喝的酒，说不想说的话，见不愿意愿见的人，你以为搞行政就只管写材料啊？”

“你那是愿意。”王卫东看他让了步，气也消了，转身面对着丈夫：“正经的，你往后少喝点酒，这东西伤肝。你也别怪我老骂你，我是为你好，我不疼你谁疼你呀！”

“中，谨遵媳妇教诲。”柱子连连点头。

几十栋楼房矗立在田野上。按照规划，这个唐城最早的居民小区能容纳万把居民，配套的粮店、副食店、热力站、煤气站、小学和幼儿园都已建成。晒甲坨村民高高兴兴搬进新居，成了市民户，可原定搬迁倒面的工人新村居民，却不肯挪窝。

眼看成片的楼房闲置着，小区里长出半人高的蒿草，王卫东十分焦急，拉上街道干部和居民单位的头头一块参观新小区。讲解完小区规划，介绍完房子格局，她让工人扛着冲击钻在墙上打眼儿。一会儿工夫，打折了两根钻头，墙壁只出现一个小坑。大伙看傻了眼。

看火候差不多了，王卫东又提起搬迁的事。一屋子人回避着她的目光，闪烁其词，都说回去再商量商量。卫东叫住钢厂管后勤的李厂长，问新楼房咋样。

“咋样？有厨房，有厕所，有暖气，又干净，又豁亮，剃头不用刀子一推（忒）好！”老李实话实说。

“结实不结实？”

“结实！钻头都打折了，还不结实？你方才不也说了嘛，外浇内挂，每层都有圈梁，就算倒了也会像板凳一样，不会塌梁。”

“可我听说你家具都搬过来了，晚上还回简易房睡觉，为啥？”王卫东问他。老李脸一热，承认自己有点害怕：“我搬是因为我是厂长，咱得带个头吧。可都说这楼房抗多少级地震，谁也没试验过，真要是再来场大地震，能不能顶住还两说着，还是回简易房住保险。”

老李说完，盯着王卫东：“王主任，你问我这么多，我也想问下，老让我们下头干部带头，你们指挥部的头头咋不搬？”

“谁说不搬了，我钥匙都拿到了。你看着，我马上搬家，不光搬，今晚上就住在那儿！”

叫了辆汽车，王卫东回家就让丈夫收拾东西。张存柱上回做出让步，是因为有自己小算盘。既然城里人不愿意住楼房，他想多整出一套来，把乡下的爸妈接来。这会儿，和卫东把锅碗瓢盆往车里装着，他说出自己的想法。

卫东急了：“房子是分给唐城灾民的，按户数盖的，你爸妈是灾民吗？不行，这房子没他们份！”

“好，好，王卫东，你就这样，房顶开门，六亲不认！好，你自己搬吧，我回家，我要告诉我爸妈，儿子没本事，在城里连套给你们养老的房子都弄不上！”

咣当一下，他把东西扔车上掉头走了。王卫东望着柱子背影，气得一脚踢倒了身边的暖壶。

二十多年后，唐城房价扶摇直上，直逼一线城市。人们说起当年分房没人要的事，简直像是天方夜谭。刘爱国跟大刚的女儿孙颖吹嘘：“管房的是我们厂老李头，我去要房，他把一串房钥匙扔给我，让我随便挑，还问我怕不怕死。我说都死过一回啦，还怕啥，我命硬，不怕死。唉，早知道当时多弄几套，现在一出手挣个一两百万，还用开什么养生馆挣这几个小钱。”

孙颖一撇嘴，吹吧你。爱国忙拉一旁的王树生作证，王树生说：“是真的，唐城搬家最麻利的就算他了，还当了典型上了报纸呢。”

事实上，刘爱国痛快搬迁，还是王卫东示范的功效。她前脚住进楼房，后脚就做家人工作，突破口选择了亲舅舅。话刚起个头，就被爱国拦住了：“你别说了，我知道你啥意思。就冲我外甥女带头搬进点式楼，住上最不好的楼层，我当舅的也该配合你工作。搬！回头就去找我们厂老李头要钥匙，你们让搬哪儿我就搬哪儿。”

王卫东心里一热：“那我舅妈……”

“简易房生火做饭、拉屎尿尿都不方便的日子，你舅妈早就过够了。再说，她也挺起大肚子了，那块光打种不长庄稼的盐碱地，这么多年才怀上孩子，容易吗？她可不愿孩子一落生，睁开眼就是破败的简易房……”刘爱国唾沫星子四溅，拉开了话匣子。看卫东没工夫听他白话，忙收住话头，冲外甥女竖起大拇指：“好，你这头带得好，当舅的跟着你没错！”

王卫东又给哥打电话，说了舅舅搬家的事，意思让哥也带个头。想想简易房破旧不堪，家里人多确实窄憋，王树生应承下来，答应和妹妹一块说服媳妇和妈。下班到家时，太阳快落下去了，工人新村低矮的简易房，东倒西歪的院墙，有些发蔫的江西腊和草茉莉，谁家铁丝上晾晒的大红、碎花的衣服……一切都沐浴在余晖中，像是被舞台射灯照亮。一想到就要搬家离开这里，王树生有几分依依不舍。几个孩子在跳着猴皮筋，悦耳童声一阵阵传来：“小皮球，踢三踢，马莲开花二十一。二八二五六，二八二五七，二八二九三十一……”婷婷老远看着他，一下子扔掉手里的皮筋：“我爸回来了，不玩了！”她喊着跑过来，脸红扑扑的。王树生一手扶把，一手抱起女儿，搁在车子大梁上。爷俩高高兴兴地进了家门。

屋子里有股饭菜香。看丈夫回来，杨丽华撩起围裙，擦了一把下巴上蹭的煤烟，过来跟他商量：“爸这两天犯心脏病，婷婷老去那头看电视，又招来一帮孩子，我怕影响他休息。要不，咱们也买台电视机吧。我打听了，咱唐城出的黑白电视，一把交，三百六十块，分期交三百九十块。”

“买，一把交。”王树生说。

妈出去串门，还没回来。饭菜摆桌上，王树生没有像往日一样坐那儿狼吞虎咽。他在屋里叨咕着走柳儿，一会儿说过冬的煤块还没备齐，一会儿又抱怨屋子窄，转个身子都困难。丈夫今天心里有事，杨丽华瞧了出来，但没问。家里大事小情都是树生做主，她明白有些事，就算自己知道也帮不上啥忙。再说，树生没有瞒着她的事，早晚会说出来。果不其然，刚搁下碗筷，王树生就说起搬家的事来："这小屋不是人待的地方。我们厂子分房呢，先要的随便挑，爱国已经拿到房钥匙了，我也想住楼房。"

杨丽华连连摇头。从前唐城为数不多的楼房里，有过她一个两居室，一个温暖的家。可地震楼房晃悠散了，水泥预制板塌了，父母、弟弟还有丈夫都死在里头。她亲眼看到，对门的爱玲跳下来，却被可恶的预制板叼住脚跟，活活吊死。还有华头他妈，扣在混凝土废墟中，没伤着一根头发却活活闷死。"你愿意去你去，我们娘儿个还有妈不去，就是说出大天十六个点来我们也不去。这辈子说啥不上楼了，还没砸疼啊！"

王树生泄了气。媳妇这关都过不了，还怎么说服妈呢？

十一月初的一个早上，杨丽华围巾、口罩裹得严严实实，蹬上借来的三轮车去买白菜。树生请不出来假，她只好一个人去排队。虽然现在逢年过节，饭桌上能看到几样细菜，可整个冬天，唱主角的还是大白菜。身为家庭主妇，她不提前谋划不行。菜店门前，码放着盖着棉被和草帘的大白菜。台秤旁边，售货员和顾客都忙得不可开交，菜帮子擗了一地。

杨丽华把几百斤白菜弄回家，一棵挨着一棵码好。又挑出没长成的空心菜，洗净，烫一遍放进厨房的大缸里，加上水，又在菜上压好条石。杨丽华下乡时吃酸菜吃顶了，可丈夫、婆婆和林家父子好这口儿，每年这时候，她都会积上一缸酸菜。她喜欢看树生一碗一碗吃她做的酸菜粉时的贪婪，最爱听婆婆和林兆瑞夸她做的酸菜好吃。想到这些，她心中生出一丝成就感，连隐隐作痛的肚子好像都不疼了。

等到黄昏，太阳收走最后一缕清冷的光线时，她已累得直不起腰。肚子一阵阵绞痛，佝偻着身子，她捂着肚子爬到床上。就在这时，下体一热，她心说坏了，赶紧去拿尿盔。已经一个多月没来例假了，她是过来人，知道这可能意味着什么，但她不敢确定，也没跟丈夫说。现在，肚子一阵接一阵绞痛，明显跟来例假的感觉不一样。会不会是先兆流产？她脑门登时冒出一层冷汗，不禁后悔自己方才干活太猛。她在床上一动不敢动，眼泪打湿了床单。

王树生到家时，已经天黑。他看没亮灯，突然有一种不祥的预感，车子没放稳，就噔噔噔跑进屋。拉开灯的那一刹那，他看见脸上分不清是汗水还是泪水的杨丽华。“我不行了！”杨丽华只说了一句，便昏死过去。拉菜的三轮还搁在院子里没还，王树生背着媳妇出来，蹬上三轮直奔妇幼医院。

没想到，接诊大夫竟然是丁媛，两人都一愣。丁媛还是老样子，只是比从前清秀了些，岁月在她脸上没有留下什么痕迹。而王树生鬓角发根已经掺杂了不少白发，加上一脸焦急疲惫，两人好像隔辈人。丁媛没时间跟他客套，忙着查看病人。过了一会儿，叫王树生到走廊，告诉他病人先兆流产。

“什么先兆流产，她怀孕了？”王树生问。

丁媛瞪了他一眼：“我还想问你呢。也不知你这丈夫怎么当的，媳妇怀孕了都不知道。”

王树生脸腾地红了。

按照惯例，术前医生要交代病情，家属在手术单上签字。丁媛一脸严肃：“孩子肯定保不住了。现在要做清宫术，避免流产不全。”

杨丽华一把抓住丈夫，眼泪唰地下来：“树生啊，我对不起你，对不起你们老王家……”

丁媛让劝劝她，便出去准备手术了。王树生安慰着媳妇：“别瞎琢磨了，咱们有婷婷一个就够了，最要紧的是你没事。”

说完，他哆哆嗦嗦在纸上写下自己的名字。

杨丽华推进了手术室，王树生坐在门外冰冷的长椅上，仿佛又回到与林智燕生离死别的那一年、那一刻。也只有在此时，杨丽华——这个偶然走进他生活的女人，才显出异常重要。从不迷信的王树生，在心里为这个与他走过震后最艰难的日子，朝夕相伴的女人祈祷着：老天爷，上帝，阿弥陀佛，保佑丽华过去这一关吧，这个家不能塌，不能没有她呀！

直到丁媛站到面前，他还没从胡思乱想中回过神来。丁媛说：“没事了，看看你媳妇吧。清宫会对身体有损伤，注意给她增加些营养。”她身后，护士正把杨丽华推出手术室。

医院是新盖的楼房，漆着豆青色墙围，有一股油漆味道。病房提前给了暖气，很暖和，可杨丽华老嚷嚷着要出院。王树生寻思媳妇一定是住楼房害怕，便说：“这楼是内浇外挂结构，结实着呢。人家天天在这儿上班都不怕，咱们怕啥？再说，有我陪你呢，我跟领导请了假，一直陪你到出院那天。”

其实，杨丽华着急走还另有原因。丁媛经常来问寒问暖，还给她买来大包的卫生纸，特意熬了鸡汤送来。丁大夫为啥对她这么好，她怎么也想不出个所以然来。要说跟树生熟悉吧，两人又从来没叙过旧，哪怕是客气话都没有，谈的全是她杨丽华病情；要说跟树生不认识吧，丁大夫看他的眼神又有些不对劲儿，树生也是扭扭捏捏，目光躲躲闪闪的，像是回避着什么。这到底是咋回事呢？

正在杨丽华满腹狐疑之时，来看儿媳的刘兰芝给出了答案。老太太看到来查房的丁媛，喜不自禁，拉着手说：“孩子，你啥时回来的？这几年过得好不？咋不回家看看呢。”又忙着跟儿媳介绍：“这是媛媛，以前燕儿的同事，经常来咱家串门。”

丁媛不想让树生媳妇看出大妈对她的亲热，客气地回答：“回来一直很忙，没时间去看你跟大爷。我还得查房呢，大妈改天再聊。”

从大夫护士的嘴里，王树生探听到丁媛近况：她还没成家，一个人住在医院家属楼。与从前热情开朗、口无遮拦的护士丁媛判若两人，她待人接物彬彬有礼，热情而又保持着相当的距离。丁媛也小三十了，身边不乏追求者，可她不给任何人机会，失望之余他们背地送她一个绰号——“姑子”。在唐城话里，这是尼姑的意思，是说她清高、不合群，还是咒她一辈子独身？王树生不知道，他心疼起丁媛来，想劝她早日成个家。可一看到床上躺着的杨丽华，心想还是算了吧，多一事不如少一事。

出院回家，杨丽华追问起丁大夫怎么回事，王树生一五一十向媳妇坦白了过往的一切。丽华嘴上说没事，都过去了，心里还是有些吃醋和不快。吃完午饭，她突然趴在床上，捶打着枕头大哭起来，吓得婷婷一头扎到爸怀里。王树生傻站在旁边，明白丽华还在为这事闹心。刘兰芝听到动静，在外头敲敲屋门：“丽华，是不是树生欺负你，我说他！”杨丽华忙收住哭声：“妈，我没事，肚子有点不好受。”

她痛快地哭完，一抹泪坐了起来：“以后不准你再去找她！”

王树生忙举手发誓：“以后决不去医院，不见丁媛，骗人是小狗！”

杨丽华被他的举动逗乐了，嗐了一声：“我这是吃的哪门子醋啊，就你这傻大黑粗的，我相信人家也不会看上你。”

“就是。”王树生忙随声附和，轻轻地出了一口气。

晚上，王卫东拎着桂圆和红糖来看嫂子。她进屋跟杨丽华说了会儿话，出来坐在饭桌旁，跟正做饭的哥哥有一搭没一搭地唠着嗑。王树生问柱子在忙些啥，好长时间没见他人影了，卫东没回答。他抬头一看，妹妹竟趴在桌上睡着了。

刘兰芝回家，看见小环这模样，心疼的不行，非留老闺女在家住一宿。卫东打着呵欠，说还有事，就匆匆忙忙走了。杨丽华半夜醒来，推推丈夫：“小环来好像有啥心事，欲言又止的。”

“还不是为分房的事。不光她愁，我也愁，厂子动员搬家，大家都在观望，只有管分房的李厂长和爱国两家搬。厂子找我好几次，想让我带这个头。”

“不搬，就是不搬！”

树生干咽了口吐沫：“房子质量没问题。再说，大地震百年不遇，不可能再震一回。小环她早搬了，挑上最不好的楼层，为这事柱子跟她差点闹翻了。”

“你就那么想搬家？”

“家里炉子烧得再好，也不如楼房有暖气。你身子这样，不能老在冷屋子养病啊。”

“我再想想吧。”

中午，王树生在食堂碰到刘爱国，爱国一脸喜气地邀请他礼拜天去新家参观：“住楼房好，还是住楼房好啊。你去了就知道了——别忘了通知大家一起去啊。”

宽阔平坦的大道一直往北，直通晒甲坨新建的小区。唐城人恭贺乔迁之喜，按老例儿要去添宅，拿上条鱼象征日子富富有余；送上些锅碗瓢盆日用品，也是份心意。林兆瑞带来了一口请人打制的炒勺，刘兰芝给弟妹五十元钱，王树生两口子买来了鱼和肉。林智诚费力上了三楼，塞给爱国一个小红包。唯一的例外是上高中的大刚，他从学校宿舍直接过来，就带着一张嘴。

刘爱国两口子高兴得合不拢嘴。大芬儿挺着肚子，更显得人高马大的，骄傲地领着大家参观客厅、卧室、厨房。厨房就是北阳台，爱国最得意这点，不挨油烟呛，往后在家煎炒烹炸很方便。大刚对水冲厕所很好奇，来回踩着脚踏板，看着水哗哗地流出来。王树生叫了一声大刚，大刚有些不高兴：“别老叫我小名，我叫孙志刚！”

王树生愣了一下：“好，孙志刚，还是给你舅姥爷省点水吧。”他拉外甥出来，又问林智诚，这几天白天老不着家在忙些啥。林智诚神秘地冲姐夫一笑：“在搞市场调研，也许用不了多久，唐城又会多出一个万元户来。”

王树生想起点事：“听说大臭儿没砸死，地震后放出来了。那小子是个混球儿，报复心强，你加点小心。”

林智诚不以为然，我怕他啥。

里屋，刘爱国给刘兰芝、林兆瑞沏着茶水，征求他俩意见。刘兰芝夸奖屋子干净，瞅着像个家的样子。她不习惯住楼房，往下看有些头晕。林兆瑞说：“不错，就是间量小点，眼看有了孩子，回头再调换个大些的。”王树生过来问通知没通知小环，刘爱国还没答话，就听见卫东在外头敲门叫舅舅。

吃完午饭已是下午两点，大家怕影响大芬儿休息要走。王卫东说：“一块到我家看看吧，离这不远，就是楼层高点儿，要爬楼梯。”

刘爱国不无夸张地说起卫东如何大公无私，带头搬家，住最差的房子，如何在群众中有威望，口碑好。卫东制止了他。刘兰芝埋怨着闺女：“你这丫头啊，啥事儿都不跟妈吱声。”

“妈，这又不是啥大事，早搬是搬，晚搬也是搬，别人不搬我得带头搬，谁叫我当干部呢。”

回到家，杨丽华坐在床边，闷头不语。王树生知道大芬儿怀孕的事刺激了媳妇，便安慰道：“爱国他们不是结婚这么多年才怀上嘛，咱们来日方长，不争这一时半会。”

杨丽华嗯了一声。

她又想起刘爱国家明晃晃的玻璃窗，烫手的暖气片，一拧龙头就有的自来水，一点就着的煤气，有些羡慕起楼房的干净舒适来。她跟丈夫商量：要不，咱们也搬家？“中，我这就去找厂里说。”看媳妇突然想通了，王树生非常高兴。不过，杨丽华紧跟着提出问题来。

“那搬家后林叔、小诚他们怎么办，小诚那样子能上楼吗，咱们两家还能住一块吗？”

是啊，这确实是个不大不小的问题，一下子难住了王树生。

上头下来精神要搞大包干，评剧团闹开了锅。为出经济效益，演职员分成两拨：一拨儿配电声乐队，走厂矿下乡村，巡回演出歌舞节目；另一拨儿是剩下的老弱病残，搞多种经营。林兆瑞家，成天被闹嚷嚷的同事挤得满满的，群龙无首，大伙都找他拿主意。

“当年在小山，祖师爷成兆才把莲花落改良成评戏，咱唐城可是评戏老窝啊。这么多年，靠啥跟沈阳天津平起平坐？就靠咱们剧团站脚助威。你说‘文革’没散，地震没散，现在日子好了，评剧团却要分家单干，我咋也想不通。照这么折腾下去，我看剧团真是罐里养王八——越养越抽抽了！”唱老生的大李扯着嗓门道。

四胡演奏王庆功一脸苦相，缠磨着林兆瑞：“团里就你能跟上头够得着，老林，想想法子，咱搞戏曲的，就会吹拉弹唱，唱做念打，总不成都去倒腾煤炭钢材，都去开饭馆卖服装吧？”

大伙吵吵嚷嚷，半天没个结果。等到天黑人们散去后，林兆瑞再也支撑不住，他捂着胸口顺着椅子出溜下去，心脏病又犯了。

住院这些天，树生夫妇和妈轮流陪护着林兆瑞。白天，刘兰芝看护着老林。亲家的偏方她吃了很管用，喘得不怎么厉害了，每天打开水、买饭，在病房利利索索地走来走去。同屋病人都以为他们是老两口，林兆瑞也不解释。一同度过震后最艰难的日子，他对这个小自己三岁的老嫂子、亲家母，从起初的敬重到后来的感激，现在居然滋生出几分情愫。他的内心渐渐荡起一片涟漪。

想想也真是，他们爷俩床上铺的盖的，哪样不是刘兰芝亲手做的？还没入冬，棉袄、棉裤已经都做好备齐了。一墙之隔，他甚至能听到老嫂子劳作间隙，累得咳嗽哮喘的声音。病房里，看着刘兰芝变得越来越佝偻的腰身，林兆瑞觉得她比旁人挺直的脊梁还要直。再艰难的生活没有使她倒下，没有使她变得脆弱，正是她的努力，才让两个家庭变得丰盈充实。

去年八月十五，林兆瑞多喝了几杯。赶上停电，孩子们在院子里缠着父母讲故事，屋里就他和刘兰芝两个人。摇曳的煤油灯光亮里，他拉着她的手：“老嫂子，这么多年你为我们付出那样多，你也让我为你做件事，哪怕一件事！”刘兰芝往回抽着自己的手：“老林你喝高了。”“不，老嫂子，我没喝高。你说吧，你叫我干啥都行！”林兆瑞像孩子般地执拗。刘兰芝慌张站起来：“那你给我唱段河南豫剧，《花木兰》那段。你唱评戏拿手，今天我倒要看你会不会唱豫剧。”

“老嫂子，请好吧您哪。”林兆瑞拱手作个揖，字正腔圆地唱起来：“刘大哥讲话理太偏，谁说女子享清闲……你要不相信哪，请往这身上看，咱这鞋和袜，还有衣和衫，千针万线可都是兰芝连哪……”刘兰芝抿嘴发出了会心的微笑，林兆瑞却在灯影里流下了热泪。

病房人多嘴杂，两人没有单独说话机会。两周后林兆瑞出院，随后办了退休手续。工人新村已经开始拆迁，叮叮当当的拆屋声音中，两位老人坐在胡同口墙根下，享受着冬日的太阳。在刘兰芝心里，工人新村住这么久，在这里生儿育女，固然留恋这里一草一木，还有老街坊们，可她最担心的，还是搬走了再也看不到林兆瑞了。虽然这儿的居民全部搬到晒甲坨，可由于分属不同企业，两家很难再住到一栋楼里。林兆瑞也有同样担心，他看出刘兰芝心思，便想把感情挑明，可彼此毕竟太熟了，反倒不好意思开口。两人就这样东扯西扯，常常一坐就坐到日头偏西。婷婷放学来找奶奶，书包搁一边，刘兰芝跟孩子对撑着双手，口里念念有词：“拉大锯，扯大锯，姥家门前唱大戏，接闺女，唤女婿，小外孙子也要去……”

林兆瑞听着，心里一阵凄凉。

王卫东早看出妈的心思，她和舅舅一起做刘兰芝工作：“妈，我在指挥部管分房，还有这点权力。我都安排好了，咱们和林叔住一栋楼，都是一层，不用爬楼梯，又接地气，可以养个花啊草的。妈你有个小单元，我哥嫂子住你隔壁，也好有个照应。大刚也快成年了，我姐单位照顾他一间，在五层。他岁数小，爬楼梯也是个锻炼。”

她又转向林兆瑞：“林叔，你属于知识分子，住房照顾面积，你跟小诚住我哥对面，两大间。”

听了这话，刘兰芝喜形于色。林兆瑞激动地站起来，连说老丫头谢谢你啊。刘爱国在旁边，嗅到了别样的味道。他瞄了一眼刘兰芝，又瞅了一眼林兆瑞，呵呵笑了。

这天晚上，林兆瑞做了个梦。他梦见王天喜下班带回来两条鱼，没进家门却给他送来了：“明天你嫂子生日，你手巧，把这两条鱼扒扒膛炖了吧。这个家我也回不来了，你替我照看照看你嫂子啊。”

话说完，王天喜一阵风没了。林兆瑞一下子惊醒，心怦怦地跳着。黑暗里，他把睡得正香的儿子摇醒。林智诚睡眼惺忪，忙问爸哪儿不舒服。林兆瑞愣了一下，你大妈生日是哪天？

林智诚丈二和尚摸不着头脑：“爸，你梦游呢吧？”

“胡说，我清醒着呢。”

林智诚拉开灯，揉着眼睛：“我哪儿知道大妈生日哪天呀？爸，你看表才几点，三更半夜的，你怎么想起问这个。”他打了个呵欠，“快睡觉吧爸，你心脏不好就别折腾了，明天一早你问问大妈不就行了。”

“不行，明天你去问。对了，不能直接问，你问你姐夫。”

“好，好，我问姐夫。”林智诚一歪脑袋想躺下。林兆瑞用手支住他脑袋，叮嘱：“你早点起来，一定赶在你姐夫上班前问到。”

当儿子告诉他今天就是大妈生日时，林兆瑞的心差点没跳出来。太阳刚出来，他就裹上呢子大衣，挤上了去海边的长途汽车。从渔民手里，他买回了五条新鲜的海鱼。晌午，他把一盘热气腾腾刚出锅的红烧鱼，端到刘兰芝面前：“老嫂子，你侍候了我们爷俩好几年了，今儿个你生日，也尝尝我做的鱼。”

刘兰芝放下碗筷，嘴上说着这大岁数了，这个光景，还啥生日不生日的，眼里却闪着激动的泪花。

两家人围着桌子正准备吃饭，这一幕，大家看得真真切切。婷婷小嘴很甜，紧跟着说奶奶，祝你生日快乐。刘兰芝捋着她的小辫，连声答应着哎，快乐，我大孙女就是乖，就是懂事。又招呼着：“来，都尝尝这鱼。”大家筷子一起伸向香喷喷的红烧鱼，夸着林兆瑞手艺，又议论起搬家的事。

刘爱国一看是时候了，便咳嗽一声开了口：“按说呢，这新楼房格局都不错，虽然四五十平米吧，比起这简易房来谁家也不窄。可小诚这块儿早晚要成家，跟他爸住一块，多少有些不方便。再要套房呢，厂子没有，小环也为难。我倒有个主意，可以节省出一间来，给小诚将来娶媳妇用……”

说到这，有意停顿了一下，大家眼巴巴地看着他。林智诚脸有些发烫：“你甭考虑我，我一辈子不结婚。”大刚催促着：“舅姥爷别信他的，你倒是说呀，老卖啥关子。”刘爱国看着林智诚和刘兰芝，加重了语气：“我是说，我姐跟老林搬到一块住，两家并成一家！”

王卫东一怔，王树生、杨丽华也面面相觑。这话让他们吃惊，但又实实在在说到了他们心里。林智诚看了一眼父亲一会儿红一会儿白的脸，不敢再看。刘兰芝低头搓着衣襟。沉默片刻，王树生开了口：“我舅说的在理，妈，爸，地震这些年过来，你们也不容易，是该考虑一下自己的幸福了。”

刘兰芝好半天抬头：“都这大岁数了……”爱国说：“正是好时候。都说最美不过夕阳红，你俩走到一块，合法、合情、合理！”

卫东轻轻呼出一口气，如释重负，困扰她好久的问题一下子解决了。她拍手道：“这太好了！妈，林叔……不，爸，这事我当闺女的包了。”

这一年的春节，两家人搬进给了暖气的新家，儿女们给刘兰芝、林兆瑞操办了一个简单的婚礼。张万田裹着一身寒气前来贺喜，大冬天的，他不知从哪儿淘换来一缸金鱼。他知道老林有这个雅兴，水聚财，鱼有余，良辰吉日，添个喜庆。

新家的门厅里，刘兰芝供上了观音菩萨，摆上苹果、橘子和点心，恭恭敬敬点燃起一炷香。布置新家时，门厅上方的一块地方林兆瑞相了好久。刘兰芝也站到他旁边，打量那疙瘩白墙。林兆瑞跟她商量，“兰芝啊，我想写几个字挂这里。”刘兰芝点头：“我看中，白着也是白着，挂幅字儿也显得咱家有文化，谁让老林你识文断字呢。”

林兆瑞看了一眼老伴，目光里含着赞赏。兰芝现在是上了年纪，可年轻时也是个小有名气的戏迷，刚搬来工人新村那会儿，她带着孩子，拉着风箱做着饭，也爱哼哼《刘巧儿》《小二黑结婚》。林兆瑞还记得，有一年兰芝代表矿上参加市里评剧会演，唱《工地岗哨》时，错把“满身汗珠”唱成“满身泪珠”，逗得评委席上的他前仰后合。和天喜说起这事，老哥俩笑了好几天。林兆瑞知道，站在自己身边的这个女人，虽然大字不识几个，可却是他的知音、知己。他写的唱词，她张嘴就来；他演的调调儿，她听得懂。而她，最懂的是他的心。“你是生不逢时啊，从前不许女孩家上学堂。要搁现在，你也是大学生了。”他说。

刘兰芝抿嘴一笑：“你真会夸人。”

林兆瑞忽然来了灵感，说就写“三平堂”几个字吧。看老伴有些不解，他解释道：“平安、平静、平常，咱家就要这‘三平’就行。平安为富，只有平平安安，才会生活越来越富裕；平静为福，生活中我们不要大喜，也不要大悲，平平静静生活，就是我们一辈子福分；平常为贵，我们见高官不觉得低，见百姓也不觉得高，平平常常最珍贵。”

刘兰芝频频点头：“老林啊，你说得忒对。咱们都是从死人堆里爬出来的，灾荒年没饿死咱们，‘文革’没整死咱们，大地震没砸死咱们，还图希个啥？不就是这‘三平’嘛。”

老伴的一番话，让林兆瑞心里暖暖的。如今到了耳顺之年，很多事情他已经看开，灵感忽至命名的“三平堂”，其实是他半个世纪风风雨雨、坎坎坷坷走过来总结出的生活真谛，也是他退休后最真实的内心写照。

王树生一心要让二老晚年生活有个寄托。天气刚刚回暖，他就清除干净楼前杂草，找来花种，招呼放假回来的外甥一起浇水栽种。两人插上竹竿编的篱笆，搭起葡萄秧架，开垦出一个像模像样的小花园来。林兆瑞喜不自禁，特地移栽来一棵石榴树。刘兰芝感受着熙暖的春日，眯着老花的眼睛，看着爷仨在花园里忙碌着，心里比蜜还甜。对于她来说，石榴多子多福，兴旺昌盛，好日子才刚刚开始。

第六章

那天充满豪气跟姐夫碰杯时，林智诚并不清楚自己能干啥，后来吹嘘的市场调研，也没了下文。唐城倒是有一拨人，靠倒腾钢材煤炭发了。可单凭他，一个办病退的小工人，没这路数和能耐。从外地进货卖服装吧，腿脚又不利索，经不住舟车劳顿。发财的路数是不少，可掂对半天，没一条适合他林智诚。

心灰意懒，一晃他在家耗了小半年。搬进楼房后，越发没意思。春天来了，外面小花园鸟雀叽叽喳喳，花香连屋里都能闻得见。林智诚却赖在床上，看着照在白墙上的晨光愣神，直到妈敲门招呼吃饭才爬起来。饭桌上，爸给他盛粥，妈给他剥咸鸭蛋，殷勤得有些过分。老两口关切眼神在他身上逗留，可他抬起头，两人又急忙避开他的目光。

比起洗衣房的寂寞孤单，无所事事更让他难以忍受，不知道该如何打发这漫长白昼。打着饱嗝回自己屋，一只苍蝇撞到他脸上。林智诚火了，抄起蝇拍，架着双拐奔来突去，追打着苍蝇。苍蝇飞了一圈，落在屋顶上，翅膀抖动两下，抬起一只前爪搔着复眼，好像根本没把他放眼里。

嘿，我还没法你了！林智诚掷过去蝇拍。啪的一声，塑料蝇拍掉下来，苍蝇盘旋飞起。像是嘲笑他的无能，那只灰蝇居然示威似的在他耳边嗡嗡了两下，才一掉身子，奋力向门外飞去。林智诚扑在墙上，不停地捶打着：“你怎么这么废物，连只苍蝇都敢欺负你！”

几天后，他一个人摇着轮椅去了小山。小山其实是个黄土岗，几十年前随着附近煤矿开采，逐渐形成一个方圆七八里地，三教九流聚合的杂八地，成了城市商业和娱乐中心。地震后城区西移，这里才蜕变成单一的集贸市场。南方过来的倒爷，外县进货的小贩，逛街买便宜货的市民，在嘈杂的吆喝声和软绵绵的流行音乐中，摩肩接踵，拥挤不堪。

林智诚买了一盒刮胡刀片，又配了一把钥匙。揽活配钥匙的，是清一色残疾人，坐着跟他一样的轮椅，看情形比他还厉害——地震截瘫！他观察了一会儿，这活计不需要啥技术，一套简单工具，再批发些钥匙模子，一天挣个吃喝钱不成问题。恼人的柳絮漫天飞着，林智诚轻快地摇着轮椅，他总算知道自己该干啥了。

找了一个风和日丽的礼拜天，吃罢晌午饭，他招呼姐夫出来。楼前小花园姹紫嫣红，林智诚深吸一口饱含花香的空气，说想到外面闯荡世界。王树生上下看小诚一眼，小舅子的发财梦他一直觉得很幼稚：“家里又不缺你这点钱，实在想干点事，咱们办个照，在家刻个图章啥的不是挺好吗？”

林智诚盯着花蕊上忙碌的蜜蜂，说春天了，我也想出去活动活动。听了他修锁配钥匙的打算，王树生没表示反对。他清楚小舅子的脾气，小诚要干的事，连爸都拦不住。他找来砖头水泥，把楼门口坡道加宽延长，便于轮椅进出。杨丽华在小诚屋子坐了会，叮嘱他：“以后上货我跟你姐夫包了，你不用管。路那么远，车那么多，赶上刮风下雨的就别出去了。”

刘兰芝用海绵给儿子做了一个加厚坐垫。她在灯下缝补着，边和老伴说着话。说起小诚由一个顽皮孩子到英俊的小战士，由精精神神的大小伙子，咯噔一下子变成残疾人，感慨万千。“你说在家多好，非去啥小山配钥匙。他腿脚不灵便，外头又那么乱，我揪着心啊！”她说着，用牙咬断了线头。林兆瑞陪着她叹气：“他把班儿都扔了，看来是铁了心想做点事。一个大活人，老在家憋屈着不中，由他吧，走哪儿算哪儿。实在不行，咱们还养得起。”

在贴满根治花柳病小广告的电线杆旁，林智诚摆开了摊子。半个多月下来，他慢慢适应了这种生活。每天机械地锉着磨着，指头上沾满铜屑铁屑。周围的嘈杂渐渐过滤，眼前一个个铜的铁的钥匙模子变得模糊起来。他直愣愣看着，好像洞悉了自己的将来：孑然一身，陪伴他的只有轮椅和这再简单不过的营生。白天辛苦一天，晚上回到小屋，家徒四壁，满目凄凉……

你也就这点脓水，没啥大作为啦！一想到这里，林智诚心都凉了。

要不是大臭儿突然出现，自己后半辈子也许真就搁在小山了，林智诚后来想。记得大臭儿当时戴着硕大的蛤蟆镜，才四月天气就光起了膀子，只在外面披了件草绿色军褂子。那天，他脖子上吊着黑色人造革挎包从坡下上来，一路敛着摊贩的钱，随手撕着小票。到林智诚跟前，开口要管理费。林智诚头也没抬："啥管理费，我不用人管理。"

大臭儿在街面上混好几年了，头一次碰上这么不识相的。他上来脾气，一脚踹在车轴上。轮椅一侧歪，林智诚没提防，连轮椅带人一块倒下。"妈的，揣着明白装糊涂，啥叫管理，这就叫！"大臭儿又朝轮椅解恨地踹了两下。

看热闹的围拢上来，有人替林智诚说情。大臭儿嚷嚷得越发厉害："我不管他缺胳膊还是短腿，就是天王老子在我地盘出摊儿，也要交管理费！"

林智诚扶着轮椅站起来，脸蹭破了，火辣辣的疼。他啐了一口带血的唾沫，一把绰过木枴。旁边卖刮胡刀片的老万看他要惹事，忙攥住他胳膊："兄弟，在这儿混饭吃，你就得打掉牙吞肚里，胳膊折了囤袖里——这帮人，咱惹不起！"

嚯，一个瘸子也敢跟我玩命？大臭儿有些诧异地打量着林智诚。他突然乐了，摘下蛤蟆镜："哟，是你小子呀，混到这份上了？"

林智诚也认出他来。大臭儿比地震前更加彪悍，头发跟短麦茬一样，脸上疙里疙瘩，眼鼓鼓的放着精光。腿上伤疤在发痒，血一下子涌到林智诚脸上。大臭儿像是没看到他的愤怒，捡起另一根枴递给他："真是不打不相识，咱哥俩算有缘分。走，哥请你撮一顿。"又冲看热闹的一胡噜胳膊："看你妈啥看，走走走！"

林智诚后来问大臭儿，那会儿你葫芦里卖的什么药，怎么想起来请我？大臭儿回答："因为你，我坐了三年大牢，捶死你的心都有。不过呢，倒让我躲过了大地震，捡了条小命，没拍死在工人新村石头房里。你说我不该请你？”

不过当时他俩还没这交情，林智诚被大臭儿的热情搞得一头雾水。心想，去就去，怕你不成。他架起双枴就走。

土岗上一家门楣上雕着带翅膀小天使的豪华饭店里，大臭儿给林智诚倒着白酒。林智诚肚子也饿了，不吃白不吃，他一仰脖把一盅酒灌了进去，筷子伸向刚端上来的葱烧海参。大臭儿催菜，要烟，吆五喝六，使唤着服务员。林智诚闷头吃着喝着，心想：好人不长寿，祸害一千年，这路人地震居然没砸死，老天爷真是不开眼啊。他想起刘兰芝诅咒恶人时，常挂在嘴边的一句话：“嘎嘣的，咋不替好人死去！”

大臭儿似乎早把两人的过节丢在脑后了，他递过来一支阿诗玛。林智诚说我有，掏出大前门。大臭儿一脸不屑：“抽我的！我说，你甭配钥匙了，跟着我干吧。我吃肉绝不给你汤喝，别的不敢说，保管天天抽阿诗玛。”

林智诚没吭声。大臭儿猛抽口烟，青烟分成两股从鼻孔喷出来，他手点着林智诚：“我知道你小子死倔，你要愿意配钥匙，也没人逼你。不过有我罩着，以后小山这片，没人敢找衅你。”

大臭儿随手把烟灰磕在空碗里。不远处的舞池中，一支小乐队奏着轻音乐。在这本该优雅的环境里，高声大气的大臭儿格外扎眼。林智诚脸有些发烫，自己真是犯贱，为一顿饭来这儿丢人现眼。大臭儿瞧出他心思，夹着烟卷的手指点戳着大厅里不多的客人：“我跟你说，甭看他们一个个人模狗样的，脱下裤子都是流氓。翻翻他们的兜看看，钱不比你哥挣得干净。”

说着，他把一沓钞票拍在桌上：“这年头，没人问你钱从哪儿来，谁也不会跟钱过不去，钱就是大爷！”

按说凭他的酒量，喝半斤八两没问题，可这天大臭儿还是醉了。请林智诚吃饭，他也是摆摆阔。打小，大臭儿就受穷。他家在工人新村最后一排，门前水沟里流着热气腾腾的污水。灰白浑浊的水，从矿上澡堂子排出来，散发着浓重的硫臭味。家里孩子多，他总穿着哥穿剩的破衣服，鞋子永远露着脚趾头。他妈从来就不曾缝补过，成天不是盘腿坐在炕上，用熏得发黄的手指头卷烟，就是对着镜子用火筷子卷头发。小伙伴们追着他唱：“大臭儿他妈，真邋遢，洗脚的水，熬倭瓜；擦屁股的纸，糊窗花（户）……”上中学时，他翻墙偷了粮店十块钱，大方地请同学抽烟。半截烟还没抽完，就被警察揪进了派出所。回到家，爸劈头盖脸就是一顿皮带，妈在一边跳着脚说活该，小死花子咋不去死！地震两年后，他从监狱出来，一家人早已不知埋在何处。满街都是待业青年，大臭儿成了真正的无业游民。他在煤场拉过排子车，火车站扛过大包，最后在小山扎下根，开了个录像厅，带小兄弟们收市场管理费，帮忙维持秩序。他觉得自己挣了脸，人五人六的很是风光。

酒喝了不少，两人眼珠都充了血。结账时，大臭儿好像随口说了句："还记得你救的那个娘们吗，她在文化局呢，恐怕早把你忘记了吧。"

林智诚像被烫了一样，一哆嗦。

"记住，世上的女人都是毒蛇！"大臭儿说着摇摇晃晃站起来，抓起桌上那沓钱喊领班，给我奏十遍《地道战》！小乐队得令，一通忙活。毕竟曲子不熟，合没两遍，节奏就有些乱起来，乐手累得前仰后合。大臭儿一抬手把钞票扬到空中，大笑着扬长而去。

下午生意冷清，林智诚酒劲儿上来，歪在轮椅上打了个盹。醒来看见街道上空荡荡的，一只黄狗夹着尾巴溜了过来，在他轮椅上嗅嗅闻闻。他起身，把大臭儿踹歪的辐条一根根掰直，看没啥生意，便摇着轮椅回家。迎面车辆挟带着阵阵沙土，脸上的擦伤越发火辣辣的疼。与大臭儿相遇，勾起了不少往事，心里很不好受。胃里也在翻腾，口渴灌进去的凉水和先前饱食的大鱼大肉发生反应，翻江倒海似地往上涌。忍半天没忍住，轮椅停在路边，他扶着一棵刚抽出嫩叶的小叶杨，剧烈呕吐起来……

到家，刘兰芝刚好出来倒垃圾，看到他吓了一跳。林智诚推说路上摔了一跤，叫她别跟爸说。妈帮着把轮椅推上坡道，推进屋子，一边找着二百二，嘴里念叨着："你这孩子，在家多好，又不是缺钱花，干啥非出去配钥匙。"林智诚听凭她摆布，把半拉脸涂红了。

"躺沙发上歇会儿，刚好爱国送来点排骨，我给你炖上，伤筋动骨得补补。"刘兰芝说完，去厨房里忙了。林智诚坐在沙发上，看着旁边鱼缸里的金鱼。金鱼有黑的、有红的，大肚、鼓眼、双尾，在水草中缓慢游动，嘴不时露出水面，吐出几个气泡。不一会儿工夫，排骨的香味就飘了过来。林智诚肚子咕噜噜叫了几声，鼻子一紧，眼窝又湿了。

第二天，他起得很晚，镜子里一看，膀头肿脸的，有点吓人。要不要继续出摊，林智诚有些犹豫。倒不是这副模样怕见人，而是不想跟大臭儿走得太近。可好不容易有个营生，他又不愿放弃。正盘算着，爸推门进来，听说儿子摔了一跤，不放心过来瞅瞅。林智诚说：“没事儿，一点皮外伤，我妈就爱大惊小怪。”

“长再大，在爸妈眼里你也是个孩子，一个人在外头闯荡，要加点小心。以后呢，走道慢点，配钥匙又不用赶点儿，着啥急？”

林兆瑞站在门口，手挡着嘴轻轻咳嗽着。林智诚轻轻推爸出门，说你就放心吧没事，以后我注意就是了。父亲回屋，林智诚连忙收拾好工具，摇轮椅出门。他怕自己承受不了父母的关心。

到小山时已快晌午。轮椅刚停稳，大臭儿开着一辆红色嘉陵摩托，挟烟带土地冲过来。车子嘎的一声停下，他没下车，扔下条烟走了。林智诚拿出一根阿诗玛叼嘴里，心想，这小子倒有几分哥们义气。

市场露天厕所离得远，林智诚内急，偶尔去附近大臭儿开的录像厅方便一下。录像厅厕所在后院，不过是半截破缸埋在土里，上面架着两块青石板。闻着呛眼睛的尿氨味，乒乓嘿哈的拳脚声和女人的浪声浪语听得一清二楚。大臭儿在臭椿树下打沙袋，光着膀子，露出一身肥肉。看见他说，过会儿锁上门放毛片，你也进去瞅瞅。林智诚摇摇头，不就是光屁股女人，有啥好看的。大臭儿拽过脏毛巾擦着汗：“你呀，还是个童男子吧，有空儿哥带你开开荤，人活着不能憋屈了自个。”大臭儿蹿跳着，沙袋击打得来回晃悠。他眼睛不看林智诚，问你姐夫还练没练武术，有工夫会会他。林智诚吓了一跳，大臭儿呵呵笑起来：“我可不是找他寻仇。你姐夫挺仁义的，就冲地震后，你姐没了还照顾你们爷俩，我就宾服他。”说着，噗地一拳打在沙袋上。

入夏，大臭儿弄来台翻带机，翻录港台歌曲。这营生不错，林智诚动了心，便租个临街门脸，跟大臭儿搭伙干起来。人在河边走，难免不湿鞋，不知不觉间，他和这帮人混到一块，大事小情帮着拿拿主意。这是一群头脑简单、崇尚暴力的粗人。地震前唐城每条街、每个学校的半大小子中，都有一两个用拳头打出来的霸王。就是这些人活过了大地震，经过短暂牢狱之灾，然后散落在社会上。他们无牵无挂，敢于冒险，最早找到挣钱门道，也最早体会到了花钱的快感。当发现单打独斗已不适应这个社会，他们纷纷投到大臭儿门下。偶尔，林智诚跟他们一块出去胡吃海喝，冷眼看着他们骂街、耍横、胡嘬，吼着跑了调的流行歌曲。他觉得这个时代简直就是为这路人准备的，挣钱容易，活得滋润。他搞不明白这个社会到底哪儿出了问题，父亲、姐夫教导他老实做人，守本分，挣良心钱，可他看到的、接触的却是规规矩矩的受憋，胆大妄为的发财。

兜里有了钱，林智诚给家里每人买了件东西。大刚喜滋滋地摆弄着索尼板砖录音机，一遍又一遍地倒着带子。王树生用小舅子送的电动剃须刀，刺刺啦啦刮着胡子，问他："我怎么影影绰绰听人说，你跟大臭儿有来往？"

"没影儿的事，我怎么会跟他糨在一块？"

"那路人少搭理，就是再有钱，也不是好来的。别看他现在闹得欢，小心将来拉清单。"

杨丽华偷偷拉了丈夫一把。

有钱不花，死了白搭，是大臭儿这帮人挂在嘴边的信条。林智诚也不再抠抠搜搜，有一个敢花两个。不少唐城人还记得林智诚当时的装束：叼着阿诗玛，穿着雪白衬衫，轮椅靠背上挂着三洋录音机，放着邓丽君的"好花不常开，好景不常在"，或是张蔷的"好好爱我，不要犹豫，幸福人生藏在爱情里"招摇过市。那段日子虽然短暂，却是他残疾后最惬意的时光。

他买了块绸子，回厂子看了看李姐。李姐又说起对象的事："有啥条件尽管跟姐说，少条腿算啥，咱有钱垫着呢，要啥条件的找不着？"

"还是算了，我打一辈子光棍得嘞。"林智诚笑着，摇轮椅出了厂门，心情格外舒畅。

到了小山，大臭儿正汗脖流水地满世界找他，说要去个地方看货。他拽林智诚上了摩托就走。车子钻胡同，过铁道，左拐右拐，颠颠簸簸。大臭儿看来心情不错，哼起"文革"时候流行的《大海航行靠舵手》，只是歌词让他改得一塌糊涂："大老爷们爱老婆，提起老婆乐呵呵。三十多岁的大小伙儿，没有老婆叫我、叫我怎么活……"林智诚坐后座上，瞅着他后脖颈子隆起的两道肉折，不明白他为啥这么开心。

摩托车停在一处挂着安全旅馆招牌的小平房前。一个小个头、抠眼窝、高颧骨的女人迎上来。好好招呼招呼我兄弟，大臭儿说着推林智诚下车，把双拐递给他。林智诚还没反应过来，大臭儿说了声回头我来接你，一踩油门，突突突开走了。

屋里大白天挂着窗帘，黑咕隆咚的。林智诚问货在哪儿，女人拉开灯绳，衣服随即滑落下来。“大哥，你看这货怎么样？”她操着蹩脚的普通话，张开胳膊黏了过来。林智诚脑袋轰的一声，眼前浮现电线杆上红红绿绿根治花柳病广告。又难堪，又窘迫，又懊恼。

“干啥！”他挣了一下身子，用肩膀撞开那女人，夺路而逃。木枴在门槛上绊了一下，他险些摔倒……

这一夜，林智诚身子滚烫，闭上眼就是安全旅馆一幕。奇怪的是，当夜色浓重，夏季的第一场雨噼里啪啦敲打着窗子时，白天的厌恶竟然变成一种强烈的生理渴求。那个身材娇小，像是没发育成熟的女人，再次出现在他梦中，叫着他大哥。他和她在床上翻滚，滚来滚去，她居然变成了冯红……醒来，林智诚浑身是汗，床单上一摊冰凉。望着黑魆魆的屋顶，他才想起自己已经很长时间没有亲近过女人了。腿有残疾，可生理上没毛病，他也有男人的需求和渴望。白天如果不是下意识地逃走，一迟疑之间，难保就不会做出什么事来。

早饭后，林智诚连连打嗝，妈给了他几个生花生仁也没止住。他犹豫了一阵子，还是去了小山。雨停了，虽然天气还很阴，水泥地面倒是干了，没存一点水。和往常一样，林智诚从屋里夹出笨重的音箱，水泥地上铺个床单，磁带哗的一声倒上面。他摁下录音机播放键。“噢……哎……爱你在心口难开。我不知道应该说些什么，爱你在心口难开……”张蔷软绵绵的歌声传出来，混在了一片嘈杂的叫卖声中。

林智诚正手指头蘸着唾沫，数着脏乎乎的票子，大臭儿来了，肩膀亲昵地碰他一下。林智诚白了他一眼，没说话。大臭儿已经知道昨天的事，以为他生理上有啥问题。唉，本想犒劳一下老弟，结果马屁拍到马腿上了。见林智诚不大高兴，他尴尬地抓了抓脑袋，想起来这目的：“赶紧收摊，今天风声不大对，有人来查。”帮林智诚把音箱、磁带搬进屋，大臭儿一溜烟走了。林智诚心有不甘。看了看热热闹闹的整条街道，他想查就查吧，这年头混口饭不容易，谁还会跟一个瘸子过不去？这么想着，他又把磁带用破床单兜出来，哗啦倒在地上，返身在门上加了锁。这样就算被查扣，损失也不大。下午两点，西边天色又阴了上来，闷雷咕隆隆响着。林智诚抬头看看天，正犹豫着要不要把东西收起来，突然由远而近一通杂沓的脚步，摆摊卖旧书杂志的、卖磁带光盘的、卖计算器电子表的，卷起东西就跑。也就十几秒工夫，刚才讨价还价、人声鼎沸的偌大一条街，只剩下林智诚和一个孤零零的摊位。他还没来得及把东西收起来，一辆白色双排座在他面前戛然而止，车上跳下来一个女人和两个小青年。而另一个路口，也被一辆灰色面包车堵住。

是福不是祸，是祸躲不过，林智诚默念着唐城人最爱说的这句话，坐在轮椅上，微闭着眼睛，一副听天由命架势。来人也不废话，兜起床单哗啦把磁带扔车上。一个小青年过来拽开林智诚，掀起轮椅坐垫，拎出一个鼓囊囊的布袋。里面是走私的原版磁带，林智诚留给老主顾的，不知怎么这秘密被他知道了。林智诚心疼钱伸手去抢，两人撕捋在一块。“再捣乱，连轮椅一块没收！”另一个大个子恫吓着，过来摁住林智诚胳膊。

“放开他！”那女人突然大喊一声，吓得两人松开了手。大个子说：“科长，我们盯着好久了，这瘸子卖违法磁带不是一天两天了。”那女人道：“他一个残疾人，怪可怜的，算了。”声音既熟悉又陌生。小冯？林智诚惊讶地睁开眼站起来，忘记了自己只有一条腿。身子一晃，冯红要扶他，他拨开她伸出的双手，一把抓过来双枴。

冯红万没想到，会在这么一个尴尬场合见到林智诚。要不是那副磨得发亮的木拐，要不是看到木拐上，自己当初淘气用小刀刻下林智诚名字的缩写字母，她几乎认不出这张原本清秀现在却写满沧桑的面孔。

和冯红分手后，林智诚很少想过去的事，他不愿触及这道伤疤。可命运就是这么巧，偏偏在他最不想见她的时候，安排了两人的邂逅。她是执法者，衣冠楚楚，又当上了科长；而他，可怜巴巴，是个跟小偷差不多的，卖盗版磁带的小贩。巨大的反差，让他无法面对，冯红怜悯的眼神，也深深地伤了他的自尊。“拿走吧，不用你们可怜！”他丢下布袋，直撅撅回了一句。

当着属下的面，这一幕有些难堪，冯红佯装没听见，皱着眉头看了一眼阴云密布的天空。突然，云隙间扯出一道闪电，紧跟着炸雷在头顶响起，噼啪的大雨点子由远而近砸下来。青年人机灵，看出科长跟这个瘸腿小贩很熟，或许两人间还有些说不清道不明的关系。大个子连忙把那包磁带搁在轮椅上，催林智诚赶紧走，又招呼科长：“雨下大了，咱们还是回局里吧。”

冯红好像没听见。

箭杆子雨连天接地，倾斜而下。林智诚扔下轮椅和磁带，架着双枴，大步走入雨雾中。雨水没过脚面，裹挟着冰棍纸、空烟盒，哗哗地冲到坡下。湿透的白衬衫贴着肉，大雨点子打在身上生疼。他不管不顾地走着，脑子只有一个模糊念头：他和冯红谁也不欠谁的，从今而后不再会有任何交集。他哆里哆嗦，在大雨中疾走，歇斯底里地喊着："林智诚，你不能倒下，你要挺住！"

回到家，他发起烧来，一个劲儿说胡话。刘兰芝熬了姜糖水，一勺勺喂着。又抱过来被子给小诚盖好掖严实，让他发汗，这才去对门招呼刚下班的儿媳去医院拿药。

林智诚拉起被子，蒙住了脸……

好在他只是偶感风寒，过了一宿就退了烧。晨光照亮窗子，林智诚没和往常一样摇着轮椅出门，而是打开阳台小门，架拐来到小花园。暴雨过后，一地花瓣，枝头余下的几朵月季蜡制一般，似乎一碰就碎，空气中有一缕细细的甜香。团团簇簇的石榴花，饱含水分，红艳可爱。细密的石榴叶子里，藏着两只酣睡的金蝇。葡萄架下，林兆瑞正拿着果树剪修枝。站在父亲身后，林智诚没话找话，问今年能吃上葡萄吗？

"怎么不能？"林兆瑞用剪子指点着，"你看，这儿，还有这儿，都长出青葡萄珠了。这葡萄啊，从扦插、苗肥，到开花、坐果，总得有个时日。这跟做事一样，不要奢望一口吃个胖子……"

太阳出来了，小花园成了一个充满生机的小世界。蚯蚓在蠕动翻地，蜗牛顺着墙根往上爬着，蚂螂蜜蜂晒干了身子，翅膀一抖升到空中。花木也从暴雨洗礼中苏醒过来，扑簌簌抖落枯叶，直起浆汁饱满、富有弹性的枝干……所有的生灵都在忙碌着。

听着父亲的絮絮叨叨，嗅着雨后早晨特有的清新空气，林智诚的心像被初升的太阳抚摸着、烘烤着，暖暖的，一种幸福而甜蜜的感觉在他的周身涌动。

小区北边有一块野地，刘兰芝带着婷婷，顶着毒日头掐了一袋子人揪菜嫩叶回来。这是北方常见野菜，她剁点肉馅，加了些韭菜，蒸了几屉菜包子。包子搁搪瓷盆里，刘兰芝叫过来儿子："给你妹妹端过去。柱子贼懒，小环又没工夫做饭，吃上是能凑合就凑合。喏，让他俩尝尝妈做的菜包子。"

两家只隔了几栋楼，王树生爬上六层，敲了老半天门才开。张存柱腮上带着两条血道子，身后一地盘子、碗的碎碴儿。王树生刚要开口问，卫东迎了出来，头发蓬乱得像个雄狮。

“家里盘子碗的，多的没地儿放啦，使不了给我。”王树生开着玩笑，缓解一下紧张气氛。他把饭盆搁门厅桌上，问咋回事。王卫东冲丈夫一努嘴，你问他。张存柱别过脸去，也不吱声。王树生到厨房找来碗筷：“都坐下，尝尝妈做的菜包子，啥大不了的事，吃着饭慢慢说。”

两人坐在椅子上，沉着脸，谁也不动筷子。不知道妹妹妹夫为啥吵，王树生只好和稀泥：“你们哪，都是部门领导，家里这点事还搞不好。动不动摔盘子砸碗，左邻右舍听到了成何体统。好了，趁热吃吧，我回去了。”

张存柱桌下轻轻踢他一下，直使眼色，样子可怜巴巴的。王树生只好又坐下来，掏出烟来，柱子赶紧递过打火机给他点着。

“我说柱子，你也小三十了吧，就不兴手脚勤快点？你看厨房洣即的，地面脏得粘脚。刚结婚那会儿我就批评过你，你看看，都几年了，老毛病还是没改。”

“是是，哥批评得对。”张存柱鸡啄米似地点头。

“小环，哥我也说你两句。你在外头官再大，在家也是人家媳妇。‘文革’还讲要文斗不要武斗呢，你看你，柱子再怎么有错，也不该动手挠他啊。你看这脸，他怎么出去见人啊？”

“挠他是轻的。你问问他，干的那事儿，还有没有脸出去见人。”

“我干啥事了，怎么就没脸见人了？”柱子粗脖子瞪眼，站起来嚷着。王树生拽他坐下：“有理不在声高，从头到尾说说，到底咋回事？”张存柱避开他的目光，支吾着：“不就是跟女同事走得近点嘛，她就不依不饶……”

这下轮到卫东急了：“嘿，你他妈别把不是当理说！”

“哥你听见没，当你面她还骂人呢。”

王树生摆着两手，让他俩都别吵，慢慢说。原来自打结婚后柱子就想要孩子，可王卫东不想这么早当妈，她操心的事太多，没这份精力和耐心。时间长了，叔伯兄弟们背地说柱子那方面有毛病。张存柱心里跟明镜一样，对他进城吃上商品粮端上铁饭碗，这帮人是既羡慕又嫉妒。可说别的不在乎，指摘他生理上有缺陷，作为大男人他受不了。为要孩子的事，跟媳妇吵了几次。卫东烦了，怕他有想法，用损招，同床次数更少了。一来二去，家里受冷落的张存柱与学校会计、前年丈夫得病去世的王艳打得火热。小王还比照着他身量织了件毛衣。都是一个系统的，风言风语很快传到王卫东耳朵。回家审问丈夫时，两人言语不和，动了手，哥敲门时打得正热闹。

这种事两人都不便细说，含糊其词的，可王树生还是听出话外音，他拉妹妹到里屋小声道："柱子再坏，也不是那种朝三暮四、道德败坏的人。你说你，为这点事弄得家里跟战场似的，值吗？"

"哥，你不了解他，他本质就这样。从前就爱往大姑娘堆里扎，现在见小寡妇更是走不动道。"

"小环，你也是领导了，办什么事都要讲证据吧，不放过一个坏人，也不要冤枉一个好人，况且还是自己家里人。"

听哥说这话，卫东脸上勉强挤出一丝笑："好了哥，我知道怎么处理了，忙你的去吧。"

王树生走了。卫东从柜子里找出几件换洗衣服，塞进人造革包里："我也跟你打够了，这段时间我住单位，咱们都反省一下，看看这日子有没有过下去的必要。"

她看都没看丈夫，说完便哐当一声带上门走了。

没想到遇上妹妹妹夫吵架，王树生心里有些烦闷。他带着一身汗下楼，挑着树荫走，尽量避开正午火辣辣的太阳。

一晃，在这个小区住了快两年了，他喜欢这里的环境。树木葱郁，绿化很好，既有加杨、洋槐、泡桐这些老树，也有新种的合欢、玉兰、白蜡。从春到秋，迎春、蜀葵、紫薇、扶桑、万寿菊，热热闹闹地开着。尽管从外表看楼房一模一样，都是墨绿色水泥砂浆外墙，方方正正堆满杂物的阳台，可每户格局还是有着细微区别，每一家都有着自己的故事。

搬进新楼房不久，市里开始搞房改试点，号召大家把租住的公房买下来，职工、单位、政府各负担三分之一。王树生跟爸妈一合计，掏了这笔钱。虽然租房一个月才二十来块，他还是觉得花上万把块把房买下来更踏实。这才是自己的家，能够在这里繁衍生息，把终生托付的家。至于土地多少年使用期，他不是很在乎。他知道自己不可能再活七十年，他只希望在这里住的时间能比工人新村长一些，不再折腾，不再闹天灾人祸……

这么想着，到了自家楼下。刚要拉防盗门，王树生忽然想起昨天冯红捎话来，让他下午两点去趟文化局。他一拍脑袋，嗐了一声，饭也没吃便坐上了去市区的公交车。

冯红已在传达室等了他好长时间。当年风光一时的样板戏演员，现在成了精明干练的机关干部，王树生不由得想起地震前的那个夜晚，那个穿着印花的确良上衣，拖着一根大辫子的姑娘。在心里，他为林智诚叹了一口气。冯红手边放着一辆手摇轮椅车。看到王树生，她把那天查扣林智诚经过跟他讲了一遍。

“你劝劝他，别干那事了，别自暴自弃好不好？”冯红说。

搬着小诚的轮椅，王树生好不容易找了辆汽车拉回来。他先回家从抽屉里拿出个信封，然后敲开小舅子房门，把轮椅搁在屋地上。

“小冯今天找我了，说你连轮椅都不要了，气性很大呀。”

“别提她！”

“咱正经做点买卖行吗，别再偷偷摸摸干违法乱纪的事了。”王树生说。

林智诚伸懒腰打了一个哈欠。他有一阵子没去小山了，可当着王树生面，嘴还是很硬：“这算啥，卖几盘盗版磁带叫违法乱纪，那天底下没有遵纪守法的事了。况且，这东西满大街在卖，又不是我一个人。”

“谁卖我不管，你不能卖，我要对你负责！”话一出口，王树生鼻子有些酸，一下子想起了林智燕。见他变了脸色，林智诚赶忙认错，连说以后不卖磁带了。王树生让自己平静一下，把话收了回来：“卖，可以，咱们规规矩矩做买卖，我支持你。”

林智诚笑了笑，姐夫毕竟不了解这里头的玄机。

临出门，王树生悄悄把刚领的工资掖在了枕头下面。林智诚发现，追到门口塞给他：“我不需要，真的。姐夫，你信不信，我挣的钱，半年不出摊儿都能养活自己。”

握着门把手，王树生觉得有必要再叮嘱他几句：“别跟大臭儿来往了好吗？他那号人早晚得出事，你不要跟他沾包。”

“你别听别人瞎咧咧。”

“小诚，我是为你好。大臭儿再风光，也是秋后的老扁儿，他是啥人你又不是不清楚。”

“姐夫，你观念太落伍了。”林智诚忍不住打断他的话，“现在啥年头，甭管黑猫白猫，拿到耗子就是好猫。你老提人家当初偷鱼吃腥的事儿，没意思！”

看说服不了他，王树生只好说了句你好自为之吧，便带上门出来。楼道里阴凉阴凉的，有两只苍蝇在飞着，空气中有股来苏儿味。他有一肚子话，想跟爸念叨念叨，这个家里他们爷俩观点最相近，能说到一块。王树生刚要按门铃，又转念一想，老两口身体都不好，还是别给他们添堵了。转身掏钥匙，开了自己家的门。

林智诚把轮椅推到墙角，才注意到坐垫磨破的地方都补上了。针脚细密，显然不是姐夫手工，他也没这功夫。他心一动，冯红的影子出现在眼前。尽管那天只是短暂的对视，而且那么慌乱匆忙，林智诚还是看出来，小冯比从前腰身丰满了，有些双下巴，眼睛也更显大了。他打听到冯红结了婚，嫁给一个跑外轮的海员。直觉告诉他，她生活并不幸福。

林智诚躺倒在床上，看到一只蛾子在下午四点钟的阳光里飞来飞去。他手摸索着，按下桌上录音机播放键。

“你可知道我在爱你，怎么对我不理睬。请你轻轻告诉我，不要叫我多疑猜。噢……哎……我爱你在心口难开……”张蔷的歌还在屋里回旋，他已经泪流满面。

“小冯，小冯……”他喃喃道。

跟冯红的相遇，使林智诚对自己现在做的一切产生怀疑，他想堂堂正正干点正事。病好后他一直待在家里，刻意回避着大臭儿一群人。

八月底的一天，大臭儿在一次械斗中，后脑勺被人砍中了一刀，送医院不久就咽了气。林智诚听到信，立刻赶了过去，帮着料理后事。这里面既有感情因素，也因为小兄弟们眼巴巴求他，让他内心深处滋生出几分豪气。

从火化厂回到小山，林智诚在屋里找出两块比石头还硬的核桃酥，敲碎，一人分一块，去去邪气。核桃酥噎得大家直翻白眼，就这么在马扎上傻坐着，后来的几个人干脆蹲在地上。群龙无首，大家已把林智诚看成了老大，希望他挑头干。

十来双眼睛眼巴巴望着他，林智诚内心来回折个儿。大臭儿的世界像眼深井，阴暗不见天日，掉进去就出不来了。而且这帮人，哪个都不是善茬，都不好摆布。大臭儿没了，这时他只消拍拍屁股走人，这拨儿人就跟他没有任何关系，从前的烦恼一了百了。可冥冥中又似乎有一种魔力，吸引他想抓住什么东西。自己眼瞅着就三十了，发财机会不可能再遇到了，不管好坏，他要抓住这次机会，和命运搏它一搏。

“大伙既然信得过我，我可以挑头试试。它有一宗，丑话说头，咱干就干正经事，违法乱纪的事不干，提着心吊着胆的事不干。谁要再跟从前一样，让人背后戳脊梁骨，别怪我翻脸不认祖宗！”林智诚思谋半晌，才开口说了话。

“那是，那是。”一屋人连连点头。

放录像和翻录磁带不能再做了，他问大家有啥别的挣钱路子没有。瘦猴胡浩脑瓜活泛，眼珠骨碌碌转了几圈，说他有个来钱的道儿：“现在唐城到处在盖楼，不少援建的外地施工队走了，正好有空缺。咱们要是拉起一支队伍，包工程，管保比从前挣钱多。”

“盖楼？就咱们几块料，连鸡窝都没有垒过，能盖起楼来？你当小孩过家家呀。”有人泼冷水。林智诚拦住他，叫瘦猴说下去。瘦猴说：“盖不了高的，咱们盖矬的，两三层总成吧。我二舅在县里当包工头，那套路数我熟。”

林智诚盘算一下，点点头：“瘦猴主意不错。好，咱们就干工程！”

三两句话就把事情定了下来，林智诚充满惊涛骇浪的房地产生涯，就这么莽莽撞撞平平淡淡地开始了。录像厅转租出去，卖了摩托车，翻录磁带的设备也出了手，即便如此，添置施工机械的钱还是凑不够。手下都是有一个花两个的光棍，这笔钱只有靠林智诚想法子筹措。

他推开了父亲房门。沙发上，林兆瑞正给刘兰芝捶着腿。咪咪蜷在转椅上，睡得正香，鼻翼轻轻抽动，像是婴儿扯出细微的鼾声。自打搬进楼房，大刚就把猫搁到姥姥这里了。

“妈，你的腿……”林智诚关切地问。听到小诚叫妈，刘兰芝心里泛起幸福的涟漪。她坐起来，拿开老伴的手：“不碍事，就是上岁数了，腰腿酸疼。”

“要是难受别挺着，去医院烤烤电，我常做理疗的那家医院就挺好。”

“没那么娇贵。”刘兰芝说着起身往外走，要给小诚找点吃的。她猜想儿子上门肯定有事找他爸。林智诚感激地看她一眼。尽管残疾后脾气不好，他却从来没有跟妈发过火，甚至连大声说话都没有过。林兆瑞曾讨教老伴，小诚在她面前服服帖帖有啥秘诀。刘兰芝说，娘俩是上辈子的缘分，是心交心处出来的感情。林兆瑞当时有些不解，后来他才慢慢搞明白，老伴是儿子最忠实的倾听者，从来都是站在小诚的立场想问题。

他问儿子怎么了，好像有心事。林智诚欲言又止，借钱的事就是跟亲爹也难以启齿。林兆瑞脸上带笑："有啥不好开口的，有中意对象了？"

林智诚摇头。

"想回去上班了？"

林智诚还是摇头，坐在竹椅上扭了扭屁股，椅子吱呀吱呀作响。在父亲催问下，他才低着脑袋小声道："爸，我需要些钱，你那儿有的话帮帮我。"林兆瑞有些耳背，没听清他啥意思。林智诚鼓足勇气大声说："爸，我是说，我想干点正事，你手头有钱的话借我使下。说好了啊，算是你老人家投资。"

一听这话，林兆瑞激动地站起身来："我儿子想干事，当老子的当然要倾囊相助。我和你妈买房后还有五千块钱，明天，不，你要是着急，现在就去取。"

说着，就去拿存折。林智诚喜出望外，掰着指头算起买搅拌机、翻斗车等设备的花销。林兆瑞一听，忙问你要干什么。

"包工程，干建筑啊，现在唐城最火的就是盖房子。"

"你？"林兆瑞盯着儿子的残腿有些犹豫。刘兰芝抱来盛饼干的铁筒，里面是他们爷俩最爱吃的蜂蜜麻糖。林智诚伸手要从里头抓，妈递给他一双筷子，嗔怪道："你这孩子，还跟小时候一样。"

林兆瑞看了看老伴，说出自己的担心："小诚啊，还是干点力所能及的吧，包工程这……"他不指望说服儿子，而是说给刘兰芝听，意思是帮他劝劝，打消小诚不切实际的念头。

刘兰芝盘腿坐到沙发上，看着吃得正香的儿子，不紧不慢地说："照我说，只要是咱家小诚认准了的事，就放心大胆的让他去干。不试试，咋知道行不行？"她看了眼林兆瑞，接着说："老林啊，我那儿还有点儿体恤钱，都给儿子！"

对这个后结合的老伴，林兆瑞一向是言听计从。看她这么说，他只好点头同意。"不过说好了，咱可不许剥削人家。"他叮嘱着儿子。"包工头"这个词，让他联系到为富不仁和一夜暴富。

林智诚揽到的第一个工程，是给一家工厂盖食堂。一个多月后，工程完工，除去垫付的红砖、水泥、沙子钱，他已经拿不出钱来给工人开支。拖着残腿，他一趟一趟地跑，希望早点结算工程款。他整宿整宿睡不着，担心大伙的血汗钱打了水漂。

好像早就料到小诚会上门，王卫东没等他开口就说："怎么样，遇到难题了吧？当初我就跟你说过，建筑这碗饭不那么好吃，要你有思想准备。现在，需要我干什么？"

"问题不是出在我这，那家工厂也不是不给钱，就是拖你，你急他不急。眼看工钱都发不出来，刚开板儿，我不能让人觉得林智诚不讲信用。"

"先喝口水。"卫东说，"就冲你这句话，我还真看好你。说吧，缺多少钱，我先垫上。"

林智诚眼里放着光芒，连说谢谢。第二天，王卫东送来一个鼓囊囊的牛皮纸袋，里面正好是十五个人的工资钱。林智诚有些担心，问柱子他同意吗？"咱家的事，轮不到他外人操心。"卫东一摆手，好像很烦提到丈夫。

林智诚找笔要打个欠条，被卫东制止："别脱裤子放屁——多此一举了。你就好好干你的，有了钱想着还我就是了。"

林智诚还没捂热这笔钱，就接到那家工厂会计打来的电话。会计是一个好心的大姐，看他整天架着拐来要钱，三番五次地拿不走，有点可怜。她压低声音："有一笔款子到账了，你抓紧找领导签字吧，要不夜长梦多。"

林智诚连声道谢。电话那头又说："谢啥，我弟弟跟你一样，地震伤了腿，可他整天呆在家里，就知道管爸妈要吃喝。你一人跑出来干活，不容易啊！"

大姐给他出点子："我还是担心你拿不走，老弟呀，姐给你出个主意：你包个红包，比你跑十几次几十次都管用。"

一句话点醒梦中人，林智诚从卫东信封里，抽出了一千块钱。再次走进厂长办公室，把装钱的信封塞到一张报纸下面，让厂长买条烟抽。厂长说："你太客气了，你们房子盖得那么好，我感谢还来不及呢，哪能让你破费呀。"领导样子很诚恳，林智诚脸有些红，送礼这一套他还没学会，总有些偷偷摸摸的感觉。

领导拿起电话，嗯啊了半天，笑着对他说：“小林啊，你回去耐心等两天。我向你保证，最迟礼拜四，钱一分不少地给你。”

林智诚一听，觉得钱没白花，总算听到了承诺。可同时又犯了愁，工资必须马上发。手下这帮人，就像没嚼子野马，游手好闲惯了，好容易拢到一起，真正的凭力气吃饭干了回正事，他要不兑现工资，人心马上会散。可这一千块的窟窿，上哪儿去弥补呢？

他最不愿向姐夫开口。王树生再好，毕竟他身边已经不是他姐林智燕了，总像隔了一层。而杨丽华又是特别会过的人，结婚这么多年，没见她添过啥衣服。买菜总是赶晚，等摊贩着急回家，菜都成堆处理时再出手。每次吃完饭，剩下的菜汤、盘底子她都胡噜到嘴里。除了给俩孩子买学习用具，年节给老人添置些新衣，她几乎没啥花销。

晚上，林智诚招呼姐夫去他屋喝酒。就着花生米，两杯酒下肚，王树生望着有些憔悴的林智诚：“听说大臭儿没了，我早说，他那路人不学好，没个好结果。”

林智诚说喝酒，今儿咱们不提他。

王树生问你工程搞得怎么样，要是太累，太操心就别干了。林智诚摇头：“姐夫，你又不是不知道，我是一条道跑到黑，不撞南墙不回头的主儿。咬咬牙，什么困难都能挺过去。”

“有啥事，一定要跟我说啊，姐夫永远是你亲姐夫！”

林智诚跟姐夫碰了碰杯。他知道，眼前这个被他称作姐夫的人，只要他张嘴，会毫不犹豫地为他做任何事情。果不其然，他开口借一千块钱，王树生连奔儿都没打。“够吗？”王树生问，“你当头儿的，不能啥事都可丁可卯，手里总得有点应急的钱。家里买房子后，存折上好像还有三千，也没啥花项，你先拿去用吧。”

王树生没有跟媳妇说，把家里存款取出来全借给了小诚。杨丽华知道后，老大的不高兴，下班回家也不做饭，闷闷不乐坐在沙发上。树生心里有鬼，下班进家一声不响到厨房忙活起来。杨丽华叫他，他两手滴答着水站在她面前。“还记得咱们结婚时商量的事吗？”杨丽华盯着他。

王树生嗯了一声。

“连同上回丁媛的事，你这是第二次瞒我，我也不知道你还有多少事瞒着我。夫妻间要是连这点坦诚信任都做不到，那还叫夫妻吗？”

王树生避开媳妇的目光，下意识地在裤子上擦着湿手。这个小动作暴露了他的心虚。杨丽华知道他爱干净，一天不定洗多少遍手，而且一定要在毛巾上擦干。王树生确实心里有愧。对于这个小家庭来说，这笔钱不是个小数目，自己纵有千万个理由，也该先征求一下丽华意见，怎么就那么鬼使神差、急急忙忙让小诚把钱拿走呢。

思来想去，他还是怕丽华不同意。虽然林智燕已成为遥远的记忆，可因为有这层关系，小诚在他潜意识里永远是需要照顾的亲人。那么倔强要强的人，好容易向他——这个从前的姐夫张回嘴，就算要月亮要星星，他王树生也要想法满足。瞒着丽华向外借钱是错了，可要他开口向媳妇认错，打死也不干。一个大老爷们要连这点道行都没有，还算一家之主吗？特别是杨丽华又扯出丁媛来，让他老大的不高兴。于是，王树生选择不吭声，来个死猪不怕开水烫。

“你倒是吭一声，老这么装聋作哑，想蒙混过关呀？”

任凭媳妇说得口干舌燥，王树生就是不说话，既不辩解也不认错。杨丽华腾地站起来，找衣服穿上：“你看着办吧。婷婷又该轮住我婆婆那儿了，我去学校接了她送过去，直接回单位加班不回来了。”

说完，她把丈夫晾一边，搬车子出了楼道。天高云淡，秋意正浓。路边开着一片片黄灿灿的万寿菊，空气中有股淡淡的药香。几株粗大的向日葵，垂下沉甸甸的、籽粒饱满的脑袋。她蹬着车子，还在想方才的事。树生呀树生，你怎么就不能认个错、低个头呢？我不是嗔怪你往外借钱，我是生气你不该大事小事背着我，拿我当外人。我平时对小诚咋样，你也看到了，就是亲姐也不过如此吧。他缺钱，我会摇头拒绝吗？别说借，他就是开口要，我也会一点不打奔儿的。我杨丽华在单位跟钱打交道，却不是眼里只有钱的人；我平时会过不假，可不是那种不近人情、斤斤计较的人。科里姐妹都说我家里钱匣子管得松，说男人不能有钱，有钱就学坏。我从没上过心，没问过你工资奖金。因为我相信你，可现在……

杨丽华喉头有些发紧。她越琢磨越委屈，这回一定要扳扳树生的固执。

第七章

有的人的生活就像湍急的溪流，总是在兴奋和激动中度过。有的人的生活则像大海一样，就算内心世界风高浪涌，表面也是波澜不惊。

王树生就是后一种人。下乡、回城、丧偶、再婚，对三十几岁的他来说，可谓经历坎坷，并且注定日后还会有新的磨难在等着他。可他本性善良，乐观豁达，好像从不知道犯愁。在他看来，每天能看到阳光，呼吸到新鲜空气，就是福气。除了没有亲生儿女外，他可以说没啥遗憾的了。

单看外表，王树生和那些已有家室的工友没啥区别。每天蹬着车子上下班，中午热热自带的饭菜，或是去厂食堂改善一下伙食。有些不修边幅，有些嘻嘻哈哈，偶尔还会跟管物品发放的大姐们开些无伤大雅的玩笑。车间常有外地钢厂进修人员，问起大地震来，他总是轻描淡写，不愿多谈，让人家怀疑他是否经历过那场骇人听闻的灾难。他和内心饱受创伤的唐城人一样，把过去埋葬在记忆深处。

要不是地震十周年，谁又会记起他王树生？这天，厂党委的人领着几个外国人找到他，说英国一家电影厂要拍地震科教片，要他配合一下。翻译跟他说，电影名字叫《大地在怒吼》，反映地震惨烈和人类的抗争。这名字很传神，王树生想，大地震来临瞬间，大地确实从胸腔发出低沉的咆哮，这声音足以让人魂飞魄散。

导演是个白头发、灰眼睛、乐呵呵的老头，想还原王树生震后求生情形，特意找来当年那种木床，要他对着镜头把床头木撑掰断。可王树生脸憋得通红，怎么也掰不断。导演无奈地摊开双手叨咕了几句英语，翻译解释：“他说，人在求生瞬间爆发力是惊人的，这是无法复原，也是无法导演的。”最后还是导演有招，拿锯子把木撑锯开个豁口，王树生一使劲才弄断了。

唐城的街头，搭起一个个五颜六色的花坛。崭新的城市，新盖的楼房，一遍又一遍的清洗、装饰，好像在迎接着什么节日。早上遛弯或是街头玩牌的人们，甚至有些兴奋地议论着，哪些大领导会来参加纪念活动。不能责备他们感情麻木、善于遗忘。当年在学校操场，在亲人坟茔中，还没从失去亲人痛苦和大地震惊悸中解脱的唐城人，不是一样专注地看着“文革”电影《芒果》嘛。没这股没心少肺劲儿，谁也熬不过那段悲惨时光。

可晚上呢，当夜幕降临，唐城才是真实的唐城、悲恸的唐城、阴阳相隔的唐城。当街、路口，到处跳动着焚烧纸钱的火光。纸灰呛人，升空的烟尘被城市灯光染成了锈红色。王树生和杨丽华也在烧纸的人群中，相距几米远，蹲在地上烧着纸钱，祭奠着前妻前夫，纪念着曾经拥有的、恍如隔世的夫妻恩爱。

不远处给爸妈烧着纸的大刚，突然哭出声来，大小伙子像孩子一样嗷嗷地哭着。杨丽华走过来，看丈夫用木棍把纸灰敲打灭，又浇上点水，才说去劝劝大刚吧。王树生没动：“没事的，让他宣泄一下子吧，这孩子心事重。”杨丽华小声问，他知道他妈为救他没的吗。王树生摇摇头。

一块往家走时，王树生说：“领导今天找我，这些日子不用上班了，要我在家配合记者采访。你嫌乱的话，下班晚点回来。”

杨丽华说没事的，我不嫌乱。

这个时候，王树生的生活注定不会平静。记者、作家、电视台的人，一拨儿接着一拨儿，每天家里挤得满满的。他一遍遍回忆着当年的情形，说到和林智燕的生离死别，眼泪滂沱。杨丽华悄悄起身，到外屋抹眼泪。这些事她从没听树生说过，特别是他前妻的死。记者是香港一家报纸的，听着听着眼泪掉到采访本上。对不起，她用化妆棉拭着眼角说。

接待了几拨采访，重复过几遍当时情形后，王树生的泪水凝固在脸上，话语也平静起来，像是在讲述别人的故事。是啊，过去的事再大，也变成遥远的模糊的回忆。就像涨潮过后的海滩，只留下模糊的纹理，印证着曾经发生过的一切。

他和林智燕的结婚照，被妈搁到衣柜中；而那幅见证着当年爱情的国画，也挂到了爸的书房。王树生还记得婷婷刚来他家时，曾用黑黑的眼睛盯着画儿看。城里长大的孩子，老半天才认出上面的燕子。钢铁工人与女护士的爱情故事，就像黑白影片，完全留在了地震前。这段婚姻留给王树生的影响，更多体现在行为习惯上，他的毛病一一被林智燕扳了过来。现在他甚至有些洁癖，一天不知要洗几回手，不能容忍家具上有一丝尘土。这点，连杨丽华都自愧不如。

虽然很有耐心地回答着记者的问题，王树生有时还是走了神——他又惦记起妹妹的事来。

自打上次劝架已经小一年了，妹妹妹夫始终在冷战中，王树生这个当哥的想问又不敢问。

头一天回厂子上班，柱子就找了来，说卫东要跟他离婚。他又抹眼泪又擤鼻涕，诉说着自己的委屈。他一个兽医，本来在农村显山显水，进城后呢英雄无用武之地，在学校应酬听喝不说，还要在家里受窝囊气，处处被卫东贬损。“这些，我都忍了，可卫东她现在得寸进尺，又要离婚，你当哥的一定要拦住她！”

王树生心里七上八下的，下班路上给妈买了几个大桃，顺便想说说妹妹的事。刘兰芝把桃子搁盆里，撮了一点盐，在水龙头下洗干净，又挑出饱满圆润的一个，摆在端庄慈祥、手持净瓶杨柳的观音菩萨面前。

“这些天，你爸天天晚上坐电视前，看有没有你节目，都快魔怔了。”她对儿子说。正咕咚咚地喝着温茶水的王树生，心里打个沉，忙把茶壶搁桌上，问我爸呢。“还不是为评剧那点事，中午饭都不回来吃。可倒好，挂个啥主席的衔，退休了反倒比从前上班还忙活，说要操持评剧节，排几出大戏呢。对了……”妈压低声音，“你妹妹来了，里屋呢。”

王卫东红肿着眼坐床上，不用问王树生就知道为什么，他坐她旁边：

“两口子过日子，勺子哪儿有不碰锅沿的？我跟你嫂子也常为一些小事隔叽，过去就过去了，都让一步啥事没有。”

妹妹没言语。

“今天柱子找我了，说你要离婚，一个大老爷们吧嗒吧嗒直掉泪。离婚可不是件小事，你们都是当领导的，传出去影响多不好。”

这话一下子捅到王卫东痛处，她抽泣起来：“哥，不离还能有啥法子。见过不要脸的，没见过这么不要脸的……”

原来，前些日子两口子又吵起来，王卫东赌气和从前一样搬到单位住。柱子没几天就找上门，又扇自个嘴巴又赔罪，还请老领导过来说和。几次三番，闹得沸沸扬扬的，让卫东很没面子。为了挽回影响，她悄悄把行李搬回家。万没想到打开房门第一眼，竟然看见丈夫急慌慌地往身上套衣服，被子里还藏着一个女人……

尽管她简短截说，省略了不少细节，王树生还是听明白怎么回事。这个茬口柱子显然跟他隐瞒了，光说自己一面理。王树生咂着嘴，连连叹气。妹妹的脾气秉性，他真是太了解了，打小争强好胜，从来没向谁示过弱、服过软、诉说过委屈。这桩婚姻，是她自己的选择，而今天到这步田地，打碎的牙宁可往肚里吞，她也不会跟别人诉说其中的苦涩和不幸。

一对狗男女，一对狗男女！卫东翻来覆去就这一句话。王树生等她稍稍平静，问以后打算怎么办。

王卫东脑子一团乱麻，她也说不清楚，回家也是想让亲人帮拿个主意。她想不到生活会这样一团糟。

卫东这段时间的心路历程，其实很有代表性。进入20世纪80年代，她始终处于彷徨、无助、无奈之中，只有繁重、忘我的工作，才让她精神有所寄托。现在一切都在变：从原来尊崇的神一样的毛主席，到盖棺定论、功过三七开的评价；从一大二公、让她为之奋斗抛洒青春和汗水的人民公社，到把集体财产一分了之，村村实行包产到户、包干到户；从知识越多越反动，知识分子是臭老九，到学好数理化走遍天下，干部要年轻化、知识化……这些，让她这个当年的铁姑娘、下乡知青的典型很难接受。她不止一次地参与报纸上的大讨论，试图为自己从前的信仰辩解。可最后，她还是无奈地发现世道变了。要不被淘汰，她只有追上时代潮流。

撤消建设指挥部后，她本该去新成立的建委牵头。可没想到城建技校——就是柱子那个学校的校长，一下子提拔成建委主任，她却被派去妇联。王卫东找到顾彬书记，没说几句就掉了泪："我不是争这顶乌纱帽，也不是工作挑肥拣瘦。你知道，我王卫东不是那种人。可我在指挥部这么多年，对城市建设有感情，也有经验，干这行能更好地开展工作……"

这一点老领导很清楚。他说："我马上要退下来了，市委让我去当顾问。我说，顾什么问，退下来就是退下来，一天不待。建委主任是上常委会通过的，我左右不了，可这副主任，我会力荐你的。"

王卫东感激地看着顾书记，当初要没他保护，自己那段造反派历史很难过关。在成长道路上，老领导给了她太多的帮助。顾彬看出了她的意思："你别谢我，于公于私我都应该帮你。于公，想让懂行能干的人去建委，把城市越建越好；于私呢，我是看着你成长起来的，多少有点偏心眼。你是个好干部，希望下去多少年，我没有看走眼。"

老领导的话语，让王卫东产生一种倾诉的愿望：

"论工作成绩，论工作经验，他一个教书匠哪点儿比我强？坐火箭上来，升这么快，他凭啥？现在说干部知识化，他不就靠学历一张纸嘛。我就不相信，学历等于能力，学历等于水平？"

老领导抿着嘴，听她发完牢骚才说："卫东啊，有些话咱们只关上门说说。现在不同你下乡那会儿，也不同于指挥部，光有工作热情不够，还要处理好方方面面的关系。对于现在的改革，许多事我看不明白，你还年轻，思想观念上要跟得上形势。"

就这样，王卫东留在建委当了二把手。单位刚有起色，万没想到后院起火，柱子来了这么一出。面对哥的询问，她叹了口气："我还能咋办，离婚。反正我俩早分居了，我也不在乎别人说什么了，这次我铁定不原谅他。"

刘兰芝端着桃子进屋，听了这话，把盆往柜子上一蹾："丫头，你真疯了。要说从前父母包办的，过不到一块儿情有可原，可他是你自己选的女婿呀。当初，宁可跟你爸闹掰了也要嫁给他，啥容易的事。现在说离就离，吃亏的不是他柱子，是你，背后人家不定咋戳你脊梁骨。"

她一屁股坐椅子上，捶打着一起一伏的胸口："你走吧，地震没砸死，我不能让你气死！"

卫东叫了声妈，王树生赶紧冲她使眼色，让去他屋待会。闺女出去后，刘兰芝嘴唇还在哆嗦："气死我了，这么大了，还让我不省心！"她又想起姑爷来，骂道："忘恩负义的柱子，还有那小寡妇，不能轻饶了他们。别让我遇见，见到非把他俩脸挠花了不可！"

妈脸上透着一股护犊子的狠劲。树生见平素温顺和蔼的母亲，为闺女受委屈挨欺负这么激动，忙劝道："妈，你老也歇会儿，着啥急，小环又不是孩子，会处理好自个儿事的。"

刘兰芝长叹一声，费老大劲才平息了哮喘。

俗话说，宁拆一座庙，不毁一门亲。尽量弥合破碎的婚姻，是大多数亲戚朋友的态度，林兆瑞也不例外。跟老伴相比，他没有那么激烈的反应，和树生商议后，他到建委找到王卫东，爷俩边散步边说话。

时间过得真快呀！林兆瑞感慨着，问卫东还记不记得他当初到县里采访她的事情：

"我还记得你那时说的一句话：如果没有柱子，我是挺不过来的。孩子，我非常理解你。俗话说此一时彼一时，时间、身份在变，人不可能一成不变，婚姻、感情也一样。那时候，他在你眼里不说是最好的，也是你最需要的。现在，你们都变了。他有没有外遇，是不是对婚姻不忠先搁一边，你察没察觉你的变化？"

王卫东摇摇头。

"你要尽量拉近你们的差距，缩小你们的变量。在你看他不顺眼时，想想他过去对你是多么重要，多想他的优点、长处。夫妻，不怕同时进步，也不怕同时止步，就怕一个老是往前冲，一个人原地不动。其实，这对婚姻的杀伤力，不亚于感情背叛。小环啊，你得拉他一块进步，让他没有心思搞用不着的。"

这一番话，王卫东是听进去了，可对这桩婚姻，她真的不再抱一点希望了。这年冬天，她平静地跟张存柱办了离婚。

差不多小一个月了，林兆瑞去推儿子房门，门总是锁着的。他跟老伴念叨，小诚心野了，这长时间不着家，也不知外头干得咋样儿，我七上八下的。刘兰芝说："这孩子忒要强，遭多大罪也不吭声，不诉委屈。一瞅见他搁家的轮椅，我就挂念。”

挂念半天，还是看上一眼才放心。第二天老两口蒸好爬豆米饭，炖了红烧肉，装饭盒里给儿子带去。林兆瑞拎着换洗的衣服。半个钟头后，两人来到儿子的公司。早先这是一所小学，因为小区没多少生源，并校后闲置起来。两年前，林智诚租下这个学校。周边是高大的毛白杨，校园里还有几棵雪松。林智诚一下子相中这地方，他喜欢夏天推开窗子就能看到绿荫。

看门的万师傅告诉他们林经理一大早就坐车出去了。老两口有些失望，东西搁下要走。老万说那可不中，大老远来了，再怎么也得歇歇脚，喝口水。“走，我带你们上林经理办公室看看。”老万说着摘下墙上挂着的一串钥匙。

出门时，老万提上一个红色暖壶。经理办公室就在一层把边位置，原来是体育教研室。门一打开，一股潮霉的寒气迎面扑来。林兆瑞四下瞅瞅：“没暖气吗？”老万说：“一楼暖气烧得不好，林经理腿脚不利索，又不愿意上楼，整个公司属他这最冷。”屋里陈设很简单，一张老板桌，三把椅子，一个三人沙发，一个茶几，一个书橱。老万让老两口坐沙发上，从茶几底下拿出两个白瓷杯子，沏上茶。他递过来一支自己卷的旱烟。林兆瑞摆摆手，嫌劲大，掏出了自己的烟。

“说起来，我跟林经理也是老交情了，打小山摆摊那会儿我们就熟。我卖刮胡刀片、劳保手套，他修锁配钥匙。我家里吃饭的嘴多，日子过得紧巴，天天早上去郊区挖野菜给大饭店送去挣点钱。后来有回在家门口遇上林经理，拉他进屋喝口水。他看到门后挂的月份牌，上头我用圆珠笔记着每天挖野菜收入。他问我：老万，你就想这么过下半辈子？我说还能有啥法，人的命，天注定，我们老两口就是一辈子给儿孙驾辕拉车的命，穷命！他说，要这么着过日子，我宁可一头碰死。他说老万，人是可以改变命的。他让我来这儿打更，说是缺人手，帮帮他。其实，他是想帮我，给我一份固定收入啊！”

老万絮絮叨叨说，林兆瑞嗯啊地应答着。刘兰芝说万师傅，我家小诚爱着急，他其实心眼不坏，有啥对不对的地方，你多担待。老万说哪里呀，是我们让林经理操心了，养活几十来号人，不容易呀。他竖起大拇指：“你们教育出来的儿子忒仁义。说起我们经理一桩桩，一件件事，没人不说这个的。老哥，老嫂子，你们儿子真行！”

刘兰芝笑得合不拢嘴。林兆瑞心里美滋滋的，嘴上谦虚道：“小诚几斤儿两，我这个当爹的还不知道？他就算浑身是铁，能捻几根钉，都是你们大伙儿帮衬着他干。”

老万又卷了一支旱烟：“老哥老嫂子啊，看来你们到现在还不了解你们的儿子，我给你们讲讲我们林经理的故事……”

起初，林智诚对建筑一窍不通，不过他的勤奋很快弥补了知识上的欠缺，谁也糊弄不了他。开公司后，买了辆二手桑塔纳，他让胡浩开车，常去各处工地转悠。项目经理们一听说他来了，诚惶诚恐地跑过来迎接。林智诚架枴走得很慢，但脑筋转得却相当快，貌似心不在焉听着介绍，可一旦项目经理话里打了埋伏，他会立马停下来，皱起眉头。大家都有些怕他。

这是去年冬天的一档子事。

一个风沙天的下午，林智诚突然出现在城建中专工地上。这段时间外头应酬多，没有过来，他着实放心不下。眼前的大楼，被脚手架和防护网包裹得严严实实。工地上机械轰鸣，这里那里响着敲敲打打的声音。刚刚浇筑好的楼房，阴冷潮湿，带着土腥的水泥味道直呛鼻子，可林智诚却觉得亲切。到了转角处，他站下歇会儿，随手用木枴戳戳墙壁。水泥墙发出空洞的声响，林智诚吓了一跳。他凑近一用劲，竟然把墙角一小块水泥掰了下来。

他火腾地冒上来，把水泥块扔地上，让把项目经理二胖叫来。工人们面露难色，二胖下午根本没照面。林智诚吼道：“我腿折了，你们的腿也折了？给我去找！把公司的人全叫来，我在这儿等着，三点谁不到别怪我翻脸不认祖宗！”

二胖正在工地角落一处板房里打牌。听说林智诚驾到，慌忙胡撸一把桌上的钱，边往裤兜塞边往外跑。寒风里已聚集了一大群人，都冻麻了双脚，在偷偷跺着。林智诚的脸比天气还阴，他问起施工情况。

二胖心虚地瞟了他一眼，还行吧。

“还——行——吧？”林智诚拉长声，重复了一遍，用木枴把水泥块拨拉到二胖脚边。这小子也算最早跟他干工程的元老了，林智诚看着他，心里袭上一丝悲哀，真是老天不帮自己呀。因为城建中专项目重要，林智诚盘算再三，才相中了学建筑的二胖，把项目经理担子交给他。他几乎把身家性命压在这个工程上，没想到平素老实巴交的二胖给了他一个窝心脚。他哼了一声。

看瞒不住了，二胖咽口唾沫，辩解道：“水泥沙浆比例没问题。林哥，水泥我也不瞒你，是从我二舅厂子进的，标号是低点，可我也是想给公司省点钱。再者说，学校又不是政府机关，房子不倒就行，要那么好干啥？”

“拆掉重盖！”

尽管林智诚的一声吼被空旷的工地消解了，大伙还是吓了一跳。拆掉，想都不敢想，损失搁谁头上？大家忙打圆场，说二胖也是为公司着想，不在建材上抠门一下，就咱们这点家底，支撑不起来这栋大楼。而且，现在不比刚地震那会儿盖楼要求严，家家公司都这么做，水泥能便宜就便宜，连钢筋都敢用地条钢，没听说谁出过事。林智诚圆睁二目，一句话不说。在他逼视下，人们话都不利索了，求情的勇气一点点消失。最后，几个人话没说完就闭上嘴，都低下了头。

工地静得出奇，风刮得防护网扑扑作响，天色晦暗。忽然，扑通一声，大家吓了一跳。林智诚把假肢卸下，扔在了冻土地上。

“都给我睁开眼睛看看，这就是血的教训！”

他一嗓子吓得二胖腿一软，跪到地上，像要给那条结实、光滑的仿真树脂小腿磕头。大家只看了一眼，目光就躲闪开，谁也不敢再正眼瞭那条“腿”。

林智诚全身重量压在双拐上。摘掉假肢站起时，身子一打晃，他这才发现自己对这条“腿”已经产生了很强的依赖。和所有残疾人一样，他不愿把自己的缺陷示人。当初丁媛给他伤口换药，每次他都像手术前备皮一样羞涩，疤痕累累的残肢，等同于处男的秘密。因此，他从心里把丁媛视为最亲近的人，甚至超过有过肌肤之亲的冯红。

寒风从裤口往上灌，断腿处一阵阵隐痛。这几年，企业从包工队扩大成建筑公司，外人看着很风光，可谁又知道他这个总经理吃了多少苦，遭了多大罪。为了拉工程，摆平方方面面关系，他拖着假肢，成天在外奔波。不方便上厕所，平时很少喝水，嘴唇老是皲裂爆皮，实在渴了就啃一两口萝卜或者吃个梨。什么生意都离不开酒桌，他硬是锻炼出来酒量。喝酒喝的胃出血，有回闹急性胰腺炎差点死了……这些，他们都知道吗？

风沙里，大伙低垂着脑袋，大气不敢出。林智诚看着这些灰头土脸，脸被小刀子一样的寒风吹得通红的手下，语气放缓和些：

“挨个看看，你们哪个不是从死人堆里爬出来的，都是震漏儿，不能好了伤疤忘了疼。是，老天爷不长眼，该咱唐城倒霉，发生了百年不遇的大地震。可房子要是结实点，会一摇晃就倒，会死那么多人吗？从前唐城房子啥样，你们又不是不知道。平房石头墙、焦渣顶，屋顶过重，房子结构不合理；不多的砖混楼，也一样脆弱，混凝土空心楼板，直接搭在砖砌承重墙上，经不起剧烈晃动。这就是地震后盖楼，为啥搞内浇外挂、砖混加构造柱，提高地震设防烈度的原因。人命关天的事，就得二小穿马褂——规规矩矩。都是搞工程的，这些道理难道你们不懂？保不齐啥时还会忽悠一下子，房子再抗震还怕不结实呢，你们竟敢偷工减料。你们这么做，不是在糊弄别人，是在坑你们自己，坑你们的子孙后代！”

…………

“那次，林经理是真急了。他说：‘都他妈的这么干活，糊弄人，砂锅捣蒜——一锤子买卖，传出去咱们还有没有脸在唐城混？’你们听听，真是话糙理不糙啊！”老万感慨道，“诸葛亮挥泪斩马谡，从前也只在戏文里听过。我们林经理一点不次于诸葛亮，他说谁砸我牌子，我就砸他饭碗，当即把二胖开了，一点不顾及哥们义气，谁说情都不中。做老实人，盖结实房，这可不是句空话，现在一提到林经理，我们就会想到这一出……”

林兆瑞搞文艺，戏里戏外是个很感性的人；刘兰芝更是看戏流泪，听古伤怀的女人。老万绘声绘色地讲述，让两位感动得一塌糊涂。万师傅递过来一条手巾：“你看看我，你二位好不容易来一回，又惹你们伤心抹泪的。”

林兆瑞说：“老万哪，你讲得好。你要是不说这些，我们还真想不到，从前那个娇生惯养、爱使小性的小诚长大了。行，有责任、有担当，这才是我林兆瑞的儿子！”

老万跟老两口说这些的时候，林智诚的银灰色桑塔纳正驶过闹市区，拐上一条邻近市场的小马路。天空零零星星地飘起雪花，车里挂着的毛主席像吊饰，来回摆动着。车子在一处独门独居的小院门口停下，林智诚下车。瘦猴从后备箱拽出个鼓囊囊的蛇皮袋想跟着，被林智诚制止了。

林智诚拎着东西上前敲门。敲了两下，见没啥动静，干脆攥着拳头咚咚咚捶了起来。里面响起拖沓的脚步声，门吱呀一声开了，睡眼惺忪的张存柱出现在面前。

张存柱离婚后不久，城建技校升格为中专，他当上了一把手。学校要在原址扩建，好几家建筑公司盯上这块肥肉。林智诚也不例外，硬着头皮去找他，烧香上供，总算拿下了这个项目。可没想到，后来工程出了纰漏。虽然林智诚及时采取补救措施，可柱子多精明啊，毕竟在建筑口混了这些年，一眼就发现了问题。当初他把工程包给小诚，不是念及旧情，而是觉得拿回扣更安全一些，瘸子嘴紧不会出卖他。没想到林智诚请他吃了几顿饭，送了块瑞士表后，闭口不谈钱的事。真是个抠门鬼，钱都穿肋骨上不成？眼下的工程质量问题，让他找到了借口：“我对你这么信任，把工程给了你，你却给我上眼药。说说，这楼到底咋回事？”林智诚也不隐瞒，从头到尾讲了一遍经过，信誓旦旦地保证不会出任何问题。张存柱瞪了他一眼：“我相信你，谁他妈的相信我？我可不想陪你一块坐大牢。屁股上的屎自己擦，你把事情解决好了，再来找我。”本该结算的工程款，就这么拖了下来。

现在，柱子明白林智诚的来意，他身子挡在门口，丝毫没有往里让的意思。官场混久了，张校长自然带着几分官气，眼泡浮肿，白白胖胖的像个太监。跟他站一块，林智诚觉出自己的狼狈，头发乱蓬蓬的，皮夹克肩头落了不少头皮屑。这段时间，他添了个新毛病，一着急就爱挠头。“我给你拜年来了。”林智诚像是没看出他的反感，说着腾出一只手解开麻绳，一提留袋子底，一个白呲裂骨的冻猪头滚到了雪地上。

张存柱吓了一跳。猪头收拾还真干净，两耳支棱，嘴巴朝天，就像刚刮干净下巴要入洞房的新郎，小眼还笑眯眯的。他当年干过杀猪匠，白刀子进去，红刀子出来，这玩意见得多了。他嘴角浮出一丝笑，脚一拨拉，猪头翻个个儿，竟露出颈部插着的一把刀子。刀深及柄，凝固的鲜血蹭到雪地上，殷红一片。柱子脸青一阵白一阵的，故作镇静：“甭跟我玩这个哩格楞，直说吧，你想干啥？”

林智诚把空蛇皮袋一扔，笑了笑：“现在你当大校长，人家都给你拜年送礼，我不来随大溜行吗？”

“我不收礼，这东西你拿走。”

“当官的不打送礼的，既然我大冷天来了，你收也得收，不收也得收。”

张存柱盯着林智诚，你是在威胁我？林智诚晃晃脑袋：“没那意思，只是想早点要回我们的工程款。”

“哼，要工程款，你还好意思提工程款？没把你的事抖搂出去，够给你面子了，你还有脸登门来找我？”

“这楼盖得咋样，你我心里都有数。我竭尽全力，几乎倾家荡产做了补救，你又不是不知道。我不是吹牛逼，这楼且比别的公司盖得结实呢，就算有一天真的出了纰漏，上法院、坐大牢，我一个人扛着，决不连累你！”林智诚语气放缓和些，“柱子，实说吧，我那百十号人等米下锅，小工们等钱回家过年。大伙急嗷嗷的，你就算帮帮我行吗？我不知道官逼民反啥样，不过你要是见死不救，就不是我一个人来了，他们可没我这好脾气。”

林智诚说着，把一个厚厚的牛皮纸信封塞在他手里。

张存柱只穿了件毛衣，让寒风细雪一打，哆哆嗦嗦的。林智诚的话软中带硬，也让他不得不掂量掂量。他悄悄捻了一下信封，里面撑死一万块钱，少是少点，可总比不给强，让瘸子出血已经很不容易了。他长吁了一口气：“遇上你算倒血霉了。好吧，明天你让会计过来结算吧。”

林智诚要他写个结算保证书。

“这不是脱裤子放屁，公家会差你这点钱？”张存柱叨咕着，只好带他进屋。都说横的怕愣的，愣的怕不要命的，林智诚就是这号不要命的人，这点柱子很清楚。从前两人下军棋时，林智诚最爱“对碰”——同归于尽。每当他杀气腾腾举起棋子时，柱子就有些胆怯，心理上先输了一着。他找出张白纸，按林智诚意思写好保证，签上自己名字，推过来：“咱们两讫了，就一回，以后别让我看见你了。”

保证书飘落到地上，林智诚费力地拾起来，薄薄的一张纸竟是这样沉重。那条好腿承受着整个身体重压，有些麻木。断肢又在疼痛，提醒着他天气的变化。这种痛是切割神经的疼痛，厉害起来服用任何止痛片都不起作用，足以让他脑袋撞墙。可现在，肢体的疼痛比不过他内心的疼痛。本来，他当初拉队伍时就想干好工程，人前人后不止一次表白：咱们地震活下来，就得积德做点善事，做老实人，盖结实房。可万没想到，这么重要的工程却出了纰漏，让他面对柱子的刁难底气不足，非使出下三烂手段才能拿到工程款。他心里难受啊。

虽然只在柱子屋里待了几分钟，可林智诚敏感地嗅出了一股女人的气息。虽然那女人一直没露面，但他猜想一定是横刀夺爱，从卫东手里抢走丈夫的那个小寡妇。

细雪变成了棉花套子雪，城市一片迷蒙。车子发动起来，林智诚胸中的愤懑也在积聚膨胀。他早已没了当初创业时的谦逊和耐心。刚支起这个摊子的时候，为讨要工程款，可以低声下气忍受任何屈辱，而现在他只想快刀斩乱麻，哪怕孤注一掷，不惜武力解决。工程款的事落实了，可坐在车里，反而滋生出挫败感。柱子刁难他、欺负他，不就是因为手里那点权吗？林智诚啊林智诚，你以为自己翅膀硬了，做人有了尊严，可社会上任何一方权势，都照样可以骑在你头上，你跟那些盖楼的、卖苦力又有啥区别？想着想着，两行清泪顺着棱角分明的脸颊淌下来。

他想起父亲说的一句话：当鸟儿逃出猎人射程的时候，才是最强大的。对于他林智诚来说，要做到这一点，只有挣钱一条路。社会上混这些年，他明白了金钱的力量，见识了对金钱顶礼膜拜的各种嘴脸。钱，能让人把黑的说成白的，丑的说成美的；钱，可以让人不顾廉耻，不择手段；钱，直截了当，可以撕去道貌岸然的那层表皮。权固然可以生威，可在金钱面前，不是照样要低下头去。想到这里，林智诚更加坚信，自己能挣越来越多的钱，自己前生一定是只恶狼，而不是任人宰割的羔羊。他嘴角掠过一丝冷笑。车窗外天色亮了一些，雪花片片飞舞着。林智诚心情欣快起来，哼起在部队文工团时最爱唱的歌来：“日落西山红霞飞，战士打靶把营归，把营归……”

瘦猴不时从车镜里瞟上他一眼。林智诚心理变化全写在脸上。一会儿怆然落泪，一会儿咬着后槽牙发狠，一会儿又高兴地哼哼唧唧。他仿佛触摸到了林智诚那颗复杂而又脆弱、敏感的心。

城建中专项目，成了林智诚一桩心病。这之后的很长时间，他无数次从梦魇中惊醒，同样的场景不知出现过多少次：教学楼轰然倒塌，腾起冲天烟尘。在人们惊呼声中，他发现自己被埋在瓦砾中，无助地喊着救命……直到十几年后，在旧城改造中他买下了这块地，看着楼房被拆楼机的巨臂捣得支离破碎，变成小山一样废墟，又被一车车拉走，他才真正睡上了踏实觉。

林智诚刚走，张存柱就把那个猪头连着蛇皮袋一块扔了出去。进屋，王艳已缓过气来，摩挲着胸口，连说吓死我了。跟王卫东离了后，两人的关系闹得沸沸扬扬，张存柱干脆跟她结了婚。他没理媳妇，拿起电话找王树生，叫他管管这个无法无天的小舅子。电话里，他说着小诚刚才的蛮横无理，一口一个死瘸子。

开始王树生没吱声，听他没完没了地骂，才回了他几句："打人不打脸，骂人不揭短。小诚这事办得欠考虑，回头我说他。柱子，你跟我们家也算沾亲带故，怎么好意思这么咒他。别说小诚，我都不爱听，有话好好说不行吗？"

王树生声音不高不低，透着威严。张存柱叨咕道："他让人好好说话吗？动不动玩刀子，你当姐夫的再不管管，这么无法无天，他早晚会折到大牢里去。"

放下电话，王树生让自己稍微平静些，给小诚打了一个电话："咱们应该吸取大臭儿的教训，别动不动舞刀弄棍的，啥事都武力解决。有啥纠纷，不会好说好商量，谈不拢的话，通过法律途径解决也行呀。"

林智诚没有分辨，他已给姐夫添了很多麻烦，不想再让他为自己操心。

"小诚啊，人在社会上，多个朋友多条道，少个敌人少堵墙。柱子再乍古，也算半个亲戚，哪怕看在小环面子上，也别跟他闹僵了。"

"姐夫，你这话不对。"林智诚没想到王树生经历那么多磨难，还这么善良单纯，忍不住打断他的话，"在这世界上，要成功，需要朋友；要取得巨大成功，需要敌人。卫东现在恨柱子恨得牙根痒痒，她的敌人就是我的敌人。他张存柱啥人？一个劁猪的，顶着一脑袋高粱花子的乡巴佬。想当初，卫东把他从山沟沟里弄出来，找了工作提了干，才有了现在的人模狗样。别说念及什么亲情，要是稍有点良心，他也不该背叛卫东。这种忘恩负义的小人，我还用对他客气吗？"

林智诚刚回公司，搁下电话他把会计叫过来，吩咐明天抓紧去结算工程款，免得夜长梦多。会计走后，瘦猴闪身进屋，笑得很诡秘。林智诚讨厌装神弄鬼，皱着眉头问有事吗。瘦猴关上房门，掀开鼓囊囊裤腰，掏出一把左轮手枪递过来。

这玩艺真的假的？打从离开部队，林智诚还是第一次摸到真枪。拿在手里冰凉冰凉的，掂一掂还挺有分量。

"这还能有假？从前我家旁边就是武装部，地震后我钻到废墟里掏出来的。后来收缴了几次，我都没交。子弹我打了两发，还剩下三发。"

林智诚问还有谁知道。瘦猴摇摇头，他谁也没告诉过，包括大臭儿，他怕枪在老大手里惹事。林智诚把枪还给他，让收好，瘦猴一脸诚恳："林哥你留下吧，用它防身，关键时候拿出来吓唬吓唬他们，看谁还敢刁难你。"

林智诚想了想，把枪留了下来。"不过你要知道，"他对瘦猴说，"这年头啊，钱才是最具杀伤力的武器，那可是杀人不见血啊！"

他架拐走到窗前。外面的雪已经停了，挺拔的雪松披着一树积雪，银装素裹一般，煞是好看。枝干间，是这座城市很少看到的蓝天。林智诚从抽屉里拿出一张冰箱票交给瘦猴：

"你去财务支三千块钱，拿着这东西去新开张的百货商场买台冰箱，送到我姐夫家。"

王树生这些日子一直为外甥上班的事奔波。当初大刚考大学，他帮着拿主意，外甥才报的师范专科。还有几个月大刚就毕业了，地震孤儿有政策照顾，可以顶替父亲当老师。这工作受人尊重，不用上夜班，一年还有两个长假，王树生觉得自己太有先见之明了。

礼拜六晚上，杨丽华带婷婷去买文具还没回来。王树生收拾屋子时，翻出他的口琴，找出块布精心擦拭着。这时候大刚回家，要跟舅舅说说自己想法。王树生很高兴，忙给外甥拉把椅子。大刚比高中那会儿壮实多了，下巴长出黑森森的胡子茬，一股成熟男人味。都说男孩随妈，可大刚长得却像他爸，想起多才多艺的姐夫，王树生心里有些难受。

"舅，我在学校实习了几个月，才发现我的脾气秉性不适合当老师，学校也不适合我。我想好了，自己创业，去市场上卖服装。"大刚开门见山。

"啥，你意思是不去学校？"把口琴搁桌上，王树生火往上拱，"你不想想，政府对你们孤儿多好，从小有抚恤金，大专毕业照顾你上班，专业又对口，谁有这么好条件？说句不好听的话，你这条件还是你妈给的，是她用命换来的，你不去对得起爸妈吗？"

大刚拖长声，叫了声舅："我这么做是经过深思熟虑的。我不愿站讲台，不想当老师，愿意过没说没管的生活。还有，也是想给家里着把手，多挣点钱养家糊口……"

"我们供得起你！"王树生打断他的话，"真要惦着家，你就别丢了早涝保收的铁饭碗，别惹我们生气。你出去看看，外头摆地摊的都是些啥人，噶咋子，琉璃球，跟他们一块混能有好？”

“舅，你这老脑筋也要改改了，摆摊做买卖的又不是毒蝎猛兽，你把人家想象得太坏了。现在国家鼓励干个体，致富光荣，不是啥丢人现眼的事。”

草率，荒唐，王树生摇着脑袋，对大刚的想法一百个不理解。摆摊好像现在挺光荣，成了没本事人下海的唯一选择。可他不理解，外甥，一个即将毕业前途似锦的大专生，为啥要这样做，该不会找那个高中时早恋，让他和杨丽华拆散的女孩吧——她倒是在市场上摆摊卖布头。

“你怎么还提那事儿，早跟她没联系了。”大刚摇头否认。看孩子不像在撒谎，王树生这才把心搁肚里：“没那事儿就好，趁早打消摆摊的荒唐念头，收收心，再有几个月毕业了，毕业就直接上班，学校那头我已经说好了。”

“舅，我跟你说了我不想去，我的事我做主。就算你亲儿子，都这么大了，你也替他当不了这个家。”

王树生差点没被噎死，站起来，有些发抖的手点着外甥：“你大了，翅膀硬了啊，我管不了你了？”

刘兰芝隐隐听到对门声响。她正用抹布沾着淘米水擦着柜子，儿子推门进来：“放着挺好的班儿不上，非要干个体，妈你给评说评说，大刚他这是不是有病？”

事情经过跟妈学说一遍，王树生还在喘着粗气：“我是没辙这小子了，妈，只有你老亲自出马了。悠着点，别让他气出个好歹来。”

“他愿意干，就让他试试呗。”刘兰芝没动，也不着急，她在温水里涮着抹布，“干个体一样有出息，小诚不是干得挺好的。”

“妈，你是不是老了，糊涂了？小诚那是迫不得已，背水一战，可大刚不一样。国家干部不当，铁饭碗不要，非喜欢上个泥饭碗，连看病、养老都没人管。这事只有傻子、疯子才干得出来。”

“妈没老，也没糊涂。你想想看，打小大刚就在咱们眼皮底下呵护着，穿少了怕冻着，回来晚了怕饿着。咱是待他不薄，可从大刚的角度呢，长这么大，没一件事是自己做成的，就连上学都是你替他选的专业，他咋想？他也有自尊啊，也想独立做成点事儿。他不是小孩子了，这回，咱就放开手，让他自己试一把吧。老大不小了，总不成管他一辈子不是？”

刘兰芝看出儿子脸上的疑惑：“上次丽华住院，媛媛跟我唠了半天。别看你那么待人家，人家还关心着我跟你爸，惦记着咱大刚。媛媛比你有文化，看得比你远，知道该咋教育咋爱孩子。你呀，得好好跟人家学习！”

又提丁媛，王树生忙说：“妈，你还是说说现在该怎么办吧，大刚还在我屋呢。”刘兰芝道：“树生啊，有时你比妈还不开窍，一根筋。记住，强扭的瓜不甜，就是硬逼大刚去教书，他打心眼里不情愿，也教不出来好学生。误人子弟，咱罪过可就大了。”

“那，你意思是任由他折腾？”

“不试，咋知道人家成不成？实在不行，干个体这条道儿行不通，再让你妹妹找找人，大刚回学校也不迟。”

王树生气鼓鼓地回到屋，外甥已不辞而别。黑暗里，他自言自语着：

“小兔崽子，你这是生心眼子气我啊。你以为一个大专生，进重点中学当老师那么容易。我为你跑前跑后，求爷爷告奶奶，才没让你去后勤，没让你去教体育。没有功劳，我还有苦劳呢。你就这么任性犯混，四六不懂！是，当初要你考师范，没尊重你意愿，舅是武断粗暴了些，可我还不是为你今天有个正式工。你倒好，说不上班就不上班，一点不听人劝，还有点良心没有？”

地震后没撒手送大刚去育红院，主要是刘兰芝的意思。王树生对于外甥，责任重于感情。他还记得最早给大刚洗小脏手时，摊开手掌，发现孩子掌心横纹，他咯噔一下子：这孩子心硬！妈念叨过不止一回，你姐是为了护着大刚砸死的，可孩子当时愣没掉一滴泪。妈说这些时，眼泪汪汪的，说树生，咱别拉扯出来个白眼狼啊。他安慰母亲：“大刚还小，不知道啥叫生离死别，大些就懂事了，不会忘恩负义的。”

现在大刚也二十大几，个头快赶上自己了，王树生万万没想到，会给他来了这么一出。他越想越难受，从前往事一桩桩一件件翻腾出来，忍不住对着黑暗想跟姐姐说上几句心里话：

“姐，你走了这么多年了，也不知道埋哪儿，不能给你上坟，我们只能在忌日带大刚给你烧烧纸。知道你学医的不信这个，后来次数越来越少了。其实，我知道，把大刚培养成人，才是对你和姐夫最好的纪念。为这，我跟你儿子没少冲突。小树不修不直，不剪枝不成材，你在也会赞成这么做的，是吧？

看大刚大了，上大学有出息了，原以为我成功了。可今天大刚的表现，加上妈的一番话，我才发现自己其实很失败。我没当好舅舅，我不配当这个舅舅。姐，你理解我也罢，埋怨我也罢，你弟弟我就这点脓水，我尽力了！”

黑暗里，王树生潸然泪下。

全家人只有卫东能降服住大刚，可王树生不想因为这事麻烦妹妹。刘爱国自告奋勇：“我去劝劝他，凭我三寸不烂之舌，保证让大刚回心转意。”

第二天，爱国跟他一道回家，招呼过来大刚，摆开了长谈的架势。本来王树生还抱点希望，不想爱国越劝越走偏，最后竟然站到王树生的对立面，支持起大刚来。还说自己也想提前办退休，到小诚的公司帮忙。

“我成孤家寡人了。得，爱干啥干啥吧。”王树生心灰意懒，冲外甥摆了摆手。

爱国小声跟他耳语：

“不是我说你，你是咸吃萝卜淡操心。不就是大刚不要铁饭碗，要端泥饭碗嘛，这有啥呀。树生，现在政策在变，观念在变，孩子们想法也在变。咱们都往四十奔的人了，观念太老太旧了，跟不上他们的思路想法。当初，小诚办病退咱们不也是揪着心，七上八下的。现在你再看，人家做得对呀。树生，以后对孩子把握个原则：你不赞成的事，保持沉默就行了，你反对也没用。”

正好这时林智诚的电冰箱送来了，缓解了家里紧张气氛。刘爱国在食堂摆弄过冰箱，对这玩意不生疏。他用指节敲着冰箱外壳啧啧称赞：“小日本的东西就是经使，这进口电冰箱现在要托人弄脸才能买到。”

杨丽华一脸喜色，看时间不早了张罗着做饭。大刚饭后要回学校，她叮嘱着天黑路滑，路上加点小心。又找个饭盒，给外甥夹了几块煎带鱼。“想着搁宿舍窗户外头，明天就粥吃。要在家住就好了，搁冰箱里不容易坏。”她说。

几年前，因为树生背着她借钱给小诚，杨丽华赌气住到了单位。后来林智诚上门说情，她这才回家。林智诚有了钱后，第一个还了姐夫，这回送个冰箱，也算是给杨丽华赔个不是。

饭后，两口子研究半天说明书，才给冰箱插上电。杨丽华做梦没想到，自己家也会用上冰箱。她想起科里小李结婚时，婆婆买了一台冰箱，光一个进口压缩机就够小李说上一礼拜的。她眼睛放着光，不停地擦拭着看不见的尘土。

“你说小诚哪儿来这么多钱。前两年还四处筹措，现在却富得流油，一下子送给咱们个大冰箱。”她问丈夫。

“人家搞工程嘛，自然有钱了。你没听出爱国的意思，连他都想办病退，跟小诚一块干呢。“

杨丽华找出块素色碎花布，比划着要蒙在冰箱上挡尘：“难怪现在都说，富了海边的，肥了个体的，美了当官的，苦了上班的，就咱们挣死工资的受憋。”

“谁让咱没那个魄力呢，真要是干个体，咱舍得铁饭碗吗？”王树生说。后面的话刚到嘴边，他又咽回到肚子里。你以为挣钱就那么容易呀，真是汗珠子掉地上摔八瓣，一分汗水三分苦啊。他想起小诚与柱子的冲突，想起柱子一口一个死瘸子的咒骂。

他跟外甥怄气，也是因为了解林智诚创业的艰辛，不愿意大刚再遭受那番磨难。小诚身体残疾，上班不适应，迫不得已干起个体，而你孙志刚有啥必要冒这个风险，让全家人替你揪着心。不过，他还真有些佩服这小子的决断，这点随姐。当初王玉洁跟孙博昌搞对象，就不管他家在农村，爸妈强烈反对，硬把他招过来当了倒插门女婿。

王树生坐沙发上，招呼媳妇歇会儿：

“大刚上班的事，就这么着了，依他。可他以后搞对象，咱们得把把关，不能再迁就他了。他已经丢了工作，真要是搞个待业青年，真够咱们一呛的。丽华，你在单位扫听扫听，有没有合适的，一定要父母双全，将来有了小孩也好有人照看。”

外甥这回倒没让舅舅舅妈操心，自己搞上了对象。他对象叫宋乔，小学音乐老师，父母健在，有个姐姐已出阁。小宋扎着马尾辫，细眉薄唇，唇边有个小痦子，一看就爽快泼辣。她一个人住学校宿舍，交往没多长时间，就悄悄搬到大刚这里。每天蒙蒙亮时辰，大刚送她回学校。两人蹑手蹑脚下楼，大刚骑上车子，宋乔一蹦坐在后座上，手搂着他的腰。

杨丽华起得早，在厨房烧水正看个满眼，她小声招呼丈夫，指了指外头。王树生张开巴掌挡住媳妇视线：“操这心干啥，现在年轻人，你想不到的事儿多着呢。”杨丽华还是忍不住叨咕着：“在这儿过的夜，你当是小事？要是我闺女，非打折她腿不可——唉，现在的姑娘，咋都这么开放，认识没几天就睡到一块。”

说归说，慢慢地杨丽华还是接纳了宋乔。两人确定关系后，小宋经常来舅妈家串门蹭饭，进门拿起笤帚墩布干这干那的。“大刚对象不错，聪明伶俐，又有眼里见儿。”杨丽华跟婆婆夸着未来的外甥媳妇。

到了年底，大刚开始筹备结婚。一个星期五的中午，王卫东突然出现在外甥的小店门口，瞥一眼门口挂的“同行莫入、面斥不雅”的木牌，拉开了铝合金推拉门。大刚正招呼着顾客，王卫东冲他摆摆手，坐在塑料方凳上等着。等外甥忙完，她拉着他说有点事，一块去家里说吧。

大刚的店离小区不远，两人走着，东一句西一句的扯闲篇。还是在给老姨搬家添宅时，大刚跟舅舅他们一大拨人来过姨家一次。平时很少见到王卫东，在他的印象里，这个姨就是个影儿人，感情上总觉得隔了一层。王卫东太忙，连妈那里她也是说来来说走走，匆匆忙忙的。大刚记得姥姥曾经不无辛酸地说：“我是给共产党生的这个闺女，她应该姓党。”

王卫东打开家门，一股尘土味直冲鼻子，大刚连打了几个喷嚏。沙发、家具蒙着白单子，一看就有日子没有人住了。王卫东撩起双人沙发上的单子，让外甥坐下：“大刚啊，你要结婚了，我这个当姨的平时忙工作，对你关心不够，也帮不上你啥忙。这房子比你住的大一些，你们就在这儿结婚吧。”

大刚一听赶忙说这可不成，你住哪儿呀？王卫东说：“你别管我，我有地方。家具呢，你看着处理，有用的就留着用，没用的，送人也好卖破烂也好，我不管。房子我已买下来了，过些日子老姨有时间了，跟你一块办个过户手续。”

大刚有些心酸，他隐约听说了老姨离婚的事。

“一晃都这么大了，我还记得地震前有年春节我回家，你淘气往我脖子里塞雪团，喊的确凉的事。那会儿，你可比现在欢实多了。”王卫东笑笑，“我姐有福气，有你这么一个想干事的儿子。现在改革开放，鼓励人们去闯去试，你放弃大锅饭，自己到外面闯荡世界，老姨支持你！”

童年的事孙志刚很多都忘了，可这个淘气举动却记得一清二楚。皮肤黝黑粗糙，耳垂长冻疮的王卫东，当时在他眼里就是个突然冒出来的乡下野丫头。他笑她土气，带着城里孩子的优越感欺负她。老姨的话，让他有些不好意思。王卫东突然看看表，说下午我还要开个会，你走吧。说着站起身，拿出一个大信封："里面有五千块钱，你看看结婚买点什么——房钥匙也在里头。"

外甥不要，推让着，可架不住老姨有力的胳膊和手，把他连人带信封推到门口。"大刚，你结婚头儿想着给你爸妈烧个纸，告诉他们一声。"王卫东叮嘱道。

大刚嗯了一声。

"还有，我问你，是真心爱那个姑娘吗？"

想不到印象里非常正统的老姨会问起这些，大刚脸一红："那还能有假？"

"祝你们幸福，走吧。"她几乎是把外甥推出了房间。

王卫东说谎了，一下午的时间她没有安排任何工作，也没有到单位去。她颓然坐在落满尘土的房子里，想沉静下来，一个人整理整理过去。屋里很暖和，很安静，风轻轻吹进来，尘埃在阳光中跳舞。光线很好，能看清楚屋里每一个细节，可现在给她的感觉却是那么陌生，好像自己从来就没有在这里生活过。她的婚姻，就像这落满尘埃的房子，想打扫，却又不知该从哪里下手。

她起身撩开写字台上的单子，随手拉开抽屉。里面乱七八糟，剪子、橡皮膏、卷尺、钳子、不出水的钢笔，什么都有。她的目光停留在一个绛红色的精致方盒上。打开，里面是她戴过的一块海鸥女表，表蒙已经磨花。她拧上发条，表针居然又嗒嗒地走起来。随手戴到腕上，表带明显有些紧了。十来年过去了，她感觉自己哪儿都胖了。

就在卫东摘下手表的刹那，无意中看到盒子里还有一截表带。她心像针扎了一下，立马想到了柱子……

手表是那年林兆瑞去农村采访她时，母亲托他捎过来的。这东西金贵，当时要用商品票才能买到，是刘兰芝背着老伴给闺女准备的陪嫁。父女俩闹掰了，可再怎么说小环也是妈身上掉下来的肉，生再大的气，刘兰芝还是心疼这个任性的闺女。她抓住亲家的手，再三叮嘱他劝劝闺女回心转意，说爸妈惦记着她，希望她找个好婆家，这手表就是个明证。那天中午跟林兆瑞吃完饭，柱子要开拖拉机送她回县革委会，卫东说不急，迫不及待地把表亮了出来。表带长了些，有点逛荡，柱子说等等，从工具箱里翻出小钳子，掐下一小截，又重新安好给她戴上：“卫东，我向你发誓，以后我张存柱有了钱，一定给你买块瑞士梅花表，我一定要让你幸福！”

王卫东的眼泪滴到手上。柱子的承诺倒是实现了，那块瑞士梅花表现在就戴在她另一个腕子上。可婚姻呢，应该是一辈子的婚姻，现在却没能走到头。她第一次感觉到，自己对婚姻的失败也应该承担一部分责任。回城后，环境的变化，地位的变化，性格差异的显现，让她越来越看不惯柱子了。如果抽出来时间多陪陪他，如果还像当年一样依恋他，如果为他放弃自己一些追求……唉，已经没有了如果！

王树生早就憋了一肚子气，这哪儿还像个班前会。大家嘻嘻哈哈，没说几句炼钢的事就跑了题，交流起做点什么买卖，有啥发财路子上了。他实在看不过，忍不住开了口：

“都给我收收心吧。农民不种地，工人不炼钢，老师不教书，战士不摸枪，都惦记着怎么发财，这世界非乱套不可。今天我丑话说在前头，你在家爱干啥干啥，来这炼一天钢，就得给我把心搁这儿。你是炉前工，聚精会神还有可能让钢水舔个皮焦肉烂呢，更不要说分神了。真要是为挣钱闹心，弄出个三长两短来，上对不住父母，下对不住儿女，中间对不住媳妇——你就是趁几万、几十万也是扯淡！”

大家你看看我，我看看你，收敛了刚才的嘻嘻哈哈。兄弟们都还听话，这让王树生这个炉长稍感宽慰。可没几天，摇炉工强子就不露面了，写来假条说是老丈人有病住院要陪床。“狗屁！”二助向炉长打小报告，“强子他老丈人早死了，就瞒着你一个，他这阵儿跟主任合伙倒腾螺纹钢呢。”

王树生铁青着脸，找到车间主任。主任一看他脸上阴云，就猜个八九不离十：“强子的假条是我批的，你们人手不够我从别的小组调剂一下。我知道临时换将需要磨合，没准还会影响钢材质量，可树生啊，现在是卖方市场，就是狗屎也有人抢。不要说咱们大企业，就连小作坊出的钢材都不愁销路。”

“主任，我可听说强子跟你合伙做买卖呢！”王树生语气很重，没接主任递过来的水杯，“你们做啥我没权过问，可我搞不明白，自己的事难道比厂里事更重要？人活着仅仅是为了钱？”

主任呵呵笑着，把他摁椅子上：“树生啊，如果我没记错，当年进车间还是我挑得你呢。那时我跟你现在一样正值壮年，想法也简单，就是为国家炼出更多好钢，哪怕豁出我这一百多斤。可这么多年下来，自己落了啥？当初跟我一块进厂的，人家给私人老板干，一年挣十万八万的。我呢，除了这点死工资，就是一身伤病。不瞒你说，我儿子大学快毕业了，要找工作，要结婚，要房子，哪样不要钱？你嫂子天天磨叨，我耳朵都快生茧子了，烦哪！树生，现在东西天天涨价，往后啥走势，谁也说不好。不趁着乱乎劲儿，多抓挠点钱，会后悔一辈子的。”

主任跟他不见外，才说这番掏心窝子的话，再磨叽下去，就有些不识抬举了。王树生知道好歹，他起身告辞。主任拍拍他肩膀：“放心，人我今天就给你解决。不过树生，现在不比从前，厂子的事搁心上，家里的事情更要搁心上。”

到家时天已擦黑。楼口路灯下，妈正佝偻着腰，吃力地往屋里搬着东西。旁边堆着被面、毛线、毛毯什么的，光小铝锅就有三四个，一看就是商场积压品。王树生问妈你这是要干啥？

“树生啊，现在钱毛了，东西一天比一天贵，家家都在抢购东西呢。你爸成天不着家，你跟丽华又上班，剩我一个人不想着抓挠点咋行。今儿个还真没白挤白排队，你看抢到这么多东西。我央求蹬三轮拉脚的，帮我拉回来。”刘兰芝捶打着后腰，脸上带着心满意足。

“妈，你真是的，今年没犯病就这么不吝惜身体。买这些东西有用吗，这一大堆用得完吗？”

“大刚不是眼瞅着要结婚嘛。他用不了，将来给你儿子。都是用的东西，经搁，又不会生虫发霉。”

“我儿子？他还在他妈肚子里转筋呢。妈，你们上岁数的就爱起哄，有点风吹草动就上心，瞎抢什么呀。我们组里小石他妈，也跟你一样见啥买啥，光尿盆就抢了一打，没处搁只好塞床下。他爸凑热闹，抢购了一大桶蜂蜜没处搁，结果尿盆派上了用场。现在，他家天天从尿盆里舀蜂蜜吃，你说好笑不好笑？”

刘兰芝扑哧乐了：“这孩子，净拿你妈打镲。别光站着了，赶紧着把手，帮我把东西搬进屋。”

东西归置好，刘兰芝跟儿子商量："大刚结婚，你这当舅的光给钱可不中，他买东买西，一个人抓挠不开，你就不兴踏几天班帮帮他？"

"妈，不是我不帮他，刷房子，铺地砖，哪样不是我干的？你要我干别的我真没时间，今儿还为这事跟主任叽歪呢。现在车间没几个人上班，大伙都去挣钱了，都请假，我再踏班咋好意思张嘴。"

"大刚再大，他也是个孩子，终身大事你这当舅的不伸把手，他还指望谁？"看妈又要眼泪汪汪，王树生忙说："中中，我请假帮帮他还不行嘛。"

他到厂里请假，主任倒挺痛快："树生，我知道你不会瞎掰，你是真有事，愿意待几天待几天。不过呢，老哥我还是要提醒你几句，外甥事儿忙完了，挣钱的事儿也要上上心。这年头，人太老实、太本分、太守规矩了，不是优点。"

其实，外甥那里也没啥活计，就剩下采买家具、家电这些大件。孙志刚抽着烟，跟王树生说起店里歇业一天损失多少钱，他去商场排队时间耗不起，等等。言外之意，要舅舅跑腿代劳。王树生一口应承下来，既然妈跟前已经打包票，外甥再多要求，他也要满足。不过，大刚的话他有点不爱听。你才开了几天店，又是为自个的事，张嘴闭嘴谈损失，掉钱眼儿里怎么着。你损失多少，你没问我为你踏一天班少开多少钱？

他想跟媳妇念叨念叨。一进家门，杨丽华正收拾着一床一地大包小包的东西，汗湿得头发沾到脑门上。得，又一个抢购狂，王树生一下子头大了起来。

这些天杨丽华为涨价闹得眼睛发直，心神不安。也难怪，那么会过日子的人，省吃俭用好容易攒了点钱，可一夜之间票子忽然贬值了，她怎么想？丽华是会计，只知道钱会生钱，没想到钱一样会缩水。她很难接受这个现实，怎么也想不通。她再没有从前的淡定了，下午从银行取出钱，风风火火直奔商场。又找了辆车，把抢购的东西拉回家。

"这回咱们也奢侈一回，享受享受！"她对丈夫说。王树生觉得这钱花得浪费，没必要，杨丽华反倒来劝他："别心疼钱了。现在就两个地方人多，银行和商场。银行取钱，商场花钱。你看我瞎买东西，可比我疯的有的是，好像东西都不要钱，电视有图像就抱，电扇能转就买，冰箱有凉气就要……"

"你们在给商场打扫积压品。"

杨丽华不爱听这话："人家老爷们都在打头阵，抢购时冲锋陷阵。你倒好，不鼓励鼓励我，不说帮帮我，倒在家当甩手掌柜，说风凉话。"

"啥甩手掌柜，"王树生苦笑了一下，"今儿个后半夜我就去排冰箱。大刚生意忙，妈抓我这个差，我也是苦大力一个。"

"他大小伙子自己不会去，妈忒惯着他。你呀，一个劳模请着假干这事儿，领导工友知道会咋看你？"

"爱咋看咋看吧，我当舅舅的，反正要站好最后一班岗。"

第二天，启明星还在东方地平线上散发着清冷的光辉，他就出了家门。快晌午王树生才回来，头发蓬乱，脸上带着血痂，领口扣子少了一个。杨丽华吓了一跳，忙问出了啥事，冰箱呢？

王树生一脸阴沉，说了句别问了，一头扎到里屋，带上了房门。一会儿，里面传出一声低沉的哽咽。

杨丽华挓挲着手，站在门口也不敢进去问个究竟。正在吃饭的婷婷搁下饭碗，说我爸这是发什么神经。杨丽华一把捂住她嘴，推到奶奶屋里。直到晚上王卫东上门，杨丽华才知道，丈夫排队时因为有人加塞，看不惯说了几句，结果打起架来。后来还是卫东出面，才从派出所里放回来。一个受人尊重的劳模，一个曾经的新闻人物，竟然闹到差点被拘留地步，杨丽华理解丈夫的羞愧、懊悔和自责。

进了正月，王树生总算把大件中的最后一件——十八英寸彩电搬进外甥的新房。大刚从卧室看到门厅，从厨房看到卫生间，挨个屋看完，忽然搂着舅舅呜呜地哭出声来。

王树生轻轻拍着外甥后背，等他平静下来后说："总算把你拉扯大了。这么多年，你姥、你姨、你舅妈和我，就盼着这天。你成了家，我们也卸下了担子，以后的日子要靠你们小两口自己了。记住，你是顶门面的男人了，要像个爷们，负起男子汉的责任来。"

大刚抬起泪眼点点头。舅舅为他踏班，为他跟人家打架，受了那么大委屈，他有一肚子感激要表达。王树生不容他说话，胡噜一把外甥的头发："都快成家的人了，还这么邋遢。去，把头发理理，精精神神的，也像个新郎官的样子。"

大刚面露难色，王树生看着他：“咋，留长头发忒好看？”

“人家都说，正月理发方……舅。”外甥吞吞吐吐。王树生笑了起来：“去吧，我不信这个，你舅舅命硬，不怕方。”

他的豁达让大刚突然想起尘封的往事，想起这么多年舅舅对他的好来。鼻子一酸，他捂住了脸：“舅，我对不住你。从小你管我，我没少咒你地震砸死，出门车轧死。我怎么那么不懂事，我混蛋……唔唔……”

王树生又乐了，轻轻一搡他：“你舅不怕咒，越咒越长寿。好了好了，去捯饬捯饬，把泪擦干，理个发，今天你不是还要去小宋家吗？”

大刚结婚的日子是姥姥挑的，二月二十日，一个无论阴历、阳历，还是月份、星期，都是双数的日子。住楼房没地方办桌，刘爱国找了家熟悉的饭店。都是朋友，还同意他们试吃，先尝尝婚宴菜肴，有啥问题再做调整。

除了王卫东没时间，全家人都聚齐了。饭菜陆续上桌，由丰盛的饭菜扯到了物价，爱国说起刚听到的一个传言。说郊区有家养猪户，前些日子杀猪时，猪竟口吐人言：“今年我贵，明年米贵，后年房子没人睡。”

王树生拦住话头：“胡说八道，造谣，爱国你也跟着起哄？”

杨丽华看了一眼婆婆，冲丈夫直使眼色。刘兰芝信这些，这几天老在菩萨面前上香许愿。这会儿，她忍不住对儿子说：“爱国他可没胡说，我也听说有这么档子事儿，说要放炮仗才能避邪，小孩子要吃桃罐头。我让你爸买了两瓶桃罐头，桃就是逃，婷婷吃了能逃过灾星。”

王树生说准是卖桃罐头的造谣。

林兆瑞轻咳一声，说出他的担忧来：“每当谣言盛行时，国家就出问题。你看现在，大改大革，又没有规矩约束，结果人性中丑恶的东西全都释放了出来。人人想着挣大钱，不择手段，全社会不思进取，只知享乐。国家要是这样，不出问题才怪。还有这物价，控制不住，我真担心早晚会出乱子。”

原以为老爷子心里只有评戏，没想到这么忧国忧民，王树生钦佩地看了一眼父亲。见话题有些沉重，爱国忙打岔：“姐夫说得不错，不过国家大事不是咱平头百姓能左右的。今天咱们是试吃婚宴，还是评判一下这桌饭菜怎么样吧。”

大家都说不错，又实惠又够档次。刘爱国冲着林智诚道：“这里头属你去大饭店多，最有发言权，你也说两句。”

“我去啥大饭店，都是让人头疼的应酬，菜肴也品不出好坏来。爱国真的，你来我们公司吧，我很想让你管后勤，把大伙儿伙食再提高一个档次。”

王树生说：“爱国会去你公司那小破食堂，屈才啊，正经还是给他个乌纱帽戴戴吧，我看办公室主任就中。”

爱国嘻嘻笑着，也不接茬，他把筷子插到刚端上来的红烧肘子上：“无肘子不成宴席，又要煨得烂糊，又不能趴架，你们看，插上筷子不倒才行。”两根筷子交叉，他把整块肘子切割开来，冲大刚和宋乔道：“你们小两口也发表发表意见。小宋啊，我跟你爸有过一面之交，这红烧肘子他最爱吃，肥而不腻，你也尝尝。”

散席时已经天黑，市区到处响着鞭炮声。春节已过，鞭炮声本该消停了，这会却猛然响起，带着些驱邪避灾味道，也给早春的城市增添了几分担心和忧虑。杨丽华看着砖红色的夜空，悄声问丈夫，你说，该不会闹什么灾星吧？

“不会！”王树生肯定地回答。虽然跟过去比，他这个家庭的顶梁柱有诸多烦心事，压力很大，可他还是坚信日子会越过越好。有亲人相伴，再大的灾难都能扛得住。

大刚结婚这天，天空中飘起了雨夹雪。一大早，林智诚找来的红色桑塔纳就准点停在楼前。大刚被大学同学簇拥着下楼，扎着红领带，穿着藏青色西服。刘兰芝有些心疼外孙子：“大冷天知不道心疼自己，外头也是套件棉袄啊。”小青年们起哄：“姥姥，你就甭管他了。大喜日子，他心里揣着一团火，冻不着他。”

半个小时后，大刚把新娘平安接回新房。楼门洞前，他撑着伞，宋乔管王树生夫妻叫舅、舅妈。一旁的刘兰芝忍不住擦擦眼角，叨咕着：“要是大刚他妈他爸在，该有多高兴啊！”

宋乔穿着一身红色套装，大大方方过来叫姥姥、姥爷。刘兰芝、林兆瑞忙把手里捂了半天的红包递了过去。刘兰芝啧嘴点头，说还是红衣服喜兴。旁人不知道，宋乔自打拍完结婚照，就惦记上了那身白婚纱。来家里吃饭时，还念叨着像国外新娘一样，结婚也穿这么一身该有多浪漫。大刚泼冷水：“这可是二月天气啊，你穿那么一身，是浪漫了美丽了，可也真冻人。外头温度跟冰箱似的，你受得了吗？”宋乔说：“我愿意！”看俩年轻人要斗气，刘兰芝忙说：“白色不吉利，喜事必须大红色，红红火火的，这有老例儿。”听姥姥这么一说，宋乔才改变了主意。那天，林兆瑞代表老两口，给了两个孩子五千块钱，让他们结婚添置些东西。刘兰芝又把外孙拉到她屋，偷偷塞给他一个存折，说姥姥偷偷给你攒的，别让你舅妈他们看见。从中学到大学，大刚没啥孝敬姥姥的，反倒不止一次接过姥姥给的存折，从几百到上千，都是她从牙缝里挤出来的。刘兰芝说：“快拿着，姥这把年纪，吃啥东西都不香甜，你要结婚，花销大。”大刚叫了一声姥，泪花在眼眶里转了几转，没有流出来。

唐城从前婚嫁有一套老规矩，提亲、换贴、定亲、催妆、迎娶、拜堂、酒筵、闹房、回门，一个环节不能少。拿拜堂来说，新娘过门后要拜见天神地祇、男家祖宗、公婆及尊长和夫婿。拜堂时，新郎在左，新娘在右，一拜天地，二拜父母，最后夫妻对拜。然后，夫妻同牵红绸挽的同心结入洞房。新郎揭去盖头，新娘开始坐福。晚上呢，新郎新娘还要吃饺子和面条，有个说法叫子孙饽饽长寿面，祈求多子多福，长命百岁。饺子故意煮八分熟，还要追问新娘生不生，新娘必须照实回答：生。

如今日子富裕了，这些旧风俗又变相回归，不过精减合并了不少。门口新娘改口仪式过后，大刚挽媳妇上楼，接亲的童女婷婷挂上了红门帘。床上已铺好红缎被褥，宋乔脱鞋上床坐福。陪新亲的杨丽华，让外甥给媳妇剥块糖。大刚乖乖照办，把糖塞到媳妇嘴里，挨她坐下一块照相。照完相，宋乔笑问新郎官在想什么，大刚悄悄耳语：“老婆，我就想跟你睡觉。”“去你的！”宋乔拧了他一把，大刚夸张地咧嘴叫了起来。

俩孩子这么亲昵，一点也不背人，王卫东脸有些发烫，忙从屋里走了出来。这房间曾是她和柱子的家，现在经过装修看不出一点从前痕迹。在门厅镜子里，她看到在胸前红花衬托下，自己的脸显得有些憔悴。新烫成大花的头发上落了些花纸，她用手掸着。这时，婷婷过来告状：“姑姑，我说你显老了，我妈她掐我！”王卫东心里一酸，孩子眼里不揉沙子，她猫腰摩挲着婷婷头发：“你都快上初中了，姑姑怎么能不老呢。”

话音刚落，地板忽地沉落了一下，王卫东认为是附近建筑工地施工，正寻思这么大动静会不会扰民。等看到吊灯在来回晃动，有人惊喊地震了，才明白怎么回事。她扶住了门框。大刚和宋乔搂在了一起，心怦怦跳着。地震给他们童年留下的阴影还在，在这漫长的十来秒时间里，已萌生同生死的念头。王树生正给新亲——宋乔的舅舅点烟，打火机刚吐出火苗。他手抖了一下，握着了对方腕子，把烟点着：“没事，余震。”

刘兰芝执意要看看外孙的新家，好容易爬上六楼。这阵儿刚喘匀气，楼一晃悠心脏又抽紧了，她抓住了老伴的手。林兆瑞倒不太紧张，他头脑很清醒，估量着地震的程度，再大些的话，就招呼大家到厨房、厕所这些间量小，相对结实的地方躲避。小震不用跑，大震跑不了，住楼房就得认命，他想。楼慢悠悠地晃着，最后又来了一下小加剧，才戛然而止。这时，林兆瑞才感觉心脏不太好受，涌上一股轻微的恶心感。

“老天爷，这折腾个什么劲儿。”刘兰芝念叨着。

地震过后，新房一套礼仪照样进行。去饭店的路上，大家还在说着地震，但已是紧张过后的兴奋。大厅装饰着红气球和花花绿绿的彩纸，弥漫着煎炒烹炸味道。小青年们闹闹哄哄的，逼新郎喝下兑醋放盐掺和辣椒油的健力宝。宋乔被大刚的哥们推来推去的，轮流搂着照相。刘兰芝笑眯眯地瞅着，对老伴说：“不是一家人，不入一家门。我原以为小宋刁势，发愁大刚降服不住她，没成想这孩子却是好脾气。”

“你这老脑筋哪也该换换了，现在妻管严是美德。大刚在外头做生意，也是个没嚼子的马驹，媳妇管得严点儿是好事。”林兆瑞说。

林智诚躲在角落里，端着杯子微笑着，看着这场热热闹闹的婚礼。这个时候，他想到了冯红，那个让他心痛不已的初恋。如果没有那场天灾，如果没有他后来的固执和偏激，他和小冯也会有一场像这样热闹的婚礼吧，也会受到亲朋好友的祝福，也会有自己的孩子……大刚叫了两声舅舅，他才回到现实。俩孩子端着酒杯站在面前，眼里充满感激。所有亲戚中，就数林智诚这个没一点血缘关系的舅舅给钱最多。他把鼓囊囊的大信封交到大刚手里：“舅舅也算是看着你长大的，是你长辈。结婚是大喜的事，给你这个数，也别嫌多也别嫌少。”回家一数，足足两万块钱，吓他们一跳。留下五千，把余下的送回来，林智诚当然不干，不容分说把小两口轰了出来。这会儿，大刚、宋乔举起酒杯，说老舅，我们敬你。林智诚缓缓地站起来：“我敬二位新人。记住了，一定要珍惜爱情，珍惜健康，趁年轻干些事。”

王树生满脸通红，正跟石柱碰着杯。小石的脸也跟关公一样，眼镜片上蒙着一层水雾。他在树生手下当了十多年一助，现在保送出去，在钢铁学院学习。他夸炉长辛辛苦苦把外甥拉扯大，劳苦功高，抓过酒瓶又给他满上：“我还要感谢炉长你，要不是你当初把提干机会让给我，我不会有今天……”

王树生拦住话头：“都是工友，好哥们，这话就外道了。再说我俩孩子，留在一线炼钢也是为了多挣俩钱，养家糊口。”

小石把杯子里酒喝干，眼睛有些潮：“炉长，我现在真有种紧迫感，越学，越觉得自己懂得东西太少了，到外面一看，才明白咱们炼钢工艺落后了好大一截。”

“好，多学点本领，将来厂子就指望着你们了。这年头，光靠经验炼钢不行了，还得要讲究科学。”

“炉长，我有一肚子想法，有时间咱们好好聊聊……”石柱越说越激动。这时，杨丽华过来拉树生，让他过去陪陪新亲，别怠慢了人家。

王树生喝了几杯回来，正遇上新郎新娘举杯子挨桌敬酒。他叫住外甥，说您着点，别让那帮子同学算计了。大刚脸红红的，让舅放心，这点定力他还有。“舅，我跟小宋商量好了，后天我们一块去广州。小宋有婚假，想到南方玩玩，我也想顺便考察一下服装市场。以后从那边直接进货，少了中间环节，利润更高一些。”

杨丽华听见忙说，别忘了晚上来家吃饺子。大刚说：“耽误不了，我们后天晚上的火车。”话没说完，又被同学拽走了。王树生瞅着他背影，嘴角含着笑。嗯，像个干大事的人，没准真能折腾出名堂来。

从饭店回家，王树生舒适地把身子放倒在床上。外甥结婚，给正月划了个完满的句号，他总算松了一口气，可以歇歇了。过去的一年，厂里生产没出过什么纰漏，家里的日子过得也不错，爸妈和丽华没有犯过病，小诚的生意越做越好，大刚搞上对象成了家，婷婷当上了三好生……除了妹妹离婚后还孑然一身外，家里一切都顺风顺水的。他盘算了一圈，心里美滋滋的，禁不住哼起评戏来。

杨丽华把热茶递给他，让他醒醒酒：“不能喝你就少喝，你看你，傻实在，谁敬的酒都喝。”

“我高兴，这么多年，这是我最有成就感的一天。大刚完婚，我总算对得起姐和姐夫！”

“还真别说，我冷眼看，你外甥这些日子变化真不小。都说女人生育后懂事，男人结婚后懂事，一点不假。今儿个在饭店，他醉成那样，一溜歪斜了，可看婷婷爱吃鱼香肉丝，非让厨师再炒一个带回来。散席时，抓着小诚司机的手一个劲儿叮嘱人家，开车送姥姥、姥爷时车子开慢些，还说姥姥不习惯坐小车，晕车。”

王树生喝了几口茶，点着头：“这还不大离。这小子，有点兄长样儿，知道惦记妹妹了，姥姥、姥爷没白疼他。”

杨丽华刚要说话，胃里突然有东西往上翻涌，她急忙忙奔向厕所。听到丽华干哕声音，王树生欠起身，担心地问是不是吃东西不对付。杨丽华没回答。不一会儿她从厕所出来，脸上闪出一丝羞涩。

“树生，我觉得有些不大对劲儿……怕是又有了。”

第八章

自打杨丽华上次做手术，大夫叮嘱几年内不能要孩子后，夫妻生活变得小心翼翼。刘兰芝盼孙子心切，花插着就敲打儿子几句："你都四十了，这岁数要着从前，都当爷爷了，你倒是上点心啊。丽华她也不小了，再不抓紧，岁数越大越不好生。"

"放心，早晚给你生个大胖孙子。"王树生笑着把妈搪塞过去。

元旦前一天，厂子里搞会餐，在食堂摆了三十多桌。又是厂长，又是车间主任的，轮流敬酒。王树生多喝了两杯，到家有些醉意。媳妇刚洗完澡，正在门厅镜子前梳头，一身喷香。树生一把搂住她，没头没脸地亲着，丽华眼神温柔，说怀孕了怎么办。树生说我想要儿子，我现在就要儿子，一下子抱起媳妇，放倒在卧室大床上。

没想到，就这么一次，杨丽华真就怀上了。从医院出来，王树生一遍又一遍看着化验报告，喜不自禁："我有儿子了！"他悄悄摸了一把媳妇肚子。杨丽华躲闪着，街上人来人往的，她不好意思这么亲近。"你就那么肯定是儿子，还兴许是闺女呢。"她心里有些没底。王树生道："指定是儿子，我们爷俩有心灵感应。"

杨丽华刚把怀孕的事告诉婆婆，刘兰芝就念了声阿弥陀佛，转身走到供奉的菩萨面前，双手合十，念叨着：“菩萨显灵了，老王家终于有后了！”看着她有些佝偻的背影，杨丽华暗自思忖：就是豁出去自己这一百多斤，也要把她和树生的骨肉生下来。

儿媳毕竟岁数不小了，又有过一次小产，刘兰芝思谋了半天，去找丁媛拿主意。医院走廊里，她攥着丁媛的手絮絮叨叨地说了半天，丁媛才明白：“大妈你别急，高龄产妇是有一定风险，不过现在医学技术这么发达，一般不会有什么事的。这样吧，回头让嫂子来找我，我带她做个全面检查。”

送大妈出了病房，丁媛心乱如麻，回到医办室关上屋门，她努力使自己平静下来……

在长满高大悬铃木的医学院，她是学习最用功的一个，连吃饭时间都不留。从食堂到宿舍，端着一碗稀粥边走边吃，她能在一分钟内连个米粒都不剩下。他们这届高考恢复后招进来的第一批大学生，男生占了一多半，有的已为人父，有的正追赶着青春末班车，要在校园里收获爱情。女大学生丁媛要招架的，就是这类同学的攻势。但最终他们悻悻地放弃努力，丁媛整个一冰美人，脑子里只有系统解剖啦，组织与胚胎啦，生理学啦这些课程。那张漂亮的脸蛋，长她身上简直是浪费！

大一后半学期的一天，她意外收到林智诚的来信，说王树生结婚了。尽管这是迟早要发生的事，可她还是没想到会这么快。揣着信走出宿舍，已是黄昏，天空洒落着细小雪粒，湿润的空气已经能嗅出春天的气息，那是夹杂着泥土腥气和植物叶芽酸涩的一股味道。她在空旷的校园里溜达着。如果是多愁善感的男生，也许会觉得一个美人独自撑着伞，漫步细雪中很有诗意。可任谁都不会猜到，漂亮的女大学生丁媛，会再次被一个男人扰乱了心扉。就像这上海的二月天气，朦朦胧胧，捉摸不定。

毕业回唐城后，怕见到王树生，她努力说服自己不去看望刘兰芝和林兆瑞。可那天在街上偶遇林智诚后，她却心乱如麻，下班时鬼使神差拐进王家附近的市场。她问着菜价，眼睛却不住地朝钢厂的方向张望。最终她看到了这样一幕：王树生推着车子，车大梁上坐着一个女孩，旁边一个妇女拎着一网兜苹果，浓眉大眼的，想必就是杨丽华了。乍看上去比王树生岁数大，可脸上洋溢着幸福的笑，又让人觉得还年轻。女孩举着一根冰棍，娇嗔地叫着爸，王树生低头咬了一口。女孩又伸过去胳膊让妈尝，杨丽华摇了摇头。他们越走越近，丁媛忙背过身去，弯腰看地上的蔬菜。等幸福的一家三口从身后走过，她才努力使自己平静下来，问茄子多少钱一斤。

早在上次手术后，她已觉出杨丽华对自己有几分戒心。大刚拉结婚证前，宋乔不愿意做婚检，丁媛替她解了围，代开了一张婚检证明。结婚时，她也随了份子，可借口有手术没有参加婚礼。过去的就过去了，这样顺其自然的结束也好。现在，大妈的请求让她既为难，又不能拒绝。难道命里注定，非要她给王树生媳妇接生，非要把她和王树生一家人再次扯在一起?

一听去找丁媛做检查，杨丽华心情特别复杂。可除了丁媛，妇幼医院他们又认识谁？没熟人关照，看个病做个检查那么容易？刘兰芝推推儿子："我这两天腰腿疼得厉害，明天你陪丽华去医院。"

丁媛给杨丽华做了检查，说问题不大，又带她到功能科。做B超要憋尿，杨丽华把丁媛端来的一大搪瓷缸子水喝了进去，坐椅子上等着。她刚捶了两下有些酸痛的小腿，王树生就过来，虚捏着拳头，替她轻轻捶打着。杨丽华有些忧心忡忡："树生，听说高龄产妇最爱生畸形儿。昨天我做了一宿恶梦，梦见生下来的孩子长了个尾巴，肉乎乎的吓人。我哭着说一定是搞错了，可你说没错，就是咱们的儿子。"

王树生哭笑不得，忙说："你就是生个蝎虎鲁子也是我儿子，我也养活着。"一旁的丁媛扑哧一笑，抬腕看看表，说差不多了，咱们进去吧。检查结果各项指标都还正常，杨丽华轻出了口气，王树生道："怎么样，我说没事吧，你还不信。"

杨丽华肚子一天比一天大，鼻子两边长出茶褐色蝴蝶斑。王树生问媳妇爱吃酸的还是辣的，杨丽华正在台灯下作账，随口说辣的。看丈夫神情黯然，忙又改口说酸的，爱吃酸的。这下把王树生逗乐了："主要是妈抱孙子心切，我倒无所谓。其实闺女也不错，像婷婷一样懂事就中，正好小姐妹还是个伴儿。"正写作业的婷婷接茬道："肯定是儿子！"杨丽华说："去，啥事都有你。"

石柱来看嫂子，带来两只北京烤鸭。家里吃了一只，另一只王树生给丁媛拿过去。病人家属给大夫送东西都懂门道，东西搁医院门卫，捎个话让大夫自取，免得旁人看到说闲话。王树生不懂这套，愣头巴脑把烤鸭拎进了医办室。丁媛只好先收下，客气了几句便送他出来。王树生在树底下开了车锁，推着车子往外走。丁媛心一软，叫了声树生。

王树生站下，回过头来。丁媛一肚子话，可到嘴边只变成了一句："放心，嫂子的事我负责到底！"

王树生千恩万谢地走了，丁媛内心涌起一丝悲哀。这个在她生命中曾经无比重要的男人，已被庸常的生活磨得没有棱角，脸上写满柴米油盐，和满大街的男人没什么两样……

天气转凉，杨丽华住进产科病房。情况有些复杂，出现了妊高症，胎儿脐带绕颈。趁病房里没人，她有话要跟丈夫说："树生，我要有个三长两短的，你照顾好婷婷……"

"丁大夫不是说了嘛，不会有啥大问题的。"王树生忙拦住媳妇话头，"她主刀，会负责到底的。"

"我不放心这个家，不放心孩子。还有爸妈，岁数一天比一天大了，我走了，谁来照顾他们？你成天在外面跑，我还能给你灌点热茶水，做口热乎饭带着，我要没了，谁管你？"杨丽华抓着丈夫的手，一脸凄然。

"不会有事的，别胡思乱想了。"

"还有我婆婆跟咱妈，老为教育婷婷的事儿掐。我婆婆天天盯着她写作业，逼她练琴、上外语班，担心婷婷受不到良好教育；咱妈呢，又没那么心疼孙女的，怕累着孩子，能玩会儿就让她多玩会儿。有我在中间调停，还好些，我要是没了，你夹在俩老人中间岂不更加作蜡？"

"好了好了。"王树生拍着媳妇手背，哄着她，"怀了儿子高兴还高兴不过来呢，看把你愁的。"

到了手术那天，王树生把那枚珍藏好久的平安扣找出来，小心捋顺红丝线吊绳，拿到病房要给媳妇戴上。护士忙拦着，手术中不能戴首饰。杨丽华接过平安扣，焐了一下，交到丈夫手里。王树生伏下身子，嘴唇触到丽华脸颊："平安扣保佑着你，我们大家保佑着你。丽华，我在外头等你，等你和儿子平安出来！"

丁媛和刘兰芝站在病房门口，看到了这一幕。这段时间，丁媛有些头晕，精神恍恍惚惚的。这会儿，她觉得躺在手术车上的不是杨丽华，而是她自己。头顶是明晃晃的日光灯，面前的白被子散发着洗净烘干后棉布的味道。手术车胶轮吱吱响着，在水磨石地面滚动滑行，来往的病人和家属避让着车子。进了手术专用电梯，幽暗，封闭，一股水泥和生铁混合味道。身子往下一沉，电梯一层层上升，红色数字变换着。她觉出脚部被子没有盖严实，有一丝凉。叮咚一声，电梯一顿：到了。手术室门无声开启，墙砖发散着蓝荧荧的冷光，像冬天满月时清冷的夜晚，这是让人最孤独的时刻。无影灯哗地打开，她晃得一下子闭上了眼睛。这时，听见有个声音响在耳边："丁大夫，手术准备好了。"

手术室外面有两排长椅，王树生和妈坐椅子上等着。这一个来小时，是王树生一生中最难熬的时辰。就像当年埋在地震废墟里，他不知道苦熬之后，等待自己的是什么。是儿子平安降生的喜讯，还是丽华出事的噩耗？这两天，左眼皮老在跳，他搞不清是跳灾还是跳财，只在心里祈求，两者我都不要，只要丽华别出啥事，孩子平平安安落生。他几次把手术室门推开个缝，往里张望。妈在一旁说："树生你消停会儿好不，弄得妈心里乱糟糟的。"

他忍不住问妈，你说丽华她不会有事吧？

"有啥事，丽华又不是头一次生。女人哪，生孩子就是瓜熟蒂落的事儿。我生你那会儿，正赶上唐城解放。我们扭着秧歌从小山一直扭回家，放下红绸你就落生了。你奶奶烧了点热水，在炕头上接生的你，用做针线活的剪子剪的脐带。"

刘兰芝拉儿子坐回到长椅上："媛媛手艺高，满医院人都夸她，她做手术不会有事的。你就老实等着大胖儿子出来吧，我让你爸在家熬鸡汤呢。"

终于，王树生听到一声响亮的婴儿啼哭，他一下子蹦起来："我儿子，是我儿子，没错！"

门一开，丁媛抱着孩子出现，笑吟吟的："儿子，六斤八两！"又冲王树生："放心，嫂子没事。"

孩子还在酣睡，脸上沾着些血渍，乌黑的头发沾在粉红色的小脑门上。他攥着小拳头，一点不理会激动的、大气不敢出一下的父亲。这是自己的血肉啊，王树生感到孩子微弱但有力的心跳，跟自己心脏共振着。儿子没豁嘴儿，没六指，没有丽华梦见的尾巴，却长着俊俏的小鸡鸡，就像胡萝卜上顶着一粒花生米。王树生忍不住乐出声来，傻呵呵地。笑声吵醒孩子，他眼睛微张，目光游移，好像不解地看着爸爸。

杨丽华麻药劲儿还没过，手凉凉的。王树生拿起她的手，焐着，贴到了自己脸上，泪水顺着脸颊淌了下来。

三天后，孩子粉红的小脸突然变黄，像涂上一层蜡。王树生吓了一跳，忙把丁媛招呼过来。丁媛看一眼说："没事，新生儿黄疸，刚出生几天的小孩都这样，过些日子就消褪了，平时多晒晒太阳。"

正说着，林兆瑞和刘兰芝带婷婷来了，拿来好几个铜皮大石榴。树生拿过一个掰开尝着，夸着好吃给媳妇递过去。"坐月子怕凉不能吃这东西，不是给你媳妇吃的。"刘兰芝拦下，招呼着丁媛："媛媛，这给你带来的，咱家小花园结的，你尝尝——我家树生就这么没成色，吃东西知不道让让客人，吃石榴啊也不吐籽儿。"

丁媛吃着石榴笑着，她知道王树生吃相很不雅。婷婷凑近小弟端详着，亲了一下他的脸蛋。

刘兰芝在家时，把大刚、婷婷穿过变小的秋衣背心什么的翻出来，裁成一条条褯子。这会儿，从袋子里掏出一摞，王树生忙说："妈你也歇歇，这几天倒换着陪床，净累着你了，回家还闲不住。"

"不累不累。我寻思啊，这东西比买的好，纯棉布的，软乎，当褯子不烧屁股。"

"你妈一听说得个大孙子，啥病都没了，精神着呢。"林兆瑞把保温瓶放在床头柜上，里面是新炖的鸡汤。这时孩子醒了，咧开小嘴要哭。"来，大宝尖，奶奶抱！"刘兰芝把孩子抱起来，笑开了满脸皱纹，"人家孩子刚生下来，皱瘪的像小老头，看我这大孙子，跟大白花生仁儿似的。"

树生乐了："现在小脸焦黄，是炒熟的花生角儿。"

"甭管是花生仁儿还是花生角儿，我大孙子就是人见人爱。看看，长得多随他爸。"刘兰芝道。

丁媛端来纱布和药水，让男人们回避一下，给杨丽华刀口换了药。她刚走，卫东匆匆赶来，刘兰芝有些不高兴："你这当姑姑的总赶马后炮，丽华生孩子最缺人手时，连个影儿都不见，打几回电话都没人接。"

卫东连忙解释，她去外地考察刚回唐城，听到信马上赶了过来。王树生说不晚，正好孩子还没名字呢，姑姑帮拿个主意。王卫东说："我初中都没毕业，想不出啥好名字，还是爷爷奶奶取吧。"

她抱过孩子，亲了又亲，亲出了一脸泪水，弄湿了孩子的小脸蛋。林兆瑞拉拉老伴，刘兰芝顿时明白：唉，自个儿咋这么没眼道色的，忘了小环离婚这个茬。

王树生看着爸，他着急要去给孩子上户口。林兆瑞想了想：“我希望大孙子将来长大成人，文能安邦，武能定国，能文能武，你们看叫王斌好不好？”

一家人都说好。

这时，王卫东的寻呼机嘟嘟响起来。她看了一眼，是市里通知她开会。临走时，她掏出个小锦盒，把一个金晃晃的生肖龙搁在孩子枕头边：“我大侄子属龙，祝他龙腾虎跃，比他爸有出息。”说完便匆匆而去。

进屋来试体温的护士，看着这个来去如风、揣不准年龄的孩子老姑，啧着嘴说真趁钱啊。看大家有些不解，护士解释说这个足金生肖龙，要四五千块钱呢。王树生和杨丽华对视一下，小环这礼物太重了。闺女在儿媳面前给自己长了脸，刘兰芝高兴地说：“嗯，这还不大离，像个老姑样子。”林兆瑞没言语。小环喜欢孩子是真的，但出手有些大，让他有些担心她入乡随俗，在官场上这个大染缸里沉浸久了，会漂洗掉从前的质朴单纯。

坐完月子，杨丽华跟丈夫商量，想买东西去看看丁媛。树生劝她在家歇歇，再说也没这个必要。丽华嫌他不会来事：“现在住院生孩子，哪个不打点大夫？可咱给媛媛的红包，人家原封不动退回来不说，还搭东西来看我。虽说你跟她的事，我心里疙疙瘩瘩的，可该看还得看，咱不能没有良心。”

两人一路打听，才在医院后身家属楼里找到丁媛家。丁媛住着一间七五的房子，一间卧室，一间只有卧室一半大小的门厅。一进屋，先闻到一股淡淡的来苏儿味。过道墙上，贴着基督教会印赠给教友的年历。正对着门口，是一幅耶稣在十字架上的受难图。王树生两口子交换了一下眼神。唐城人家就算是再寒酸，也要养上一两盆草花，可丁媛家一盆花都没有，像手术室一样洁净、清冷。

丁媛热情地沏茶，问起孩子情况。两口子有些心猿意马，眼前老晃动着那幅受难图。媛媛的父母信教，王树生是知道的。他对宗教的认识，仅停留在“劳动人民鸦片”程度，一想到媛媛皈依了基督教，他就有些发冷，仿佛热情的丁媛，变成了一袭黑衣的神秘修女。坐椅子上，两口子浑身不自在，好像他们也被钉在了十字架上。

从丁媛家出来，杨丽华掉了几滴泪。她埋怨丈夫，都是你害的人家。不容他分辩，又说："不行，这么好的人，这么清清冷冷地一个人过，我瞅着就难受。我要给丁媛介绍对象，你已经对不住人家了，我不能不弥补。"

到底是妇道人家，想法都这么格路。王树生劝她还是算了吧，人家这么长时间没结婚，肯定有原因。"现在你总该相信，我俩不合适了吧？真的，我们真没那层关系。"他说。

"嚯，你还蹬鼻子上脸了。人家当初年轻时，可不是现在这样，特开朗，特随和。我听大刚说过，全家人都喜欢她，你一天不见人家就想。怪不得婚后总瞧我不顺眼，挑三豁四呢。"

"瞎说。"

"丁媛是比我漂亮。不过，你有没有觉出，她比上次我做手术时老多了。我纳闷，这才几年光景啊。"

王树生也有这种感觉，比起同龄人来，丁媛确实要憔悴一些。从前脑门光洁，皮肤像白瓷一样发亮。现在呢，皱纹显现，虽说细心保养，肤色还是有些晦暗，甚至长出隐现的斑点。唉，没结过婚的女人，就像无人赏识的花朵，总是那么寂寞。想到这里，他有些为丁媛难过。

杨丽华刀口药线是丁媛来家拆的。王斌三个月时，得过一回肺炎，又是丁媛安排住院，悉心治疗才好的。宝贝儿子倒睫毛，甲沟炎，气管炎，小病不断。为儿子的事，杨丽华隔三岔五打电话咨询，要不招呼丁媛来家。一来二去，丁媛又成了这个家庭的常客，还被丽华撺掇着，认了王斌当干儿子。跟杨丽华前后脚，大刚媳妇宋乔生了一个女儿，又是丁媛接生的。似乎是命里注定，丁媛要跟他们家有着扯不断的联系。

儿子一天天长大。王树生睡觉时，要握着他的小脚丫才睡得着。孩子烦，踢蹬着，有天一脚踹到老爸脸上，吓他一跳。杨丽华笑着说："该，谁让你发贱呢。"

王树生下班回家就洗脏褯子，仔细刮干净上面的屎，打上肥皂，细心地揉搓着。他从来不用洗衣粉，说这东西碱性大，刺激儿子小屁股。经过一番洗洗涮涮之后，把褯子一一晾晒到阳台衣绳上。"媳妇，我才发现，晒干的褯子有股太阳味儿。"有回他摘着褯子，冲杨丽华大发感慨。丽华正拿奶瓶喂着孩子，听了一撇嘴："你快要成爱国第二，要当诗人了。"

王斌比婷婷小时候难侍候多了，夜里缠磨人，王树生一宿折腾起来七八次。刘兰芝求人写了好些黄纸条："天皇皇，地皇皇，我家有个夜哭郎。过路君子念一念，一觉睡到大天亮。"她也没跟老伴儿子说，便摸黑贴到小区的电杆上。

王树生晚上下班，路灯底下正撞见。他叫了一声妈，吓了刘兰芝一跳，忙把手里纸条团成团。王树生看了一眼电杆，心里很不是滋味。"妈知道是迷信，可人家都说这法子灵验，试试又不损失啥。再说，妈不是心疼大孙子，心疼你嘛。"刘兰芝忙解释说。

妈，你才让我心疼呢！王树生心里说着，忙搀妈回家。看着熟睡的儿子，他想：这么个小东西，才多大就这么缠磨人。哭声就跟哨子一样尖利，只要一响，全家总动员，都跟着他忙活。从前觉得外甥难缠，现在跟儿子比起来，大刚还算很乖呢。王树生想，真是不养儿不知道父母恩。

树生白天精力明显不够，杨丽华怕他出事，打电话找小石。石柱回厂后，很快提拔成了管生产的副厂长。"你哥他不比从前，现在拉家带口的，晚上让孩子磨得睡不了一个囫囵觉。麻烦你给车间打声招呼，有个请假早退的，多担待着点。"她说。

王树生进门正听到个话尾巴，很不高兴："你跟石厂长说这些干啥，厂里上万号人，哪个没点儿困难，关照得过来吗？"

真是妇道人家头发长见识短，他把最后这句话咽了回去。丽华在市政单位上班，不了解他厂里什么个情形。厂里新引进一套德国全自动转炉，给了冶炼二工区。王树生给小石打电话想去那里，不想被断然拒绝："不行，那边炉前工最低学历是大专。一键炼钢法，计算机控制高炉运转，这些你懂吗？"王树生十分恼火，这小子当厂长后说话不知深浅，有这么撅人的吗？当劳模这么多年，还是第一次听见有人说他不行，王树生气得鼓鼓的。

现在，媳妇给石柱打这种电话，不会让厂长觉得自己有情绪、耍大鞋吧。可这层意思还不能跟丽华说。"家里、厂里一码是一码，我不能因为当了爹，影响厂子工作。不能因为厂长是我调教出来的，我就跟别人不一样，搞特殊化。"他说。

王斌咧咧小嘴，哇哇地哭了起来。杨丽华抱着儿子来回悠着，唔，唔，斌斌乖……又冲丈夫道："你不能小声点？就你积极，就你进步？"

孩子哭声惊动了对门刘兰芝，忙过来，说看看是不是尿了。果然，孩子裆里的褯子又湿了。刘兰芝麻利地换着尿褯子，嘴上也不闲着："葫芦吊着长，孩子叫着长。哭的时候啊，你们多看着点，注意听哭音。要是小声啼哭，嘴唇动着，说明肚子饿了；绵绵的哭，眯着眼睛，那是困了；哭声带有鼻声，停一会儿哭一会儿，是在撒娇；突然放声大哭，手脚颤动，肯定受到了惊吓……"

王树生自愧不如，虽然婷婷是他抱大的，可他还真不知道小婴儿这么难侍侯。看来，带孩子也是门学问啊。

转眼，王斌三个多月了，卫东寻思她这个老姑自打孩子落生就没帮上什么忙，怕嫂子挑理，便掏钱在饭店张罗"百天宴"。爸妈怕影响不好，王树生也觉得有些小题大做，卫东说："谁没有仨亲俩厚的，就算当领导，也要讲个人情味。爸，妈，哥，你们就别担心了。"

王树生两口子推着童车到饭店时，这里已聚集了不少人。一见主角到场，大家围拢过来，七嘴八舌夸着孩子。有人悄悄给杨丽华红包，有人干脆把钱塞到婴儿车的小被子下，杨丽华没想到这么多上礼的人，有些人看着面生。她偷偷打开个写着名字的红包，一看，脑门沁出汗珠来。"这钱给忒多呀，这是冲谁来的？"她悄悄问丈夫。树生摇摇头，也不知道咋回事。

"都是小环的同事朋友，听说她得个大侄子，非来庆贺不可。"刘爱国穿件绣着五福捧寿图案的唐装，一脸喜色地跟树生两口子解释。"另外，小环调到区里当副区长，大家也想表达一下心意，你们两口子就甭想那么多了。"

宴席开始，王卫东满面春风，陪哥嫂挨桌敬酒。大家把盏叙谈，好不尽兴。宴席的主角王斌躺在童车里含着奶瓶睡着了，贴身穿着奶奶做的五毒兜兜。上面用彩线绣着个葫芦，葫芦嘴对着蝎子、蜈蚣、壁虎、蛇、蟾蜍五种毒虫。据说百日戴这种兜兜，可使孩子避免毒虫侵害，不生病。刘兰芝、林兆瑞吃了几口饭，替下来杨丽华，坐在一旁轻轻摇着童车，有点不知所措地望着热热闹闹的大厅。老两口不理解，一个吃奶的孩子过百天，用得着这么兴师动众吗？小环现在的行事做派，让他们有些不适应。

喝过几杯酒，卫东脸上只带出些红晕，一点事没有。多年的官场应酬，练出了她的酒量。她把林智诚叫到外面，区里要搞全市第一个商品化住宅小区，她有意把工程交给他。

“凤凰新村项目很重要，关乎我能不能在区里站住脚。对于你，也是个机会，以后你就搞房地产开发，别只盖楼不卖楼，净为他人做嫁衣了。”

林智诚兴奋得直搓手，连声说好：“卫东，不好意思，以后当人面我得叫你王区长了。”

“没那个，我还是你姐。”

“对，永远是我姐，我老姐，咱姐俩联手，无往而不胜。”

王卫东点头，又叮嘱他：“你呢，这些年盖了不少楼，活干得怎么样，我比谁都清楚。除了城建中专工程有点拉稀外，可以说是个个都是精品。现在不少人等着看我笑话，说我这个建委出来的，在区里肯定玩不转。希望你别给我撤劲，帮你也是在帮我。”

“那是。老姐你放心，我宁可不挣钱，也要争口气，盖个质量过硬的住宅楼给全市人民看看。”

“不挣钱工程给你干啥，让你搭人搭工搭料，我傻呀我？”卫东亲昵地推他一下，“肥水不流外人田，还是让你挣这钱心里舒服。”

林智诚搔着后脑勺，嘿嘿傻笑着。卫东关切地问他腿怎么样，小诚拍拍假肢说没问题，比真腿也不柴。卫东说：“别人眼里你是残疾人，可在我王卫东眼里，你比正常人不知要强多少倍。你现在欠缺的，就是没文化、读书少，有时间你要充充电，不能总是小打小闹，我还指望着你进军房地产市场呢。”

王树生喝得红头涨脸，脚下有些打绊。出来方便的时候，正看见妹妹和小诚在走廊里有说有笑。等他从厕所出来，妹妹已没了影子，小诚抽着烟想着心事，嘴角浮着笑容。啥美事，看把你乐的，王树生一捅他。林智诚实话实说。

“这合适吗，亲戚里道的，别人会不会说闲话？”

“有啥不合适的，举贤不避亲嘛。凭我的实力，凭我林智诚这些年打拼出来的信誉，什么工程都不在话下！”

儿子四岁时，王树生一狠心送进厂幼儿园。妈身体一年不如一年，带大婷婷已经不容易了，再拉扯个孩子吃不消。王斌叫着爸爸，哇哇的哭声针一样扎着他的心，王树生佯装没听见，头也不回地往外走。好不容易才说服妈，他知道，只要自己心一软，所有努力都会前功尽弃。儿子倒还乖，很快适应了幼儿园，只跟爸提出一个要求：晚上第一个来接我！

儿子不在家，白天轻省不少。秋天风干物燥，正是装修的好季节，王树生抽空把爸妈屋子粉刷一遍，换了铝合金窗框。老人不喜欢滑溜溜的地砖，他没动水泥地面，只改了上下水，安装了淋浴器，换上了坐便。自己屋子没怎么动，只铺上了方格瓷砖。杨丽华拿墩布墩着地，累得满头大汗。在厕所哗哗地涮着墩布，她问丈夫，小石也三十好几了吧？

“他跟小环同岁，小四十了，你怎么想起问这个？”

杨丽华有意给丁媛说媒。她不知道，地震后小石追过丁媛，当时丁媛心有所属，惦记着王树生，委婉地回绝了他。现在听媳妇说出想法，王树生含含糊糊，说你有点瞎操心。杨丽华把墩布拧干，晒到阳台上：“怎么叫瞎操心呢？媛媛是我儿子干妈，我的好姐妹，我可没你那么心狠，她的终身大事，我这当姐的不管谁管？”

杨丽华是个热心肠，说做就做。丁媛听她说完，只是笑了一下，这在杨丽华看来是羞涩，是默许。回来兴高采烈地告诉丈夫，催他抓紧问下小石啥态度。王树生到厂里还没来得及跟石柱说，厂办就打来电话叫他过去一趟，说石厂长找他有事。进了厂长屋，石柱扔给他一根烟。“嚯，红塔山。”王树生捏手里没舍得抽。石柱说：“还有多半条，你拿走。”

嘻嘻哈哈说笑了几句，石柱脸一绷，问起大家对改革方案的意见。厂子减员增效方案职代会上已表决通过，可下面抵触很大，实施不了。王树生说：“下岗这事摊谁头上都不干。我今年四十五了，也在你分流的年龄段，我想问一下，你们当官的订这个方案时，有没有为我们工人想过？大伙为厂子打拼了这么多年，除了炼钢不会干别的，这么一下子把无一技之长的老工人轰到社会上，他们靠什么谋生？这年龄上有老，下有小，说不好听的全家人靠这份工资养活。这么做，不等于把老工人逼上绝路？你们搞得是不是过分了？”

“炉长，我的大炉长啊，你不了解全面情况。搞减员增效，是上面压下来的任务，也是根据咱厂现状不得已而为之。下岗自愿，厂子没有轰谁走的意思，富余人员分流到三产等辅业，干好了没准工资拿得更多。这些，都是有制度保障的。”

“制度是一回事，执行落实又是一回事。谁还不知道，下岗分流就是变相失业。还有，减员光减工人，你们当官的怎么不减？刚才我上楼，每个办公室都满满当当的，可都在干些啥？织毛衣的，看报纸的，侃大山的，就是没干正事。说增效，你们少吃一顿大餐能省下多少钱？”

两人的思路就像两股道上的车，越跑越远。石柱本想让王树生帮他底下做做工人们工作，现在看他抵触这么大，觉得时机还不成熟，就说：“好了，不抬杠啦。炉长，上次你要去二工区我没答应，想知道为啥吗，你跟我去看看就知道了。”

汽车沿厂里的水泥路前行，路两边树木杂草蒙着一层灰，钢锭、线材凌乱地堆放着。现在钢铁行业不景气，号称十里钢城的厂区，一些高炉已经停产检修，车旁走过的工人也都懒懒散散的。王树生不禁为企业捏了一把汗，产能过剩，钢材滞销，照这么下去，厂子非黄了不可。不过蓝色彩钢屋顶的二工区倒是一派热火朝天景象，好几层楼高的、上面标着醒目外文字母的转炉机轰鸣作响，车间里却看不到一个人。王树生正纳闷呢，石柱带他走上旋转铁梯，原来工人都在空中操作室里。屋里开着空调，透过弧形玻璃墙，能清楚地看到几十米外的转炉。他不禁心生感慨：同是炉前工，真是一个天上一个地下啊。自己和兄弟们挥汗如雨干半天，炼出的钢却卖不动，人家在这里轻轻松松的，生产的特种钢还没出厂就找到了婆家。

操作台上，几名工人熟悉地操控着电脑，调整着炉内温度，不时敲击几下键盘添加辅料。头顶几个大屏幕，显示着各道工序。看厂长来了，有人起身让座，石厂长说忙你们的，边问起生产情况。这时脚下微微震颤起来，外面炉火熊熊，钢花四溅，一炉钢开始出炉……

王树生被眼前景象震慑住了，没想到以前他和石柱憧憬过的全封闭自动炼钢已经成为现实。再不需要炉前鏖战，再不用长勺取样，再不用肉眼判断钢水温度，而且终点碳、温度命中率90%以上。既然先进到这份上，还要他这个经验炼钢的技术大拿干啥？王树生感慨着，也许自己真的老了，落伍了。面对这些年龄比他小二十来岁的炉前工，他的心里发生了波动。

杨丽华还惦记着介绍对象的事，回家就问小石的态度，没想到丈夫先犹犹豫豫地说出厂里减员分流的事。杨丽华一下子急了：“不行，谁下岗都中，你不能下。这么多年，没功劳还有苦劳呢。你看你，眼睛整天红的跟兔子似的，手上胳膊上经常带着燎泡，腰腿也让电扇吹出了毛病。到头来厂子就这么对你，说轰走就轰走，这太不公平了！”

杨丽华越说越气，像温顺的小狗露出了牙齿：“石柱，你个忘恩负义的王八蛋。拍着胸口想想，这么多年我们树生对你咋样？从前一个组时，树生处处关照你，把提干机会让给你。你当了官，树生又处处维护你，从没找你办过事，给你添过麻烦。没有树生，你能有今天的风光？树生对你那么好，你却拿他开刀，你还是个人吗！”

王树生拉住媳妇，杨丽华一甩胳膊，说我去找他，让大伙评评理。王树生在门口挡着媳妇：“这么晚了，闹腾啥。一刀切的几百号人呢，又不是我一个，他当厂长的也有难处。”

“咱家就没难处？孩子越来越大，过两年送个好一点的小学，一年要上千块钱。婷婷马上要上大学了，正是花钱时候。爸妈身体一年不如一年，以前有单位兜底，看病住院花不了几个钱，现在医改改的，一场大病就能拖垮一个家庭。这时候你要下岗，一年少开多少钱，这个窟窿拿啥补？”

怕把儿子吵醒，王树生让她小声点，拉丽华坐到床上：“炉前工你也知道危险性，打结婚那天起，你就为我牵肠挂肚的，我又不是不知道。现在身体不行了，离开这个岗位，也不是啥坏事。你想想，总不能为了那点钱，把你老公整个人都搭上是不是？”

一番话说得丽华眼泪汪汪：“树生，这我都懂，你就是一分钱不拿回家，我也不说啥。我这是气不忿，觉得让人家赶走很窝囊！”

做了一晚上工作，杨丽华才勉强同意不去厂里闹。不过她想，有些话还是要找找石柱说道说道。这时，儿子踢蹬了被子，迷迷瞪瞪说尿尿，王树生拿过来尿盔。他从厕所倒尿回来，杨丽华问介绍对象的事怎么办，他说接着进行啊，明天我就去和石柱说。

第二天王树生去厂长办公室，石柱一脑门褶子埋在一摞报表中，左手捏着半截烟，烟缸里满是烟头。王树生打开窗子，驱赶着满屋子的烟，你少抽点吧，烟瘾比我还大。石柱唉了口气：“改革，改革，总是费力不讨好。本来我是抓生产的厂长，减员增效这摊子活不好干，都推给了我，谁叫咱年轻呢。”

他递给王树生一根烟，自己又叼上一支：“嫂子一上班就打电话来，狠骂我一通，我该骂。不过炉长，我真没有轰你走意思。厂里改革原则是精干主体，剥离辅助，组织劳务，发展三产。上次没说清楚，我想让你去三产管事，那儿摊子刚铺开，需要像你这样负责任的人把舵。”

“不去。我想好了，买断工龄走人。因为我对厂子有感情，才不希望它倒闭，盼着你们能改革成功。今儿我来呢，是有别的事情，你就没想过成个家吗？”

“你怎么问起这些来？”石柱有些纳闷地看着他，一笑，“想啊，当然想，就是这么多年，没遇上合适的。”

王树生问他还得记丁媛吗，以前当护士的那个丁媛。石柱当然记得。王树生讲了讲丁媛的近况，说了杨丽华的意思：“都老大不小了，眼瞅着青春也到了尾巴，你们就别再挑挑拣拣的了。”

石柱在烟缸里磕着烟灰，王树生催道：“痛快点，你看你扭扭捏捏的像个娘们。拿出改革的勇气来，你要同意见见，回去我去跟那头说。”

石柱点了点头。

王树生去医院找丁媛，丁媛刚好下班，两人顺着林荫道往家属楼走着。这是地震前的老路，两边长着高大的槭树，焦干的翅果在秋风中摩擦着，发出铮铮声响。不知不觉天黑了，路灯亮了起来。丁媛在树影里停下脚步，一路上净是王树生说了，现在她总算开了口：“既然你们两口子这么上心，那我就跟小石处处。”

王树生松了口气，有一丝怅然袭过心头，连他自己都没察觉。他把石柱的寻呼机号留给丁媛，让他们自己定见面时间地点。“小石咱们知根知底儿的，人也不错，现在是管着上万人的副厂长，比地震那会儿成熟稳重多了，我觉得你俩很合适的。”他说。

他不知道，丁媛同意见面，只是不愿看到他和杨丽华失望。小四十的她其实已抱定独身打算，像她所景仰的妇产科前辈林巧稚一样。这倒不完全是为了事业，而是另有苦衷。就在林智诚拉起包工队那一年，她查出了肿瘤。无数个夜晚以泪洗面后，她平静地接受了命运，一个人走进位于唐城一隅的教堂……手术切除了女性重要的器官，也彻底斩断了她恋爱成家的念头。

前面就是丁媛的住处，既然任务完成，王树生告辞要走。别走！丁媛一把抓住他，她的手那样有力，吓了王树生一跳。也许觉出自己的异常，丁媛脸一热，松开了手。下意识的，王树生挪开两步。

“我能叫你哥吗？”树影微弱的光线里，丁媛眼睛闪着光。王树生说：“我一直把你当妹妹呀。”

“我有些冷，抱抱我。”丁媛抱拢肩膀，声音颤抖显得没有底气。提出这样的要求，连她自己都吓一跳。那次手术后，主刀医生给她看病理结果，她连看都没看。她不再理会上帝留给自己多长时间，就算现在走，她也不会觉得遗憾。因为她实现了父亲遗愿，成了一名出色的医生，把爱给孩子们的同时，也收获了事业的成功。可在这样一个凉意袭人的秋夜，在这样一个自己曾经寄托全部感情的男人身边，丁媛一下子变得非常脆弱。仅仅渴望得到一个拥抱，哪怕只是应付和安慰的拥抱呢，她就知足了。

“还是别介了，咱们都四十来岁人了……”王树生有些慌乱，眼睛下意识地左右看看。

丁媛轻轻叹了口气。

“我下岗了……”王树生突然冒出这么一句。他知道，此时丁媛的要求很纯洁，但他还是不假思索地拒绝了，除了觉得这样做对不住丽华外，还在于他在丁媛面前非常自卑。国企大厂这么多年，潜意识里王树生已把自己当成一颗螺丝钉，清楚自己几斤几两。他不像丽华，还偶有往上抓挠抓挠，想竞聘财务室主任念头，他只想老老实实找准自己定位，从不奢望当官发财，或是什么机会突然改变自己命运。当年他配不上丁媛，现在更是这样。下岗工人与名医，这中间鸿沟实在太大了，不要说谈感情，似乎连做一般朋友都没有可能。

关于下岗，王树生其实有一肚子话要对丁媛说。离开钢厂后，他特意留了一套簇新的蓝色工装，叠得整整齐齐放在柜子里，家里没人时拿出来，穿上对着镜子端详着。这时，他觉着自己还是那个毛头小伙子，带着激动、兴奋和忐忑，好像厂子随时可能招呼他回去，继续在炼钢炉前挥汗鏖战。直到瞧见镜子里自己夹杂着白发的鬓角，红红的好像汪着泪的眼角，有些佝偻的长身子，他才轻轻叹了一口气，脱掉散发着风油精味道的工装。在丽华和爸妈面前，王树生要强打精神，不让自己的焦虑和压力给家庭带来影响。家里还和从前一样，饭桌上有说有笑，晚上边逗弄儿子边和丽华讨论着电视剧，度过一天中最温馨的时刻。一切似乎都和从前一样。可在一个人独处时，王树生有了眼泪，有了无法与人诉说的心事。现在，他很想跟丁媛道出实情，就算他同意下岗走人，心里还是觉得有点委屈和窝囊。他想说自己因为好面子，因为男人的自尊，不好意思去驳石柱；因为要无愧于劳模称号，要为厂子卸下包袱，才第一个带头办了下岗，为此还要背负骂名；因为对再就业前景感到渺茫，对未来命运无法预测，他时时为自己的决定感到后怕，有时甚至从恶梦中惊醒……

可丁媛并没有听他往下讲，只说了声再见，就像影子一样飘进楼道，消失在黑暗之中。窸窸窣窣的树叶摩擦声中，王树生觉得心口发闷。

秋老虎尾巴翘三翘，手里扇子摇三摇。刚凉快了没几天，闷热天气再次来袭，一连几天都是三十几度，这让参加下岗再就业招聘会的人们叫苦不迭。

工人文化宫露天广场上，撑开了一把把遮阳伞。伞下是市里民营企业的招聘摊位，小黑板上写着用工需求、工资待遇什么的。王树生举着一张宣传单遮挡着毒辣辣的日头，连问了好几家，人家一听是炉前工都摇头，他们只要车钳铆焊。人群里挤出一身汗，他感到燥热难耐，于是走到毛主席塑像的阴影里凉快凉快。

这是六十年代的水泥塑像，地震时没倒，后来别处的都拆了，不知为啥这个单单保留了下来。塑像足有十几米高，毛主席头戴军帽，身穿军大衣，站直高大伟岸身躯，向着刺眼的晴空挥着右手。王树生招呼骑车子卖冷饮的小贩过来，要了一瓶冰镇矿泉水，连喝了几大口才觉出凉快些。

“妈的，这叫什么事儿，给厂子卖了一辈子命，到老了一脚踢出门。”旁边一个老工人眯起眼睛看着塑像，“要是毛主席他老人家在，会有这事？”

旁边一个白头发嘬着牙花子：“啥也不怪，怪自己命不好吧。上学赶上文革，毕业赶上下乡，回城赶上地震，搞对象赶上晚婚，生孩子赶上计划生育。现在可消停了，又赶上下岗……该着咱们倒霉！”

这话让王树生产生些共鸣，他刚要插嘴，有人在叫他姐夫。原来是林智诚坐在乌黑锃亮的小车里冲他招着手。搞房地产缺少策划营销人员，正好也给政府招聘会捧捧场，林智诚便要了个摊位。明知道不会有啥收获，他路过时还是顺便来看看。他招呼王树生坐进打着空调的车子。车内外温差太大，王树生摘掉墨镜，很响地打了两个喷嚏，清鼻涕流了出来，接过小诚递过来的纸巾擦着。他的遭遇，惹出林智诚一番感慨：

“一万块，不过是当官的胡吃海塞一顿饭钱，这点钱，就把你一辈子的贡献结算了？姐夫，你太傻，太老实，太容易被糊弄了。什么砸三铁，什么下岗分流，什么减员增效，都他妈的扯淡。折腾来，折腾去，肥了当官的，倒霉的是你们这些小工人。有句话一点不假，国企改革历史，就是一部中国工人阶级血泪史。”

王树生没有接茬，自己毕竟每月还有三百块钱劳模补助。那些老工人，比他更倒霉，连厂长八辈祖宗都骂上了。

“既然回来了，你也犯不着跟石柱这路往上爬的官迷一般见识。”林智诚说，“这样吧，我那儿摊子越铺越大，正好缺人，你来吧，跟爱国搭伙。”

王树生摇摇头。迎来送往，耍笔杆子，那是爱国的长项，要他坐办公室，还不几天就憋出病来？林智诚又出主意：要不你去学个车本，我给你买辆车跑出租。王树生摇摇头：“我眼神不中。你知道，干我们这行的，时间长了视力都完了，见光流泪。”

林智诚瞅瞅他红红的眼角，唉了一声气：“你们炉前工啊都这毛病，就冲这点厂子做得就不对。那，你看干点什么好，本钱我出了，算咱俩合伙也中。”

这番话，让王树生顿生三十年河东、三十年河西之慨。当初，小诚办病退回家，自己也这么劝过他，甚至说的话都一模一样，这才多少年！眼见着小诚发达起来了，还当上了优秀民营企业家。凤凰新村竣工上了电视，市长都去给他剪彩，真是风光无限啊。而自己却在原地踏步，不，甚至在退步，连工作都没了。王树生想，小诚出钱帮他真心实意，这点钱对小诚来说不算回事，不过他还是不习惯干个体。觉得那不是正经营生，他还是愿意过体制内生活，哪怕给哪个单位看大门呢。

他谢绝了小诚的好意，去区政府找妹妹。刚进大门，就被白头发的门卫叫住。王树生自报家门，说找王卫东王区长，我是她哥。

“你是她哥，我还是她大爷呢。”门卫耷拉着厚眼皮，“区长有你这路哥？下回编瞎话编得圆满点。你们这号冒充亲戚找领导上访的，我见得多了。走，走！”

所有政府机关都有这样的门卫。老花眼睛先掂量来人身份，进而决定自己的态度，是笑脸相迎、点头哈腰，还是颐指气使、按规矩办事。王树生掏出红塔山递过去，赔着笑脸：“我真是她哥，亲哥，我叫王树生，要不你打电话核实一下？”

不知道是烟卷起了作用，还是看他不像撒谎，门卫抄起电话。电话通了，他立刻换副面孔，连声音都温和起来。放下电话，忙跟王树生握手连说对不起，告诉他王区长在几层，怎么走。又毕恭毕敬领他进了大楼，送上电梯。

副区长办公室里，坐着好几个人。王树生在门外等着，妹妹的声音清晰地传了出来：

“你们到我这儿为止，别再往上找了。都熟头巴脑的，我跟你们也不见外，有啥说啥。你们想想，当初进商业局，没领导批条子过话，就你们几个能进得去？能当上科长处长？单位红火时候，你们天天发鱼发虾。老百姓谁吃过那么长的鱼，那么大的虾呀，听着都眼馋。你们说别发了，家里没地方放。单位又给你们发冰箱。冰箱满了，又给你们发冰柜。你们商业局的那个牛啊，走路碰到熟人打招呼都装没看见，恐怕人家求你要冰箱票、彩电票。实惠和好处，这么多年你们没少享受，国家对你们不薄了。现在搞改革精简机构，取消合并一些处室，你们利益受点损失，多多理解吧！”

“王区长，你就当可怜可怜我们。我们也是没别的法子，才来找你上访的。”

“虽然你们局归我管，可机构改革这块不归我，上访的事我更管不了。这些日子，我没少往下面跑，跟那些厂子倒闭，一个月只拿一二百块钱的工人比，你们该知足了。起码你们还有个饭碗，不必为吃喝发愁。还是回去吧，听从组织安排。”

王树生在门口听了半天，才弄明白怎么回事，闹了归齐，也有人在为下岗的事找妹妹。只不过人家要官，要好位子，他只要一个工作。王卫东送几个人出来，看到哥，一下子猜出他的来意。拉哥进屋，卫东说：“听说你下岗了哥？累了这么多年，你也该歇息歇息了。要是想干点啥呢，我给你在哪家企业，找个坐办公室的轻省活计吧。”

刚才在门口，王树生已打定主意不再麻烦妹妹。他说：“现在我还不想干啥，我是路过顺便看看你，又有多长时间没回家了？”

卫东给哥倒了杯茶水：“忙，忒忙。以前在建委忙，现在到区里更忙。本来我分管城市建设，现在田区长身体不大好，经济这摊儿又给了我。这我是外行，我是学中干，干中学，整天追得脚打后脑勺。”

王树生真渴了，一口气把一杯子茶水全灌进去。卫东有些心疼，又倒了一杯：“哥，还是你的事要紧，想好了干啥来找我。你妹妹不怕麻烦，如果连自己亲哥都帮不上，我这个区长白当了。”

她又问哥，听说你和嫂子在给丁媛张罗对象，王树生嗯了一声。卫东对丁媛印象始终不错，上次区机关组织查体，丁媛陪着她又透视又做B超："听说斌斌从落生到现在，她帮了不少忙，真是个有情有义的好人。哥，我有时后悔，当初为啥那么着急把嫂子介绍给你。"

"当心你嫂子听见不理你了。"王树生笑着说，"没啥后悔的，婚姻都是缘分，不信命不行。"

哥提到缘分，让王卫东想起了自己的婚姻。不过，这世界上真有缘分吗，她有些怀疑。

虽然跟妹妹待的时间不长，可王树生已想好自己该干什么。从区政府出来，他直奔小山。现在的小山，与林智诚配钥匙那会儿比，变化真是太大了。二三层的小楼挤挤插插，密不透风。当年摆地摊，一口凉水一口馒头的人，现在都趁个百八十万的，在市中心繁商区买了店铺，只把这里当成了库房。还是在大刚上初中时，王树生给他买自行车来过一趟小山，现在他在迷宫般的街道上迷失了方向，好容易才找到那个车行。门口一排锃光瓦亮的进口摩托车。伙计正在试车，轰轰轰的咆哮声里，腾起一股股蓝烟。王树生进到幽暗的屋子，自行车三轮什么的都搁在里面。

王树生买了辆带棚的三轮车蹬回家，三轮车好像经不住他高大身坯，车身颤颤巍巍的，一进小区就惹得不少人围观。杨丽华盯着三轮看半天，才说："存小区车棚吧，放楼口不安全。"

车棚是张万田承包的。原来的村委会变成居委会，他退休后闲不住，找了这份差事。老两口吃住在车棚，看车子连带卖点香烟饮料啥的。树生要存三轮自然没二话，虽然占地方，他只收个自行车钱。

王树生把三轮车装饰得漂漂亮亮，还弄个小音箱，放上几段马泰唱的评剧《夺印》或《金沙江畔》。就这样，他开始了再就业生涯，早出晚归，每天拉脚儿能挣上七八十块钱。杨丽华权当他活动活动筋骨，并不指望他养家糊口，唯一要求是早晚接送一下儿子去幼儿园。

很快进了冬天。这天，后面有辆黑色奥迪一直跟着他，让王树生心里直打突突。这种车在唐城是官车，里头坐的都是头头脑脑，他惹不起。王树生贴着路边蹬着三轮，手搂着闸，小心地避让着。不想车子超过他，在前面停下，妹妹从车里下来。

让负债和不景气的企业兼并破产，甩下政府包袱，是王卫东这段时间的主要工作。平时对厂长们讲话，说起改革阵痛来，她总是滔滔不绝。市场经济，企业破产司空见惯，工人下岗失业，天经地义，这是社会进步必须付出的代价。她一直这么认为，也这么做着属下的工作。平时她忙，很少过爸妈这边来，没看到小区里下岗和买断工龄的闲人越来越多，大家聚一块没日没夜地打牌下棋，除了数落对方手臭，就是骂当官的瞎整。她不知道，在改革阵痛背后，是多少下岗工人的眼泪，他们为了谋生又有着怎样的辛酸。

坐在小车里，乍一看到蹬着三轮的哥哥，王卫东简直不敢相信自己眼睛。黑墨镜，棉护耳，白线劳动手套，皮护膝，大头鞋，王树生全身披挂。这副装束的三轮车夫，唐城满大街都是，惹得的哥不满，嫌抢了他们生意。市里早就想取缔黑三轮，可现在没活干、没钱赚的人实在太多了，哪怕是为社会稳定呢，也迟迟没有下手。蹬三轮，在王卫东眼里这是没啥本事，不求上进，又没多大本钱的下岗工人和外地民工才干的营生。万没想到，她一向引以为自豪，省劳模、又是八级技工的兄长，居然也加入了这支队伍。

“哥，闹了归齐你现在就干这个呀，你才四十几岁啊！”看着花里胡哨的三轮和摘下墨镜冲她憨笑的兄长，她说不出心里啥滋味。从暖和的车子一出来，衣着单薄的王卫东一下子觉得寒风刺骨。三轮车里，马泰还在唱着：

“我良言苦口将你劝，
你是水火不进不愿听。
你不撞南墙不回头，
你不遭蛇咬不动心。
你被人引上了独木桥，
叫你喊你你不回程。
你被人蒙上了一双眼，
自己人不认自己人
…………”

她觉得寒风里满脸沧桑的哥，一下子进入了凄凉的暮年。

第九章

人到中年，王卫东添了新毛病：失眠多梦，烦躁易怒。去瞧大夫，说是更年期综合症，开了些汤药调理。难道自己这么快就步入了更年期？王卫东死活不承认这点，她把病症归结于工作压力大。

凤凰新村竣工后，林智诚偷偷给她留了一套三居室。连房钥匙一块送来的，还有一个大哥大。卫东惦着砖头一样重的大哥大，自己用这个太招摇了，便让小诚拿走。钥匙她留下了。原来的房子让给了外甥，她不能老住宿舍或招待所，需要有个自己独处的空间。

楼盖得不错，还拿了个省建筑质量奖。可因为占用的是农田，手续不全，土地证一直办不下来。两证不全，房子总好像不是自己的，凤凰新村业主们三番五次地到区政府上访。同僚们袖手旁观：你王区长不是能吗，看怎么擦干净这个屁股？

“妈的，昏官、庸官，占着茅坑不拉屎的，过得挺滋润。你想干点事，说风凉话的，穿小鞋的，起哄架秧子的，都来了！”王卫东愤愤不平，常委会上几乎拍了桌子，回到办公室还喘着粗气。

直到温江进来，她眉头才舒展些。

温江是个美男子，长得带点女相，鼻子又挺又直，眼神飘浮。他个头跟王树生一样高，因为常年健身，六块腹肌凹凸有形。大概为了秀自己身材，无冬历夏，穿得都很单薄。他读完中学读大学，读完大学读研究生，最后读成博士，始终在女人的宠爱中。小时候是幼儿园阿姨、学校老师，大了是班上的女生，同校的师姐。该玩的玩了，该闹的闹了，最后正儿八经地谈起恋爱，有了一个贤惠的媳妇和同样帅气的儿子。可正应了那句话：情场得意，官场失意，三十好几了他才混上个科长，在官员多如牛毛的京城，仕途不见一点光明前景。看到唐城面向全国招县处级干部，他一咬牙应聘，来到了这个陌生的城市。

原打算在唐城干番事业，可盘根错节的官场，很快让他一个外来干部碰得头破血流。好几宗土地案不了了之，意气风发变成心灰意懒，他有些后悔来趟这浑水。一周回一次北京，平时最难熬的就是夜晚，除了推杯换盏大吃大喝的饭店酒楼，市里连个像样去处都没有。没有夜生活，没有咖啡屋和轻音乐，而低廉的大众舞厅、录像厅，温副局长又不屑光顾。

正在温江无聊、孤单、寂寞的时候，他遇到了来土地局求助的王区长。一来二去，温江和王卫东熟络起来，证没办下来，两人已有些浓得化不开的意思了。温江寂寞，怀才不遇，需要个知冷知热，可以倾诉的对象。外表粗犷的女强人不是理想情人，可王卫东那股姐姐待小弟般的疼人劲儿，让他找回了从前的感觉。从卫东这方面讲，没正经读过大学，是仕途上无法弥补的短板。虽然对高学历的人，本能的有种抵触，可对温江却不反感。小时候，王天喜厚重的巴掌收拾过她的叛逆。因为这个缘故，从前王卫东不喜欢高大威猛的男人，反倒欣赏白净文弱有才的异性，就像当初的农村知识青年张存柱。领略了温江之后，她才明白，这才是自己需要的男人。

温江看看她，关切地说你有些憔悴，我给你找些阿胶补补。王卫东有些无奈："连大夫都诊断我更年期了，老喽，补什么也没用，青春已逝，韶光不在呀。"

温江意味深长地一笑："你老吗？"

王卫东明白他所指。这是办公室，不是自家床上，她板起面孔来："叫你来还是为土地证的事，那帮子业主快疯了，你倒是抓紧啊！"

"还有一个章，马上办妥。"温江亲昵地拍了一下她的手背。"站一边去！”王卫东不习惯打情骂俏的小动作，虽然两人关系已超越了朋友。她拿起电话，叫林智诚过来一趟。温江摇摇头：“你们姐俩啊，干什么都这么心急火燎的，没一会儿安生。要不，怎么活得比别人累呢。”

林智诚来了，冲卫东叫了声老姐，又朝温江点点头，坐到沙发上。王卫东起身倒着茶水，示意温江也坐下。谁都知道王区长的行事做派，亲戚朋友来了一定避席，亲自倒茶，陪着说话。属下或平级单位来人，她坐办公桌后面，公事公办，分寸拿捏得恰到好处。

温江掏出烟来，林智诚一摆手，说戒了。温江有些不相信。王卫东把烟灰缸放他面前：“你得向小诚学习，人家办事嘎嘣其脆，说戒烟，咯噔一下子就戒了。”温江点上烟，冲林智诚道：“凤凰新村土地证，下周就能办妥，你老姐非叫你过来吃颗定心丸不可。”

林智诚倒不像卫东那样老把这事搁心上。没办下证的楼盘又不是一两家，他才没工夫过问呢。业主算啥，说白了就是案板上的肉，任人宰割。不过，既然温江冲他示好，他不能不领这个情，笑笑说了声谢谢。

林智诚这几年顺风顺水，正想往大里干。温江知道王卫东跟这个弟弟走得最近，为讨好林智诚，他透露了一些新情况：

“你看好的市中心那五十亩地，不少人盯着呢。打那儿主意的，都有来头，哪尊神土地局都得罪不起，我们几个头头一商量，既然上面要求土地市场化，干脆挂牌拍卖一把。这是块肥肉，价抬得再高，你也要争争。虽说现在房地产市场不景气，烂尾楼不少，可大家看好以后发展，都在抢着圈地。”

林智诚当然不会放弃。卫东提醒他资金上要有充分准备，他踌躇满志：“银行都是咱铁哥们，孙胖子，大老李，好得穿一条裤子都嫌肥。放心，钱上没问题。”

王卫东哦了一声。

她又想起哥来，让小诚有时间劝他干点正事：“蹬三轮累不累放一边，也给我丢脸。外人知道，一定会说风凉话：连抓经济的副区长亲哥都下岗蹬三轮，你说她政绩怎么样吧。”

林智诚摇摇头：“没用，我给他找过几个活儿，挣钱多的，轻闲的，都有。可他牛脾气，就认准蹬三轮一条道。你忘了，过年酒桌上，为这事还差点跟我掰扯起来呢。”

说到过年，卫东有些不舒服。一年当中，也就春节、五一、十一，她才有时间回家待上一半天，吃上一顿饭。就这不长的时间里，她还要频频应对传呼回电话。一家人围着桌子，眼巴巴地等着她开席，弄得她都不好意思了。现在，一晃又几个月没回去了，只在电话里问候一下爸妈。下面的单位送来对虾、螃蟹什么的，就让司机送回家。司机捎话来，妈说不缺东西，不缺钱，就缺她这大活人。爸妈一年比一年老了，让她有时间多回家看看。

"我怎么感觉像被甩出了这个家庭？"她对林智诚说，"不光话不投机，饭菜也不合口味。以前，就是清水熬茄子，也吃得喷香。现在可倒好，家里一桌子饭菜，哪个都没胃口。"

"你和我一样，让山珍海味惯坏了。说真的，我倒真想吃碗妈做的疙瘩汤。一丝一缕的蛋花，跟面疙瘩缠缠绕绕的——真难为妈咋能绞出那么大小均匀的面疙瘩来，再点缀几片西红柿，淋上一点点香油。啧，那个香，甭说吃，闻到味儿就流哈喇子……"

姐俩说着家常，温局长在一边无聊地摆弄着手机。林智诚无意中瞥一眼，一下子就看出是摩托罗拉的最新款，比大哥大精致小巧了很多。他一怔，这不是送卫东的那个吗，皮套上白色英文字母他记得一清二楚。上回王卫东嫌张扬没要大哥大，打听到有新款手机问世，林智诚把唐城第一台抢到手。难道……他留意到温江这会儿从手机屏幕上抬起眼，看着王卫东要张嘴。卫东一蹙鼻子，阻止了温江。林智诚肚子里划个魂，起身告辞。王卫东送他到电梯口，提醒土地竞拍要及早准备，既要达到目标，也不可太张扬了。

刘帅正在车里听歌，看见他，忙开车门叫了声干爹。刘爱国在公司干了两年，小挣了一笔后，开了一家婚庆公司。他把职高毕业，一门心思要当明星的儿子送过来，让林智诚栽培栽培。正好瘦猴接替刘爱国管办公室，手头缺个机灵点的司机。林智诚看这孩子脑袋瓜好使，嘴皮利索，就送他去学本子，回来给自己开车。刘帅提出要给他当儿子。这不乱了辈分，林智诚当时觉得好笑没答应，可孩子还是一口一个干爹。这会儿，林智诚皱皱眉头："当你爸面别这么瞎叫。"

车子驶出了区政府。林智诚心想，女人啊，就是一情感动物，当她真的动了感情，会觉得这个世界上什么都可以不要。他早就瞧出卫东跟温江有那么点意思，手机无意中泄漏了两人的秘密，佐证了他对女人的看法。卫东身为副区长、女强人，工作起来雷厉风行，很有魄力，可在感情上却相当弱智，男人几句甜言蜜语就能把她糊弄了。林智诚叹了口气。卫东跟柱子的婚姻当初他不看好，现在他同样对这个健硕的博士局长有几分不放心。温局长仪表堂堂，公众场合不苟言笑，从不跟女同志贫嘴，更不要说开粗俗玩笑了。可道貌岸然的人往往最自私，为维护自己的利益什么事都做得出来。

“卫东早晚还得吃亏。”他嘀咕了一句。

唐城首次土地拍卖，在土地局一楼举行。竞拍现场，除了跃跃欲试的地产界老板们，就是几家媒体的记者。拍卖这行当刚刚恢复，大多数人还不习惯这种交易方式。况且土地不比字画古瓷玉器，感兴趣的人少，身家不足千万的根本不敢问津。

张存柱坐在竞买席第一排，笑呵呵地跟熟人打着招呼。市中心的这五十亩地，他早就惦记上了，这回是小罐掐王八——十拿九稳。当了几年城建中专校长后，他出人意料地辞职下海，做起了房地产生意。大家的嘀咕猜疑，他不予理睬，他有自己的小九九：取消福利分房后，商品房建设进入一个高潮期。搞房地产，凭自己多年积累的人脉，几年下来弄个几百万上千万不是太难的事。当官不也是为搂钱嘛，还要提心吊胆，哪像干这个容易。再一层意思，他也是做给王卫东看。是，没你提携，我进不了城，更当不上官，你们王家人老觉得柱子亏欠着你们。现在，我倒要让你看看，离开你王卫东，我是不是活得更滋润?

下午两点，拍卖开始。拍卖师正在介绍拍卖规则，大门哗的一声被推开，响动大了点，满屋人齐刷刷地回过头去。外面阳光射进来，晃得大家眯上了眼睛。逆光里，头戴棒球帽，身穿红色阿迪达斯运动衣的林智诚，架着双拐缓慢沉稳地走了进来。大厅一片安静，木拐的橡胶头在地面敲击发出咚咚钝响。

有人小声在问，这是谁呀，够嚣张的。“你不知道？林智诚，大名鼎鼎的林瘸子！”旁边人告诉他。张存柱脸上的肌肉抽搐了一下。他知道，林智诚不会缺席今天场合，他也一直想有机会跟瘸子较量一下。人一旦有了钱，心中积攒的怨恨就有了释放的动力，更何况林智诚几次招惹过他。来得正好，新账老账一块清算。张存柱攥紧拳头，恶狠狠地盯着林智诚，看他在第三排把边位子落了座。

拍卖开始，投影仪屏幕上，依次打出要拍的地块信息。拍卖师充满磁性的声音，不无夸张地介绍着。竞买席上，这里那里不时举起牌子，拍卖师一遍遍重复着攀升的价格。就算处在食物链最低端，鱼虾们也不会饿着肚子。这些十来亩二十亩的碎地，最终被几家小公司瓜分。

林智诚瞅着二十米外的柱子，始终没有举牌。他的牌号是88号，这是个吉利数字。刘帅递过来一支大中华，他接过，习惯性地放在鼻子前闻闻，搁嘴里一点一点地嚼着，这是他戒烟后形成的习惯。就像狮子出击前埋伏在草丛中，蕴蓄着力量，他等待着致命的一击。

凤凰新村工程完工后，又拿下了两块地，坚定了林智诚搞房地产的信心。他想出一句宣传语——“盖最结实的房，住最安全的楼”，天天花钱在电视上播。林智诚的搅局，让柱子坐不住了。“瘸子，你这是成心要跟我对着干啊？”他给林智诚打电话。林智诚呵呵笑着，像猫咪戏弄着老鼠：“是有那么点意思。你自己挣钱多没劲儿，我陪你玩玩好不好？”柱子道：“别蹬鼻子上脸，跟我玩，你会死得很难看。”林智诚说：“走着瞧，不见得咱俩谁死谁头里。”

斗嘴归斗嘴，两人还没有彻底撕破脸皮。现在冤家路窄，隔着一排椅子，他们互相瞪着眼，运着气。

拍卖会渐渐笼罩上一层紧张气氛，那块五十亩的地块终于出现在屏幕上，拍卖师报出底价五百万。张存柱第一个举牌：五百五十万。拍卖师话音未落，林智诚那边报出六百万。

开始还有不少人跟进，等过两千万后，只剩下林智诚张存柱几个人。唐城历史上头一次土地拍卖，就出现了这让人惊愕的一幕，拍卖师兴奋的报价声中，谁都能感觉出浓烈的火药味。前来坐镇的温江有些坐不住了，和局里几个头头交流一下目光：这哪儿是拍卖，简直他妈的豪赌啊！

当林智诚叫出三千万时，志祥房地产公司老板因为紧张过度，捂着胸口出溜到座位底下。旁边的人忙喂速效救心丸，打120叫急救。刚才还沉浸在现场氛围中的晚报记者，这会儿回过神来，忙传呼报社，叫快派摄影记者过来，有大新闻！救护车鸣笛来到，大厅里一阵忙乱。停顿了十分钟后，拍卖继续进行，屏幕上那块地已叫到三千五百万，张存柱举牌的胳膊有些发抖。

林智诚把嚼了一半的大中华扔到地上，又一次执着地举起号牌。拍卖师夹着笔的右手高高扬起，冲着林智诚的方向，兴奋地喊道："88号，四千万元！"

妈呀，八十万一亩，这么高的价格拿地，盖楼的成本是多少？不要说唐城，就是在一线城市也少有过。全场鸦雀无声，大家屏住呼吸，似乎已听到拍卖槌那一声脆响。林智诚举着号牌没抬头，他知道自己成为全场的焦点。此时，他已不计成本，脑子里只有一个念头：拿下这块地，打败柱子！

"四千万元一次，四千万元两次，四千万元三次……成交！"

枣红色拍卖槌重重落下，闪光灯一片耀眼。在拍卖师的要求下，林智诚站起来，抿着嘴，双手拿着号牌，上身转了半圈展示了一下。他挑衅地看了一眼张存柱，柱子把号牌丢在座位上，起身走了。

这块梦寐以求的土地，林智诚并没有拿到手。拍卖刚结束，还没办交割手续，就接到市政府通知，土地手续不全，取消拍卖。金钱干不过权力，张存柱凭借上头有人撑腰，最终把这块地据为己有。砌好了一圈围挡，他并没有挖槽开工，而是囤起来等待日后升值。

黄昏，林智诚招呼刘帅开车出去一趟。临出门，他从保险柜里取出个物件揣在腰里。天空灰蒙蒙的，浓重的水汽裹着尘灰压向地面，让人透不过气来。汽车鸣着喇叭，飞快地穿过街区，在一处古堡样的KTV前戛然停下。林智诚下车，抬头看看闪烁的霓虹灯，架楞上前，推开厚重的玻璃门。喧嚣的声浪扑面而来，迎面大屏幕上，变幻着五颜六色的图案。

一个俊俏的男服务生，领他走到一处包房。包房里光线幽暗，张存柱正声嘶力竭地吼着"我是一匹来自北方的狼"。灯一打开，一屋人诧异地朝门口看过来，正看到林智诚手里左轮手枪黑洞洞的枪口。几个小姐嗷的一嗓子，扔下手里的沙锤。服务生没料到这一幕，呆站在门口。温江想不到会在这撞见林智诚，忙推开怀里的小姐。还是向阳路派出所所长老王反应机敏，回手去腰里掏枪。不过枪还没拔出来，就被木楞抵住了喉咙，林智诚劲大了点，他差点背过气去。

"王所，你最好别动，咱井水不犯河水。"林智诚上前把老王的枪下了，示意服务生关门。

“你私藏枪支……违法。”伴奏音乐中，老王还在干嚷嚷。平时狐假虎威惯了，到这会儿还肉烂嘴不烂。林智诚没理他：“今天冤有头，债有主。我跟柱子两个的事，跟大伙没关系，最好别掺和进来。”

他一只手把捏着话筒的柱子拽过来。胳膊粗壮有力，张存柱淘空的身子让他拽得一栽歪。姐夫，林智诚叫着，还亲热地搂了他一下。柱子在他怀里挣扎着：“我没你这弟弟。”

林智诚松开他：“你跟卫东离了，可怎么着也是我前任姐夫。亲戚里道的，我呢要求不高，把那块地给我，钱按拍卖价付给你，一分不少。”

“林瘸子，不要以为搞了几个楼盘，你就能上天了。明告诉你，这块地，我吃进去就不会吐出来！”

“我要是非要呢？”

“别以为拿这破玩意对着我，我就会给你，做梦！”张存柱又想起十来年前，林智诚过年给他送猪头插刀子那码事。妈的，舞刀弄枪的，这瘸子尝到了甜头怎么着。

“我认为你会给。”林智诚笑得很瘆人。

“你有种就开枪。”

“这可是你说的。要在外头我还真不敢，可这KTV隔音这么好，我倒真想试试。”

“打死我你也好不了。”

“打死你？不会。我枪法不好，打脑袋没准会打你腿上。不过正好陪我，我没右腿，你没左腿，咱俩做伴好不？”

枪管抵到大腿上，柱子汗哗地下来了，可嘴里依然嚷着：“王卫东跟你没完！”

“你还知道有个王卫东啊？”林智诚把枪口抬起，“呵呵，到底认这门亲戚了。柱子，我要真开枪的话，算我逼你，对你不太公平。这样吧，当着大家的面，咱俩玩个小游戏，一赌论输赢。”

屋里还有地税局、规划局、土地局几个处室的头头，平时大家都熟。温江见这情形忙打和：“都是兄弟，低头不见抬头见。小诚，有话好好说，别伤着和气。”

林智诚哗哗转动着弹膛：“这把老左轮有些年头了，但不至于卡壳。柱子，我和你玩一下俄罗斯式轮盘赌。看好了，里头只有一发子弹，咱们两个轮流转动弹膛，对准自己的脑袋开枪。”

林智诚一对豹眼逼视下，张存柱连忙避开目光。他在电影上看过这个场景，这可是玩命的游戏呀。一个小姐吓得花容失色，忙拉他胳膊：“张总，这太可怕了。求你，别玩了！”

林智诚说：“哎，这轮盘赌很残酷，也很公平。你输了，乖乖把地给我吐出来；赢了，我把命给你。怎么样，敢不敢跟我赌一把？”

大家都瞪眼瞧着呢，他柱子不能当这个怂包，张存柱一咬后槽牙：“赌就赌，脑袋掉了碗大的疤，我怕你不成？”

林智诚举起枪，我先来。枪口抵着太阳穴上，冷冰冰的，咯得生疼。血管在突突地跳着。只有六分之一生存机率，他闭上眼睛，脑海里闪过亲人的面孔，健在的和死去的……最后出现在面前的竟然是冯红。舌头紧紧顶着上颚，林智诚心里默念，认命吧，一狠心扣动扳机。啪嗒，左轮枪发出清脆的金属撞击声。他几乎虚脱，好久才觉出心脏又开始跳动，温热的血液逐渐涌上后脑勺。

一身冷汗！

他把枪递过去，柱子傻坐着，没接枪。啪地一下林智诚把枪搁在茶几上，枪身闪着金属光泽。他拖着长声道：“人生自古谁无死，哪个拉屎不用纸。张老板，大家都看着呢，人生本身就是豪赌，没啥好犹豫的，来吧！”

话里的戏弄意味，张存柱何尝听不出来。他眼皮神经质地跳了两下，恶狠狠地抓起枪。坐他旁边纹着眼线的那个小姐，扳着他的胳膊撒着娇：“张总，别玩了，我怕！”

一屋人呆愣愣的。到这份上，派出所所长老王觉出有点意思，倒真想看看结局。温江跟两边都熟络，忙插言道：“张总，还是换一种方式吧，弄一屋子血不好。”又冲林智诚使眼色，意思是适可而止。林智诚明白他意思，自己对头只有柱子一个人，犯不着得罪一群人，尤其还是有实权、要经常打交道的一群人。他说：“温局说的也是，要该着张总倒霉，轰出脑浆来，也让大家恶心的歌都唱不下去。这样吧，我跟张总赌条左腿。”

“左腿就左腿，还怕你不成。”张存柱把枪对着自己大腿，闭上了眼睛。小姐吓得背过脸去不敢看。

可半天柱子还是没敢扣动扳机，枪柄让手汗浸湿有些滑手。最后，他丢下枪，仰靠在沙发上，一脸虚汗："林智诚，算你有种，我认栽！"

一屋人都轻出了一口气。

林智诚把左轮枪扔在沙发上，冲老王说："王所，枪我交了，给你个立功机会。刚才多有冒犯，改天摆桌单独请你算赔罪。"又对大家道："我跟张总的土地转让，大家一块做个见证。张总，你大人大量，不跟我这路浑人一般见识，我感谢你了，回头我派人去公司跟你交割。"

林智诚转身要走，突然眼睛看不见东西了，无数金星转啊转的。他撑着拐闭着眼站了足有十来秒钟，眩晕劲才过去。面对着一屋子人惊讶表情，他笑笑说没事，你们继续唱，迈开步子向门口走去。温江抢步上前给他开门，小声耳语，别跟你老姐说我来这儿。

林智诚说："我什么也没看见。"

在门口，林智诚趔趄一下，肩膀撞到门框上。他恶狠狠地骂了一句脏话。

小区里的合欢树开了花，云蒸霞蔚一般。六月的天气有些热，树荫下，刘兰芝择着韭菜，王斌、孙颖捡着绒线一样的落花玩。俩孩子都快上小学了，斌斌越长越随他妈，浓眉大眼，虎头虎脑；孙颖倒像大刚小时候，奔儿头，尖下颏，小脸瘦瘦的。一到周末，老太太就把俩孩子揽到身边，由她照看着。她不时抬起头来，瞭一眼孩子，叮嘱他们别跑远了，瞅着车。

这时她看见林智诚，她的儿子架拐出现在面前，刘兰芝惊喜地叫了一声，忙不迭地站起来："你这孩子，真不经念诵。才刚说中午蒸你爱吃的包子，想让你爸打电话叫你呢。"

"要不说我有口福呢。妈，我早上饭还没吃呢，这回一块吃个够。"林智诚把两个拐并在一起，腾出手来擦着汗。看到王树生的三轮用根铁链子拴在楼口，他问斌斌爸怎么没去拉脚。刘兰芝道："两口子去看丽华婆婆了，家里来电话说不行了。给婷婷也打了电话，孩子正往回赶，亲孙女，怎么也得让老太太临走前见上一面吧。"说着，她叹了口气："婷婷这孩子，上大学后心飞了，又惦着考研啥的。唉，孩子越出息呀，离你就越远！"

林智诚忙给妈解心宽："不怕，孩子就像风筝，飞得再远，还有根线牵在父母手里。就算她以后出国，根也在唐城。”

这话让刘兰芝听着舒心，她招呼孙子别跑远，然后笑眯眯地看着儿子：“真格的，你的事咋样了，啥时给妈领个媳妇来？”林智诚说：“不急，这么长时间都等了，也不争这一时半会儿。虽说咱条件不济，可怎么着也不能划拉到篮子里就是菜吧。”刘兰芝抿嘴点头：“嗯，是这么个理儿。”

屋里传出板胡声。刘兰芝说：“爱国来了，跟你爸在屋里又拉又唱的，他们老哥俩倒投缘。进屋去吧，顺便也劝劝你爸，前些天开啥评剧研讨会，北京来的专家说地方戏没市场，要任其自生自灭。他不爱听了，立马抬起杠来，脸红脖子粗的，差点犯心脏病。唉，人都退了，还争竞个啥？”

林智诚有些日子没见刘爱国了。爱国开了家婚庆公司，买卖想必不错，又在别处买了房子，只是花插着回来看看姐姐跟姐夫。人显得瘦了些，穿件黑色天丝印花唐装，稀疏的头发油光水滑，黑黪黪的脸庞油光光的，还架上个金丝边眼镜。看到林智诚进来，他忙搁下手里的板胡，拱手寒暄。林智诚不懂这套礼数，胡乱地拱拱手。

爱国扭头冲林兆瑞说：“真是说曹操，曹操到。要说搞文化，林总才是行家。多才多艺，啥也不怵头。老哥你是不知道，上次公司搞联欢，大家把林总推上台，他即兴编了一段快板。那竹板打的，真是上下翻飞，看得我眼都直了。”

“啥林总，还是叫我小诚舒服。”林智诚说，“我那点能耐啊，还是当年在部队学的呢。要不怎么说，部队是个大学校呢。”。

“还有副好嗓子，我从没听小诚唱过歌。那天，他上台唱了首《水手》，唱得简直比郑智化还地道。”说着，爱国就学唱起来：“他说风雨中这点痛算什么，擦干泪不要怕，至少我们还有梦……”他双臂摆出架楞动作，模仿得惟妙惟肖，林兆瑞爷俩都被逗笑了。生理缺陷对普通人来说，是自卑之源，是无法承受的痛苦，而在成功人士那里却是个性和特点。一条腿干出两条腿干不出的大事业，一条腿成就了地产界的林瘸子。现在，林智诚坦然接受了残疾这个现实。

见到大忙人林智诚回家，林兆瑞一高兴，和爱国又唱了几出。林智诚一旁鼓掌叫好，又给爱国沏上茶水，给爸晾好白开水，刘兰芝加了勺蜂蜜。唱累了，林兆瑞喝着水，问起儿子公司情况。得知又开发了几个楼盘，他连声说好："安得广厦千万间，大庇天下寒士俱欢颜。好，让老百姓都住上结实敞亮的房子，也算做了件善事。"他看了一眼爱国，对儿子说："爱国有大志，要搞文化产业呢，你可要帮帮他。"

林智诚问你不搞婚庆了，刘爱国说："婚庆当然要搞。操持红白喜事，我在唐城是蝎子巴巴——毒（独）一份，比同行起码超前两年。可现如今，越来越多人涌入这个行当，我思谋着再搞点别的。这年头，啥都是假的，只有吃到肚子里才是真的。可咱们毕竟不是四腿动物，不能为吃而吃，得吃得明白，吃出品味，吃出艺术来。这么说吧，我想弄个素食馆或养生馆啥的，把饹馇文化发扬光大。没别的要求，你帮我找个地方就行。"

这没问题，新楼盘空着的底商有不少，林智诚答应下来。他又问起爸的身体咋样，最近有没有去医院检查。林兆瑞说还是老毛病，一阵一阵的心悸。林智诚说："听说国外有种心电监护仪，能随身带着，回头我让他们从香港捎一个过来。爸，你老岁数也大了，别老往外头跑了，有些事也犯不着生气。"

"市里器重咱，领导上门请我出山，我不干行吗？你看啊，戏曲家协会这块，我是挂名主席，评剧节我是筹委会成员，市里新排的几出大戏，我又是艺术顾问，还有大学发了聘书，我这个挂名教授得给孩子们点真东西，我不上心不在外头跑行吗？累点倒没啥，最不能容忍的是，有些人甚至一些所谓专家，居然瞧不起地方戏曲，说要让它自生自灭！"

"唉，林子大了啥鸟没有，爸你别跟他们一般见识。你要总出去的话，我给家搁辆车，给你配个专职司机。"

"不用，我坐公交挺好，实在不行，还有树生的三马子呢。至于身体，你爸我一时半刻死不了，看不到家乡戏振兴那一天，我就算死也闭不上眼……"

刘兰芝的菜包子已热腾腾地下屉，端过来说："瞧这爷俩嗑唠的，吃饭！"爱国起身下厨又弄了几个小菜，给俩孩子做了个拔丝苹果。刘兰芝带孩子去里屋吃，林兆瑞开了瓶杜康，三个人边喝边聊。爱国一沾酒话就多，絮絮叨叨说着他的饮食经。说着说着，忽然问林兆瑞爷俩还记不记得老街坊毕成。林兆瑞眉毛一挑，连忙问他现在怎么样？

"病是好了，可怪癖难以去根，一个人过日子很艰难啊。"刘爱国说，"小诚啊，你可以搞搞文化扶贫，帮帮老毕。不夸张地说，他就是中国的梵高！”

爱国平时云里雾罩的，大话说惯了，林智诚并没往心里去。饭后，父亲让儿子跟爱国一块去看毕成：“他地震创伤太大，你不要刺激他。还有，生活上有啥困难，你一定要帮他。能活到现在，不容易啊！”

从前的工人新村，现在已变成一片红砖楼，把边的几栋是陶瓷厂家属楼。刘爱国推开一层一户人家，林智诚先闻到一股咸哄哄的臭味。昏黄的灯光下，毕成拥着皱巴巴的被单坐在床上，就着干巴馒头，正用牙和手指撕扯着一条炸得焦煳的小鱼，口水顺着下巴滴到衣襟上。看到他们进屋，老毕也没起来，只是举着小鱼，含含糊糊地让着：“你们不尝尝吗？好吃，唔，真好吃！”

林智诚看看刘爱国。爱国一下拽开窗帘，大声道；“老毕快起来吧，林总来看你、帮你来了，你以后不用再这么过苦日子了！”

说完，竟有些哽咽。林智诚来这里只是碍于爱国和父亲面子，出于道义想帮帮原来的老邻居，并不指望陶瓷厂美工能画出什么大作来。看到从前的老街坊沦落到这步田地，又联想到自己，心里一阵酸楚。他看了看屋里随处涂抹的画，从手包里拿出一万块钱，让老毕改善一下生活。毕成看了一眼，没接，起身奔向大衣橱，拿出卷好裹着旧报纸的几幅画硬塞给他。

“这老毕，有点意思啊，送我画儿是表明不能白要我的钱吗？”回到公司，林智诚叨咕着，随手展开了毕成送他的画。他眼睛顿时放出光来：“这他妈哪儿是人画的，简直就是天才！”

林智诚懂画，在部队时抽调到军区帮忙，给参加全军美展的画家打过下手。裁宣纸，研墨，调颜料，耳濡目染，知道什么画好，什么画不好。如今当上老板，要跟方方面面周旋，少不了附庸风雅，恶补了一些艺术方面的知识。他一下子估量出毕成的价值，跟爱国说，要买下毕成全部作品，由他养着老毕。

刘爱国夸他有眼力，是个好人：“这下老毕生活上不犯愁了。还有一件事，老毕刚出山，画得再好，没人知道，没人赏识也不行，我想让你再出点血，给他办个画展，冯红在文化局管这摊儿……”

林智诚忙拦下，说不劳烦别人了，我直接去找宣传部和文联。小诚不想见冯红，刘爱国听出这层意思，也就没再坚持。

自从那年卖盗版磁带被冯红查扣后，林智诚就刻意回避着她。虽然同在一片天空下，但城市这么大，各有各的生活圈子，两人碰一块并不容易。没想到，半个月后的端午节，市里搞纪念屈原诞辰两千三百四十周年大型诗歌朗诵会，晚宴时两人又一次坐到了一块。

林智诚进大厅时，时间尚早。几个诗人作家还沉浸在朗诵会的兴奋中，指点江山，品评时事。林智诚坐下，无聊地摆弄着手机。本来活动安排他讲话，他没露面，让一个副总代劳。这类活动无非假文化之名，官员要政绩，企业出风头，鬼才知道屈原到底多大岁数，跟这个北方城市有啥关系。在书店门可罗雀，高雅艺术无人问津的年代，他不相信单凭几个诗人、几首诗歌就能把文化振兴起来。这就跟父亲成天为评剧奔波，要盖大戏院一样，都是在做无用功。不过既然爱国来找他，要他冠名赞助，他也不好意思回绝。刘爱国现在不得了，挂着好几个协会理事或秘书长头衔，什么活动都少不了他掺和。还操持出了本《唐城文化名人辞典》，他自己也位列其中。林智诚签好支票，推给他："爱国你歇歇好不，老这么咋咋呼呼瞎忙活，我担心你的饹馇宴永远也吃不上了。"刘爱国一笑，显得莫测高深："都是文化产业，慢慢来，急不得。"

那帮文人不认识林智诚，也就口无遮拦。一个留长发的说："哎，今天文化局冯处朗诵得很精彩啊，没想到她一个官员还会写诗。"

一个戴眼镜的说："你们啊，少见多怪。咱唐城最早写诗那拨人中，就有这个冯红。笔名叫啥着？忘忧草。那还是八几年呢，现在身体写作好像很前卫，很时髦。人家冯红才是前辈呢，赤裸裸，火辣辣。我还记得这么两句：读了你的上身，又读你的下身……"

几个男人叫起好来。

"什么诗人，整个一公共汽车。"一个秃头阴冷地发了话。林智诚认识他，文联的一个作家。还在他当年小山摆摊时，读过这作家写右派的小说，印象里右派除了挨饿，就是想女人，食色两方面都饥渴难耐。

男人说起这类话题总是兴趣盎然，大家围拢过去，催秃头说说怎么个公共汽车。秃头比比划划："她冯红什么出身？戏子呀。你们想想，卖弄风骚是老本行，不知跟多少男人有过一腿。那回唐局退休，局里干部合影，京剧团赵团在她背后举起一只鞋子，开个玩笑，她登时跟人家翻了脸。这可是我亲眼看到的。”

几个男人品味着这个细节，都笑起来。

“你们想想啊，要是不搂粗腰，不抱大腿，她冯红从前一个唱戏的，能当上处长？有天下雨天晚上，我亲眼看见她敲开某领导家门，半个钟头后领导送她出来，还亲自把雨衣披在她肩上。啧啧，真是怜香惜玉啊……”

“你当真雨里守了半个钟头？”有人问。秃头有些自得：“当作家嘛，就得有这种执着精神。”

林智诚再也听不下去了，走上前，用枴重重敲了下椅背，吓了几个人一跳。“有意思吗，一群大男人背后议论一个女人？”他说。几个人你看看我，我看看你，都不认识他。秃头道：“好像今天是作家诗人聚会，没请残联的。哥们，还是从哪儿来回哪儿去吧，这儿不带你玩。”

“你说什么？”林智诚一把抓住他衣领，脸色铁青，“不带我玩？你他妈再胡说八道，我掐死你信不信？”

林智诚的手粗大有力，秃头喘不上气来，脸憋得通红。这瘸子恶狠狠的，明显是来找茬的，没准还跟冯红有点瓜葛。想到这层，秃头汗都下来了，冯红知道非整死他不可。他嘴唇打着哆嗦，忙告饶：“兄弟，我胡说八道，我嘴欠，别跟我一般见识。”

还不快滚！林智诚一搡，他跌倒在椅子上，忙不迭拿起自己东西跑了。其他几个人见来者不善，也跟作鸟兽散了。

这顿饭吃着没啥意思了，林智诚想回去。转过身来，才发现冯红扶墙站着。她不知什么时候进来的，这一幕全看在了眼里。

“狗嘴里吐不出象牙，这帮家伙……”林智诚摇摇脑袋，冯红冲他挤出个笑容。人们背后的指指戳戳，她已习以为常，可今天当着林智诚面，她还是很不自在。她要了两瓶矿泉水，递给他一瓶。

林智诚拧开瓶盖，喝了一口，他并不渴。多少年前，他曾憧憬过自己功成名就，跟冯红见面的那一刻。而今，当初的念头早已烟消云散，和冯红坐在一起，平静的连他自己都奇怪。服务员进来，往铺好红桌布的圆桌上，摆着白酒、饮料和写有客人名字的桌牌。林智诚跟冯红聊着屈原，聊着文化产业，心里在想着，眼前的冯红和传说中的冯红，到底哪一个更接近于真实的她？凭他对女人的认识和了解，现在还难以做出结论。但有一点可以肯定：眼前这个眼角有摺，鼻头油光，越看越陌生的中年女人，与当年那个敢爱敢恨，和自己耳鬓厮磨、生死与共的姑娘，确实不是一个人了！

冯红主持晚宴，代表文化局答谢诗人作家和企业家们捧场。她周到细致，挨桌敬着酒，还特意与林智诚、刘爱国对饮两杯，感谢他们对文化事业的支持。刘爱国夸冯红那几句诗写得好，冯红说嗨，我那两下子拿不上台面，在诗人面前班门弄斧了。说着她一甩头发。就这个习惯动作，林智诚又看到了当年她的影子。他低头喝了一口酒，苦涩涩的。五粮液，好酒，不该出这股味啊。

他醉了。

冯红从林智诚手里拿到两套房转手倒卖，挣了三十来万。孩子在北京念书花销大，又惦记着日后出国，她需要钱。离婚后她没再成家，空旷的房间里，虽然偶有外人留宿，却始终缺少一位理想的男主人，林智诚的出现，让冯红萌生重温旧梦的念头。这天回到家，带着微醉她把顶灯、落地灯全打开，从衣柜找出一堆衣服，站到穿衣镜前挨个试着，左看右看端详着自己。嗯，样子不磕碜，身材保持得还不错。她冲镜子里自己抛了个媚眼，哼唱起早已不唱的《宇宙锋》：

“我这里假意儿懒睁杏眼，摇摇摆，摆摇摇，扭捏向前。我只得把官人一声来唤，一声来唤，奴的夫哇，随我到红罗帐倒凤颠鸾……”

可自打那回喝酒后，林智诚始终回避着冯红。买房的事，也是打个招呼让她自己跑的。物是人非，林智诚不愿重温震后那段撕心裂肺的感情。

“你就不想知道，这些年我是怎么过来的？”一天晚上，冯红邀林智诚过去聊聊，林智诚推说公司忙没时间后，她在电话里幽幽地问。

林智诚回答：“过去的就让它过去吧，人要是老回头看，会很累。”这时候，他对冯红婚姻为啥不幸福，一个人过日子是不是艰难，已经不感兴趣，更不想深究原因。尽管不完全信那些传言，可苍蝇不叮无缝的蛋，他还是觉得冯红跟那些官员，有些说不清道不明的关系。

冯红握着电话听筒的手在颤抖，她没想到林智诚这样铁石心肠，无情无义。自己最珍贵的青春年华都给了他，可他居然如此轻描淡写，过去的就让它过去吧。从前的事，从前的回忆，真的能轻而易举的一笔抹掉吗？她鼻子发酸，眼泪无声地流了出来。

如果换成别的女人，婚前失身或许可以遮掩过去。可她遇上的，偏偏是个放浪形骸的海员，什么都瞒不住他。新婚之夜，冯红始终不肯说出那男人是谁，她怕愠怒的丈夫会杀了林智诚。

这件事给婚姻罩上了一层阴影，就算冯红再爱他，在丈夫眼里也可能是逢场作戏。他每年有两个月长假在家，喝过酒后变着法折磨她。就像经历过寒冬蹂躏，在春光里肆意疯长的野草，丈夫不在的日子，她就跟那帮子文人混到一起，反正也要被人嚼舌头，她不再顾及自己形象。后来做了母亲，当上科长、处长，才有所收敛。结婚第十个年头，丈夫提出离婚，他在沿海某城市又找了个小他十几岁的女人。冯红只提出一个条件：儿子跟她，由她抚养。她没要丈夫一分钱。

电话那头，林智诚模糊地听到几声啜泣。他说："冯处，我很尊重你。咱们好歹也算公众人物，注意一些影响。"

冯红强忍住夺眶而出的泪水："人家就是想跟你待会儿，说会儿话，没别的意思。"

"我知道你没别的意思，可对不起，我晚上真的有事不能去。还有，那两套房我听说你出手了。你买房时怎么说的？你说家里间量小，想换大平米，说儿子将来结婚也要预备套房子，我才按成本价给的你。可以说除了市里的头头，跟我们公司利害攸关的几个人，你是唯一破例的，就算我亲戚也不会这个价给他。你倒好，一倒手卖了！当然，房子你交了款，就是你自己的，投资也好，自己住也好，跟我没啥关系。不过我告诉你，做人要实诚，这辈子我最讨厌的就是别人欺骗我！"

两人的关系一下子生分起来。

这时，尝到炒房甜头的冯红已经上瘾，既然林智诚不给面子，她转而去求张存柱。柱子喜出望外，爽快答应帮她。

当初第一眼看到冯红，柱子就有些心猿意马。冯红大眼睛顾盼生情，额头那道伤疤，倒增添了几分俏丽和妩媚。再看王卫东，自己的老婆，皮肤粗糙黝黑，就算回城当了干部，也摆脱不掉农村土渣味。有回，跟建设局几个头头喝酒，大家开玩笑说他娶个女强人、丑老婆。他一拨拉脑袋："好使就中，老婆又不是花瓶摆设，丑点怕啥，关上灯都是杨贵妃。"大家呵呵笑着，为他这个杨贵妃理论碰杯。可打心里，张存柱对林智诚是又羡慕又嫉妒，一朵鲜花插到牛粪上，他一个瘸子，大老粗，凭啥？

从前，冯红在柱子眼里遥不可及，她也没正眼瞅过王卫东这个对象。现在，张存柱看到了希望，既然她渴望挣钱，喜欢钱，那么一切都好办。盯着冯红依然年轻的背影，他像看到一只小兽，在奔向早已布好的陷阱，心里涌动着报复的快意。

第十章

“妈，我回来啦。”王斌抱着一摞书，用脚顶开房门，大声说着。屋里电视机开着，却没人回应。孩子把书搁在地上，直起腰才看到妈坐在沙发上，眼泡红肿发亮。手边茶几上，扔着一团团揉皱擦湿的手纸。

孩子问出了啥事，杨丽华擦着湿湿的眼角没说话。王斌又问一句，她抽泣一声，半天才说了一句：“含香死了！”

说着，又扯过来一块纸擦泪。

儿子这才明白过来，妈还沉浸在《还珠格格》里面：“妈，你以后少看电视剧。你高兴倒好，一不高兴，我们全家人跟着倒霉。你学学我干妈，人家从不看电视。”

“她一个人吃饱了，还全家不饿呢，我能跟她比？”杨丽华又唠叨起来，“你看看我，成天为你爸担心，怕三轮被扣了，怕他眼神不好，跟别人撞对。又要操心你姐，这么大闺女不搞对象，将来嫁不出去咋办？还有你，我的小祖宗，都六年级了，也不知道发个愁，成天看漫画看动画片。”

“得，还是看你的电视剧吧。”儿子不再理她，从冰箱里找个苹果，啃两口皮就咔嚓咔嚓吃起来。“妈，我饿了，怎么还不做饭？”

杨丽华不情愿地站起来，眼睛盯着电视。又等了两分钟，直到响起片尾曲，才进了厨房。王斌看一眼她的背影，小大人一样唉了一声。

迷上电视剧后，杨丽华变得神经兮兮的。每天一过午，就忙不迭地看表，唯恐误了点。又怕停电，隔一会儿摁一下壁灯的开关。好容易捱到下午三点，她准时坐在电视机前，手边搁着一卷纸，预备着擦泪。这时，哪怕是天大的事，也休想让她离开电视机半步。她的世界整个被《还珠格格》占据，什么小燕子、紫薇，什么尔康、五阿哥，成天挂在嘴边，为他们的命运纠结着。真不知道，如果电视剧播完，她这日子怎么过？

只可惜电视剧一天只演两集，其余的时间她坐卧不宁，心里没着没落的。退休后，杨丽华活也多起来，唠叨完丈夫，又数落儿子，家里大事小事都让她发愁心窄。

"爸，你说说我妈，让她少唠叨几句行不行？"有天杨丽华出去买菜，王斌向父亲求救。

"你妈到更年期了，话多，情绪不稳，咱们多担待着点。"

"她这么老更，说哭哭，说笑笑，说叽歪就叽歪，我还怎么看书！"孩子赌气似的把书摔到桌上。

王树生瞪儿子一眼："人家毛主席年轻时，还专拣嘈杂环境看书呢。说别人影响你都是借口，只能证明你心里长草。"

在妈的长吁短叹中，王斌小学毕了业。

刚放暑假，孙颖一家开面包车去北戴河玩，斌斌急慌慌跟他们走了。家里没了孩子，耳根清净了许多，两口子反倒不习惯起来。晚上，王树生歪在床上，借着床头灯看一本象棋棋谱。杨丽华旁边睡着了，扯起了鼾声。一会儿，鼾声骤停，王树生转过脸去，看丽华正眼睛直勾勾盯着吸顶灯。"我才刚做了个噩梦，听说海边年年淹死人，咱斌斌不会有事吧？"她说。

"你真是到了更年期，整天胡思乱想啥呀。实在放心不下，你打大刚手机问问。老这么担心这个担心那个，累不累？"

"我不操心行吗，斌斌这回没考好，摆在他面前的现实非常残酷。要是没人，他就进不了重点初中。进不了重点初中，就很难考进重点高中，一本二本大学就悬乎。你妹妹现在是区长，早就让你跟她说说，提前给校长打个招呼，你就肉咕着不去。现在可倒好，放假了连人都找不到，真要开学，你就眼睁睁看着他划片进杂牌中学？”

“小环那儿一天八百件事等着她，我好意思为这点事找她吗？我就不相信，普通中学出来的，就考不上好大学。”

“你还甭不信这个邪，师资啊、软硬件啊、学习风气啊，就是不一样。重点中学，学生都在用功，比着赛着学习。杂牌中学，比方说大刚上的那个，学生除了搞对象，就是比吃穿，好学生也要带坏了。”

这方面，王树生真不如老婆懂得多。不管是开家长会，还是课外班接送孩子，杨丽华总能跟别的家长搭上话。孩子，永远是母亲们聊不完的话题。“没见过你这么死应的。当初为大刚的事，你还找这个找那个呢，现在轮到自己亲儿子了，反倒不搁心上！”杨丽华说着坐起来，睡意全无。王树生忙满口应承，答应天一亮就去找人。一晃，丽华嫁过来也十几年了，她在浆洗、缝纫中慢慢变老，身子也发胖起来。退休后，她脖子长出许多小米粒大小的皮疣，一着急就心慌、头晕，有时还莫名其妙地发脾气。王树生处处依着老婆，他知道，适时做出让步，才是明智做法。

暑假过完，新生开学军训了，儿子学校还没定下来。杨丽华急得抓耳挠腮，连电视剧都没心思看了。丁媛知道后，打了两个电话就把王斌上学的事敲定，片外费她给交了，说都没跟王树生杨丽华说。送儿子去学校，亲眼看班主任把王斌领走，杨丽华这才松了口气。

和丁媛走出校门，杨丽华心存感激：“这回要不是你，斌斌的事非耽误不可。我听说呀，就算是找区长，两千的片外费也省不了。咱们一分没交就进来了，真是多亏你了，我们全家怎么感谢你呢？”

丁媛笑笑，这不是咱们当妈的应该做的。杨丽华嗯了一声，心想这个干妈比我这亲妈还管用，她越发喜欢起这个女人来。沉了一会儿，她想起点事：“哎，也不知姐该不该多嘴，你跟小石处得到底咋样了？说你俩不投缘吧，关系一直没断；可要说搞对象吧，时间可不短了，又不结婚。”

丁媛低头走着，半晌才说：“石柱他人不错，也是干事业的人，我下辈子也不会遇到比他更合适的人了。可这么长时间，我一个人独来独往惯了，两人世界总有些不适应。我们现在只是好朋友，就算蓝颜知己吧。”

这算咋回事，既然不搞对象，一男一女还黏黏糊糊干啥？杨丽华一头雾水。无论是她，还是树生，都没有亲密的异性朋友，更不会理解，这种没有婚姻约束的，慢火炖豆腐的感情，对于知识男女来说，具有多么大的吸引力。两人在路口分手后，杨丽华还是没有想明白。

黄昏时候，穿一身迷彩服的王斌回家，先把自己摔到床上，四脚朝天朝着屋顶喊着累死了。杨丽华在厨房道："才军训一天，就累死了？我们下乡那阵，比你大不了几岁，夏天割麦子，一割几亩地，鼻子流血，腰都直不起来，那才真叫个累！"

儿子哼哼唧唧没言声，半天才说妈，我想吃西瓜，侍候侍候我。杨丽华从冰箱切块西瓜，用盘子端过来，小祖宗请吃，上学有功了。王斌坐起来，两脚耷拉在床边，一边吃着西瓜，一边翻看着路上买的漫画杂志。杨丽华忍不住数叨起来："都上初中了，还老看这些东西，是考试能多拿几分，还是能提高你作文成绩？"

知道啦，儿子拉长声回答。吃完西瓜，抹把嘴，把迷彩服脱掉。杨丽华看着晒黑的儿子，心疼道："快去洗个澡，好好歇歇。你奶才刚还心疼地念叨呢，我们大宝尖哪儿吃过这苦啊。"

"妈，你真肉麻！"

王斌洗完澡，擦着湿漉漉的头发，问有啥好吃的。杨丽华道："哪儿那么多好吃的，你妈我成天为做饭发愁——给你炒的鱼香肉丝！多搁了点糖，你这口味啊，随爷爷。"

杨丽华坐对面，不错眼珠地看着儿子吃饭。王斌有些不自在，扭古着身子问妈，你不吃饭老看我干啥？杨丽华唉了口气："我在想，你但凡考得好点，何必劳烦干妈求人弄脸的。看人家孙颖，有舞蹈特长，小升初就能加分。你也学学人家，以后让爸妈省点心。"

王斌哼了一声："省心？操心事儿妈你知道吗。你知道为有个好身条，她每天吃完饭，再偷偷吐出去吗？"

"啥？"杨丽华瞪大眼睛，"难怪孙颖总是瘦瘦溜溜呢。正发育身体，需要跟上营养时候，这不把自个糟践了？"

"这有啥新鲜的，你上学校打听打听，那些女生，有光吃水果不吃饭的，有偷着吃减肥药的，有吃完了再偷偷吐出去的。为啥？不就是为了臭美。我可是只告诉你一个人，千万别跟我大刚哥我嫂子说，我跟孙颖拉过钩，要给她保密呢。"

娘俩正说着，王树生推门进来。大热的天，居然穿着一件挺阔的灰西服，打着红领带，头发显然焗过，墨黑墨黑的。你这是犯的哪门子神经？杨丽华看着丈夫。王树生说，明天是母校七十周年校庆，同学们约好了都参加。杨丽华嗯了一声，催他趁热吃饭，随口道："参加是参加，可别冒出来个相好对劲儿的女同学来。"

"你这是说哪儿去了。"王树生说着脱下西服，挂在衣钩上。儿子听妈这么一说，一下子来了兴趣："妈，我爸也有同桌的你吗？"

"这要问你爸了。"

"去去，小毛孩子起什么哄。"王树生说着，坐在饭桌前。蹬三轮这几年，他逐渐适应了下岗生活，人力三轮换成了电动三马子，跟从前的同学也一一联系上。杨丽华提醒过他，同学、战友这两种关系最势利，用不了多久就物以类聚，当官的做买卖的组成小圈子，会把他这个下岗的甩出去。王树生不以为然，他们这把年纪，都下过乡，都恋旧，不像后来年轻人那么功利。为参加校庆，下午他提前收了车，焗了头发，刮了脸，回来先去妈屋里，把小诚给他买的，一直没穿过的西服找了出来。

王斌正没事干，夸着老爸帅气，摘下西服自己试穿着。王树生说："别把我新衣服弄脏了，个头都比你妈高了，还像个孩子。"

杨丽华看着这爷俩笑了起来，眼角皱纹更加密集了。

母校已经扩建过好几次，看不出一点从前的影子。被教学楼环绕的塑胶操场，让秋阳烘烤出一股橡胶味道。

王树生有些燥热，解开了西服扣子。这时，石柱过来跟打招呼，他肚子腆了出来，穿着件白汗衫，很随意地打着领带。虽然比树生晚好几届，可他现在是钢铁集团董事长，母校接待的规格也高，胸前别着嘉宾鲜花。树生忙摘下墨镜，跟他握手，石柱一脸愧疚地握着，使劲摇着，半天不松开。企业总算走出困境，可回头看，下岗减员操作中确实有不少问题。从王树生现在的境遇，他才切身体会到老工人下岗做出的牺牲。

一队队穿着鲜艳校服的学生，一群群步入中年甚至老年的来宾。彩旗招展，音乐飘扬。恍惚间，王树生又回到那个泡桐花香熏得人头晕脑涨的季节，听到大喇叭哇里哇啦播放的上山下乡通知，耳畔响起口号声和雄壮激昂的革命歌曲……这时石柱一扒拉他："炉长，我刚才的话你听进去没有？现在不少县市上了钢铁项目，你要愿意的话，我介绍你下去当顾问，支支嘴，一个月怎么能拿个五六千。"

王树生哦了一声，谢谢董事长还惦记着我。石柱给了他一拳："什么董事长，还是小石，咱俩谁跟谁呀！怎么样，去吗？"

"其实回家这几年，我老在想，钱不钱倒在其次，有个好身板比啥都重要。去外头钢厂，先甭说我愿意不愿意，你嫂子这关都过不了。"石柱点点头，掏出烟来敬他，王树生指了指塑胶操场，摆摆手。看着比自己矮半头的小石，他话里透着羡慕："还是年轻好啊，你看你，除了有点发福外，没啥变化，头发还是这么黑。"石柱一笑，手往后掠了一下头发："黑啥黑，跟你一样，后喷漆的。"王树生也乐了，又问他打算啥时候结婚。石柱说："丁媛那边意意思思的，拿不准主意。不过我有耐心，我能等。"

有人喊班长，是班上那帮同学，正闹闹哄哄在楼前合影。王树生跟石柱道别，加入他们的队伍。摄影师摆好架势，让他们一齐喊茄子。可快门响起，只有两三人喊出声来，大家一阵哄笑。王树生提议："还是喊田七吧，电视上经常打广告，大家都熟。"看表情酝酿差不多了，他喊一、二。"田——七！"一群快到天命之年的男男女女，肆无忌惮地喊起来，张张笑容留在了底片上面。

饭桌上，开着一家印刷公司的郝丽丽，递过来新印的同学录让王树生看。他俩同桌，当年丽丽发育得早，爱穿件改过的绿军裤，没少吃林智燕的醋。王树生翻看着同学录，她亲昵地挨过来，王树生往旁边挪挪。郝丽丽一蹙鼻子，推了他一把。大家起哄叫好，王树生弄了个大红脸。

红色塑料皮的同学录，印刷很精致，姓名、单位、职务、住址、电话，一应俱全。一位老兄的职务后面，还在括号里标注着正县级。同学关系又照搬官场那一套，王树生觉得很俗气。

有几个同学名字上加着黑框，表示他们已不在人世。王树生正翻看着，忽然手有些哆嗦，在第三页上，赫然出现加着黑框的"林智燕"，后面一片空白，只标注了两个字：震亡。这时有人叫他："班长，别老看那个了，大家都齐了，张罗开吃吧。"王树生合上同学录，扫一眼热闹闹的大厅："这样吧，为咱们健在的，活得开心和不开心的，初三五班的同学，三十年多后再次相聚干杯！”

大家都站起来，清脆的碰杯声响起。有人提议唱首知青的歌，烘托烘托气氛。于是，大家一同吼起那首流传在那个年代的歌曲：“到农村去，到边疆去，到祖国最需要的地方去。到农村去，到边疆去，到革命最辛苦的地方去。祖国，祖国，养育了我们的祖国。要用我们的双手，把你建设得更富强……”

王斌学习成绩进入班级前十后，丁媛在饭店包了两桌为他过生日。她苍白的脸色，让大家吓了一跳。“妹妹，你咋这没精神？”杨丽华心疼地搂着她。丁媛说：“这些天好几台手术赶一块了，休息不好，没事的。”又看着斌斌：“哟，都比你干妈高半头了，越长越帅了。”

王斌叫了声干妈。丁媛搂过孩子，亲了一下脑门，转身拎过包，拿出一个黑壳的新款手机。杨丽华忙拦着：“这么贵重东西给他白搭了，再说学校也不让带手机。”

“你是妈我也是妈，想儿子时，有手机联系着方便。你别拦着，这是我送斌斌的生日礼物。”

王斌一下子把手机搂怀里，感激的目光迎着干妈充满慈爱的笑。丁媛早把他看成了自己的孩子。还记得有年夏天，逛半天布头市场，杨丽华非拉她回家吃饭。刚好丽华单位来电话，财务有点事回去一趟，便让她照看一下熟睡的儿子。半天走累了，丁媛在杨丽华焐热的床上挨着斌斌躺下。孩子睡得迷迷糊糊，以为是妈，便偎过来，小手伸进她的衣服，摸向她的乳房。一阵战栗，一种母爱像过电一样迅速传遍了丁媛的全身。她一下子搂住孩子，嗅着他身上的奶膻，轻轻念叨着，叫妈，妈妈！就因这个缘故，当杨丽华撺掇着认干亲，连王树生都觉得荒唐阻拦时，丁媛一口答应，认了这个儿子。

她拉王斌坐自己旁边，一个劲儿给他夹菜。孩子忙说谢谢干妈，我自己来。王树生看了一眼老婆，杨丽华嘴角含笑看着这娘俩。

林智诚这时进来，连说对不起，公司有点事来晚了。看见丁媛，他客气地点了点头，似乎有些发窘。喝了一杯饮料，丁媛走到刘帅旁边耳语几句，走出包房来到四季厅。这是饭店最敞亮地方，阳光透过玻璃钢屋顶射进来，北方少见的芭蕉伸展着阔叶。假山石上，藤蔓垂挂，流水淙淙，四周响着古筝空灵曼妙的旋律。

林智诚站在她身后，轻轻咳嗽一声。丁媛收拢目光，转过身来看着他："我记得你比我大几个月，都不是年轻人了，怎么办事还这么毛糙？"

林智诚低下头去不言语。

这些年，他身边不乏投怀送抱的女人。那些房展车展上的模特，他一个也不心甜，更不要说动感情了。对她们，他只是逢场作戏，生理需求，等出了事，就让刘帅带着去找丁媛，说谈朋友不小心有了，请她帮忙解决一下麻烦。丁媛信以为真，教育小刘帅半天，说胎儿是有生命的，是上帝的恩赐，劝他们不要流产。孩子可怜巴巴地求她，丁媛只好让别的大夫来做手术，她一旁陪着。直到女孩麻醉后，胡言乱语中叫出林智诚的名字，她才知道怎么回事。

"我知道冯红的事对你伤害很大。可你既然走到现在，事业搞得红红火火，就说明你没有被击垮。你要珍惜感情，做一个有责任心的男人。"

不管她说什么，林智诚都点头，也不辩解。丁媛是为数不多的，说出话来让他不反感，能够完全听过去的人。丁媛看一下腕上的表，说了句靠着神的力量，一定能够战胜撒旦的诱惑，便往里走。走没两步，身子一打晃，林智诚忙上前扶住。

"没什么，"丁媛说，"没吃早点，有些低血糖。"

饭桌上，就在大家为王斌生日举杯时，丁媛却无力地歪倒在椅子上。救护车鸣着笛接走了丁媛，杨丽华也跟车去了医院。突如其来的变故，让一屋子人惴惴不安。林兆瑞说，但愿媛媛没啥事。刘兰芝双手合十："菩萨保佑，媛媛这么好的人，可千万别有个好歹的。"王斌本想也去医院，被爸拦住了，这会儿他拉拉奶奶胳膊："我干妈不会有事的，不会的！"王树生傻站着，一句话说不出来，一种不祥之兆笼罩着他。

丁媛肿瘤转移，已经到了晚期。几天后，石柱从国外考察回来，径直到了医院，扑到她的病床上："媛媛，我再也不能等了，咱们马上就结婚！"

丁媛摇摇头："这样挺好的，我们谁也不欠谁，不要因为我耽误了你。"因为化疗的缘故，她的头发脱落了不少，戴着假发。她努力把美好的印象留给所有人。

石柱说："我已经请假了，陪着你。"

"忙你的去吧，我不会感到孤独的。"丁媛的笑容就像冬天太阳一样，遥远，温暖，但没有多少热量。

石柱急得团团转，满头满脸都是汗。林智诚把他拉到病房外面，说干着急没用，还是想想治疗的办法吧。这时院长陪着王卫东来了，看了看病人，招呼大家到医办室里谈。商量的结果是从北京请专家来会诊，再决定下一步治疗方案。

北京专家看完病理报告，摇摇头，说病人有什么要求，尽量满足吧。林智诚一声不吭，出了病房一拳打在树干上。手指皮开肉绽，鲜血淋淋，他丝毫没觉出疼来。他憋屈得难受："什么善有善报，纯粹他妈的扯淡！媛媛这么好的人，这么个结局，这世界还有啥公平可言！"

林兆瑞、刘兰芝老两口呆站着，眼角挂着泪。世上最让人难受的，莫过于白发人送黑发人。二十多年前，两人同时没了女儿，时间刚刚愈合了伤口，没想到又要面对再一次的磨难。刘兰芝念叨说："老天爷咋就这么不长眼，哪怕让我们两个老不死的折几年寿，也该留下媛媛这孩子呀！"

好容易熬到下午放学，王斌骑车子心急火燎赶到医院。等不及电梯，三步并作两步跑上五楼。孙志刚红着眼睛，正和杨丽华一块出来，孩子跟他们撞个满怀。"我的小祖宗，你不好好上学，过来添啥乱？"杨丽华一把扯住儿子。

"干妈病得这么重，我来看看干妈。"

"你能干什么，快回去。"

"我不走，我要在病房陪着干妈。"

杨丽华压低声音："这不是小孩子家该来的地方。"

"我已经上初中了，不是小孩了。妈，反正也来了，就让我进去，看一眼干妈再走还不行吗？"孩子可怜巴巴地央求着。这时，屋里传出丁媛无力的声音："是斌斌吗，快进来。"

杨丽华只好放儿子进屋，小声叮嘱着，当你干妈的面千万别哭。孩子咬着下唇点点头，可一进屋，看到瘦得脱了型的丁媛，还是忍不住哭出声来。丁媛招呼孩子到跟前，欠起身，给他擦着泪："干妈最看不得哭哭啼啼的男人，你也是男子汉了，可别跟他们学。"

孩子抽噎着说不哭，把泪憋了回去。丁媛问他手机好使吗，孩子答好使，就是老师不让带。丁媛说："功课挺紧张的，下次不许再跑过来了。想干妈了，放学发短信。"王斌答应着，从兜里掏出一张纸，是他画的丁媛素描头像。

“画得真像，没想到咱斌斌还有这天赋。”丁媛喜出望外，“嗯，比干妈本人漂亮多了。”

王斌问干妈，你的病会好吗？

“当然会了，干妈还想出院后打扮得漂漂亮亮的，让你画一张水粉呢。”

孩子有些发愁，他没画过水粉，爸妈怕耽误功课不让学。丁媛说：“现在还是功课要紧，画画儿的事不着急。好了，你去吧，干妈想休息一会儿。”

王斌三步一回头，恋恋不舍地走了。杨丽华没想到平时没心少肺的儿子，心肠比谁都硬的儿子，会这么重感情。看着他跟丁媛亲密无间的样子，她在想：我要有个三长两短的，这孩子会不会也这样上心？

回家准备装裹时，跟丈夫唠叨起这些，杨丽华眼泪汪汪的。王树生说：“你看你，当初撺掇认干妈的是你，现在心窄吃醋的也是你。放心吧，一把屎一把尿拉扯大的儿子，对你这个亲妈只会更好。”

杨丽华这才放下心。

这时，林兆瑞刘兰芝老两口过来打探消息。一看见丽华手里的绣花旗袍，就明白了怎么回事。这是丁媛最喜欢的衣服，有回来家就穿着这件绵绸旗袍。小立领，葫芦扣，袖口和下摆口绣着蔓草纹。老两口夸她漂亮，丁媛笑说：“她们都说我是老妖婆，四十出头的人了，还这么妖妖孽孽的。我说爱美没罪过，我死了就穿这件走。”老两口一想到这节，心里一阵酸楚。王树生看着呆愣愣的爸妈，又看了一眼墙上的表：“时候不早了，你们也休息吧，媛媛那头有啥事，再叫你二老。”

秋夜很凉，外面下了露水。杨丽华关上窗户，看儿子睡熟了，带好房门，招呼丈夫过来，小声道：“大夫说，媛媛就一半天的事了，你去跟小石做伴陪陪媛媛吧。夜里没事最好，明天一大早我就过去。”

王树生答应着，穿衣服要走。杨丽华又说：“别骑车子了，打车过去，路上注意安全。你可不能有啥闪失，咱们全家就指望着你呢。”她说得眼睛润湿，王树生心里也难受了半天。

病房走廊里光线昏暗，只有重症监护室还亮着灯。王树生轻轻推门进去，石柱刚把林智诚劝走，他带着哭音叫了声炉长。王树生示意他小声点，别惊动媛媛。他紧紧攥着石柱的手："坚强些，大家都看着咱们呢，咱们不能垮！"

他们站在床前不再说话，时间一分一秒地过去，两个男人就这样守护着他们生命中最重要的女人。午夜时，丁媛清醒了一阵儿，示意石柱过去："我对不住你，耽误你这么长时间……"

石柱哭着说："是我自愿的。媛媛，我会永远陪着你！"

丁媛点点头，眼珠又转转，看到了王树生，说姐夫，还记得当年的高考作文吗？王树生说记得。他怎么会忘记呢，丁媛当年高考，没有写好的那篇作文《我将怎样度过今后不平凡的二十三年》。媛媛当时的一句玩笑话曾让他耿耿于怀，万没料到，上天留给她的时间真的只有二十几年。这都是命啊！到这份上，他真的相信，冥冥之中确实有股神秘力量在左右着人的命运。

"好好待我姐，丽华是个好人……"丁媛说着，陷入昏迷状态。王树生和石柱忙上前，焦急地呼唤着，大夫护士也赶了过来。

半睁开眼睛，丁媛眼神迷离："姐夫，这些天，我一闭眼就看到从前科室里的姐妹，看到我燕儿姐，她们想念我，招呼我过去。生活中有你们陪伴，到那头，有这些好姐妹，我知足了……"

凌晨时，心电图渐渐拉出条直线。王树生看一下表，刚好是当年大地震发生的那个时辰，他不由得打了一个寒战。秋雨在外面淅淅沥沥下起来，只有闪电，没有雷声。王树生觉得一股阴冷刺骨的寒意，掠过地面，由下而上漫过来。那是另一个世界死亡的寒意。

天亮后雨停了，鸟雀叽叽喳喳地叫起来。医院里的桧柏饱含着水分，针叶球果间，水珠闪闪烁烁，五颜六色。空气中有股熬中药的味道。王树生从太平间出来，杨丽华刚好赶到，拿着那件绵绸绣花旗袍。

两人的手紧紧地扣在了一起……

第十一章

每次走进父亲房间，林智诚都闻到一股老年人才有的汗酸味。这股与衰老形影相伴的味道，提醒着他，父亲在一年一年老去。这是他不愿承认，又不得不面对的现实。

这一年，林兆瑞满七十九岁。老人过寿为讨吉利，庆九不庆十，妈话里话外，流露出给老爷子办八十大寿念头。林智诚回家，就是专为这件事。这一程子，他老往北京跑，坐骑换了辆越野车。这车在老小区里太招摇，离楼口还有百十米，他就让刘帅停下。攥着刚装裱好的画，下了车，缓步朝家里走去。装上进口义肢后，甩掉了陪伴他二十几年的双拐，除了走路缓慢一些，他跟常人没什么两样。

爸戴着老花镜，坐在写字台后面，正用锥子攮着一沓厚厚的稿纸，穿针引线地装订着。这些手写戏本纸张泛黄，显然经过雨淋日晒。他专注地干着手里的活，没留意儿子站在面前。

“爸，你老这大岁数了，就不行歇会儿？穿针引线的活计，让我姐干得了。”林智诚说。

林兆瑞搁下手里的活：“丽华眼也花了，一大家子采买做饭，全是她一人里外忙活。这种小事，不劳烦她。再说，你爸还没老到使不动锥子。”

林智诚把毕成为老爷子祝寿画的画儿展开，有些忐忑，不知道爸喜不喜欢。画面上，一位老翁坐在藤椅上，摇着大蒲扇听着收音机。他微闭双目，一脸的陶醉，二郎腿高高翘起，夸张的大脚丫子打着节拍。藤椅脚边，一只大花猫好像被主人情绪感染，歪着脑袋看着他。左上角，是一簇开得正旺的牡丹，两只彩蝶翩翩起舞。

林兆瑞拿过花镜戴上，细细端详着，从上到下，从画面到款识，看了又看。他一直挂念着这个工人新村的老街坊，毕成画展，他不光顶着大日头带着老伴参加，还自己掏钱买了个大花篮送去。儿子心里有些发毛。这毕成，说给老爷子祝寿画张画，没想到拿给他的，却是这么一幅跟祝寿没啥关系的东西。来不及再画了，林智诚只好硬着头皮拿回家。

“小诚啊，这可是一幅用了心的好画儿啊！”林兆瑞声音有些颤抖。看儿子不解，他接着说：“你仔细看看，老头儿这表情，这神态像不像我？”

“嗯，是有些像。”

“再看这猫、蝶，看出门道来了吗？”

儿子摇摇头。

“猫和蝶，取的是耄耋的谐音。耄耋，古代是八九十岁的代称。曹操《对酒歌》中说，耄耋皆得以寿终，恩泽广及草木昆虫。意思是老人能够长寿，连草木虫鱼都能得到好处。哈哈，毕成是用这幅画，表达对我老头子的祝福啊！”

没想到这张画还有这番讲究，林智诚搔搔头皮，傻呵呵地笑了。林兆瑞赞许的目光停留在儿子脸上：“这还要归功于你呀。天灾人祸把毕成逼疯，你用你的爱心，让他变得越来越正常，重新使他的才华大放光彩。儿子，你做了件功德无量的大好事啊！”

父亲的夸奖，让他脸有些发烫。其实，林智诚让毕成过上养尊处优的生活，既是心疼他是个人才，也是源于内心深处的同病相怜。经历过大地震，肢体残疾的他，和精神残疾的老毕能活下来，都不容易，他要让老毕活得像个人样，更有尊严。为此，他把原来的售楼处拆掉，盖起一座三层小楼，挂上了毕成美术馆牌匾。这座苍黑、青灰两色的建筑，在遍布饭店商场的繁华地段很是醒目。他要让人们记住毕成，这个城市的天才画家毕成，他今天还活着，还在创作着。

林智诚帮爸把画轴挂在墙上："爸，我这次回家，是想跟你老商量一下。六十、七十大寿，都没正式过，八十大寿你有啥想法？你说吧，想怎么过，办多少桌都成，你儿子现在有这个能力。"

退后一步，林兆瑞欣赏着画，眼睛也不看儿子："搞那么动静大干啥。铺张浪费不说，麻烦别人，自己也累得慌。我常说，平平安安便是至福。所以这些年来，我寿日一碗长寿面吃得香香甜甜，一个大蛋糕全家欢喜。我知道祝寿是你妈的主意，我数落了她两句，八十大寿还和从前一样过，不搞那虚荣，不要那排场。"

本来林智诚和卫东已经碰好，爸的寿宴要大办一场。他有些不甘心，正盘算着如何说服老爷子，父亲又问起大戏院来。"已经开槽了，跟市里献礼项目挂上钩，工程进度就快了，你老心就搁肚子里吧。"林智诚给爸吃了个定心丸。林兆瑞坐回沙发上，跟儿子说着话，一会儿就迷糊着了。

林智诚把薄被给爸盖上，跟妈道了声别，上了车，鼻子还酸酸的。唐城连个像样的剧院都没有，老爷子以政协委员身份写过提案，建议市里重视这件事，为评剧演出搭建一个平台。他不止一次地拿给儿子看他亲手画的大戏院草图，还让树生开三马子拉着他，找市领导、找媒体呼吁。最后，林智诚出钱，政府出地皮，大戏院总算有了眉目。林智诚本想在父亲寿日时，送给老人家一座梦寐以求的大戏院，可繁琐的手续，让他的计划一再错后，最终还是没能赶上父亲的八十大寿。

许多事情并不是有钱就能办到的。在父亲面前，他有些惭愧。

回到公司，刘爱国正坐在门卫扯大玄。看林智诚车子进来，忙出来，跟他屁股后头一块进了办公室。林智诚绷着脸，没有搭理他。前段时间，他让爱国找个唱评剧的，在父亲八十大寿时候来家唱上几句，讨老人家个欢心。他给刘爱国三万块钱，爱国临走还顺走两条软中华和一瓶五粮液。他当时大包大揽，满口应允，保证请来北京最好的大牌。可现在，一个星期过去他才冒上来，林智诚有些不悦。

"那什么，"刘爱国搓着一对包浆光润的山核桃，小声叨咕，"请角儿的事，估计要泡汤。"林智诚耷拉着眼皮："我就知道你不靠勺。"刘爱国忙解释，说中国评剧院新春演出全排满了，名角一个也腾不出时间来。他赔着小心道："要我说，祝寿祝寿，不就图个喜庆热闹嘛，干吗非大老远的打北京请。咱唐城的角儿除名头小点外，唱功一点不比他们弱。"

林智诚一摆手："去吧，你赶紧去请，爱谁谁，只要我爸看得过眼就中。记住了，他可是行家。"

刘爱国这才如释重负。林智诚抓过来他手里油光光的山核桃，在掌心里转着搓着，问打哪儿找来的这破玩意。"破玩意？"爱国不爱听了，林智诚不识货，让他觉得有必要讲讲这对宝贝的来历。"这可是我从古玩店吴胖子那儿，用个道光年间的笔洗换来的，据说是一贝勒爷的宝物。"他说。

"你就爱附庸风雅，冬天不玩折扇，不养鸣虫了，又玩这个。有啥讲究吗？"

"哎，你可别小瞧这东西。人家大清朝，文人玩核桃，武人转铁球，富人揣葫芦，闲人去遛狗。把玩山核桃可是排在第一，这是品位！"

林智诚啧了一声。

"从前民间说：核桃不离手，能活八十九，超过乾隆爷，阎王叫不走。我正打算给你爸踅摸一对呢。搓搓核桃，增加手部灵活性，带动周身血液循环，还预防老年痴呆呢。"

"这么说还真是个好东西？"林智诚高兴起来，"好，老爷子八十大寿，这礼物不错，我替他收下了。"

山核桃在林智诚手指间来回转着，发出清脆的声响。刘爱国有些舍不得，意意思思的。林智诚一瞪眼："还不快点去，别在钱上跟他磨叽，要多少都答应他。"

刘爱国没敢讨回自己的山核桃，答应一声，晃着身子走了。林智诚拿过手机找卫东。本来做好准备，热热闹闹地给老爷子庆贺一下，可爸现在这么低调过八十大寿，倒给两人出了个不大不小的难题。

看完电视剧，杨丽华打个哈欠，回屋睡觉去了。王树生悄悄搬出他的工具箱，茶几上垫块布，一排雕刻刀整齐摆好，然后就着落地灯光亮，在早就砍削成型的桃木疙瘩上雕刻起来。

冬天的夜晚很安静，外面偶尔有汽车经过，碾压井盖发出两声钝响，惹起零星的狗叫。王树生指头缠着橡皮膏，雕刀在桃木上铲挖剔走，一块看上去没有丝毫生气的粗坯，在他的手里很快显露出人脸的雏形。他全神贯注，连丽华站跟前都没发觉。

连着几宿，丈夫在门厅里一待待到后半夜，才摸黑回屋上床，杨丽华开始没理会，后来忍不住起来瞧个究竟。你干啥呢，大半夜的不睡觉。王树生抬起网着血丝的眼睛：“爸八十大寿了，我想送他份稀罕的礼物。”

看着树生手中木雕，又看看摆他手边的舞台剧照，杨丽华扑哧一声笑了：“这不是赵丽蓉吗？像，真是太像了！”王树生夸她好眼力：“对，就是赵大妈。现在她是小品明星，当年她可是凭着一部《花为媒》，红透大半个中国的评剧演员。”

杨丽华拿过木雕端详着，夸着丈夫，以前光知道你会打家具，没想到还有这本事。王树生说：“这不算啥，做木匠的都会这两下子。我下乡时的师傅，人家用木头雕刻的毛主席，那才叫一个像！”

他从箱子里拿出几个栩栩如生的木雕：“你看，这是《秦香莲》里的包公，这是《刘巧儿》里的刘巧儿，这是《夺印》里的陈有才，这是《杨三姐告状》里的杨三姐……还有赵丽蓉扮演的这个阮妈。我想雕刻八个评剧里有名有姓的人物，给爸祝八十大寿。”

杨丽华瞪大眼睛，一脸钦佩。沉了一会儿，她说你雕吧，我不打扰了，又蹑手蹑脚回屋去了。

夜深了，墙上钟表的秒针嗒嗒响着，一圈圈转着。王树生搁下雕刀，目光从一个个木雕上扫过，想起林兆瑞经常嘴边的一句话：“人生如戏，戏如人生”。不知不觉，自己年近半百，回过头去看几十年走过的路，真是百感交集。这半辈子，不管是喜还是悲，都和林家有关。如果人生真是一出大戏，那么他和这个从前是岳父，现在是继父的老人的关系，就是浓墨重彩、充满亲情温情的一折。

这么多个夜晚，王树生把对老人的热爱与感激，化作了一刀一刀的人物刻画。他要送给老人的，不光是一份独特的寿礼，更是一份真诚的尊重和敬爱。他甚至孩子气地憧憬着，在爸九十大寿，一百整寿时，他那份爱还会让老爷子露出欣喜的笑容。那时候，也许父亲已经没有了牙齿，母亲也满头白发，可老两口的笑容还是那么一致：温暖而感动。

一个天气清冽的冬日，杨丽华一大早就起来和面。等全家人起床，一大盆子面已发起来，冒出了盆沿。她麻利地揣着碱水，捏起一块面，送到鼻子前闻了闻。听到对门叮咚的门铃声响，知道外甥一家上门，她便把饧好揉好的面团端到婆婆屋子。

宋乔洗了把手，帮她揪成一个个大剂子。两人把面团团成桃子形状，捏出桃尖，用刀背划出沟缝。等到一个个寿桃要上屉时，杨丽华才想起没有点桃尖的红颜料。她埋怨着自己老了，记性不中了。这钟点，商场超市都还没有开门，杨丽华想了想，问旁边的宋乔，听说口红能吃是真的吗？小宋不明白她问这个干吗，含含糊糊地点头。“那太好了，咱们就用你的口红点桃尖。”杨丽华说。

她没用过这东西，不知怎么才能让缩在精致黑管里的唇棒露出头。宋乔帮她旋转出来，忍不住说：“舅妈，我觉得你这辈子忒委屈。人家又是烫发，又是美容的，你连个口红都没用过。以后呀，我可要好好给你捯饬捯饬。”

说到做到，寿桃上屉后，宋乔非给杨丽华擦上口红不可。又找出眉笔，仔细地给她画出眉型，勾上眼线，拉着舅妈去照镜子。杨丽华半是羞涩，半是兴奋地数落着，这孩子，净拿我打镲。刘兰芝笑瘪了嘴，夸丽华扮上妆还真俊。林兆瑞手搓着两个山核桃，赞同老伴说法。王斌瞅着他妈，哧哧笑着，扭头跟孙颖做了个鬼脸，悄悄道：“我妈像个老妖婆。”

一会儿，刘爱国全家也来了。爱国亲自下厨掌灶，铲子炒勺叮叮当当。高压锅放汽阀来回转着，哧哧作响，满屋里鱼香肉香。这时，门铃响了。杨丽华以为是卫东来了，打开门，没想到外面站着的却是冯红。她一愣。刘爱国闻声赶紧从厨房出来，高兴地说：“冯处，我还想去接你呢，你自己找来了。”

因为找不到合适的小生，刘爱国在朋友饭局上愁眉不展。电视台老陆推荐了冯红，说人家冯处现在可不简单，当官之余粉墨登场，反串评剧小生，红得不得了。真要能搬得动她，不比啥角儿都有面子。爱国便给冯红打电话，本以为冯处长多少会端个架子，没想到她在电话里只迟疑了一下就答应了。

在杨丽华看来，这个从前的准弟媳妇变化并不大，只是身形丰满了些，眼角多了些细密的皱纹。冯红细而弯的眉毛显然修过，皮肤红润、透亮，好像砂纸精心打磨过。冯红伸过手来跟她握着，还和从前一样叫了声姐：“有十几年没见了，姐你看上去也就四十出头，一点不显老。”

还不是小宋才刚化妆的功劳，杨丽华心想，她让冯红夸得脸上有些热，心里有点美。接过冯红手里的寿面，说屋里坐吧。转身，正看见小诚有些愠怒地瞪着刘爱国。爱国也不理他，冲里屋大声道：“姐夫，看看谁来了！”

林兆瑞出来，后面跟着刘兰芝，老两口惊喜地叫了起来。冯红落落大方，嘘寒问暖。林兆瑞也没把她当外人：“小冯啊，当初听说你放弃舞台，去搞行政，我们都很惋惜，可惜这副好嗓子。”

冯红说：“练功倒是一直没丢，艺不压身嘛。林老，评剧是家乡戏，我现在尝试反串小生唱评戏呢。”

林兆瑞眉毛一挑：“是嘛，由花旦到小生，由京剧到评剧，不容易呀。我倒想听听……”爱国一看是时候了，忙插嘴：“冯处今天来呢，一是代表局里，看望老艺术家；二呢，也是想给你寿辰增加些喜庆，汇报一下反串结果，听听前辈点拨。”

林兆瑞一听这话，忙拱手说谢谢。王树生搬过来一把椅子，杨丽华沏上了茶水。林家搬家后，冯红还是第一次上门。一进门，就看到林兆瑞手书的“三平堂”几个大字。家里，客厅兼着书房，书架顶到了天花板，整整占了一面墙。上面除了书，还有一排评剧人物木雕，神态各异，惟妙惟肖。冯红挨暖气坐着，旁边洒满阳光的窗台上，一盆君子兰开得正旺。叶片肥厚油亮，橘红色的花朵，硕大而娇艳。

看小冯饶有兴趣地端详着那盆花，林兆瑞说：“从前啊，你大妈爱拾掇些花呀草的。现在精神头不济了，顾不过来了。我呢只养这一种花，除了美化家居之外，还多了一个君子朋友。”他说着，得意地介绍起养花经来：“我这君子兰呀，她喜欢喝啤酒。啤酒中有二氧化碳，促进新陈代谢，里头还有营养物质，有益花卉生长。我舍不得喝，都给她了！”

一屋子人都笑起来。

这个家的氛围还跟从前一样，冯红觉得亲切、放松，有一种要融入的渴望和冲动。她站起来：“刚才林老说了，想听听我的反串唱功。为给八十大寿增加些喜庆，我就献丑唱上两段，也没带琴师，我就干咬吧。唱得好不好的，大家多担待。”

她问林老喜欢哪出。林兆瑞想了一想，说：“我最早学戏，学的就是小生。既然小冯要反串，那就《梁山伯与祝英台》那段‘说什么愧对愚兄一片情’吧。”

穿着儿媳做的枣红色寿字图案织锦缎唐装，林兆瑞端坐在铺着棉垫的藤椅上，手边放着儿子给他买的金镶玉拐杖。他指头在茶几上敲打着拍子，哼起板胡前奏。冯红清了一下嗓子，亮出高亢的男声：

“说什么愧对愚兄一片情，

千悔万悔，我悔，悔我当初心不明。

怪不得她羡慕鸳鸯成双对，

怪不得她比牛郎织女星，

怪不得她说井中男女成二影，

怪不得在观音堂中拜花灯，

怪不得她说我像个呆头鹅，

怪不得她假做雌鹅叫哥哥，

怪不得她还说对牛弹琴牛不懂。

怪我痴，恨我傻，怪我痴傻在梦中。

恨只恨，相逢恨晚姻缘断送。

恨只恨，竹篮打水一场空。

……”

如果不是亲眼看到，王树生不敢相信，这苍凉的男声，竟然出自冯红。他还清楚地记得当初舞台上的李铁梅，记得那句脆亮的“奶奶，您听我说”。这反差也太大了，他想。

老林的寿辰唱这样悲悲切切的唱段，爱国觉得有些不适合，可既然老林单点这出，又是鼓掌又是叫好的，他也不便阻拦。一曲唱罢，林兆瑞起身鼓掌：“真是绝佳的小生嗓儿，高音不破音，低音不塌嗓。好，好！”

看老爷子这么高兴，刘爱国有点美滋滋的，于是拍巴掌附和着：“真是不错。从前，冯处是唐城第一花旦，我看现在可以称得上唐城第一小生了。”

见笑见笑，冯红像戏里的翩翩公子一样，抱拳拱手道。满屋里人，听懂没听懂评剧的也跟林兆瑞鼓起掌来。杨丽华听清楚了充满哀怨悔恨的唱词，偷偷瞭一眼林智诚，林智诚一声不响进了里屋。

冯红的突然出现，让他心生不悦。可人家上门的理由冠冕堂皇，听听，代表局里！理直气壮，给足了老爷子面子，他当儿子的，也说不出个二五六来。敢情刘爱国玄乎了半天，请的角儿是冯红啊，这让他后悔不迭，怪自己事先没问清楚。他觉得爱国做这一切都是预谋好的，就为冯红再进这个家门铺路。回头再跟你算账，林智诚恨恨地想。

连唱了几折戏，林兆瑞让小冯歇歇，喝口水。这时，宋乔拉着女儿凑过来，要跟冯红拜师学艺。冯红摸着孩子脑袋，问喜欢不喜欢唱戏，孙颖摇摇头。宋乔弄个大红脸，忙捅了一下女儿，你不是成天又蹦又唱想当明星吗？“那我也不想唱戏，我喜欢流行歌曲，想当模特。”孩子实话实说。

说说笑笑正热闹，王卫东左手大寿糕，右手拎个鼓囊囊大塑料袋进家。袋子里是她给爸买的大衣，普通的黑色面料，内胆却是貂绒的，是当下不少官员爱穿的御寒外衣，低调却不低档，颜色样式也合林兆瑞的风格。只是吓人的价签，让她偷偷拽下扔掉了。林兆瑞没急着试衣服，招呼闺女进里屋，要说几句话。他冲坐床上正无聊摆弄着手机的儿子说：“人家小冯大老远来了，你倒是出去说几句话，陪陪人家呀！”

林兆瑞从箱子里拿出上次装订好的稿纸，递给卫东：“这是地震前给你写的那出戏脚本，还记得吧？以前我想，总有机会能排出来这出戏。可现在看，留给我的日子不多了，怕是做不到了。你留着吧，也是个纪念。”

拿着棉线装订的厚厚的一沓稿纸，王卫东心里一热。在感情上，她爱拿林兆瑞跟她死去的老爸王天喜做比较。对子女的爱，王天喜是粗线条的，而且在家一言堂，动不动动粗，而林兆瑞的关心呵护，是和风细雨、润物无声的。他第一个站出来支持她和柱子的交往，出面化解了她和父亲的矛盾。当初，她在指挥部忙得脚不沾地，偶尔回家不是吃完就走，就是倒头大睡。有回她一觉醒来，下地穿鞋时发现一双开裂的鞋被缝好了。妈告诉她，是你林叔串门来，一晌午没歇着给你缝好了。嘴上没说啥，心里她觉得林叔真好，这也是后来她和爱国撮合老两口的一个原因。平时跟林兆瑞见面不多，也没有更深的沟通交流，可心里却实实在在装着这个最疼爱她的人。每次出差或是在外学习，她可以不给妈买东西，但一定想着给爸买些地方戏曲磁带、土特产什么的。

随着王卫东一步步高升，从建委副主任、副区长，再到区长，回家的次数越来越少，带回或让司机捎回的东西却越来越“重”，林兆瑞替她担心起来。女儿给他订了不少报纸，这些报纸林兆瑞派上了用场，他把自己看中的文章剪下来，贴到一个大本子上，还在上面用红笔勾勾画画。女儿回家，他会默不作声把那个大本子放到她休息的床头。王卫东翻开一看，一个个黑体字大标题，不是反腐就是倡廉，要么是一些干部贪污受贿被处理的案例。此外，还有共产党员修养之类。起初觉得老人家有点文人气，没理会，后来只要她一来，爸就会就把这个不断更新的本子放到床头。卫东嗅出了几分警示的味道，老人家在用他独特的方式，提醒她不要犯错误。卫东先是感激，再是好笑，后来甚至心生几分不快。爸呀，你沉浸在你的艺术天地中，又知道多少外面世界的变迁，知道多少官场的潜规则呀。要是都按这些标准去做事做人，那这官儿一天也当不下去。不过，再怎么着我有分寸，知道党纪国法的底线。不然，这么多年我岂不是白干了……当然，这些只是她的心理活动，她没法跟老人家解释。既然老人家不说，她也不挑明，只是回家的次数越来越少，越待越短。

父女间的隔膜，就这样悄无声息地产生了。现在，卫东听着林兆瑞既是欣慰，又不无遗憾的话，抚弄着稿纸，就像抚弄着自己的青春岁月。她突然感到那只受伤残指，和心一样一跳一跳地疼。“爸，我会好好收藏，好好珍惜的！”

“唉，时间过得真快。那会儿创作本子时，你可把我感动得掉泪。小环啊，你有今天不易啊，珍惜，好好珍惜吧……”

客厅里，刘兰芝拉冯红坐到身边，问着孩子多大了，在哪儿上学。说起儿子，冯红一脸骄傲，这是一个离异母亲的支撑和依靠。儿子长得帅，继承了她的艺术天赋，刚上大学就四处演出，花插还在电视上露个脸。刘兰芝心里有些扎得慌，一个念头老在翻腾着：要是当初跟小诚能成，孩子怕也上大学了吧？

两张桌子拼在了一起，寿宴开始。林兆瑞左手边王树生，右手旁刘兰芝。大刚厚着脸皮，想挨着舅舅坐，好跟他斗酒。王树生手一拨拉：“一边坐去，这地儿给你小诚舅舅留的。”

林兆瑞不让晚辈动手，他亲自挨个倒酒，还特地给坐在对面的冯红斟满，他知道当官的都有酒量。王树生提议，酒不管多少，一会儿都得干了。大伙儿都响应。刘兰芝抿嘴看看老伴面前满满的一杯酒，再低头看看自己的半杯，伸出手来调了个个儿：“我替老头子喝满杯。”孙颖叫起来：“哇塞，太姥姥，你多大酒量啊？”刘兰芝笑不滋的：“我也知不道，反正没醉过。”

“你太姥姥啊，那酒量可是女中豪杰。兰芝，今儿个孩子们高兴，你也别控制我了，让我敞开了喝一回吧。”林兆瑞说着，把半杯酒递到王树生跟前：“来，这个也满上！”

刘爱国、王树生两家人敬过酒后，王卫东站起来：“爸，感谢你老这么多年对我的关怀教育，你叮嘱的话我都记下了。我长这么大，最敬佩的就是你，过去是，现在是，将来还是——老闺女祝你老健康长寿！”

老头子心脏不好，喝了一轮白酒后，刘兰芝还是给他换成了干红。全家人给林兆瑞敬完酒，冯红举起杯子：“林老，论辈分，我是你晚辈；论行当，咱们是同行。这么多年，你又是排戏，又是出书，又是扶植新人，又是筹划大戏院，为振兴地方戏立下汗马功劳，你是唐城的大功臣啊。祝你老福如东海，寿比南山！”

林兆瑞说着谢谢，一饮而尽。冯红又说：“前些日子戏曲家协会换届，你这个名誉主席没参加，大家都念叨你呢。”

“唉，人老了，自然要淡出江湖，我把社会兼职都辞了。这把年纪，人生早就进入倒计时。有工夫把从前的本子整理整理，给后人留下点东西，再看着大戏院落成，我走着也踏实。”

“爸，你老活一百岁没问题。”林智诚插嘴道，横了斜对面的冯红一眼。听了儿子这话，林兆瑞大发感慨：“一百岁，想都没想过！经过那么多大灾大难，沟沟坎坎，能活到八十，我就非常知足了。没有啥事比一大家子人和和睦睦，更让我心甜的了。今天呢，当着大家的面，我也有几句话要叮嘱。树生丽华呢，你们也一把年纪了，别光想着别人，也要心疼自己，注意身体。小诚卫东呢，你俩事业有成，但也要时不时地停下来，检点下自己，哪些地方对，哪些地方不对。钱多少是多啊，官多大是大啊，不知足就永远不会高兴。要学会知足知不足，珍惜现在的拥有……”

儿女们纷纷点头称是。

杨丽华起身，把热腾腾的寿桃端上来，叫过来儿子：“去，端好了给爷爷，让爷爷咬口桃尖。”看着个头赶上他爸的大孙子，猫腰站在自己面前，林兆瑞心里美滋滋的。他像个孩子似的，低头夸张地咬了一大口。大家一齐鼓掌。杨丽华擦了一把脸上的汗珠：“爸，咬了桃尖，就再也没有为难着窄的事了，我们祝你老长命百岁！”

吃完寿桃，又切大寿糕。王斌、孙颖、刘帅，几个孩子闹嚷嚷的，攀着老人胳膊，让他吹灭蜡烛……这时茶几上的电话响了，王婷在北京正赶上考研回不来，电话里问爷爷好。林兆瑞拿着听筒，满脸是慈爱的笑："功课重要，就甭回来了。我和你奶奶呀，想你了就去北京看你。"

一屋人屏气静声，听了这话都乐了起来。刘兰芝喜眉笑眼地看着这一切，心里却想着冯红。她跟小诚岁数都不小了，听爱国说又离了婚，要是能跟小诚破镜重圆，那该多好。这么想着，她把孩子切给她的蛋糕，递给小冯。林兆瑞也想到了这层，看看冯红，又看看儿子。他让树生给自己倒上一杯酒，缓缓站起身来，一桌子人也都跟着起立。

"来，咱们全家敬小冯一杯。大冷天来给我这老头子祝寿，还献上这么美的唱段。感谢啊，感谢！"

大家一块碰杯。林智诚仰头第一个干了，坐下来，脸一阵白一阵青。杨丽华在厨房遇到来找勺子的丈夫，小声嘀咕："小诚好像有些不高兴。你说小冯来是不是有啥想法，爱国该不会往一块撮合他俩吧？"

王树生嘘了一声，爸妈对冯红有些殷勤过分。他悄声道："别瞎猜。好马不吃回头草，依小诚脾气秉性，即便小冯有想法，他也不会同意的。"

寿宴散后，林兆瑞问小冯怎么来的。冯红说歇礼拜，不好用公车，打车过来的。林兆瑞忙催儿子送送她。林智诚本打算让刘帅跑跑腿，意思一下就行了，没想到爸妈送冯红送出楼口。他只好先上了车，坐在了后排，这是他的习惯。冯红没坐副驾位，开门也坐到后排。尽管地方很宽绰，林智诚还是往里挪了挪屁股。

"在林老面前唱小生，有点班门弄斧了，我捏了一把汗……"车子开动，冯红打破车里的沉闷。林智诚没接茬，透过茶色玻璃往外看着。越野车庞大的车身，夹在小汽车车流中，就像一头大鱼劈波斩浪，他喜欢这种所向披靡的感觉。但是，今天冯红这个不速之客坐在身边，让他觉得哪里有些不对劲。

"真中啊，你跟姓张的那么黏糊，还好意思在我爸八十大寿时候来凑这热闹？"他终于说出憋在心里很久的话。

密闭很好的车厢里，林智诚没头没脑的一句话，冯红跟刘帅都听得一清二楚。冯红明白他意思，准又有什么闲言碎语传他耳朵了。不是唐城太小，而是命运太捉弄人，又把他们几个人扯到了一起。

她没有说话。

“你不想说些什么吗？”林智诚转过脸来，冯红的沉默反倒让他不安起来。

“有那个必要吗？”冯红反问道。这种事情，往往越描越黑，她不想解释。

“是，是没那个必要。”林智诚叨咕道。到这份上，冯红当面承认跟柱子的关系，他觉得难堪，否认呢，也断然不会相信。嗐，我他妈吃饱撑的，这跟我有啥关系？他在心里骂着自己。

车里全黑的内饰，让人觉出几分压抑，两人明显地感到心理上的距离。冯红这次上门，还是不愿放弃两人感情，想借给林兆瑞祝寿机会，拉近与这个家庭，与林智诚的距离。林智诚花边新闻不少，可毕竟是单身，再说哪个男人不吃腥，都可以理解。这些，她没搁心上，也不会计较。自己还没到人老珠黄的地步，相信林智诚愿意成家的话，她是最佳人选。从老两口和全家人对她态度上，冯红知道达到了一半目的。但现在，她觉出了希望渺茫，一种失落感渐渐笼罩了她。

“没有永远的朋友，也没有永远的敌人，只有永远的利益。”林智诚径自说着，不管冯红听没听，“官场是这样，商场是这样，情场也是这样。以后，我得向冯处你学习。”

这话太扎耳朵了，冯红再也坐不住，她借口局里有事提前下了车。“谢谢你来给老爷子祝寿。不过，你已经不是原来的小冯，我也不是原来的林智诚了，希望这是我们最后一次见面！”林智诚说罢，车门嘭的一声关上。

车子咆哮着卷起一阵沙尘扬长而去，冯红的眼泪唰地流了下来……

王卫东一点不知道冯红跟柱子还有往来。她的朋友圈子，除了官员就是商人，请客吃饭连个挡酒的、活跃气氛的女伴都没有。意外发现冯红是块料，她有几分窃喜。冯红呢，感觉卫东不像林智诚那样小心眼，都是官场同道中人，两人很快黏到了一起，关系的密切程度甚至超过了从前。

几个月后，省里搞重点项目拉练，带队的是一位副省长。观摩完区里项目，王卫东悬着的心总算放下，从领导频频点头中，她读出了上级的认可和满意。饭桌上，省领导心情不错，陪同的市领导也都松弛下来，杯盏交错间，酒精带来的愉悦在周身涌动着。瞅准机会，王卫东试探着问领导想不想听听家乡戏。

她早就打听好，领导的老家就在唐城。果不其然，领导放下酒杯，眼里放着光："好啊，我妈可是老戏迷了，《杨三姐告状》《刘巧儿》《花为媒》，大段大段的，她全能唱下来。成天受熏陶，我都能哼哼几句了。"

领导显然喝高了，一改平时的严肃和矜持，随口哼唱了起来："巧儿我自幼儿许配赵家，我和柱儿不认识，我怎能嫁他呀……"

尽管领导五音不全，跑调跑到了东北二人转，一桌人还是鼓掌叫好。王卫东悄悄给冯红发了个短信。不到十分钟，冯红就出现在门口，穿着鲜红的针织开衫外套，内着白色小坎儿，下身是一条雪白的长裤。她显然化了淡妆，如果扮上行头，那绝对是一个俊俏的公子。王卫东介绍完，冯红落落大方，不用劝，自己端起酒杯连干两杯。在掌声中，她右拳捶打了下前胸，豪气中又透出女人的妩媚："各位领导好，我姐叫我十分钟到，我不敢一刻钟来。我给大家清唱一段吧，大家喜欢评戏的话，我一张嘴，就知道唱的是哪一出了。"

这回，她唱的是《马寡妇开店》中的狄仁杰唱段。字正腔圆，让服务员忘记了倒酒，让省领导举着筷子为她打节拍，让满桌人觉出了评剧音韵之美。王卫东心想，冯红啊冯红，往后你要帮我大忙了……

从此，只要有重要客人，王卫东都会叫冯红过来。有当年科班唱旦角底子，评剧、京剧、越剧、黄梅戏，冯红学啥像啥，要什么有什么。连流行歌曲都学得惟妙惟肖——"辣妹子从来辣不怕，辣妹子生性不怕辣，辣妹子出门怕不辣，抓一把辣椒会说话……辣妹子辣妹子辣辣辣，辣妹子辣辣妹子辣，辣妹子辣妹子辣哟，辣辣辣！"

就这最后一句"辣辣辣"，声音高亢嘹亮，并且习惯性地往上一甩头发，每次都能得到一片叫好声。这时，冯红已不是什么处长，而是一个进入角色的演员。

迷上了听戏唱歌，王卫东越发附庸风雅，一听说北京戏院有名角演出，便拉上冯红开车进京。这天散了戏，冯红顺便去大学里看了看儿子，时间太晚了，她们干脆找家星级酒店住下。两人洗了个热水澡，冯红打开化妆包，先是眼霜，后又保湿水，一遍滋养乳液，再又涂抹了全身保湿液。这么繁琐的一套下来，王卫东看得有些眼发直，她让卫东试试她的外国化妆品。王卫东像是应付差事，在脸上胡乱拍了点水，看着镜子里自己粗黑的眉毛和双下巴：“行了，我这老脸抹啥都这样。”冯红坐在床上说：“姐呀，你可别这么说，人到中年更要学会保养。有人说女人活着给男人看，男人活着给自己看。不管对不对，我反正活着一天就美一天。”

关了床头灯，窗外霓虹灯闪闪烁烁。王卫东睡不着，问冯红，你跟小诚还有戏吗？“有戏？你不知道他说话有多噎人，简直是要多绝情有多绝情。我是热脸贴上了冷屁股，现在彻底绝了念头。”黑暗里，冯红幽幽地说。

“他呀，就那么个牛脾气。要我说，哪怕有百分之一的希望，你也要做百分百的努力。咱们这个岁数，有几个男人知根知底，肯跟你交心的？”王卫东说。没想到冯红突然烦躁起来：“姐，别提这些了好嘛！”

王卫东一怔，不明白冯红为啥反应这么激烈。在感情上，她是那种粗枝大叶的人，没留意到冯红此刻的复杂心情。卫东待她不薄，隔三岔五送她一些东西——名牌包或是首饰。有次，她随口念叨一句儿子想要个笔记本，第二天卫东就让司机把一个全新的笔记本电脑送到局里。卫东这么够意思，自己却为了几套房子，跟她视同陌路的前夫眉来眼去，是不是太不厚道了？

半夜，冯红手机屏幕一亮，突然响起来。拿过一看，是张存柱，她赶紧关机，塞到枕头底下。好在卫东睡得死，没有听见看见。

第二天回到唐城，张存柱早等在办公室外。原来他相中了唐城煤矿，想趁着煤矿亏损严重，工人开不出支来，把矿买下来。他要冯红帮他游说一下王卫东，给主管副市长过个话。“抱歉，你这忙我怕帮不了。”冯红说。她对买卖企业这套不熟悉，怕张存柱做手脚伤害了卫东。

“现在讲国退民进，抓大放小，我也是在替政府卸包袱啊。”张存柱开导着她，“你想想，反正这个矿早晚都是卖，只是卖给谁，卖多少问题。现在，矿上找人做的资产评估，和我们做的相差太大，煤炭储量也被估高。这种亏损企业，别的地方都一卖了之、一送了之，就咱们这当成宝贝疙瘩，还好意思开出大价钱来。如果市里让他们破产，我两千万拿下，保证给你二十万。”

冯红有些动心，张存柱一看有戏，又加了十万。她瞟了一眼他：“你这是跟我做生意？”

张存柱一咬牙：“本来我还要给方方面面的打点一下。那么多工人，人吃马喂，我还要养活。不过既然你肯帮这个忙，我也不能让你觉得我没诚意。

这样吧，五十万，这下你满意了吧？”

“就这么定了，真能为亏损企业找条活路，你也算办了件人事。”冯红答应下来，“不过，你要是食言，做出对不住我跟卫东的事，我们有法儿治你。”

“那是，我得罪谁，也不敢得罪姑奶奶你呀。”柱子有些得意忘形，嬉皮笑脸往眼前凑，抬手摸了一下她的脸颊。“放尊重点！”冯红柳眉倒竖。张存柱赶紧退后，脸上红一阵白一阵的，带着讪讪的笑。

扑哧一下，冯红笑出声来……

她几乎没怎么费唇舌，王卫东就有条件地答应了这事：“好了，我明白了。你告诉张存柱，只要他有这个实力，解决好遗留职工问题，就去走手续吧。”

冯红心花怒放，刚要走，卫东又叫住她，阴沉着脸：“我不想跟他有什么瓜葛，也不希望你介入他的事，这是最后一次！”

这个从前王天喜干了半辈子的煤矿，这个盛产肥煤，年龄比这个城市还要长的煤矿，几经折腾，就这么易手卖给了张存柱。事成之后，柱子兑现承诺，办了张银行卡，把五十万打了进去。他咬着烟斗，嘴角绽出了一丝得意：“多少钱都敢要，谁的钱都敢接，这样的女人，好摆平。”

顺着回旋向上的雕花铁艺楼梯，刘爱国一步步上楼。对林智诚建的这个美术馆，他一直有看法。大戏院还没完工，又弄个美术馆，这得砸进去多少钱？就算毕成是个宝贝，办个画展就行了，也用不着这么兴师动众啊。现在钢材水泥都在涨价，你林智诚房地产摊子铺那么大，又搞这些，资金上有没有问题呀？

一见面，爱国就忍不住发问。林智诚笑笑：“大戏院地皮政府出，美术馆是现成地方，不用多少钱。钱这东西呀，就像女人的乳沟，挤一挤总是有的。”

刘爱国手指点着他，哈哈大笑起来。笑够了，他一绷脸：“有两个消息要告诉你，一个好消息，一个坏消息，先听哪一个？”

“你就爱卖关子。有话快说，有屁快放，先说坏消息！”

“坏消息就是……”刘爱国揣摩着林智诚的反应，斟酌着用词，“冯红跟柱子好上了，两人黏到了一块，炒矿呢。”林智诚瞪了他一眼，又问好消息。爱国说：“好消息是——北京来个艺术品经纪人，是位漂亮的小姐。她对毕成的画很感兴趣，想约你吃顿饭。”

“哼，这也算好消息。艺、术、品、经、纪、人，”林智诚一字一顿，“光惦记着别人的宝贝，当中间二道贩子那种人？”

“哎，这可不是一般的经纪人，漂亮、聪明、胆识过人。还有哇，她对你美术馆，对毕成的画，知道得倍儿清。你说这事啊，真是瘸子的屁股——邪门了！”

林智诚唔了一声。刘爱国醒悟过来，不该当他面提瘸子，忙抽了自己脸一下：“该死，看我这臭嘴！”

林智诚没理他，打电话让把这几天美术馆监控录像调了出来。不一会儿，一个穿着黑色风衣，戴着太阳镜的短发女人出现在画面里。林智诚喊一声停，画面定格在她摘去镜子，驻足在一幅画的瞬间。杏仁眼，凹眼窝，嘴唇有些厚，丰润而性感。林智诚问是她吗。爱国嗯了一声，有些纳闷，她什么时候冒上来的？

“瞧见没，人家是有备而来。你呀，让人家卖了，还在帮人家数钱。这帮画商个个人精，跟他们打交道小心点……”

刘爱国洗耳恭听。原以为听了冯红的事，林智诚会暴跳如雷，没想到竟然这么平静。现在，见他不错眼珠地盯着录像中的女子，爱国觉得有必要实话实说：“这个画商小姐嘛，说起来拐弯抹角，还跟咱们有点亲戚呢。”林智诚忙问哪门子亲戚。得知是张存柱的表妹，他摸着下巴，微笑挂在嘴边，半晌才道：“这事儿，有点意思啊……”

管艾父亲老早就当了铁道兵，她生下来就随军到处跑，铁路修到哪里，全家就安到哪里。她经多见广，十七岁上考进美院，后来又在国外待了几年，现在三十不到，就已是小有名气的艺术品经纪人，把好几个画家介绍到国外，作品卖出了好价钱。很偶然的，她看到了毕成的几幅画，一下子掂量出市场潜力，这才来唐城寻觅这个画家。表哥向她推荐了刘爱国，说只要给爱国钱，没有他搞不掂的事。

“这么说，更得非见不可了？”听了爱国不无夸张的一番介绍，林智诚也想会会这位小女子。

“必须的。我说，既然你跟冯红都是过去时了，也没有啥忌讳了不是。你跟柱子呢，也算唐城地产界两座山头。可这么多年打打杀杀，宁可让外人发财，也不给对方一点活路，为这失去多少市场？有句老话叫‘杀敌一千，自损八百’，这么做值吗？我希望你们俩以后和平相处，一块儿挣钱，那该多和谐。”

林智诚哼了一声。

他左手食指勾着，示意刘爱国近前。盯得爱国有些发毛，才说：“老舅，我求求你，以后少跟我玩哩咯啷。冯红也好，冯绿也好，跟你跟我的生活没啥关系，知道不？”刘爱国知道他还在为祝寿的事耿耿于怀，忙说：“以后不了，都怪我，好心办坏事。”

“算了，都过去了。”林智诚一摆手，“既然你这么爱张罗事，那就给他柱子点面子，吃这顿饭，顺便会会他这个表妹。”

饭局设在了和平饭店。林智诚和刘爱国在穿着旗袍，模特一样高挑的迎宾小姐引领下，走进包间。尽管在监控录像中见过管艾，可一见真人，林智诚还是被她的气质吸引了。麦色的皮肤，中灰色的羊毛衫，美人骨前挂着一枚古旧的白玉吊坠，有种不显奢华的高雅。

“没想到经纪人居然是位美女，不去当模特可惜了。”林智诚握着管艾的手，打趣道。

“林总过奖了，我想当模特，人家不要我；想当画家，又没当成，就成现在这样子了。”

“还好，真要当了画家，毕加索就得去别处找饭碗了。”

“真坏，林总你一见面就拿人家开涮。”

两人有说有笑，把刘爱国和张存柱晾在了一边。柱子握着烟斗，嘴角带着浅笑，看着他俩斗嘴，心中窃喜。刘爱国心里纳闷：小诚今天表现有些反常，看来，英雄也难过美人关啊。他轻咳了一声，拿过来菜谱：“我向管小姐介绍一下，这家饭店是我们烹饪协会成员单位，它的特色呢是把宫廷膳食和地方菜点融合在一起，取料精细，原汁原味。”

管艾让林智诚点菜，林智诚冲爱国努努嘴：“唐城美食家在场呢，他明白还是他点吧。”刘爱国也不谦让，点了乳香扣肉、红烧裙边、酱汁瓦块鱼、金汤血燕鱼翅羹几个特色菜，凉菜要了腊八蒜鲜贝，糯米蜜汁莲藕等。“我有糖尿病，你让厨师给我单做一个胡萝卜丁炒豌豆，要咸鲜味，不放糖。”他吩咐服务生道。

“上次我们吃饭，一桌八个人，六个血糖高。”张存柱由爱国的糖尿病引发感慨，“不知为啥，现在糖尿病这么多。”

“唉，富贵病，营养过剩，缺乏运动，消耗不掉。现在，我总算琢磨出养生的十六字真经：汗要出透，水要喝够，饭要少吃，便要排清。”刘爱国说出自己的经验之谈。

“精辟！”张存柱拍了一下巴掌，忙掏出手机来。记下这十六字真经，他抬起脸：“钱也挣得差不多了，有个好身板，多享受几年是真的。我血糖没啥问题，就是三高，大夫抽血化验，一抽一管子油。”

他一脸关心地问起林智诚身板咋样，喜欢吃啥，林智诚拍拍自己的义肢：“除了它，心啊肺啊肝的都没有啥毛病。我是杂食动物，天上飞的，地上跑的，水里游的，没有不吃的。敢吃蛇肉吗？”他问一旁的管艾。

“嗯，还行吧。”

“那再加个龙虎凤蛇羹。”林智诚吩咐服务生，又对管艾说，“这个有美容养颜作用，保证你越吃越漂亮。”

管艾礼貌地冲他一笑。林智诚问管小姐喝点什么，你在国外呆过，应该喜欢红酒。他招呼服务员上一瓶拉菲。管艾一听，忙拦住：“太奢侈了。今天我陪几位大哥痛快喝一回，上白的。”

大家都说爽快。

“艺术品经纪都干什么？”林智诚看着管艾的名片问。管艾解释了一番，林智诚点点头：“哦，明白了，就是把中国的好东西倒腾到国外。这不是卖国吗？”

在刘爱国看来，林智诚几乎在装傻充愣。管艾也一愣，忙辩解道：“艺术品收藏是没有国界的，我也把国外优秀艺术品介绍到中国，这是一种很好的文化交流。”

菜陆续上来，服务生拧下酒瓶口的金属箍，挨个倒酒。刘爱国忙招呼说，还是抓紧对付美味佳肴吧。管艾先敬林智诚和刘爱国，然后又和表哥一块敬他俩。一杯酒她一饮而尽，杯底冲下，向两人叫着板。林智诚不甘示弱，口里絮絮叨叨叫着管小姐，一杯又一杯地干着。

一顿饭下来，酒酣耳热中张存柱暗自高兴，这顿饭吃得值。表妹真是个撒手锏，一招制敌，林智诚这老小子，不仅没计较他跟冯红的事，反而搂着他称兄道弟，跟管艾又留手机号，又约下次吃饭时间，整个一惦记着天鹅肉的癞蛤蟆。管艾没表哥这么兴奋，她对林智诚第一印象实在不怎么样，吹五大六，爱扯黄嗑，再次印证了她心目中的土豪形象。这号人她见多了，打心眼里有些瞧不起。不过，为了以后合作，还得捏着鼻子交往。

心情最复杂的要算刘爱国，他没想到林智诚会这么没成色。上了车，他说出了心里话："林总，今天你的表现顶多打四十分。人家都把高大光鲜一面亮给对方，你可倒好，往黑里丑里描自己，我有些整不明白。"

"本来咱也不是什么好枣，装啥装？"林智诚打着哈哈，搞得爱国云里雾罩的，不明白他想干什么。

尽管手里有管艾的名片，林智诚却没有跟她联系。三天后，管艾憋不住了，提出来要他陪着去看毕成。林智诚并不着急，电话说让我秘书陪你去吧，我还有个重要会议。

管艾有点悻悻道，那就改天吧。第二天，就在她要放弃希望的时候，接到一个陌生女孩的电话，说林总上午十点在美术馆等她。

从监控录像里，林智诚看到管艾上楼，眼睛东转西瞅，终于来到他的门外。他从宽大的转椅上起身，上前握住了管艾的手："美女驾到，有失远迎，欢迎，欢迎。"

上楼时，管艾注意到几个工人正往墙上挂着画。那些旧作呢，是不是被林智诚卖掉了，卖给了谁，她满脑子疑问，迫不及待地要见到毕成本人。两人走进毕成的工作室，屋子足有一个篮球场大，硕大的画案上，铺着一张雪白的三米多长的北极熊皮。这是林智诚花二十万元买下的。此时，蓄着长髯的毕成正躺在熊皮上，似睡非睡。林智诚近前小声叫了他两声，附在他耳朵边，说北京来的客人要见你。老毕眼睛都没睁，哼了一声，没见我睡觉吗，不见！

林智诚转过身，冲管艾摊开双手，表示爱莫能助。两人悄悄地退出屋子。

不愧是行家里手，管艾只看一眼毕成画了一半的画，一块石头便落了地。行，毕成正处在风格成熟期，还有创作潜力。接下来，她暗自佩服林智诚有眼光。毕成画作，符合国际流行趋势，只消炒作一下，几年后翻番不成问题。

两人走下旋转楼梯时，管艾开了口："林总，有句话我不知当讲不当讲。"林智诚笑了："你太客气了，有啥话尽管说。"管艾道："我没少跟画家艺术家打交道，我不赞成你给毕成这么优裕条件。舒适环境只能让艺术家变懒，创作力下降。西伯拘而演《周易》，仲尼厄而作《春秋》，屈原放逐，乃赋《离骚》。老祖宗早就总结出来这个规律，磨难出力作。有首诗怎么说：为了那千秋万代的艺术哟，我们不能让艺术家生前过好。"

林智诚不以为然："是画儿重要，还是人重要？如果二者取其一，我宁可不要画儿，也不能让老毕再回从前环境，再受二茬罪。"

他看一眼面前这个小他十几岁的时尚女子，心想，你一辈子顺风顺水，连老天都眷顾，怎么能够体会到一个从炼狱中挣扎过来的人的心理呢。"管小姐，你要是诚心赏画呢，你就在这儿看。要是想跟我做生意，打起买卖毕成的主意，你可是看错人了。"他说。管艾刚想解释，被林智诚制止。他看了一下表说对不起，我还有重要约会，便丢下她匆匆走了。

刘爱国没想到，管艾会在林智诚那里碰一鼻子灰。他鼓着腮帮，转着眼珠想半天，才明白了原委："你说错话了。你眼里是先有画儿，后有人，而林总眼里先是人，后才是画儿。毕成一幅画儿再值钱，也不如他一个楼盘挣得多。养着毕成，是把毕成视为人才，真心实意地在帮他，而不是当成商品在经营。"

管艾点头称是，又缠磨着刘爱国给她讲林智诚、毕成的故事。为这，特意又请他撮了一顿。

管艾大学学的是油画，研究生却选的中国美术史。她懂得欣赏画，知道画的艺术价值。可自打进入经纪这个行当，艺术价值逐渐被市场价值取代，看一幅画作首先掂量值多少钱，看一个画家，首先看他是不是潜力股、绩优股。慢慢的，她不再摸画笔，同时悲哀地发现，过去在她心目中崇高的艺术品，现在只等同于"￥"或"＄"后面的阿拉伯数字。在林智诚身上，她发现了早已稀缺的东西：情义。

半个月没联系，林智诚几次想打电话给管艾，又觉得没面子，拨了按，按了拨，就是没有打出去。就在他以为和管艾的关系就这么结束的时候，手机突然响了。管艾告诉他，星期三宾馆有个慈善拍卖会，邀请他参加。林智诚哈哈一笑："带支票还是现金啊？"

"只要你人来就好。"

林智诚拍过房子拍过地，却从来没有拍过画，也没有见过一幅画竟然在拍卖中会让人这么紧张刺激。在拍卖师的一次次叫价里，京城画家孙飞扬一幅山水画，竟然拍出了二百万。

画家激动地起立致谢，在一串感谢的人名中，林智诚听到第一个就是管艾的名字。管艾上台，和画家一道，把拍卖善款交到市妇联春蕾计划负责人手中。一片掌声里，管艾要献出自己的一份爱心，她把胸前的汉代白玉吊坠摘下，交到拍卖师手里。这戏剧性的一幕，让拍卖现场再次火爆起来，林智诚第一个举起牌子。

张存柱也来给表妹捧场，看林智诚这么执着，就一次次举牌，逗弄他多出点血，反正瘸子也不会在乎这点钱。白玉吊坠拍价一路飙升，管艾看着两个男人较劲，脸激动地红了。等拍卖锤落下，林智诚终于如愿以偿时，白玉吊坠已等同于一辆豪车价钱。

林智诚刚回公司不久，管艾就追了来。院子里的连翘满枝金黄，艳丽可爱，金灿灿地报告着春天的到来。管艾从车上下来，看着这满院金黄，哟了一声，你们种了这么多迎春啊。林智诚从屋里迎出来，纠正她："这不是迎春，这是连翘，一种药材。和迎春嘛很好区别，连翘花朵大，四瓣；迎春花朵小，六瓣。"

"哦。"管艾贪婪地看着，"我喜欢黄色，有一种让人窒息的美。每回看到这种颜色，不知为什么我都想哭。这种颜色让我想起童年的油菜花，想起小时候的歌谣，甚至想起我姥姥。美丽、忧伤、痛苦，不再……对了，偏爱这种颜色的画家很多，梵高笔下那一抹灿烂的金黄，早已成为美术史上的经典。"

看着她在院里大发感慨，林智诚觉得很有意思："到底是学美术的，对色彩这么敏感。连翘在我们这儿，是春天最抢眼的植物。你看看，它形状像不像金光闪耀的绶带，所以古人又称连翘为黄绶带、黄金条。有首诗这么说的："四月春光无限好，庭院连翘金辉耀。"

管艾夸他见多识广，知识渊博。"哪里哪里，我也是现趸现卖。"林智诚搔着后脑勺笑了。管艾没忘来找林智诚的目的，她叫了声林总："现在你明白我叫你参加拍卖会的意图了吧。一幅画儿的生命和价值，是需要有人发现，并且吸引更多的人甚至全社会去认知的。孙飞扬是这样，毕成也是这样，这就是我们艺术品经纪人的责任。”

林智诚点头，说有那么一点点道理。“那你呢，岂不是赔了夫人又折兵，那么喜欢的吊坠没了也不心疼？”

“为了那些辍学女童能念上书，我一个吊坠又算什么？至于是赔是赚，明天你看看各家媒体对这次慈善拍卖的宣传，几个月后你再看看孙飞扬作品的价格，你就会明白的。”

这小女子，不光有市场头脑，看来心肠还不坏，林智诚想着低头不语。管艾十分诚恳：“还是让我来包装毕成吧。他是块金子，我不愿他埋没在唐城这块土上，我要把他推向全国，推到世界……”

林智诚没说行也没说不行，他带管艾进屋，拿出一个锦盒交到她手里：“给，完璧归赵。”锦盒里，是他拍下的那个吊坠，配上绛色丝绒，越发显得这个千年羊脂白玉温润，水头足。管艾心里一暖，感激地看了他一眼：“谢谢，那是你一颗爱心换来的，我不能要。”

“君子不夺人所爱，还是物归原主吧。”

管艾捋了下头发，笑着说：“那好，你先替我保管着，等我给你挣钱了，再赎回来好了。”

林智诚答应一声，盖上盒盖，小心收好。管艾忽闪着长长的睫毛，看着他，看得林智诚有点不好意思。“是这样，我明天要回北京一趟，你敢不敢陪我进京？”管艾忽然问。

“没问题，舍命陪美人。”林智诚也正要去北京，清华大学办了个EMBA班，他听卫东劝，成为班上的学员，每月都要过去上几天课。另外，公司刚从四环外拿到一块地，还没考虑好是搞住宅还是写字楼，他要过去看一看。

“北京正闹非典，你不怕传染上？”管艾问。

“不就是肺炎吗，我刚生下来就得过，听说专门送进恒温箱里待了一礼拜。怎么着咱也算死过几回的人了，死都不怕，还会怕啥非典？”

非典的事，林智诚没搁心上，管艾也没认真。要是知道后来林智诚为这差点送了命，她死活也不会要他陪着去北京。

第十二章

这个春天有些异样，才进四月就燥热起来，空气里透着紧张。几百里外的京城闹起瘟疫，唐城小道消息满天飞。说这种怪病有些邪门，只要跟病人打过照面，就会着上；说这种病啥药也不管用，着上只有等死。也不知是谁，给这种传染病起了个含含糊糊的名字：非典型性肺炎。

吃罢午饭，王树生拎着一大保温瓶茶水往外走。杨丽华有些担心，劝他非典闹得这蝎虎，别去拉脚儿了。他不以为然地嗐了一声："哪儿来那么多非典，听蝲蝲蛄叫，还不种庄稼了？"

张万田正在车棚门口抽烟。他叫住王树生，巴掌拢着嘴小声道："听说没，咱这也有情况了，地震死那么多人都没闹瘟疫，难不成现在要找齐？树生啊，这时辰出去拉脚儿，可要当心啊！"

张叔有意无意把地震跟眼前看不见的瘟疫联系一起，让王树生上了心，他掏出口罩来戴上。街上空空荡荡的，偶有几个行人，也和他一样大口罩捂着脸。空气干燥，飞絮如雪，让人眼睛痒痒的。转悠到下午三点，才在中国城门口拉上一个脚儿。那女子睡眼惺忪，上车便摘下口罩抽起烟来，王树生提醒她烟灰别乱弹，后头挂着易拉罐做的烟缸，她没言语。等到了租住的房子下车，女子才说包里没零钱，要不下回再给。王树生说了声算了，掉头要走，跟这号人他不愿多费口舌。可她一把拽住他，大哥你真好，进去坐坐吧，说着抛过来一个媚眼。

“我这岁数可以当你爹了，年轻轻的，干点啥不好！”王树生一甩胳膊，开车走了。

过去老辈人讲，笑贫不笑娼，这个职业是随着煤矿开采就存在的，几乎跟城市同龄。不管承认与否，这部分人已融入这个城市，这个职业也成为一部分外来女子的谋生手段。王树生把三马子停在公交站点，摘下口罩，捧起保温杯喝着浓茶时，还在想着这件事。非典闹得这蝎虎，还有人在寻欢作乐，这不是嘬死吗？他哼了一声。

歇了一阵，眼见的没啥生意，他要收工回家。正这时，一个斜背电脑包，戴眼镜捂着大口罩的小伙子，不由分说地上了车，轻咳着说去市医院。送到了目的地，王树生发现三马子电瓶出了点问题，蹲地上鼓捣半天车子才发动。可没出医院大门，他就被追了回来：那个眼镜怀疑得了非典，确诊之前，密切接触者要隔离。王树生一下子懵了，原以为离自己很遥远的非典，居然这么快就出现在身边。

他给杨丽华打了个电话，极不情愿地进了隔离区。大病房里，只有几张条椅。王树生坐那，心乱如麻。污浊的空气里，混合着来苏儿味、饭菜味、隔宿的寝室味，沉淀于记忆深处的痛苦喜悦，伴随着这股味道一股脑地泛上来，让他眼睛湿漉漉的。正胡思乱想着，外面一阵嘈杂，有人在嚷嚷：“我只是普通感冒，就这么关起来，还有王法吗？我一天损失多少钱，你们负得起责任吗？找你们院长！”

这不是小诚吗？王树生正要往外张望，门一开，戴着蓝口罩的大夫把林智诚送了进来。

病房相遇，两人都愣住了。

到北京后，管艾带林智诚去了一处会所，约京城几个画家吃个饭。打了十来个电话，不是关机，就是没人接听。最后，只有两个画家口罩捂得严严实实地来了，其中一个是孙飞扬。一见面，他就说：“小艾呀，你还不知道吧，现在非典闹得厉害，学校放假，工厂停工。听说，明天就要封城了。”

林智诚这时也得知EMBA班停课，自己公司北京办事处的人都在家休息。管艾刚把服务生叫过来点餐，对方一脸歉意地告诉她，厨师都回家了，午餐没法做，明天会所也要关门歇业。管艾只好要了四杯咖啡。京城已让非典闹得草木皆兵，两位心不在焉的画家闲扯了一会儿，便起身告退。管艾没想到会是这样，便劝林智诚赶紧回唐城。

“那你呢？”

“我？”管艾一笑，“我没事的。”

她主动伸出手，林智诚轻轻握住，心里一阵悸动。柔软无骨的纤指，玫瑰红的美甲，让他感觉到年轻生命的尊贵。他突然想到，不知此一别，会不会永远失去这双手，一种生离死别的情绪袭上他的心头。管艾有些不自在，在抽自己的手。林智诚才意识到自己的失态，脸一热说还是跟我回去吧。她浅浅地一笑：“我家在这里，事儿再大，我也要跟父母在一起呀。再说，我还有不少事情要处理呢。”

林智诚眼神里透着牵挂和担心，让管艾觉得很温暖：“没事儿的，一切都会过去。过些日子我就回唐城，咱俩还要继续合作呢不是？”

她回他一个灿烂的笑容。

坐到车上，林智诚对自己说，我要谈恋爱了，丘比特这一箭射得真他妈厉害！不惑之年，他又体会到那种怦然心跳的感觉。原以为自己心如槁木，没想到一点点火星，一样会让它噼噼啪啪燃烧起来。爱情真是个奇妙的东西，突如其来，力大无比，可以让一个硬汉变得脆弱不堪，让一个成年人变成孩子一样幼稚可笑。林智诚这时才明白，自己从见到管艾第一眼起，心就被她搅乱。管艾这个年纪，这样的人生经历，肯定是有故事的女人。他不知道，也不想知道她的过去，他要的是她的现在和将来。

回到唐城，直接去了自己的别墅，他想理一理头绪。坐在空旷的客厅，他身子有些发冷，一阵阵哆嗦。给管艾发个短信，想说的话千言万语，落实到屏幕上只有短短一行：“我平安到家，你多保重！”

他没叫刘帅，出门拦辆出租去了医院。本以为要点药，打一针就没事了，可没想到被留院隔离观察。

王树生劝说了半天，林智诚怒火才有些平息。得知姐夫来这里的经过，他数落道：“你呀你，让我说啥好，一辈子吃亏就吃亏在傻实在上。咳嗽病人现在躲都来不及呢，你可好，反倒送人家来医院。找病，你这是自己送上门的！”

一个钟头过去，隔离区又送进来几个人。大家都饿着肚子，也没人过问吃没吃饭。或坐，或站，或蹲，他们都在等候着时间的裁决，期待着一个可以让悬在半空的心安全着陆的结局。林智诚焦躁起来，来回转磨，不停地打手机。王树生拉了他一把，说你安静一会儿吧，就你闹腾。林智诚悄悄道：“咱们在这儿很危险，谁脑门上也没写着字条儿，得的不是非典。赶紧走，能早走早走，不能走咱们也要单间。”

一听这话，王树生也紧张起来，啧着嘴，搓着手。林智诚电话没搬来救兵，最后给卫东发了个短信，手机就没电了。这下，更加不安起来，喊半天大夫没人理睬，他跳到长椅上，用那只义肢把窗玻璃踹碎，这才惊动了两个白大褂。他从手包里掏出一张卡，隔着破碎的玻璃窗，递出去小声道：“上面有一万块钱，密码是六个6，求你们给我和那个人……”他一指王树生，“安排个单间。”

上岁数的大夫是传染科主任，他说：“快收起来吧，这不是钱的事。刚才王卫东区长，现在她是市防治非典领导小组成员，给我们打电话了。我们能够照顾你们的，尽量照顾。可是，我们传染病房就那么十来间，疑似病人都满了，实在腾不出地方来。”

最后，还是主任把自己的休息室腾出来，里面又加了张床，才将二人安顿下来。“按流行病处理只能这样了，好在都不是从疫区来的，应该不会有啥大问题。唉，现在这状况，我们也无奈，设备老化，床位太少，传染病防治这块，政府多少年没拨过钱了。”

主任走了，林智诚更加烦躁不安，吊着输液瓶子，他叨叨咕咕的。王树生过去想看个究竟。“别过来！”林智诚一声喊，吓了他一跳。王树生道：“你看你咋咋呼呼的，没病也让你吓出病来。”林智诚说：“不行，我不能在这里。”王树生试图说服他：“小诚啊，你就将就将就吧，现在是特殊时期，人家已经给咱们不少照顾了。”林智诚叫了声姐夫，突然间一脸歉意：“没准我会害了你，麻烦你快点叫大夫过来！”

得知林智诚刚从北京疫区过来，而且有发热症状，医院上下顿时紧张起来。大夫护士换上了连体防护服，林智诚接触过的人，全部进行流调。有情况的送医院，没情况的就地隔离观察。几个小时后，林智诚最担心的事还是发生了：王树生开始发烧。随后，两人同时被确诊为非典，转到了定点医院。

又一次面对死亡威胁，林智诚反倒没有什么恐惧了，只是一想到还有那么多事情没干完，心有不甘。大戏院刚建了一半，父亲的梦没有圆；北京的项目停留在纸上；还有，与管艾的感情还是个未知数……没想到一场突如其来的非典，就像当年大地震一样，要夺走他的全部。夜深了，趁王树生睡着，他向护士要来纸和笔，偷偷留下遗嘱：现金存款留给父母；自己名下的不动产，留给王树生夫妻和王斌；公司财产及业务交由董事会负责……他签下林智诚三个字后，心里好像一块石头落了地。可躺床上闭上眼睛，两道泪水却顺着脸颊淌了下来：难道我的一生就这样了结了？

天亮后，林智诚、王树生的体温都降了下来，这让大夫们多少有些惊喜。对于这种病，临床上还没有特效药，只能用红霉素喹诺酮先顶着。如果药管用，病人命大；抵挡不住，也没有啥法子。这多少有些听天由命的意味。

白天没事干，看床头桌上有几页空白病历纸，王树生拿过来，要教小舅子叠千纸鹤。林智诚说："姐夫，你真是心路宽，现在死活还是个未知数，还有心思叠这个？"其实叠千纸鹤，还是当年林智燕教给王树生的。他还记得燕儿那句半开玩笑的话："你叠好一百个，我就嫁给你。"等他们结婚时，他数了数，他叠的加上林智燕叠的，不多不少整一百。在一张张纸的折折叠叠中，他们的感情也在一天天加深。一晃这么多年过去，亏他还记得怎么叠。王树生扬起叠好的一只，笑着招呼小诚："来呀，叠一百个，咱们就出院了。"

护士捎来家属带给他们的东西。毛巾、香皂、牙膏、剃须刀、内衣，都是双份的，不用问，肯定是杨丽华送来的。一个新手机，是卫东让人捎来的。护士特意告诉林智诚，他公司送来不少鲜花，怕有过敏源大夫给拦住了，只把一张写满名字和祝福的卡片拿给他。林智诚如获至宝地收藏起来。护士又把一个信封递给王树生："嫂子特意嘱咐，要我亲手交给你，要你一定戴上。"

王树生打开一看，竟然是那枚平安扣。他叫过来小诚："给你戴上吧，这个平安扣已经保佑过我一回了。"

林智诚拿过来平安扣，捋着红丝线编织的吊绳："姐夫，我不戴。第一我不信这个，你看媛媛那么好的人，说没就没了，什么因果报应，我一概不信；第二，我也不是啥好枣，就算有神灵保佑，也该保佑你，而不是我；第三，这个家庭最需要你，你是全家的顶梁柱，所以你无论如何要活着出去。"

说着，他执意给王树生戴上。树生知道小诚的脾气，也就由他去了。

跟外面音讯隔绝这么长时间了，林智诚赶紧把自己的手机卡取出，换到新手机上，短信一个接一个响起来。他来不及看，先给管艾打电话，那头关机。翻看短信时，看到管艾发过来的一条：“我很好，勿念！”他悬着的心刚放下，一看日期又紧张起来。原来是他回唐城那天，管艾回复他的短信。现在她在哪里，是不是也染上了非典，还是……这两天脑子里全是生离死别，林智诚不敢再往下想。

窗外是春天浅灰的天空，白云丝丝缕缕，如梳理过的羽毛。杨树的叶子，闪着油润的光泽，在微风中颤动。树下面是纤细的杂草，一片片顶着小黄花的苦荬菜。林智诚贪婪地看着。此时，他多想拉着管艾的手，在春光里痛痛快快疯跑一气，舒舒服服在草地上打个滚。然后，抖落抖落草叶泥土，冲着天空高喊：管艾，我要跟你结婚！可眼前现实让他彻底绝望：厚厚的双层玻璃，把他和春天隔绝开来；几百里空间距离，让他得不到管艾一点音讯；什么时候治愈不知道，什么时候死也不知道……“我他妈快憋屈死了！”一怒之下，他把手机掼到地上。

王树生过去，弯腰拾起手机，把摔出来的电池搁进去：“别这样，小诚，没有过不去的火焰山。这辈子我相信，存好心，说好话，办好事，人会有好报的！”

姐夫平静坚忍的眼神，让他稍微安静下来。林智诚躺回到床上，一肚子话，只有跟王树生倾诉了。他说起管艾，说起毕成，说起美术馆和大戏院。两人很久没有这么推心置腹地交流过了。没时间，没精力，没共同语言。现在，在同一间病房里，面对无法预测的未来，两人身份和距离模糊了。又一次面对死神，两人像是回到生活的原点。

林智诚说了一个多钟头，才像卸下了心头包袱，长出了一口气。这时，他很想听姐夫说说他自己，想知道王树生面对命运的打击，为什么那么平和地接受，能够如此沉得住气。

片刻的沉默后，王树生说：“这两天我心里很难受，晚上一闭上眼，就看到你姐……二十多年了，从没像现在这样，离她这么近。你老纳闷我为啥那么逆来顺受，听凭命运摆布。我是这么想的，跟那么多地震没了的人相比，我们活一天都是赚的，更不要说这么多年。我们吃过他们没吃过的好东西，我们穿过他们没穿过的新潮衣服，我们可以在大超市里随意挑挑选选。冰箱、电视机、手机、电脑，这些他们没听过没见过更没用过的东西，我们都有。我们过的日子比他们在时好多了，跟他们相比，还有啥不知足的？还有啥磨难不能接受，还有多大困难不能克服？老天爷既然没有收走我们，我们有啥理由不好好活着？”

王树生的话深深触动了林智诚。姐姐，咀嚼着这个亲切而显生疏的词汇，他涌过一丝甜蜜和痛苦。孤独的少年时代，如火的青春年月，林智燕是他最亲近的人，他的依靠。重温着过去一幕幕，他想，姐姐竟然已经离开他二十多年了，而他自己也已四十好几，满脸沧桑，内心伤痕累累。

林智诚双手抹了一下脸，问姐夫，你这辈子就没有啥遗憾的事？王树生身子又开始发热，他情知不妙。听小诚这么一问，他想了想说：“有。一是愧对你姐，跟她在一块生活的半年时间，没能好好地关心她，爱她。活着的时候，连她怀孕我都不知道，我太粗心了；二是丽华这块，这么多年，她吃了不少苦，付出很多，我也没有什么回报的。要是我真走了，她可怎么过呀？还有老人和孩子……”

王树生抚摸着胸前的平安扣。玉石光滑温润，抚摸着她，就像抚慰着自己的灵魂。不管怎么，自己也要和小诚一块活着出去，他不能辜负生命中两个对他最重要的女人给他的希望和厚爱，不能就这样放下一家老小撒手合眼走了。

林智诚咽了一下唾液，像是下了很大决心：“我要能活着出去，马上向管艾求婚，说服她嫁给我。我们一块生个大胖儿子，再养个乖巧女儿，过上舒舒服服的小日子，再不用大家为我操心。”

看姐夫一脸惊喜，林智诚越发来劲：“我现在算想开了，啥钱不钱的，狗屁不是，生不带来死不带去。从前爸说过我，丁媛也提醒过我，她说人若赚得了全世界，却赔上自己的生命，有什么用呢……”

林智诚无意中提到丁媛，让王树生心里又是一颤。他生命中最重要的三个女人，想一想，哪一个他都心存着感激，哪一个他都无以回报。

“不过……”林智诚有些哽咽，“姐夫，万一我有个好歹的，我是说，万一我先去了，你照顾好咱爸咱妈！”

林智诚悲壮地交代完这些，觉得身子更烫了。两人同时高烧，医院再度紧张起来。专家会诊后，用上了大剂量激素。林智诚体温逐渐降下来，可王树生却持续高热，进了重症监护室。

忙乱的白色身影，杂沓的脚步声，不甚清晰的紧张对话。嗡嗡嗡，咣咣咣。渐渐的，一切都远去了，只有嗓子渴得难受，在冒烟，在着火。王树生脑海里浮现出太阳烘烤下的南大洼，辽阔的水面波光粼粼。他干咽着唾液，残存的一点意识提醒他，这水太脏，不能喝。哪儿来的水声？他吃力地寻找着。不远处，两个姑娘在水边戏耍，弯着腰，裤腿挽到膝盖处，互相向对方身上撩着水。他努力地辨认半天，才认出是一个是林智燕，一个是丁媛。

原来她们没死！他惊喜万分，顾不得口渴，向两人跑去。发现有人来，她们一脸惊恐，拉起手，向湖心走去。他拼命地追，喘不上来气，腿也像陷入泥沼，拔不开步。他急忙大喊着：燕儿、媛媛，危险！丁媛回过头来，眼神中似有眷恋，林智燕拉着她说别理他。两人越走越远，身影消失在浩渺的水面。王树生急得一头扎进水中，奋力游过去。水是沸腾的，听说南大洼地下有温泉，可没想到这么灼烫，他顾不得这些了。在农村插队时，他学过几下狗刨，这会儿拼命朝两人方向扑腾着。水慢慢地上涨，淹没了他的头。他感到阵阵窒息，身子被捆着，伸展不开四肢，出不来气，肺部憋得像是要爆炸。

真是爆炸了，咣当一声。随即，一股凉意流遍全身，出气也顺畅了些。他手脚并用，胡乱地划拉着水。朦胧中，看到林智燕、丁媛穿着白大褂，背着药箱站在面前，跟他辞行。王树生一把没拉住，林智燕的声音在水面回荡：“树生，我们走了，你照顾好自己……”

晴空耀眼，太阳把她们的身影镶上了金边，晃得他眯起了眼睛。林智燕和丁媛如褪了色的照片，影像渐渐模糊，消失在烟波浩渺中。像拉上了大幕，王树生使劲地睁开眼，看到的是一群穿着白色防护服，戴着防微粒口罩和防护镜的大夫护士。

王卫东一天好几个电话，询问哥和小诚的病情。知道林智诚病情好转，哥气管切开上了呼吸机，脱离了生命危险后，才算一块石头落了地。

王卫东以区长身份调市非典防治领导小组，不久便临危受命，接替病倒的主管文教卫生的赵副市长，成为领导小组副组长。她一身迷彩服，吃住在办公室。桌上铺开一张大地图，红蓝铅笔标注着，哪些是防控重点，哪些是疫区，哪些正在隔离，一目了然。虽说市里发现二十几例非典病人，但因措施得力，没有扩大传染范围。防控工作有条不紊，这也多少得益于当年下乡时她学过一阵赤脚医生，懂得些疾病预防知识。另外，身边有个得力的专家组。

中午泡了一碗方便面，王卫东边看疫情通报，边吃着。这时电话响了，是顾彬书记女儿打来的，说她父亲凌晨犯心肌梗塞去世了。还没消化掉的面条，一下子全吐了出来，王卫东胸口好一阵难受。在她生命中，有两个人恩重如山，像亲生父亲一样，一个是林兆瑞，一个是顾彬。顾书记就是她成长过程中的指明灯和守护神。

她匆匆来到殡仪馆，正赶上遗体告别，只有冷冷清清十几个人。顾书记打一解放就在唐城任职，震后又领导了城市恢复建设。就算是非典期间，也该有个追悼会，有个市领导来送一程啊。可是没有！卫东很难过，把装着一万元的信封交到顾书记女儿手里，禁不住擦着泪。小顾反倒劝慰她："姐，别哭了，我爸走得很安详，他生前不是张扬的人，现在是非常时期，不搞仪式也算是随了他的心愿。姐你很忙，告个别就走吧。"

王卫东抱住小顾，鼻子发酸，眼泪又掉落下来。她坚持送老书记火化后，才离开殡仪馆。没回办公室，王卫东一个人回到家里，找个毛巾把嘴堵上，不让自己的恸哭惊动四邻。

哭完了，她洗把脸，给温江打电话，发了一通感慨："顾书记今天过世了。都说人一走茶就凉，现在我总算看透了。那帮势利小人，老领导在职时，马屁拍得山响，现在，他没权了，他老了，走时居然没一个露面的。唉，鞠躬尽瘁、无私奉献也好，争名逐利、尔虞我诈也罢，到头来还不是一撮热灰打发了……"

她的声音悲凉发抖。电话那头温江觉察出不对劲，忙问你在哪里。王卫东说在家，感觉有点低烧。

"我去看你。"

"不用，你别来，我只是觉得憋闷，跟你说说话。"

温江说到做到，不一会儿，楼道里响起他熟悉的脚步声。他轻轻地叩门，像从前一样。卫东没有开门，她有些心疼温江，怕自己万一得非典传染给他。自打跟北京的媳妇离婚后，温江周围追他的女人足有一个班，这让王卫东醋意中又有些自卑。自己算啥，人老珠黄，脾气又暴，跟她在一起温江没有怨言已经不错了，她不指望着出现什么奇迹，更没有和温江结婚的打算。

“让我进去吧，你要是非典，我跟你一块非典。”温江在门外小声说。卫东眼泪直冲鼻子，公共场合，她是一言九鼎、一呼百诺的区长，在心爱的人面前，她也是一个内心脆弱的女人。累了，渴望靠着他宽阔的肩头歇上一歇；烦闷了，渴望跟他倾吐一番。隔着屋门，她让温江先回去。再说，小区里人多眼杂，大白天的温江老这么在她门外转悠，传出去好说不好听。

“那我先走了，你好好养着，有事打电话。”温江说。

王卫东没听见这句话，僵持这半天，她已改变主意，做好了接纳温江的准备。这会儿她返回卧室，打开窗子通风，还把温江拖鞋找了出来。可打开房门，才发现楼道里空无一人。他真的走了！卫东的泪水一下子奔涌出来。

可王卫东毕竟是王卫东，就像刚下乡就敢一个人揣把镰刀，晚上走几十里山路一样，她没啥好怕的。发热她先当感冒治，没吃退烧药，喝了一袋板蓝根，又强撑着把里屋外屋地面擦了一遍，直到额头上沁出汗珠。

天快亮时，烧居然退了。看来不是非典，王卫东一下子来了精神，老领导去世引发的坏情绪也渐渐缓解，她又精力充沛地投入到工作之中。

从医院回来，杨丽华六神无主。东西是送出去了，可却没见到丈夫和小诚，她心里七上八下的。肚子里装着事儿，还要竭力掩饰，照料好两位老人，她真的要崩溃了！

林兆瑞直觉一向很好，从丽华闪烁不定的眼神和慌里慌张的举动中，他看出了一些端倪。叫过来一问，杨丽华眼泪吧嗒吧嗒地掉了下来。林兆瑞反过来安慰她：“没事，树生是个有福之人，当年废墟里压那么多天都没死，命大。小诚呢，也命硬，他俩一定能扛过这一关的。”

话是这么说，杨丽华一出门，林兆瑞却捂着脸啜泣起来。刘兰芝在外面楼门洞里择着菠菜。怕老伴进来看到，哭了几声林兆瑞就用毛巾擦干脸上的泪。他来到门厅供奉的观音菩萨前，虔诚地拜了几拜。菩萨是搬家时刘兰芝请进家来的，有一年她生病住院，跟他念叨：“菩萨也会口渴饿肚子的，我不在家这阵儿，费心帮我给菩萨吃点饭，喝点水。”他很认真地做了。有回他正在点香，张万田来串门看到，说：“老哥咱们都是党员，无神论了一辈子，可不能退休后晚节不保啊。”他笑了笑：“老伴相信观音菩萨，我相信我老伴，所以帮她点个香。”他不信鬼神，当时只是宽慰一下兰芝。可现在又一次面对大灾难，他真的希望有所谓上苍，在冥冥之中庇护着树生和小诚。

刘兰芝进屋就忙着焯菠菜、拌粉丝，没有留意老头子的神情变化。此后，每天的新闻和疫情通报，成为林兆瑞必看内容。姑爷和儿子一前一后进了医院，让他揪心扯肺。就像当年的大地震，林兆瑞再一次体会到，什么是个人命运和国家命运休戚相关。老伴身子不大好，他和杨丽华商量，一块儿瞒着她。

可这么大事，又怎么能瞒得过刘兰芝呢。这些年来，儿子没有一天收工回家不过来问候的，赶上老两口有个头疼脑热的，他就住在这边服侍着。现在一连几天不露面，就算是丽华说的感冒，输几天液也该回家了。加上杨丽华心急火燎地找平安扣，刘兰芝便猜出了八九分。虽然常常拿东忘西的，她脑子并不糊涂。这天，趁老伴午睡，她敲开了对面房门。杨丽华一看妈的神色，就知道准是为这事而来。

“丽华呀，树生他是不是有啥事儿呀？”刘兰芝问，“别瞒着妈，事情再大妈也能扛得住。”

“妈……”杨丽华叫了一声妈，捂着脸哭起来。她把树生、小诚得了非典，她去医院送东西，却没能看见两人的经过原原本本讲了一遍。

娘俩搂在一起哭了起来。哭了一阵，刘兰芝抹抹眼角，问起孙子孙女来。杨丽华说：“斌斌没啥事，婷婷在学校隔离呢，打电话来让放心。”刘兰芝叮嘱别跟孩子说树生的事，杨丽华说知道。

又问起小环来。杨丽华说：“她调到市里管非典防治这摊呢。才刚还打电话来，说跟医院打过招呼，让院长关照着树生他俩。她嗓子哑的，都说不出话来了。”

“咱家就她一个能跑能颠的了，她要再趴下，可就真完喽。”刘兰芝捶打着大腿，话里透着担心。

非典改变了人们的生活，看不见摸不着的病毒制造着恐慌，也在离间着邻里同事关系。上班电梯间里，以前亲热地打着招呼，吃着早点的同事，现在却小心翼翼地保持距离，口罩上方是戒备的眼神。住家楼道里，有人轻咳一声，邻居赶紧把防盗门关严，唯恐飞沫进了自己家。这时候，就算亲戚朋友也少走动。可这天门铃突然响起来，吓了林兆瑞老两口一跳。惴惴不安地打开门，张万田站在楼道里，下巴上挂着口罩，手里扇着大草帽。脚旁篮子里放着茄子、西红柿和两个白萝卜。

“我侄子大棚里现摘的，尝个鲜儿。”万田把东西拎进屋，高声大气道，“地震那会儿没帮上啥忙。现在，咱们前后楼一块住着，往后买个油盐酱醋啥的，你们就尽管吩咐。”

在这人情淡薄、草木皆兵的时候，万田还惦着他们，不怕传染上非典来看他们，让老两口很是感动。林兆瑞给他倒着水：“你也一把年纪了，别老在外头跑达了。还有，别老摘口罩。”

“这玩意跟马嚼子似的，不习惯。”张万田笑道，“在电视上看到老闺女了，人瘦了一圈。现在唐城非典防控这块，全靠她来抓了。听说啊，她还亲自为隔离的学生送饭呢。大伙说起她，没有不挑大拇指的。”听了这话，刘兰芝心里美滋滋的，不过嘴上还叨咕着：“这孩子啊，从来都是不顾小家顾大家，谁让她当干部呢。”

得知王树生和林智诚在医院，老张忙问有啥要捎的东西没有，他自信腿脚比老两口利索，还能跑跑颠颠的。林兆瑞摇摇头，这光景万田能来家看看，还送来这么多蔬菜，老两口就忒知足了。临走，刘兰芝把丽华抢购来的板蓝根、84消毒液等，硬塞给老张，叮嘱他当心身体。

疫病的恐慌中，婚丧嫁娶的少了，刘爱国的婚庆公司索性关门大吉，谋划了一半的养生馆也搁下了。他天天躲在家研究周易八卦，鼓捣吃喝，今儿个赛螃蟹，明儿个红烧肘子。老婆骂他胡嘬，他叹了口气：“别看咱现在大鱼大肉，小酒儿喝着，明天得不得非典还难说。先挣副好下水，就算死了，也做个饱死鬼。”

话虽这么说，他还是惦记着树生和小诚，现在关在医院里不知死活；心疼姐姐姐夫，怕老两口在家想孩子，急出个好歹来。他让刘帅把做好的肘子端过去，大芬儿护犊子，忙拦着：“不能去，儿子刚躲过一劫，险些让小诚着上非典，现在又往外头跑，万一有个啥闪失，咱俩连养老送终的都没有。”

“败家老娘儿们，净说丧气话。他不去我去，我就不信这个邪！”

节气并没有因非典而停下脚步，夜晚空气中，能闻到淡淡的洋槐花香了。小区广场上，有人在器械上健身，有人打着羽毛球，更多的人加入到广场舞行列。非典让大家明白了健康的宝贵，参加锻炼的人也多起来。刘爱国端着红烧肘子从人群中穿过，也被节奏鲜明的舞曲感染。敢情外头比家里有意思多了，大芬儿她也不想想，再把刘帅关家里，孩子没病也得憋出病来。他想着，忍不住端着饭盒蹦跶了几下。

五月中旬的一个星期天，专家组看完王树生的胸片和各种化验报告，提出下一步的治疗方案。院长来病房，吩咐呼吸机可以撤掉了，他对王树生说："老王，你现在还不能说话，不过我告诉你，你从鬼门关闯过来了，真是命大呀！"

一周后，王树生、林智诚都出了院。

睡觉前，杨丽华让丈夫把平安扣摘下来，借着灯光细细端详："没想到这宝贝，作用这么大。街坊们都说呢，有它保佑，我才平平安安，给你生了个儿子。你呢，这回也多亏了平安扣，才躲过了一劫。"

王树生没有反驳。许多现象，并不是科学就能解释通的；许多疾病，也不是大夫就能治好的。这层意思，院长也跟他说过。对这次染病住院，和后来的痊愈出院，他没有一点心理准备，整个过程突然而蹊跷，就像当年那场猝然降临的大地震。苦思冥想后，只能归结于自己生命中该着的一劫。至于平安扣的作用，起初他并不相信，但经历了地震和这次非典，两次死里逃生，他真有些信服了。也许，真的是平安扣在冥冥中保佑着自己。

还有一点王树生没有料到，就是自己会再次成为新闻人物。非典活过来的人不少，但没一个像他这样富于传奇。记者把他亲属、工友、医生、护士都采访到了，有的甚至还去档案馆查阅当年的报纸，把他求生存，做好人，与灾难和病魔抗争的故事写得催人泪下，荡气回肠。林兆瑞戴着老花镜，逐字逐句看了一遍又一遍，连声说："好，写得好！"

王树生也看了，像是做了错事的孩子一样红了脸。文章一些地方明显拔高，自己远没有那么伟大、无私。

记者找角度时，不约而同地围绕着平安扣做新闻。一枚小小的平安扣，代表着亲人的关爱，也被赋予战胜疫病的神奇魔力。报纸电视这么一宣传，一家玉器厂嗅出商机，找到王树生想请他当形象代言人。王树生一口回绝，尽管对方许诺的条件非常丰厚。刘爱国听说后捶胸顿足，数落着树生："打着灯笼都难找的发财机会，你就这么放弃了？你真傻呀！"

厂家不死心，模仿着王树生佩戴的平安扣，制作了几百枚投放市场，结果一天便告罄。趁热打铁，他们加班加点生产，廉价的翠玉价格被炒高了好几倍。刘爱国跑去跟王树生说：“看见没，你要是跟人家合作，这笔代言费不强似你开几年三马子。唉，说你啥好呢。”王树生说：“啥代言，说白了就是瞪眼说瞎话，这笔不义之财咱无论如何不能要。”刘爱国瞪了他一眼：“犟眼子，真跟你没法儿沟通。”

迷信是担惊受怕的产物，而平安扣让人们看到了希望，求得了内心的宽慰。一时间，唐城人戴平安扣成了时尚和流行。无论男女老少，不管什么职业，有钱的没钱的，脖子上都挂着一枚平安扣。翠玉的、羊脂玉的、梅花玉的、金镶玉的、虎眼石的、紫水晶的、琥珀的……让人眼花缭乱。

到这份上，已很难说这股平安扣热，跟王树生有啥关系了。连杨丽华都受到传染，和当年抢购毛线、毛毯一样，加入到商场的排队大军中，为公婆、两个孩子和她自己，每人挑选了一枚平安扣。她一改节俭持家作风，出手非常大方。

并不是所有的人，都像王树生、林智诚一样幸运。六月初，冯红从北京回来，捧回儿子的骨灰盒。她活泼乱跳的儿子，寄托了全部梦想和希望的儿子，演出时传染上非典，半个月后死在医院。

她的天塌了！

听卫东说起这事，林智诚沉默良久，从抽屉里拿出张银行卡，让转交给冯红。卫东没有接：“谁的钱她都没要。她说人都没了，看着儿子命换来的钱，有什么用啊。要是你心里还有她，就过去陪陪她吧。”

林智诚没说话。对冯红，他除了表达对一个失去儿子的母亲的同情，不知道该说些什么。而且这种时候，任何人、任何宽慰的话都显得那么苍白无力。那种中年丧子的切肤之痛，是别人无法想象的，也是根本体会不到的。

“还是让她一人冷静冷静吧。”沉默了一会，他说，“时间才是疗伤的良药。”

王卫东破例来公司找他，是有别的重要事情。关上屋门，她告诉林智诚，管城市建设的副市长过两年要退二线，空缺出个位子她想争一争。

“这几年，我们区工业产值一年一个台阶，区财政在全市也是数一数二的。现在所欠缺的，就是旧城改造这块，一直小打小闹没多大起色。我要争这个副市长，就要弥补这个短板，让城市面貌有个大改观。这方面，你可要给我掫车。”

“没问题，老姐你尽管吩咐。”

王卫东告诉他，自己有个宏大构想，就是投资百亿元，在城市北部打造一个二百万平米的城市综合体，有五星级酒店、商业广场、豪华电影院、SOHO办公区等。“这样，我们区不仅仅是唐城工业中心，同样是商业中心、文化娱乐中心，进而推动区域经济转型。怎么样，有没有信心，咱姐弟联手大干一场？”

卫东的话，激起林智诚的雄心。他攥起拳头，一捶桌子，表示宁可放弃北京项目，也要全力支持老姐。卫东长出一口气：“这才是我弟。我知道，你不会给我掉链子，不会给我泼冷水，更不会给我使绊子下套子。我一生就有三信：信亲戚，信朋友，信关系……”

“对，最不能信的，就是政府招商。”

王卫东道：“别瞎扑哧了，我想请新来的李书记打高尔夫，他对这个项目也感兴趣，你一块去。”

为证明自己跟正常人没啥区别，甚至比他们还强，林智诚这些年游泳、乒乓球、保龄球样样都学会了，高尔夫球技更是登峰造极。姐俩到了高尔夫球场，戴着防晒围巾的球童早已列队，迎候在会馆门口。因为是几对一服务，熟悉每个会员的车子和习惯，这阵儿，她们忙上前从车里抱出球具。

一会儿，李书记的越野车出现在面前。王卫东迎上前，把林智诚介绍给他。

“林智诚？知道知道，我一到唐城就听说你这大名了。一提这城市质量最好，最抢手的楼盘，大家就提到你。”李书记握着林智诚的手，差点叫他“林瘸子”——这一在唐城叫得山响的外号。

林智诚有些不好意思：“哪里哪里，都是大家哄传，我只是尽了一个民营企业家的本分。”

“嗯，这句话说得好。如果我们的群众心系发展，我们的干部恪尽职守，如果大家都能尽本分，齐心协力，何愁唐城各项工作搞不上去。”

王卫东在一边听了心里很舒坦，书记夸奖小诚就等于夸奖她。李书记说着说着，掐掐林智诚的胳膊："都是疙瘩肉，当年林总一定是个热爱运动的帅小伙。"

"没有，就是瞎玩。"林智诚坦白，偷偷冲卫东挤挤眼，他原以为知识型官员不好处，没想到新来的一把手会这么随和，容易打交道。

他们上了电动车，车子缓缓前行。路两边修剪整齐的草坪刚浇过水，湿漉漉的，长出一些顶着小伞的蘑菇。呼吸着带有青草味的湿润空气，林智诚不由得心生感慨："妈的，活着真好！"

王卫东在旁边杵了他一下，这小诚，总是在不经意间爆粗口。这些口头禅，在他捞第一桶金时是资本，是混迹江湖的标志。可现在，却可能一下子毁了他在领导面前精心塑造的形象。

没有想到林智诚球技这么好，李书记有些喜欢上这个率真的老板了。他跟专业的、业余的，甚至明星都打过，唯独没有跟残疾人下过球场。这一场一局的下来，他对林智诚产生了浓厚的兴趣。休息时，他问起林智诚地震时多大，受伤后在哪里治疗的，现在恢复得如何，企业运行有什么困难没有。口气不像是执掌着七八百万人口城市的一把手，倒更像一个认识多年的兄长，让林智诚心里暖暖的。

可领导对城市综合体项目只字不提，卫东有些着急。瞅空子，她试探着问起书记对林智诚参与城市综合体项目的态度。李书记看了看林智诚，又看看王卫东："建好一个城市综合体可不那么简单。智诚啊，你公司的综合实力、业绩，在这个城市都是数一数二的。但是，综合体涉及多种商业业态，你的运营能力，你的经验，是无法跟一些国内成熟的房地产企业相比的。还有，卫东同志，建这么大面积的城市综合体，势必涉及到拆迁。你说的那个位置，我也看了确实不错。可是，要动迁多少居民，影响到多少家企业呀，你有承受压力的心理准备吗？"

见两个人有些紧张，李书记话锋一转："当然了，事在人为。我的原则是：谁为唐城增光，我们就支持谁；谁有实力和魄力，我们就把项目给谁。你们把基础工作做好，还是有机会的。"

俗话说：布怕做鞋，官怕去政协。王卫东马上奔五十了，她不愿去政协或人大养老。城市综合体对她来说是天赐良机，尽管书记没有给他们明确答复，但话里话外王卫东林智诚都听出了希望。卫东觉得这场球没有白打，如果城市综合体项目上马，她就会多一个竞争副市长的筹码，仕途再升一格，还可以多干几年。至于困难嘛，她相信只要跟小诚联手，没有啥克服不了的。她越想越兴奋，不断地抚摸着自己的断指。不知从何时形成的习惯，只要一激动或有心事，她就爱抚弄那截光溜溜的指头。她第一次觉得，自己的断指是让她转运的宝儿。

送走了李书记和王卫东，心里的澎湃激情慢慢减退，林智诚突然凭空生出一种空虚感。倒不是这综合体项目投资巨大，前途未卜，而是一想到要回自己的别墅，回到那空荡荡没有女人的大房间，他就感到一种无边的压抑。

也奇怪，出院回家第一宿，他就梦见了管艾。管艾去医院接他出院。从车上下来，戴着口罩，踩着猫步款款走来。白色连衣裙，水钻镶嵌的腰带，勾勒出凹凸有致的身材。纤细美丽的脚踝，戴着这座城市还很少见的脚链。“这么多天你连个信没有，去哪儿了？”林智诚忍不住埋怨。管艾摘下口罩，冲他笑而不语。林智诚上前一把搂住她，管艾只挣了一下，就由着他没头没脸地亲着……醒来，才发现不过是一场梦，他怅然若失。北京解禁了，可管艾却没有一点音讯。连张存柱都不知道怎么回事，他舅舅家电话根本没人接。

树影里停着他的车子，两只蚂螂首尾相衔，错把亮漆面当成水面，翅膀扇动着，尾巴一点一点地产卵。看他过来，正开着空调在车里玩游戏的刘帅赶紧出来，手轰赶着蚂螂。

林智诚坐到车里，随口问密码箱里还有多少钱，刘帅说差不多十五万。“赶紧去补上。以后你记住了，凡是跟我出来，密码箱里必须装满三十万，你才能启动车。”林智诚吩咐道。

刘帅答应了一声，又问刚才那个戴眼镜是谁呀，好像是个大官。林智诚说啥大官小官的，小小年轻别学的那么势利。刘帅眨巴几下眼睛，看出他有些烦躁，就说：“是，干爹，管他多大的官呢，在你面前都得客客气气的。”

他从后视镜中看了一眼林智诚，猜摸着干爹听了会很受用，没想到林智诚闭上眼睛面无表情。

刘帅问去哪儿，林智诚有些茫然地睁开眼睛。想了想，他让刘帅先回公司，晚上来接他，他想再打几杆球，消磨掉这个漫长的白昼。下车刚走几步，迎面遇上中国城老板，福建人大金牙。“林总，要不要去我那里玩，见识一下新来的小姐？”他一脸的谄媚。

林智诚说不感兴趣。既然萌生与管艾结婚的念头，他就要告别从前的荒唐生活。大金牙咬耳朵："保证没病，是个雏儿，还在念大学呢。"见林智诚没反应，他提高了声音："兄弟，人活在世，享乐二字，真要是等你玩不了女人，喝不进去美酒，又赶上地震非典什么的，快死翘翘了，再后悔可就晚喽！"

这最后一句话，打动了林智诚。他一咬牙，上了大金牙的车子。金碧辉煌的中国城，生意比非典前更加红火。顺旋转楼梯而上，两旁花枝招展的女子笑靥迎客，先生好的问候此起彼伏。林智诚心想，都说非典可怕，其实可怕的不是非典，而是非典之后人们的生活一切照旧。

那女孩出现在门口时，林智诚下意识地端坐到了沙发上。一看就知道是学舞蹈的，那外八字的步态，让他想起当年部队文工团的舞伴。她径直走过来，软手熟练地搭在他肩上，他还沉浸在回忆中没有反应过来。她俯下身，热气吹拂着他耳朵："先生，你要我怎么做？"

林智诚激灵一下打了个冷战。这暧昧的表情，带有职业化的语气，和她清纯的长相是多么不协调。他拿开她的手，命令道："转过脸去，我问你答，多大了？"

"二十二。"

他盯着纤细的腰身："谈过恋爱吗？"

"没。"

"有过真心喜欢的客人吗？"

"没。"

"为什么做这一行？"

她突然放肆地笑起来，花枝乱颤，扭过脸来："先生，我要问你了，你来干什么？不是为了寻欢作乐，难道是来寻找纯洁爱情的？在这儿，我是你的消费品，准确点说，是你买的一次性商品。我的身体，你的钱，咱们是在做笔交易。"

这些话把林智诚噎住了。看他不说话，她一屁股坐在林智诚大腿上，手无意间触着他的义肢。先是一怔，看了他一眼，用手捏了一下。

林智诚的火一点点往上拱。

"先生，对不起啊，我不知道你是残障人士，做不了。你看，换一种方式怎么样？”她夸张地努起红唇，跪在他面前，要给他宽衣解带。

火腾地蹿上来。林智诚一把揪起她，扔到大床上，像狮子扑击猎物一样压在身下，撕扯掉她的裙子：“贱女人，你不是喜欢钱吗，我有，全都给你！”

他不知道自己为啥这么疯狂，是她的话跟表情伤了他的自尊，还是经历过死亡和情感的挣扎，要拼命地抓住现在。他显然弄疼了她，她尖叫起来，身子往外挣着，但他没有停止粗鲁生猛的动作。他把对死亡的恐惧，对孤独的难以承受，对管艾的思念和埋怨，尽情地宣泄出来……

她把脸埋在被单里嘤嘤地啜泣。林智诚把手包扔给她：“除了卡，你可以把钱全部拿走。”

她有点不相信自己耳朵。

“别等我反悔了，你一分钱都拿不到。”林智诚说。

她拿起手包，一看吓一跳，至少有两万多。她抽了一沓，剩下的又放回去，有些胆怯地看着面前这个粗鲁而又出手阔绰的老板。这张梨花带雨、楚楚动人的面孔，要是出现在练功房或是舞台上，林智诚会很怜惜，甚至愿意亲手为她拭去泪水。可现在，看到的却是一颗被金钱扭曲的灵魂。他挥挥手，示意她走人。

和来时一样，她套上裙子，蹑手蹑脚地走了。大床上，只剩下林智诚一个人，刚才还充满攻击性的男性器官，现在却像认错一样耷拉着脑袋。疯狂的纵欲换回一身虚汗，他感到有些乏力，胳膊肌肉一阵阵地抽搐。这些年来，围着他转的女人很多，良家妇女却碰都没碰过，反倒是风月场的女子，更能撩拨起他的欲望，让他没有丝毫负罪感。

可这回不一样，原以为彻底疯狂一回，就能减轻恐惧、无聊和思念，可当肉体欲望满足后，心灵的空虚和疲惫却又一次笼罩着他。

“这不是我想要的，这不是正常人的生活。”林智诚嘴里嘟囔着，“管艾呀管艾，看来只有你来救赎了！”

第十三章

“恭喜发财。”笼子里黄嘴鹩哥的一声问候，让王树生憋不住乐起来。发财，发财，他应和着，走进外甥的宠物医院。

“揍啥呢？”鹩哥拖着长声问，那是唐城老太太的腔调。他刚想说话，不料鹩哥像老头一样咳嗽一声，粗声粗气地回答：“泡妞呢！”

王树生笑得前仰后合，手里拎着的狗粮差点掉到地上。爱国送来的这鹩哥真是个活宝，言语间好像参透了世态人生。笼子里两只蝴蝶犬，瞄见袋子里的狗粮，汪汪叫起来，爪子哗啦哗啦挠着笼子。“崽崽，小美，再叫，打你！”正专注地玩手机的孙颖，喊着狗的名字，恫吓道。

孙志刚上大学那年，咪咪寿终正寝，他伤透了心，决计不再养猫。后来做服装生意有了些钱，看如今不少人喜欢猫啊狗的，他又萌生开宠物店念头。舅舅舅妈起初并不看好，喜欢小动物没错，可要把这当成营生，能行吗？林智诚却大力支持，说这买卖有钱景，要干就往大干，干脆开家全市最高档最有品位的宠物医院。他把一处底商给了大刚，只象征性地收了点钱，还让人送来了一只狼标本，一只鹰标本。

王树生过来帮外甥刷房子、铺地砖。大刚让他只管监工，可王树生哪儿是闲得住的人，人家干，他也干，人家歇下了，他还干。小工们跟大刚夸赞说你爸人真好，忒实在。大刚听了心里美，也不解释。是啊，这个抚养他长大成人的舅，跟亲爹又有啥区别。装修完了，王树生又亲自布置临街橱窗。搬来从乡下刨来的大树根，剥皮，剔朽，刷了几遍清漆后，把那只张着翅膀，足有半米高的苍鹰固定在上面。又跟妈要来了些棉花，铺在地上，那狼像踩着皑皑白雪，孤傲的黄眼睛冷冷地看着路人。这两样东西摆橱窗里，让刘爱国看见叫了一声妈亲，这是干啥，小猫小狗的不给吓死才怪！于是，在他指点下，王树生又在另一侧橱窗布置了两把摇椅，一棵假树，树上搭了个猫窝。从装饰店买来一只仿真睡猫搁窝里，一只京巴放在了摇椅上。爱国还忍痛割爱，把家里一只会说话的鹩哥送给了大刚。

非典过后，大刚聘了个兽医，宠物医院正式开张。他喜滋滋给姥姥姥爷打电话，说有空接他们过来看看稀罕物，香猪、龙猫、美洲蝾螈，还有懒猴啥的，他们也许一辈子没见过。又给林智诚打电话，未曾开言先是嘿嘿一阵傻笑：“舅舅，沾了你点仙气，宠物医院一开业，生意就好得不得了。”林智诚正开会教训着属下，一听他掩饰不住的喜悦，不禁也跟着开心起来。可电话里还是端起长辈架子：“你小子，快成宠物爹了，好好看着你儿孙们吧。没事别瞎扯淡了，我正在开会。”

除了给猫啊狗啊诊治病患，大刚还做起代购稀缺宠物、宠物美容、宠物用品批发零售等业务。他喊王树生来帮忙，舅舅好脾气好耐性，适合做这工作。也不指望干多少活，只是想让舅舅有个营生，有点事干。自家人明算账，每月给舅开三千块钱。

外甥电话里一说，杨丽华先替丈夫答应下来。非典后，她说啥也不让树生拉脚了，三马子整天搁车棚里，落了一层土。王树生拾掇了一番，车身上写上宠物医院名字和联系电话。大刚说舅舅，看来我请你值了，你这流动广告也值三千。王树生骄傲不语。他每周给宠物医院进些货，看大家忙不过来，有时还打个下手。到后来，还学会了给狗洗澡，剪毛整型。除了不会治病，其他一切都干得像模像样。

这会儿，他问孙颖你爸呢。孙颖盯着手机屏幕，指头飞快地跟人聊着天，头也不抬：“跟李大夫去三角地了。人家丢弃的猫狗，他全当儿子给收养了，治病，打疫苗，还专门租了个院子。有空你去看看，那儿跟动物园差不多了。”

大刚这孩子，这辈子跟猫狗好上了，王树生想起了在他家养了那么多年的老猫咪咪。孙颖把贴着卡通图案的手机搁桌上，招呼卧在一旁的银虎斑：“斑斑，给舅姥爷滚一个。”这黑白条纹的小猫是她从家里抱来的，方脸，脑门上“M”形花纹，表明它血统的纯正和高贵。它尾巴有力地来回甩动，圆眼睛看看孙颖，又看看王树生，接着头往下一窝，身子灵巧地打了一个滚。滚完，并不起来，而是仰面躺在地上，蜷着两只前爪，眼睛朝上看着孙颖，似乎等着下一个命令。孙颖说：“再给舅姥爷滚一个。”小猫肉乎乎的，干脆原地滚了好几遍。王树生让它逗乐了，猫也通人性啊。

王树生把狗粮搁货架上，顺手抄起笤帚扫起地来。这时孙颖忽然问他：“舅姥爷，你说我要出现在周杰伦面前，他会啥表情？”。周杰伦？王树生一愣，直起腰来，恍惚记起好像是个港台明星。“你说他会不会为我神魂颠倒？”孙颖接着问。

看着孩子一脸的天真烂漫，王树生哭笑不得，只好敷衍着：“会会，肯定会。你那么漂亮，男孩子哪有不喜欢的。”

孙颖确实漂亮，取了大刚和宋乔的优点，个头比她妈还高出一截。打小，宋乔就督促着她学舞蹈，学声乐。初中毕业，又听了冯红建议，让她上职高读了幼师，这样毕业后容易找到工作。可孩子心气高，志不在此。王树生问孙颖，听说你要参加啥形象大使选拔赛？孙颖点点头，说市里办的，冠军一万元，还有新马泰十日游呢。王树生一皱眉，孩子还小，大刚两口子不知琢磨啥，让她这么早进入成人社会。孙颖看出他的不高兴来，便说：“舅姥爷，你out了。出名要趁早，等二三十岁再火起来，都成黄脸婆了！”

这小大人似的一番话，让王树生哑口无言。坐了一会儿，大刚还没回来，看时候不早了，他叮嘱了孙颖两句便起身回家。一拉防盗门，看见刘爱国翘着二郎腿，摇着折扇，正坐在客厅里等他。

平安扣那么好商机，让别人抢了去，刘爱国一直耿耿于怀。非典过后，掀起一股保健养生热。好舞文弄墨的他，在别人的怂恿下，出了一本名曰《吃去病》的养生书。翻开花花绿绿的内页，与其说是养生书，不如说是一本吃货大全，里面以他拿手的饹馇菜肴为主，每道菜都对应治疗一个常见病症。每个看完这本书的人，都会心生这样的感觉：原来治病是如此简单容易，只要照着菜谱吃下去，小病可以吃没，大病可以吃小，得了癌症无药可救的也有了希望和盼头……当然，这里面不乏书商的创意。他们迎合了当下看病难看病贵，人们又追求养生防病的心理，经过一番包装炒作，隆重推出祖传中医、养生专家刘爱国和饹馇养生学说。

爱国一下子火了！从天而降的名气，大把大把的钞票，砸得他有些晕头转向。有天喝醉了让老婆掐他一把，大芬儿一使劲，他哎哟一声。不过，疼归疼，这是真的，一切都不是梦。这些年，他潜心研究吃喝没有白落忙，一道道菜谱可不是虚的；婚礼司仪没有白干，练就了一张能说会道的嘴皮子；周易八卦也没有白看，参透了不少人想花小钱治大病的心理。要说祖传中医，他承认确实是没影儿的事。不过，现在资讯这么发达，这方面知识网上有得是，现趸现卖都来得及，他自信对得起这个名声。小诚，一个残疾人能够发财；大刚，一个地震孤儿能发达，他刘爱国凭啥就不能。甚至，他们所不具备的名气，一呼百应的影响力，他也能够赚到。他要趁热打铁，大干一场，把原来要干没干成的养生馆搞起来，发扬光大中华饹馇文化……

刘爱国来找王树生，就是想拉他入伙，借力外甥的名人效应。看树生进门，他收起折扇开腔道：“你呀，天生就是挨累命，一个给大刚帮个忙，值当的这么尽心竭力吗？”王树生笑笑，换着衣服：“你这大忙人，今天咋这闲在，不在电视上白话你的饹馇养生了？”爱国说晚上还有一档节目，又问树生看完他的书有啥感受。树生说：“没啥感受，就是有点难受。要是吃饹馇能去病的话，还要医院要大夫干啥，忒夸张了吧！”

“切。”刘爱国牙缝里冒出一个音节，“你倒傻实在。”

“你就是说出大天十六个点来，饹馇不还是饹馇嘛，就算整天吃，人也不能去病。你说一个吃食儿，硬要从里头说出名堂，说出文化来，谁信啊？”

“肯定有人信啊，要不十几万册书都外星人买走了？你呀，吃亏就吃亏在不读书上。知道饹馇来历吗？跟你说，当年慈禧太后吃饭有个习惯，端上来的菜只夹两口就撤下。有一次御膳房端上了这种吃食儿，她一看没吃过，随口问这是什么菜。小太监赶忙回答：还没起名字呢，请老佛爷赐个名吧。她没吭声，吃了两口，太监要往下撤，谁知慈禧太后还没有吃够，说了句搁着吧。太监以为这是太后赐的菜名，马上传下去，老佛爷赐此菜名为饹馇。这以后，饹馇的叫法便在民间传开了。你说，这不是文化是啥？”

“那不过是个传说，你是看见了，还是亲耳听到了？不管你研究饹馇文化也好，拿饹馇挣钱也罢，我觉得你当务之急，还是控制住血糖，把身体养好了。你看你，这些日子人都瘦了。”

“以后当人面，千万别说我身体有缺儿。”爱国哗地把折扇打开，呼呼扇着，“你小舅可是懂得养生学，会吃不会病的人，我还想拿自己和你当正面典型宣传呢。”

“还是算了，我老实给大刚打工吧，钱挣多少，心里踏实。”

刘爱国用扇子敲打着他：“你呀，死脑瓜骨。要不你下岗这么多年，挣不了大钱，没魄力，没远大抱负。我要让事实告诉你，钱，是可以轻松赚取的。”说这话时，爱国眼里闪着光亮。这种光亮，王树生只在毕成眼睛里看见过，他有些替爱国担心起来。

几天后的一个晌午，杨丽华正在厨房忙着，大芬儿哭哭啼啼跑来告状，说爱国有了外遇。“他就是一提包一提包往家拎钱，心不属于我也没用。天塌了，这日子没法过了！”

五十几岁的大芬儿，还跟从前一样人高马大，“骆驼”这绰号对她来说，倒是名副其实。她号啕起来，连墙壁都嗡嗡共鸣。杨丽华怕惊动公婆，忙招呼丈夫做饭，拉大芬儿进了里屋，关上了门。王树生在厨房忙着，听见大芬儿一会哭，一会乐的。等再出来时，大芬儿脸上总算有些笑模样。杨丽华帮她把花脸擦干净，没吃饭，她又迈着大步咚咚地走了。

王树生问老婆怎么回事，杨丽华道：“还不是那个冯红，爱国什么时候又跟她酱到了一块？”

电视上网上炒的那些事，大芬儿没计较，她不相信那些小明星，会看上他家糟老头子。可他身边的人不得不防啊。白天去养生馆，她亲眼看见自己老公温柔地给冯红按摩。要不是早先爱国给她打过预防针，说联系出书，还有开养生馆冯红出了大力，她肯定会冲上去给她一个大嘴巴子。为了钱，她缩回了手，可回家越琢磨越气。“难怪他平时跟我没激情，一年半载好容易亲热一回，还草草收兵。他说有糖尿病，身子不中了，我信了，可有病为啥跟人家这么来电？我舍不得吃舍不得穿，我话烂肚里，委屈憋在心里，死了又有谁知道！”她冲杨丽华抱怨着。

王树生觉得这事不大靠谱，冯红不会看上爱国。至于他这个小舅呢，倒是有点文人好色的小毛病，可他跟树生坦白过，说以前是有贼心没贼胆，现在是有了贼心和贼胆，又没了贼身板。“爱国不会做那种事，一定是大芬儿疑神疑鬼。”他说出自己的看法。杨丽华瞪他一眼：“男人有钱就学坏，我早看爱国一身香水味，油头黑面的不是啥好枣。哎，你可别跟他学！”

这嗑唠的，我能跟他一样吗？王树生在心里反驳着老婆，嘴上没说出来。他问你怎么把大芬儿哄高兴的，杨丽华说：“我跟她说，要留住自己的男人，先要拴住他心。要拴着他心，先要让他喜欢你。你要先从形象上入手，要给他新鲜感。我让她剪了个时髦发型，换几件漂亮衣服，再去磨磨皮……”

“你就出馊主意吧！”

“这怎么是馊主意呢？她诚心跟我讨教，我也跟她交心。现在我不也这么做吗，你还夸好看呢。”

王树生让她闷得没话说。自从上次给爸过八十大寿，让外甥媳妇一番打扮后，杨丽华尝到了甜头，天天睡前做面膜，还买来柠檬片泡水喝，口口声声说有美容去脂效果。虽然有些折腾，可更年期症状减轻了不少，王树生心里高兴，有时打打下手，帮她切些黄瓜片贴脸上。这会儿，他怕自己再多说几句，惹得丽华又犯病，只好打和：“咱们两家情况不一样，大芬儿她有危机感，不一定搂得住。”

果然，大芬儿好像突然一下子开了窍，买了不少花花绿绿的衣服。到整形医院不光磨皮，还比照着明星脸整了容，甚至做了隆胸手术，卵巢SPA精油护理。当她叫着老公，以崭新面貌出现在刘爱国面前时，着实把他吓得心律不齐。爱国来找树生诉说委屈：“这回我算领教了，女人为拯救婚姻，啥事都做得出来。她跟踪我，拦着不让跟女的说话，这些我都能忍，最受不了的是她这回整容。以前吧，她只是丑点，那张老脸看了半辈子也习惯了。现在她这副模样，看着是俊了，可像戴着橡胶面具。夜里醒来，身边躺个陌生女人，吓得我汗毛都奓起来……”

瞧丽华馊主意惹的这事，王树生强忍着没乐。刘爱国的苦恼还不止这些，现在他是电视红人了，小报记者苍蝇一样围着他转。前天竟然把他堵在宾馆洗手间里，说要请他开个专栏，说说饹馇在治疗勃起功能障碍方面有哪些功效。“妈的，我一把扒拉开他的录机笔，嚷道：‘老子糖尿病，早就ED了，别说饹馇，就是饹馇它爷爷绿豆也不管用！’”

王树生大笑起来，想起一句歌词：“不是我不明白，是这世界变化快。”是这个浮躁的世界，成就了现在的刘爱国和他的名气。不过，他能够走多远呢？

他不羡慕爱国，对自己现在的生活很满足：不用再起早贪黑了，不用看坐车人脸色了，生活也有规律了。早上步行去市场买菜，权当遛弯。饭后，陪爸出去晒晒太阳。林兆瑞爱和一群岁数差不多的老头，坐马扎上聊聊国家大事，哼上几句评戏。王树生没睡午觉习惯，整个下午就在客厅鼓捣自己的戏剧人物木雕。晚饭后，杨丽华到楼下遛狗——大刚怕舅妈退休寂寞，送她一条小鹿狗。王树生找出仿真丝秧歌扇，跟小区里一帮老年人扭起秧歌来。锣鼓一响，浑身发痒。谁也不会想到，温和、平静，有时稍显沉闷的王树生，骨子里会有那么多喜剧元素。他爱扮丑角，鼻梁抹上白色豆腐块，便下了场。这一角色没有限制，即兴发挥。正是他的出现，搅活了整个秧歌队，烘托出热闹气氛。他肩、胯、膝、腕、肘扭动着，好像忘记了风湿病，忘记了生活中种种不如意，耳畔只有高亢的唢呐和轻重急徐的鼓点声。

杨丽华也高兴。过去整天惦记着树生，上班怕钢厂出事故，退休后怕跟人家剐蹭撞车。现在，除了一周有三两次给大刚送送货外，基本都在家，她感觉很舒心。“晚上你爱玩几点玩几点，知道回家就行。”她对丈夫说。

这种平静无澜的生活，很快就被打破。这天，大刚正在楼上跟北京订货。哗啦，叮咣，下面一阵乱响。他吓一跳，还以为是地震，但接着就听一阵叫骂声。原来，一只肉桂色的松狮犬做手术时发生了意外。狗主人，一个三十几岁的胖子，一听爱犬死了，顿时发了疯，见啥砸啥。大刚上前抱住他，亮明身份，招呼小李大夫倒杯水：“兄弟你先消消气，有啥事儿好说好商量。”

胖子把杯子拨拉一边说不渴。小李满脸委屈：“我用药、手术程序一点错误没有，狗狗就像人一样，心脏猝死，神仙也没办法。”

胖子一听恼了，又要扑过去。大刚一把拉住，低声下气赔罪：“兄弟，是我们的过错，你要打要骂冲我来。你有啥要求，我们尽量满足。”

这话点醒了胖子。他眨巴着眼睛，想了想说：“我们买它花了六千，又养它两年，每月至少五百，这是一万八。你们一块赔偿我三万吧，额外的，算是精神损失费。”

大刚有些为难：“兄弟，我们都喜欢宠物，也算是同道中人。这样吧，我给你买只一模一样的，额外再赔你五千块，每年打预防针、洗澡美容，我全包了。咱们哥俩还交个朋友……”

“不行，我就要钱，一分不能少！要不，你给它跪下，磕三个响头，说一百句对不起，事情就算拉倒。”

大刚气得直喘粗气。手术意外在治疗协议书上写得明白，没他医院多大责任，他想息事宁人才做了让步，没想到胖子提出过分要求。“我理解你心情，也想协商解决这事，给你点补偿。男儿膝下有黄金，我不会答应你无理要求的。这样吧，你再考虑考虑。”说完他转身上楼。还没走出去三步，胖子突然抄起一边的凳子，搂头砸了过来。顿时，大刚血流如注。小李赶紧打了120，又要报警，被大刚拦住。

王树生赶到时，外甥已让救护车接走。胖子看惹了事，不敢久留，他把松狮犬抱进了车子后备箱，冲王树生：“你这当爹的，以后多管教管教你儿子，别他妈的光为了赚钱，把性命当儿戏。”

王树生追了出来，你不能走。胖子下车，有点心虚地抄起一根高尔夫球棒。王树生说：“你把他打伤了，他没报警，我们也没跟你计较。毕竟在气头上，可以原谅你的冲动。不过，你要为你刚才那番话向他道歉。”

“道歉？没那习惯，有本事你打我一顿，愿意打官司的话，我奉陪！”胖子说罢扬长而去。

好在大刚脑袋只是缝了几针，没留下后遗症。从医院出来，他对舅舅说：“他没了狗，我受了伤，两下扯平了。换位想想，谁要是把我咪咪给弄死了，我也会跟他急的。”

看到缠了一头绷带、脑袋显大的外甥，王树生又心疼又难受。晚上，他连秧歌都没心思去扭了。不行，一定要找那小子说道说道，不能任由他瞎扑哧。几天后，他打听到胖子有家网吧，离宠物医院不远，就找了去。胖子还是那态度，说话又臭又硬。第二次上门，胖子两脚搁电脑桌上，正兴致勃勃地玩着游戏。一看又是王树生，先烦了起来：“你这老头儿，你儿子都跟我没事了，你怎么还不依不饶？”

“他不是我儿子，我也不是想讹你。我只想让你，为你说过的话做过的事，向他赔礼道歉。”

“你不是他爹呀？”胖子一脸错愕。王树生说：“我是他舅，娘亲舅大，这事我要管到底。”两人没说几句，网吧里一帮小青年过来起哄，半推半搡地把王树生弄出网吧。王树生抻抻皱巴巴的衣服，冲胖子道：“我还会来的，直到你认错为止！”

也许是怵了他，胖子有些日子没露面，直到有一天他的白色霸道车被王树生拦在门口。他不下车，王树生很有耐心敲着车窗，半晌胖子无奈地降下玻璃：“大叔，我算服你了，你到底想干啥？松狮没了，我老婆跟死了儿子一样，好几天没吃下饭。我急眼给了你外甥一下，也是想教他长点记性，有点责任心。”

“我最不爱听你这句话，”王树生提高嗓门，“你冤枉我外甥了。走，我带你去个地方！”

也不管胖子愿不愿意，他拉开车门坐在副驾位子上。到了三角地大刚租的院子，王树生叫打更的老头开灯。

“这都是他收养救治的流浪动物。”王树生说，“明白了吧？你打的他人，伤的却是他的心。我敢说，整个唐城，喜欢小动物，这么负责任又有爱心的，没有第二个！”

两人的出现引起连续不断的犬吠，狗儿们撒着欢，围着两人打转跳高。灯影里，王树生摸摸这个，摸摸那个，自顾自地说起外甥艰苦创业过程，和他从地震那年起跟小动物结下的情缘。

满院子的狗啊猫的，让胖子想起自家的松狮。他虽然粗蛮，心肠并不坏。这会儿，他揽着王树生的肩膀：“大叔，是我不对，回头找你外甥赔不是去。”

第二天下午，胖子果然来了。一进门就咋咋呼呼，管大刚叫大哥，骂着自己混蛋，晚上非要请他和舅舅撮一顿。这阵势弄得大刚有点懵，王树生赶来才替他解了围。胖子像握着王树生的手，使劲摇着叫着大叔：“以德服人，你这才叫以德服人啊！”没啥文化的他，引用了香港电影中一句台词表达他的折服。

他拿出个鼓囊囊的牛皮纸袋，说是医药费。大刚死活不接，王树生叫胖子收起来，坐下，给他讲了一番做人的大道理。胖子规规矩矩，洗耳恭听，等王树生说完，他激动地站起来：“大叔，你说得忒在理。我才知道，王区长是你妹妹，她一句话就可以把我网吧封了啊。林瘸子——不，林智诚，是你小舅子。财大气粗，道上谁不知道他的厉害？你大人大量，没把我犯混的事告诉他们，给我重新做人的机会，你忒仁义！”

又转脸冲大刚，脑袋伸给他：“大哥，你要不解气，也给我一下子。”他左右看看，抄起来那把凳子：“来，还用这个，给我一下子，让我长个记性。”

王树生爷俩笑了起来。胖子又絮叨了会儿，才千恩万谢地走了。大刚看了一眼舅舅，突然掩面而泣。小时候，他不太理解舅舅，经常跟他顶嘴冲撞。现在，他越来越觉得王树生就像亲生父亲，在他人生每一个阶段，都起着重要作用，不可或缺！

孙颖来送饭，王树生示意外甥把泪擦了，拉孙颖出来叮嘱着：“你爸身体还没完全康复，你妈学校那边又忙，有时间你多陪陪他。”

秋虫唧唧，暮色四合。王树生问孙颖今天是几号，孙颖说：“九月二十七号，舅姥爷你忘了，过几天就国庆节了。”

王树生若有所思点点头，过了一会说：“麻烦你去对面鲜花店，给我订个花篮，只要黄色和白色菊花，明天我过去取。”孙颖问干什么用，王树生说：“小孩子家不该问的别问，快去！”

楼前路灯下，杨丽华穿着儿子穿过的校服，正在遛着小鹿狗。看见丈夫回来，忙问外甥的事怎么样了。王树生长出口气，说总算圆满解决了。“真没想到，为一条狗闹出这么大动静。你说，动物跟人感情真就这么亲？”

“还真别说，我现在就觉得它比儿子亲。”杨丽华抻了一下狗绳，“跟斌斌吧，还动不动吼几句；跟它，一点脾气也没有。就算生气，一看见它乖巧模样，气也消了。”

两人一起往家走。在楼口，王树生站下：“明天是丁媛忌日，我订了鲜花，咱们一起去看看她。”

杨丽华嗯了一声：“一晃媛媛走一年了，一个人孤零零的，是该去看看。也叫着斌斌吧，媛媛把所有的东西都留给他了。他心里啊，这个干妈比我有分量。”

仿佛又回到年轻时代，是在戏园子星罗棋布的天津南市。空气中回荡着评戏的乡音乡韵。刚演完《杨乃武与小白菜》，还没卸妆，林兆瑞就被刘丽珠拉去吃宵夜。从黄河戏院出来，早春的雨丝飘洒在脸上，凉丝丝的。他很兴奋，尽管肚子在骨碌碌叫着。

两人走在夜晚的小巷里，石板路面油油的，反射着幽微的路灯光。刘丽珠穿着软呢长外套，头发优雅地盘在脑后。都解放了，她怎么会穿民国的服饰？他在梦里怎么也想不透，正如都在排新戏，他怎么会去演从前的《杨乃武与小白菜》一样。梦就是梦，即便是在梦中，林兆瑞也记得，丽珠告诉过他，头一次听到他高亢、明亮的嗓子，听到全场叫好的大甩腔，她的心一下子就被击中了。

睡梦中，林兆瑞脸上浮现出笑意。他扮相英俊，嗓音甜润，演出时台下戏迷甚至往上扔金戒指。城市刚解放，这些阔太太阔小姐还有几年的风光。林兆瑞的戏迷不少，可他没想到会得到一个女大学生的垂青。他翻了个身，肚子有点饿，又感觉到了小吃摊砂锅云吞的炭火和热气。阴冷的三月晚上，他和丽珠手拉着手，朝着云吞摊的马灯走去。这时，刘丽珠的父亲从黑暗处突然现身，挡在前面。瘦小，落拓，没有说话，但这个广东商人脸上表情却明白无误地告诉他：我决不允许我女儿嫁给一个戏子！

丽珠拉着他调头就跑。他们跑呀跑，两脚腾空，在夜晚的城市上空跑着。梦里，林兆瑞看着这一对年轻人，好像《小女婿》中的香草和田喜。他不止一次地跟演员们说，要演好角色，就要进入角色，揣摩透他们的心理。他不知道自己是在说戏，还是在演戏。渐渐地，只有他一个人在夜空中奔跑。丽珠哪儿去了，他忽然有种不祥之感。耳畔冷风飕飕，老头鸡爪子一样被烟熏黄的手，就在脑后，就要抓住他了……

林兆瑞出了身冷汗，突然惊醒。外面，十月底的秋雨敲打着窗玻璃，夜风像只手一样在推着阳台的门。怎么会梦见五十多年前的事？他心口一阵阵绞痛，半天没理出个头绪。疼痛缓解后，呼吸着潮腐的空气，他又陷入断断续续的梦中。

这回是在地震后的废墟上。天还在下着雨，不是雨，是血一样红色的泥浆。看不到丽珠，也看不到燕儿和小诚。可怕的寂静里，只有簌簌的雨声。忽然间，响起震耳的评剧开场乐，天边低垂的阴云一下子散开，眼前矗立起他从来没有见过的大戏院，雕梁画栋，光彩照人。刘兰芝手里攥着两张票，站到他眼前：“走吧，时候不早了，还傻愣着干啥？”

这时，大地忽然颠簸起来。一声巨响，大戏院轰然倒地，变成一堆瓦砾。他在梦里哭泣起来。刘兰芝醒了，推了他两下……林兆瑞早上起来胸口隐隐作痛，服下硝酸甘油，还在想着夜里的梦。

噩梦虽然让他心里疙里疙瘩的，但很快被现实中的喜悦冲淡：今天大戏院落成剪彩，还要举行首场演出。好久没在公共场合露面了，一定要注意形象，林兆瑞扎好领带，对着镜子左看右看。王树生拿着金镶玉拐杖和西服，在旁边侍候着。小诚刚进家门来接他们，吃着杨丽华买来的油条豆浆。刘兰芝说："老头子，你倒是快点扎古呀，孩子们都等着呢。"

一切收拾妥当了，林兆瑞才拄着金镶玉拐杖，器宇轩昂地说声走。虽然步伐有些迟缓，但从爸转身迈步的身形中，王树生还是看出一点当年英俊小生的影子。

林智诚的越野车就等在门口。林兆瑞瞅一眼高高大大、四四方方的车子，冲儿子道："我爱晕车，我跟你妈还是坐树生的车好。"老两口搀扶着上了三马子。王树生关上门，别上插销，冲小诚得意地一摆手，招呼着坐好，便发动了车子。"这老两口，真是有福不会享。"林智诚咂咂嘴，只好让杨丽华上他车子。

老远就看到悬空气球和彩虹门。大戏院与他梦里的丝毫不差，雕梁画栋，古色古香。退下来这么长时间了，头一次面对观众，林兆瑞唯恐有什么不得体，他抻抻衣服，又弄弄领带，问老伴歪了没有，刘兰芝摇摇头。"我要在弟子、学生面前，告诉他们：我，林兆瑞，还能再为评戏蹦跶几年！"林兆瑞朗声道。

落成剪彩后，举行了首场演出。经典剧目《向阳商店》，20世纪60年代红极一时的现代戏。这出戏，每句唱词林兆瑞都倒背如流，当台上演员唱到"哥俩叙旧"一折，他忍不住打着拍子跟着哼唱起来："我劝你请假休息，你眼泪颗颗往下落。你说是妻儿老小要活，也只好受折磨。那时节弟望兄来，兄望弟，泪眼相对，无话说……"

年轻人看戏图个新鲜，林兆瑞看戏却是在忆旧。这些唱词，混合着特定时代的气息、情感，一声声兄弟，让他想起王天喜——他的矿工老哥。

那时，灾荒年刚刚结束，不再担心饿肚子了，人们又有心思喝茶听戏。那是评剧第二个春天，不管什么时候打开话匣子，都有评戏唱段。这台放《小女婿》《向阳商店》，那台放《夺印》《刘巧儿》。每天他排戏回家吃罢晚饭，树生都会屁颠颠跑过来："林叔，我爸叫你过去。"王天喜已在葡萄架下摆好小方桌。两人坐在躺椅上，摇着大蒲扇，切磋起评戏来。天喜喝大叶子茶，他喝加糖的白开水，这么哼唱着，陶醉着。有时一句话也不说，但心里那份默契，足够两人品味很久很久。直到夜阑人静，两人才依依不舍分手。

"文革"开始，王天喜成了老矿长的"保皇派"，被戴着红袖标的小青年揪斗。回家脸上带着血嘎巴。他过去探望，正看到天喜握着果树剪，凑近葡萄架在剪枝。咔嚓咔嚓的剪子声，带着愤懑、委屈、惶惑和不解。后来，王天喜也造起反来，很快被结合进革委会，还作为工宣队代表进驻文化局。而这时，林兆瑞被打成"牛鬼蛇神"，发配回工人新村扫大街。老哥俩当街遇见佯装路人，不交一言，关起门来仍然称兄道弟。葡萄熟时，王天喜总会剪下最好的，送过来尝尝鲜。

他又想起那一年他被团里的"造反派"揪斗情形。那帮小青年让他站在两张垒起的桌子上，脖子上挂块大牌子，上书"牛鬼蛇神林兆瑞"。头顶蓝天白云，周围人声鼎沸，口号阵阵。当时他正值壮年，什么时候都能苦中作乐。他想，这多像一座大舞台啊，于是在肚子里哼唱起评戏来，批斗完结，一出戏也唱完。出乎他意料，"造反派"居然给了他一毛钱。这算是肯定他的认罪表现吗？他心花怒放，攥着钱直奔合作社，四分钱买咸菜，六分钱换白糖。回家就兑上凉白开，和两个孩子有说有笑地喝起白糖水来。后来，他才知道，这一毛钱是工宣队代表王天喜特批的。

好久没这么过瘾了！林兆瑞叨咕着，像是又尝到了那甜丝丝的白糖水。他模糊记得莎士比亚曾把人生比喻成一部七幕剧，这最后一幕是牙齿掉光、眼睛失明、味觉消失，一切都没有了。他林兆瑞现在就到这第七幕了，幸运的是，他还拥有这一切，能听到看到最美的评戏，还有那么多珍贵的回忆。"比起不少人来，我的人生还算是幸运的。"他喃喃自语。

回到家，林兆瑞还沉浸在兴奋之中。他拿过毛笔，随手在宣纸上写下几行字：莲花落美池，今生无憾事。梨园梦得成，天堂亦有知。他想给老伴讲解一下，刘兰芝说："兆瑞啊，你不说我也懂啥意思。"

他望着大字不识几个，却能够看透他心思的老伴，那你倒说说看？刘兰芝抻了抻衣角，指着第一行："我认识这两个字，莲花。你说的是评戏，咱们家乡的莲花落子。”手指又移到第二行和第四行，“这个字念生，这个字念天。你这几句话意思是，大戏院建成了，高兴，这辈子没啥遗憾事情了，你还想让地震没了的人们知道这个好消息。”

林兆瑞惊讶地张大嘴巴，连连点头，握住老伴的手。“兰芝啊……”他的声音哽咽了，“谢谢你，真的……”

晚上林兆瑞要庆贺一番，让树生叫小环小诚回家吃饭。王树生刚拿起电话，他又说：“你先问问他们是不是有时间，要是没空儿就算了。”树生明白老人家意思，怕耽误两个大忙人的工作。果不其然，林智诚说晚上有个重要项目要跟人谈，已经约好了，看能不能早点完事争取赶回来。王卫东接电话都透着效率和速度，还没等哥说完，干脆地说没空儿就搁下电话。一会儿，她又拨回来了：“对了，你让爸妈晚上看新闻，大戏院落成仪式上有爸的镜头。”

饭桌摆好，一家人围坐着，眼睛却盯着电视机。杨丽华一个人在厨房忙活，跟儿子说电视上爷爷出来时喊我一声。王斌端着菜出来，嗡声嗡气道：“爷爷，你今天穿上西服，真是又年轻又帅气。”林兆瑞笑道：“我都八十了，还年轻啊？”瞅着上了高中的大孙子，刘兰芝满脸都是笑，这孩子，真会讨你爷爷欢喜。王斌有点逞强，盘子搁桌上，撒欢撂蹦地喊：“爷爷，你真是帅呆了，酷毙了！”正闹腾着，只听哗啦一声响，大家吓了一跳。原来墙上写着“三平堂”几个字的画轴，掉了下来。王树生赶紧拾起来，要找钉子，重新挂上去。刘兰芝有些心慌，她稳定了一下情绪，招呼儿子说先别挂了，看电视吧，你爸出来了。

电视里正播着大戏院落成典礼的热闹场面，林兆瑞和市领导一块剪着彩，礼花在空中炸响，他头上肩膀上落了不少彩纸。老爷子看着电视，开心地笑着，手轻轻在抖动。当听到主持人宣布“大戏院落成典礼到此礼成，欢迎领导和嘉宾欣赏评剧演出”时，他站立起来叫了一声好，随即眼睛一瞪，身体向后一挺。王树生眼疾手快，一下子将老人家托住。“硝酸甘油！”他冲杨丽华喊，又吩咐一旁的儿子，“快打120！”

对于耄耋老人来说，一次简单的活动，一点点情绪波动，都有可能把他击倒，身板再好也不行。非典时对女婿、儿子的挂念，大戏院落成的兴奋过度，一忧一喜两下夹击，便得林兆瑞本已脆弱的心脏再也承受不住……

深度昏迷的林兆瑞，感觉自己被埋在地震废墟里。身上覆盖的砖石瓦砾压得他出不来气，就要窒息了。但随后，他觉出一身轻松，灵魂像是漂浮到空中，俯视着自己躺在病床上的躯壳和紧张抢救的医护人员。他想告诉他们，自己活八十了，这辈子没有遗憾了，让他们别忙活了。想告诉急火火赶来，近乎疯癫的儿子，让他轻松上路吧，放弃徒劳的抢救。但是他的努力没有成功，没有人能看到空中的他，明白他的意思。

耳畔一片嘈杂，像是到了舞台乐池。林兆瑞吃力地辨别着，试图听出板胡、二胡、低胡、板鼓、梆子、笛子、扬琴……奇怪的是，没有这些东西，最终飘过来的是呜呜啦啦的唢呐声。那是唐城人办丧事才有的喇叭声，高亢、嘹亮、嘈杂、热闹。远方，地平线上露出一道神秘的光亮，那座数次出现在他梦中雕梁画栋的建筑再次显形。在这一瞬间，他猝然清醒，明白那正是自己要去的地方……

林智诚赶到医院时，父亲的心脏已经停止跳动。砰砰，大夫反复进行着电击除颤，可最终还是放弃了努力。林智诚眼睛充血，嚷着我爸没有死，再来！上前抢夺大夫手里的器械。王树生一把搂住他，强摁到椅子上。卫东哭喊着冲他说："小诚你清醒一下，咱爸是笑着走的！"

林智诚颓然出溜到地上，双膝跪着，向父亲移去："爸，爸，我来了。你睁眼看看我啊，你儿子回来了！"林兆瑞没一点反应。护士赶紧给老人家蒙上白单子，小心翼翼地推出了抢救室。

王树生抱起林智诚，浑身是汗。林智诚满脸是泪："姐夫，爸得你济了，你是他儿子，我不是人！"王树生抹了把泪："快别瞎说了，还是先回家吧，商量商量怎么办。"

在车上，林智诚渐渐恢复了平静，问妈呢。王树生抽动了下鼻子，说妈没事，丽华、爱国他们陪着呢。林智诚说去我那吧，王树生嗯了一声。两人到了别墅不大一会儿，王卫东、刘爱国也赶来了。听王树生说起父亲犯病经过，林智诚再次掩面哭泣："是我害了他老人家，我要是不建这个破戏院，也许老人家还能活个十年八年。"

王卫东听了心里不是个滋味。父亲身子一直硬朗，如果知道老人家这么快就走了，她说什么也要抽出时间来多陪陪他。父母啊，活着时，最亲近的儿女都容易忽略他们的存在，可一旦永远离开，再也没有那双关注着你的眼睛，那颗惦记你的心了，你会心痛后悔一辈子的。王卫东躲到里屋，泣不成声。

刘爱国毕竟见过些世面，屋里也属他辈分高，一看这阵势，他拍了一下桌子："老林都多大了，你们知道吗？过去说人生七十古来稀，老爷子活了八十也算长寿。再者说了，他这辈子闯过了天灾，躲过了人祸，感受到了晚年的幸福，儿女的孝顺。老人家一生光明磊落没有宿敌，他盼了多年的大戏院也落成了，没有受啥大罪就撒手合眼了，他还有啥遗憾的？要我说，他心满意足地去了，你们号丧个啥？"

爱国说着说着，自己却眼圈红了。他在饮水机上接了杯水，一气灌下，把几个人招呼到一块："都别跟孩子似的了，还是商量一下事咋办吧，抓点紧，让老人家入土为安。"

几个人你看看我，我看看你，都没有准主意。爱国干脆点名："小诚，你先说，这喜丧咋办？"林智诚一抹泪："大办！把我爸接来，吹上三天三宿喇叭。不要花圈，灵堂全部鲜花布置……"王卫东不赞成搞这么大排场，可毕竟小诚是父亲骨血亲生，她不便表态反对。她说，那我去联系一下墓地。林智诚摆摆手："我早就准备好了，把全市最好的墓地买了下来。我不能让爸妈百年之后，连个像样的栖身之地都没有。"

听了这话，王树生不禁想起小诚亲妈，还有自己的父亲、姐姐。地震后他们和其他死难者一样，就那么一块埋了，连个坟头都没有。小诚这么做也是心理补偿吧。

刘爱国领着他们兄妹几个去征求刘兰芝的意见。老太太刚从医院回来，出奇的平静，头脑条理清晰。她说："小诚啊，你的心思我了解，可你爸的心思我比你更了解。他一辈子不愿麻烦人，你就让他安静地走吧。送你爸，一不要吹喇叭，二不要收礼钱。还有，他在家住二十来年了，已经习惯了。生前他都没去你别墅住，说不习惯，你还是让他从这儿走吧。"

一番话，说得儿女们眼泪汪汪。刘兰芝又说："我已经给他穿好了我做的装裹，你们放心，合身着呢。冬天的，夏天的，他冷不着热不着……"

"妈！"林智诚一声妈，引起屋里哭声一片。

在刘兰芝坚持下，林兆瑞的丧事办得简朴又庄重。楼门口搭起了灵棚，灵棚正中黄白二色的菊花组成一个大大的"奠"字。左右两边，挽联高挂：兆友同哀，每忆呕心呵护乡土莲花落；瑞星犹殒，应期化碧栽培时新评剧人。灵棚四周摆满了黄灿灿的菊花。一阵阵药香，招惹来嗡嗡的蜜蜂。都秋天了，还有蜜蜂，这让大家啧啧称奇。

供桌上，摆着四碟点心供果，还有厚厚的戏本和老人用过的笔墨砚台。摇曳的供烛，照着镶着黑框的十二寸黑白照片。林兆瑞向人们微笑着，慈祥而和蔼。放了一会哀乐，刘爱国把录音机拿走，搬来一架老式唱机。为了却老人心愿，他特意找来一张20世纪50年代的黑胶密纹唱片。唱针缓慢旋转起来，喇叭里传出马泰的《硃痕记》：

“跨战马提钢刀西凉踏遍，

为国家这几年东挡西杀，

南征北战，

血染沙场，

马不停蹄忠心保江山。

……”

林智诚的思绪跟着唱腔遨游，与父亲在一起的岁月像过电影一样，一幕幕在他脑海里不停地放映。他模糊地记起很小的时候，母亲带他去过一次姥爷家。那阴森的墙根里长满青苔的小洋楼，至今让他怀疑是不是真的存在过。老头儿不认林兆瑞这个姑爷，却喜欢小外孙，偷偷塞给他两块大洋钱，可孩子一出门就扔了。姥爷后来打成右派倒了霉，林智诚记得是爸饿着肚子，把家里舍不得吃积攒下来的一点粮食送去，才让老人家活过了灾荒年。可倔脾气的老头儿，却至死都不认这个姑爷。当年，林智诚觉得爸很窝囊，一直不理解。现在，他觉出了父亲的伟大。

他想起当兵离家时，父亲对他的千叮咛万嘱咐；想起地震后，父亲在瓦砾中拼命扒他的焦急；想起办病退回家时，父亲那爱莫能助、充满忧虑的眼神；想起自己发达后，父亲给他的每一句忠告；想起因为他的终身大事没个结果，父亲埋藏心底的遗憾……他越想越心痛，他想告诉父亲：儿子是多么爱他，父亲这个字眼在他心里是多么重要。如果时光可以倒转，他情愿拿出一半时间来陪父亲；拿出自己所有，换来父亲活生生的微笑。然而，一切都已惘然！

这时，他的手机响了。谁这时候添乱？他想都没想，摁了一下。可不一会儿，手机又不知趣地响了起来，林智诚赶紧往外走，生怕惊扰了父亲。走到几十米开外，才从兜里掏出手机。是管艾，半年没有音讯的管艾！林智诚心跳剧烈加快，颤抖着举起手机，让心绪平静了一下，才喂了一声。

“你还好吗？”管艾问。林智诚眼里顿时蓄满泪水，他心里说不好，电话里却说了声：“好。”

管艾听到评剧唱腔，问：“你在外面吧？”

林智诚嗯了一声。

“没事儿了，听到你还好我就放心了，过些日子我就回唐城。”

“回来吧，我们都想你！”

电话挂断后好长时间，林智诚还把手机贴在耳朵上。王树生看到表情复杂的小诚脸上一片泪水，慢慢转过脸去……

管艾随后在短信中，告诉了林智诚实情。前段时间，她全家得了非典一直隔离，父母去世，她现在已是孤家寡人……管艾没有说的是，在非典这段时间，她回忆起和林智诚交往的一幕一幕，真是每天都有新发现。暴戾背后的善良，贪婪背后的无私，放浪背后的纯情，残缺背后的健全，多个侧面的林智诚，让她惊讶于矛盾的统一。如果说，之前对林智诚还是仅存好感的话，现在经历过非典的生离死别，经历了父母的突然过世，她已经把林智诚看成可以终身相许的依靠。她对自己说，如果能够活着出去，如果林智诚在失去联系这么长时间后，依然还惦记着她，她一定要站在他的面前亲口告诉他，她喜欢他！

林智诚看完短信，攥着手机，看着父亲的遗像，叫了一声爸……

世间万物，总是这么悲喜交织着。林智诚想起父亲在他截肢后，安慰他说过的话：“上天在人一落生，就准备了一好一坏两件礼物。上天是公平的，不可能总给一个人好礼物，也不可能总给一个人坏礼物。给你坏礼物了，他就会想法再给你个好礼物。”现在，在他为父亲去世伤心纠结时，管艾的突然出现，让他感到了生活的希望。这也许是上天对自己的一个补偿吧，他想。

林兆瑞去世只在报上发了条讣告，可自发来吊唁的人却络绎不绝，这可把刘爱国忙坏了。他穿上白绸缎褂子，戴个大墨镜，在镜子前转来转去地看。大芬儿瞪他一眼：“瞧你这德性，打扮得跟特务似的，当个大操儿至于这么捯饬吗？”爱国说：“我这哪儿是捯饬，这是掩饰。好歹咱也是个名人，万一被认出来追着要签名，岂不是耽误正事？”老婆笑了：“怪兽，时时处处拿自己当名人呢。”

刘爱国把养生馆丢下，来帮这个忙，就为了他所敬重的老林，他这辈子的至交兄长。他迎来送往，汗脖流水的，一会儿喊着三鞠躬，孝男孝女谢；一会儿，又跟问他在哪上礼的客人解释：林家白事简办，不收礼金。他嗓子都哑了，最后看人多得实在招架不住，就在毛头纸上写了几个大字张贴出来："衷心感谢至爱亲朋，真心谢绝礼金！"

尽管是简办，该有的仪式还是要有。王树生带领王卫东、林智诚和晚辈们，跪在灵棚里，不停地磕头谢孝。刘帅迎着来宾，一人递给一枝白菊花别在胸前。这时，一阵长号由远而近，张万田呼天抢地出现在面前。刘爱国忙喊刘帅等人架住他。万田老泪纵横，高喊着："老哥，连个招呼都不打，你咋说走就走了呢！"

在街坊邻里眼里，林兆瑞就是一个和善的老头。心肠好，连用过的注射器针头，他都给弄弯了，用纸包上，生怕伤了收破烂人的手。他行事低调，不让儿子开着豪车进小区，不让闺女坐着公车回家，很少人知道他是唐城最有钱的开发商和最有权势的女人的父亲。出来进去，整个小区人都尊称他林大爷，一个古道热肠的老爷子，一个评剧老艺术家。他人缘好，只要一个小区见面搭话脸熟的，不管谁家有红白事，他都会过去看看，上个礼。张万田老娘过世，他跟老伴一商量，把刚拿到手还没捂热乎的两千多元退休金一分不少送了过去。

光小区的住户，来送林兆瑞最后一程的就有百十号人，黑压压地挤满整个楼口。大伙唏嘘慨叹着，表达着对老人的崇敬和不舍。刘爱国不禁大发感慨："看来不管多大岁数，不管是官儿还是老百姓，只要是活着有人缘，有人气，有人味，走了都会有人想，有人念。这老爷子，这辈子活得精彩！"

父亲走后，王树生把楼前清理了一下，意外地看到小花园里，父亲当年移栽来那棵石榴树有些发蔫。他上前敲了敲树干，叶子纷纷落下，原来树已经枯死了。

难道花木也通人性？王树生呆愣了半晌。

林智诚专门来给妈做了半天工作，要她搬到别墅去住，还特意请来个有经验的保姆侍候她。可刘兰芝还是那番话，说啥也不离开这个家。王树生跟老婆商量，这些天你过去陪妈睡吧。杨丽华说："我跟妈念诵过，她不让。妈说，你不在，我晚上还能跟老头子说个话啥的。"

王树生神情黯然。妈的意思不能违背，他只好在妈床头安了电铃，夜里有事摁铃叫他。回屋，他叮嘱丽华，妈有个想到想不到的，帮妈给菩萨上上香，供些水果。

入冬，刘兰芝身体一天不如一天。住进医院，一连几天水米不打牙，只靠输液和鼻饲维持着。很快，就瘦得皮包骨头了。王树生床边服侍着，摸着妈扎液扎得瘀青的手背，心里酸楚难受。刘兰芝宽慰着儿子："黄瓜老了一把籽，茄子老了一层皮，你妈现在呀，光剩个人形儿了。没啥，看你们一大家子和和美美的，妈就是走，也是高高兴兴的。"

王树生忙说："妈，你老没事的……"

刘兰芝打断儿子的话，我死不了。说罢，两眼闪闪发光，笑个不停。王树生的眼泪几乎夺眶而出。

这天，刘兰芝把儿媳叫到跟前，嘱咐买块红布，给她做一件红色的衣裳。杨丽华以为听错了，妈犯糊涂了，穿这么鲜亮的衣裳干啥？

"走的时候给我贴身穿上，到了阴间，阎王爷叫小鬼扒衣服时，扒到红衣服会以为见血了，就不再扒了……"

这番话，说得杨丽华眼泪汪汪。刘兰芝又叫她给小环打电话。王卫东急火火来医院，一看妈这样子先哭了起来。

"女人家，不能太要强。"她叮嘱着闺女，"太强了，只会给别人罪受。小环，你也老大不小了，有合适的，还是再成个家吧。没有男人，这家就不能叫家！"

"妈，我知道了……"王卫东哽咽着说。到这份上，妈说什么，她都听进去了。可她也知道，一切都晚了。

几天后，刘兰芝混浊的灰眼仁里，已没有了一点光泽。见到王树生时，叫他叔；见到林智诚时，问这是谁家的孩子。护士大声说："老太太，这是你儿子！"林智诚蓄着一泡泪，强忍着，出门就号啕起来。

杨丽华找出那件红衣服，该准备后事了。王树生不语，他相信媳妇的预感。这天，刘兰芝突然清醒了片刻，转着脸四处找小诚。林智诚赶紧上前，含着眼泪说妈，我是小诚，我在这！刘兰芝啥也看不到，只是攥着儿子的手，喃喃说着："听妈话，找个好对象，成个家。这是我跟你爸最后的一点心愿……"话没说完，她就咽了气。手攥得那么紧，要使劲掰才能掰开。林智诚很后悔，后悔没有早告诉妈自己跟管艾的事。更后悔管艾没在身边，又让妈带着遗憾走了。

时隔不久，林家门前又响起了哀乐。林智诚又要大办，让王卫东给拦住了：“妈只是一老百姓，这样影响不好，还是一切从简吧。哥也是这个意思。”

丧事只办了半天，午后就发送了。在刘兰芝膝下长大的仨孩子，大刚、婷婷和王斌，哭的跟泪人一样。王婷刚从外地赶回来，跪在奶奶遗像前絮絮叨叨：“奶奶，你放心，我一定找个好对象，带着来见你。”高中快毕业的王斌，强抑住眼泪，只是抽泣着。可最后，他比谁哭得都响。

才两个月光景，杨丽华发现丈夫原来墨里藏针的头发，现在已变得花白，人像是又老了十岁。

整理妈遗物时，杨丽华从抽屉里找到上百斤全国粮票。这才想起来，这是妈当初为王婷去外地上大学攒下的。还没用，粮票就退出了市场。她把粮票小心地用报纸包好，叨咕着：“没有血缘的奶奶，比亲奶奶还要疼爱婷婷呢。”

刘兰芝心疼晚辈，手里一攒俩钱，就偷偷给孩子们，先是大刚，后是婷婷、王斌和孙颖。所以直到去世，老太太也没落下几个钱。收拾着妈用过的缝纫机、针线笸箩，翻弄着妈穿了又穿，补了又补的衣服，王树生心里一阵阵难过。衣柜里，堆放着当年妈抢购的毛线、毛毯。这些东西如何处置，让两口子犯了难。现在，啥都买现成的，谁还会费事织毛衣？暖气这么热的屋子，又有哪家盖毛毯？

商量来商量去，还是王树生想出了办法。他特意返回当年插队的村子，把毛线、毛毯什么的给了房东。回来时天已经擦黑，上了三级台阶，他习惯地朝防盗门镜望一眼，看是不是还有光亮，想知道二老睡了没有。头快撞到门框了，心咯噔一下子，他这才意识到：爸妈已经没了！

黑暗里，王树生突然觉得自己是那么孤独，是那么想念两位老人。突如其来的灾难，让两位老人走到一块，互相搀扶着，彼此慰藉着，走出地震失去亲人的阴影，走过二十来个春夏秋冬。他们相敬相爱，相互照顾，给儿孙们树立了榜样，也减轻了他这个儿子不少负担。爸，一个知识分子，陪伴着没有文化的妈，发自肺腑地心疼她：冬病夏治，找偏方熬药；怕她受寒，有空调不使，给她扇着扇子。妈的哮喘病，在他的关爱下慢慢好了。妈呢，一个普通的家庭妇女，无微不至地照顾着爸。这么多年，爸身上穿的嘴里吃的，哪一样不都是她亲手做的？王树生感激父亲母亲给他一个完整的家，感激父亲母亲给他生活的信心和勇气，感激父亲母亲给他们这么多的无私大爱。

他就这么坐在父母门前，任凭自己的泪水思绪乱飞……

杨丽华还没睡，坐在床上等着他。关上灯，月光如水泻过来，王树生把刚才在楼道里所思所想，跟老婆念叨了一遍："丽华呀，你说咱爸妈就这么走了？真的是走了？"

"可不是，"杨丽华说，"我今天蒸好了包子，习惯地放到盘子里还想端过去呢。"看丈夫心里凄愁难受，她安慰道："父母没有跟儿女一辈子的。其实你想想，当儿女的，在老人活着时多尽孝道，老人寿终正寝，也算是功德圆满。别想不开了。"

"这家里就剩下咱们俩了！"黑暗里，王树生抓住杨丽华的手，幽幽地说，"在医院陪着妈，看妈熬煎时，我就想，老夫老妻，谁先走前头谁幸福。"

杨丽华突然说："树生，你一定走我后头。不然，没你我也活不下去！"

也许是岁数一年比一年大，加上父母的相继离世，这让五十几岁的他们不得不提前考虑人生终极问题。于是，两人争论起谁先走谁后走来。最后，还是王树生醒过味来："不说死了，咱们还是好好活着吧。真的，如果能活到爸妈这把年纪，活到这种境界，没有被意外或者苦难给弄死，儿孙满堂，其实咱们大可以炫耀一番，这是多么牛的事情啊！"

他轻轻笑了起来。

外面喧嚣的世界逐渐平息，草丛里油葫芦、蛐蛐的合鸣越来越响亮，秋意越来越浓了。

第十四章

林智诚的早晨是从下午开始的。

和当下众多的老板一样，他的夜生活丰富多彩。喝大酒、唱歌、按摩，一条龙下来，往往就到了后半夜。酒桌饭局，已成为沟通官场与商场的桥梁，官员与商人的纽带，成为公事私办的最佳平台。多少在办公室不好开口的话，送不出去的礼，原则上不好通融的事，只要几杯酒下肚，趁着酒热耳酣之际，这些难题都会一点点迎刃而解。

这，就是中国特色。

尽管林智诚骨子里并不喜欢这种黑白颠倒的生活，也羡慕过人家朝九晚五的工薪族，但积习难改，也就成了习惯。如果饭局上哪天不喝个半斤八两的，连他自己都会觉得不尽兴，觉得事情没有办好。就在昨晚上，他跟建设局新提上来的一个副局长拼起了酒。对方把杯子里酸奶倒掉，亲自满上了五十二度的五粮液，跟他叫板："林总你要是一口全干了，我明天就给你批件。"一桌人目光齐刷刷看着林智诚。此时，他已经喝了差不多半瓶白酒了。借着酒劲，他站起来："你说话可要算数，明天下午三点我到你办公室，哪个孙子不给我批件。"他端起一仰脖，清澈的白酒瞬间通过食管进入胃里。灼热，滚烫，一会儿胃里便翻江倒海，随即头重脚轻起来，但他还是硬撑到散了酒席。临出门，对方拍着他的肩膀："酒品如人品，林总你这朋友我交定了！"

一上车林智诚就吐了，回到别墅，又趴在洗手池边折腾半天。父母过世对他打击很大，再加上管艾来过电话发过短信后又没有一点消息，他这些天心事很重，几乎天天大醉而归。夜里没睡好，现在外面秋阳高照，他却躺在别墅鼾声如雷，口水流到枕头上。公司高管和熟悉他的朋友，谁也不会这时候找他，谁都知道，这点钟林智诚肯定在关机睡大觉。

管艾还是第一次来林智诚的别墅。她早晨八点上高速，几乎十多分钟就看一次手机。林智诚没回她短信，到下高速时她拨过去电话，才知道对方关机。没办法，管艾只好找刘爱国。爱国正给一帮老干部讲秋季养生，他拢着手机小声道："你这丫头从哪个星球冒出来了，快把林总急神经了。找他呀，这点钟不好找，你去他别墅吧，我把地址发给你。"

这是一处独门独院的欧式别墅，掩映在秋天的黄叶红叶中。打更的万师傅早先在公司看大门，后来别墅落成就来了这里。隔着铁艺雕花大门，他眯着老花的眼睛，打量着这个时髦而陌生的女子。管艾自报家门，说是林智诚朋友，刚从北京过来。万师傅将信将疑，又上一眼下一眼端详她半天，才把门打开："他正休息呢，要不你进来等吧。"

他带管艾穿过有些凋零的小花园，经过一个室内游泳池，来到了客厅，让她在屋里坐会儿。"要是闷了有杂志，有电视，你随便。"说着转身离开了。这时，一条毛色蓬松的狐狸犬从一侧门跑进来，汪汪汪叫着，围着管艾摇着尾巴，又亲又蹭的。管艾眼睛笑成了月牙儿，把小家伙抱起来逗弄着。狐狸犬是大刚送给林智诚的，他没时间养，就让万师傅照看着。狗叫声吵醒了林智诚，他打开卧室门，先是闻到一阵香气，随后看见了抱着小狗的管艾。他揉揉眼睛，赶紧退回卧室，再出来时已换好了衣服。当林智诚一步步走向管艾时，腿有些发软。之前无数次梦见与管艾重逢，醒来却是空空的怅然。这一次，是真的吗？他问自己。

他叫了声狐狸，小狗挣开管艾怀抱，朝他奔去。管艾回头，目光交错的刹那，林智诚像被钉子钉住一样，无法迈步。笃笃笃，高跟鞋敲击着地板，一点点走近，声音是那么清晰。偌大个客厅，只有两颗越来越靠近的心。林智诚突然颓坐到沙发上，头埋进双臂里，肩膀一点点抽动起来。管艾俯身抱着他，像母亲抱住自己的孩子。林智诚把头埋在她胸前："我爸妈都走了，他们都走了，你怎么才来！"

管艾眼泪一下子流下来，双手梳理着林智诚的头发。就这么足足有一分钟时间，林智诚才意识到了自己失态。他不好意思地摇摇了头，站起来："对不起，管艾。是我应该安慰你才是，没想到反倒让你来安慰我，一个大男人。"

管艾拿起茶几上林兆瑞的遗像："你长得真像你父亲。"

"他们都这么说。"

管艾幽幽地说；"他们也说我长得像我爸，可我觉得更像我妈一些。她先没的，爸却跟我说，你妈没有死，你就是你妈，你是我们生命的延续。他说，孩子你记住，无论到什么时候，你都要好好活下去……"

管艾说着，小声啜泣起来，慢慢地变成了恸哭。几个月来，她第一次毫无顾忌地、尽情地宣泄出自己的感情。

林智诚把纸巾递给她，陪她一起落泪。好半天，管艾止住了泪，眼睛水润红肿。林智诚叫了声管艾，两个人嘴唇不约而同地贴到了一起，忘我地吸吮着，直到嘴里有股铁锈味，直到彼此喘不上气来……

管艾的出现，让林智诚精神一振。管艾给他带来的，不仅仅是恋爱那么简单，也让他对事业和人生有了全新的认识和界定。林智诚相信男人通过征服世界来征服女人，女人通过征服男人来征服世界这句真理。他要做的，是给管艾一个全新的美好的世界。

两人穿好衣服去吃饭时，林智诚问起今后打算。管艾说："唐城是我生活的地方，北京是我工作的地方，这样可以吗？"

林智诚笑了。

按着原来计划，管艾开始与美术馆、画廊和收藏家们接触，向他们推介毕成的画作。她郑重地跟林智诚约法三章：一是不干涉对方工作；二是协助她当好毕成的经纪人，收入三人分享；三是林智诚不能再沉溺于夜生活。林智诚一听，半晌没说话。这么独立自强的女子，还是头一次见，跟自己的恋人都没有半点依赖，太个性太独立了。

管艾歪着脑袋："哎，不满意？"

"嗯，就有一条欠妥。"林智诚说，"收入你跟毕成商量着分吧，我要你们那点小钱干啥。他要是不糊涂时，会听你话的，况且又不是坑他害他。”

管艾一听乐了：“那你这个大恩人，也是太无私了，我先谢过了。不过，我要是做不下来工作，你可一定要出马。”

林智诚说没问题。

“第三条，你懂的。”管艾意味深长地看着他，“做到了吗？”

林智诚脸一红：“那当然！”

半个月后，管艾在中国美术馆为毕成操办了一个画展。随后毕成作品研讨会召开，艺术界、美术圈的重量级人物纷纷到场，盛赞这个传奇的画家堪称“中国梵高”。媒体更是不遗余力、不惜版面地介绍。“画坛怪杰”“画癫”“画痴”……老毕有了一个又一个称谓，名气也从唐城走向全国。

当然，这里面凝结着管艾的心血，她成功地把毕成推向了市场。

在林智诚举办的庆功宴上，穿着黑色长衫的毕成，吃罢饭一言不发地躲在角落，用筷子沾着饮料，在雪白的桌布上涂抹着。看见林智诚过来，他兴奋地站过来，说咱们回家吧。林智诚拍拍他肩膀，再等等。刘爱国端着酒杯过来，满面春风，他搂住毕成：“老毕，我说老毕，你倒是说说，是我发现的你不？没有我，哪会有林总看到你；没有林总，哪会有管艾推出你。你可是跟我一样交了红运啊！”

毕成没说什么，只是捋着长髯，傻呵呵笑着。

这些天来，刘爱国的心情真是爽到了家。新开的养生馆门庭若市，他给老板们、老干部们讲养生保健，给中老年妇女讲如何度过更年期，甚至给人号脉开方，来他这瞧病要提前几天预约挂号。新推出的饹馇养生套餐卖疯了，连带着上游的绿豆涨了价。当着林智诚面，他面带得意：“你是不知道，现在有多少市民在骂我，就有多少农民在感谢我啊。”

林智诚不解。

“你想想，就因为我一本书，农副产品齐刷刷涨价。你没听网上又捅出新词了：豆你玩，意思是绿豆价涨得忒离谱了。哈哈，有意思！”

“一边去吧，哪儿跟哪儿啊，你太高估你一本破书的影响了。涨价是通货膨胀造成的，这你也敢往自己头上揽，当心国家发改委找你。”

管艾一直微笑着看着他俩，刘爱国把她拽过来：“哎，我咋看你们都有夫妻相，老毕，来，跟你两个恩人合张影。”毕成往后一闪，说我不照相，我想回家。上次在唐城办画展，林智诚考虑到老毕病还没完全好，怕受刺激，没有让他在大庭广众露面。现在，看他这情形，便小声跟管艾耳语："老毕有些烦了，咱们够为难他了。"管艾忙说："我太自私了，光沉浸在成功喜悦中，怎么忘了他的感受。"

林智诚叫过来刘帅，要他送毕成回住处。正在这时，手机嘟地响了一下，卫东发来短信，说区里下午召开项目动员会，要他过去听听。林智诚给管艾看手机："我这个老姐呀，总是在关键时候、关键时刻让人扫兴。对不起，今天要失陪了。这个项目是她命根子，也关系到我们公司的发展。"

管艾表示理解。

城市综合体项目终于上马了，面临的首要问题不是资金，不是土地，而是动迁数千户居民。摸排反馈回来的信息让区里很是头疼：相当一部分人有抵触情绪，不愿意住高层楼房，说不接地气，不方便；而小部分人，则看准这是个发财机会，甚至已做好当钉子户讨价还价的准备。林智诚走进大会议室，找个空位子坐下。嚯，区里四套班子，各个局和下面街道办事处的一把手，全部到齐。屋子烟味呛人，看样子会已经开了很长时间。

主管副区长做着动员讲话。王卫东坐旁边低头看着材料，皱着眉头。从林智诚的角度看，卫东小腿有些粗，但人还不显老。整体来说，这样的身材已经相当不错了，这要归功于近来她喜欢上了游泳。在她斜对面，坐着温江和市里规划、建设口和银行的几个头头，他们是来捧场，或者说来鼓劲打气的。但温江好像有些心不在焉，不时抬腕子看着表。

副区长讲完，接着是项目办介绍进展情况，各局各街道表态发言。林智诚屁股有些发麻，在椅子上扭动了几下。公司里开会，向来由他掌控着时间和节奏。有话快说，有屁快放，长话短说，他才没时间精力耗在这上头呢。可政府就不行，大会小会，繁文缛节。他很佩服卫东，把开会当正事，把做报告当乐趣，看人家修炼的！

好容易熬到王卫东总结讲话了。她强调完项目重要性，对区域经济拉动作用等等，搁下手里的讲稿："今天也没外人，咱们打开天窗说亮话。我们上这个项目，有些人不理解，说我们糟钱，搞面子工程。说咱们唐城，撑死只是个准二线城市，哪儿有那么大消费能力。可我们搞城市建设，不能鼠目寸光，只盯着眼皮子底下这一亩三分地，不能光惦记着眼前，不顾及子孙后代。我不相信咱们唐城老在全省当老二，不相信老百姓消费水平，老停留在国货和山寨名牌上。现在，我市不少有钱人、暴发户，一到周末就开车去北京消费。为啥？因为在我们这儿，有钱花不出去。我们搞这个城市综合体，就是要把全国甚至全世界的名牌吸引过来。北京有的我们要有，北京没有的，我们也要有。我们抢占了这个先机，等到城市综合体这个商业业态在大小城市遍地开花时，我们已打出了名气，聚拢了相当的资金流、商业流。可以说，我们这个提前量打得正好。时间，会证明我们的决策正确！”

会场气氛让她调动了起来，大家交头接耳。王卫东看她话起了作用，喝口水，接着往下说：“旧城改造，是城市化的必由之路，也是我区经济转型一项重要内容。我们要抓住现在房地产市场回暖机会，借上城市综合体项目，把第三产业搞上去，形成大市场、大流通、大开发、大开放格局。现在兄弟县区都在你追我赶，我们不进就是退，慢进也是退。我们要发扬不怕吃苦的精神，把一天当两天用，让我们的城市面貌，在最短时间内有一个天翻地覆的大变化……”

王卫东说这话时，像是又回到地震后在指挥部的岁月，言语表情透着一种激情和豪迈。林智诚看着她，眼前浮现的，却是当年那个带领知青硬是在怪石嶙峋的山脊上，造出来层层梯田的铁姑娘。这老姐，还跟从前一样意气风发，斗志昂扬。他想。

“现在我们面临的第一仗，也是最艰巨的一仗，就是数千户居民的动迁。现在不比八几年，现在人们都扒拉自己小算盘，能哭的孩子有奶吃，搬迁补偿能多要点多要点，给的面积能多要点多要点。虽说大多数群众识大局，顾大体，但动迁人群中肯定也少不了讨价还价的钉子户。因此，我们要做好打硬仗、啃硬骨头的准备。刚才赵区长已经讲得很清楚，我们的动迁指挥部就设在区政府，所有人员必须服从区里的统一部署，各司其职，各负其责，按照统一的宣传口径和补偿标准开展工作。不许乱开口子，不许乱承诺，更不许拖延推诿，贻误战机。今天，给大家下道死命令：各个工作组，必须在十二月底前完成自己的任务。散会！”

区委书记有病不能出席，还有半年他就二线了，区里实际当家的是王卫东。她嘎嘣其脆结束讲话，时间已到下班钟点。在汽车喇叭、发动机引擎一片嘈杂中，她叫住林智诚，说有个饭局让他作陪。

卫东请的是高市长和一位港商，林智诚明白老姐让他挡挡酒，因此酒桌上喝得很猛。几个人喝了两瓶五粮液，又干了一瓶法国红酒。酒喝得尽了兴，大家说话也就无拘无束。王卫东夸奖旁边港商的副手长得帅，问他多大了。对方老老实实告诉她年龄，卫东又问成家了没有。香港老板哈哈大笑，操着蹩脚普通话："王区长，现在年轻人天天有鲜奶喝，谁还养奶牛啦。"

林智诚噗地一下子，一口酒差点喷了出来。他忙说着抱歉，用餐巾纸擦着。高市长笑着，肥硕的指头点着王卫东，半天说不出话来。卫东有些不好意思，自嘲道："看来我观念太落伍了。"

酒足饭饱，大家一块往外走。港商提议去唱歌，他买单，他对林智诚说："兄弟呀，你怎么也得给我找个美女作陪啦。"林智诚说没问题。高市长犹豫了一下，看着王卫东，咱们就别去了吧？林智诚说："要去，也让香港朋友领略一下领导们的风采。再说，今天我要把我的处男唱献给市长呢。"

王卫东笑而不语。

高市长点头同意。怕招摇，他坐到王卫东车里，港商和副手上了林智诚的车。车子行驶在灯火通明的大街上，林智诚打电话告诉管艾KTV地址。管艾有些不情愿，说今天你可违反约法三章了。林智诚道："今天情况特殊，你就让我违一回吧。为我，为咱们唐城，求你赶过来救回驾。"

自从冯红儿子出事后，王卫东已经好久没来唱歌了。没有冯红这个角色，不管是喝酒还唱歌，总好像缺少点什么，管艾正好弥补了这个欠缺。当她出现在KTV包房门口时，港商说："林总好眼力，这位美女好好漂亮啊。"

林智诚简单向大家做了介绍。高市长一听是学美术的，便来了劲头："好，好，哪天有空咱们切磋切磋，当画家可是我童年梦想啊。"

管艾始终微笑着，不多言也不多语。她坐到点歌台前："今天我给大家服务，你们尽兴啊。"

还是在管艾上初中时，王卫东见过她一回。当时新婚的她，陪张存柱去北京看望舅舅一家，没想到当年的黄毛丫头现在变成风姿绰约的女人。因为她是柱子表妹，林智诚头回领她来时，王卫东心里多少有些疙里疙瘩的。后来有过几次接触，卫东开始欣赏她的聪明伶俐，觉得她要是能收住小诚的心，倒是个不错的伴侣。这会儿，王卫东问管艾会唱什么，意思是让她活跃活跃一下气氛。管艾说："通俗歌曲不在话下，京剧越剧会点皮毛。"

“那太好了，市长喜欢京剧，你跟他对唱一段《沙家浜》中的‘智斗’怎么样？”

“没问题。”管艾一撩头发站起来。

她饰演阿庆嫂，举手投足，有板有眼，并不亚于科班出身的冯红。林智诚举着杯子跟卫东、港商碰了一下，眼睛盯着管艾。他想向港商介绍一下这出戏，没想到对方说：“我知道，样板戏。”嚯，林智诚对这个瘦削老头真有些刮目相看了：“你连这个都知道？”

高市长兴致很高，一人分饰刁德一和胡传魁。望着管艾背影，他拿出了刁德一的老谋深算，唱道：“这个女人哪，不寻常！”

管艾扮演阿庆嫂：“刁德一，有什么鬼心肠？”

高市长又成了胡传魁：“这小刁，一点面子也不讲。”

“这草包，”管艾背后手指着矮胖的高市长，唱道，“倒是一堵挡风的墙。”

林智诚啪地放下杯子，鼓掌叫了声好。王卫东吓了一跳，市长很投入地唱着，没注意到这一细节。港商嘴角含着笑，也没说什么。王卫东忙坐到小诚身边，推他一把：“你是不是喝高了？”

“这点酒，算屁。信不信，老姐，我还能喝他妈两瓶子XO。服务员，拿酒来！”

“别逞能了。你这样，以后没法给你约领导了。”

“别介老姐，我是高兴。只要今天能把市长拿下，我喝死都成。”

“记住，”王卫东小声提醒林智诚，“以后有领导在，你既不能喝太多，又不能喝太少。酒少了不显你诚意，喝多了误事，显你没有自控力。这样子，谁还给你办事？再有，你真是第一次来歌厅？”

林智诚醉眼蒙胧：“老姐，你信吗？”王卫东摇摇头，端起酒杯道：“我的二尖不傻的兄弟，你的美人计使得不错。还有，以后跟领导出来，什么时候叫好，什么时候鼓掌，你得有点分寸。”

林智诚笑笑，转脸冲港商道：“对不起，我们姐俩说几句体己话。”又问王卫东：“老姐，我是不是很坏？”

“你呀，不好也不坏，就是现在连我也分不清你，哪句话是真哪句话是假了。”

“对，对，老姐最了解我。”

“我了解你什么，心？最难测的就是人心。”

“反正我不会骗你，跟你说的每句话都是真的。因为只有老姐对我好。”

“真的？”

“瞎掰一句，我林智诚再缺一条腿。”

王卫东笑了，嗔怪地打了他一下：“别光顾说话，赶紧给市长鼓掌。”那边，两人一句跟一句，都进入了角色。管艾唱完“垒起七星灶，铜壶煮三江。摆开八仙桌，招待十六方”一段后，高市长扮演的胡传魁发出哈哈哈的大笑。林智诚站起来鼓掌叫好，王卫东拿起沙锤有节奏地摇响。香港老板也掌声热烈，主动要求管艾给他点一曲《爱拼才会赢》。

高市长一边欣赏香港老板的歌，一边忍不住问：“小管呀，你专门学过京剧吧？”

“哪里，哪里，就是喜欢。市长你唱得才叫够水平，专业味十足呢。”

这话让高市长喜不自禁，他慢慢把目光移到林智诚脸上：“你张罗半天来唱歌，也是来一首让我们欣赏欣赏。”

林智诚看了一眼王卫东。高市长道：“嚯，家教还挺严，唱个歌还要当姐的同意？”

林智诚放下杯子站了起来。等香港老板收住歌喉，他拍着巴掌冲管艾道：“来，给哥点歌——《榕树下》！”

他这天穿着咖色西服，下身是一条裤线笔挺的黑色长裤。随着音乐声起，林智诚一手握着话筒，一手拽着话筒的长线，偏着头，侧着身，闭着双眼，唱了起来。唱到第二段时，林智诚趁着酒劲，改了歌词：“路边一棵榕树下，是我见你的地方，甜美的笑容，亲切的话，还有默默的情意长……”

听着林智诚融入真情的演唱，王卫东突然想起当年插队的山村，想起和柱子的初恋，想起逝去的青春岁月……她眼睛湿润了。

林智诚眼里有泪，心里有爱。他清醒地醉唱，感动于自己歌声营造的氛围。他想起姐姐林智燕，想起姐夫王树生，想起死去的丁媛和虽然健在却已相当生疏的冯红，想起自己这些年走过的艰辛……而此时，在管艾眼里，林智诚已不再是只有一条半腿的残疾人，不再是一个身家上亿的商人，而是一个热爱生活的中年帅哥，一个有着艺术天分的男人，一个值得她托付终身的爱人。

几轮唱罢，服务生又上来茶水、小吃。林智诚、管艾和港商斗着嘴，学着粤语。这边，高市长跟王卫东谈着话："你们区的那个城市综合体项目，虽然市里两会通过了，可因为投资大，动迁范围广，涉及人数多，常委会上有不同声音。我是坚定站在你这边的。城市要上品位，上档次，需要有几个地标性建筑。你呢，现在当副市长呼声很高，抓经济有几把刷子，非典又干得不错。可你有先天的弱项啊，无党派、知识分子、年龄小、少数民族、女同志，无知小少女，这些干部提拔优势条件，你只占了女同志一条，跟那些博士硕士的年轻干部没法比。当务之急，你要再加把劲，这个项目可以说就是你的成绩单，考好考砸全在你了。作为老领导，我还要叮嘱你几句：好事要办好，实事要办实，动迁这块，稳定一定要放首位。你要掌控好，千万不能出乱子！"

王卫东频频点头。人之将退，其言也善。再有几年，高市长就去政协了，他的提醒不无道理。是啊，稳定是要放在第一位的。虽然现在老百姓的境界，没法跟地震那会比，不过她自信能摆平这一切。一想到在低矮的城市上空，将要矗立起一大片高楼林立的现代化繁商区，她心潮澎湃。

没等通报，张存柱径直闯进林智诚的办公室。秘书小林跟进来，一脸的紧张，看着老板刚要解释，林智诚示意让她出去。

张存柱环顾一下屋子，一下子就被一头一米来高、仰天长啸的狼震慑住了。他试探着用手触了一下狼牙，又赶紧缩了回来。林智诚看他的紧张表情，一脸的不屑："那是标本。要是真的，早把你手咬掉了。"

"打哪儿弄来的这玩意，够他妈瘆人的。"张存柱表情一惊一乍的。林智诚没理他，眼神里带着欣赏看着那头狼："我喜欢狼。狼这东西，它有狮子的霸气，又不像狮子那样没头脑；它有狐狸的智慧，但又不像狐狸那样奴颜婢膝。所以才能在恶劣的环境中生存下来，而且活得有滋有味。"

张存柱的目光从狼身上移开，看了一眼坐在老板桌后霸气十足的林智诚，不由暗想：我看你就是一头不折不扣的狼，心狠手辣，咬着人不松口。

经过二十来年打拼，面前这个拖着一条腿的残疾人，把房地产生意做得风生水起。张存柱虽然不喜欢林智诚，心里还是不得不佩服，因为是同道中人，他最了解其中的艰辛。来之前，他刚和管艾发过火。管艾和林智诚的关系，风言风语早就传到他耳朵里。开始他窃喜，以为表妹拿住了林瘸子，等看到管艾提到林智诚就眉眼带笑，甚至有种少女的羞涩时，他才醒过味来：“你这丫头，好歹也在京城里长大，喝过洋墨水。咋就这么糊涂，看上一个大老粗，而且还是个瘸子！”

管艾也不解释，叫了声表哥：“我的事你甭管，我知道该怎么办。”

兄妹俩话不投机，不欢而散。这会儿，看林智诚说了半天狼，并没有欢迎他的意思，张存柱脸上有点挂不住：“就算是要饭的上门，也该给口水喝吧？”

林智诚叫秘书进来倒茶。张存柱真渴了，不管烫不烫，喝了两大口。杯子放下抹了一把嘴，他说：“无事不登三宝殿，今天我找你来呢，是跟你商量件事。”

“说吧。”

张存柱坐沙发上，架起二郎腿，一只脚摇着：“你也知道，眼下房地产市场回暖。这房源一多，势必楼价跳水，搞不好猪圈卖出个鸡窝价。这么下去不行。咱们两个呢，在唐城楼盘最多，影响力也是最大的。我的意思是，咱们联手控制投放市场房源，分批卖，少量卖，延长销售时间，等把他们的胃口高高吊起来了，一起涨价。”

林智诚从牙缝里拼出四个字：“捂盘惜售。”

“对，就是这个意思。明年，楼市走高是大趋势。到那时候，咱哥俩一起多赚点。”

林智诚摇摇头。

“你有啥可顾虑的？甭管他政府怎么三令五申，最终还不是上有政策，下有对策。”

林智诚敲敲老板桌：“柱子你记住了，咱俩从始至终，就不是朋友。生意上，也一向井水不犯河水——我不会跟你有任何交集，更不会搭伙一块捂盘惜售。”

哎，这林瘸子怎么说翻脸就翻脸呢？张存柱回想起上回表妹请客，林智诚跟他一桌上称兄道弟的情形，他还要说什么。林智诚站起来，说我还有个客人要见，便毫不客气地下了逐客令。张存柱走到门口，恨恨地冒出一句：“你有本事，别他妈的追我表妹！”

林智诚一听，反倒笑了，拍着他的肩膀："柱子，你不说我还忘了，你果真是管艾表哥吗？可我就纳闷了，同样是一家人，做人的差距咋就这么大呢！"

他学着小品里范伟的腔调，脸上透着得意。张存柱不禁在心里骂了句死瘸子，你甭美，早晚我有法治你！

云雨过后，温江打开窗子，夜风吹进来外面烧烤的孜然味和辛辣味。他咳嗽几声，坐在床边，点着一根烟。

一晃，两人已经交往了好几年。由最初老大姐的体贴照顾，变成了上司对下级的专制和暴戾，王卫东对他发号施令，说翻脸就翻脸，一点面子也不讲。有时候工作上不顺心，她会把气全撒到他身上，当面摔杯子砸碗。温江数度萌生离开王卫东的念头，可最终还是不得不主动和好。因为他既不能回到失去妻儿的北京，又舍不得放弃现在拥有的一切：权力和金钱。这两样东西，即便不是王卫东帮他弄到的，也是因为跟她的交往，才得以巩固和增加的。

这时，王卫东手伸过来，在温江湿滑的腹肌上摸着："有你在身边，我踏实了许多。你不知道，这几天我天天在做噩梦。"

温江吐出烟圈："那是你压力太大了。"

"这个城市综合体，几乎赌上了我的政治生命。有时我就想，何苦呢，过个一年半载，到岁数了上人大，上政协，我平安降落，去享清福，不是挺好嘛。"

"你不是那种人。"

"是啊，我这不服输的性格既成全了我，也可能就此毁了我。温江，有时我也想，我对人对己，包括对你要求都太高了，让你受了不少委屈。你恨不恨我？"

"哪儿的话？"温江含含糊糊回答。这时候，他又有些感动，心疼起这个没有儿女，很少朋友，只知拼命工作的女人来。

"不管你恨不恨我，我只想告诉你，你是我这辈子最爱的人。我不想你为我吃苦，受委屈。所以，这也是我们交往这么几年，到现在我不要求你跟我结婚的原因……"

"快别说了。"温江截住她的话头，他最烦结婚这个字眼。他跟王卫东的关系里，固然有感情因素，但好像又不仅仅是这些。是利益的互换，性的饥渴，还是惺惺相惜？他也搞不清楚。但是，有一点心里明镜一样：他从没想过要跟王卫东结婚过一辈子。他跟王卫东说过，就算没有你，我跟我媳妇也会离的，两地分居，十有八九会走这条路。现在，在摆脱了家庭束缚后，他不想再背上一个包袱，再结一次婚，特别是和卫东这样一个对感情专一到有些专制的女人。

而王卫东也很现实，她只想把握住现在，这个男人在她身边就行，并不指望自己能拴住温江的心。经历过一次事先没有一点征兆的婚变，在感情上，她很不自信。

肚子有些饿了，王卫东穿衣起来。以往都是两人选择僻静的高档酒店吃饭，在那里没人认识他们，但今晚卫东没有出去，她打电话叫了两份外卖。山珍海味吃顺了的温江，皱着眉头用筷子扒拉着难以下咽的盖浇饭。吃着吃着，王卫东突然停下筷子："你以后不要来这儿了。我要争副市长的事，现在传得满城风雨，不知多少人眼红眼气呢。这年头，要想整垮一个女人，抓男女关系的小辫子是一贯伎俩，也是最厉害的撒手锏。我担心有人拿咱俩关系说事。"

温江笑笑。这个王卫东，胆大时天不怕地不怕，胆小时前怕狼后怕虎，哪像一个女强人。他说："说就说呗，你独身，我离婚，异性相吸，走得亲密点，顶多说个姐弟恋，这不挺正常吗？"

"我叫你别来，你就别来！"王卫东突然嚷了起来，吓了温江一跳。他惊讶地看着她。卫东也觉得有些过火，收拾着筷子和发泡塑料餐盒说："对不起，这些天我很烦躁，你也理解我一点。在现在这节骨眼上，我担心你老往这儿跑，万一有人认出我来，认出你来，影响不好。"

温江勉强地点点头。其实，这种偷偷摸摸的关系，他也有些厌烦了，不让来也许更好。

温江真就几天没有露面。独享一个大床，没了晚上可以倾吐的对象，王卫东反倒惴惴不安起来。又是连着忙了几天，周五晚上，王卫东一个人坐家里无聊地打开电视。影视频道，正放着一部宫廷剧。坐沙发上，剥着美国大杏仁，王卫东有一搭没一搭地看一眼电视，一会儿就迷迷糊糊睡着了。这时，她惊讶地看到那个下巴光光脸白白的太监，突然从坟墓中爬出来，目光直勾勾地盯着她，女声女气地向她索要骨骸……王卫东大叫一声，从梦中惊醒，茫然四顾，是她家空旷的客厅，电视里那部电视剧还没有演完。她摸着怦怦跳动的胸口，出了一身冷汗。

她模糊地回想起三十多年前，她带领一帮子下乡知青干的那件缺德事来：为破四旧，他们推倒一人多高的墓碑和石人石马，把山脚下那个宦官的大墓扒开，随葬品砸得砸、扔得扔，最后挑着森森白骨和腐烂的衣冠，在村子里和山谷间喊着革命口号游行。跑够了，闹够了，年轻人一声喊，把骨骸和衣冠扔下了山涧……

随着年纪增长，加上周围官员老板影响，从前天不怕地不怕的铁姑娘，变得信神信鬼起来。这个噩梦，让王卫东心慌了一整天。礼拜天，她一个人开车来到城郊八里庄，据说这里有位上晓天文，下知地理，能预测吉凶祸福的大仙。怕人认出政府的小号车牌，王卫东把车停在村外头，步行进了村子。大仙其实只是个上点岁数的瞎子，但笼罩在院子里屋里的神秘氛围和虔诚的黑压压人群，让王卫东觉得这人有点道行。轮到她了，大仙问过她生辰八字，嘴里叨咕半天，才告诉她："你官运亨通，但命犯天煞，吉中藏凶。"王卫东忙问有无破解之法。大仙道："须向东北行一百里，烧黄表纸两刀。"东北方向一百里，可不正是她当年插队的地方吗？王卫东似有所悟，道声谢，搁下五百元钱转身走了。

王卫东几年前就拿下了车本，可在山间公路开车还是不大放心，她让温江拉她跑一趟。这种事，只有温江可以依托信赖。鬼使神差，她给冯红打了个电话。卫东还惦记着这个不幸的朋友，也想让冯红去农村散散心。

当年宦官的墓地，如今已被修缮一新，成了一个旅游景点。年轻的村支书很有眼光，不光重新修坟立碑，还特地请来一拨文人，编了不少故事印成小册子分发给旅客。王卫东恭恭敬敬，把带去的黄表纸烧了，心情果然好了许多。

一个区长，一个局长，一个处长，他们三个的到来，让村干部们好一阵子激动，认为来了财神爷，非拉着吃完午饭再走。村委会把着公路边，是栋二层小楼，楼上办公，楼下就是饭馆。村委会主任是从前的生产队长，还记得当年的铁姑娘，热情地招呼他们落座。卫东问东问西，真难为这么多年，村里人名她还都记得。老主任说这个没了，那个改嫁了，这个当爷爷了，那个搬城里去了。他只回答，没问王卫东现状，他早听说卫东跟柱子离了婚。

菜上来了。农家杀猪菜，大葱炒山鸡蛋，栗蘑炒肉，小鸡炖蘑菇。凉菜是现摘的黄瓜，新做的凉粉，刚下来的核桃和栗子。“山沟沟里也没啥好嚼裹，不过不打农药，不施化肥，真正的绿色食品，你们城里吃不到。”老汉龇着仅剩的两颗黄牙介绍道。

饭桌上，温江随口问起县的GDP是多少。老主任一怔：“我们这儿牛的屁、猪的屁都数不过来呢，谁知道鸡的屁是多少。”一桌人都笑了起来，冯红更是嘎嘎的。年轻的村支书脸一红：“你们别见怪，张大爷他没啥文化，就知道种田侍弄果树了。”温江感慨道：“要致富，提高农民文化素质很重要。现在村干部迫切需要充电，需要选派大学生村官……”王卫东截住他的话头：“显摆你学历高，有文化怎么着？管理一个村子，最重要的是能服众，知道不知道鸡的屁又有啥关系？”

看场面有些尴尬，村支书忙招呼喝酒喝酒，大家一起哄把酒干了。

返程时，王卫东看温江喝高了，便坐到驾驶位子上她开车。村支书把摩托车搁在村委会，上来给她带路。温江歪在后排醉眼眯斜，不时地瞟上一眼旁边的冯红。在他眼里，冯红虽然快五十的人了，可因为保养得好，自有一种姑娘所不具备的风韵。加上多喝了两杯，面带桃花，简直有一番夕阳残照般的美丽。

在高速公路口，村支书下了车，王卫东系上了安全带。这时，温江有些酒醒，他想听歌。王卫东开着车，眼睛也不看他：“整天听宋祖英你烦不烦？现成的歌唱家就在你旁边，冯红，给他唱段镇镇他。”

冯红醉迷迷地看着温江，不知温局想听哪段？虽然改唱小生，但在嫣然一笑而倩然后敛的嘴形上，仍流露出当年饰演旦角的一丝痕迹。这笑让温江很着迷。还是这样的女人招人待见，连说话都这么温婉细语，哪像王卫东，要么不说话，说话能噎死人。温江说：“随便，你唱什么我都爱听。”王卫东回头瞪了他一眼。

冯红哼起《美丽的草原我的家》，温江也唱了起来。他把唱歌、喝酒视为官场必备两大生存技能，嗓子本来就不错，又特地练习，所以跟冯红配合默契。几首歌唱下来，温江说：“这样吧，你也歇会儿，我给你俩讲笑话。”王卫东突然烦躁起来：“是听你得瑟，还是听冯红唱歌？”

车子进了市区已经天黑，王卫东把冯红送回家，问温江去哪。温江说：“反正你那儿也不欢迎我，我回局里吧。”车子停在土地局大楼前，温江拉开车门，卫东说你就那么着急走吗？温江只好屁股又坐回到座位上。好像没明白卫东的暗示，他说起动迁的事来："卫东，我听说这两天老有群众上访，说你们补偿不公，你要加点小心。"

王卫东有些失落，听了这话她说："你也相信那些刁民？他们愿意上访就访。反正现在你想做成点事，看热闹的，起哄架秧子，借机狮子大开口的，什么人都有。那天项目动员会你不也在场吗，知道区里的政策，我们力求公平、公正，一碗水端平。"

"不过，"温江迟疑了一下，"你哥王树生，他家也在动迁范围吧？"

"你啥意思？动迁涉及两个小区几千户居民，我哥家当然在其中。补偿一个标准，我区长的亲戚就特殊了？"

"我是怕底下街道办事处的人处理不好。他住在那儿，街坊邻居肯定都盯着他呢。补偿有个多有个少的，稍稍有点偏心眼，他就会成为众矢之的。可他毕竟是你哥，林智诚他姐夫，又不能仅仅把他当成一个普通动迁户看待。既然你知道分寸，能处理好，我就放心了。"

"谢谢你提醒，我知道怎么做。"

温江下车后，王卫东一个人开车回家，脑子里还在想着他的话。在她眼里，城市建设就该快刀斩乱麻。就算老百姓做出些牺牲，也是发展中的阵痛，慢慢的他们会理解政府的。而且她也一直认为，在这个项目中，承受压力最大，最受熬煎的，是她这个一区之长。她独独没想到哥哥王树生这里，会有什么不好处理的情况存在，也没时间问问他对动迁啥态度。哥知道她很忙，平时很少打电话给她，可今天居然有四个未接来电，都是他打来的。因为山里手机信号不好，当时她没有回，后来一直开车也没工夫打。

现在温江的一番话，让王卫东萌生找哥谈谈的念头。进了家门，她掏出了手机……

第十五章

王树生心事重重。他没有想到，跟自己朝夕相伴二十来年，替这个家遮风挡雨的楼房要拆了，这个小区要从这片土地上彻底消失了。而促成这事的，就是当初筹建这个小区的王卫东——自己的亲妹妹，开发商又是自己的小舅子林智诚。

最早这片小区孤零零地远离市区，这两年随着城市发展，周边一栋栋高楼拔地而起，这里也就成了寸土寸金的好地段。虽说与熙熙攘攘的繁商区只是咫尺之遥，却保留着老小区特有的氛围，闹中取静。楼与楼之间，树木多，间距大，居民养养花，种种菜，多少能够感受到四季更迭，体味一下久违的田园生活。这么好的小区，怎么能说拆就拆，说让它消失就消失呢，王树生怎么也想不通。

背着手，他一个人在小区里从东头走到西头，从南头走到北头，漫无目的溜达着。看到一棵老树，伸出手去摸摸；看到一条狗，俯下身去逗逗。看到树荫下一群老头在下棋，他就旁边站会儿，看他们为一招一式争吵翻脸，又嘻嘻哈哈叫着对方绰号和好。最后，他坐在修鞋摊的马扎上，粘一粘有些开胶的鞋子，又叫过来吆喝叫卖的小贩，买了半斤花生酥糖……平时司空见惯的一切，现在都让他觉得亲切而美好。

晚上，打开父母房门，掸掸家具上的尘埃，摞摞书架上的书。又去小诚的房间，打开窗子通通风。他觉得屋子也是有灵气的，再好的屋子没人住，没人打理，就像没有人心疼的人一样，会慢慢老去。站在寂静的屋里，听着嗒嗒作响的钟表，他感到时间在慢慢流逝着。回忆起亲人们的音容笑貌，回忆着屋子里发生过的每一件事，既是幸福甜蜜，又有一丝悲伤笼上心头……

然而，这里的一切，都将因拆迁而被铲除，王树生心理上很不适应。他甚至觉得，有时候人的折腾，比什么自然灾害的能量都要大，都要可怕。他的魂不守舍带在脸上，到了大刚那里，连平素喜欢的猫狗都懒得逗弄。外甥打电话给杨丽华，问我舅他最近怎么了，是不是哪儿不舒服？杨丽华说："你舅他身体好着呢，没病。有也是心病，这不听说小区要改造搬迁嘛，上火了！"

动迁补偿方案出台，张贴在居委会墙上。有人看完登时就炸了："这么好地段，为啥补偿标准跟别处一样？大伙团结起来，就是不搬，看它有啥法！"有人胆小怕事，嘀咕道："胳膊拧不过大腿，跟政府对着干，有好吗？搬吧，好歹还住上大平米呢。"大多数人嘴上没说，心里在扒拉小算盘：眼下看是有些不上算，可这城市综合体一起来，房价肯定水涨船高，回迁是稳赚不赔的买卖。大家议论纷纷，却没有一个人主动签字。

王树生知道，虽然他对这个住了二十来年，养育儿子又送走父母的小区很有感情，但照现在这架势，搬走再回迁大势所趋。父母的两室一厅，现在过户到他名下，加上他自己的房子，不用加钱就可以换套大平米。他盘算好了：不骑马不骑牛，骑个毛驴走中流。他既不当出头的椽子，第一个签字，也不当落后的老牛，成为给政府出难题的钉子户。当着区里的干部，王树生明确表态：不当绊脚石。

入户摸底的干部前脚刚走，防盗门哗啦一声响，张万田带着一身酒气上门："树生啊，现在大伙议论纷纷，说啥的都有。你是劳模，又上过报纸电视，有影响力，我想听你一句实话，你签还是不签？"

王树生说我签。

"你不能签！"老张眼球网着血丝，舌头有些不利索，"从前城市复建让搬迁，咱没二话，连庄稼都铲了。现在跟那会儿不一样，政府卖地皮挣钱，跟开发商穿一条裤子。他们吃肉，咱们也得多要口汤喝吧。咱老百姓不能总去那个吃亏的角儿，应该要个好的补偿。”

张叔上了年纪后越来越偏激，什么都看不惯。林兆瑞在时，老哥俩颇有共同语言。他们怀念从前简朴单纯的生活，看不惯现在世风日下、唯利是图。说起当下一些官员的贪污腐败更是义愤填膺。只不过，林兆瑞常常用“存在即合理”表达他的无奈，张万田则喜欢用“发现一个枪毙一个”来发泄他的不满。王树生倒了杯热茶，让他醒醒酒：“那张叔依你怎么办？老顶着也不是事，有啥意见，有啥要求，咱们向政府反映啊。”

“屁！”老张啐了一口，“人家动员你时，主动上门找你，软磨硬泡地求你。你要反映问题，提条件，就没人撺你了，推个二五六，来回踢皮球，都说做不了主。树生，我来呢，就是为这事，卫东管这个项目，你是她哥，你的话她听得进去。你辛苦去趟区里，把大伙的要求和态度传递过去。你一个人去，总比我们一块乱哄哄地去上访，给她填堵好，也不至于影响她工作。”

王树生想想也对，应该让小环知道居民的想法，这也是配合她工作。他答应下来。老张喝了几口茶，站了起来，临出门又叮嘱：“你是她哥，也是小区居民，是我们推出来的代表。树生啊，你的态度就是我们大家的态度，千万不能服软，我们没偷没抢，在争取自己应该得到的东西。记住了啊，不是针对卫东，是针对她代表的区政府！”

给妹妹打手机没打通，到了外甥的宠物医院，卸下狗粮猫粮，王树生抽空又打个电话，还是不通。他正纳闷呢，爱国晃晃悠悠进来，一屁股坐凳子上，手上也没了折扇。原来他的养生馆出事了：因为非法行医，被市里查扣，还要处罚十万块钱。

王树生并不感到意外，他早提醒过爱国，这不是正经营生。一个初中生，没当过一天医生，给人瞧病不出事才怪。可爱国却认为这里面有蹊跷：“八成有人眼红嫉妒，想整我。这么大摊子操持起来多不容易，我不能就这么着倒了！”

树生劝他：“你要是走得正行得端，别人就是想折腾也折腾不了你。这下没咒念了吧？我看哪，当务之急你还是反思一下，想想以后干点什么正经营生吧。”大刚也帮腔：“要不你还是开家饭馆，干老本行吧。我手头有点钱……”刘爱国摇摇脑袋，他还没到穷途末路：“树生，我来是求你找找小环，让她过个话，别罚款了。特别是不要让媒体卷入，他们要是跟着一起哄，非把我炒死不可。”

“这话我不说，你愿意说你自己说去。”

“我的大外甥，我的好外甥，我的亲弟弟呀，你是不知道你那个妹妹，自打我出书后，她就觉得我是个骗子，干啥都不靠谱。她眼里根本没有我这老舅，昨天我跟她电话里没说完，她就给挂了。”

“照我看，你谁也别找了，自己当个教训，把忽悠人挣来的钱交罚款，把不正当的营生变正当了，未尝不是好事。”

满打满算王树生会帮他一把，现在听他这么说，爱国黑脸气得发青，手指点着他鼻子：“你们兄妹真是随得贴！好，我自己找辙去，就是要饭吃，也要不到你门口！”说完，气呼呼地走了。大刚头一回见他俩闹掰，忙劝舅舅：“不就是跟我姨过个话，哪怕先答应下来，也不至于得罪他呀。”

“绝对不中，你姨今天为亲戚求人家摆平了犯法的事，明天人家违法了，就会同样求她来摆平。让她犯错误的事咱不能做，帮一个害一个的事不能办！”

吃晚饭时，杨丽华说大芬儿来家着，让我在你枕边吹吹风，帮爱国一把。王树生一蹾饭碗：“打住，脚上的泡自己走的，谁也帮不了他。”可睡一宿觉起来，他却吩咐丽华去看看爱国，拿过去一万块钱。

“昨天刚把你小舅得罪了，又冲我急赤白脸的，现在又心疼他了？你呀，真是刀子嘴豆腐心！”

王树生嘿嘿笑道，我是想憋憋他，爱国也该通过这事长点教训。又让找出小诚给他买的西服来穿上。杨丽华问干啥去，他说：“还不是为动迁补偿的事，昨晚小环来电话，当人面不方便细说，今天我过去一趟。怎么着也是大区长的哥哥，咱不能邋里邋遢的给妹妹丢脸啊。”

西服笔挺，皮鞋锃亮，王卫东看见他这身行头，乐了：“哥你打扮起来，还跟从前一样精神。”她细心地把树生衣袖上沾的一根狗毛摘下。有一阵子没见了，她脸有些憔悴，鬓角现出些银丝来，这是怎么焗染都没法隐藏的。王树生有些心酸，一时间竟不想跟妹妹说这些让她糟心的事了。

王卫东坐在他旁边，脸上带着笑：“找我到底啥事？白天打了一通电话，晚上可通了，你又不肯说。”王树生只好把大家对动迁补偿的意见，一五一十跟妹妹说了。王卫东点着头，抿着嘴，听他说完才开口：“哥，白纸黑字的红头文件，可不是谁说改就改的。这动迁补偿标准是经过多方论证，参考国内同等城市情况制订的，也不是你妹妹一个人说了算。不过，我会重视居民意见的，回头我们开会商量一下这个事情。”

她停顿了一下，又说：“哥，我知道你是个好人，可好人最容易让人当枪使，被人利用。动迁这里头水有多深你不知道，以后别掺和这事了。”

王树生搓着手，不好意思地笑笑。

卫东之前没少下去了解情况，现在她特别想听听哥哥，这个实诚人也是当事人对动迁的态度。听妹妹问他，王树生说：“我能有啥态度，支持你们工作呗。不过……”他话锋一转，“说实话，这么结实的房子，怎么盖起来的你比我还清楚，说拆了就拆了，怪可惜的。你们就不会另外找地方盖啥综合体，还省得费劲做大伙工作了。”

“我的傻大哥呀，你当我愿意兴师动众拆迁啊？现在市区寸土寸金，哪儿有这么多的空地，这么好的地段建设城市综合体？你们住的房子虽然结实，可毕竟二十几年了，破旧不堪，影响城市形象。区里也是想借此改善城市环境，提高老百姓的生活品位……”

“话是这么说，可故土难离，穷家难舍，就算回迁也不是一个样子了。大伙意意思思的不愿搬进高楼，多要点补偿也情有可原。”

“哥，这可不是多要点少要点，多给点少给点的事。你看到的只是你们小区，我却要从全区、全市的角度通盘考虑问题。这个项目中，政府要有财政收入，开发商要能挣到钱，居民要得到实惠。我必须照顾三方利益，只有三赢才算公允，这个项目才算成功。”

“话我也捎到了，你们掂量着办吧。”王树生说着站起身，卫东拉住他胳膊：“哥，你能支持区里工作，我很高兴。正因为咱们是一家人，不能搞特殊，所以回迁标准跟大伙一样。不过小诚说了，房子随便你要，差价他来补。另外，搬家后也别在外面租房了，小诚的别墅，凤凰新村我的房子，你们随便住。”

“你们千万别为我操心，我咋都好说。住再大的房子，还不是夜里只能睡一张床，小环啊，我是替你和小诚着想，替街坊邻居们着想。市里既然决定让你牵头干，就要干好，别让人家背后戳脊梁骨。”

“放心吧，这楼原来是怎么盖起来的，今天我也会拿出当年的劲头来怎么把它拆掉。别看这会儿说啥的都有，瞧着吧，等城市综合体立起来，你妹妹会让他们挑大拇指的。”

她意犹未尽：“哥你既然来了，我带你参观一下这个城市综合体项目，也好有个直观的印象。你不知道，这可是个新事物啊，全省这是头一个。”

两人下到一层。大会议室旁边的屋子，现在改造成了城市综合体规划展室。墙上挂着各种图表，硕大的沙盘上，绿树簇簇，道路成放射状展开。正中是一栋栋高楼，有的像块冰锥，有的像根圆柱，有的干脆像个倒立的木工用的凿子。密密麻麻的窗子，镜面一样反射着冷冰冰的光。卫东用激光笔给哥指点着讲解：“这是超五星级酒店，这是国际购物中心，这是金融总部区，这是超高层甲级写字楼，这是风情酒吧街……”她又指着边上一群积木一样的高楼：“这是你们要回迁的小区。你看看，地下车库，空中阳台，金牌物业，二十四小时保安。可以说坐拥繁商区，俯瞰全唐城，升值潜力巨大，不比你们现在住的强百倍？”

卫东兴致勃勃地描绘着动迁的美好愿景。王树生频频点头，这房子确实好，繁华程度跟北京上海没啥区别。不过呢，他从心里还是觉得隔着一层，不像现在住的小区那么亲切。妹妹呀，你知道街坊大爷大妈们怎么想的吗？他们只盼望着楼房结实点，楼层别太高，有一点绿地和树荫，有个孩子们撒欢儿、老头们聊天下棋的空地就行。这些豪宅典范、顶级享受之类，跟老百姓真正需求不搭边，也消费不起。你就不想想，一个月十块钱的卫生费还有人拖欠呢，你让他交一两百的物业费，掏不掏得出来？王树生心里思忖着这些，并没说出来，他不想扫妹妹的兴致。

王卫东像是瞧出了他的心思，收起了激光笔：“当然了，跟过去的老小区比，是没有那么宽绰、敞亮了，物业费要高出很多，原来没有的停车费也会有。政府也想到了这层，收入低的居民，我们会替他们掏一部分钱作为补贴纳入进来。”

“这还差不多。”

“哥呀，你是不知道，我也有难处啊。”王卫东坐在靠墙沙发上，拉哥哥坐在她旁边。“过去呢，我有小脾气喜欢冲你撒，有心事爱跟你说，我打小就跟你亲。哥，今天好不容易没啥事，没有会开，没人找我，咱哥俩多待会儿。这么多年，我一直在外忙着，很少跟你交心。在外人眼里，我是个女强人，是管辖五十万人口的一区之长，可是，谁知道我背后付出的艰辛，受的苦遭的罪啊！”

她抚摸着光溜溜的断指：

“返城后为了不掉队，你妹从零开始，一点一点地啃，总算拿下了大学文凭。五年啊，不怕你笑话，高数我连续考两年才过；英语，最初连二十六个字母都认不全，到最后考试过了八十分，没有点毅力是做不到的。大冬天骑车子去上课，雪地路滑，摔了一跤小臂骨折，我硬是挎着胳臂坚持下来……这么拼命为什么？就是为了弥补知识结构上这个短板。工作上也是，你知道我下乡时啥样子，甭管什么脏活、重活，别人不愿干的活，你妹都抢着干，也干出了名堂。可进了城，到了指挥部、建委，才发现你不懂得城市规划，不懂得建设施工，不懂得工程概算，你永远是个寸步难行的外行，不光自己干不了工作，也无法指挥别人去干。这就逼着自己去学，利用一切机会、一切时间去学。我结婚后为啥不要孩子，为啥顾不上家，就是因为工作忙，还有学习压力太大，心无旁骛，没时间考虑这些。就是凭借着这么一股子不服输劲，你妹一步步走到今天让人羡慕，遭人嫉妒的位子。可是，冷暖心自知啊，官位越高，责任越重，压力越大。有些人以为你妹妹手眼通天，没有办不成的事，这个求那个找；上头有些官衔比你大的，有背景的，更是颐指气使，吩咐你干这干那。而你侍候不好，不答对满意，随时都有可能给你穿小鞋，让你翻车……”

王卫东说着，忽然哎了一声：“你看看，光顾说我自己了。这些年我很少回家，对你和嫂子关心不够。哥，我是不是有点自私啊？”

妹妹一番话，让王树生听着很不好受。原来区长的光环背后，小环有着这么多的苦处和难处。“不，你净为大伙考虑了，一点不自私。”他说着站了起来，抻了抻西服：“小环，这么多年，哥工作上也没帮过你什么忙，啥也别说了，动迁这块，我第一个签字！”

“不用那么急着签。回去跟嫂子商量商量，一起研究研究每个条款，心中有数再签不迟。”

王树生突然上来牛脾气：“这事我能做主，你让他们把协议拿来，我现在就签，马上签！”

从区政府回来，王树生直奔张叔的存车棚。敲开门才发现满屋子人，都在眼巴巴地等信儿。面对一双双期待的眼睛，他心生愧疚。对大家的要求，妹妹并没有给出一个明确的答复，而他本来是代表居民提条件的，没想到却第一个妥协，在回迁协议上签了字。

老张亲热地迎接他："树生，让你扮演这样一个角色，跟政府提条件，唱对台戏，实在为难你了。不过，你为大伙的事肯出头，好样的！"

王树生把妹妹原话说了一遍。大家你看看我，我看看你，都不言语，最后带着掩饰不住的失望散去。张叔送他出来，王树生想自己签字的事早晚大家也会知道，不如现在实话实说。听他说完，张万田一愣："你签了？"

"签了。"

"真签了？"

"真签了。"

"你！"老张一跺脚，脸憋得通红。他只说了一个字，突然垂头丧气："你们是一家子，亲兄妹……对，我竟忘了这个茬儿……对，也对，你干得好！"

晚上两口子刚坐到饭桌前，就听到外面有人举着喇叭乌拉乌拉喊着什么。王树生推开窗子，一阵刺耳的声音清清楚楚地传了进来："居民们，居民们注意了：现在回迁补偿不合理，我们正跟区里交涉。可在这节骨眼上，偏有个别居民背着大伙签了字。这么做是对大伙利益的侵犯，是叛徒，是内奸！大伙不要被蒙蔽，不要被忽悠，继续争取我们的权益，坚决不在协议上签字……"

"我们爱签不签，管得着吗！"杨丽华冲外头嚷了一句，把窗户关上。王树生想出去解释，被她拦住："你还是在家待着吧。现在他们恨你恨得牙根痒痒，咱躲还躲不及呢，你还要送上门去找骂。"

王树生签字后，大部分居民陆续签了字。至此居民分成了两派，各揣各的心思，各打各的小算盘。先签协议的，担心日后补偿标准提高，自己吃亏，不肯立刻交钥匙搬家；而讨价还价不搬的，又怕先签的优先选择回迁房号，把金角、银角好位置占了，最后只给他们剩下铜角和铁角。原本平和安静的小区，空气里充满着猜疑和焦虑。有人把对补偿标准的不满，转嫁到先签字的居民身上，平素见面就打招呼，现在却像看见瘟神一样躲开；搁楼口的自行车，车胎不知什么时候被扎得泄了气；夜里，还要提防不知何处飞来的砖头，把窗玻璃砸碎。杨丽华晚上也不敢出去遛狗了，她拦着丈夫，不让他去小广场扭秧歌。眼泪汪汪的，她说："我真受不了，这儿一天也住不下去了，咱们还是赶紧搬家吧！"

其实，依拆迁办的意思，恨不得前脚签字，后脚腾屋子贴封条，唯恐再生变数。王树生何尝不想离开这是非之地呢，可因为几个区都在上项目，大面积动迁，在市里找套合适的房子并不容易。但就是再困难，他也不愿搬到妹妹或小诚那里去住，街坊们的误会够深了，他不愿意给人再留话柄。

深秋的太阳虽然明亮，但已经没有多少热量。楼下的小花园里，花草预感到冬天的肃杀，争着把最后的美丽展现给这个世界。蝉不叫了，蛐蛐不叫了，蜜蜂也不来了，只有一两个红蜻蜓，恋恋地落在向阳的石板上。王树生站在有些荒芜的小花园里，任凭秋日从头到脚抚慰着他。虽然打小在城里长大，可几年的插队生活，却让他对四季更替有着鲜明印象。腿上的风湿，也在同步感应着天气变化。在步入人生的秋天时，他对这个季节感触特别深，也特别强烈。

父母没了后，王树生再没心思侍弄花木，不多的葡萄珠都让淘气的孩子们捋光了。他环顾着小花园，家什可以带走，可这花园带不走，这花花草草的带不走。葡萄秧倒可以取个枝子，可往后住高层了，不接地气了，到处都是钢筋混凝土，哪还有种葡萄的地方？

他忽然觉得腿发软，一屁股坐在了温热的石板上……

两天后，王树生总算通过中介在凤凰山脚下租到两居室，从搬家公司雇了辆车，招呼外甥过来帮忙。二十年前第一次搬家时，一车就拉来全部家当，现在，却足足运走了三车。儿子骑过的自行车，女儿写作业的小书桌，父亲的写字台和藏书，母亲爱用的缝纫机……尽管有些东西已经没用，可装载着无穷的回忆，两口子掂量来掂量去，哪件都舍不得丢。

一个楼口住的街坊们，出出进进，冷眼看着他们忙活。就在这里，王树生相继送走了爸和妈。街坊们主动帮着搭灵棚、铰纸钱、招待客人，又一齐默哀送两位老人远行。现在，看他们搬家却没人过来伸把手，甚至连句客套话都没有。没想到一块住了二十来年，最终这么个结局！王树生心里酸涩难受，从墙上摘下了"三平堂"的挂轴。

在父母的空屋子里，他转悠了半天，自言自语又像是对父母倾诉：我王树生这样做，到底是对还是不对？

恍惚间，人们又像回到震后重建的那些日子。城市成了个大工地，到处是塔吊，到处是围挡，白天扬尘不断，夜里灯火通明。打桩声，混凝土搅拌声，钢模板撞击声和施工车辆轰鸣声组成一支喧嚣的城市交响曲。

而动迁中的老小区，倒像海水中的小岛一样平静。该搬的，搬走了，坚持死守的，继续死守。小区随处张挂着红色条幅："相信政府相信党，早签协议早拣房""面对现实谈补偿，合理价位快交房""早签协议早受益，莫到强拆梦方醒"……条幅下面，是丢弃的破沙发、旧家具、露出棉絮的毛绒玩具。从生的蛐蛐草和星星草，被秋阳晒得发白，浓重的草香混合着垃圾腐烂发酵的酸臭味。收破烂的，蹬着三轮在空荡荡的楼群间游荡着，车把上架着喇叭，一遍遍地重复着："有冰箱、彩电的卖！"、"有空调、洗衣机的卖！"不知谁家的公鸡，站在垃圾堆上，无聊地东瞅瞅、西瞅瞅。听得喇叭声近了，才迈着八字步不慌不忙地走开。

王卫东和林智诚走在坑坑洼洼，露出石子的水泥路上，在小区里巡视了一圈。情况跟动迁通报上反映的差不多，进度不算慢。陪同的街道干部散去后，林智诚说："老姐，我真佩服你，快刀斩乱麻。要多几个像你这样务实的官员，台湾问题早解决了！"

"少拍马屁。"

"老姐，有件事我始终搞不明白，现在有些动迁户，不相信我这个开发商，也不相信你拆迁办，摆明了要跟咱们对着干。你呢，居然还说什么可以理解，要将心比心，换位思考去做工作。你也忒有善心、耐心！"

"你在我这位子，也会这么做的。这项目急吗？急，我比你还着急。可越是这时候，越要掌握政策。"

"可你能说服他们吗？我看悬乎。你没看出来，这些动迁户们一边跟你周旋应付着，一边串通抱成团，早做好打持久战准备了。"

王卫东指着不远处一条标语："你看上面写得啥？'自家算好自家帐，偏听偏信要上当'，这话就是针对这群人的。人都有自私的一面，关键时候都拨拉自家小算盘。对付这部分人，我们拆迁办同志总结出不少经验，像欲擒故纵、声东击西、移花接木、暗度陈仓、假道代虢等等，甚至连反间计都使上了。几个回合下来，别说是街坊邻居，就是父子兄弟，也不敢轻易相信对方。你说他们还能抱团吗？”

林智诚佩服得直点头，动迁本身就是博弈，胜出者才是获益最大的一方。这不光考量耐力、勇气和判断力，也是一个智力较量的过程，两边信息不对称，因此政府和他开发商绝对是胜利一方。唯一需要考虑的，是什么时候胜利和为胜利付出多大的代价。

坐着卫东的车子回区里时，正好是下班钟点。唐城最宽的主干道上，亮着刹车灯的车子一眼望不到头。林智诚抱怨着路窄，说当初设计者真他妈的没屁眼。王卫东瞟他一眼：“还说呢，震后重建咱们瞄准的可是当时世界水平，可八四年一位中央领导来，说长安街都没有这么宽，你们瞎搞啥？正赶上国家钱紧，结果重建收缩，路就修成了现在这样子。”

是嘛？林智诚还是头次听说这件事。八四年，他还在小山摆地摊卖盗版磁带呢。王卫东陷入沉思：“这位在老百姓刚刚摆脱温饱时，就提出多吃肉、穿西服的领导人，观念不可谓不超前，可在城市建设上却目光短浅，看来谁也不是先知先觉呀。我要当上市长，首先拿这条道开刀，把两边店铺全拆了，去掉中间隔离带，再把路面拓宽到五十米，搞个双向八车道……城市建设，百年大计，必须一步到位，容不得咱们小修小补。小诚啊，其实咱们没有太多时间，城市综合体必须在我手里变成现实。眼下的困难，主要是大家的抵触和不理解。这个坎啊，冲一冲就过去了，冲不过去，我就是历史的罪人！”

“老姐，我支持你！”林智诚让卫东鼓动得兴奋起来，攥起拳头捶了一下大腿。

王卫东与林智诚遥相呼应，一方面以旧城改造指挥部名义发文，责令尚未签字的居民由单位和亲属做工作，限期动迁，形成高压态势；另一方面，许诺按签协议时间先后，再给居民从两万到五千元不等奖励。软硬两招出台后，反对动迁的阵营土崩瓦解，最后只剩下十几家，也是最难缠的钉子户。

到这时候，补偿标准不得不向上浮动。先前签协议的人不满意，觉得响应号召支持动迁的，反倒吃了亏；而钉子户们还是不给面子，不签。人的欲望是无止境的，他们胃口越来越大，总想再多要些——至于时间，他们耗得起。王卫东有些焦躁，不知有多少双眼睛在看着她，工程这么无限期拖下去，越往后越难办。她对林智诚倾吐自己的苦恼：“现在动迁处于胶着状态，万没想到这帮居民这么难缠，我很后悔把你扯进这个烂泥潭。”

“老姐，你说这话就见外了，我不也是想多挣点钱，往大里干嘛。咱俩现在坐同一条船上，只有互相帮衬了。”

王卫东拧着眉毛，揉着酸胀的脖子。开了半天会，毫无进展的动迁通报看得她要崩溃了。林智诚转到她身后，虚攥拳头，帮她轻轻捶着：“这帮刁民，欺软怕硬，讲不得道理。老姐，你别着急，有啥难拔的钉子，我来拔，得罪人的角色，我来演。”

“唉，有时候我也想，这是何苦呢，自己给自己找罪受。真羡慕那些当一天和尚撞一天钟，一天到晚心思都用在拉帮结伙，琢磨着跑官要官、买官卖官的干部……”

“是啊，人家不也照样升官发财，甚至比你还吃香？”林智诚接过话头，“老姐，我也不是说你，年龄一天比一天大了，再辛苦也就这样了，等上到副市长位子后，你也甭那么要强了，好好当你的太平官。”

王卫东摇摇头，并不认同小诚的观点。她说：“那是以后的事，当务之急，你要帮我把眼前这棘手的事解决了。”

“没问题！”

林智诚亲自上阵了，让手下把钉子户花名册统计上来。瘦猴刚提拔为副总，管着动迁这块，他很快交给林智诚几张纸。林智诚扫一眼排在最前头一个，让打听打听这家伙有啥软肋。

煤矿退休的老刘头爱喝两口，有点迷信，家里大事小情的喜欢去城郊八里庄找大仙占卜算卦。林智诚眼珠一转，有了主意。“去，”他吩咐瘦猴，“找到那个算命的，给他一笔钱。如果老刘头再来，想法吓吓他，忽悠他搬家。事成后，再付给他双倍价钱。”

果不其然，几天后，老刘头带着老伴来算命。隔着一道门，大仙咳嗽了一声，道：“来得早，不如来得巧，刘老哥里边请啊。”老伴一扯他衣襟，哎呀妈呀，他咋知道是你呢？老刘头食指竖到嘴边，让她别吭声。大仙穿戴得干干净净，正端坐在炕头上，双手捻着盲文书在读，脸也不看他们，只说了声坐。二人落座后，大仙还在高昂着头，嘴里念念有词。等了足足有十分钟，他才偏过脸来：“刘老哥又遇上为难事了？”

老刘头一声长叹，说有个协议拿不准是签好，还是不签好。大仙沉吟半晌，叫他伸过手来，上上下下摸了足足五分钟，掐指一算："这协议，你一定要在明天晌午十二点前办了，否则会有血光之灾。还有，我给你一句忠告：做成这笔大买卖后，一定要举家搬迁，离开原来的住处。我的第三只法眼看到，你家已成白虎精的窝了……"

老刘头和老伴不寒而栗，连连点头，说回去就办这事。他前脚走，后脚大仙来电话，让瘦猴把余下的钱送过去。林智诚吩咐："再给他加点钱，把他送出唐城。告诉他，在哪儿算命我不管，一年内敢回唐城半步，打得他生活不能自理！"

坐在车里，远远看着老刘头一家急急忙忙搬着东西，林智诚冷笑一声："跟我玩，还欠火候！"

顺利攻克第一个堡垒，他高高兴兴去找王卫东。办公室里，卫东正唉声叹气。原来，就在区政府门卫窗户根下，已有一个动迁户住了两宿，声称不答应他的补偿要求，就在这儿抹脖子。

林智诚不语，晚上派人用尼龙袋子套住那人脑袋，塞进面包车。一顿臭揍后，丢弃到荒郊野外："下回政府门口再看到你，不用你抹脖子，立马扔南大洼喂王八！"

那人果然再也没出现。王卫东知道后，皱着眉头说了一句：做得有点过了。林智诚恶狠狠道："不狠不吃粉。老姐，这号滚刀肉我没少打交道，你踢他，他给你磕头；你给他磕头，他踢你下巴。对付这路刁民，你就得下狠招儿！"

常人眼里，他一个公司老总，竟然为这点鸡毛蒜皮事操心费力，有些难以理解。而事实上，正是在与这些刁民打交道过程中，林智诚才品味出伟人那句"与人斗，其乐无穷"的含义。尽管天性不乏善良，但多年市场厮杀，却让他心肠越来越硬。在他看来，物竞天择，弱肉强食，是自然法则，也是社会法则和生存法则。因此，与钉子户交手，他一点不会手软。看着林智诚这些天的亢奋，连瘦猴都有些担心：这样下去，他会不会重蹈大臭儿覆辙？

钉子户们，总算领教了林瘸子的厉害。张万田为林兆瑞、刘兰芝摊上这么个儿子伤心："老两口的好人缘，全让这小子败坏了！"

论岁数，论资历，老张都是钉子户的主心骨。可张万田这么不屈不挠地闹事，却不是为了自己。用他的话说：黄土埋半截子的人了，撑死还有个十年二十年活头，就算房子再大再多，还能住多长时间，死了化成灰，一个小匣子全装下了。他主要是为孙子。在城郊村当支书那么多年，只要他稍稍动点心思，无论是票子还是房子，都不成问题。可他死心眼，就认两个字：原则。为这，不知被老伴唠叨了多少回，儿女数落了多少次。现在老了，他有些悔悟。当年的村干部，现在哪个没有几处宅子？现在的村干部，哪个不趁几百万，开着小车，外头做着买卖。就你老张头，倔驴一个，连孙子结婚都在外头租房子。这不公平，太不公平了，他肠子都悔青了。现在，动迁让他看到了希望，这回哪怕是豁出去老脸，也要给孙子多整出套房子。长辈啥也不给儿孙留下，意味着死后没一点念想，那他张万田岂不是白来这世界一回？

他坚信，在动迁这事上，大闹多给，小闹小给，不闹就只拿补偿的那点钱。既然市里不搀他，他干脆到京城上访。很快，上面通知区里派人去接张万田。王卫东大光其火，叫过来信访局长臭骂一顿。“你们看着办吧！”她重重地搁下一句话。手下人心领神会，返程借口车子出了问题，车窗留了一道缝隙没有关严。时值初冬，他们提前穿好棉大衣，张万田冻得连流鼻涕再咳嗽，苦不堪言。车子到高速服务站，他要上厕所。刚一下车，司机立马开车，一溜烟打道回城。

张万田走了三十多里路才回来，找到区政府，指名要见王卫东。他囔囔着鼻子，点着她脸：“你再不是从前的王卫东了，你爸你妈要是活着，我不相信会由着你这么折腾！”卫东满脸赔笑：“张叔，你老批评的对。我们工作中有哪些不足，你老就不客气的指出来，我们改正。”

话是这么说，王卫东没有丝毫妥协，张万田只好改变策略，让老伴出山。卫东起初对老太太非常客气，亲自沏茶倒水。无奈，老人家就是不吃这套，非要她亲自签字画押，满足他们条件。卫东没理她，顾自接听着电话。老太太被惹怒了，摔碎茶杯，拍打办公桌，最后干脆哭天抹泪起来：“按辈分你得管我叫声婶，我都这大岁数了，你这么对我，你们政府就这么挤对人……”

王卫东关上屋门，不急不恼：“你老回去告诉我张叔，如果这钱我掏，你们要多少都成。可问题这是政府项目，补偿标准是统一的。如果会哭的孩子有奶吃，一套旧房子要出天价来，开发商会把成本均摊到每家每户，最后吃亏的还是大家。张婶，我要是满足你的要求，就是对其他动迁户不公，无论如何我是不会答应的。”

王卫东转身出门，吩咐手下把老太太请出去。她堂堂的一区之长，不说日理万机，一天也有十几、几十件事情等着她，有上千万上亿的项目需要拍板决策，现在却整天纠缠在这些鸡毛蒜皮事情上，真是既头疼又浪费时间。人不是铁打的，经不住来来回回地揉搓，王卫东再强硬，也有脆弱的一面。这时候，她的女人天性暴露出来，她想有个倾诉的对象，需要情感的支撑和精神的慰藉。

晚上，难得没有应酬，没有堵门上访的，王卫东去温江住处找他。自己不让温江来，现在却主动上门，是不是有点太那个了？这么想着到了楼下，她打了个电话。电话响了好一阵才通，温江支吾着说没在家。王卫东觉出温江有点反常。又一想，可能跟领导在一起，接听电话不方便，便说你忙你的，没事，便把电话挂了。

灯影下，王卫东一个人怅然若失地站着，幻想着温江的车子突然出现在面前，摇下玻璃窗，用标准的普通话喊她的名字，看到她时脸上露出的惊喜表情——她想他了！

可就在这时，温江和冯红两个人有说有笑地从楼口走出来，差点跟她撞个满怀。双方都愣住了。温江想解释几句，王卫东看都没有看他，眼睛死死盯着冯红。冯红多机灵呀，忙向王卫东撒娇：“姐，你也有事儿找温局呀？那你们说，我先走了。”回头冲温江莞尔一笑：“温局不用送了，拜拜！”

冯红走了，香水味却久久没有散去，王卫东眼里盛满委屈和愤怒的泪水。温江看四下无人，拉一下她的衣角，小声道有话上楼说吧。

“别碰我！”王卫东像狮子似的怒吼一声，吓得温江忙收手。她头也不回地冲向夜色里。她的心绪越来越糟，脚步越来越乱，如果现在有车子出现在她眼前，她会毫不犹豫地让身体撞上去。都说戏子无情，自己对冯红这么好，跟亲姐妹一样，没想到她会做出这么没廉耻的事，夺走自己所爱的人。温江更加可恶，虽然她潜意识里对这份感情总有些担心，预想他有一天可能出轨，却没想到，打击会来得这么突然，这么猝不及防……

温江在身后只叫了一声，没有追她，他和冯红对这一天早有准备。后来，两人也没有找王卫东解释，他们的关系也没有收敛或疏远的意思。尽管卫东不想知道那些滥事，可关于两人的消息却不时传到她耳朵里：冯红开了一家演艺公司，房子是温江帮着找的，开业那天温江以嘉宾身份出席……

这时，王卫东不得不承认，自己输了，这个与她有着肌肤之亲的生命中最重要的男人，从此在她生命中消失了。感情上她是失败者，现在唯一支撑她的，就是工作。只有忘我的工作，才能把她从痛苦中拯救出来。

节气一过霜降，早晨就明显觉出寒意了。王树生在凤凰山脚下租了套旧房子，每天早上，杨丽华遛狗，他去爬山。也许只有在这种有氧运动中，才能暂时把动迁带来的烦恼丢在脑后。

刚上了三十几级石阶，就看到一帮白头发的老大姐站在小树林中，围成一个圈，拍着巴掌，嘴里念念有词："超常能量，精神健康，消炎消肿，呼吸通畅……"怪有意思的，他站下看了一会儿。这种精神治疗法，似乎比爱国的饹馇养生还玄乎，真不知能起多大作用。他想。

石阶蜿蜒向上，松柏树、洋槐和酸枣棵子间缠着一层薄雾。山上山下，老头们拖长声音，遥相呼应。

山顶在招呼："来——了没？"

山下应答着："来——嘞。"

山顶，又拉长声音飘下来："和——谐。"

山下，也拖长声音唱和："和——谐。"

于是，大山便回音袅袅："和——谐""和——谐"……

王树生苦笑一下，和谐，真是说着容易做到难啊。他想起过去住一个小区里，邻里间要根葱、扤勺盐的方便；想起谁家红白喜事，大家伸手相帮的热情；想起双职工家孩子放学或是放假，邻居老人留家吃饭写作业的关心；想起一栋楼里，大家商量好轰赶租房的外来传销人员的齐心。这些，在他看来都是和谐。可现在，这一切变得面目全非。就在山下，目力所及的地方，在那个他居住二十来年的小区，因为动迁已经闹得鸡犬不宁，邻里不和谐，家庭不和睦了。可是在这件事上，又说不出谁对谁错。政府初衷是好的，是为改善城市环境，提高大家生活质量；老百姓也没过错，燕子衔泥般好容易有个窝，拆了想多要点补偿合情合理。那现在的不和谐又是谁造成的？直到下山，王树生也想不出个所以然来。

回家没多长时间，刘爱国来了，进门呵呵傻笑，怀里有个鸣虫嘟嘟嘟地叫着。他是那种没心少肺的人，既然笑得出来，又有心思玩虫，说明难题解决了。果不其然，爱国眉飞色舞告诉王树生：“真是吉人自有天相，小诚亲自出马，你猜怎么着，我那事儿摆平了——这钱还给你。”

他把杨丽华拿过去的钱搁桌上：“上阵亲兄弟，打仗父子兵。我就说嘛，关键时候，你不会袖手旁观的。谢谢啦树生，以后我听你的，不干那不靠谱的事了。”

能够明白这一点，也算长了教训，王树生赞许地点点头，又问起事情怎么解决的。爱国说：“钱不罚了，东西都还给我了，以说服教育为主。不过，听刘帅说小诚这回损失惨重，人家开口要便宜买一处底商，黄金卖出破铜价，他只当是送人家了。”

揣着那只鸣虫，刘爱国在屋里来回转悠着。突然间被捧到天上，又一下子跌落凡尘，他有一肚子感慨：“树生啊，我现在是大彻大悟了。以前我总开导别人，啥名啊利的，不过是过眼烟云，没想到最纠结的却是我自己。瞧让那帮子书商忽悠的，以为真成仙了，成天晕晕乎乎的，不知道几斤几两，吃几碗干饭了。”

他猛地攥住王树生的手，使劲摇着，“我真佩服你，真的。放着大钱不挣，放着清福不享，放着别墅不住，租房蜗居在这里。这境界，谁也比不了啊，树生，你整个一颜渊，居陋室而不改其志呀！”

王树生不知道颜渊是谁，只是笑笑。

爱国松开他的手：“树生你第一个签字搬走就对了，咱平头百姓跟政府对着干，能有好吗？我刚从咱们住的小区经过，楼已拆得破破烂烂的，比地震还邪乎。你说那老张头还在危楼里耗着呢，傻不傻呀？”

王树生有些担心妹妹和小诚惹出事来，爱国手一挥：“没事的，现在全国不都这么干嘛。都是为了地方发展，只要不出大事，不死人，不去天安门广场散步，上头不会追究的。”

吃晚饭时刘帅忽然上门，林智诚让送来一大笔钱，说给姐夫一点补偿。王树生把一沓沓钱搁回提包，拉上拉锁，原封不动让拿回去。刘帅半开起玩笑道：“真不要啊？你不要我要，这钱归我了。”

这孩子让爱国惯的平时就没大没小的，王树生一瞪眼：“你敢！乖乖给你老板拿回去，告诉他，我谢谢了，这钱该补给谁家补给谁家。”

刘帅转眼没影了，外面传来一阵汽车的轰鸣。王树生嘀咕道：“真是龙生龙，凤生凤，老鼠生来会打洞。这孩子，小小年纪也跟爱国一样，贫嘴暴舌的。”杨丽华在里屋听得真真切切，这会儿她出来，丈夫的做法让她有些不解：“咱家跟后来签协议的比，补偿面积本来就少，该拿的钱为啥不要？”

王树生拉她坐下：“现在的情形你是不知道，咱们多要一分，小诚就少给别人一分，他和小环也就更难做一分。我不要的意思，是让他掂量着办，想法平息动迁户们的不满，但愿他能明白我的苦衷。”

严冬说来就来了。这天王树生顶着寒风刚爬上山顶，扩了两下胸，手机就响了。妹妹问他搬家后情况，适应不适应。他找到一处向阳地方，呼出一缕缕白气对着手机讲：“我适应不适应事小，还有十来户人家没搬呢，其中就有张叔。大冷天……”他想让小环关心一下张叔，再怎么说当初搬迁倒面时人家支持过你工作呀。可没等他说完，王卫东电话里就急了：“我反正对得起他们，已经做到仁至义尽了，让他们闹吧，一切后果自己承担！”

王卫东不容分说挂了电话。王树生看着手机，好像看到妹妹一张气急败坏的脸。这丫头，咋越来越没有耐性了？

回到家他越想越不放心，找出棉大衣来穿上。杨丽华问他干啥去，王树生说：“去趟咱们住过的小区。非典那会儿那么危险，张叔还来看望咱爸咱妈，送来蔬菜。做人要厚道，要讲良心，现在他走背字，我得看看去！”

丽华叮嘱注意安全。

“放心，青天白日的，还能碰上打闷棍的不成？”王树生呵呵笑着，揣上一瓶白酒就往外走。

朔风凛冽，刮起一阵阵浮土。不知谁家水管断了，流过来的水把小马路变成了冰道。王树生小心翼翼地走着。小区已面目全非，楼房堆成小山一样的废墟，残存的几栋虽然还戳在那儿，却已被拆楼机捣得千疮百孔，岌岌可危。楼身上，还留着以前拆迁办用红漆喷的，圈着圆圈的“拆”字，可不知谁在前面用黑漆写上“不”，变成了“不拆”。王树生想，如果不是自己的妹妹牵头，如果开发商不是他小舅子，他是不是也会在“拆”前面写上一个“不”字呢。他苦笑着摇摇头。

不远处，黄色的拆楼机在咣咣地捣着一栋五层楼。楼房颤抖着，飞扬起大片大片的烟尘。收破烂的河南人坐在三轮上，像非洲草原猛兽猎食时，候在周围等着分食一点碎肉骨头的秃鹫，头扎在棉帽围巾里一动不动。旁边堆着从废墟里捡出来的一捆捆钢筋。路旁是他住过的那栋楼，一二层已经掏空，整栋楼斜着倒栽下来，与旁边一栋摞在了一起。没有人气的楼房，发散出死寂的潮腐味道，直冲鼻子。王树生心里一痛，像是又回到了地震那会儿，而眼前的景象，似乎比从前还要惨烈。他想，这些结实的楼房正值壮年，还没到寿命，就被粗暴地拆掉，多可惜呀。听着咣咣的拆楼声，他心在发颤，好像听到了楼房在痛苦地呻吟。

鞋面上落了一层浮土，王树生走向张叔住的那栋楼。拆掉窗框玻璃的窗子，像一个个黑洞洞的眼睛，只有二楼还保留着一个完整的阳台，铁罩子上绑着一面褪色的国旗，寒风中摆动着。楼口不知何时焊上了铁门，上面挂着一把生锈的锁头。他退后两步，有些怀疑里面住没住人，可叫了两声，张万田从二楼窗口探出头来。见是他，老张要缩回去，王树生忙喊张叔，我来看看你，咋进去？

“来看我干啥？”张万田咳嗽着，“你不用进来了，我也下不去，吃喝拉撒都在上面……”

“张叔，你知道我有风湿，炼钢吹出来的毛病。非典用激素又留下后遗症，股骨头要坏死。五十好几了，咱爷俩也是见一面少一面了，我来没别的意思，既不是当说客，也跟街道、区里没一点关系，就是老街坊、晚辈想跟你老喝两盅。”王树生晃晃手里的酒瓶，“五粮液，好酒！”

“我早戒酒了。现在混的，连口热乎饭都难吃上。”老张叹口气，过一会儿说：“你要不怕冷，愿意陪我待会儿，就上来吧。”

张万田扔下钥匙来，王树生打开铁门。进楼道他才发现，水泥楼梯已被人凿掉，露出犬牙交错的钢筋。这怎么上啊？老张甩下来一根粗绳子，王树生攀着绳子，好不容易爬上二楼。老张咳咳咳嗽着，一口浓痰吐到地面浮尘上：“你瞧瞧，他们拆迁办干得好事。我这条老命，恐怕要撂这儿了……”

屋里只剩下一张床，一个煤气罐，简单的炊具和两箱子方便面。半箱矿泉水已经冻成冰坨，渗水的墙壁结成了霜花。王树生脱下棉大衣给老张披上，老张眼睛有些湿润，鼻头红红的：“树生啊，我们错怪你了，我们也是憋了一口气。当初，卫东她搬迁先想着安置我们，知道冬天在挨冻，费心巴力给我们送来煤。我们也没二话，说搬就搬，一点奔儿都没打。现在你看看，这叫什么事儿，这不是把我们往死里逼嘛！”

屋里冷得像冰窖一样，王树生拧开酒瓶子，说喝两口，暖和暖和。他把路上买的扒鸡撕巴撕巴，当下酒菜，爷俩坐在床板上对喝起来。胃里有了东西，身子也暖和起来，虽然手脚仍有些麻木。

老张边喝酒边说："树生啊，说句实在话，钉子户真不好当。区里说我们胡搅蛮缠；先搬走的，说我们影响回迁。我现在是耗子钻进风箱里，两头受气啊！"见他酒喝得越来越猛，王树生抢过酒杯："这杯我替你喝，咱爷俩慢慢唠，慢慢喝。"

"可话说回来，区里也不想想，一家人住得好好的，你说拆就拆，全然不管我跟你婶这样上了岁数的，愿不愿意上二十几层高楼。还有，你总拿你所谓补偿标准说事儿，你的标准还不是你们定的，我们还有我们的补偿标准呢。说我们贪心、不知足，可人往高处走，没有越住越差的道理，要求我们为城市做奉献，那城市能为我们做些啥？那些当官的，好容易开恩跟我们见上一面，要么是居高临下地说服教育，要么是赤裸裸谈条件，谁又肯跟我们坐一块儿，耐心听听我们的真实想法，一条条补偿标准好好掰扯掰扯？唉，这都是逼出来的，一步步逼到了这份上！"

半瓶酒进肚，张万田三分醉意中，带出了七分泪水："他们咋对付我，折腾我就甭说了。我老闺女教书教得好好的，非让她去山区支教，她孩子可刚上幼儿园，还离不开妈。后来才知道，就因为她做不通我工作，才折腾她的。好在我儿子早下了岗，孙子没工作，要不连他们也搭进去了。你说，难倒这动迁也要株连九族？"

老汉说着，捶胸顿足，王树生默默地陪他掉泪。

"哎，都是话赶话，事儿赶事儿，僵到这步田地。"老张抹了一把鼻涕，"老伴孩子们现在也心疼我，拉我回去，说宁可挤一块住，也不愿意搭上我这条老命。你当我这把年纪，愿意在这受罪，我这会子也是骑虎难下啊。这个时候，不管是你王卫东区长，还是街道书记，哪怕来上门看看，说几句安慰理解的话，服个软，我也会顾全大局的。可没有，现在他们做的，就是断水断电拆楼梯，想方设法断绝你的后路！"

大冷天，王树生心却一下子热起来，他端起杯子："来，张叔，我替我妹妹给您老赔个不是，明天我就把她拉来！"

这时，外面忽然响起柴油机引擎的轰鸣声。王树生走到窗口，惊讶地看到一台挖沟机停在楼下，巨大的铁铲几乎碰到二楼窗户。不远处停下一辆银灰色无牌照大客车，车上跳下来一伙穿着迷彩服的莽汉，每人手里都拎着一根一米多长的木棒。

见此情形，老张一激灵：他们真来强拆了！他往外推着树生："走，你快走，你在这待下去会有危险。大不了，我跟他们拼了这条老命！"说着，他一把拽过来煤气罐。王树生摁住他："张叔，你别冲动，你在楼上待着，千万别动，我去跟他们说理。"

正这时，只听轰的一声巨响，楼口的铁门被巨铲一下子推倒，又铲起来，丢到了十几米外。咣——当，又是两声巨响。

最后的几家钉子户解决不了，工程就无法往下走。这段时间，林智诚如坐针毡，连管艾都没心思陪了。虽然在非典隔离时，在父母相继去世后，他把爱情看得高于一切，甚至萌生了结婚的念头。后来也带着管艾去姐夫家吃过一回饺子，算是见见未来婆家人，可结婚的日子却一拖再拖。对于林智诚来说，什么也比不过自己要干的大事重要。他撇开管艾，一个人巡视了正在动迁的小区，孤零零戳着的最后几栋楼，让他运了半天气。时已隆冬，如果拆迁再拖上几个月，就会直接影响明年开槽动工。而耽误时间越长，他的损失就越大。

回到公司，他抱着头在老板桌上趴了一会，抄起了手边的电话。王卫东没了耐性，林智诚也一样，既然对钉子户来软的不行，干脆就来硬的。卫东主张上法院起诉，申请执行强拆，林智诚嫌费事，他有自己的解决方式。唐城周边有不少小煤窑，拿钱替人出头的莽汉有的是。这些年在旧城改造中，这些莽汉挖煤之余又有了新营生，经常一去一两百人，给各地的开发商撑场子，恫吓动迁户。他们中有些人，曾在大臭儿和林智诚手下效过力，而今，几乎早已把他们淡忘的林老板，被钉子户逼红了眼，要再次启用他们。

但林智诚没考虑过这样做的风险。他的本意只是恫吓，把钉子户吓走或是弄走，房子拆掉完事。可这群人，在黑道上打打杀杀出来的，见血就兴奋，厮杀起来才过瘾。他们冲进张万田家的楼道，迎面与王树生撞个满怀。王树生丢下绳头，上前要理论，不料迎面一根木棒挟着风砸了过来。他本能地一闪，顺势推了对方一掌，那小子跌坐在水泥地上。王树生刚要说话，忽然咣地一下子，他被人从身后一棒击中脑袋。

没有疼痛，鲜血却糊住王树生的眼睛，他跌倒在冰冷的，满是灰土的水泥地上。几个人骂骂咧咧的，攥着他胳膊腿拽到楼道外面，其中一个大声命令着：“拆，没人了，你们赶紧拆！”

挖沟机轰鸣着，巨大的铁铲咔咔嚓嚓撕扯掉二楼阳台的铁罩子。窗玻璃被捣碎，稀里哗啦一片脆响。王树生想告诉他们屋里还有人，有个年逾七旬的老人，可嘴张了半天，却吐不出一个音节来。正在这时，楼上传来张万田愤怒的嚎叫，紧跟着是一声闷响，火光裹挟着大团大团的黑烟，从二楼窗口喷涌而出。

“张叔！”王树生呻吟了一声，便失去了知觉……

第十六章

先是一声炸雷，紧接着大雨倾盆，楼房像多米诺骨牌一样倒下，残破的楼体上挂满尸体。鲜血染红了雨水，如湍急的小河顺着马路流淌。王树生被这惨烈的景象惊呆了：是地震，还是战争？

他不知道。

他被瓦砾埋住了大半个身子，绝望地看着王天喜、王玉洁、刘丽珠、林智燕、丁媛、林兆瑞、刘兰芝，还有地震前的工友，排着队，低着头，从他跟前慢慢地走过，像是在瞻仰他的遗容。他想告诉他们他没死，却张不开口。想抓住他们，伸手明明抓住了，张开却是一把空气。只有跟在最后的张万田，俯下身来，眼里流出两行泪："树生，你命大，不该死，自己救自己出去吧！"说完化成血肉模糊的碎片，挂到了断壁残垣上。

王树生大喊："救命啊！"

他从噩梦中睁开眼，才觉出脑袋一阵阵钝痛。头被绷带缠得紧紧的，清楚感觉到血管一下下地搏动。周围人逐渐清晰起来：擦着他脸上血嘎巴，小声哭泣的是丽华；握着他腕子，用毛巾热敷的是小环；一声比一声急迫地叫他姐夫的是小诚。再外圈站着儿子王斌，大刚一家，爱国一家。

王树生终于醒了。

大夫给他换完药，又摇摇他胳膊，用小槌敲打腘窝韧带，脸上露出笑来："好了，总算度过了危险期，肢体也有了知觉。"看到王树生有些疑惑，又解释道："你头部遭受重击，大脑皮层躯体感觉中枢受了伤，所以当时没觉出疼痛，肢体出现短暂麻木，好在没留下什么后遗症。现在需要静养，这只留一个人陪床就可以了。"

大家散去后，杨丽华关上房门，抱住丈夫哭起来："你怎么这傻呀，拆迁有你啥事，非要掺和进去？"王树生像个孩子，虚弱地躺在老婆怀里，任由她数落着。直到丽华哭累了，无声地抽着鼻子，他才半开玩笑说我命大，没事的。杨丽华破涕为笑："还说呢，你看看，还不是那平安扣又救你一命？"他低头一看，可不是，不知什么时候平安扣又戴到他脖子上。杨丽华拿过来平安扣，感慨道："受了这么重的伤，没留下脑震荡，这也是好人有好报啊。"

"张叔他……怎么样？"王树生慢慢想起来发生的那些事，问道。杨丽华脸色一下子沉了下来，看他催问得急，才吞吞吐吐地告诉他张叔没了。

"你说什么？"王树生睁大眼睛，有些不敢相信自己耳朵。杨丽华把王卫东告诉她的话又重复一遍："张叔做饭时发生意外，煤气罐爆炸。"

"这不胡扯吗！"

王树生猛地坐了起来，头抻拉地疼了一下，禁不住呻吟了一声。杨丽华忙扶住他："你这叫干啥，刚醒过来，又这么激动。你有个三长两短的，我可怎么活呀！"说着又擦眼抹泪的。听到屋里有动静，王卫东忙进来。她跟大夫了解完病情，叮嘱林智诚几句，又折返回来。

当得知林智诚强拆出事，王卫东大发雷霆，电话里把他臭骂一顿。林智诚正在车上，也不好细说。一进卫东办公室，他反锁上房门，扑通跪倒在地："老姐，我对不起你，对不起咱们全家！"

他裤子蹭的全是土，脸上烟熏火燎的，样子十分狼狈。王卫东看他这副模样，气不打一处来："你给我起来，这事跟咱们全家有什么关系，你疯了还是傻了？"林智诚不敢起来，吞吞吐吐地说，受伤的人是王树生。卫东气得抬手给了他一耳光："我哥你也敢伤害，你他妈是人吗！"

林智诚摸着火辣辣的腮帮："我也不知道他怎么会出现在那儿。你打吧，我现在连死的心都有，我对不起姐夫！"

“还不快点走，去医院看我哥！”王卫东疯了一样冲他喊。林智诚像是突然醒过闷来，忙跟着卫东下楼。进电梯间才注意到，卫东只穿了件羊毛衫，他脱下自己的皮衣，要给她披上，王卫东搡了他一把拒绝了。

两人上了林智诚的车。王卫东详细问了一遍事情经过，又问有多少人知道这事。林智诚说：“就强拆那帮人。事情发生后，我就封锁了现场，也没有报警。”王卫东狠狠瞪了他一眼，又问：“当时楼里头除了张叔，我哥，还有没有其他人？”

“应该没有。”

“到底有还是没有？”

“没有，大冷天谁还在那儿受罪。”

“没有怎么会死人？”王卫东冲他吼，又吩咐司机：“掉头，先去现场！”

就在与林智诚对话中，卫东已想好对策。事情已经发生，当务之急是封锁消息，尽量把负面影响控制在最小范围。她给区委书记和主管安全的副市长打了个电话，汇报时字斟句酌：动迁小区一居民家煤气罐发生爆炸，七十多岁的居民张万田死亡，她哥哥王树生受伤已经送往医院。爆炸现场已经封锁，她正在赶往出事地点。

林智诚一旁听着，不由佩服起卫东的冷静和智慧。书记和副市长一听马上表态一会儿就到，随时保持联系。

张万田遗体已被送到医院太平间，强拆现场拉上了警戒线，只有林智诚公司几个人在场。楼房并没有倒，二楼窗口炸出一个大洞，水泥豁口被烟熏得黢黑，空气中有股焦煳味道。王卫东抬眼看着，林智诚小声在旁边嘀咕：“妈的，这帮家伙成事不足，败事有余，挺好的事情让他们搞砸了。”

王卫东瞪了他一眼：“你太过分了，强拆这么大事，为什么不提前跟我打招呼？你眼里还有我这个区长吗？让你那帮喽啰们赶紧给我滚，有多远滚多远！”

两位领导很快赶到，相关部门的头头也来了好几位。看罢现场，商量完善后事宜，领导要去医院看望王树生。王卫东说：“我们家的事好办，我哥那儿有人照顾，还是先安抚张万田的家属吧。”说是这么说，她还是惦记着哥的伤势。林智诚正站在挖钩机旁愣神，从他身边经过时，王卫东瞪他一眼，悄声道："还不快去医院！"

此刻，王卫东支走杨丽华，有重要的话要跟哥说。她叫了一声哥，泪水夺眶而出："是我工作没有做好，妹妹对不住你，你打我骂我吧……"

王树生没搭理妹妹，他还在想着张万田。可怜的张叔，怎么那么执拗倔强，居然点燃了煤气罐，跟自己的家同归于尽。

"哥，我今天也不跟你拐弯抹角了。妹妹有一事求你，请你隐瞒这次强拆的真相，帮我和小诚渡过难关，把这个项目好事办好，办圆满了。"

王树生转过脸来，瞪大眼睛看着妹妹，像是端详着一个陌生人。卫东避开哥的目光，低着头："死人的事谁也不愿意发生，可以说是个让人痛心的意外，我心里非常难受。哥，我认识张叔比你早，要说感情比你还要深。尽管因为动迁的事闹对立，可从我个人来说，还是把他当长辈当亲人看待。不管怎么说，他提的条件太高了，区里难以满足。哥你想想，就算是你，我的亲哥，如果提出这样的条件，我当妹妹的会不会答应？事情僵到这份上……"

"本来张叔已有悔意。"王树生打断妹妹的话，"你们就不能再等两天，干吗非要强拆，把人逼到绝路上去！"

他扭过头去，泪水打湿了枕头。

王卫东陪哥掉了几滴泪，但该说的话还是要说完："事情已经发生，说什么都晚了。哥，现在我们做的，只有想办法弥补过失。我刚从现场来，跟市长书记也碰过了，张叔那里，他家人提什么条件，我们都满足，哪怕是让我披麻戴孝都成。也只有这样，才能表达政府的诚意，表达你妹妹的歉疚。哥，这事还得麻烦你托着，如果有人找你调查，你就说本来想中午去看老街坊，还没有上楼，就听一声巨响，就什么也不知道了。如果你说出真相，我们就前功尽弃了，你妹妹为之奋斗，打拼了半辈子的前程算是毁了。还有小诚，一个残疾人拖着半条腿辛苦打下的江山也完蛋了，弄不好还会进监狱……"

以往小环找他，不管什么事王树生都会答应，没有片刻犹豫。但这回他没有表态。脑袋的伤似乎更疼了，他闭着眼睛，说了句我累了。"那你休息吧。"卫东给哥小心地盖好被子，才悄悄走出了病房，冲拎着暖壶站在门外的嫂子示意让她进去。

听着妹妹脚步声消失在门外，王树生睁开了眼睛。他一辈子没有说过昧良心的话，更没做过昧良心的事，现在小环，自己的亲妹妹却给他出道难题。

杨丽华明白丈夫心里在熬煎，说你累了，还是闭眼歇会吧。正这时，林智诚带着管艾又来了，拿着大盒小盒的营养品。王树生没搭理他俩，闭眼假寐。还是杨丽华觉得不落忍，拉管艾坐凳子上，跟她唠着家常。林智诚晾在一边，很没意思，借口有事自己先走了。来到院子里一棵雪松下，他鼻子发酸，悄悄扇了自己一个嘴巴。

夜里，王树生翻来覆去睡不着。一方面，自己是强拆的受害者，事情真相的见证者；一方面又是指使强拆，有意无意闯下大祸的小环和小诚的亲人。从小诚当兵穿军装，到他地震残疾、摆摊、搞房地产；从小环剪短头发偷户口本下乡，到她当上干部断指回家，又一步一步当上区长，王树生脑子里像过电影一样放着两人走过的这些年。他们能有今天实在是太不容易了！然而，他脑子里挥之不去的还有那声巨响，还有张叔那双无助又无奈的眼神。让他说假话，帮得了一时，帮不了一世，知道什么时候东窗事发，小环跟小诚还会被追究责任啊。还有那帮凶神恶煞般无法无天的暴徒，他们不该受到法律严惩吗？而且，如果照小环吩咐的意思去办，自己的良心同样过不去。张叔在天之灵会原谅他吗？张叔家人会原谅他吗？经过一夜煎熬，王树生做出了艰难抉择：如果真有人找他了解情况，他不能隐瞒真相，他还要规劝小环、小诚，承担起他们应该承担的一切。

听说强拆出了事，张存柱哈哈大笑几声，差点没岔气。“好！”他叫道，“老天爷开眼啊，所谓露多大脸，现多大眼，说的就是你王卫东吧。”他给一位熟悉的副区长打电话确认这事。对方含含糊糊回答他，你说是真的就是真的。

放下电话，他拨通冯红手机：“王卫东、林智诚强拆死了人，你知道了吧？他俩可是一根绳上的蚂蚱，一个也跑不了。哈哈，这下咱可要坐在城楼观山景，看他们怎么死的。”

没想到冯红突然电话里发起火来：“你还有点人味吗？怎么说也是一日夫妻百日恩，为你买矿王卫东还出过力帮过你。现在人家一出事，你就这么幸灾乐祸，恨不得落井下石，你什么东西！”

冯红劈头盖脸一番抢白，柱子像挨了一闷棍，还没还嘴，冯红就挂了电话。“傻娘们，你抢了人家情人，现在她是没时间理你，等回过头，腾出手来整死你！”愣了会儿神，张存柱才嘟囔了一句。

其实，冯红已从温江那里知道了这事。温江，也够决绝的，从他决定选择冯红那一刻起，就不想再跟王卫东有任何瓜葛。只是偶尔担心这个强势的女人，会利用手中权力来整他。现在强拆出事，预感到她要倒霉，他有一种如释重负之感。冯红的心绪比他还要复杂。上次跟温江在一起被王卫东撞见，固然有些羞愧，可又觉得不欠她什么。这时冯红才发现，原来两人之间并没有多少姐妹情分，有的只是同病相怜、互相利用。王卫东应酬需要她挡酒唱歌，活跃气氛；她需要卫东巩固自己的位子，交结更多的权贵。其实，就在酒桌上嬉笑，在KTV里唱歌时，自尊心极强的冯红，也在内心舔舐着伤口，骂自己犯贱。从失去儿子的绝望中摆脱出来后，她现在只为自己活着，只追求自己的幸福。搁下电话，她有些纳闷自己刚才为啥跟柱子嚷，是看不上这付小人得志嘴脸，还是真的有些同情卫东？不过好与坏，都跟她没什么关系了，现在她只想和温江拥有一个自己的小天地。

张存柱又找到管艾。上次两人为林智诚闹得不愉快，这回他倒是诚心实意想给她提个醒：

“王卫东、林智诚姐俩这么多年，在唐城树敌不少，现在出事了，不少人要落井下石。表妹，如果你还当我是兄长，听句劝，赶紧跟林瘸子一刀两断，回北京去。要是喜欢那个毕疯子的画，你就想法把他也弄走。别等事情闹大，牵扯进去，怪我没有提醒你。”

管艾望着他，“你该不会落井下石吧？”“我？”张存柱一指自己鼻子，“哼，我不光要往井里砸石头，还要选择最大、最重的砸。别忘了，王卫东当初像甩破抹布一样甩了我，说离就他妈离了，闹得我差点在建设口待不下去。他林瘸子这么多年，处处跟我作对，抢我地皮，抢我生意，一点面子都不讲。现在可有机会了，你说我能轻易放过他们吗？”

管艾瞪他一眼，说声麻烦让开，一甩挎包，差点打到表哥脸上，笃笃笃走了。张存柱咬咬牙：“傻丫头，有你哭的时候！”

他拿出当年耍笔杆子本事，给纪委写了几封匿名信，举报王卫东动用黑恶势力强拆逼出人命，此外还有索贿受贿、贪污腐败、乱搞男女关系问题。又在本地贴吧连开了几个帖子。网络身份的隐匿性，让人性中的丑恶发挥到了极致，柱子每天盯着电脑屏幕，用最肮脏最恶毒的语言诅咒他们。他熟谙网民一根筋思维方式，只要咒骂贪官和为富不仁的老板，就有人喝彩。哪怕是颠倒黑白、混淆是非，也没人敢站出来替他们辩解。谁这么做，谁就是五毛党，谁就是狗腿子，就会招来更多的板砖。他心里美呀，网络真是个好东西，要搞臭一个人，过去还要偷偷摸摸地张贴小字报，现在只需多注册几个马甲就成。

强拆造成的影响持续发酵，连医院里的王树生都有山雨欲来的感觉。从护士们闲谈中，他得知网上在炒作强拆的事，王卫东和林智诚的名字可以说是一夜间家喻户晓。他在医院住不下去了，急急忙忙办了出院手续。家里电脑没上网，他直接去了外甥的宠物医院。

大刚正在上网，他比舅舅还关注这件事。王卫东和林智诚，既是他的长辈，也是他最佩服的两个人。在他的记忆中，老姨就是工作狂，没有休过节假日，从没惦记过家，像姥姥说的，“她是给共产党生的人”。他小本生意，与政府官员接触不多，但每逢有人咒骂着贪官污吏，数落共产党没好人时，他总想举出王卫东的例子来批驳人家。说到党的好干部，他想到的不是焦裕禄、孔繁森，而首先是自己的老姨——王卫东。还有小舅，林智诚，他容易吗？一个残疾人解决了那么多人的就业，盖了那么多口碑极佳的住宅，至少应该受到人们尊重吧？还有，给市里盖起来的大戏院、美术馆，那可是真金白银用他自己的血汗钱盖的，他又享受过多少回，在那里看过几次戏呢？大刚替老姨和小舅打抱不平，在他心目中，他们也是他最亲近的人。老姨表面虽冷，心肠却是热的，当初为他结婚连房子都让了出来，自己去住办公室。还有小诚舅，虽然没有血缘关系，可同样待他孙志刚不薄。结婚给钱最多的是小诚舅，连宠物医院房子也是小诚舅给的。没有林智诚帮忙，他孙志刚能有今天？

“舅舅，咱不能眼睁睁看着他们往我姨、小诚舅身上泼脏水。”他对王树生说。这时，刘爱国也为这事来了，接话道：“对，谁敢污蔑小环和小诚，哪怕豁出我这一百多斤也跟他没完！”

以后的日子里，爷几个轮流上网跟帖，批驳谣言，还击诽谤。刘爱国和王树生用不惯电脑，特别是树生打字慢，粗大的食指笨拙地一下下戳着键盘，让人着急。孙颖看着几个半大老头在电脑前义愤填膺，觉得好笑：“你们还是省省吧。帖子要是不理，很快就会沉下去。你只要跟帖，不管是力挺还是拍砖，都会往首页推，等于无形之中在帮坏蛋呢。”

三人半信半疑，孙颖撇撇嘴：“就你们认真，现在实名举报还查不过来呢，纪检哪里有工夫搭理网言网语？我姨姥怎么说也是个大区长，她要是特别在意，不会找公安局把帖子删了？”孩子说完一甩头发走了。她进了唐城形象大使的复赛，对她来说，这才是生活中的头等大事。

难不成他们做的都是无用功？王树生和爱国、大刚都有些泄气，看着电脑屏幕发起呆来。

王卫东没想到，强拆的事这么快就满城风雨，而且传到了省里。更没有想到有人惦记着区长位子，和张存柱一样在背后整她。很快，上面派下来调查组，重点调查她的违纪问题。

王卫东承认这次强拆有违规的地方：“但这里涉及到一个关键问题，就是发展成本。搞这个城市综合体，需要搬迁几千户，如果一味迁就个别钉子户，提高补偿标准，政府吃不消。即便如此，被吊足了胃口的钉子户们，还会提出其他额外要求，梦想着一夜暴富。这种情况下，要政府跟钉子户达成一致，可以说难于上青天。我认为，有时强拆在所难免，或者说不得已为之。强拆本身并没有过错，这种得罪人的事，不是政府做就是开发商去做。”

和她谈话的，是一个头发花白的老同志，他用指关节磕了磕桌沿：“卫东同志，我是代表调查组跟你谈话，不是听你为强拆辩解。事情很清楚，你们没有正确处理好发展速度与群众承受能力之间的关系，以牺牲被拆迁者合法权益为代价，结果导致了悲剧的发生。”

王卫东挤出一个勉强的笑：“现在一说起强拆，大家都口诛笔伐。可你们有没有想到这个城市的不少人，恰恰是强拆政策的受益者。老百姓住进宽敞的新房子，年轻人在繁商区游玩购物，大家开车走在笔直通畅的道路上，甚至包括你这样的上级领导，在为这个城市日新月异的变化而欣喜时，有没有想过，这一切繁华的基础——土地，就是地方政府用强拆方式征来的。强拆降低了建设成本，强拆提高了建设速度，不夸张地说，没有强拆就没有我们的城市化，没有城市化就没有一个高速发展的国家。”

老纪检犀利的目光盯着她，一言不发。为自己工作失误申辩甚至狡辩的干部，他见得多了，其中的逻辑疏漏不值一驳。但有一个事实却是显而易见的，这些年涉及拆迁的举报多起来，干部在这上面栽跟斗的，不胜枚举。发展速度和群众利益，确实是一个两难的问题。他点着一根烟，话语变得缓和些：“卫东同志，我们也了解过，你这些年工作成绩有目共睹，群众基础也很好。

但强拆出了人命，在社会上造成非常不好的影响，你要彻底反思。至于其他问题，别的同志会跟你谈的。总之，要正确对待，配合调查，听候组织处理。”

王卫东一下子心软了，叹了一口气：“唉，人算不如天算。不论你怎么兢兢业业、鞠躬尽瘁，不管你有多大的功劳，一出事就可能让你前功尽弃。事已如此，我也想开了，这顶乌纱帽不要了，是双开是蹲大牢，我认……”

她仰天大笑，但笑了没两声，就捂着脸哽咽起来。老纪检同情地看着她。看来这个弯，王卫东一时转不过来，她还无法面对现实。

得知老姐被“双规”，林智诚心急如焚。他主动找到调查组，把全部问题都揽到自己头上。“强拆是我拍的板，是我找的人，没有跟区里打招呼。王区长她不知道，也不知情。”他说。

事先，林智诚已咨询了律师，就算自己承担了所有过失，就算因此牵扯出其他事情来，最多也就在监狱中待上两三年。虽然他一个法人出了事，但不会罚没掉他全部的资产。既然企业已经步入良性发展轨道，交给懂经营会管理的职业经理人打点，比他事必躬亲要好得多。最重要的是，他这样做不仅让姐夫不再为难，不必为说出真相承担心理压力，还能够保下卫东。留得青山在，不怕没柴烧，牺牲他林智诚一人，值！

可王卫东最终没能逃过一劫。因为在强拆事件中负有重要领导责任，市委决定免去她区委副书记、区委常委职务，提请免去区长职务。强拆，引发的一连串反应是她始料未及的。唯一庆幸的是，她拥有小诚这样一个死党，一个不显山不露水的提款机，自己名下没有多少存款和不动产。当贪污受贿、生活作风等一个个查无实据的问题撇清后，最后坐实的只剩下强拆致人伤亡一件事，且主要责任已由林智诚承担。王卫东避免了双开和牢狱之灾，林智诚却因涉黑犯罪判刑入狱。

强拆事件处理结果刊登在当天的报纸上。张存柱盯着一个个汉字，看了一遍又一遍。先是兴奋、过瘾，慢慢地却吧嗒出一点点苦涩来。他回忆起与王卫东生活的点点滴滴，想起那个扎着两根短辫，愣小子一样的王卫东；想起那个宁可与家里掰了，也对他不弃不离的王卫东；想起知青点烟熏的屋顶下，对他以身相许的王卫东；想起费心巴力给他转城里户口、找工作的王卫东……记忆唤起他心底深处残存的，对卫东的一丝留恋和歉意。这没儿没女、一辈子要强的女人，这让人恨又让人怜的女人，以后可怎么活下去呀！

报纸在他手里瑟瑟抖着。张存柱摘下花镜，手拄住了额头……

有人说，免除牢狱之灾是出事官员不幸中的万幸。可在王卫东看来，仅仅一个免职，就已经让她难以承受。对于一辈子争强好胜，把事业看得比家庭甚至比自己生命还重要的人来说，这简直是奇耻大辱。

晚上，区里几个局的一二把手在酒店包桌为她压惊。这些人都是她一手提拔上来的，这时候能惦着她这个老领导，不怕沾包，让王卫东感到一丝暖意。大家叫着区长轮番向她敬酒，感谢她多年的栽培教育。王卫东一摆手："啥区长，叫大姐吧。你们不怪大姐平时脾气不好，整天数落你们骂你们就行了。"

王卫东一杯接一杯，干掉几个人的敬酒，又站起来，一杯一杯回敬每个人。尽管有爷们一样的酒风酒量，大家还是看出她已有八分醉意，都劝她别喝了。王卫东举着杯子："最后，我要郑重地敬大伙一杯。到现在我总算整明白了，亲人是什么？是在你痛的时候为你哭的人；朋友是什么？是在你痛的时候为你敷药的人；敌人是什么？是在你痛的时候，拿刀扎你还笑的人……感谢大家还把我当朋友看，这时候还关心惦记着我这个不称职的大姐。"

她给大家鞠了一躬，一杯酒一饮而尽。

半夜，王卫东醉醺醺回家，上楼一进屋便歪倒在门厅。她摸出手机，给王树生发了条短信："哥，你是这世界上我最亲的人，不管我做了什么事，都请求你原谅。"地板上坐了一会儿，酒精烧得浑身难受，她觉出了口渴，可身边却连个倒杯水服侍她的亲人都没有。如果有丈夫、有孩子，我王卫东会这么绝望，会这么心痛吗？她脑子一闪念，又摇了摇头。她跌跌撞撞奔向厨房，打开了煤气开关，然后躺回到床上，拿过镜子来晕晕乎乎地给自己化妆。这种谢幕人生的方式，从"双规"那一刻王卫东就想好了。她的手胡乱地往脸上抹着，突然想到自己走后，肯定是哥来处理她的后事，肯定是哥要在她死后，替她背负世人的白眼和议论。她仿佛看到了哥那张皱纹堆砌悲痛欲绝的脸，于是抓过手机来，又给哥发了一条短信："对不起！"

屋里煤气味越来越浓，一种晕车般的感觉很快笼罩了王卫东，她的身子飘浮起来。此时，一氧化碳已通过肺泡进入血液，大脑开始缺氧。她周身燥热，意识逐渐模糊。她觉得自己又回到了童年，藏在家中躺柜里跟哥玩藏猫猫。听到树生叫着她小名四处乱找，开始她觉得窃喜，但当哥的脚步声远去时，她又想叫住他……黑暗中，王卫东突然害起怕来。她觉得自己被人遗忘在躺柜里已经好几年时间，而死神就在外面用爪子一下下抓挠着柜子。慢慢地，那来自地狱的家伙用鼻子在拱她，呼出的硫臭味熏得她呕吐起来……

看到短信，王树生吓了一跳，跟丽华说了声不好，衣服都没穿齐整他就跑出家门，拦了辆出租车直奔妹妹住处。卫东屋门虚掩着，他一把推开，浓烈的煤气味呛得他倒退几步。撩起衣襟捂住鼻子，王树生冲进厨房，手忙脚乱地关掉煤气，打开所有的窗子，这才瘫坐在地板上，大口大口地喘着粗气。

慢慢地，卫东苏醒过来，叫了声哥便抽泣起来。见她没有什么大碍，王树生叹了一口气："你那么坚强的人，怎么干这傻事，一点点挫折就把你打垮了？"他收拾干净呕吐物，又给她沏了碗茶糖水，坐在床边："小环啊，我真想替张叔揍你一顿。你怎么聪明一世，糊涂一时啊！"

王树生一五一十地讲了他跟张万田最后的对话：

"你作为一个区长，但凡多点耐心，拿出当年给他们搬迁倒面做工作时的耐心和诚恳来，张叔也不至于走这步……不是当哥的说你，张叔的死小诚有责任，你也有责任。老觉得自己委屈是不对的，我看组织上对你的处理是公平的，从某种程度来说也是轻的。都说共产党没有功劳簿，从对你处理上我看是有的，要不是看你平时工作好，对事业忠心耿耿，也不会这么从轻发落。"

王卫东抽出纸巾擦着眼泪和鼻涕，像个做错事的孩子。王树生心疼地看着妹妹："哪有不犯错的人？既然做错就应该受罚，你接受处分一是图个安心，二也给政府树立个威信。你要寻短见，做出傻事来，可真是谁都对不起呀，连你自己都对不起。"

"哥，我也觉得应该承担责任，可是社会舆论让我难以承受。你不知道网上怎么说你妹妹，什么脏水都朝我身上泼，真是墙倒众人推，鼓破万人捶。"

"你那么在意网上的胡说八道，难道就不想想亲人的感受吗？"王树生站了起来，"妹妹呀，不是我说你，这些年你是当官当得太顺了，受人捧惯了。这都算些啥，你从现在起，别为名利活，别为别人活，就给你自己活，你就轻松了。你不想想，你这是当上区长了，要是普通女工，四十五岁不就退了？你看你嫂子，一没权二没钱，不也过得挺好嘛。命是爹妈给的，我受尽这么多生死考验，都没轻生过，你这点委屈都受不了，就自己结束自己生命，对得起谁呀？我还是那句话，死不难，活下去才不容易。我妹妹不应该是胆小鬼，王卫东不应该是这么不负责的人！”

不善言辞的兄长，今天居然跟她掰开揉碎，苦口婆心讲了这么一番大道理，王卫东为自己的行为自责。她有些惭愧，让九死一生的兄长看到自己内心脆弱的一面。

王树生抓抓头皮，小声说：“还有啊，你也别怪我上次没答应你要求。人在做，天在看，纸是包不住火的。你和小诚啊，就像是肇事逃逸的司机，躲得了初一躲不过十五，迟早会被发现，那样罪过岂不更大？还不如停下来，收拾残局承担责任好。要是我真替你那么说了，我良心上过不去，你也过不去，没准更害你们。”

“哥，我当时跟你说时，心里都没有底气。你这么做对，这样我反倒心里踏实。张叔明天我就给他烧纸去，向他家人赔罪！”

王树生点头表示赞许：“小诚这回一人扛下了全部责任，就冲他的仗义，你也不能辜负他。这些年，他挣钱了，也长脾气了，这回判了几年，正好在里头反省反省，哪些做的对，哪些不对。听说他把公司的事全都安排好了，可再怎么安排毕竟他在里头，有些事情鞭长莫及。你以后有时间，也帮他照看照看，过问过问他和管艾的感情生活。可千万别再置气，寻死觅活的了。”

王卫东拢了拢头发，一看表凌晨三点多了：“我记住了，哥！晚上我喝酒喝高了，没吃一口饭，饿了，你给我煮碗面吧。”

两年后，市区北部一大片现代化建筑拔地而起，然而这个备受瞩目的城市综合体项目，已经没林智诚公司什么事了。就在他入狱的那一年夏天，高市长带队来公司调研时，建议他们放弃这个项目，交由北京一家更有实力的企业。虽然明知道领导意图很难改变，身为总经理助理的管艾还是据理力争，尽可能为公司争取利益。经过与狱中的林智诚沟通，他们最后做了让步，有条件地放弃了这个项目。

居民们陆续回迁新居。这个毗邻繁商区的新小区，高楼一栋挨着一栋，树少了，花没了，只有整齐划一的泊车位和巴掌大的草坪。小区也改了名，叫幸福花园。

站在让人眼晕的高楼前，王树生呆愣了老半天。这里有他的四室两厅，有他的一个家，可这个新居，虽然看过样板房，又亲自与设计师接洽，参与设计跟装修，还是让他觉得有些陌生。上了电梯，看着迅速变换的数字，他不禁想起自己曾经拥有过的家——工人新村与父母一起住的平房，还有他一砖一瓦筑起的温馨小家，被地震摧毁了；震后盖起的油毡顶的简易房，存在了八年。低矮的屋顶下他重组家庭，和杨丽华开始了新的生活；再后来是震后第一批楼房，他在里面生儿育女，又先后送走了父母；凤凰山下的红砖楼，虽然只是过渡性租住两年，却让他重新体会到了老小区里久违的邻居情。现在他总算回迁，住进了大平米房子，住进这个干净宽敞的新家。三十来年，这几处地方，每一处都是他为之付出亲情，感受着温馨幸福的家。而他的生命，就像一棵大树，在一次次搬迁中增长着年轮：青年，壮年，中年，转眼就要进入老年。

王树生正往墙上挂着父亲写的“三平堂”横幅，卫东开车过来恭贺哥哥乔迁之喜。刚回家的王婷趿拉着拖鞋迎出门口，卫东一出电梯间，一下子搂住侄女：“哎哟，博士回来了，终身大事有着落没有？”

王婷不好意思地递给姑姑手机，上面有她男朋友的照片。他正在读博士后，打算拿到学位后两人在北京成家立业。王卫东说：“好，姑姑大力支持。将来有孩子了，如果不嫌弃，我给你们当保姆。”王婷腼腆一笑：“那太好了，先预约了啊。”

王卫东退休后，和人开了家建筑设计所，承接新农村建设规划设计。有当官时积累下的人脉，她生意不错，心情也渐渐平复。头上烫着波浪大花，还纹了眉毛，穿着打扮时尚起来。她三九天坚持去游泳馆，每天晚上围着小区疾走几圈，从内到外透着一股经历过大风大浪之后的从容和淡定。

看到哥手里的“三平堂”几个字，王卫东不由想起父亲和母亲，想起二老在世时幸福生活的画面，想起林兆瑞对她的期望和嘱托。“哥，把这幅字送我吧，我拿一幅启功的书法换怎么样？”她跟王树生商量。王树生嘴上说不换，却把画轴递给了妹妹：“既然你喜欢，就拿走留个纪念吧。爸在时经常说平安为富，平静为福，平常为贵。这‘三平’，是他一辈子坎坷人生总结出的生活真谛。一个家有了这‘三平’啊，天天都是好日子！”

王卫东欢欢喜喜接过来，小心翼翼地卷好。对于五十几岁的她来说，悟出这个道理还不算晚。

外面响起鞭炮声，又一家商场开业了。从二十几层高楼望下去，感觉跟当初看沙盘没什么区别。电视上，正播着城市综合体竣工的新闻，看到那个接替她的区长意气风发地剪彩，王卫东原本平静的心泛起一丝涟漪。这颗丰硕鲜美的桃子原本是属于她的，她辛辛苦苦地选址、规划、动迁，最终这桃子熟了却由别人来收获。坐在沙发上的她，轻轻摇了摇头……

午后彤云密布，王树生约着管艾一起去看林智诚。卫东上回探视回来，告诉他们小诚要一些书，两人先去了趟书店。监狱在城西三十公里处，高墙电网，孤零零的一处建筑。办好探视手续，穿着囚衣的林智诚很快出现在他们面前。他腿有残疾，监狱照顾他，让他管理图书，干些杂活。粗茶淡饭，加上生活有规律有节制，林智诚看上去身子反倒比从前结实了。

王树生把在监狱超市买的扒鸡和火腿肠交给他。管艾打开包，一本本拿着给林智诚要的书："全公司的人都在念叨你呢。打从你一出事，毕成就发疯似的找你，我们骗他说你出国了。他今天见着我还说，梦见你被人绑架了，要我拿画去赎你……"

"这个毕诚啊……"林智诚喃喃自语，"真是有情有义啊。哎，就连他都跟着为我担心，真是对不起大家了。"

王树生坐在椅子上，正儿八经地向小诚汇报："你不知道吧，爱国开了家特色饭馆，当了老板，他的饹馇宴入选了唐城名小吃。我家婷婷也搞上对象了，小两口心气高，要留在北京发展。斌斌也上大二了，读的新闻传播，这小子还想以咱们家为原型，拍一部电视片呢。大刚那儿，宠物医院生意也不错。对了，我们搬进新家了，大伙都这么忙，我也没让他们过来添宅……"

他絮絮叨叨说着，心满意足写在脸上。林智诚专注地听他说着，半天才问："姐夫，你怎么总这么乐呵？就没啥为难着窄的事？"

王树生一笑："我这个人啊，有句话怎么说来着，就像那茶壶，屁股烧得红红的，还有心情吹口哨。"

林智诚忍不住笑出声来，又马上收敛起来，看了一眼狱警，正襟端坐。王树生看出，监狱生活让小诚变得谦恭甚至有些拘谨，便努力使话题轻松些："你问我有没有为难着窄事？嗯，还真有，就是为你的终身大事。你和小艾啥时候结婚，我就啥时候彻底无牵无挂了。"

林智诚拉过管艾的手，压在自己的另一只手上，郑重地说："会的，会有这么一天的，会很快的！”

和王树生、管艾会面，林智诚期待了很久，这让他暂时忘记了深牢大狱、高墙电网，忘记了被法律束缚的生活。面对姐夫，他说出了憋在内心很久的话：“我有个秘密，本来是要带到骨灰盒都不说的。姐夫，今天我告诉你吧。还记得二十年前我丢过一百块钱，你在楼道里找到的事吗？”

王树生摇摇头。

“那时候，我正跟大臭儿一块倒腾磁带。有一天，我向他借来一百块钱，想多上点货。可是，当我摇着轮椅回家后，翻遍了身上所有的口袋，才发现那张崭新的百元大钞没了。我一下子蒙了！正翻箱倒柜找呢，你来叫我吃饭。这可是一百块啊，顶我当时一礼拜收入，找不着我无论如何不肯吃饭。你一边帮我翻东翻西地找，一边问什么样的钞票。你帮我翻腾了一会儿，对我说，别光在一个地方找，我去楼道看看，会不会丢在外面。”

王树生顺着他的话说：“是，我不一会儿就给你找着了。”林智诚突然激动起来：“姐夫，你一辈子没有糊弄过人，在这事上你撒了谎，你给我的一百元钱不是我的，是你自己的血汗钱！”

王树生一愣，他还记得小诚看见他拿着崭新的百元钞进来时那副开心模样，还当胸给了他一拳。林智诚说：“姐夫，第二天早晨我坐轮椅时，意外发现我那借来的一百元钱，平平整整地躺在妈给我缝的棉垫和轮椅缝隙里。我脑袋先是嗡地一大，然后是心存感激，再后来，是滋生出的自私。我当时想，要是有你这一百元，我又可以多上些货，多赚些钱。我告诉自己，等有钱了一定要加倍还你。我昧下了你的一百块钱，瞒着你这么多年。”

“唉，都这长时间了，提它干啥。”王树生摆摆手，轻描淡写道。

“不，就是再过十年、二十年，我都不会忘记。这就是你的品质，姐夫！这就是在你面前我再怎么有钱，也总觉得矮你一头，有钱垫着也没有你高的原因。”林智诚越说越激动，“姐夫，这么多年，我因为筹措不到钱，一个人蹲在马路牙子上嚎啕大哭过；因为盖一个章三番五次给人送礼，断腿被假肢磨烂，不哼不哈过；因为过年该发工资，却因为工程款下不来，愁得我整宿整宿睡不着觉过……还有许许多多因为没有钱，因为缺钱带来的尴尬和难堪。所有这些，我都咬牙挺过来了，你知道为啥吗？就是因为那张带着你体温，装着你善良的，干干净净的一百元钞票，老在我眼前晃来晃去。我告诉自己要坚持，不能失败，要挣更多的钱，来回报所有关心我爱我的人！”

因为激动，林智诚的声音大了起来，惹得狱警有些不放心地看了他两眼。林智诚马上闭上了嘴。管艾站在一旁，她头一次听林智诚说起这些，拿出纸巾来擦着眼睛。

看狱警冲他点点头，林智诚这才接着说：“姐夫，我想让你，让亲人们过上衣食无忧的好日子。可是最终却事与愿违，因为强拆出了人命，让你受了伤。姐夫，我来这里是赎罪的，我用没有自由的囚禁和体力劳动惩罚自己。虽然我知道，做什么都无法抵消我的罪过。把你——这个世界上我最敬爱的人打伤，这是我永远不能原谅自己的罪过……”

静静地听完小诚一腔肺腑之言，王树生道：“我这不挺硬朗的嘛。可能对你来说，觉得给我房子，给我钱，就是快乐。可我真的不缺这个，全家人和和睦睦，平平安安，这才是我希望看到的。”

尽管身份特殊，有人关照着，在监狱这两年，林智诚还是老老实实地接受改造。这期间，他指导监狱艺术团排节目，把图书室搞得井井有条，当上了省级改造积极分子。拿着证书，听着监狱长宣布给他加分的决定，他唏嘘不已。倒退几年，他连优秀民营企业家荣誉都看不上，何曾会看重这么一纸薄薄的证书？

从不名一文的病退工人，到拥有上亿资产的企业家；从唐城呼风唤雨的林瘸子，到有事要举手、撒尿要请假的阶下囚，多少成功与失败，多少顺利与坎坷，让林智诚悟出一个道理：人，可以跟命抗争，但不能跟善做对，不能跟法较劲，否则就会撞得头破血流，一败涂地。有些东西，从书本上得来的明白，跟生活里悟出的明白，是不一样的。

这，也许是林智诚进监狱后最大的收获。

监狱，在老实本分的人眼里，是极可怕的地方。影视剧的渲染，更夸大了这种凶险。自打林智诚进去，王树生就一直惦记着他，常常梦见小诚被狱警斥骂，被囚犯们殴打。现在，看他气色很好，悬着的心总算落了地。王树生从兜里掏出个红布包，小心翼翼地取出那枚平安扣：

“小诚，过年了，这个平安扣送给你，保佑你以后平平安安、没病没灾的。这回你无论如何要收下，这平安扣来历你也知道，它代表着全家人对你的祝福……”

林智诚不止一次听过王树生跟平安扣的传奇故事。在非典时期，也曾谢绝过姐夫的好意，但现在纵然有千百个理由，他也无法拒绝。林智诚双手接过平安扣，仿佛接过王树生对他的殷切希望和嘱托，接过一家人对他的关心和厚爱。他鼻子一酸，低下了头。

温润、细腻的平安扣握在掌心，林智诚仿佛抚摸着自己走过的五十几个春秋。多少风风雨雨，坎坎坷坷，多少成功与失败，荣誉与屈辱，蓦然回首，原来这个大家庭才是他背靠的大树，休憩的港湾。岁月没有能够抚平他身体的疤痕，但无私的大爱却治愈了他精神上的顽疾，给了他生命中宝贵的支撑。他叫了一声姐夫，泪水盈眶。

王树生不知监狱的制度，他说："来，让姐夫给你戴上。"林智诚抬眼望着狱警。狱警还是头一次见到林智诚，这个颇有几分传奇色彩的囚犯流泪，他有些感动。他知道林智诚不同于一般囚犯，便点头示意，让他先收下再说。于是，林智诚脸上现出孩子一样的笑容，乖乖地伸着脖子，等着树生给他戴好平安扣。

六十多年前，王天喜是这样，乖乖地像个孩子低下头，任由母亲给他戴上平安扣；三十多年前，王树生是这样，把脑袋伸过去，让父亲颤巍巍把红丝线吊绳套在他脖子上。而今，林智诚也是这样，头发剪得比麦茬还短的脑袋伸到眼前。一瞬间，王树生有种时光倒流的感觉。眼前的林智诚，就是当年的自己，背负着全家人的期望和祝福……"小诚，新的一年它会给你带来好运的！"王树生只说了一句，就哽咽了。

狱警轻咳一声，提醒他们探视时间到了。王树生有些后悔自己话太多，占用了管艾时间，忙站起身。管艾上前，一下子跟林智诚拥抱在一起……

两年里，每次探视离开，王树生都恋恋不舍。这会儿，出了监狱大铁门，他还不住地回头张望，重重叹了口气："唉，要是能一大家子一块过这个年，该有多好！"

管艾停下脚步，告诉姐夫刚才林智诚悄悄跟她耳语，过些日子他就要减刑出来了。"真的？"王树生看着未来的弟媳妇，好消息来得太突然，他几乎不敢相信这一切。管艾笑得很灿烂，点了点头。

"他说，回家给你操持六十大寿。他还说……"管艾声音低下去，脸上露出些羞涩来，"我们'五一'就结婚！"

天空飞舞的雪花，洁白，轻盈，自由自在。王树生孩子气地伸出舌头去接。雪花落在舌尖上，凉丝丝的，甜滋滋的，让他想起小时候吃过的棉花糖味道。

“走，回幸福花园，晚上咱包饺子！”

王树生兴冲冲地上了管艾的车。窗外，雪纷纷扬扬地下着，这是今年头一场春雪。